「科幻推進實驗室」的誕生

雖然生物技術已經越來越高深
可是《科學怪人》的憂慮卻似乎離我們越來越近
雖然「一九八四」已經過去二十幾年
可是人類卻好像越來越走向《一九八四》
偉大的科幻心靈就像宇宙中原子聚合的恆星
發光發熱，照亮銀河中黑暗的角落
「科幻推進實驗室」立志要集合這些既精采又深刻
既娛樂又啓發的科幻傑作，逐年出版
把科幻推進到這個社會
讓我們享受這些非凡想像力所恩賜的心靈奇景
讓我們在娛樂中獲得啓發
在通俗中得到智慧

這就是「科幻推進實驗室」誕生的目標

沙丘系列 004

沙丘之子

Children of Dune

法蘭克・赫伯特◎著
張建光◎譯

貓頭鷹出版社
科幻推進實驗室

ISBN 978-986-7001-72-6
沙丘系列 004　　986-7001-72-6

沙丘之子

作　　者　法蘭克・赫伯特（Frank Herbert）
譯　　者　張建光
主　　編　陳穎青
責任編輯　陳湘婷
特約編輯　黃鼎純
校　　對　魏秋綢
內文排版　李曉青
發 行 人　凃玉雲
社　　長　陳穎青
總 編 輯　謝宜英
封面構成　林敏煌
出　　版　貓頭鷹出版社
讀者意見信箱：owl_service@cite.com.tw
貓頭鷹知識網：www.owls.tw
發　　行　英屬蓋曼群島商家庭傳媒股份有限公司城邦分公司
聯絡地址：104 台北市民生東路二段141號2樓
郵撥帳號：19863813／戶名：書虫股份有限公司
購書服務專線：02-25007718~9
（周一至周五上午09:30-12:00；下午13:30-17:00）
24小時傳真專線：02-25001990~1
購書服務信箱：service@readingclub.com.tw
香港發行　城邦（香港）出版集團
電話：852-25086231／傳真：852-25789337
馬新發行　城邦（馬新）出版集團
電話：603-90563833／傳真：603-90562833
印　　刷　成陽印刷股份有限公司
初　　版　2007年9月

定　　價　380元
港幣售價　HK127元

國家圖書館出版品預行編目資料

沙丘之子／法蘭克・赫伯特（Frank Herbert）著；
張建光譯. -- 初版.-- 臺北市：貓頭鷹出版：
家庭傳媒城邦分公司發行, 2007〔民96〕
面；　公分. --（沙丘系列；4）
譯自：Children of dune
ISBN 978-986-7001-72-6（平裝）

874.57　　96016593

前情提要

宇宙中最貧瘠的行星阿拉吉斯，人稱沙丘，由於出產可使人預見未來並且延長壽命的香料，成爲兵家必爭之地。萊托．亞崔迪公爵受皇帝之命接管阿拉吉斯，卻遭死敵哈肯尼家族與皇帝合謀暗殺，其側室潔西嘉夫人與嗣子保羅逃至沙漠中，加入沙丘星原住民弗瑞曼人的部族。

由於大量攝取香料，保羅的潛在能力爆發，瞭解到他就是數千年來基因育種計畫的完美產物，可以知曉過去並窺視未來無限可能，使他決心帶領宇宙走向生存之路；潔西嘉爲了成爲弗瑞曼人宗教中的聖母，在儀式中飲用毒水，使得她的女兒，公爵的遺腹女阿麗亞，尚未出生便擁有歷代聖母的記憶與智慧。沙漠中的弗瑞曼人世代處於極端缺水的環境，希望有朝一日能綠化行星，但各大家族爲了確保香料的收益，對他們強力鎮壓，於是他們將希望寄託在保羅身上。在弗瑞曼人的幫助下，阿麗亞手刃哈肯尼公爵報了父仇，發動陰謀的皇帝也被迫下台，保羅迎娶公主伊如蘭以登基爲王，展開橫掃宇宙的聖戰。

十二年血流成河的聖戰，讓保羅不情願地成爲宗教領袖，統治整個宇宙，但他始終不承認正式迎娶的公主，心中只有他的弗瑞曼愛人加妮。過去與保羅亦師亦友的鄧肯以死靈的姿態回到他身邊，並與阿麗亞相戀。保羅雖然能夠預知未來，但他始終在個人與人類的利益之間徘徊，找不到兩全其美的道路，最終仍無法避免加妮之死。而保羅遭受攻擊成了瞎子，遵照弗瑞曼人的法律，獨自進入沙漠，留下阿麗亞與鄧肯作爲攝政王。保羅和加妮所生的雙胞胎萊托與加尼馬，承受了父親的完美基因與母親的香料記憶，兩人漸漸長大……

穆哈迪的教義已經成為學者、迷信者和信奉邪教者的辯論場。他宣導一種平衡的生活方式：這是一種生活哲學，人類能藉此應對這不斷變化的宇宙中產生的各種問題。他說人類仍在進化的過程中，而這是個永不停息的過程。他又說進化本身也遵循著多變的原則，只有永恆的時間才能知悉。邪教的推理怎麼能與如此精闢的理論相比？

——門塔特鄧肯・艾德荷語錄

山洞地面的岩石上鋪了條深紅色地毯，一個光點就這麼出現在地毯上。它在那塊由料纖維織就而成的紅色織物表面上散發微光，但卻沒有明顯光源。這探頭探腦的光點直徑大約兩公分，變化起來毫無規律——一會兒拖得很長、一會兒又變成橢圓形。當光點接觸到一張床的深綠色側面時，它倏地向上躍起，在床上蜿蜒爬行。

一位有著紅褐色頭髮的孩子躺在床上，身上蓋著綠色被子，他有著一張像嬰兒般的肥嫩臉頰及豐厚嘴唇，並沒有傳統式弗瑞曼人那種瘦骨嶙峋、頭髮稀疏的體態特徵，但也不像其他世界的人那樣充滿水分。在光點經過孩子緊閉的眼瞼時，孩子動了動身子，光點也旋即消失。

現在岩洞裡只能聽到均勻的呼吸聲、還有在呼吸聲背後，隱約傳來水從裝在岩洞上方高處的風力蒸餾器中滴入盆裡那令人安心聲音：嗒、嗒、嗒……

光點再次出現在石室裡——比剛才稍稍大了一些，強度也大了幾個流明。這次似乎連光源也一起現身：一名躲在斗篷內的人站在石室邊緣處那拱形門廊內，而光源就在那。光點在石室內四處移動、摸索、測試著，彷彿帶著某種威脅及焦躁。它避開了熟睡的孩子，在洞頂角落裡那個換氣柵欄上停頓了一小段時間，隨後開始探索起石壁上綠金相間牆帷的一個凸起，那是為了景致柔和而掛上的牆帷。

現在光點消失，躲在斗篷內的人動了起來，織物摩擦發出了窸窣聲響，暴露出他的行動，於是他停在拱形門廊一邊的哨位上。任何一名瞭解泰布穴地日常的人都能立刻認出他就是史帝加，泰布穴地的耐布、那對將繼承父親保羅．穆哈迪衣缽的雙胞胎孤兒護衛。史帝加經常在夜間巡視雙胞胎住處，他總是先到加尼馬休息的地方看看，然後再到這裡——也就是隔壁——確認萊托也沒出事後，才結束他的巡視。

我是一個老傻瓜，史帝加想。

指尖輕觸投射出光點的偵測儀的冰冷表面，他把它掛回到腰帶的鐵環上。偵測儀必須存在，但史帝加仍舊覺得它很麻煩。這東西屬於皇室的精密儀器，能探測出任何大型活體生物的存在。就剛才的影像顯示出，皇家石室中只有那對熟睡的孩子們。

史帝加知道，自己的想法和情緒就像那光點一樣浮動不已。他無法使躁動不安的內心平靜下來，某種巨大的力量控制了他。這股力量推動他，讓他走到這一刻。

就在此刻，他感到威脅正在加劇。這裡躺的是吸引宇宙中所有野心家的磁石，是世間財富、永恆的權力，以及最有力量的神奇法寶：穆哈迪宗教的傳人。這對雙胞胎——萊托和他的妹妹加尼馬——體內匯聚了可怕的力量。儘管穆哈迪已死，但只要他們活著，穆哈迪就仍活在他們體內。

他們不僅僅是九歲大的孩子；他們同時也是自然的力量、是人們尊崇和畏懼的對象。他們是保羅．亞崔迪——後來成爲了穆哈迪，所有弗瑞曼人救世主的孩子。穆哈迪點燃了人性的熱情；而弗瑞曼人便是從這顆行星出發，通過聖戰將他們的激情遠播到宇宙各處，進而建立神權政府，讓權威在每顆星球上都留下記號。

然而穆哈迪的孩子也是血肉之軀，史帝加想，我拿刀輕輕捅他們兩下，就能使他們的心臟停止跳動，而他們的水將會被部落回收。

這想法讓他的思緒變成了一團亂麻。

殺死穆哈迪的孩子們！

但隨著歲月增長，他懂得如何有效率的反省自身。史帝加知道產生如此可怕想法的源頭是什麼。這想法來自受到譴責的左手，而不是受到祝福的右手。對他來說，命印與命證的表象和存在已毫無神祕感可言。曾經他以自己是一名弗瑞曼人而自豪，把沙漠當作朋友，並在內心深處把他的行星命名為沙丘——不是帝國所有星圖上所標注的阿拉吉斯。

當傳說中的弗瑞曼人先知和救世主還只是個夢想時，一切是多麼單純啊！他想。找到我們的穆哈迪之後，對先知的渴望蔓延到整個宇宙。每個被聖戰征服的民族都在渴望著自己的救世主。

史帝加望向漆黑的石室臥房深處。

如果我的刀能夠解放那些被征服的民族，他們是否會把我當成他們的救世主？

像是感受到了史帝加的不安，萊托在他小床上不安地翻來覆去。

史帝加嘆口氣。其實他從未見過那位亞崔迪家族祖父，然而萊托就是從他那繼承了這個名字。很多人都說穆哈迪的精神力量來源於那位祖父。那麼這種可怕精神力量會在這一代消失嗎？史帝加自問，卻發現自己無法回答這問題。

他想：泰布穴地是我的，我統治這裡、我是弗瑞曼的耐布。如果不是我，穆哈迪也將不復存在。而現在這對雙胞胎……通過他們的媽媽和我的親人加妮，就連我的血液也在他們的血管裡流動。在那裡，我與穆哈迪、加妮以及所有其他人結合在一起。我們對我們的宇宙都做了些什麼？

史帝加無法解釋，為什麼在這深夜裡他腦海中會出現這種想法、為什麼這種想法的出現會使他如此內疚？他蜷縮在自己的斗篷裡，發覺其實現實與夢想是根本不同的兩件事情。曾經友好的沙漠從行星的一極延伸到另一極，但是它現在已經縮減到原來的一半。傳說中的綠色天堂擴散讓他感到恐懼。這和夢想中的景色並不一樣。當他的行星改變時，他知道他自己也已經變了。比起過去那個身為泰布首領的他來，現在的他敏感多了。

他明白很多事：治國的經驗，細小的決策所能帶來意義深遠的後果。然而他卻覺得這種知識和敏感就像一層包裹在鐵芯外的裝飾物，鐵芯本身則代表著更爲簡潔、更具有決斷力的意識。現在那古老的鐵芯在向他大聲呼喊，懇求他回歸到原本單純的價値觀中。

泰布穴地清晨的聲音擾亂了他的思緒，人們開始在岩洞中四處走動。此刻他感到一陣微風拂過他的面頰——因爲人們打開密封罩，走入黎明前的黑暗中。這陣風也說明現在的人們是多麼粗心，擁擠的居民們不再遵循古老的水紀律。是啊！當這顆行星上第一次有了降雨紀錄、當天空中出現了白雲、當八名弗瑞曼人在過去乾涸河床上被洪水吞沒以後，他們爲什麼還需要節約用水呢？溺水事件發生以前，沙丘語言裡沒有「溺死」這個辭彙。但這裡已不再是沙丘，這裡是阿拉吉斯……而現在是清晨，一個重要日子的清晨。

他想：穆哈迪的媽媽，也就是這對皇室雙胞胎的祖母潔西嘉，將於今天回到這顆行星。爲什麼她選在此時結束她自我放逐的生活？爲什麼她放棄了卡拉丹的舒適，而轉向這危險的阿拉吉斯？

史帝加還有其他憂慮，那就是她是否能感覺到自己的動搖？她是一名比吉斯特女巫，通過姐妹會最嚴格的訓練。從身分上而言，她也是一位令人尊敬的聖母。這樣的女人很敏銳、同時也很危險。她是否會令他舉刀自裁？過去列特—凱恩斯的衛士就接到過這樣的命令。

我會服從她的命令嗎？他想。

他無法回答這問題。但此時他卻想起列特—凱恩斯，他是行星學家，率先夢想把這顆滿是沙漠的沙丘星轉變爲適宜人類居住的綠色星球——眼下發生的正是這種事。列特—凱恩斯是加妮的父親，沒有他，也就沒有夢想、沒有加妮、沒有這對皇室雙胞胎。這條脆弱的鏈條居然是這樣延續下來的！這想法讓史帝加沮喪不已。

我們是如何在此相遇？他問自己。我們是怎樣結合在一起？出於什麼樣的目的？我的責任是不是去終結這一切，粉碎這偉大的鍵結？

史帝加承認，他體內存在嗜血的渴求。身爲耐布的他能夠不顧親情和家庭，爲了整個部落的利益做出極端選擇。從某個角度來看，這樣的謀殺行爲簡直是一種暴行，代表終極背叛。殺害天眞的孩子們！然而他們不僅僅是孩子，雖然他們和其他弗瑞曼孩子一樣吃香料、參加泰布穴地的狂歡、搜尋整個沙漠尋找沙鮭，玩孩子們玩的其他種種遊戲……但更重要的是，他們參與了皇家國務會議。

雖然他們都還只是孩子，但已經具備了足夠的判斷力來參與政事。從身體上看，他們可能是孩子，但從經驗上看，他們已經老謀深算。他們與生俱來就有完整的遺傳記憶庫，正是這種可怕的意識使他們的姑姑阿麗亞和他們自己與其他任何人截然不同。

在無數個夜晚，史帝加無數次發現自己思想纏繞在這對雙胞胎和他們的姑姑不同於常人之處。很多次他被這種折磨從睡夢中驚醒，帶著剛才的噩夢來到雙胞胎臥室。但是現在他的疑慮已有明確目標，他明白無法做出決定本身就意味著一種決定這道理。這對雙胞胎和他們的姑姑在子宮內就已甦醒，知悉所有由他們祖先遺傳給他們的記憶。造成這種後果的是香料，是身爲母親們的潔西嘉夫人和加妮的香料癮。

在上癮前，潔西嘉生了兒子穆哈迪，阿麗亞則是她上癮以後出生。回想起來，這一切都能看得很清楚。比吉斯特們那無數代優選優育宗旨創造出穆哈迪，但姐妹會的計畫中並沒有替香料粹的影響留出餘地。哦，她們知道存在這種可能性，但是她們害怕它，把它稱作畸變惡靈。最讓人不安的莫過於此——畸變惡靈。他相信之所以做出這種判斷，她們一定有她們的道理。而且如果她們認爲阿麗亞是畸變惡靈，那麼該判斷也同樣適用於這對雙胞胎，因爲加妮也同樣上癮，她的身體裡飽含著香料。還有不知出於何種原因，她的基因和穆哈迪正好形成了某種形式的互補。

史帝加腦筋飛轉。毫無疑問地，這對雙胞胎將會超越他們的父親。但是會從哪個方面呢？那個男孩曾說過，他有成爲他父親的能力——並且得到了證明。當萊托還是名嬰兒時，他就展示過只有穆哈迪才可能擁有的記憶。那麼還有其他祖先守候在那座巨大的記憶庫中嗎？那些祖先的信仰和習慣是否會對現在人類構成無法估量的危險？

畸變惡靈，神聖的比吉斯特女巫這麼說。然而姐妹會卻對這對雙胞胎的基因垂涎三尺，她們希望得到他們的精子和卵子，卻不想讓載著精子和卵子的那兩具軀殼存在於世間。這是潔西嘉夫人這次回來的原因嗎？爲了支持她的公爵，她與姐妹會斷絕關係，但是有傳言說她又回到了比吉斯特組織中。

我可以結束所有夢想，史帝加想。輕而易舉的結束一切。

他再次地對自己會產生這種念頭感到驚訝。穆哈迪的雙胞胎是否應該爲這個現實世界——這個摧毀了他人夢想的現實世界——負責？答案是否定的，他們只不過是面透鏡，穿過鏡面的光線折射出宇宙中一種新的秩序。

痛苦中，他的思緒又回到弗瑞曼人最主要的信仰上。

他想：上帝的旨意已經到來，不應該輕舉妄動。讓上帝來指引方向，沿著上帝的方向前進。

最讓史帝加心煩的還是穆哈迪宗教。爲什麼他們把穆哈迪當成了上帝？爲什麼要神化一名有著血肉之軀的凡人？穆哈迪的宗教創造了一個如怪獸般的統治實體，對與人類有關的一切事務都橫加干涉。政教合一，違反了法律就意味著原罪。對政府頒布的任何法令有所質疑都會帶上一股褻瀆的氣味、任何反叛都會引來地獄烈火般的鎭壓，而鎭壓者總是理所當然地將自己視爲衛道者，自己的一切作爲都屬正當。

但頒布政府法令者畢竟是凡人，不可避免地會出現錯誤。

史帝加悲哀地搖頭，沒有意識到僕人已經進入了皇家石室前廳，準備開始清晨工作。

他撫摸掛在腰間的嘯刃刀，回憶它所象徵的往昔歲月。不止一次，他同情那些反叛者，但在他的命令下，反叛行爲被一次次的鎮壓。矛盾心情經常充斥在他胸中，他眞希望自己知道如何去化解這矛盾，回到這把刀所代表的簡單世界中。但宇宙不可能後退，它是推動這一片灰濛濛無盡虛空的一台巨大發動機。即使用這把刀殺死了這對雙胞胎，也會被這虛空反彈回來，在人類的歷史長卷中織入更多複雜、製造出更多混亂，引誘人類去嘗試其他形式的有序和無序。

史帝加長噓口氣，這才意識到周圍動靜。是的，這些僕人代表著穆哈迪雙胞胎周圍的一種秩序。他們不時地進來，處理各項必要事務。最好向他們學習，史帝加告訴自己，在最佳的時間以最佳的方式解決問題。

我也是個僕人。他告訴自己。我的主人就是仁慈的上帝。他還引用了一段話：「我們在他們的脖子上套上高齊臉頰的項圈，所以他們的頭高高揚起；我們還在他們的身前和身後豎起屏障，遮住他們的視線，所以他們什麼也看不到。」

這是弗瑞曼古老的宗教教義裡的一段話。

史帝加暗自頷首。

預知和展望未來——就像穆哈迪用他那令人生畏的洞察力所做的——這種行爲對人類發展產生了反作用。它爲決策拓展了新的空間。是的，它大大地解放人類，但它也可能是上帝一時興起。究竟如何，這又是一名普通人無法理解的複雜問題。

史帝加把他的手從刀上拿開。嘯刃刀帶來的回憶使手指一陣微微的刺痛，曾經在沙蟲巨嘴中閃閃發光的刀刃現在靜靜地躺在刀鞘裡。史帝加知道，他現在不會拔出刀，殺死那兩個孩子。他已經做出決定。最好還是遵從他至今仍然珍惜的傳統美德：忠誠。能夠理解的複雜性總比無法理解的複雜性要好、現實情況總比未來夢想要好。史帝加口中苦澀的味道告訴他有些夢想是多麼虛無、令人厭惡！

不！不需要更多的夢想了！

※　※　※

問：「你見過那名傳教士嗎？」
答：「我見過一隻沙蟲。」
問：「沙蟲怎麼了？」
答：「牠給了我們可以呼吸的空氣。」
問：「那我們為什麼要摧毀牠的領地？」
答：「因為這是夏胡露的旨意命令這麼做。」

——《阿拉吉斯之謎》哈克．艾爾—艾達

按照弗瑞曼習慣，亞崔迪雙胞胎在黎明前一個小時起床。他們在相鄰的兩個密室中，以一種神祕的和諧，同時打著哈欠、伸著懶腰，感知著岩洞居民們的活動。他們能聽到僕人在前廳裡準備早餐，一種簡單的稀飯，椰棗和堅果泡在從半發酵的香料中。前廳中裝有一些懸浮球燈，一片柔和的黃色燈光穿過開放式拱形門廊照進臥室。在柔和燈光下，這對雙胞胎迅速地穿好衣服，穿衣的同時還能互相聽到對方動靜。兩個人事先已經商量好，穿上蒸餾服，以抵禦沙漠裡的熱風。

雙胞胎在前廳裡會合，並注意到僕人們一下子安靜下來。萊托在他的蒸餾服外披著一件鑲有黑邊的褐色斗篷，他的妹妹則穿著一件綠色斗篷。他們斗篷領口都用一個做成亞崔迪鷹徽形的別針繫在一起。別針是金子做的，金子上鑲嵌著紅寶石，代表鷹的眼睛。

看到如此華麗服飾，薩薩——史帝加妻子們中的一個——說道：「你們穿成這樣是爲了你們的祖母吧？」萊托端起他的碗，看了看薩薩那黝黑、被大風吹皺的臉。他搖了搖頭，說道：「妳怎麼知道我們不是爲了自己才這麼穿著的呢？」

薩薩迎著他捉弄人的目光，毫無懼色地說：「我的眼睛和你的一樣藍，看得和你一樣清楚。」

加尼馬縱聲大笑出來。薩薩總是在這種弗瑞曼式鬥嘴遊戲中遊刃有餘。她接著說道：「不要嘲弄我，孩子。你是有皇家血統沒錯，但我們身上都有香料粹的烙印——我們的眼睛都沒有眼白。有了這種印記，哪個弗瑞曼人還需要更多的華麗服飾？」

萊托微笑，懊喪地搖搖頭。「親愛的薩薩，如果妳年輕一些、如果沒有嫁給史帝加，我會娶妳的。」

薩薩平靜地接受了這個小小勝利，示意其他僕人繼續整理前廳，爲今天的重要場面做好準備。「好好吃你的早餐，」她說，「你今天需要能量。」

「妳能肯定對於我們的祖母來說，我們的衣著不會顯得過於華麗嗎？」加尼馬嘴裡灌滿稀粥，含混不清地問。

「別怕她，加尼。」薩薩說。

萊托往嘴裡塞了一大勺粥，用詢問的目光看著薩薩，心想這女人眞是通曉世情到令人厭惡，一眼就看出了華麗衣著的含意。「她會認爲我們害怕她嗎？」萊托問道。

「應該不會。」薩薩說，「記住，她是我們的聖母。我知道她的本事。」

「阿麗亞穿成什麼樣？」加尼馬問道。

「我還沒有看到她。」薩薩簡短地回答道，然後轉身離去。

萊托和加尼馬交換了一下眼色，分享著某種祕密，伏下身，快速地吃完早餐。很快，他們現在已經來到了寬闊的中央通道。

加尼馬用他們分享的基因記憶庫中某種古老語言說：「這麼說，我們今天會有一名祖母了。」

「這讓阿麗亞很煩心。」萊托說道。

「她有那麼大權力，換了誰都不願意放棄。」加尼馬說。

萊托短促地輕笑，從這樣年輕身軀中發出成年人聲音，聽起來讓人感覺有些怪。「還不僅僅是這些。」

「她母親的雙眼能否看到我們所看到的事情？」

「爲什麼不會呢？」萊托反問道。

「是的……阿麗亞擔心的可能正是這個。」

「誰能比惡靈更瞭解惡靈？」萊托問。

「你知道，我們也可能是錯的。」加尼馬說。

「但是我們沒有錯。」他隨即引用了比吉斯特《阿扎宗教解析》中的一段話，「合理的推理和可怕的體驗使我們把出生前就擁有記憶的人稱爲畸變惡靈。因爲又有誰能知道，在我們邪惡過去中某位迷失自我並受到詛咒的角色是否會控制我們的肉身？」

「我知道這段歷史，」加尼馬說道，「但如果眞是這樣，爲什麼我們還沒受到這種來自我們身體內部的攻擊？」

「可能是我們的父母在保護我們。」萊托說。

「那麼，爲什麼阿麗亞沒有受到同樣的保護？」

「我不知道。可能因爲她的父母中還有一位活在人世、也可能只是因爲我們還年輕，還算堅強。

也許當我們變老了，變得更加憤世嫉俗的時候……」

「我們必須小心謹愼地與這位祖母相處。」加尼馬說道。

「而且不能討論那位在我們行星上四處遊蕩、傳播異教的傳教士。」

「妳不會眞的認爲他是我們的父親吧！」

「對這件事我不做判斷，但是阿麗亞害怕他。」

加尼馬使勁地搖頭。「我不相信這些關於畸變惡靈的無稽之談！」

「我們擁有同樣的記憶，」萊托說，「願意相信什麼，妳就相信什麼吧！」

「你認爲這是因爲我們還不敢嘗試香料迷湯，而阿麗亞卻已經試過了？」加尼馬說。

「這正是我的想法。」

在萊托說完後，兩人便陷入了沉默，彼此安靜地走進了人潮洶湧的中央通道。泰布穴地這會兒還相當涼爽，但穿著蒸餾服仍感到暖和。雙胞胎把兜帽甩在他們的紅髮之後，他們的臉暴露了他們擁有相同基因性狀：大大的嘴巴、一對分得很開的眼睛，還有香料上癮後的純藍眼珠。

萊托率先發現他們的姑姑阿麗亞正向他們走來。

「她來了。」他轉用亞崔迪家族的戰時密語提醒加尼馬。

阿麗亞停在他們面前，加尼馬朝她點了點頭，說道：「戰利品問候她那傑出的姑姑。」她這句話也是用契科布薩語說的，並且在說的過程中強調了自己名字所代表的意義——戰利品。

「妳看，我敬愛的姑姑，」萊托說道，「我們今天特地爲迎接妳的母親做好了準備。」

阿麗亞是眾多皇室成員中唯一一位對於這對雙胞胎成人式言行絲毫不覺奇怪的人。她分別看了眼這兩名雙胞胎，然後說：「你們兩個都看緊你們的嘴巴！」

阿麗亞把金髮攏在腦後，綁成兩個金色髮圈。她鵝蛋型的臉上眉頭緊皺，豐厚的嘴唇旁帶有縱欲留下的印記，嘴部周圍的肌肉繃得老緊，純藍色眼睛周圍布滿因過度操心而留下的魚尾紋。

「我已經警告過你們今天應該怎樣表現，」阿麗亞說道，「你們和我一樣，都知道這其中的原因。」

「我們知道妳的原因，但是妳可能不知道我們的。」加尼馬說。

「加尼！」阿麗亞生氣地喝道。

萊托盯著他的姑姑，說：「和平常一樣，我們今天也不會裝成只會傻笑的嬰兒。」

「沒有人要你們傻笑。」阿麗亞說道，「但是由於你們的言行而激起我母親一些危險想法，我們不認爲這是個明智的選擇。伊如蘭也同意我的意見。誰知道潔西嘉夫人決定扮演什麼樣的角色？畢竟她是名比吉斯特。」

萊托搖了搖頭，思索著：爲什麼阿麗亞不能看到我們正在懷疑的事情？她是不是走得太遠了？他特別留意阿麗亞臉上那細微的基因印記，這印記洩漏了誰是她外祖父這祕密。伏拉迪米爾·哈肯尼男爵不是位易於相處的人。想到這一點，萊托感到自己心中一片茫然、一陣煩躁：他也是我的祖先啊！

他說：「潔西嘉夫人受的訓練就是如何統治。」

加尼馬點點頭，「她爲什麼選擇在這個時候回來？」

阿麗亞沉下臉，「她回來會不會只是爲了看望她的孫兒們？」

加尼馬想：我親愛的姑姑，這不過是妳的希望。但這顯然不可能。

「她不能統治這裡，」阿麗亞說道，「她已經有了卡拉丹，應該足夠。」

加尼馬安撫地說：「當我們的父親走入沙漠尋求死亡的時候，他傳令妳做爲攝政王。他……」

「妳有什麼意見嗎？」阿麗亞問道。

「這是個合理的選擇，」萊托接過妹妹的話頭，「只有妳知道像我們是什麼樣子的人。」

「有謠傳說我母親已經重返姐妹會。」阿麗亞說，「你們兩個都知道比吉斯特姐妹會是怎麼想的……」

「畸變惡靈。」萊托接道。

「是的！」阿麗亞咬牙，惡狠狠地說。

「俗語說：一朝是女巫，一輩子是女巫。」加尼馬說道。

妹妹，妳在玩一個危險的遊戲，萊托想。但他還是接過妹妹的話說：「判斷我們的祖母比判斷她的同類人容易得多。阿麗亞，妳擁有她的記憶，妳一定能猜出她會做出什麼舉動。」

「容易！」阿麗亞搖搖頭。她環顧四周，看了一眼擁擠的中央通道，然後轉頭對這對雙胞胎說，「如果我母親的城府不是那麼深的話，你們現在就不會站在這裡了——我也不會。我會是她第一個孩子，且這一切……」她聳聳肩，身體一陣輕微的顫抖，「我警告你們兩個，今天一定要謹言愼行！」阿麗亞抬起頭，說。「我的衛兵來了。」

「妳仍然堅持認爲我們陪妳去太空船著陸場不安全？」萊托問道。

「等在這兒，」阿麗亞說，「我會帶她過來。」

萊托和他的妹妹交換了一個眼色，說道：「妳多次告訴過我們，我們從先人那裡繼承的記憶從某種程度上說缺乏實用性，只有當我們通過自己肉身積累了足夠多的體驗後，才能讓這些記憶充分地爲我們所用。妹妹和我相信這一點。我們估計祖母到來以後，我們體內會發生某些危險的變化。」

「必須做好準備。」阿麗亞說道。她轉過身，在衛兵包圍下沿著中央通道快步向穴地貴賓通道走去。撲翼機在那等著他們。

加尼馬拭去一滴從她右眼流出的淚水。

「給死去的人的水？」萊托挽起妹妹的膀臂，輕聲說。

加尼馬深深地吸了一口氣，根據從祖先那裡獲取的經驗，分析著她剛才觀察到的姑姑的情況。

「她那個樣子，是因爲香料迷湯嗎？」她問道，心裡知道萊托會怎麼說。

「妳還有更好的解釋嗎？」

「只是探討一下，爲什麼我們的父親……甚至我們的祖母……沒有完全屈服於香料迷湯？」

他仔細看了看她，這才說道：「妳和我一樣清楚這個問題的答案。他們到阿拉吉斯之前就已經形成了固定的性格、個性。至於香料迷湯——這個嘛……」他聳了聳肩，「他們並不是一生下來已經擁有了祖先的記憶，但阿麗亞……」

「爲什麼她不相信比吉斯特的警告？」加尼馬咬著下唇，「阿麗亞和我們一樣，從同一個記憶庫中提取資訊、做出決策，可她爲什麼……」

「她們已經稱呼她爲惡靈了。」萊托說道，「妳不認爲當發現自己的力量超越其他人，這件事情其實是相當誘人的嗎？」

「不，我不這樣想！」加尼馬避開哥哥探詢的目光，身體略微發抖。她在基因記憶庫中搜尋相關資訊，在那裡，姐妹會的警告栩栩如生：出生前就擁有記憶的人很容易成長爲惡劣的成年人，而那可能的原因是……一想至此，她再次打了個寒噤。

「很遺憾，我們家族歷史中沒有幾個出生前就有記憶的人。」萊托說。

「或許我們有。」

「但是我們已經……啊哈！是的，我們又面對這個沒有解決的老問題了：我們是否眞的有權限進入每位祖先的全部記憶？」

通過自己混亂的思緒，萊托感應到這場對話已經擾亂了妹妹的情緒。他們多次探討過這個問題，但每次都沒有結果。他說道：「每次當她催促我們使用迷湯的時候，我們必須推託、推託再推託。尤其要避免服用過量香料，這是我們最好的選擇。」

「要讓我們服用過量，這個劑量一定要非常大才行。」加尼馬說道。

「我們能忍受的劑量可能遠遠超出一般人，」他贊同道，「看看阿麗亞吧，她服用的劑量多大。」

「我滿同情她的，」加尼馬說道，「香料對她的誘惑一定既微妙又誘人，它偷偷地纏上了她，直到……」

「是的，她是一個受害者，」萊托說道，「惡靈。」

「我們也可能錯了。」

「可能。」

「我一直在想，」加尼馬若有所思地說，「如果我能尋找的祖先的記憶來自……」

「歷史就在妳的枕邊。」萊托說道。

「我們必須創造機會，和我們的祖母談談這問題。」

「這也是她留在我記憶中的資訊催促我要做的事。」萊托說道。

加尼馬迎著他的目光，說道：「向來當知識和資訊過多時，是無法做出簡單的決定的。」

※　※　※

沙漠邊的穴地

屬於列特、屬於凱恩斯、

屬於史帝加、屬於穆哈迪，
然後再次屬於史帝加。
一位又一位耐布長眠沙中，
但穴地依然屹立。

——弗瑞曼民歌

離開那對雙胞胎時，阿麗亞感到自己的心跳得厲害。有那麼幾秒鐘的時間，她差點衝動地決定留在他們身旁，請求他們的幫助。多麼愚蠢的懦弱表現啊！想起那一刻，阿麗亞陷入了沉思。這對雙胞胎敢於嘗試預見未來嗎？那條曾經毀了他們父親的道路一定在引誘著他們——在香料迷湯的作用下洞悉未來，這種誘惑就像風中的薄霧般搖曳不定。

爲什麼我看不到未來？阿麗亞想，我這麼努力地嘗試，爲什麼它卻總是躲避我？

一定要讓這對雙胞胎做出嘗試，她告訴自己，要誘惑他們這麼做。他們仍有孩子的好奇心，而這種好奇心又與跨越好幾個千年紀的記憶緊緊相聯。

*就和我一樣！*阿麗亞想。

她的侍衛們打開穴地貴賓通道的水汽密封條，循序站在入口兩邊，她隨後走上停著撲翼機的著陸台。從沙漠深處吹來的風裏挾著沙塵颳過天空，但好歹天色還是很亮。阿麗亞從穴地的懸浮球燈光下來到日光中，環境的變化讓她拋開了原來的思緒。

爲什麼潔西嘉夫人選擇在這個時候回來？難道有關女攝政王的故事也傳到了卡拉丹？

「我們得抓緊時間，夫人。」一個侍衛在風聲中提高嗓門說道。

阿麗亞在別人的幫助下上了撲翼機，繫好安全帶。但她的思緒仍舊沒有停止。

為什麼選擇現在回來？

撲翼機在機翼一上一下拍打了幾下後便整架騰空而起。她切實地感受到地位所帶來的浮華和權力——但是這些都是多麼地脆弱、多麼脆弱啊！

為什麼是現在？在自己的計畫還沒有完成的時候？

空中飄浮的沙塵漸漸褪散，她能看到陽光照耀著行星的大地。地貌正在發生巨大的變化，過去乾燥的土地上覆蓋了大面積的綠色植物。

如果無法預見未來，我會失敗的。哦，只要具備了保羅的預見能力，我將會做出一番怎樣的豐功偉績呀！我乞求這樣的預知能力，但並不是為了解決自己的痛苦。

痛苦的渴求使她渾身戰慄，她多麼希望她沒有這樣的願望，和其他人一樣，接受呱呱墜地的衝擊，懵懵懂懂、平平安安地了此一生。但是沒有！她生來就是一位亞崔迪，母親的香料癮啓動了潛藏在她記憶深處的無數世紀的意識，她是個受害者。

為什麼我的母親今天回來？

葛尼．哈萊克應該和她在一起——那位無比忠實的僕人、外貌醜陋的雇傭殺手、忠誠坦率、一位音樂家，既可以用樂器撥片殺人，又可以輕鬆地用巴利斯九弦琴奏樂助興。有人說他已經成為她母親的情人，這一點還有待確認，但它可能會成為最有價值的情報。

變成普通人的想法不知不覺間離開了她。

現在腦裡充斥著必須引誘萊托喝下香料迷湯，進入香料激發的沉醉狀態，這樣的念頭。

她想起以前問過萊托，他會怎樣處理和葛尼．哈萊克的關係。萊托當時便察覺到了這個問題背後的深意，他說哈萊克忠誠於「一個錯誤」，然後又補充了一句：「他崇拜我……的父親。」

她注意到了那片刻的猶豫，萊托差點脫口說出「我」，而不是「我的父親」。是啊，有時要把基因記憶和活人自己的言行分開是很困難的。有關葛尼．哈萊克的回憶就不容易區分。

阿麗亞的嘴角露出一絲冷笑。

保羅去世後，葛尼與潔西嘉夫人一直在卡拉丹。現在他的返回將會使已經十分複雜的形勢更加複雜化。回到阿拉吉斯後，他會在現有的關係中加入他自己的因素。他曾經效力於保羅的父親，這一系的次序分別是萊托一世到保羅到萊托二世。此外還有一條分支，即比吉斯特姐妹會的育種計畫：潔西嘉到阿麗亞到加尼馬。葛尼的到來將加速這種混亂，換言之便是這人可能會有其利用價值。

如果他發現我們帶著他最憎惡的哈肯尼家族的血統，他會做出什麼反應呢？

阿麗亞嘴角的微笑變成了沉思的表情。畢竟，那對雙胞胎還是孩子。他們就像有無數對父母的孩子，他們的記憶既屬於別人，也屬於自己。他們將站在泰布穴地的著陸台上，看著他們的祖母乘坐的飛船在阿拉肯盆地下降軌跡。飛船在空中留下的噴氣尾跡很顯眼。對於潔西嘉的孫子孫女來說，這道尾跡會使她的到來更具體嗎？

母親會問我是怎麼訓練他們的？阿麗亞想，會問我使用懲罰手段時是否明智。而我會告訴她，他們是在自己訓練自己——就像我曾經做過的那樣。我會引用她孫子說過的話：「在統治者的責任中，有一項是進行必要的懲罰……但只能以受害者犯了錯誤為前提。」

阿麗亞突然想到，如果她能讓潔西嘉夫人將主要精力集中在雙胞胎身上，其他事情就可能逃過她銳利的眼睛。

這完全可以做到。萊托很像保羅。這很自然，他可以在任何他願意的時候變成保羅。就連加尼馬也具備這種令人膽寒的能力。

就像我可以變成我的母親，或是其他任何一個與我分享他們人生記憶的人。

她將思緒轉向別處，看著掠過機身外的遮罩牆山的形狀。隨後她又想到：母親在離開了富含水分、溫暖安全的卡拉丹，重又回到沙漠星球阿拉吉斯後有什麼感受？在這裡，她的公爵被謀殺了，而她的兒子成了一個殉教者。

爲什麼潔西嘉夫人在這個時候回來？

阿麗亞找不到答案——至少找不到明確的答案。她可以分享體內無數人的自我意識，但個人經歷不同，動機也會變得不一樣。只有每個個體所採取的個人行爲才能顯示該個體的決定。對於出生前就有記憶的亞崔迪來說，這一點顯得尤爲重要。他們的出生過程不同於常人：離開母體只是一種肉體上的徹底分離，在此之前，母體已經給小生命留下了豐富的記憶庫。

阿麗亞不認爲她同時愛著也恨著她的母親是件奇怪的事。這是一種必然、是必要的平衡，不需要爲此內疚或遭受譴責。這個問題無所謂愛、也無所謂恨。應該譴責比吉斯特姐妹會嗎？因爲她們設計了潔西嘉夫人的道路？當某人的記憶覆蓋了整個千年紀時，很難將內疚和對他人的譴責區分開來。

姐妹會只是想優選出一個科維扎基·哈得那奇，充當成熟聖母的男性對應者……而且……身爲具有超常感知力和意識力的人，科維扎基·哈得那奇可以同時出現在多個時空。在這個育種計畫中，潔西嘉夫人僅僅是一名無關緊要的小卒，她品位低下，卻愛上了分配給她的生育伴侶。爲了滿足她所摯愛的公爵願望，她沒有按照姐妹會的安排生一個女孩，而是生了一個男孩。

讓我在她染上了香料癮以後出生！現在，她們又不想要我了！現在，她們居然害怕我！還找來了各種理由……

她們成功地製造了保羅，他們的科維扎基·哈得那奇，只是早了一代。這是她們長期計畫中的一個小小計算錯誤。而現在她們又面臨著一個新問題：畸變惡靈，但這惡靈身上卻帶著她們尋找了好幾代的寶貴基因。

阿麗亞感到眼前落下一片陰影，抬頭一看，只見她的護航機隊已排成著陸前的最高警戒隊形。她搖搖頭，感嘆著自己的胡思亂想。在頭腦中拜訪歷史人物，把他們的錯誤再整理一遍能帶來什麼好處？畢竟現在是一個全新的時代了。

鄧肯．艾德荷已將他的門塔特意識集中於潔西嘉爲什麼會在這時候回來的問題上，他用他的天賦——如古代電腦般的大腦——評估這問題。他說，她回來是爲了幫姐妹會取回那對雙胞胎，因爲他們同樣攜帶著那些寶貴的基因。他很可能是對的。這個目的足以讓潔西嘉夫人從自願隱居在卡拉丹的狀態中走出來。

如果姐妹會命令她……除此之外，還有什麼能讓她回到這個對她來說充滿痛苦回憶的地方呢？

「我們會弄清楚。」阿麗亞喃喃地說。

她感到撲翼機在她城堡的屋頂上著陸，反作用力和刺耳的煞車聲使她心中充滿對未來的不祥預感。

※　※　※

mélange（也可以寫做mé-lange或mélanj），字源不明（被認為源於古老的地球法語）。詞義一：香料的混合物，詞義二：產於阿拉吉斯（沙丘）的香料，智者薩卡德統治時期的皇家化學師尤瑟夫．艾可哥第一個注意到這種物質。mélange只存在於阿拉吉斯的沙漠最底層，它與第一世的弗瑞曼救世主保羅．穆哈迪（亞崔迪）的預見能力有著密切的聯繫，宇航公會的領航員和比吉斯特也使用這種香料。

——《皇家詞典》．第五版

兩隻大型貓科動物在黎明的曙光中躍上山脊，悠然跑動。牠們並不是在急切地尋找獵物，僅是在巡視牠們的領地。牠們被稱作拉茲虎，是八千年前被帶到薩魯撒·塞康達斯行星的稀有品種。基因繁殖手段抹去了古老地球虎群的一些原有特徵，同時強化了其他一些特點。牠們的虎牙仍然很長、臉很寬，臉上長著機靈警覺的眼睛、腳掌變得很大，以使牠們在崎嶇不平的地面獲得足夠的支撐、牠們藏在肉足內的趾爪伸出後有大約十公分長，由於肉足的摩擦，趾爪末端變得像剃刀一樣鋒利。牠們的毛皮呈均勻的褐色，使牠們幾乎能在沙漠中隱身。

與祖先比起來，牠們還有一點不同之處：當牠們還是幼獸時，大腦中就被植入了刺激伺服器。牠們變成了擁有刺激信號發射器者的爪牙。

拉茲虎停下來仔細查看地形，呼出的熱氣在寒冷空中形成白霧。牠們附近的薩魯撒·塞康達斯一片貧瘠，這兒藏匿著寥寥幾隻從阿拉吉斯偷運出來的沙鮭，人們幻想憑藉這些寶貴的生命打破阿拉吉斯對香料粹的壟斷。這兩頭大貓站立在散布著褐色的岩石，與點綴著稀稀拉拉的灌木的地面上，在清晨的陽光中，銀綠色的灌木拉著長長的陰影。

突然間，大貓警覺起來。牠們的眼睛慢慢地轉向左側，接著頭也轉了過來，目光朝向下方遠處那片滿目瘡痍的土地上，兩名正手拉手嬉戲的孩子。這兩名孩子看起來年齡相當，大約在九到十歲之間。他們留著一頭紅髮、身穿蒸餾服，蒸餾服外披著邊緣打了孔的白色沙地斗篷，額頭處用閃爍著珠寶光澤的絲線繡著亞崔迪家族的族徽——鷹冠。他們高高興興地交談著，兩隻獵食貓科動物可以清晰地聽到他們的談話。

拉茲虎瞭解這種遊戲，牠們以前曾經玩過，但牠們仍然保持靜止，等待刺激伺服器觸發追蹤指令。

一名男人出現在兩隻大貓身後的山脊頂上。他停了下來，仔細研究面前的場景：大貓和孩子們。

這男人穿著一件灰黑色的皇家薩督卡訓練服，軍服上面的徽章表示他的職位是萊文布雷徹——巴夏的副官。在他脖子和腋窩之間掛著一條帶子，帶子上吊著一個薄套子，套子靠在前胸，裡面裝著信號發射器，無論哪隻手都能很方便地操作發射器上的按鍵。

兩隻老虎沒有轉過身來看他。牠們很熟悉這男人的聲音和氣味。他匆忙下了山脊，在距離那兩隻大貓兩步遠的地方停下來，隨後用手背抹過自己的頭。空氣很冷，但這樣的工作卻讓人渾身發熱。

他再次用灰白色的眼睛仔細研究眼前場景：大貓和孩子們。

他把一縷被汗水浸濕的金髮塞回黑色頭盔內，然後用手按了一下植入式喉頭麥克風。

「大貓已經發現他們了。」

植入耳後的接收器中傳來回應，「我們看到牠們了。」

「這一次怎麼辦？」萊文布雷徹問道。

「沒有接到追蹤命令，牠們會去抓那兩個孩子嗎？」接收器裡的聲音反問。

「牠們已經準備好了。」萊文布雷徹說道。

「很好！讓我們來看看四節訓練課是不是足夠。」

「你們準備好就告訴我。」

「已經好了。」

「開始行動。」萊文布雷徹說道。

他先拔開信號發射器右手邊一個紅色按鍵上的安全栓，然後按下那個按鍵。現在那對大貓不再受任何信號的約束。接著他把手指放在紅色按鍵下方的一個黑色按鈕上，如果那對大貓轉而攻擊他時，他隨時可以制止牠們。但牠們根本沒有注意他的存在，而是匍匐在地面，寬大的腳掌流暢地運動著，朝山脊下的那對孩子前進。

萊文布雷徹蹲下身來，仔細觀察。他知道，他周圍某個地方有個隱蔽的傳輸眼，把這裡的一切傳送到王子居住的要塞裡的一個祕密監視器上。

大貓們先是慢跑，隨後開始狂奔。

孩子們這時正專心攀爬著佈滿岩石的山梁，並沒有意識到自己已經身處險境。其中一個孩子正在大笑，聲音在寂靜的空氣中顯得又高又尖。另一個孩子被絆倒了，重新站穩身子後，他轉過身，看到了那對大貓。他指著大貓說：「看啊！」

兩名孩子都停了下來，好奇地緊盯著對他們生命的入侵。當兩隻拉茲虎襲擊他們的時候，他們仍然一動不動地站在原地。兩個孩子死於隨意而又兇狠的攻擊，他們的脖子當下即被咬斷，然後大貓開始吃他們。

「需要我召回牠們嗎？」萊文布雷徹問道。

「讓牠們吃完吧，牠們做得很漂亮！我知道牠們一定會成功，這一對毫無缺點。」

「也是我見過最好的。」萊文布雷徹贊同道。

「很好。已經派了車去接你。通話完畢。」

萊文布雷徹站起身，伸了伸懶腰。他克制住自己，不去看他左手邊的高地，那裡的閃光點暴露了傳輸眼的位置。傳輸眼把他的良好表現傳送給了遠在首都綠洲處的巴夏。萊文布雷徹微笑，今天的工作表現將使他獲得提升。他彷彿感受到了脖子下掛著巴圖徽章的感覺——總有一天，他會飛黃騰達……甚至有一天會成為波薩格。

在已逝的沙德姆四世的孫子——法拉肯——的部隊裡，做得好的人都會迅速獲得提拔。某一天，當王子坐上他理應得到的皇位時，人員的晉升將會變得更快。巴夏軍銜都可能不是最終的獎勵。一旦那對亞崔迪的雙胞胎被除掉之後，這世界上會需要更多的男爵和伯爵……。

弗瑞曼人必須回到他原來的信仰中去、回到形成人類社會的本質中去。他必須回到過去，回到在與阿拉吉斯的鬥爭過程中學會生存的過去。弗瑞曼人唯一做的就只有敞開心靈，接受來自心靈內部的教導。對他而言，帝國、長老會和宇聯公司的萬千世界毫無意義，他們只會奪取他的靈魂。

——阿拉肯的傳教士語

※　※　※

潔西嘉夫人乘坐的飛船從空中俯衝而下，停在暗褐色的著陸場上，機身還在發出隆隆的喘息聲。著陸場四周直到遠處是一片人海，她估計大約有五十萬人，其中三分之一可能是朝聖者。他們站在那裡，安靜得可怕，注意力集中在飛船的出口平台。平台處艙門的陰影遮住了她和她的隨從的身形。還有兩個小時才到正午，但人群上方的空氣中已有塵埃在反射微光，預示今天將會是炎熱的一天。

潔西嘉戴上象徵聖母的頭巾，她用手輕碰頭巾下夾雜著斑駁銀絲的古銅色頭髮，頭巾緊緊包裹她鵝蛋形的臉龐。她知道長途旅行之後，她的狀態並不算很好，再說黑色的頭巾也不適合她。但是她過去在這裡穿過這樣的裝束，弗瑞曼人不會忘記這身弗瑞曼女式長袍所代表的特殊意義。她嘆口氣，星際旅行對她來說並不輕鬆，還有過去時光帶給她的沉重記憶——當時她的公爵被迫違心進入這片封地時，她也是通過星際旅行從卡拉丹來到阿拉吉斯。

慢慢地，通過比吉斯特訓練所賦予能夠發現關鍵的細節特徵能力，她開始靜心仔細研究起面前的這片人海。他們中有穿著灰色蒸餾服、來自沙漠深處的弗瑞曼人；也有穿著白色長袍的朝聖者，肩膀上帶著贖罪的標記；有富商們，他們穿著輕便的常服，以此炫耀他們在阿拉肯炎熱空氣中並不在乎水分流失……還有「忠信會」派出的代表團，他們身著綠色長袍，戴著厚重的頭罩，靜靜地站在他們自己聖潔的小圈子裡。

她將視線從人群移開，只有這時，她才能感受到這次歡迎和從前那次她和她親愛的公爵一起到來時有些許相似之處。那是多久以前的事情了？二十多年了。她不喜歡回憶其間發生的令人心碎的往事。

在她心裡，時間停滯不前，彷彿她離開這顆行星的這些年並不存在般。

又一次入虎口了，她想。

就在這裡，在這片平原上，她的兒子從已逝的沙德姆四世手中奪過了統治權，歷史的這一次大動盪已將這片土地深深鐫刻在人們的心裡和信仰裡。

身後的隨從們發出不安聲響，她又嘆口氣。他們肯定是在等遲到的阿麗亞。已經可以看到阿麗亞和她的隨從們從人群周邊逐漸向這裡走近，皇家衛隊在他們前面清理通道，引起人群中一陣陣波動。

潔西嘉再一次巡視周圍環境。在她眼中，很多地方都和以前不同。著陸場的塔台上新增了一個祈禱用陽台。平原左邊目力可及的地方矗立著巨大塑鋼建築，那是保羅建造的城堡——他的「沙漠之外穴地」、人類有史以來最大的一體化建築。即使把整個城市都裝在它的圍牆之內，它裡面依然有多餘空間。現在那裡駐紮著帝國政體中最強大的統治力量，阿麗亞建築在她兄長屍體上的「忠信會」。

必須除掉那個地方，潔西嘉想。

阿麗亞的代表團已經到達出口舷梯的腳下，不出人們預料，在那裡停下腳步。潔西嘉認出史帝加那粗壯的身材。上帝呀，竟然還有伊如蘭公主！她那誘人身材遮掩了她的野性，微風撩起她那金髮。真氣人，伊如蘭看起來一點都沒有變老！還有站在隊伍最前端的阿麗亞，年輕的身材顯得既張揚又放肆，目光死死盯著飛船艙門的陰影處。潔西嘉嘴角緊繃，仔細端詳著女兒的臉。一陣悸動掠過潔西嘉的身體，她聽到自己的內心在她耳邊吶喊。那些傳言都是眞的！太可怕了！太可怕了！阿麗亞走上了禁路。事實擺在那裡，受過訓練的人都能做出判斷：那是畸變惡靈！

潔西嘉用片刻工夫調整情緒。直到這時她才發現，自己原本是多麼希望能看到那些謠言都是假的。

那對雙胞胎會怎麼樣？她問自己。他們是否也迷失了自我？

慢慢地，潔西嘉以符合上帝之母的姿態走出陰影，來到舷梯口。她的隨從們則根據指示留在原處。接下來是最關鍵的時刻。現在，潔西嘉一個人孤零零地處在所有人的視線中，她聽到葛尼・哈萊克在她身後緊張地清著嗓子。

葛尼曾多次反對她這樣做：「妳身上一點遮罩場都沒有？天啊，妳這個女人！簡直神經不正常！」

但是在葛尼所有讓人欣賞的品德中，最核心的就是服從。他會說出自己的不同意見，但服從命令。現在他就在服從命令。

潔西嘉現身時，人海中湧出一陣低呼，如同巨大的沙蟲發出的嘶嘶聲。她高舉雙臂，做出教士加冕於皇帝時的祝福姿勢。人們一片接著一片，紛紛跪倒在地，像是個巨大有機體，儘管不同片區的人們做出反應的時間長短不一。

就連官方代表們都表示了恭順之意。

潔西嘉在舷梯口停留了一會兒。她知道她身後的其他人和混在人群中她的特工們已經在腦海中形成了一張臨時地圖。依靠這張地圖，他們能夠在人群中辨別出那些下跪時遲疑的人。

潔西嘉仍然保持著雙臂上舉的姿勢，直到葛尼和他的人出現。他們迅速繞過她，走下舷梯，毫不理會官方代表們驚異的表情，而是直接與人群中打著手勢表明自己身分的特工們會合。

很快地他們在人海中散開，不時跳過一群群跪著的人的頭頂，在狹窄人縫間快速奔跑。目標人物中只有少數意識到了危險，想要逃走。但他們成了最易對付的獵物：一把飛刀或是一個繩圈，逃跑者已然倒地。其他人則被趕出人群，雙手被縛，步履蹣跚。

整個過程中，潔西嘉始終伸展雙臂，站得直挺，用她的存在賜福人群，讓人海繼續屈從。她知道那些廣爲流傳的謠言，也知道其中占主導地位的謠言是什麼。

因爲那是她預先埋下的謠言：聖母回來是爲了刈除雜草。萬福我們上帝的母親！

等一切結束，幾具死屍癱軟在地，俘虜們也被關進著陸場塔台下的圍欄內。潔西嘉放下了雙臂。這段時間大概只花了三分鐘。她知道葛尼和他的人幾乎不可能抓到任何一個頭目——那些最具威脅的人。那些傢伙十分警覺、非常敏感。但俘虜中會有幾條令人感興趣的小魚，當然還少不了普通的敗類和笨蛋。

人們在潔西嘉放下手臂後，一片歡呼的站起身。

像沒有發生任何麻煩般，潔西嘉獨自一人走下舷梯。她避免與女兒的目光接觸，將注意力集中在史帝加身上。他蒸餾服兜帽的頸部被一大叢黑色的絡腮鬍子遮蓋，鬍子已經點綴著斑斑灰色，但他的眼睛仍然像他們第一次在沙漠相見時一樣，給她一種震撼感。

史帝加知道剛剛發生了什麼，並接受了這一事實。

他表現得像個眞正的弗瑞曼耐布、男兒領袖，敢於做出血腥的決定。他那第一句話完全符合他的個性。

「歡迎回家，夫人。能欣賞到直接有效的行動總能令人愉悅！」

潔西嘉擠出一絲微笑。「封鎖著陸場，史帝加。在審問那些俘虜之前，不准任何人離開。」

「已經下令了，夫人，」史帝加說道，「葛尼的人和我一起制定了這個計畫。」

「如此說來——那些出手相助的人就是你的人。」

「他們中的一部分，夫人。」她看到他欲言又止的模樣，輕點了點頭，「過去那些日子裡，你對我研究得很透，史帝加。」

「正如您過去告訴我的那樣，夫人，人們觀察倖存者並向他們學習。」

阿麗亞走上前來，史帝加讓在一旁，讓潔西嘉直接面對她的女兒。

潔西嘉知道自己沒有辦法隱藏她已瞭解到的東西，她甚至不想去隱藏。只要有這個必要，阿麗亞可以在任何時候清楚地觀察到需要注意的細節，她像任何一個姐妹會的高手一樣精於此道。通過潔西嘉的行爲舉止，她已知曉潔西嘉看到了什麼，以及潔西嘉本人對所看到事物的看法。她們是死敵。然而這個詞的含意，常人只有最膚淺的理解。

阿麗亞的選擇是直截了當地迸出怒火，這是最簡單、也是最適當的反應。

「妳怎麼能沒有徵求我的意見就擅自制定這計畫？」她衝著潔西嘉的臉問道。

潔西嘉溫和地說道：「妳剛剛也聽說了，葛尼甚至沒讓我參與整個計畫。我們以爲……」

「還有你，史帝加！」阿麗亞轉身面對史帝加，「你究竟效忠於誰？」

「我的忠誠奉獻給穆哈迪的孩子，」史帝加生硬地說，「我們除去了一個對他們的威脅。」

「這個消息爲什麼沒有讓妳覺得高興呢……女兒？」潔西嘉問道。

阿麗亞眨眨眼，朝她母親瞥了一眼，強壓下內心的騷動。她甚至設法做到了露齒微笑。「我很高興……母親。」她說道。

她的確覺得高興，這一點連阿麗亞本人都感到奇怪。她心中一陣狂喜：她終於和她母親攤牌了！讓她恐懼的那一刻已經過去，而權力平衡並沒有發生改變。

「等我們方便時再來詳談這個問題。」阿麗亞同時對母親和史帝加說道。

「當然。」潔西嘉說道，並示意談話結束，轉過身來看著伊如蘭公主。

在幾次心跳時間裡，潔西嘉和公主靜靜地站著，互相研究對方——兩位比吉斯特，都爲同一個理由與姐妹會決裂：愛……兩人所愛的男人都已死了。公主對保羅付出的愛沒有得到回報，成了他的妻子但不是愛人。現在，她只爲了保羅的弗瑞曼情人爲他所生的那兩個孩子活著。

潔西嘉率先開口：「我的孫兒們在哪裡？」

「在泰布穴地。」

「他們在這兒太危險了，我理解。」

伊如蘭微微點頭。她看到了潔西嘉和阿麗亞之間的交流，但阿麗亞事先便把一個觀念灌輸給了她：「潔西嘉已經回到姐妹會，我們倆都知道她們對保羅的孩子基因有什麼樣的計畫。」於是，她便根據這種觀念對所看到的一切做出了自己的解釋。

伊如蘭從未成爲比吉斯特高手——她的價值僅在於她是沙德姆四世女兒。她總是太高傲，不想充分拓展自己的能力。現在她貿然選擇了她的立場，以她所受的訓練，本來不至於如此。

「說眞的，潔西嘉，」伊如蘭說道，「妳應該事先徵詢皇家國務會議的意見，然後採取行動。妳現在的做法並不對，僅僅通過——」

「我是不是應該這樣想：妳們兩個都不相信史帝加。是這樣嗎？」潔西嘉問道。

伊如蘭意識到這問題沒有答案，這點聰明她還是有。她高興地看到耐心已消耗殆盡的教士代表團走了過來。她和阿麗亞交換了一下眼色，想道：潔西嘉還是那樣，自信、傲慢！一條比吉斯特公理在她腦海裡不期而至：

> 傲慢是堵城牆，讓人掩飾自己的疑慮和恐懼。

潔西嘉就是這樣嗎？顯然不是。那肯定只是一種姿態。但這又是爲了什麼呢？問題深深困擾著伊如蘭。

教士們亂哄哄地纏住了穆哈迪母親。有些只是碰了碰她的手臂，但多數人都深深彎腰致敬，獻上他們的祝福。最後輪到代表團的兩名領導者上前——這是禮儀規定的，地位高的最後出場。

他們臉上掛著經過訓練的笑容，告訴她正式的潔淨儀式將在城堡內——也就是過去保羅的堡壘——舉行。

潔西嘉研究著眼前這兩個人，覺得他們令人厭惡。其中一位叫賈維德，是名表情陰沉的圓臉年輕人，憂鬱的眼睛深處流露出猜忌、另一位叫哲巴特拉夫，是以前她在弗瑞曼部落中認識的一名耐布的次子——這一點，他本人並沒忘記提醒她。很容易就能看出他是哪類人：愉快的外表掩飾著冷酷，瘦長臉、一頭金髮、一副洋洋自得、知識淵博的樣子。

她判斷賈維德是兩人中更爲危險的一名，既神祕、又有吸引力，而且——她找不到更好的詞來形容他——令人厭惡。

她覺察到他的口音很怪，一口老派弗瑞曼人口音，彷彿來自某個與世隔絕的弗瑞曼部族。

「告訴我，賈維德，」她說道，「你是什麼地方的人？」

「我只是沙漠中一名普通的弗瑞曼人。」他說道，他每個音節都表明他在撒謊。

哲巴特拉夫以近乎冒犯的語氣打斷了他們，口氣近於嘲弄。「說到過去，可談的實在太多了，夫人。您知道，我是最先意識到您兒子神聖使命的那批人之一。」

「但你不是他的敢死隊員。」她說道。

「不是，夫人。我的愛好更偏向於哲學，我學習如何成爲一名教士。」

以此保護你那身軀，她想。

賈維德道：「他們在城堡內等著我們，夫人。」

她再次察覺到他那種奇怪的口音，這個問題一定要查清楚。「誰在等我們？」她問道。

「忠信會，所有追隨您神聖兒子的名字和事蹟的人。」賈維德說道。

潔西嘉向周圍掃了一眼，見阿麗亞朝賈維德露出笑容，於是問道：「女兒，他是妳的下屬嗎？」阿麗亞點點頭，說道。「一名注定要成就大事的人。」但是潔西嘉發現，賈維德並沒有因爲這句讚譽流露出絲毫欣喜。她心裡暗暗記下這個人，準備讓葛尼特別調查他一番。

此時葛尼和五個親信走了過來，表示他們已經審問了那些下跪時遲疑的可疑分子。他邁著強健的步伐，眼睛一會兒向左瞥一眼、一會兒又向右看，四處觀察，每塊肌肉既放鬆，又警覺。

這種本領是潔西嘉教他的，源於比吉斯特氣神合一訓練手冊上的記載。他是一名醜陋的大塊頭，身體的所有反應都經過嚴格訓練，是位不折不扣的殺手。有些人視他爲魔鬼，但潔西嘉愛他、看重他勝過任何活著的人。他的下顎處有一道被墨藤鞭抽打後留下的扭曲的傷疤，使他看起來十分兇惡，但在他看到史帝加後浮現的笑容軟化了他臉上的線條。

「做得好，史帝加！」他說道。他們像弗瑞曼人那樣互相抓住對方的膀臂。

「潔淨儀式。」賈維德道，碰了碰潔西嘉的手臂。

潔西嘉回過頭。她仔細組織著語言，發音則用上了能夠控制他人的魔音大法，同時精心計算著她的語氣和姿勢，以保證話語能對賈維德和哲巴特拉夫的情緒準確地產生影響：「我回到沙丘，只是爲了看望我的孫子和孫女。我們非得在這種無聊的宗教活動上浪費時間嗎？」

哲巴特拉夫的反應是震驚不已。他張大了嘴巴，驚恐地瞪大了眼睛，看了看周圍聽到了這句話的人。他的眼睛留意到每個聽到這句話的人的反應。

無聊的宗教活動！這種話從他們的先知的母親口中說出來，會帶來什麼後果？

然而，賈維德的反應則證實了潔西嘉對他的判斷。他瞬間嘴角綳緊，接著卻又露出了微笑。但他眼裡沒有笑意，也沒有四處觀望留意別人的反應。

賈維德早已對這支隊伍裡的每個人都瞭若指掌。他知道從現在這一刻起，他應該對他們中的哪些人予以特別的關照。短短幾秒鐘之後，賈維德陡然間停止了笑容，表明他已經意識到剛才他的舉止暴露了自己。

賈維德的準備工作做得不錯：他瞭解潔西嘉夫人具備的觀察力。

閃念間，潔西嘉衡量了各種手段。只要對葛尼做一個小手勢，就能置賈維德於死地。處決可以就在這裡執行，以達到殺一儆百的效果；也可以在以後悄悄找個機會，讓死亡看起來像是一次事故。

她想：當我們希望隱藏內心最深處的動機時，我們的外表卻背叛了自己。比吉斯特的訓練可以識別暴露出來的種種跡象，提升能力。越過這個階段，她們將得以居高臨下地解讀其他人一覽無遺的肉體。

她意識到，賈維德的智力具有很高的利用價值，是可以使力量保持平衡的砝碼。如果能將他爭取過來，他便可以充當最需要的那個環節，讓她深入阿拉肯宗教界。

而且，他同時還是阿麗亞的人。

潔西嘉說道：「官方隨行人員的數目必須保持小規模。我們只能再加一個人。賈維德，你加入我們。至於哲巴特拉夫，只能對不起你了。還有，賈維德……我會參加這個、這個儀式……如果你堅持的話。」

賈維德深深吸了口氣，低聲說道：「聽從穆哈迪母親的吩咐。」他看了看阿麗亞，然後是哲巴特拉夫，目光最後回到潔西嘉身上，「耽誤您和孫兒們團聚眞令我萬分痛苦，但是這是……是爲了帝國……」

潔西嘉想：好！他本質上仍是個商人。一旦我們確定合適的價錢，我們就能收買他。他堅持讓她參加那個什麼了不得的儀式，對此，她甚至感覺到一絲欣喜。這小小的勝利會讓他在同伴中樹立威信，他們兩人都清楚這一點。接受他的潔淨儀式是為他未來的服務所支付的預付款。

「我想你已經準備好了交通工具。」她說道。

※　※　※

我給你這隻沙漠變色龍，牠擁有將自己融入背景的能力。研究牠，你就能初步瞭解這裡的生態系統和構成個人性格的基礎。

——《海特編年史·謗書》

萊托坐在那兒，彈奏著一把小小的巴利斯九弦琴。這是技藝臻於化境的巴利斯九弦琴演奏大師葛尼·哈萊克在他五歲生日時寄給他的。自四年練習後，萊托的演奏已經相當流暢，但一側的兩根低音弦仍時不時地給他添點麻煩。

他覺得情緒低迷時彈奏巴利斯九弦琴頗有提振作用——加尼馬同樣有這個感覺。此刻他在泰布穴地上方崎嶇不平的岩叢最南端，坐在一塊平平的石頭上，頭頂著晚霞，輕輕彈奏著。

加尼馬站在他身後，嬌小的身軀散發著不滿。史帝加通知他們，祖母將在阿拉肯耽擱一陣子。從那以後，加尼馬就不願意出門，尤其反對在夜晚即將降臨時來到這裡。

她催促著哥哥道：「行了吧？」

他的回答是開始了另一段曲子。

從接受這件禮物到現在，萊托頭一次強烈地感到這把琴出自卡拉丹上某位大師之手。他擁有的遺傳記憶本來就能觸發他強烈的鄉愁，思念亞崔迪家族統治的那顆美麗行星。

彈奏這段曲子時，萊托只需要敞開心中隔阻這段鄉愁的堤壩，記憶便在他的腦海中流過：他回憶起葛尼用巴利斯九弦琴替他的主人和朋友保羅．亞崔迪解悶。隨著巴利斯九弦琴在手中鳴響，萊托愈來愈覺得自己的意識被他的父親所主導。但他仍舊繼續彈奏，讓自己與這件樂器的聯繫每一秒鐘都變得更加緊密。

心中的感應告訴他，他能夠彈好巴利斯九弦琴，這種感應已經達到了巴利斯九弦琴高手的境界，只是九歲孩子的肌肉還無法與如此微妙的內心世界配合起來。

加尼馬不耐煩地點著腳尖，沒意識到自己正配合著哥哥演奏的音樂的節拍。

萊托驀地中斷這段熟悉的旋律，開始演奏起另一段非常古老的樂曲，甚至比葛尼本人彈奏過的任何曲子更加古老。由於過於專注，他的嘴都扭曲了。弗瑞曼人的星際遷徙剛剛將他們帶到第五顆行星時，這段曲子便已經是一首古歌謠。指尖在琴弦間彈撥時，萊托聽到了來自記憶深處具有強烈眞遜尼意味的歌詞。

大自然的美麗型態
包含可愛的本質
有人稱之為——衰亡
這可愛的存在
讓新生命藉此找到了出路

默默滑落的淚水
是靈魂之水
它們使新生命
化為痛苦的存在——
唯死亡帶來的分離使其圓滿

他彈完了最後一個音符。加尼馬在身後問道：「好老的歌。爲什麼唱這個？」
「因爲它合適。」
「你會爲葛尼唱嗎？」
「也許。」
「他會稱它爲憂鬱的胡說八道。」
「我知道。」
萊托扭過頭看著加尼馬。他並不奇怪她知道這首歌的歌詞，但是忽然間，他心中一陣驚嘆：他們倆的聯繫眞是太緊密了！即使他們中任何一人死亡，仍會存在於另一個的意識中，每一寸分享的記憶都被會保留下來。這種密切無間像張網，緊緊纏著他。他將目光從她身上移開。他知道，這張網上有縫隙，他此刻的恐懼便來自於這些縫隙中最新的一個——他感到他們倆的生命開始分離，各自發展。
他想：我怎麼才能把只發生在我一個人身上的事告訴她呢？
他向沙漠遠處眺望，望著那些高大、如波浪般在阿拉吉斯表面移動的新月狀沙丘。沙丘背後拖著長長的陰影。那裡就是凱得姆，也是沙漠的中央。這段時間以來，已經很少有機會在沙丘上見到巨型沙蟲蠕動留下的痕跡。

落日為沙丘披上血紅色的綬帶，在陰影的邊緣鑲上一圈火一般的光芒。一隻翱翔在深紅色天空中的鷹引起他的注意，鷹猛衝下來，捉住一隻山鶉。

植物就在他下方的沙漠表面茁壯成長，形成一片深淺不一的綠色。一條時而露出地表、時而又鑽入地下的露天水渠灌溉這片植物。水來自安裝在他身後岩壁最高處的巨型捕風器。綠色的亞崔迪家族旗幟在正那兒迎風飄揚。

水，還有綠色。

阿拉吉斯的新象徵：水和綠色。

身披植被的沙丘形成一片鑽石形狀的綠洲，在他下方伸展。綠洲刺激著他的弗瑞曼意識。下方的懸崖上傳來一隻夜鶯的啼叫，加深了此刻他正神遊在蠻荒過去的感覺。

Nous change tout cela，他想。下意識地使用了他與加尼馬私下交流時用的古老語言。他說道：「我們改變了這一切。」他接著嘆了口氣。Oublier je ne puis。「但我無法忘卻過去。」

在綠洲盡頭，他能看到弗瑞曼人稱之為「虛無」的地方——永遠貧瘠的土地，無法生長任何東西。

「虛無」沐浴在落日的餘暉下，水和偉大的生態計畫正改變它。在阿拉吉斯上，人們甚至能看到被綠色天鵝絨般的森林覆蓋著的山丘。

阿拉吉斯上出現了森林！

年輕一代中，有些人很難想像在這些起伏的山包之後便是荒涼的沙丘。在這些年輕人的眼中，森林的闊葉並沒有什麼特別之處。但萊托發現自己正以古老的弗瑞曼方式思考。在變化面前、在新事物面前，他感到了恐懼。

他說：「孩子們告訴我，他們已經很難在地表淺層找到沙鮭了。」

「那又怎麼樣？」加尼馬不耐煩地問道。

「事物改變得太快了。」他說道。懸崖上的鳥再次鳴叫起來。黑夜籠罩沙漠，像那隻鷹捕獲鵪鶉一樣。黑夜常常會令他受到記憶的攻擊——潛藏在他內心深處的所有生命都在此刻喧囂不已。對這種事，加尼馬並不像他那樣反感，但她知道他內心的掙扎，同情地將一隻手放在他肩頭。

他憤怒地撥了一下巴利斯的琴弦。

他如何才能告訴她正發生在自己身上的變化？

他腦海中浮現的是戰爭，無數生命在占老記憶中覺醒：殘酷的事故、愛人的柔情、不同地方不同人的表情……深藏的悲痛和大眾的激情。

他聽到了輓歌在早已消亡的行星上飄蕩、看到了綠色旗幟和火紅色燈光，聽到了悲鳴和歡呼、聽到了無數正在進行的對話。

在夜幕籠罩下的曠野，這些記憶的攻擊最難以承受。

「我們該回去了吧？」她問道。

他搖搖頭。她感覺到他的動作，意識到他內心的掙扎甚至比她設想的還要深。

*爲什麼我總是在這兒迎接夜晚？*他問自己。加尼馬的手從他肩上抽走，但他並無感覺。

「你在折磨自己，而且你知道你這麼做的原因。」她說。

他聽出她語氣中的一絲責備。是的，他知道。答案在他意識中清晰可見：*因爲我內心的眞知與未知驅使我，使我在風浪裡顛簸不已。*他能感覺到他的過去在洶湧起伏，彷彿自己踏在衝浪板上。他強行將父親那跨越時空的記憶放在其他一切記憶之上，壓制著它們，但他還是希望自己能獲得有關過去的所有記憶。他想得到它們。

那些被壓制的記憶極其危險。他充分意識到了這一點，因爲在他身上發生了新的變化。他希望把這種變化告訴加尼馬。

一號月亮慢慢升起，沙漠在月光下開始發光。他向遠處眺望，起伏的沙漠連著天際，令人有沙漠靜止不動的錯覺。在他左方不遠處坐落著「僕人」——一大塊原本凸出地表的岩石，卻被沙暴磨成了一個表面布滿皺摺的矮子，彷彿一條黑色的沙蟲正衝出沙丘。

總有一天，他腳下的岩石也會被磨成這個形狀，到那時泰布穴地將會消失，只存在於像他這樣的人的記憶中。然而他仍相信，哪怕到那時，世上仍會有像他這樣的人。

「爲什麼你一直盯著『僕人』看？」加尼馬問道。

他聳聳肩。違抗他們監護人命令時，他和加尼馬總會跑到「僕人」那。他們在那裡發現了一個祕密的藏身處。那個地方吸引著他們，而萊托知道原因。

下方黑暗縮短了他與沙漠之間的距離，一段地面露天水渠反射月光，食肉魚在水中游動，撩起陣陣漣漪。弗瑞曼人向來在水中放養這種食肉魚，用來趕走沙鮭。

「我站在魚和沙蟲之間。」他喃喃自語道。

「什麼？」

他大聲重複了一遍。

她單手撫在唇邊，琢磨著面前感動他的場景。她父親也曾有過這種時刻，她僅需注視自己的內心，比較父親和萊托。

萊托打了個哆嗦。在此之前，只要他不提出問題，深藏在他體內的記憶從來不會主動提供答案。他體內似乎有一面巨大的螢幕，而眞相漸漸顯露在螢幕上。沙丘上的沙蟲不會穿過水體，水會使牠中毒。然而在史前時期，這裡是有水的。白色的石膏盆地就是曾經存在過的湖和海洋。鑽一個深井，就能發現被沙鮭封存的水。

他似乎親眼目睹這整個過程，看到這行星所經歷的一切，並且預見到人類的干預將給它帶來災難性的改變。他用比耳語響不了多少的聲音說道：「我知道發生了什麼，加尼馬。」

她朝他彎下腰。「什麼？」

「沙鮭……」

他陷入沉默。沙鮭是一種單倍體生物，是這顆行星上的巨型沙蟲的一個生長階段。她不知道爲什麼他總是不斷提及這件事，但也不敢追問下去。

「沙鮭，」他重複道，「是從別的地方被帶到這裡來的。那時，阿拉吉斯還是一顆潮濕的行星。沙鮭大量繁殖，超出本地生態圈所能允許的極限。沙鮭將這顆行星上殘餘的游離水全部包裹起來，把它變成了一個沙漠世界……牠們這麼做的目的是爲了生存。在一個足夠乾燥的行星上，牠們才能轉變成沙蟲形態。」

「沙鮭？」她搖搖頭，但她並不是懷疑萊托的話。她只是不願意深入自己的記憶，前往他採集到這個資訊的地方。

她想：沙鮭？無論是她現在的身軀，還是她記憶裡曾經居住過的其他身軀，孩提時代都多次玩過一種遊戲：掘出沙鮭，引誘牠們進入薄膜袋，再送到蒸餾器中，榨出牠們體內的水分。

很難將這種愚蠢的小動物與生態圈巨變聯繫在一起。

萊托自顧自地點點頭。弗瑞曼人早就知道必須在他們的蓄水池中放入驅逐沙鮭的食肉魚。只要有沙鮭，行星的地表淺層就無法積聚起大面積水體。他下方的露天水渠內就有食肉魚在游動。如果只是極少量的水（例如人體細胞內的水分）沙蟲還可以對付。可是一旦接觸到較大的水量，牠們體內的化學反應就會急劇紊亂，使牠們發生變異並迸裂。這個過程會生成危險的香料粹，也是終極的靈藥。

弗瑞曼人便是在穴地的狂歡中稀釋並飲用這種液體。正是在這種純淨的濃縮液的引領下，保羅·

穆哈迪才能穿越時間之牆，進入其他男子從未涉獵的死亡之井深處。

加尼馬感受到哥哥的顫抖。「你在幹什麼？」她問道。

但他不想中斷他的發現之旅。「沙鮭減少——於是行星生態圈將發生改變……」

「但牠們當然會反抗這種改變。」她說。她察覺到了他聲音中的恐懼。雖然並不樂意，但她還是被引入這個話題。

「沙鮭消失，所有沙蟲都會不復存在。」他說道，「必須警告各部落，要他們注意這個情況。」

「不會有香料了。」她說。

她說到了重點。這正是生態系統改變所能引起的最大危險。這一切都是因爲人類的侵入破壞沙丘各種生物之間相互依存的關係。

兄妹倆都看到了危險正懸在人類頭上。

「阿麗亞知道這件事，」他說道，「所以才會老是一副幸災樂禍的樣子。」

「你怎麼能肯定呢？」

「我肯定。」

現在她知道了他煩擾不堪的原因，這原因讓她打了個冷顫。

「如果她不承認，各個部落就不會相信我們。」他說道。

他的話指出他們面臨的基本問題：弗瑞曼人會期盼從九歲的孩子嘴中說出些什麼？愈來愈遠離她自己內心世界的阿麗亞就是利用了這一點。

「我們必須說服史帝加。」加尼馬說道。

他們像同一個人一樣轉過頭去，看著被月光照亮的沙漠。在剛才的覺悟後，眼前的世界已全然不同。在他們眼中，人類對環境的影響從未如此明顯。他們感到自己是構成整個精密的動態平衡中不可或缺的一部分。

有了全新視野，他們的潛意識也發生巨大變化，他們的觀察力再次得到提升。列特—凱恩斯曾說過，宇宙是不同物種間進行持續交流的場所。剛才單倍體沙鮭就和作爲人類代表的他們進行了溝通。

「這是對水的威脅，各部落會理解的。」萊托說道。

「但是威脅不僅僅限於水，它——」她陷入了沉默。她懂得他話中深意。水代表著阿拉吉斯至高無上的權力。在弗瑞曼人的骨子裡，他們始終是適應力特強的動物，能夠在沙漠中倖存下來，知道如何在最嚴酷的條件下管理與統治。儘管他們仍舊明白水的重要性，但當水變得充裕時，這一權力象徵仍開始發生變化。

「你是指對權力的威脅。」她更正他的話。

「當然。」

「但他們會相信我們嗎？」

「如果他們看到了危機，如果他們看到了失衡——對！他們會相信我們的。」

「平衡，」她說道，重複起許久以前她父親說過的話，「正是平衡，才能將人群與一夥暴徒區分開來。」

她的話喚醒他體內的父親的記憶，他說道：「兩者相抗，一方是經濟，另一方是美。這種戰鬥歷史悠久，比示巴女王還要古老。」他歎口氣，扭過頭去看著她，「這段時間裡，我開始做關於預見性的夢了，加尼。」

她不由得倒抽一口氣。

他說道：「史帝加告訴我們說祖母有事耽擱——但我早已預見到了這個時刻。現在，我懷疑其他的夢也可能是眞的。」

「萊托……」她搖搖頭，眼眶忽然有些潮濕，「父親死前也像你這樣。你不覺得這可能是……」

「我夢見自己身穿鎧甲，在沙丘上狂奔。」他說道，「我夢見我去了迦科魯圖。」

「迦科……」她清了清嗓子，「那不過是則古老的神話罷了！」

「不，迦科魯圖確實存在，加尼！我必須找到他們稱之為傳教士的那個人。我必須找到他，然後向他詢問。」

「你不認為他是……是我們的父親？」

「問問妳自己的心吧。」

「很可能是他。」她同意道，「但是……」

「有些事，我知道我必須去做。但我真的不喜歡那些事。」他說道，「在我生命中，我第一次理解了父親。」

她感覺到他的思緒將她排斥在外，於是說道：「那個傳教士也可能只是個神祕主義者。」

「但願如此，但願。」他喃喃自語道，「我真希望是這樣！」他身子前傾，站了起來。隨著他的動作，巴利斯琴在他手中發出低吟，「但願他只是位沒有號角的加百利，只是名平凡、四處傳播福音的人。」他靜靜地注視月光照耀下的沙漠。

她轉過臉，順著他視線方向看過去。看到在穴地周圍已經腐爛的植被上跳動的磷火，以及穴地與沙丘之間明顯的分界線。那裡是一個充滿活力的世界。即使沙漠進入夢鄉，那個地方仍然有東西保持清醒。

她感受著那份清醒，聽到動物在她下方的露天水渠內喝水的聲音。

萊托的話改變了這個夜晚，讓它變得動盪。

這是在永恆的變化中發現規律的時刻，在這一刻，她感受到可以回溯至古老地球時代的記憶——

從地球到現在，整個發展過程的一切都被壓縮在她記憶中。

「爲什麼是迦科魯圖？」她問道。平淡的語氣和這時的氣氛十分不相稱。

「爲什麼……我不知道。當史帝加第一次告訴我們，說他們如何殺死那裡的人，並把那兒立爲禁地時，我就想……和妳想的一樣。但是現在，危險蔓延開來……從那兒……還有那名傳教士。」

她沒有回答，也沒有要求他把他那些可以預見未來的夢告訴她。她知道，這麼做就等於讓他知道她是多麼恐懼。那條路通向畸變惡靈，這一點，他們兩人都清楚。

他轉過身，帶著她沿著岩石走向穴地入口時，那個沒有說出口的詞沉甸甸地壓在他們心頭：畸變惡靈。

※　※　※

宇宙屬於上帝。它是一個整體，與之相比，任何個體都是短暫的。短暫的生命，即便是我們稱之為智慧生命、具有自我意識和理性的生物，也只能在某個時期很不可靠地掌握宇宙的一個極小的局部。

——C.E.T.（宗教大同編譯委員會）的注解

哈萊克嘴裡說著話，但他眞正的意圖是通過手勢傳達的。他不喜歡教士們爲這次報告準備的小接待室，知道這裡頭肯定布滿了竊聽設備。

就讓他們試著破解細微的手勢吧！亞崔迪家族使用這種通訊方式已經好幾個世紀了，沒有誰比他們更精於此道。

屋外，天已經黑了。這間小屋沒有窗戶，光線來自屋頂角落處的懸浮球燈。

「我們抓的人中，很多是阿麗亞的手下。」哈萊克比劃著，眼睛直視潔西嘉的臉，嘴裡說得卻是對這些人的審問仍在繼續。

「這麼說，和你預料的一樣。」潔西嘉用手語回答。隨後，她點了點頭，嘴裡說道，「審訊完成以後，我希望你交出一份完整的報告，葛尼。」

「當然，夫人。」他說道，隨即又用手語說，「還有一件事讓人很不安。在大量藥物的作用下，俘虜中有些人提到了迦科魯圖。但是只要一說出這名字，他們便立即死亡。」

「一個心臟停跳程式？」潔西嘉的手指問道。隨後她開口說道：「你釋放過任何俘虜嗎？」

「放了一些，夫人——一些明顯的小角色。」同時他的手指也在飛快比劃：「我們懷疑是強迫性中止心跳的程式，但還不能確認。屍檢仍未完成，不過我認爲應該讓您立刻知道關於迦科魯圖這件事，所以便即刻趕來了。」

「公爵和我一直認爲迦科魯圖是個有趣的傳說，可能會有些事實依據。」潔西嘉的手指說道。提到她早已死去的愛人時，她心頭總會湧起一股悲傷。

她強行壓下自己的傷感。

「您有什麼命令嗎？」哈萊克大聲問道。

潔西嘉同樣以話語做出了回答，下令他返回著陸場，報告任何有用的發現，但是她的手指卻發出了其他的指令：「與你在走私販中的朋友重新取得聯繫。如果迦科魯圖確實存在，對方只能通過出售香料得到活動經費。除了走私販之外，他們找不到其他市場。」

哈萊克微微點點頭，同時用手語道：「我已經在這麼做了，夫人。」畢生所受的訓練促使他又補充了一句：「在這裡您一定要非常小心。阿麗亞是您的敵人，然而大多數教士都是她的人。」

「賈維德不是。」潔西嘉的手指回答道，「他恨阿拉吉斯。我想，除了比吉斯特高手，其他任何人都覺察不到這一點。不過我非常肯定。他有企圖，但阿麗亞看不出來。」

「我要給您增派衛兵，」哈萊克大聲說道，避免與潔西嘉目光接觸。她的目光顯示，她並不喜歡這種安排，「我確信，這有危險。您今晚會住在這裡嗎？」

「我們待會兒去泰布穴地。」她說道。

潔西嘉遲疑了一下，本想告訴他不要再給她派衛兵了，但最終還是選擇了沉默。應該相信葛尼的直覺。不止一個亞崔迪學到了這一點。

「我還有一個會議——和修道院的院長。」她說道，「這是最後一個會議，我很高興快要擺脫這地方了。」

※　※　※

我看到沙漠中走出另一頭野獸：牠像羔羊般長著兩隻角，但嘴裡卻滿是犬牙，脾氣像龍一樣暴躁。牠的身體閃爍著光芒，吹出的熱氣如蛇鳴叫般嘶嘶聲響。

——改編後的《奧蘭治天主教聖經》

他稱自己為傳教士，但阿拉吉斯上很多人都認為他是從沙漠返回的穆哈迪——穆哈迪沒有死。穆哈迪確實有可能還活著，試問有誰看到了他的屍體？但真要這麼說的話，又有誰能看到那些被沙漠吞沒的屍體？疑問仍然存在——是穆哈迪嗎？經歷過從前那段日子的人中，沒人能站出來說：「是的，我看他就是穆哈迪，我認識他。」儘管如此，他們之間還是有相同之處，可以作一番比較。

和穆哈迪一樣，傳教士也是個瞎子，他的眼窩是兩個黑洞，眼窩周圍的疤痕看起來像是熔岩彈造成的。和穆哈迪一樣他的聲音具有強大穿透力，能迫使你從內心最深處尋找答案。這一點很多人都注意到。他身材高瘦、滿頭灰髮，堅毅的臉龐上布滿傷痕。但是綿延的沙漠給很多人都帶來了這樣的外表，只要看看你自己，就能找到證據。還有一個爭議處：傳教士有一個替他帶路的弗瑞曼年輕人，但沒人知道這小夥子來自哪個穴地。有人詢問他時，他總是說他做這個是爲了賺錢。

人們爭論說，通曉未來的穆哈迪是不需要嚮導。只有在他生命的盡頭，當他承受的無盡痛苦最終征服他時，他才會需要一個嚮導。

這一點，人盡皆知。

一個冬日早晨，傳教士出現在阿拉肯街道上，一隻古銅色、瘦骨嶙峋的手搭在年輕嚮導肩上。這位小夥子聲稱自己名叫哈桑·特里格，他以在擁擠的穴地練就出的敏捷，帶領他主人穿行在充滿燧石味的塵土中，從未讓主人的手離開他肩膀。

大家注意到，瞎子那件沙地斗篷下面的蒸餾服非同尋常。只有在過去沙漠最深處的穴地才會製造這樣的蒸餾服。

那服裝跟現在這些蹩腳貨完全不同，採集他呼吸中水蒸汽以供回收使用的鼻管由某種織物纏繞而成，那是一種現在已經幾乎絕跡的黑色藤蔓織物。蒸餾服面罩扣在臉的下半部，面罩上滿是被飛沙蝕刻而成的片片綠色。

總括一句，這位傳教士來自沙丘星遙遠的過去。

這冬日早晨，許多路人注意到他。畢竟弗瑞曼瞎子是很罕見的。儘管在水分充足的現代社會，大家已經不再遵從這條法律，但要求將瞎子交給夏胡露這條條文從產生到現在一直沒有變更過。

瞎子是奉獻給夏胡露的禮物。他們會被棄置在沙漠深處的沙海，任由沙蟲享用。需要這麼做時，人們總會選擇被最大的沙蟲——那種被稱爲沙漠老爹的大傢伙——所統治的地區。這些事城裡人也知道，畢竟他們聽過傳說。因此，一個弗瑞曼瞎子足以引起大家的好奇，人們紛紛停下了腳步，看著這奇怪的一對。

那小夥子看樣子像十四歲的樣子，是新生代中一員，穿著一件改良式蒸餾服，面部暴露在會奪走人體水分的空氣中。身材瘦小、有著一雙純藍的香料眼睛、小巧的鼻子，純潔的表情掩蓋了年輕人常有的憤世嫉俗。

而瞎子和小夥子截然不同，令人聯想起幾乎快被遺忘的過去——步幅很大，步伐卻很緩慢。只有長年只憑雙腿在沙漠中跋涉，或是曾被沙蟲俘虜的人才會這樣走路。他和許多盲人一樣，動作僵硬的仰起頭，當引起他興趣的聲音側過耳朵時，那顆裹在兜帽裡的頭顱才會轉動。

兩人穿過白天聚集的人群，最後來到像梯田般一階一階向上，最終通往如峭壁般矗立的阿麗亞神廟台階前。傳教士和他的嚮導一起登上台階，一直爬到第三個平台處。朝聖者們就是在這裡等待上面那些巨門的晨啓。

那些門大得無以復加，相信就連某個古代宗教的大教堂都可以整個從中穿過。據說，穿過巨門意味著把朝聖者的靈魂壓縮直至穿過針眼，或是進入天堂。

傳教士在第三個平台邊緣轉身，彷彿在用他空洞的眼窩觀察四周，看到了城市的居民（其中有些人是穿著只有裝飾作用的蒸餾服仿製品的弗瑞曼人）、看到了剛剛步下宇航公會飛船的急切朝聖者，等待踏出能保證他們在天堂占有一席之地的禮拜第一步。

平台是個喧鬧的地方：有穿著綠袍的忠信會信徒，隨身帶著受過訓練、能發出被稱爲「呼叫天堂」

叫聲的鷹、商販們大聲叫賣食物，待售的商品琳琅滿目，吆喝聲此起彼落、還有沙丘占卜師手持小冊子，釋迦藤製的小冊子上還印著注解。一名小販手持樣式奇特的布料，保證「被穆哈迪本人親手觸摸過」，另一個拿著一瓶「經鑒定來自穆哈迪生活的泰布穴地」的水。

平台上喧嚷著超過百種凱拉奇語，其間還穿插奧特林語言中刺耳的喉音和尖叫。變臉者和侏儒（來自特雷亞拉克斯星系那些可疑的工匠行星）身穿白衣，在人群中蹦蹦跳跳。這裡有乾瘦的臉，也有豐滿、充滿水分的面孔。匆忙的腳步在粗糲塑鋼表面上移動，發出「沙沙」聲音。

在這些雜音後不時響起祈禱者熱切呼喚——「穆—哈—迪！穆—哈—迪！請聆聽我靈魂的乞求！你是救世主，聆聽我的靈魂！穆—哈—迪！」

兩名藝人正在朝聖的人群旁邊表演，以求掙得幾個小錢。他們朗誦的是現在最流行戲劇中的台詞，「阿姆斯泰得和林德格拉夫的辯論」。

傳教士側過頭，仔細聆聽。

表演者是兩名聲音沉悶的城裡中年人。接到口頭命令後，年輕的嚮導開始向傳教士描繪他們的樣子。他們穿著寬鬆長袍，甚至不屑於在他們水分充足的身體上披一件蒸餾服仿製品。哈桑．特里格覺得這種服飾挺好玩的，但馬上受到了傳教士申斥。

背誦林德格拉夫那一段的表演者正在發表他的結束演說：「呸！只有意識之手才能抓住宇宙。正是這隻手驅使著你那寶貴大腦，因而也就驅使著被你大腦所驅使的任何事物。只有在這隻手完成它的職責後，你才能看見你的創造，你才能成爲有意識的人！」

他的演說贏得了幾下稀疏掌聲。

傳教士吸了吸鼻子，從鼻孔吸進不少這個地方豐富的氣味：從穿著不合適的蒸餾服中散發出的濃重酯味、不同地方傳來的麝香、普通的燧石味沙塵、無數奇怪食物從嘴裡散出的氣體、阿麗亞神廟內隨著氣流被巧妙地引導，沿著階梯向下蔓延的稀有熏香。

傳教士吸收周圍資訊，他的思維在他眼前形成了圖像：我們竟然落到了這一步，我們弗瑞曼人！

忽然間，平台上的人群紛紛轉移注意力。沙舞者來到階梯底部廣場，他們中約有五十人用繩子連在一起。他們顯然已經這麼跳了好幾天了，想要捕獲靈魂昇華的瞬間。他們隨著神祕的音樂提腿頓足，嘴角淌著白沫。他們中有三分之一的人已經失去知覺，只是吊在繩子上，如同牽線木偶般被其他人扯來扯去。就在這時，一個木偶醒了過來。人群顯然知道接下來會發生什麼。

「我——看——見——了！」剛醒轉的舞者尖聲大叫，「我——看——見——了！」他抗拒其他舞者的牽引，灼灼的目光投向左右，「城市所在的地方，變得只有沙子！我——看——見——了！」

旁觀者爆發出一陣哄堂大笑。就連新來的朝聖者都發出了笑聲。

傳教士再也無法忍受。他抬起雙臂，用曾經命令過沙蟲騎士的聲音喝道：「安靜！」廣場上整個人群都在這戰陣號令般的吶喊聲中安靜下來。

傳教士用瘦骨嶙峋的手指了指舞者。眞神奇，他似乎能看到面前的景象。「你們聽到那個人了嗎？褻瀆者，偶像崇拜者！你們都是！穆哈迪宗教並不是穆哈迪本人。他就像拋棄你們一樣拋棄了它！沙漠必將覆蓋這片土地。沙漠必將覆蓋你們！」

說完，他放下雙臂，一隻手放在年輕嚮導肩上下令道：「帶我離開這裡。」

或許是因爲傳教士的措詞：他就像拋棄你們一樣拋棄了它！或許是因爲他的語氣，顯然比普通人更加強烈，肯定受過比吉斯特魔音大法的訓練，僅僅通過細微音調變化就能指揮眾人，又或許只是這片土地本身的神奇，因爲穆哈迪在此生活、行走和統治過。

平台上有人大聲叫了起來，衝著傳教士遠去的背影放聲高呼，聲音因對宗教的畏懼而發抖：「那是穆哈迪回到我們身邊了嗎？」

傳教士停下腳步，手伸進沙地斗篷下方的口袋中，掏出一件東西，只有離他最近的幾個人才能認出那是什麼。那是一隻被沙漠風乾的人手——偶爾能在沙漠中找到，像這顆行星在嘲笑人生的渺小。這種東西通常被視爲來自夏胡露的資訊。手乾縮成了緊握的拳頭，沙暴在拳頭上磨出了斑斑白骨。

「我帶來了上帝之手，這就是我帶來的一切！」傳教士高聲說道，「我代表上帝之手講話。我是傳教士！」

有些人將他的話理解爲那隻手屬於穆哈迪，但其他人的注意力都放在他那居高臨下的姿態和可怕的聲音上。

從此以後，阿拉吉斯開始流傳他的名字。但這並不是人們最後一次聽到他的聲音。

※　※　※

我親愛的朋友，所有人都知道，香料粹中存在著自然界最可貴的珍寶。或許真是這樣。然而，在我的內心，仍然對此存有深深的疑慮。每次使用迷湯都會獲益？看樣子，有些人濫用了迷湯，以至公然向上帝挑釁。他們以全宇宙教會的名義醜化靈魂。他們草草閱讀了香料粹的表面，自以為獲得了恩賜。他們嘲笑自己的同伴，深深地傷害了真正的信仰，並惡意扭曲了香料這份厚禮的真意，那所造成的損害是人力無法修復的。要想真正與香料合而為一，同時不被香料賦予的力量所腐蝕，最重要的就是必須做到言行一致。如果你的行為引發了一系列邪惡的後果時，他人只能根據這些後果來評判你，而不是根據你的解釋。我們就是用這種方法來評判穆哈迪。

——《異端之研究》哈克・艾爾—艾達

這是間小屋子，帶著些許臭氧味道，屋內的懸浮球燈發出昏黃的燈光，在地上留下一片灰色的陰影。牆上裝著一面發出金屬藍色光澤的傳輸眼監視器。螢幕寬約一公尺，高度大約只有三分之二公尺。圖像顯示著一個貧瘠多石的遙遠山谷，兩隻拉茲虎正在享用剛捕獲的獵物血淋淋的殘軀。老虎上方的山梁上，能看到一個穿著薩督卡作訓服的瘦子，衣領上綴著萊文布雷徹的標徽章。他的胸前掛著伺服控制器鍵盤。

螢幕前有一把懸浮椅，椅子上坐著一個看不清年紀的金髮女人。她有著一張鵝蛋臉，看著螢幕時，她纖細的雙手緊緊抓著扶手。鑲著金邊的白色長袍覆蓋了她全身，隱藏她的身材。

距離她右方一步之遙站著一個矮壯的男子，身穿傳統皇家薩督卡軍團金銅色的巴夏軍服。他的灰色頭髮理成了小平頭，頭髮下方是一張毫無表情的國字臉。

女人咳嗽一聲，道：「和你預料的一樣，泰卡尼克。」

「確實如此，公主。」巴夏副官用嘶啞的嗓音回答。

她因爲他的緊張輕笑出聲，接著問道：「告訴我，泰卡尼克，我的兒子會喜歡法拉肯一世皇帝這稱號嗎？」

「這個尊號對他很合適，公主。」

「我問的不是這個。」

「他可能不會同意爲取得那個，嗯，稱號所採取的某些做法。」

「又是這句話……」她轉過身，在陰暗中看著他，「你過去盡忠於我父親。他的皇位丟給了亞崔迪家族不是你的錯。但是當然，你和其他任何人一樣，都能強烈地感受到失去這一切所帶來的刺痛——」

「文希亞公主有什麼特別的任務要派給我嗎？」泰卡尼克問道。他的嗓音一如既往的嘶啞，現在又多了一層渴望。

「你有打斷我說話的壞習慣。」她說道。

他笑了，露出牙齒，在螢幕的照射下閃閃發光。「您不時會讓我想起您父親。」他說道，「在指派一個……嗯，棘手的任務前總是這麼婉轉。」

她讓視線從他身上移開回到螢幕上，以掩飾她的惱怒。她問道：「你眞的認爲那些拉茲虎能把我的兒子推上皇位？」

「完全可能，公主。您得承認，對於牠們兩來說，保羅．亞崔迪的私生子只不過是一頓可口佳餚而已。等那對雙胞胎死了之後……」他聳聳肩。

「沙德姆四世的孫子將成爲合理繼承人。」她說道。「但還必須取決於我們是否能取得弗瑞曼人、立法會和宇聯公司的同意，更不用說亞崔迪家族的任何倖存者都會——」

「賈維德向我保證，他的人能輕易對付阿麗亞。在我看來，潔西嘉夫人不能算作亞崔迪家的人。剩下的還有誰？」

「立法會和宇聯公司只不過是逐利之蠅，」她說道，「但是怎麼對付弗瑞曼人？」

「我們會用穆哈迪的宗教淹死他們！」

「說得輕巧，我親愛的泰卡尼克！」

「我懂，」他說道，「我們又回到老問題上了。」

「爲了爭奪權力，柯瑞諾家族做過比這更壞的事。」她說。

「但是，要皈依……穆哈迪宗教……」

「別忘了，我兒子尊重你。」她說。

「公主，我一直盼望著柯瑞諾家族能重掌大權，薩魯撒行星的每個薩督卡都這麼想。但如果您……」

「泰卡尼克！這裡是薩魯撒・塞康達斯行星。不要讓瀰漫在我們過去那個帝國的懶惰習氣影響你。認眞、仔細——留意每個細節。這些品質將把亞崔迪家族的血脈埋葬在阿拉吉斯沙漠深處。每個細節，泰卡尼克！」

他知道她用的招數。這是她從她姐姐伊如蘭那學來的轉移話題的技巧。他感到自己正在輸掉這場爭論。

「你聽到了嗎，泰卡尼克？」

「聽到了，公主。」

「我要你皈依穆哈迪的宗教。」她說道。

「公主，我會爲您赴湯蹈火，但是……」

「這是命令，泰卡尼克——你明白嗎？」

「我服從命令，公主。」但他的語調並沒有發生什麼變化。

「不要嘲弄我，泰卡尼克。我知道你厭惡這麼做。但如果你能樹立一個榜樣……」

「您的兒子仍舊不會照這個榜樣行事的，公主。」

「他會的。」她指了指螢幕，「還有件事，我覺得那個萊文布雷徹可能會帶來麻煩。」

「麻煩？怎麼會？」

「有多少人知道老虎的事？」

「那個萊文布雷徹，牠們的訓獸師……一名飛船駕駛員，您，當然還有……」他敲了敲自己的椅子。

「買家呢？」

「他們什麼也不知道。您在擔心什麼，公主？」

「我的兒子……這該怎麼說呢？他有點過於敏感。」

「薩督卡是不會洩漏祕密的。」他說道。

「死人也不會。」她的手向前伸去，按下了螢幕下方的一個紅色按鍵。

拉茲虎立刻抬起頭。牠們繃緊身體，盯著山上的萊文布雷徹。隨即兩頭老虎整齊劃一地轉過身，順著山梁向上奔去。

一開始，萊文布雷徹顯得很是輕鬆，他在控制器上按下了一個按鈕。他完成了動作，但兩隻貓科動物仍舊朝他狂奔過來。接著他開始慌亂，一次次重重地按下按鈕。隨後省悟的表情出現在他臉上，他將手猛地伸向腰間佩刀。但他的動作已經太遲。一隻鋒利的爪子掃中他的胸膛，將他擊倒在地。

當他倒下時，另一隻老虎用巨大的犬牙咬住他的脖子使勁一甩，他的頸椎便就此斷裂。

「關注細節。」公主說道。她轉過身，看到泰卡尼克抽出了刀，不禁呆了呆。但是他將刀遞給了她，刀把朝前。

「或許您希望用我的刀來處理另一個細節。」他說道。

「把刀插回刀鞘，別像個傻瓜似的！」她憤怒地喝道，「有時，泰卡尼克，你讓我——」

「那是個挺棒的人，公主。我手下最棒的。」

「我手下最棒的。」她更正他道。

他深深地、顫抖著吸了一口氣，將刀收入鞘中。「您準備怎麼對付我的飛船駕駛員？」

「一次意外。」她說道，「你會告誡他，把這對老虎運回我們這兒時要萬分小心。當然，等他把老虎交給飛船上賈維德的人以後……」她看了一眼他的刀。

「這是個命令嗎，公主？」

「是的。」

「嗯，那麼關於我這部分細節呢？應該自殺呢，還是由你親自處理？」

她假裝平靜，語氣凝重地說：「泰卡尼克，如果我不是百分之百確信你會堅決服從我的命令，甚至是命令你自殺你都毫無怨尤，你就不會站在我的身旁——還帶著武器。」

他嚥了口口水，看著螢幕。老虎再次開始進食。

她忍住沒有看螢幕，繼續盯著泰卡尼克道：「另外，你還得告訴買家，不要再給我們送來符合要求的雙胞胎孩子了。」

「遵命，公主。」

「不要用這種語氣和我說話，泰卡尼克。」

「是，公主。」

他的嘴唇抿成一條直線。她開口問道：「這樣的服裝，我們還有多少套？」

「六套。長袍、蒸餾服和沙靴，上頭都繡有亞崔迪家族的族徽。」

「像那兩套一樣華麗？」她朝螢幕點了點頭。

「特爲皇家而製，公主。」

「關注細節，」她說，「這些服裝會被送往阿拉吉斯，作爲送給我皇室外甥的禮物。它們是來自我兒子的禮物，你明白嗎，泰卡尼克？」

「完全明白，公主。」

「讓他起草一張適當的便條。便條上應該說，他把這些微不足道的衣物視爲對亞崔迪家族效忠的象徵。諸如此類的話。」

「在什麼場合送呢？」

「總有生日啊、聖日啊或是其他什麼特殊的日子，泰卡尼克。我交給你處理。我相信你，我的朋友。」

他默默地看著她。

她的臉沉了下來。「你應該知道的，不是嗎？我丈夫死後我還能相信誰？」

他聳聳肩膀，想像她和蜘蛛有多麼相像。和她過分親近沒什麼好處，他現在懷疑，他的萊文布雷徹就是和她走得太近了。

「泰卡尼克，」她說道，「還有一個細節。」

「是，公主。」

「我的兒子正在接受如何統治的訓練。最終他必須用自己的手去握劍。你應該知道那個時刻何時會到來。到時候，我希望你能立即通知我。」

「遵命，公主。」

她向後一靠，用能看穿他的眼光看著他。「你不贊同我，我知道。但我不在乎，只要你能記住那個萊文布雷徹的教訓就好。」

「就算他訓練動物非常在行，但同樣是可以捨棄的。我記住了，公主。」

「我不是這個意思！」

「不是嗎？那麼……我不明白。」

「一支軍隊，」她說道，「完全是由可捨棄、可替換的人組成的。這才是我們應該從萊文布雷徹身上學到的教訓。」

「可替代品，」他說道，「包括最高統帥？」

「沒有最高統帥，軍隊就沒有必要存在了，泰卡尼克。正由於這原因，你才要馬上皈依穆哈迪宗教，同時開始讓我兒子轉變信仰。」

「我立即著手，公主。我猜您不會爲了因爲要教他宗教而縮減其他課程的時間吧？」

她從椅子裡站起身，繞著他走一圈，隨後在門口處停了一下，沒有回頭直接說道：「總有一天，你會感受到我忍耐的限度，泰卡尼克。」

說完，她走了出去。

※　※　※

要不就是我們必須拋棄了久受遵從的相對論、要不就是我們不再相信我們能精確地預測未來。事實上，通曉未來會帶來一系列在常規假設下無法回答的問題，除非：第一，認定在時間之外有一位觀察者、第二，認定所有的運動都無效。如果你接受相對論，那就意味著接受時間和觀察者兩者之間是相對靜止的，否則便會出現舛錯。這就等於是說無人能夠精確地預測未來。但是我們該如何解釋聲名顯赫的科學家為何不斷地追尋這個縹緲的目標？還有，我們又怎麼解釋穆哈迪呢？

——《有關預知的演講》哈克·艾爾—艾達

「我必須告訴妳一些事，」潔西嘉說道，「儘管我的話會激起妳很多有關我們共同過去的回憶，甚至會置妳於險地。」

她停下來，看看加尼馬的反應。

她們單獨坐在一起，占據泰布穴地一間石室內的一張矮沙發。掌控這次會面需要相當的技巧，而且潔西嘉並不確定是否只有自己一個人在掌控。因爲加尼馬似乎能預見並強化其中的每一步。

現在已是天黑後快兩個小時，見面並互相認識時的激動已然沉寂。潔西嘉強迫自己的脈搏回復到平靜狀態，並將自己的意識集中到這個掛著深色牆帷、放置黃色沙發的石頭小屋內。

爲了應對不斷積聚的緊張情緒，她發現自己多年來第一次默誦抗拒恐懼的比吉斯特禱告詞：

「我絕不能害怕。恐懼會扼殺思維能力、是潛伏死神，會徹底毀滅一個人。我要容忍它，讓它掠過心頭，穿越身心。當這一切過去後，我將睜開心靈深處的眼睛審視它的軌跡。恐懼如風，風過無痕，唯我依然屹立。」

她默默地背誦完畢，平靜地做了個深呼吸。

「有時會起點作用。」加尼馬說道，「我是說禱告詞。」

潔西嘉閉上眼睛，想掩飾對她觀察力的震驚。已經有很長一段時間沒人能這麼深入地讀懂自己。這情形令人不安，尤其是因爲讀懂自己的人是隱藏在孩子面具後的智慧。

面對恐懼，潔西嘉睜開眼睛，找到了內心騷動的源頭：我害怕我的孫兒們！兩名孩子中還沒有誰像阿麗亞那樣顯示出畸變惡靈的特徵。不過，萊托似乎有意隱藏著什麼。正是由於這個原因，他才被排除在這次會面之外。

衝動之下，潔西嘉放棄了自己根深柢固的掩飾情感的面具。她知道，這種面具在這裡派不上什麼用場，只能成爲溝通障礙。自從與公爵的那些溫馨時刻流逝後，她再也沒有卸下自己的面具。她發現這個舉動既令她放鬆，又讓她痛苦。

面具之後是任何詛咒、祈禱或經文都無法洗刷的事實，星際旅行也無法把這些事實拋在身後。它們無法被忽略。保羅所預見的未來已被重新組合，這個未來降臨到了他的孩子們身上。他們像虛無空間中的磁鐵，吸引著邪惡力量以及對權力的可悲濫用。

加尼馬看著祖母臉上的表情，為潔西嘉放棄了自我控制感到驚奇不已。就在那一刻，她們頭部運動出奇的一致。兩人同時轉過頭，眼光對視，看到了對方心靈的深處，探究對方內心。無需言語，她們的想法在兩人之間交流互通。

潔西嘉：我希望妳看到我的恐懼。

加尼馬：現在我知道妳是愛我的。

這是個絕對信任的時刻。

潔西嘉說道：「當妳父親還是個孩子時，我把一位聖母帶到卡拉丹去測試他。」

加尼馬點點頭。那一刻的記憶是那麼栩栩如生。

「那個時候，我們比吉斯特已經十分注意這個問題了：我們養育的孩子應該是眞正的人，而不是像動物無法控制自己。然而究竟是人還是動物，這種事不能光看外表來做出判斷。」

「你們接受的就是這種訓練。」加尼馬說道。記憶湧入她的腦海：那個年邁的比吉斯特，凱斯·海倫·莫希阿姆，帶著劇毒的高姆刺和燒灼之盒來到卡拉丹城堡。保羅的手（在共用記憶中，是加尼馬自己的手）在盒子裡承受著劇痛，而那個老女人卻平靜地說什麼如果他把手從痛苦中抽出，他會立刻被處死。頂在脖子旁的高姆刺代表著確切無疑的死亡，那個蒼老聲音還在解釋測試背後的動機：「聽說過嗎？有時動物為了從捕獸夾中逃脫，會咬斷自己的一條腿。那是獸類的伎倆。而人則會待在陷阱裡，忍痛裝死，等待機會殺死設陷者，解除他對自己同類的威脅。」

加尼馬為記憶中的痛苦搖了搖頭。那種灼燒！那種灼燒！當時，保羅感覺那隻放在盒子裡的手痛苦不堪，手上的皮都捲了起來，肉被烤焦一塊塊掉落，只剩下燒焦的骨頭。而這一切只是個騙局——手並沒有受傷。然而，受到記憶的影響，加尼馬的前額上還是冒出了汗珠。

「妳顯然以一種我辦不到的方式記住了那一刻。」潔西嘉說道。

一時間，在記憶的帶領下，加尼馬看到了祖母的另一面：這個女人早年接受過比吉斯特學校的訓練，那所學校塑造了她的心理模式。在這種心理定勢的驅使下，她會做出什麼事來？這個問題重又勾起了過去的疑問：潔西嘉回到阿拉吉斯的目的到底是什麼？

「在妳和妳哥哥身上重複這個測試是愚蠢的行爲，」潔西嘉說道，「妳已然知道了它的法則。我只好假定你們是眞正的人，不會濫用你們繼承的能力。」

「但妳其實並不相信。」加尼馬說道。

潔西嘉眨眨眼，意識到面具重又回到她臉上，但她立即再次把它摘了下來。她問道：「妳相信我對妳的愛嗎？」

「是的。」沒等潔西嘉說話，加尼馬抬起手，「但愛並不能阻止你來毀滅我們。哦，我知道背後的理由：『最好讓披著人皮的獸死去，好過於讓牠重生。』尤其當這野獸帶有亞崔迪的血統時。」

「至少妳是眞正的人，」潔西嘉脫口而出，「我相信我的直覺。」

加尼馬看到她的眞誠，於是說道：「但妳對萊托沒有把握。」

「是的。」

「惡靈？」

潔西嘉只得點點頭。

加尼馬說道：「至少現在還不是。我們兩個都知道其中的危險。我們能看到它存在於阿麗亞體內。」

潔西嘉雙手捂住眼睛想：在不受歡迎的事實面前，即便愛也無法保護我們。她知道自己仍愛著女兒，並爲無情的命運默默哭泣：阿麗亞！哦，阿麗亞！我爲我必須承擔的責任痛心不已。

加尼馬清了清嗓子，喚回潔西嘉的注意。

潔西嘉放下雙手，想：我可以爲我可憐的女兒悲傷，但不是現在，現在還有其他的事需要處理。她說：「那麼，妳已經看到了阿麗亞身上發生的事。」

「萊托和我看著它發生的。我們沒有能力阻止，儘管我們討論了多種可能性。」

「妳確信妳哥哥沒有受到這個詛咒？」

「我確信。」

隱含在話中的保證清清楚楚，潔西嘉發現自己已經接受了她的說法。她隨即問道：「你們是怎麼逃脫的呢？」

加尼馬解釋了她和萊托設想的理論，即他們沒有飲下香料迷湯，而阿麗亞卻經常服用，這點差別造成了他們的不同結果。接著，她向潔西嘉透露了萊托的夢和他們談論過的計畫——甚至還說到了迦科魯圖。

潔西嘉點點頭。「但阿麗亞是亞崔迪家族的人，這可是極大的麻煩啊！」

加尼馬陷入了沉默。她意識到潔西嘉仍舊懷念著她的公爵，彷彿他昨天才剛剛過世，她會保護他的名譽和記憶，保護它們不受任何侵犯。公爵生前的記憶湧過加尼馬的意識，更加深了她的這一想法，也使她更加理解潔西嘉的心情。

「對了，」潔西嘉用輕快的語調說，「那個傳教士又是怎麼回事？昨天那個該死的潔淨儀式之後，我收到了不少有關他的報告，那報告內容令人不安。」

加尼馬聳聳肩。「他可能是——」

「保羅？」

「是的，但我們還無法證明。」

「賈維德對這個謠言嗤之以鼻。」潔西嘉說道。

加尼馬猶豫了一下，隨後說道：「妳信任賈維德嗎？」

潔西嘉的嘴角浮出一絲冷酷的微笑。「不會比妳更信任他。」

「萊托說賈維德總是在不該笑的時候發笑。」加尼馬說道。

「不要再談論賈維德的笑容了。」潔西嘉說道，「妳眞的相信我兒子還活著，易容之後又回到了這裡？」

「我們認爲有這種可能。萊托……」加尼馬突然覺得自己的嘴唇發乾，記憶中的恐懼溢滿她胸膛。她迫使自己壓下恐懼，敘述了萊托做過的其他一些具有預見性的夢。

潔西嘉甩甩頭，露出了有些受傷的神情。

加尼馬說道：「萊托說他必須找到這個傳教士，以便確認事實。」

「是的……當然。當初我眞不該離開這兒。我太懦弱了。」

「妳爲什麼責備自己呢？妳已經盡了全力。我知道、萊托也知道。甚至阿麗亞也知道！」

潔西嘉把一隻手放在脖子上輕輕拍了拍，隨後說道：「是的，還有阿麗亞的問題。」

「她對萊托有某種神祕的吸引力，」加尼馬說道，「這也是爲什麼我要單獨和妳會面的原因。他也認爲她已經沒有希望了，但還是想方設法和她在一起……研究她。這……這令人非常擔憂。每當我想說服他別這麼做時，他總是呼呼大睡。他——」

「她對他下藥？」

「沒有，」加尼馬搖搖頭，「他只是對她有某種奇怪的同情心。還有……在夢中，他總是呢喃著迦科魯圖。」

「又是迦科魯圖！」潔西嘉敘述了葛尼有關那些在著陸場暴露的陰謀者的報告。

「有時我懷疑阿麗亞想讓萊托去尋找迦科魯圖，」加尼馬說道，「妳知道，我一直認爲那只是一個傳說。」

潔西嘉的身體顫抖。「可怕，太可怕了！」

「我們該怎麼做？」加尼馬問道，「我害怕去搜尋我的整個記憶庫，我所有的生命……」

「加尼馬！我警告妳不能那麼做。妳千萬不能冒險——」

「即使我不去冒險，惡靈的事照樣可能發生。畢竟，我們並不能確知阿麗亞身上到底發生了什麼。」

「不！妳應該從這種……這種執著中解脫出來。」她咬牙說出了「執著」這個詞，「好吧……迦科魯圖，是嗎？我已經派葛尼去查找這個地方——如果它眞的存在的話。」

「但他怎麼能……哦！當然，通過走私販。」

潔西嘉陷入沉默。這句話再一次說明了加尼馬的思維能夠協調那些存在於她體內的其他生命意識。我的意識！這眞是太奇怪了，潔西嘉想道，這個幼小的身子能承載保羅所有的記憶，至少是保羅與他的過去決裂之前的記憶。這是對隱私的入侵。

這種事，潔西嘉的第一個反應就是反感。比吉斯特姐妹會早已下了判斷，而且堅信不疑：畸變惡靈！現在，潔西嘉發現自己漸漸受到這種判斷的影響。但這孩子身上仍有某種可愛之處，她願意爲她的哥哥獻身，而這一點是無法被抹殺的。

我們是同在黑暗的未來中摸索前進的生命，潔西嘉想。我們身上流著相同的血。她強迫自己下定決心，一定要堅持她和葛尼·哈萊克預先設定的計畫：萊托必須與他妹妹分開，且按姐妹會的要求接受訓練。

※　※　※

我聽到風颳過沙漠，我看到冬夜的月亮如巨船般升上虛空。我以它們起誓：我將堅毅果敢，統治有方、我將協調我所繼承的過去，成為承載過去記憶的完美寶庫、我將以我的仁慈而不是知識聞名。只要人類存在，我的臉將始終在時間的長廊內閃閃發光。

——《萊托的誓言》哈克・艾爾—艾達

早在年輕時，阿麗亞・亞崔迪就已經在香料迷藥的作用下進行氣神合一訓練過無數小時，希望強化她本人的自我，以對抗她體內其他記憶的衝擊。她知道問題所在——只要她身在穴地，就無法擺脫香料粹的影響。香料無所不在：食物、水、空氣，甚至是她夜晚倚著哭泣的織物。

她很早就意識到穴地狂歡的作用，在狂歡儀式上，部落的人會喝下沙蟲的生命之水。通過狂歡，弗瑞曼人得以釋放他們基因記憶庫中所累積的壓力，他們可以拒絕承認這些記憶。

她清楚地看到她的同伴中如何在狂歡中著魔一般如癡如醉。

但對她來說，這種釋放並不存在，也無所謂拒絕承認。在出生之前很久，她就有了全部的意識，周圍發生的一切如洪水般湧入這個意識。那時她的身體被封閉死在子宮裡，令她不得不與她所有祖先，還有通過香料之道進入潔西嘉夫人記憶深處，與其他死者聯繫在一起。

在阿麗亞出生前，她已經掌握了成為比吉斯特聖母所需要的全方位知識，不僅如此，還有許許多多來自其他人的記憶。

伴隨這些知識而來的是可怕的現實——畸變惡靈。如此龐大的知識壓垮了她。出生前便有了記憶，她無法逃脫這些記憶。但阿麗亞還是進行了抗爭，抵抗她祖先中部分十分可怕的人。曾經在某段時間裡，她取得了短暫的勝利，熬過了童年。她有過眞正、不受侵擾的自我，但寄居在她身體內部的那些生命無時不在進攻，盲目無意識的進攻。她無法長久抵擋這種侵襲。

總有一天，我也會成爲那樣的生命，她想。這個想法折磨著她。懵然無知地寄居在她自己產下的孩子內部，不斷向外掙扎、拚命爭取，以求獲得屬於自己的哪怕一絲意識，再次得到一點點體驗。

恐懼控制了她的童年，直到青春期到來，它仍舊糾纏不清。她曾與它鬥爭，但從未祈求別人的幫助。誰能理解她所祈求的是什麼？她母親不會理解，母親從未擺脫對她這個女兒的恐懼，這種恐懼來自比吉斯特的判斷：出生之前就有記憶的人是畸變惡靈。

在過去的某個夜晚，她哥哥獨自一人走進沙漠、走向死亡，將自己獻身給夏胡露，就像每名弗瑞曼瞎子所做的那樣。就在那個月，她嫁給了保羅的劍術大師，鄧肯·艾德荷，一位由特雷亞拉克斯人設計復活的門塔特。她母親隱居在卡拉丹，而她成了保羅雙胞胎的合法監護人。

也成了攝政女皇。

責任帶來的壓力驅散長久以來的恐懼，她向體內的生命敞開胸懷，向他們徵求建議，沉醉在香料迷藥中以尋找指引。

危機發生在一個普通的春日，穆哈迪皇宮上空天氣晴朗，不時颳過來自極地的寒風。阿麗亞仍穿著表示悼念的黃色服裝，那是和昏暗太陽同色的服飾。過去的幾個月中，她對體內母親的聲音愈來愈抗拒。

人們正在爲即將到來的在寺廟舉行的聖日典禮做準備，母親總是對此嗤之以鼻。

體內潔西嘉的意識不斷消退，消退……最終消退成一個沒有面目的請求，要求阿麗亞遵從亞崔迪的法律。其他生命意識開始了各自的喧囂。阿麗亞感到自己打開了一個無底深淵，各式面孔像一窩蝗蟲從中冒了出來。最後她的意念集中到一個野獸般的人身上：哈肯尼家族的老男爵。驚恐萬狀之中她放聲尖叫，用叫聲壓倒內心的喧囂，爲自己贏得了片刻的安寧。

那個早晨，阿麗亞在城堡的房頂花園作早餐前的散步。爲了贏得內心這場戰鬥的勝利，她開始嘗試一種新方法，凝神思索貝遜尼的戒條：

「離開梯子，振翅而飛。」

但遮罩牆山反射的清晨陽光干擾她的思考。她從遮罩牆山收回視線，目光落在腳下的小草上。她發現草葉上綴滿夜晚水汽凝成的露珠。一顆顆露珠彷彿在告訴她，擺在她面前的選擇何其繁多。繁多的選擇讓她頭暈目眩。每個選擇都攜帶著來自她體內某張面孔的烙印。

她想將意念集中到草地所引發的聯想上。大量露水的存在表明阿拉吉斯的生態系統轉型進行得多麼深入。北緯地區的氣候已變得日益溫暖，大氣中的二氧化碳含量正在升高。她想到明年又該有多少畝土地會被綠色覆蓋，每一畝綠地都需要三萬七千立方英尺的水去澆灌。

儘管努力考慮這些實際事務，她仍然無法將體內那些如鯊魚般圍著她打轉的意識驅除出去。

她將手放在前額上，使勁按壓著。

昨天落日時分，她的寺廟衛兵給她帶來了一名囚犯讓她審判：艾薩斯·培曼，他表面上是一名從事古玩和小飾物交易、名叫內布拉斯的小家族門客，但實際上培曼是宇聯公司間諜，任務是估計每年的香料產量。

在阿麗亞下令將他關入地牢時，他大聲抗議道：「這就是亞崔迪家族的公正！」這種做法本應被立即處死，吊死在三角架上，但阿麗亞被他的勇敢打動。她在審判席上聲色俱厲，想從他嘴中撬出更多的情報。

「爲什麼大家族聯合會對我們的香料產量這麼感興趣？」她問道，「告訴我們，我們可以放了你。」

「我只收集能夠出賣的資訊，」培曼說道，「我不知道別人會拿我出售的資訊幹什麼。」

「為了這點蠅頭小利，你就膽敢擾亂皇家的計畫？」阿麗亞喝道。

「皇室同樣從來不考慮我們自己的計畫。」他反駁道。

欽佩於他的勇氣，阿麗亞說道：「艾薩斯．培曼，你願意為我工作嗎？」

聽到這話後，他的黑臉上浮出一絲笑容，露出潔白的牙齒：「妳打算先弄確實後再處決我，對嗎？我怎麼會突然間變得這麼有價值了，值得妳開出價格？」

「你有簡單實用的價值。」她說道，「你很勇敢，而且你總是挑選出價最高的主子。我會比這個帝國的任何人出價更高。」

他為他的服務要了個天價，阿麗亞一笑置之，還了一個她認為較為合理的價錢。當然，即使是這個價錢，也比他以往收到的任何出價高得多。她又補充道：「別忘了，我還送了你一條命。我想你會認為這份禮物是個無價之寶。」

「成交！」培曼喊道。阿麗亞一揮手，讓負責官員任免的教士茲亞仁卡．賈維德把他帶走。

不到一小時之後，正當阿麗亞準備離開審判庭時，賈維德急匆匆地走了進來，報告說聽到培曼在默誦《奧蘭治天主教聖經》上的經文：「Maleficos non patieris vivere.」

「汝等不應在女巫的淫威下生活。」阿麗亞翻譯道。這就是他對她的答謝！他是那些陰謀置她於死地的人之一！一陣從未有過的憤怒充斥她內心，她下令立即處死培曼，把他的屍體送入神廟的亡者蒸餾器。在那裡，至少他的水會給教會的金庫帶來些許價值。

那一晚，培曼的黑臉整晚糾纏著她。

她嘗試了所有的技巧，想驅逐這個不斷責難她的形象。她背誦弗瑞曼《克里奧斯經》上的經文：

「什麼也沒發生！什麼也沒發生！」

但培曼糾纏著她，度過了漫漫長夜，使她昏昏沉沉迎來了新的一天，並在如寶石般折射著陽光的露珠中又看到他的臉。

一名女侍衛出現在低矮含羞草叢後的天台門旁，請她用早餐。阿麗亞嘆口氣。這麼多毫無意義的選擇折磨著她，讓她彷彿置身地獄。意識深處的呼喊和侍衛的呼喊——都是無意義的喧囂，但卻十分執著，她眞想用刀鋒結束這些如同沙漏般淅瀝的惱人聲音。

阿麗亞沒有理會侍衛，眺望天台外的遮罩牆山。山腳下是一個沉積物形成的衝擊平原，看起來像一把由岩屑形成的扇子，早晨的陽光勾勒出沙地三角洲的輪廓。她想，一對不知內情的眼睛或許會把那面大扇子看成河水流過的證據，其實那只不過是她哥哥用亞崔迪家族的原子彈炸開了遮罩牆山，打開了通向沙漠的缺口，讓他的弗瑞曼軍隊能騎著沙蟲，出乎意料地打敗他的前任，沙德姆四世皇帝。現在，人們在遮罩牆山的另一面挖了一條寬闊的水渠，以此阻擋沙蟲的入侵。

沙蟲無法穿越寬闊的水面，水會使牠中毒。

我的意識中也有這麼一條隔離帶嗎？她想。

這個想法讓她的頭更爲昏沉，讓她覺得更加遠離現實。

沙蟲！沙蟲！

她的記憶中浮現出沙蟲的樣子：強大的夏胡露、弗瑞曼人的造物主、沙漠深處的致命殺手，而牠的排泄物卻是無價的香料。她不禁想道：多麼奇怪的沙蟲啊！瘦小的沙鮭能長成龐然大物。牠們就像她意識中爲數眾多的個體。

一條條沙鮭在行星的岩床上排列起來，形成活著的蓄水池。牠們占有行星上的水，使牠們的變異體沙蟲能夠在此生存。阿麗亞感到她身上也存在著類似的關係：存在於她意識中的諸多個體的一部分正抑制某些可怕力量，不讓它們奔突而出，徹底毀滅她。

那侍衛又喊起來，請她去吃早餐。顯然她已經等得不耐煩。

阿麗亞轉過身，揮手讓她離開這裡。

侍衛服從了命令，但離開時重重地摔上門。

摔門聲傳到阿麗亞耳裡。在這記響聲中，她覺得自己被她長久以來一直在抗拒的一切俘獲。她體內的其他生命像巨浪般洶湧而出，每個生命都爭著將各自的面孔呈現在她的視界中央——一大群臉。長著癬斑的臉、冷酷的臉、陰沉的臉，各式各樣的臉如潮水般流過她的意識，要求她放棄掙扎，和他們一起隨波逐流。

「不，」她喃喃自語道，「不……不……不……」

她本該癱倒在長廊上，但身下的長椅接受了她癱軟的身體。她想坐起身來卻發現辦不到，只得在塑鋼椅上攤開了四肢，留下她的嘴仍在反抗。

體內的潮水洶湧澎湃。

她感到自己能留意每個微小的細節。她知道其中的風險，以警覺的態度對待她體內每張喧囂不已的嘴裡說出的話。一個個刺耳的聲音想引起她的注意：「我！我！」「不，是我！」

但她知道，一旦她將注意力完全放到某個聲音上，她就會迷失自我。在眾多面孔之中甄別出某一張，追蹤與那張臉相伴的聲音，意味著她將被這張分享她生命的面孔單獨控制。

「正是因為有了預知未來的能力，妳才會知道這一點。」一個聲音低聲說。

她雙手捂住耳朵，想：我不能預言未來！喝了香料迷湯也不起作用！

但那聲音堅持著：「妳會的，只要妳能得到幫助。」

「不……不。」她喃喃自語。

其他聲音在她意識內響起：「我，阿加曼農，妳的祖先，命令妳聽從我的吩咐！」

「不……不。」她用雙手使勁壓住耳朵，壓得耳朵旁的肉都痛了。

一陣癲狂的笑聲在她耳內響起：「奧維德死後出了什麼事？簡單。他是約翰．巴特利特的前世。」

這些名字對困境中的她來說毫無意義。她想朝著祂們以及腦海中的其他聲音放聲尖叫，但她卻無法發出自己的聲音。

某位高級侍衛又派剛才那名侍衛回到天台上。她站在含羞草叢後的門口，再次瞥了一眼，見阿麗亞躺在長椅上。她對同伴說道：「嗯，她在休息。你知道她昨晚沒睡好。再睡一覺對她有好處。」

阿麗亞並沒有聽到侍衛的聲音。腦海中一陣刺耳的歌聲吸引著意識：「我們是愉快的鳥兒，啊哈！」聲音在她顱內回蕩，她想：我快瘋了！我快失去理智了！

長椅上的雙腳微微動彈，做出逃跑的動作。她只覺得一旦能控制自己的身體，她會立刻逃離。她必須逃走，以免讓她意識內的潮流將她吞沒，永遠腐蝕她的靈魂，但她的身體卻不聽使喚；她能讓帝國內最強大的力量隨時聽命於她任何小小願望，但此刻她卻無法命令自己的身體。

一個聲音在體內笑道：「孩子，從某方面來說，每個創造性的活動都將帶來災難。」這是個低沉的聲音，在她眼前隆隆響起。緊接著又是一陣笑聲，彷彿是對剛才那句話的嘲弄，「我親愛的孩子，我會幫妳，但妳同時也得幫我。」

阿麗亞牙齒打戰，對一片喧囂之上的這個低沉的聲音說：「是誰……誰……」

面孔在她意識中成形。一張明明像嬰兒笑眯眯的肥臉，但雙眼卻閃爍著貪婪目光。她企圖抽回意識，可惜僅能做到離那張臉稍微遠了一點，看到與臉相連的身體。那具包裹在長袍中的身軀異常肥胖，長袍下端微微凸出，表示這具胖身體需要便攜懸浮圈的支撐。

「妳看到了，」低沉的聲音說道，「我是妳的外祖父。妳認識我。我是伏拉迪米爾・哈肯尼男爵。」

「你……你已經死了！」她喘息道。

「當然，我親愛的！妳體內絕大多數人都已經死了。但其他人不會來幫助妳。他們不理解妳。」

「走開，」她懇求道，「哦，請你離開。」

「可妳需要幫助呀，外孫女。」男爵的聲音爭辯道。

他看起來是多麼不同尋常啊！她想，在閉合的眼瞼內看著男爵的形象。

「我願意幫助妳，」男爵引誘地說，「而這裡的其他人只會爭著控制妳的全部意識。他們中的每個人都想趕走妳自己的意識。但是我……我只要求一個屬於自己的小角落。」

她體內的其他生命再次爆發出一陣狂飆。大潮再次威脅要淹沒她，她聽到了她母親的聲音在尖叫。阿麗亞想：她不還沒死嗎？

「閉嘴！」男爵命令道。

阿麗亞感到自己產生了一股強烈的渴望，想強化那道命令。渴望流過她整個意識。接著她內心沉寂下來，安寧感如同涼水浴般淌過全身，野馬狂奔般的心跳逐漸回復正常。男爵的聲音又適時響起：「看到了？聯合起來，我們互助合作就沒有誰能戰勝我們。」

「你……你想要什麼？」她低聲道。

眼瞼內的肥臉露出沉思的表情。「嗯……我親愛的外孫女，」他說道，「我只要求一些小小的樂趣。讓我時不時地和妳的意識接觸。其他人無需知道。讓我能感到妳生活的一個小角落。例如：當妳陶醉在妳愛人的懷抱裡時。我的要求難道不低嗎？」

「是的。」

「好，好。」男爵得意地笑道，「作爲回報，我親愛的外孫女，我能在很多方面幫助妳。我可以充當妳的顧問，向妳提出忠告，無論在妳體內還是體外的戰鬥中，讓妳成爲戰無不克的人。妳將摧毀一切反對者。歷史會遺忘妳哥哥，銘記妳的名字。未來將是妳的！」

「你……不會讓……其他人控制我嗎？」

「他們無法與我們抗衡！獨自一人我們會被控制，但聯合起來，我們就能統治他人。我會演示給妳看。聽著。」

男爵陷入了沉默，他在她體內存在的象徵——他的形象也消失。接下來，沒有任何其他人的記憶、臉孔或是聲音侵入她意識中。

阿麗亞悠悠地長出一口氣。

伴隨著嘆息，她冒出了一個想法。它強行進入她的意識，彷彿那就是她自己的想法，但她能感到它背後另有一個沉默的聲音。

老男爵是個魔鬼。他謀殺了妳父親。他還想殺了妳和保羅！他試過，只不過沒有成功。

男爵的聲音響了起來，他的臉卻沒有出現：「我當然想殺了妳。妳難道沒有擋我的路嗎？但是，那場爭端已經結束了。妳贏了，孩子！妳是新的眞理。」

她感到自己不斷點頭，臉頰摩擦著長椅粗糙的表面。

他的話有道理，她想。比吉斯特姐妹會有一條定理：*爭端的目的是爲了改變眞理的本質。*這條定理強化了男爵合情合理的言詞。

是的……比吉斯特的人肯定會這麼想。

「就是這麼回事！」男爵說道，「我死了，妳還活著。我只留下了微弱的存在。我只是妳體內的記憶、妳的奴僕。我爲我提供的深邃建議所要求的回報是如此之少。」

「你建議我現在該怎麼做？」她試探著問道。

「妳在懷疑昨晚做出的判斷，」他說道，「妳不知道有關培曼言行的報告是否眞實。或許賈維德把培曼視爲了對他目前地位的威脅。這不就是困擾妳的疑慮嗎？」

「是的。」

「而且，妳的疑慮基於敏銳的觀察，不是嗎？賈維德表現得和妳愈來愈親密。連鄧肯都察覺到了，不是嗎？」

「你知道的。」

「很好，讓賈維德成爲妳的情人——」

「不！」

「妳擔心鄧肯？妳丈夫是門塔特呀。他不會因爲肉體上的行爲受到刺激或是傷害。妳有時沒感覺其實他離妳很遠嗎？」

「但是他……」

「一旦鄧肯知道妳爲摧毀賈維德所採取的手段，他內心的門塔特部分會理解妳的。」

「摧毀……」

「當然！人們可以利用危險的工具，但它們變得太危險時，就應該棄之不用。」

「那麼……我是說……爲什麼……」

「啊哈，妳這個小傻瓜！這是對其他人的一個教訓，極有價值的教訓。」

「我不明白。」

「有無價值，我親愛的外孫女，這取決於成果，以及這一成果對其他人的影響。賈維德將無條件地服從妳，將完全接受妳的統治，他的——」

「但這是不道德的——」

「別傻了，外孫女！道德必須基於實用主義。道德必須臣服於統治者。只有滿足了妳內心最深層欲望的勝利才稱得上是眞正的勝利。妳難道不仰慕賈維德的男子氣概嗎？」

阿麗亞吞了口口水，雖然羞於承認，但她無法在存在於自己內心的觀察者面前隱藏事實。她只得說道：「是。」

「好！」這聲音在她腦海中聽起來是多麼歡快啊，「現在我們開始相互理解。當妳挑起了他的欲望，比如在妳的床上，讓他相信妳是他的奴僕，然後，妳就可以問他有關培曼的事了。裝作是開玩笑：爲你們之間提供笑料。當他承認欺騙妳之後，妳就在他的肋骨間插入一把嘯刃刀。啊哈，流淌的鮮血會增加多少情趣——」

「不，」她低語道。恐懼讓她嘴唇發乾，「不……不……不……」

「那麼，就讓我替妳做吧。」男爵堅持道，「妳也承認必須這麼做。妳只需要設置好條件，我會暫時取代——」

「不！」

「妳的恐懼是如此明顯，外孫女。我只是暫時取代妳的意識。許多人都可以完美的模仿妳……不說這個了，反正這些妳全知道。但如果取代妳的人是我，啊，人們能立即辨別出我的存在。妳知道弗瑞曼法律如何對付被魔鬼附身的人。妳會被立即處死。是的——即便是妳，同樣會被立即處死。妳也知道，我不希望發生這樣的事。我會幫妳對付賈維德，一旦成功，我馬上退到一邊。妳只需……」

「這算什麼好建議？」

「這個建議將幫妳除去一個危險的工具。還有，孩子，它將在我們之間建立工作關係，這種關係能教會妳如何在將來做出判斷——」

「教我？」

「當然！」

阿麗亞雙手捂住眼睛，想認眞思考。但她知道，任何想法都可能被她體內的這個存在所知悉，而且，這些想法完全可能就是這個存在的產物，卻被她當成了自己的念頭。

「妳沒必要這麼放心不下，」男爵引誘著說道，「培曼這傢伙，是——」

「我做錯了！我累了，導致倉促做出決定。我本該先確認——」

「妳做得對！妳的判斷不應當以亞崔迪家族那種愚蠢的公平感爲基礎。這種公平感才是妳失眠的原因，而不是培曼的死亡。妳做出了正確的決定！他是另外一個危險的工具。妳爲了保持社會的穩定才這麼做的——這才是妳做出決斷的正當理由，絕不是有關公平的胡扯。世上絕對沒有公平。試圖實現這種虛僞的公平，只會引起社會的動盪。」

聽了這番爲她對培曼的判斷所做的辯護後，阿麗亞不禁感到一絲欣喜。但她仍舊無法接受這種說法背後無視道德的理念。「公平是亞崔迪家族……是……」她的雙手從眼睛上放下，但仍閉著雙眼。

「妳所做出的一切神聖裁決都應該從這次的錯誤中吸取教訓。」男爵道，「任何決定都只能有唯一一個出發點：看它是否有利於維護社會秩序。無數文明都曾以公平爲基石。這種愚昧摧毀了更爲重要的自然等級制度。任何個體都應當根據他與整個社會的關係來判定其價值。除非一個社會具有明確的等級，否則任何人都無法在其中找到自己的位置——不管是最低還是最高的位置。來吧，來吧，外孫女！妳必須成爲人民的嚴母。妳的任務就是維持秩序。」

「但保羅所做的一切都是爲了……」

「妳哥哥死了，他失敗了！」

「你也是！」

「正確……但對我來說，這只是個設計之外的意外事故。來吧，咱們來對付這個賈維德，用我告訴妳的方法。」

這個想法讓她的身體燥熱。她快速說道：「我會考慮的。」但她想的卻是：眞要這麼做的話，只要讓賈維德就此安分下來就行。不必爲此殺了他。那個傻瓜可能一下子就會招供……在我的床上。

「您在和誰說話，夫人？」一個聲音問道。

一時間，阿麗亞惶惑不已，以爲這是來自體內喧囂生命的又一次入侵。但她辨出了這個聲音。她睜開雙眼。茲亞仁卡．維里夫，阿麗亞女子侍衛隊的隊長，站在長椅旁，那張粗糙的弗瑞曼臉上神情憂慮。

「我在和我體內的聲音說話。」阿麗亞說道，在長椅上坐直身體。她感到全身清新。惱人的體內喧囂消失後，她整個人彷彿飄飄欲仙。

「您體內聲音，夫人。是的。」她的回答使茲亞仁卡的雙眼閃閃發光。每個人都知道，聖阿麗亞能利用其他人所沒有的體內資源。

「把賈維德帶去我的住處，」阿麗亞說道，「我要和他談談。」

「您的住處，夫人？」

「是的！我的私人房間。」

「遵命。」侍衛服從了命令。

「等等，」阿麗亞說道，「艾德荷先生去泰布穴地了嗎？」

「是的，夫人。他按您的吩咐天沒亮就出發了。您想讓我去……」

「不用。我自己處理。還有，茲亞仁卡，不要讓任何人知道賈維德被帶到了我的房間。妳親自去。這件事非常重要。」

侍衛摸了摸腰間的嘯刃刀。「夫人，有威脅——」

「是的，有威脅，賈維德是關鍵人物。」

「哦，夫人，或許我不應該帶他——」

「茲亞仁卡！妳認爲我對付不了他嗎？」

侍衛的臉上露出一絲殘酷笑容。「原諒我，夫人。我馬上帶他去您的私人房間，但是……如果夫人允許，我會在您門口安排幾個衛兵。」

「只要妳在那兒就夠了。」阿麗亞道。

「是，夫人。我馬上去辦。」

阿麗亞點點頭，看著茲亞仁卡遠去。看來她的侍衛們不喜歡賈維德。又一個對他不利的標誌。但他仍然有其價值——非常有價值。他是她打開迦科魯圖的鑰匙，有了那地方之後……

「或許你是對的，男爵。」她低語道。

「妳明白了！」她體內的聲音得意地笑道，「啊哈，爲妳效勞是件愉快的事情，孩子，這不過只是個開始……」

※　※　※

從古至今，人民都被下面這些說法所蒙蔽，但是任何成功的宗教都必須強調這些說法：邪惡的人永遠沒有好下場、只有勇敢的人才能得到美人青睞、誠實是最好的立身處世之道、身教重於言傳、美德總有一天會壓倒惡行、行善本身就是回報、壞人能被改造、教會護身符能保護人免於魔鬼誘惑、只有女人才懂得古時的神祕、富人注定不快樂……

——《教會教導手冊》

「我叫穆里茨。」一個乾瘦的弗瑞曼人說道。

他坐在山洞內的岩石上，洞內點著一盞香料燈，跳動的燈光照亮潮濕的洞壁，不斷延伸直至幾條通道後，才沒了光芒。其中一條通道中傳來滴水聲。對於弗瑞曼人來說，水意味著天堂，但是穆里茨對面那六位被縛的人並不希望聽到這富有節奏的滴答聲，因爲石室通道深處的亡者蒸餾器散發出一股腐爛的味道。

一名年紀大約爲十四個標準年的少年從通道中走出來，站在穆里茨的左手邊。在香料燈的照耀下，一把出鞘的嘯刃刀反射出慘澹黃光。少年舉起刀，對每個被縛的人比了比。

穆里茨指指那小男孩，說道：「這是我兒子，哈桑．特里格，他快要進行成人測試了。」

穆里茨清了清喉嚨，依次看看六個俘虜。他們坐在他對面，形成一個鬆散的半圓，兩腿被香料纖維繩緊緊捆住雙手反綁，頸處的蒸餾服被割開，而繩子在他們的脖子處繫上一個死結。

被縛的人毫不畏懼地看著穆里茨。他們中的兩人穿著寬鬆的外星服飾，表明他們是阿拉肯市的富有居民。他們倆的皮膚比他們的同伴光滑得多、膚色也偏淺些，他們的同伴則外表乾枯、骨架突出，一眼便知出生於沙漠。

穆里茨的外貌很像沙漠原住民，但他的雙眼凹得更深，甚至在香料燈的照耀下，這雙眼睛也沒有絲毫反光。他的兒子就像是他未成年的翻版，一張扁平的臉上掩飾不住他內心的風暴。

「我們這些被驅逐的人有特殊的成人測試。」穆里茨說道，「總有一天，我兒子會成爲沙魯茨的法官。我們必須知道他能否完成他的使命。我們的法官不能忘記迦科魯圖和我們的絕望日。克拉里茲克——狂暴的颱風——在我們的心中翻滾。」

他用單調的誦經語調說完了這番話。

坐在穆里茨對面的一個城裡人動了動，道：「你不能這樣威脅我們、綁架我們。我們的到來是和平的，為了尋找烏瑪。」

穆里茨點了點頭。「為了尋找個人的宗教覺醒，對嗎？好，你會得到覺醒的。」

城裡人說道：「如果我們……」

他身旁一個膚色黝黑的弗瑞曼人打斷了他：「安靜，傻瓜！這些人是盜水者，是我們認為已經被消滅乾淨了的人。」

「只不過是個傳說而已。」城裡人說道。

「迦科魯圖不只是個傳說，」穆里茨說。他再次指指他的兒子，「我已經向你們介紹了哈桑·特里格。我是這地方的阿爾發、你們唯一的法官。我的兒子也將接受訓練，成為能發現魔鬼的人。畢竟傳統的做法總是最好的做法。」

「這正是我們來到沙漠深處的原因，」城裡人抗議道，「我們選擇了傳統的做法，在沙漠中——」

「帶著雇來的嚮導，」穆里茨指指深膚色的俘虜們，「你能買到通向天堂的道路？」穆里茨抬頭看著他兒子，「哈桑，你準備好了嗎？」

「我回想起很久以前的一個夜晚，他們闖入我們這裡，殺死我們的人。」哈桑說，語氣中透露出一絲緊張，「他們欠我們水。」

「你父親將他們中的六個交給你，」穆里茨說道，「他們的水是我們的。他們的魂魄是你的。他們的魂魄會成為你的奴僕，能警告你魔鬼的來臨。你打算怎麼做，兒子？」

「我會謝謝父親，」哈桑說道。他向前邁了一小步，「接受被驅逐的人的成人測試。這是我們的水。」

說完，這個少年走向俘虜。從最左面開始，他抓住那個人的頭髮，將嘯刃刀從下頷向上插進大腦。他手法熟練，只浪費掉最少量的血。只有一個城裡人在少年抓住他頭髮時發出抗議，大聲叫嚷。其他人都按照傳統方式朝哈桑．特里格吐口水，說：「看，當我的水被畜生取走時，我毫不珍惜！」

殺戮結束後，穆里茨拍了一下手。僕人們走上前來清理屍體。「現在你是成年人了，」穆里茨說道，「我們敵人的水只配餵奴隸。至於你，我的兒子……」

哈桑．特里格緊張地朝父親看了一眼。少年繃得緊緊的嘴唇一揚，勉強露出一絲笑容。

「不能讓傳教士知道這件事。」穆里茨說道。

「我知道，父親。」

「你做得很好，」穆里茨說道，「闖入沙魯茨的人必須死。」

「是，父親。」

「你受到信任，執行如此重要的使命，」穆里茨說道，「我爲你驕傲。」

※　※　※

一個世故的人可以重新回歸淳樸。這其實是指他的生活方式發生了變化——過去與大地和大地上的動物、植物聯繫一起的價值觀發生改變。之所以出現這種變化的理由是因為他真正理解了被稱為「自然」的多元化、相互關聯的諸般事件，對自然這一系統內部的力量有了相當程度的尊重。有了這種理解和尊重，他就可以被稱為「回歸淳樸」。反之亦然：淳樸的人也可以世故起來，但這一轉變過程必然對他的心理和意識帶來傷害。

——《萊托傳》哈克・艾爾—艾達

「我們怎麼能確定?」加尼馬問道,「這樣做非常危險。」

「我們以前也試過。」萊托爭論道。

「這次可能會不一樣。如果——」

「擺在我們面前的只有這條路。」萊托說道,「妳也同意我們不能走香料那條路。」

加尼馬嘆口氣。她不喜歡這種唇槍舌劍的往來辯駁,但她知道哥哥必須這麼做。她也知道她爲何憂心忡忡。只需看看阿麗亞,就能體會內心世界是多麼危險。

「怎麼了?」萊托問道。

她又嘆了一口氣。

他們在一個屬於他們自己的祕密地方盤腿而坐,這是一個從山洞通向懸崖的狹窄開口。父母親過去常常坐在那個懸崖上,看著太陽普照沙海。

現在已是晚餐結束後兩個小時,也是這對雙胞胎練習體能和心智的時間。而他們選擇了鍛鍊自己的心智。

「如果妳不肯幫忙,我就一個人嘗試。」萊托說道。

加尼馬將目光從他身上挪開,看著封閉這個開口的黑色密封條。萊托仍然向外看著沙漠。

這段時間以來,他們時常用一種古老語言相互交流,而現在已經沒人知道這種語言的名字。古老語言爲他們思想提供了絕對的隱私,其他人無法穿透這層屏障。

即便是阿麗亞也不行。

擺脫了複雜的內心世界後，阿麗亞與她意識中的其他記憶切斷了聯繫，最多只能偶爾聽懂隻字片語。

萊托深吸了一口氣，聞到獨特的弗瑞曼穴地氣味，這種氣味在無風的石室中經久不散。這裡聽不到穴地內部隱約的喧鬧，也感覺不到潮濕和悶熱。

沒有這些，兩個人都覺得這是一種解脫。

「我同意我們需要他的指引，」加尼馬說道，「但如果我們……」

「加尼！我們需要的不僅僅是指引。我們需要的是保護！」

「或許保護根本不存在！」她盯著哥哥，直視他的目光，像一隻警覺的食肉獸。他目光暴露了他不平靜的內心。

「我們必須擺脫魔道。」萊托說道。他使用了那種古老語言中的特殊不定詞，一種在語氣和語調方面不偏不倚，但在應用修辭方面卻十分靈活。

加尼馬正確理解了他的本意。

「Mohw'pwium d'mi hish pash moh'm ka。」她吟誦道。抓住了我的靈魂意味著抓住了一千個靈魂。

「比這還要多。」他反駁道。

「知道其中的危險，但你仍然堅持這麼做。」她使用的是陳述句，而非疑問句。「Wabun'k wabunat !」他說道。起來，汝等！

他感覺自己的選擇已定，最好主動做出這個選擇。他們必須讓過去和現在纏繞在一起，然後讓它們伸向未來。

「Muriyat.」她低聲讓步道。只有在關愛下才能完成。

「當然。」他揮了揮手，表示完全同意，「那麼，我們將像我們的父母那樣互相協商。」

加尼馬保持著沉默，喉嚨裡像哽了什麼東西一樣令她不適。她本能地向沙漠開闊地的南方看去。殘陽下，沙丘展示著淺灰色輪廓。他們的父親就是朝著那個方向最後一次走進沙漠。

萊托向下看著懸崖下方的穴地綠洲。下面的一切都籠罩在昏暗中，但他知道綠洲的形狀和顏色：銅色的、金色的、紅色的、黃色的、鐵銹色和赤色的花叢一直生長到岩石旁，那些岩石是圍繞著種植園露天水渠的堤岸。

岩石之外是一片臭氣熏天的阿拉肯本地植被，它們已死，被這些外來的植物和太多的水殺死。現在這片死亡植被充當成阻擋沙漠的屏障。

加尼馬說道：「我準備好了，我們開始吧。」

「好的，管不了那麼多了！」他伸出手，抓住她的手臂說道，「加尼，唱那首歌吧！它會讓我放鬆。」

加尼馬身體靠近他，左臂摟住他的腰。她深深吸了兩口氣，清了清嗓子，開始平靜地唱起她母親經常爲父親唱的那首歌：

現在我要補償你們的誓言；
我向你們拋灑甜水。
生命將在這個無風之地繁榮。
我摯愛的子民，必將生活在天堂，
敵人必將墜入地獄。
我們一起走過這條路，

愛已經為你們指明方向。
我會指引你們走上那條道路，
我的愛就是你們的天堂。

她聲音飄蕩在寧靜的沙漠上。萊托感到自己不斷下沉、下沉——直到變成了他的父親，父親的記憶如同毯子一樣鋪了開來。

在這短暫的一刻，我必須成爲保羅，他告訴自己，我身旁不是加尼馬，而是我深愛的加妮，她明智的忠告多次拯救了我們。

在恐懼和平靜中，加尼馬已經滑入她母親的個人記憶，就和她原先預料的一樣，沒有任何問題。對於女性來說，做到這一點更加容易——同時更加危險。

用一種突然間變得沙啞的嗓音，加尼馬說道：「看，親愛的！」一號月亮已經升起，在冷光照耀下，他們看到一條橙色的火弧向上升入天空。載著潔西嘉夫人來此的飛船，此時正滿載香料，返回位於軌道上的母船。

就在這時，一陣最深刻的記憶擊中萊托，如同嘹亮的鐘聲般在他腦海內迴響。在這一剎那，他變成了另一個萊托——潔西嘉的公爵。

他強迫自己把這些回憶扔在一旁，但他已然感覺到了針扎般的愛和痛。

我必須成爲保羅，他告誡自己。

接著轉換發生，體內發生了令人驚恐的二元變異。萊托覺得自己成了一面黑色螢幕，父親則是投射在螢幕上的影像。他同時感覺到自己和父親的個體，兩個體之間差異急速縮小，他的自我似乎隨時會被吞沒。

「幫幫我，父親。」他喃喃自語道。

急劇轉換的階段終於過去。現在他的意識成了另一個人的意識，他作爲萊托的自我站在一旁，成了觀察者。

「我最後一個幻象還沒有成爲現實。」他以保羅的聲音說道，「你知道我看到的幻象是什麼。」

她用右手摸了摸他的臉頰。「親愛的，你走進沙漠是爲了尋求死亡嗎？你是這麼做的嗎？」

「或許我這麼做了。但那個幻象……難道它還不足以成爲我堅持活下去的理由？」

「哪怕是成爲瞎子活下去？」她問道。

「就算是成爲瞎子活下去。」

「你想去哪兒？」

他顫抖著，深深吸了口氣。「迦科魯圖。」

「親愛的！」淚水滑下她的面頰。

「作爲英雄的穆哈迪必須被徹底摧毀，」他說道，「否則，這個孩子無法帶領我們走出混亂。」

「金色通道，」她說道，「這是個不祥的幻象。」

「這是唯一可能的幻象。」

「阿麗亞已經失敗了，接著……」

「徹底失敗。她的表現你也看到了。」

「你母親回來得太晚了。」她點了點頭，加尼馬那張孩子氣的臉上現出的是聰慧的加妮表情，

「沒有其他的幻象了嗎？或許——」

「沒有，親愛的。還沒到時候。窺視未來，然後安全返回——這種事，這孩子目前還無法做到。」

他再一次顫抖著長噓口氣，旁觀的萊托能感覺到父親多麼希望能再活一次，能在活著時做出決定……他多麼希望能夠改變過去做出的錯誤決定！

「父親！」萊托喊道，聲音彷彿在自己的顱內回蕩。

父親在他體內的存在漸漸消退，這是強而有力的意志力表現，強行壓下自己的衝動，放開在自己掌握中的感知官能和肌肉。

「親愛的，」加妮的聲音在他耳邊低語，退卻放慢了速度，「怎麼了？」

「先等等。」萊托有些焦躁不安說道，這是他自己的聲音。他接著道，「加妮，妳必須告訴我們，我們怎麼才能……才能避免重蹈阿麗亞的覆轍？」

體內的保羅回答了他，聲音直接傳到他的內耳，斷斷續續中夾雜長時間的停頓。「沒有確切的方法。你……看到的是……幾乎……發生在……我身上的……事。」

「但是阿麗亞……」

「該死的男爵控制了她！」

萊托感覺自己的口很渴，喉嚨彷彿在燃燒。「他……控制……我了嗎？」

「他在你體內……但是……我……我們不能……有時我們能……互相感覺到，但是你……」

「你能感到我的想法嗎？」萊托問道，「你知道他是否……」

「我有時能感覺到你的想法……但是我……我們只存在於……你意識中。你的記憶創造了我們。這種極其精確的記憶……十分危險。我們中的有些人……熱中於權力的人……那些不擇手段追求權力的人……他們的記憶會更精確。」

「更強大？」萊托低語道。

「更強大。」

「我知道你的幻象，」萊托說道，「與其讓他控制我，還不如把我變成你。」

「不！」

萊托點點頭，他知道父親需要多麼強大的意志力才能回絕他的請求。他也意識到了一旦父親沒辦法抵抗誘惑會是怎樣的後果。任何形式的掌控都能將被掌控的人變成惡靈。意識到這一點，他產生了一股全新力量，感到自己的身體變得異常敏銳，對過去的錯誤——他自己的和他祖先的——也有了更深層的認識。

之前這具身體之所以比現在遲鈍，是因爲他內心深處的懷疑：不知道自己究竟有沒有預見未來的潛力？這一點，他現在清楚明白。

一瞬間，誘惑與恐懼在他體內展開了激烈的鬥爭。

這個肉體擁有將香料粹轉變成未來幻象的能力。有了香料，他可以呼吸到未來空氣，扯碎時間面紗。他感到自己很難擺脫這誘惑，於是雙手合什，進入氣神合一。

他的肉體打退誘惑。他的肉體掌握著來自保羅血脈的知識：尋找未來的人希望能在與明天的賭博中獲勝，然而他們卻發現自己陷入生命泥淖，他們每次心跳和每次痛苦都在哀嚎都已事先知悉。保羅的幻象指出了一條脫離泥淖的生路，儘管這條路很不穩定。

但是萊托知道他沒有別的選擇，只能走上這條路。

「生命之所以美麗，是因爲生命隨時會給你帶來事先未知的驚喜。」他說。

一個溫柔的聲音在他耳內低語：「是的，多麼美麗，眞不願意放棄這樣美麗的生命。」

萊托轉過頭去。加尼馬的雙眼在明亮的月光下閃閃發光，而他看到的卻是加妮在注視著他。「母親，」他說道，「妳必須放棄。」

「啊，誘惑啊！」她說道，吻了吻他。

他推開她。「妳會奪走妳女兒的生命嗎？」他問道。

「太簡單了……簡單到極點。」她說道。

萊托只覺得恐懼在體內竄起。他想起他體內父親的自我用了多麼強大的意志力才放棄他的身軀。加尼馬方才也像他一樣，旁觀並傾聽，理解他需要從父親那兒學到的東西。難道她會失陷在那個旁觀者的世界中，永遠無法逃離了嗎？

「我鄙視妳，母親。」他說道。

「其他人不會鄙視我，」她說道，「成為我的愛人吧。」

「如果我這麼做了……妳知道你們兩個將成為什麼樣的人，」他說道，「我父親會鄙視妳的。」

「絕不會！」

「我會的！」

這聲音完全不受他意志的控制，直接從他喉嚨深處擠出來。聲音中帶著保羅從他那比吉斯特母親處學來的魔音大法聲調。

「別這麼說。」她呻吟道。

「我會鄙視妳！」

「不……不要這麼說。」

萊托摸了摸喉嚨，感到那裡的肌肉再次屬於了自己。「他會鄙視妳！他將不再理睬妳，他將再次走入沙漠！」

「不……不……」

她用力搖頭。

「妳必須走，母親，」他說道。

「不……不……」但聲音已不再像剛才那麼堅定了。萊托看著他妹妹的臉。她臉上的肌肉扭曲得多麼厲害啊！臉上的表情隨著她體內的掙扎不停變動。

「走，」他低語道，「走吧。」

「不……」

他抓住她手臂，感覺到了她的顫抖和抽搐。她掙扎著，想掙開他，但他把她抓得更緊了，同時低聲說道：「走……走……」

萊托不斷責備自己說服加尼馬進入這場扮演父母親的遊戲。以前他們曾多次玩過這個遊戲，但近來加尼馬一直在抗拒。他意識到女性在內部攻擊下更爲脆弱。比吉斯特的恐懼看樣子便起源於此。

幾個小時過去，加尼馬的身體仍然在內部的鬥爭中戰慄和扭曲，但是現在，妹妹的聲音也加入了爭論。他聽到了她在對體內的形象說話，聲音中充滿祈求。

「母親……我求妳——」她說道，「妳看看阿麗亞！妳想成爲另一個阿麗亞嗎？」

最後加尼馬終於能倚在他身上，低聲說道：「她接受了。她走了。」

他撫摸著她的頭：「加尼馬，對不起，對不起！我再也不會讓妳這麼做了。我太自私了，原諒我。」

「沒什麼需要原諒的。」她喘息著說，彷彿消耗了太多體力，「我們學到了很多東西，我們必須瞭解的東西。」

「她對妳說了很多嗎？」他說道，「等會兒我們分享一下……」

「不！現在就分享。你是對的。」

「我的金色通道？」

「是，你那該死的金色通道！」

「沒有關鍵資料支援的邏輯分析毫無意義，」他說道，「但是我……」

「祖母回來是爲了指引我們，還有，看看我們是否已經被……污染了。」

「鄧肯早就這麼說過。沒什麼新鮮的——」

「他用計算得出這個答案。」她同意道，聲音逐漸變得有力起來。她離開他的懷抱，向外看著黎明前寧靜的沙漠。這場戰鬥……這些知識消耗了他們整整一夜。水汽密封條後的衛兵肯定對很多人做出了解釋。萊托曾命令他不要讓任何人打擾他們。

「隨著年齡的增長，人總是變得愈來愈成熟、圓滑。」萊托說道，「那我們體內蓄積著那麼久遠的記憶，我們能從中學到什麼？」

「我們看到的宇宙從來不是固定不變的同一個宇宙，這個宇宙也從來不是完全由客觀物質所組成。」她說，「所以，我們不能把這位祖母看成一位純粹的祖母。」

「那麼做就危險了。」他同意道，「但我的問題是——」

「對我們來說，有的東西遠比成熟、圓滑重要得多。」她說道，「在我們的意識中，我們必須預留一部分，專門體察我們無法預知的事件。正是爲了這個……母親才會常常和我說起潔西嘉。當我們兩個最終在我體內協調一致之後，她說了很多事。」加尼馬嘆口氣。

「我們知道她是我們的祖母，」他說道，「妳昨天和她相處了好幾個小時，這就是爲什麼……」

「我們的內心將決定我們對她採取什麼態度，只要我們願意這麼做。」加尼馬說道，「這也是我母親不斷警告我的話。她引用了祖母說過的話，而且——」加尼馬碰了碰他的肩膀，「我還聽到祖母的聲音，在我體內迴響。」

「小心！」萊托說道。這種想法讓他很不舒服。這個世上還有靠得住的東西嗎？

「最致命的錯誤大多源自不合時宜的假設，」加尼馬說道，「這就是母親反覆引用的話。」

「純粹的比吉斯特語言。」

「如果……如果潔西嘉完全回歸了比吉斯特姐妹會……」

「對我們來說就危險了，極度危險。」他說道，「我們身上流著科維扎基．哈得那奇——他們的男性比吉斯特——的血脈。」

「她們不會放棄那個追求，」她說道，「但她們可能放棄我們。祖母也許就是她們的工具。」

「還有另外一種解決辦法。」他說道。

「是的——那就是我們兩個——結成配偶。但她們也知道，近親繁殖會給這種配對帶來很大的麻煩。」

「她們肯定探討過這種做法。」

「我們的祖母肯定也參與了。我不喜歡這麼做。」

「我也不喜歡。」

「不過，為了延續血脈，前朝皇室也這麼做過。這不是第一次——」

「這種做法讓我噁心。」他戰慄著說。

她感到了他的顫抖，陷入了沉默。

「力量。」他說道。

由於他們之間的神奇的聯繫，她知道他在想些什麼。「科維扎基．哈得那奇的力量必須被毀滅。」她同意道。

「如果為她們所用的話。」他說道。

就在這時，白晝降臨到他們下方沙漠。他們感到熱量正在上升。懸崖下種植園內的顏色顯得分外鮮明。淺綠色葉子在地上留下了陰影。

沙丘的清晨，低矮的銀色太陽發出光線照亮綠洲。在懸崖的遮擋下，綠洲上點綴著片片金色和紫色的陰影。

萊托站起來，伸了個懶腰。

「走走金色通道吧。」加尼馬說道，既是對他說，也是對她自己說。她知道，父親最後的幻象已與萊托做的那些預言性的夢會合，與萊托的夢融爲一體。

有東西刮擦著他們身後的密封條，密封條後傳來了人聲。

萊托換了一種語言，用他們私下用的古老語言說道：「L'ii ani howr samis sm'kwi owr samit sut.」這就是自發出現在他們意識中的決定。從字面意思上來說就是：我們會相互陪伴，前往死亡之地，但只有一個能活著回來報告那裡的情況。

加尼馬也站了起來，兩個人一起揭開密封條，回到穴地。衛兵們起身，跟隨這對雙胞胎前往他們的住處。

這個早晨，穴地內的人群在他們面前分開的樣子與以往不同，還不斷與衛兵們交換著眼神。在沙漠中獨自過夜是弗瑞曼聖人的傳統儀式。所有烏瑪都經歷過類似的守夜。保羅．穆哈迪經歷過……還有阿麗亞。現在輪到了這對皇家雙胞胎。

萊托注意到了這個不同之處，並告訴了加尼馬。

「他們不知道我們爲他們做出了什麼決定，」她說道，「他們眞的什麼都不知道。」

他仍然用私下用的古老語言說道：「這種事，必須有一個最幸運的開端。」

加尼馬遲疑片刻，稍稍整理她的思路，隨後開口道：「到時候，就爲這對兄妹哀悼吧。必須完全逼眞，甚至墳墓都得造好。心必須緊緊繫在長眠於地下的人，因爲說不定眞的會就此長眠，沉睡不起。」

在那種古老語言中，這段話通過一個與不定詞分離的受詞代名詞，表達非常深遠的寓意。這種語法規定，每個短語的意義都由它所處的位置決定，在不同的位置有截然不同的含意，但這些含意之間又有某種微妙的關聯。

她話中的部分含意是：他們冒著死亡的風險開展萊托的計畫，可能是模擬的死亡、也可能是眞正的死亡。只要進行過程中稍有變化，那便是眞正的死亡，正是所謂假戲眞做。

從整體上看，這句話還有另一層意思，那就是對活下來的人的一種期許：活著的人要行動起來。任何一步的差錯都將毀掉整個計畫，使萊托的金色通道成爲一條死路。

「說得好。」萊托同意。他掀開門簾，兩人走進住所的前廳。

見他們進來，室內的僕人們一頓，停下了手邊的工作。雙胞胎走進通向潔西嘉夫人房間的拱形門廊。

「記住，你並不是地獄的判官。」加尼馬提醒他。

「我也不打算成爲一個判官。」

加尼馬抓住他的手臂，讓他停下。「阿麗亞darsaty haunus m'smow。」她警告道。

萊托盯著他妹妹的眼睛。她說得對，阿麗亞的行爲的確散發出一種可疑味道，他們的祖母已經意識到了。

「我們亞崔迪家族一直有大膽魯莽的傳統。」他說道。

「想要什麼就一把拿過來。」她說道。

「不然就成爲我們那位攝政女皇寶座前卑下的請願者。」他說道，「阿麗亞會很高興我們這麼做的。」

「但是我們的計畫……」她咽下了後半句話。

我們的計畫，他想。現在她已完全支持這個計畫。他說：「我把我們的計畫看成井邊的勞動。」

加尼馬回頭看了看他們剛剛經過的前廳，聞到早晨特有的氣味。這種氣味永遠帶著一股新生的味道。她喜歡萊托這句話。

井邊的勞動。這是一個象徵。他把他們的計畫看成低賤的務農：施肥、灌溉、除草、栽種、修剪——但是在弗瑞曼語境中，在這個世界的農田中操勞，也就是在另一個世界中耕耘，只不過那裡耕耘的是心靈的田疇。

在岩石門廊內逗留時，加尼馬仔細琢磨著哥哥。她明顯地感覺到他的追求分爲兩個層次：一、他和父親關於金色通道的幻象；二、讓她不再干涉，允許他根據他們的計畫，開始一個極其危險的行動：創造新的神話。

她感到了恐懼。他內心深處是否還有一些幻象，並沒有與她分享？他是否將自己視爲潛在領導人類重生的神——將自己視爲上帝，而人類是他的子民？對穆哈迪的崇拜已經漸漸走上邪路，原因之一是阿麗亞的錯誤管理，另一個原因則是不受約束的軍事化教會控制了弗瑞曼人。

萊托想使這一切浴火重生。

他在我面前掩飾了一些東西，她意識到這事實。

她回想起他曾經對她說過的夢。夢中的現實是如此燦爛，清醒之後，他會頭暈目眩地漫步好幾個小時。他說過，那些夢從來沒有任何變化。

「在明亮的黃色日光下，我站在沙地上，但是天上卻沒有太陽。隨後我意識到我自己就是太陽，我的光芒如同金色通道那樣照耀四方。當我知曉這點後，我從自己的身體裡走了出來。

「我轉身，期望看到自己像太陽般耀眼。但我不是太陽，我只是一幅塗鴉，像孩子們畫的那種畫，有著歪歪扭扭的眼睛、樹枝般的膀臂和腿。我的左手裡有一根權杖，而且是一根眞正的權杖——

在細節方面，比拿著它的樹枝似的膀臂眞實得多。權杖開始移動，那讓我感到惶恐。隨著它的移動，我覺得自己在慢慢醒來，但我知道自己仍在夢中。

「我意識到我的皮膚被某種東西包裹住了——那是一件盔甲，隨著我的移動而移動。我看不到盔甲，但我能感覺到。這時恐懼離開了我，因爲盔甲給了我一千個人的力量。」

加尼馬盯著萊托，他想移開目光，繼續朝通向潔西嘉房間的走廊前進。但加尼馬拒絕。

「這條金色通道可能比其他通道好不到哪兒去。」她說道。

萊托看著他們之間的岩石地面，感到加尼馬的懷疑正不斷加強。「我必須這麼做。」他說道。

「阿麗亞已經入了魔道，成爲惡靈。」她說道，「同樣的事也可能發生在我們身上。甚至可能已經發生了，只是我們不知道罷了。」

「不會，」他迎向她的目光，搖搖頭，「因爲阿麗亞抗拒過。抗拒使她體內的生命有了力量，壓倒她自己的力量。我們則大膽向自己內部搜尋，尋找古老的語言和知識。我們已經與體內的生命融合在一起。我們沒有抗拒，我們與他們共生。這就是昨晚我向父親學習來的，也是我必須學會的。」

「他在我體內沒有提過這些。」

「當時妳在傾聽我們母親的教誨，這是我們——」

「我差點迷失了。」

「她在妳體內仍舊那麼強大嗎？」他的臉由於緊張而繃緊。

「是的……但現在，我認爲她在用愛保護我。你在和她爭論時表現得很出色。」加尼馬回想著體內母親的形象，說道，「我們的母親與其他人一起爲我而存在，但是她已經被你說服，所以我現在可以放心地聽從她的教誨。至於其他人……」

「是的，」他說道，「我聽從我父親的教誨，但是我覺得，我聽從的其實是與我同名的祖父的建議。或許同名使我更易於聽從他的意見。」

「你接受的建議中，有沒有讓你去和我們的祖母談論金色通道的事？」

萊托頓了頓，等著一個僕人端著潔西嘉夫人的早餐盤從他們面前經過。僕人走過後，空氣中瀰漫著香料的強烈氣味。

「她同時活在我們的和她自己的體內，」萊托說道，「所以，她的建議能被我們考慮兩次。」

「我不行，」加尼馬抗議道，「我不會再冒這類風險了。」

「讓我來吧。」

「我想我們都承認她已經回歸了姐妹會。」

「是的。比吉斯特是她生命的開端，她自己占據了生命的中段，現在比吉斯特又成了她生命的結尾。但是請記住，她也攜帶著哈肯尼家族的血脈，在血緣上比我們離哈肯尼家族更近，而且她同樣有內部生命的體驗，和我們一樣。」

「但她的體驗非常粗淺。」加尼馬說道，「你還沒有回答我的問題呢！」

「我想我不會和她說金色通道的事。」

「我會的。」

「加尼馬！」

「要把亞崔迪家的人再樹立出多少位被人崇拜的神？不，我們不需要，我們需要的是人性。」

「我向來贊成這種意見，還記得嗎？」

「是的。」她深吸一口氣，將目光轉向別處。前廳的僕人們偷偷窺視他們，從語氣中聽出他們在爭論，只是聽不懂他們使用的古老語言。

「我們別無選擇，」他說道，「如果我們不行動，還不如伏刃而死。」他使用的是弗瑞曼人的語言，本意是「把我們的水灑在部落的蓄水池內」。

加尼馬再一次注視著他。她只能同意，但覺得自己陷入了一個迷陣。他們兩人都知道，不管他們怎麼做，未來總會有被徹底清算的一天。從體內無數生命中汲取的經驗更強化了加尼馬的這信念，利用這些生命的經驗，就是加強他們力量。

加尼馬深深感到恐懼。他們潛伏在她體內，猶如一群潛藏的魔鬼。除了她的母親。她曾經占據了加尼馬的身軀，但最終還是放棄。直到現在，加尼馬仍然能感覺到那場體內鬥爭帶來的顫抖。要不是萊托的勸阻，她可能會就此迷失。

萊托說他的金色通道能帶領著他們走出困境。她知道他說的是眞心話，只是也許隱藏了什麼。他需要她的創造力來豐富他的計畫。

「肯定會測試我們。」他說道，他知道她在擔心什麼。

「不是用香料。」

「也可能會用到香料。當然，還會在沙漠中進行魔道測試，看我們是不是畸變惡靈。」

「你從來沒有提過魔道測試！」她責備地說，「這是你夢境的一部分嗎？」

他想要嚥口口水潤潤嗓子，詛咒著自己的疏忽。「是的。」

「在你的夢中，我們……墮入魔道了嗎？」

「沒有。」

她想像著測試——那個古老的弗瑞曼檢驗，通常以橫死收場。看來這個計畫還有更多複雜之處。這個計畫會讓他們走在鋼索上，兩邊都是萬丈深淵，無論倒向哪一邊，都不會有人扶持他們。萊托知道她在想什麼，道：「權力向來吸引著瘋子，所以我們一定要竭力避開我們體內的那些瘋狂者。」

「你確信我們不會……墮入魔道？」

「如果我們創造了金色通道，就不會。」

她仍然懷疑，說道：「我不會懷上你的孩子，萊托。」

他搖了搖頭，強壓著內心想要坦白的欲望，用古老語言中的皇家正式用語說道：「我的妹妹，我愛妳勝過愛我自己，但妳所說的並非我的渴望。」

「很好。那麼，在和祖母見面之前，讓我們討論討論另一種做法。一把插在阿麗亞身上的刀或許會解決我們的大多數問題。」

「如果你相信這麼做可行的話，就等於相信在泥地裡走路卻不留痕跡。」他說道，「再說，阿麗亞會給任何人這種機會嗎？」

「大家在議論賈維德的事。」

「鄧肯表現出戴綠帽的模樣了嗎？」

加尼馬聳聳肩膀。

「我們必須按我的方法去做。」他說道。

「另一種方法可能還沒那麼骯髒。」

聽到她的回答之後，他知道她已經打消了疑慮，同意他的計畫。他感到欣喜，但他也發現自己其實正看著雙手，懷疑手上沾滿洗不淨的汙跡。

※　　※　　※

這是穆哈迪的成就：他將每個人的潛意識都視為未發掘的記憶庫，保存在其中的記憶可以追溯到形成我們共同基因的最初細胞。他說，我們每個人都能衡量出與那個共同起源的距離。看到這一點並說出這一點後，他做出大膽的決定。穆哈迪承擔起整合基因記憶、讓它不斷進化的任務。於是他撕破了時間的面紗，使過去與未來融為一體。這就是穆哈迪傳承給他兒子和女兒的創造力。

——《阿拉吉斯的聖經》哈克·艾爾—艾達

法拉肯大步行走在他祖父皇宮內的花園裡，薩魯撒·塞康達斯行星上的太陽升高至正午位置，他影子也隨之變得愈來愈短。他必須得儘量邁開步子才跟得上他身旁的高個子巴夏。

「我還有疑慮，泰卡尼克。」他說道，「寶座對我有吸引力，這是不可否認的。但是——」他深吸了一口氣，「——我還有更多的愛好。」

剛剛與法拉肯母親激烈辯論過的泰卡尼克扭頭看著他身邊的王子。隨著十八歲生日來臨，小夥子的肌肉正愈來愈結實。隨著時間的流逝，他體內文希亞的成分愈來愈少，而老沙德姆的影子卻愈來愈強。老沙德姆喜愛自己的私人嗜好，勝於承擔皇室的職責。這一點使他的統治手段變得軟弱，最後使他丟掉了皇位。

「你必須做出選擇。」泰卡尼克說道，「哦，當然，你無疑會有時間滿足其他某些愛好，但是……」

法拉肯咬著他的下唇。他到這來有新的任務，但他覺得有些洩氣。他寧願回到那片岩石圈起來的土地上，沙鮭試驗正在那兒展開。

這是個具有無限潛力的項目：從阿拉吉斯手中爭奪香料的壟斷權。那以後，什麼都可能發生。

「你確信那對雙胞胎會被……除掉？」

「沒有什麼能百分之百確定的，我的王子，但是前景不錯。」

法拉肯聳聳肩。暗殺是皇室生活的一部分，他們的語言中充滿了各式除去重要人物的微妙的表達方式，只需一個簡單的詞語就能讓人知道是在飲料中還是在食物中下毒。他猜那對雙胞胎會被毒死。這不是個令人愉快的想法。無論從哪方面來說，那對雙胞胎都是兩名有趣的人。

「我們必須搬到阿拉吉斯去嗎？」法拉肯問道。

「這是最好的選擇，壓力能激發潛力。」但泰卡尼克覺得，法拉肯似乎在迴避某些問題。不知這些問題到底是什麼。

「我很不安，泰卡尼克。」法拉肯說道，他們繞過一處長著灌木叢的角落，朝著被巨大的黑色玫瑰包圍的噴泉走去。灌木叢後傳來園丁們修剪枝條的聲音。

「什麼？」泰卡尼克立即問道。

「有關，嗯，你加入的宗教……」

「這沒什麼奇怪的，我的王子。」泰卡尼克說道，他希望自己的聲音仍然能保持鎮定，「這種宗教和我這個戰士很相配。對薩督卡來說，這是一種非常合適的宗教。」至少這後句話是真的。

「是的……但我的母親對此感到異常興奮。」

該死的文希亞！他想，她的舉動引起她兒子懷疑。

「我不管你母親想什麼，」泰卡尼克說道，「一個人的宗教觀是他自己的私事。或許她從中看到了某些有助於你登上皇位的東西。」

「我也是這麼想的。」法拉肯說道。

哈，好個敏銳的小子！泰卡尼克想。他說道：「你自己去體會體會那種宗教吧；你馬上就會明白我為什麼選擇它。」

「可那是……穆哈迪那一套呀！他畢竟是亞崔迪家族的人。」

「我只能說上帝的行事方式是凡人所無法瞭解的。」泰卡尼克說。

「我明白了。告訴我，泰卡尼克，為什麼剛才你要我和你一起散步呢？馬上到正午了，這個時候你通常都會奉我母親的命令去什麼地方辦事。」

泰卡尼克在一張石凳前停住腳步，石凳面對噴泉以及噴泉後的大玫瑰。水聲撫慰著他，當他開口說話時，他的注意力仍然集中在噴泉上。「我的王子，我做了一些你母親不喜歡的事。」他暗自想道：只要他相信了這個，她那該死的安排就有可能成功。泰卡尼克實在是希望她的安排會失敗。把那個該死的傳教士帶到這兒來。她簡直瘋了。投入如此龐大的心血！

泰卡尼克保持沉默等待。法拉肯問道：「好吧，你做了什麼，泰卡尼克？」

「我帶來了一位占夢者。」泰卡尼克說道。

法拉肯看了一眼自己的同伴。有些老薩督卡原本便喜愛玩這種解夢遊戲，被「超級占夢者」穆哈迪打敗之後更是有愈演愈烈的趨勢。他們認為夢中有讓他們重返權力和榮耀的通道。但是泰卡尼克一向對這種遊戲唯恐避之不及。

「聽起來不像你會做的事情，泰卡尼克。」法拉肯說。

「我只能說這是由於我新近皈依的宗教的緣故。」他看著噴泉說。宗教，就是他們冒險把傳教士帶到這兒來的原因。

「那麼，就從你的新宗教說起吧。」法拉肯說。

「遵命。」他轉過身，看著這個年輕人。一切都要依靠他所做的那些夢，這個年輕人的夢境鑄成了柯瑞諾家族重掌大權的道路。

「教堂和國家，我的王子，科學和信仰，甚至包括發展與傳統——這一切都被整合在穆哈迪的教義中。他教導說世上沒有不可妥協的對立。這種對立只可能存在於人們的信仰中，有時或許還會存在於他們的夢想裡。人們從過去中發掘未來，這二者是同一個整體的組成部分。」

雖說抱著懷疑的態度，但法拉肯發覺自己被這番話吸引住。他聽出泰卡尼克的語氣中有一絲不情願，好像他是被迫說出這番話。

「這就是你帶來這位……這位占夢者的原因？」

「是的，我的王子。或許你的夢能夠穿越時光。只有當你認識到宇宙是個統一體時，你才能掌握潛伏在你體內的潛意識。你的那些夢……怎麼說呢……」

「可我認爲我的夢沒什麼用，」法拉肯抗議道，「它們確實讓人很好奇，但僅此而已。我沒想到你會……」

「我的王子，你做的任何事都是重要的。」

「謝謝你的恭維，泰卡尼克。你眞的相信這傢伙能破解宇宙的神祕？」

「是的，我的王子。」

「那就讓我母親不高興去吧。」

「你會見他嗎？」

「當然——你帶他來不就是爲了讓我母親不高興嗎？」

他在嘲弄我嗎？泰卡尼克不禁懷疑起來。他說：「我必須警告你，這位老人戴著個面具。這是一種機械裝置，使瞎子能通過皮膚觀察外界。」

「他是個瞎子？」

「是的，我的王子。」

「他知道我是誰嗎？」

「我告訴他了，我的王子。」

「很好。我們去他那兒吧。」

「如果王子能稍等一會兒，我會把那個人帶到這裡來。」

法拉肯看了看噴泉花園的四周，輕笑出聲。這個地方倒是與這種愚昧行爲非常相配。「你告訴他我做過什麼夢嗎？」

「說了個大概，我的王子。他會問你一些具體的問題。」

「哦，很好。我等著。帶那個傢伙過來吧。」

法拉肯轉過身，只聽泰卡尼克匆忙離去。他看到一個園丁在灌木叢那頭工作，他僅能看到他戴著棕色帽子的頭，以及閃亮的剪刀不斷劃過綠色植物。這個動作有催眠的作用。

占夢這一套簡直是胡扯，法拉肯想，泰卡尼克沒跟我商量就這麼做是不對的。他在這個年紀入教本來已經夠奇怪的了，現在居然又開始相信占夢。

身後傳來腳步聲，是他熟悉的泰卡尼克自信的步伐，還摻雜著一個雜遝的腳步聲。法拉肯轉身，看著漸漸走近的占夢者。他那副面具是個如同黑色面紗般的東西，遮住了從額頭到下巴的部分。面具上沒有眼孔。製造這玩意兒的伊克斯人吹噓說，整個面具就是一隻眼睛。

泰卡尼克在離他兩步遠的地方停住腳步，但戴面具的人停在離他不到一步的地方。

「占夢者。」泰卡尼克說道。

法拉肯點點頭。

戴著面具的老人彷彿想從他胃裡咳出什麼似的深深地咳了一聲。

法拉肯敏銳地察覺到，老人身上散發出一股香料發酵的味道。氣味是從裹著他身體的灰色長袍內發出來。

「面具眞的是你身體的一部分？」法拉肯問道，意識到自己希望推遲談論有關夢的話題。

「當我戴著它時，是的。」老人說，聲音中有輕微的鼻音，是弗瑞曼口音，「你的夢，」他說，「告訴我。」

法拉肯聳聳肩膀。爲什麼不呢？這不就是泰卡尼克帶老人前來的原因嗎？但眞的是嗎？法拉肯產生了懷疑，他問道：「你眞的是個占夢者？」

「我前來爲你解夢，尊貴的殿下。」

法拉肯再次聳了聳肩。這個戴著面具的傢伙令他緊張。他朝泰卡尼克看了一眼，泰卡尼克仍然站在剛才的位置，雙臂環抱在胸前，眼睛盯著噴泉。

「你的夢。」老人堅持道。

法拉肯深深吸了口氣，開始回憶自己的夢。當他完全沉浸於其中時，開口敘述就不再那麼困難了。他描繪起來：水在井中向上流，原子在他的腦袋中跳舞，蛇變身成爲一條沙蟲，接著沙蟲爆炸，成爲一片灰塵。

說出蛇的故事時，他驚訝地發現他需要更大的決心才能說出口。他覺得極其勉強，越說越惱怒。

法拉肯說完了，但老人顯得無動於衷。黑色的薄紗面罩隨著他的呼吸微微飄動。

法拉肯在等待。沉默仍繼續。

法拉肯問道：「你不準備解我的夢嗎？」

「我已經解好了。」他說道，聲音彷彿來自遠方。

「是嗎？」法拉肯發現自己的聲音近於尖叫。說出這些夢使他相當緊張。

老人仍保持著無動於衷的沉默。

「告訴我！」他語氣中的憤怒已經非常明顯。

「我說我已經解了，」老人說道，「但我還沒有同意把我的解釋告訴你。」

這下連泰卡尼克都有反應。他放下雙臂，雙手在腰間握成了拳頭。「什麼？」他咬牙說道。

「我沒有說我會公布我的解釋。」老人說道。

「你希望得到更多的報酬？」法拉肯問道。

「我被帶到這裡來時，並沒有要求報酬。」他回答中的某種冷漠的高傲緩解了法拉肯的憤怒。以任何標準來衡量，這都是個勇敢的老人。他肯定知道，不服從的結局就是死亡。

「讓我來，我的王子。」泰卡尼克搶在法拉肯開口前說，「你能告訴我們爲什麼你不願意公布你的解釋嗎？」

「好的，閣下。這些夢告訴我，解釋夢中的事情毫無必要。」

法拉肯再也控制不住自己。「你是說我早就知道了這些夢的含意？」

「或許是的，殿下，但這並不是我的要點。」

泰卡尼克走上前來，站在法拉肯身旁。兩個人都盯著老人。「解釋你的話。」泰卡尼克說道。

「對。」法拉肯說道。

「如果我解釋了你的夢，探究你夢中的水和沙塵、蛇與沙蟲，分析原子在你腦袋中跳舞，就像它們在我腦袋中跳動一樣——哦，我尊貴的殿下，我的話只能讓你更加疑惑，而且你會堅持自己錯誤的理解。」

「你不擔心你的話惹我生氣嗎？」法拉肯問道。

「殿下！你已經生氣了。」

「你是因爲不相信我們？」泰卡尼克問道。

「非常接近要點了，閣下。我不相信你們兩個，是因爲你們不相信你們自己。」

「你做得太過分。」泰卡尼克說道，「有人曾因爲比這還要輕得多的犯上行爲而被處決。」

法拉肯點點頭，說道：「不要誘使我們生氣。」

「柯瑞諾家族憤怒時的致命後果已廣爲人知，薩魯撒．塞康達斯的殿下。」老人說道。

泰卡尼克抓住法拉肯的手臂，問道：「你想激怒我們殺了你？」

法拉肯沒有想到這一點，這種可能性讓他感到一陣寒意。這位自稱傳教士的老人……他是否隱藏了什麼東西？他的死亡能帶來什麼後果？殉教者有可能引發危險的後果。

「我想，不管我說了什麼，你都會殺了我。」傳教士說道，「我想你瞭解我的價值觀，巴夏，而你的王子卻對此有所懷疑。」

「你堅決不肯解夢嗎？」泰卡尼克問道。

「我已經解過了。」

「你不肯公布你從夢中看到的東西？」

「你在責怪我嗎，閣下？」

「你對我們有什麼價值嗎？讓我們不能殺你？」法拉肯問道。

傳教士伸出他的右手。「只要我揮一揮這隻手，鄧肯就會來到我面前，聽候我的差遣。」

「毫無根據的吹噓。」法拉肯說道。

但是泰卡尼克卻搖搖頭，想起了他與文希亞的爭辯。他說道：「我的王子，這可能是眞的。傳教士在沙丘上有很多追隨者。」

「你爲什麼沒告訴我他來自那個地方？」法拉肯問道。

不等泰卡尼克開口回答，傳教士對法拉肯說道：「殿下，你不應該對阿拉吉斯有罪惡感。你只不過是你這個時代的產物。」

「罪惡感！」法拉肯勃然大怒。

傳教士只是聳聳肩。

奇怪的是，這個動作使法拉肯轉怒為喜。他大笑起來，扭過頭，見泰卡尼克正吃驚地看著他。他說：「我喜歡你，傳教士。」

「我很高興，王子。」老人說道。

法拉肯壓下笑意，道：「我們會在這兒安排一個房間。你將正式成為我的占夢者——哪怕你不告訴我，你在我的夢中看到了什麼。你還可以給我講講沙丘，我對那個地方非常好奇。」

「我不能答應你，王子。」

憤怒再次爆發，法拉肯看著他黑色的面具。「為什麼不能，占夢者？」

「我的王子。」泰卡尼克說道，碰了碰法拉肯的手臂。

「什麼事，泰卡尼克？」

「我們在帶他來這裡時，與宇航公會簽署了一個協定。他將回到沙丘。」

「我將被召喚回阿拉吉斯。」傳教士說道。

「誰在召喚你？」法拉肯問道。

「比你更為強大的力量，王子。」

法拉肯不解地看了泰卡尼克一眼。「他是亞崔迪家族的間諜嗎？」

「不太可能，我的王子。阿麗亞懸賞他的命。」

「如果不是亞崔迪家族，那麼是誰在召喚你？」法拉肯轉過頭，看著傳教士。

「比亞崔迪家族更為強大的力量。」

法拉肯不禁發出了一陣笑聲。簡直是一派神祕主義者的胡言。泰卡尼克怎麼會上了這種傢伙的當？這位傳教士可能是被——某種夢召喚著。夢有這麼重要嗎？

「完全是浪費時間，泰卡尼克，」法拉肯說道，「你爲什麼要讓我參與這齣鬧劇？」

「這是個很合算的交易，我的王子，」泰卡尼克說道，「這位占夢者答應我把鄧肯．艾德荷變成柯瑞諾家族的間諜。他要求的價錢就是讓他見到你並給你解夢。」泰卡尼克暗自想道：至少占夢者對文希亞是這麼說的！巴夏心中卻十分懷疑。

「爲什麼我的夢對你如此重要，老人家？」法拉肯問道。

「你的夢告訴我，重大事件正朝著一個合乎邏輯的結果邁進。」傳教士說道，「我必須儘快回去。」

法拉肯嘲弄地說道：「但你仍然沒有解釋，不給我任何的建議。」

「我的王子啊，建議其實是危險的東西。但我會斗膽說上幾句，你可以視爲建議或任何能使你高興的解釋。」

「不勝榮幸。」法拉肯說道。

傳教士戴著面具的臉僵直地面對著法拉肯。「政府會因爲看起來微不足道的原因而蓬勃或衰敗，王子。不管是多麼微小的事件！兩個女人間的爭吵……某天的風會吹向哪個方向……一個噴嚏、一次咳嗽、織物的長度或是沙子偶爾迷住了朝臣的眼睛。歷史發展的軌跡不總是體現在帝國大臣的治國綱領中，也不受假借上帝之手的教士們的教導所左右。」

法拉肯發覺自己深深地被這番話觸動，他無法解釋自己的內心爲何會泛起波瀾。

然而泰卡尼克的思緒卻鎖定在其中的一個單詞上。爲什麼傳教士要提到織物呢？泰卡尼克想到送往亞崔迪雙胞胎的皇家服裝，還有受訓的老虎。這個老人在微妙地表達一個警告嗎？他知道多少？

「你的建議是什麼？」法拉肯問道。

「如果希望成功，」傳教士說道，「你必須縮小策略的應用範圍，將它集中在焦點上。策略用在什麼地方？用在特定的地方，針對特定的人群。但即使你對細節給予了最大程度的關注，一些無關緊要的細節仍然會從你眼底下溜走。王子，你的策略能縮小到一個地方總督的妻子身上嗎？」

泰卡尼克冷冷地插話道：「爲什麼總對策略說個沒完，傳教士？你認爲我的王子將擁有什麼？」

「他被人帶領著去追求皇位，」傳教士說道，「我祝他好運，但他需要的遠不止是好運氣。」

「這些話很危險，」法拉肯說道，「你怎麼敢這麼說？」

「野心通常不會受到現實的干擾，」傳教士說道，「我敢這麼說是因爲你站在一個十字路口。你可以成爲一個受尊敬的人。但是現在，你被一群不顧道德正義的人包圍了，被策略先行的顧問們包圍了。你年輕、強壯而且果敢，但你沒有受到更高級的訓練，無法通過那種手段發展你的個性。這很令人難過，你身上有弱點，我已經描繪了這些弱點的範圍。」

「什麼意思？」泰卡尼克問道。

「說話注意點，」法拉肯說道，「什麼弱點？」

「你沒有深究過你到底喜歡什麼樣的社會，」傳教士說道，「你沒有考慮國民的希望。即便是你正在追求的帝國，你也沒有想像過它應該是一種什麼形式。」他將戴著面具的臉轉向泰卡尼克，「你的眼睛盯著權力，而不是權力本身的微妙作用和危險。你的未來因此充滿不確定因素。當你無法看到每個細節時，怎麼能創造一個新紀元呢？你果敢的精神不會爲你而用——這就是你的弱點所在。」

法拉肯長時間地盯著老人，考慮著他話中隱含的深意。話中深意建築在如此虛無的概念之上。道德！社會目標！和社會演變相比，這些只不過是神話而已！

泰卡尼克說道：「我們談得夠多了。你答應的價錢呢，傳教士？」

「鄧肯．艾德荷是你們的了，」傳教士說道，「利用他的時候要小心。他是無價的珍寶。」

「哦，我們有個合適的任務派給他。」泰卡尼克說道，他看了一眼法拉肯，「可以走了嗎，我的王子？」

「在我改變主意之前送他走吧。」法拉肯說道。隨後，他盯著泰卡尼克，「我不喜歡你這樣利用我，泰卡尼克！」

「原諒他吧，王子，」傳教士說道，「你忠誠的巴夏在執行上帝旨意，儘管他本人並不知曉。」鞠了一躬之後，傳教士離開，泰卡尼克也匆匆隨他而去。

法拉肯看著遠去的背影，想：我必須研究一下泰卡尼克信奉的宗教。隨後他沮喪地苦笑，多奇怪的占夢者啊！但這又有什麼？我的夢一點也不重要。

※　※　※

他看到了盔甲。盔甲不是他自己的皮膚，它比塑鋼更堅固。沒有東西能穿透他的盔甲——刀、毒藥、沙子不行，沙漠上的沙塵或高溫也不行。他的右手掌握著製造季風沙暴的力量，能震動大地，將它化為烏有。他的雙眼緊盯著金色通道，左手拿著至高無上的權杖。他的眼睛看到了金色通道另一端的永恆。

——《我兄長的夢》加尼馬

「對我來說，最好是不要當皇帝。」萊托說道，「哦，我不是指我已經犯下了父親的錯誤，通過香料看到了未來。我是因爲自私才這麼說的。我和妹妹需要一段自由的時光，讓我們眞正瞭解自己。」

他不再說話，探詢地看著潔西嘉夫人。他已經說出了他和加尼馬商量好要說的事。他們的祖母會怎麼回答呢？

潔西嘉在昏暗的燈光下看著她的孫子，一盞懸浮球燈照亮了她位於泰布穴地的房間。這是她到達這裡後第二天的清晨，但她已經接到了令人不安的報告，說這對雙胞胎在穴地外的沙漠中待了一夜。他們在幹什麼？

她昨晚沒睡好，感覺到渾身疼痛。這是身體在向她提出要求，要她脫離目前精神高度集中的狀態。自從在著陸場的那一幕以來，她一直處於這種狀態中，以此處理必要的事務。這裡便是出現在她噩夢中的穴地——但外面卻不是她記憶中的沙漠。*那些花都是從哪兒來的？*而且周圍的空氣感覺如此潮濕。年輕人中間，穿戴蒸餾服的紀律正在日漸鬆弛。

「孩子，你是需要時間瞭解自己嗎？」她問道。

他微微搖搖頭。他知道，孩子的身體做出這個完全成人化的動作，給人的感覺肯定很古怪。他暗暗告誡自己，一定要掌握主動權。「首先，我不是個孩子。哦……」他指了指自己的胸膛，「毫無疑問地，這是個孩子的身體。但我不是個孩子。」

潔西嘉輕咬上嘴唇。這個動作會暴露她的內心，但她並不在意。她的公爵，多年前死在這個受詛咒的行星上，曾嘲笑過她的這個動作。「*唯一一個不受妳控制的反應*。」他是這麼說，「*它告訴我妳很不安，讓我親吻這對香唇，好讓它們停止顫抖*。」

現在這個繼承了她公爵名字的孫子同樣笑著說了一句話，讓她驚訝得心臟都彷彿停止了跳動。他說：「妳很不安，我從妳嘴唇的顫抖中看出來的。」

全憑比吉斯特訓練出的強大自控能力，她才多少恢復了鎮定。潔西嘉勉強開口道：「你在嘲笑我？」

「嘲笑妳？我永遠不會嘲笑妳。但是我必須讓妳明白我們和其他人是多麼不一樣。請妳想想很久以前的那次部落狂歡，當時老聖母將她的生命和記憶給了妳。她將自己的意識和妳協調一致，給了妳長長的一串記憶鏈條，鏈條的每個環節都是一個人的全部記憶。這些記憶至今仍然保存在妳的意識中。所以妳應該能夠體會到我和加尼馬正在經歷的事。」

「也就是阿麗亞經歷過的事？」潔西嘉問道，有意考驗他。

「妳不是和加尼馬談論過她嗎？」

「我希望和你談談。」

「很好。阿麗亞拒絕接受她不同於一般人這一事實，結果變成了她最怕變成的那種人，無法將體內過去的生命化入她的潛意識。對任何人來說，這都是非常危險的，而對我們這種出生前就有記憶的人來說，它比死亡更加可怕。關於阿麗亞，我只能說這麼多。」

「那麼，你不是個孩子。」潔西嘉說。

「我已經有好幾百萬歲了。這就迫使我做巨大的調整，普通人永遠不會有這種要求。」

潔西嘉點頭，感覺平靜許多。現在的她比和加尼馬單獨在一起時還小心翼翼。加尼馬在哪兒？爲什麼來的只有萊托一個人？

「說說吧，祖母，」他說道，「我們是惡靈呢，還是亞崔迪家族的希望？」

潔西嘉不打算理會這問題。「你妹妹在哪兒？」

「她必須去引開阿麗亞，好讓她不來打攪我們。但加尼馬說的不會比我多。昨天妳沒有觀察到嗎？」

「我昨天的觀察是我的事。爲什麼你會提到惡靈？」

「提到？別戴著妳的比吉斯特面具講話，祖母。我會直接查詢妳的記憶，一字一句地拆穿妳的把戲。我有的不僅是妳顫抖的嘴唇。」

潔西嘉搖搖頭，感到了這個繼承了她血脈的……個體的冷漠。他掌握的資源實在太多，多得讓她膽寒。她模仿著他的語氣，問道：「你知道我的意圖是什麼嗎？」

他哼了一聲，「妳無需問我是否犯了與我父親相同的錯誤。我沒有窺視過我們這個時代之外的東西——至少沒有主動尋求過。對於未來，每個人都可能產生幻覺，當未來變成現實時，會覺得這個現實似曾相識。我知道預知未來的危害。我父親的生命已經告訴了我。不，祖母，完全掌握未來就等於完全爲未來所困。它會摧毀時間，現在會變成未來，而我要求自由。」

潔西嘉的話已經到了嘴邊，差點脫口而出，但最後還是控制住。她能說什麼？說他這種態度跟某人很相似？可他並不知道，叫她如何開口？太令人難以置信！

他是我親愛的萊托！這想法讓她震驚不已。那一瞬間，她幻想著這副兒童面具會不會變成那張她親愛的面孔，再次復活……不！

萊托低下頭，暗暗斜著眼睛窺視她。是的，她還是可以被操縱。他說道：「當妳想預測未來時——我希望這種情形很少發生——妳和其他人幾乎沒有分別。大多數人認爲知道明天鯨魚皮的報價是好事，或是想確定哈肯尼家族是否會再次統治他們的母星吉迪．普萊姆星。但我們不同，我們無需預測，也能熟知哈肯尼家族的底細，不是嗎，祖母？」

她拒絕上鉤。他當然知道他的祖先中流著哈肯尼的血。

「哈肯尼是什麼人？」他挑釁地說，「野獸拉賓又是什麼人？我們又是什麼人，嗯？我離題了。我說的是預測未來的神話：完全掌控未來！掌握一切！它將帶來多麼巨大的財富啊——當然也有巨大的代價！下層社會的人相信它，他們相信如果預知未來有好處，那麼知道得越多越好。多好啊？如果妳把一個人生命中的變數全告訴他，指出一條至死不變的道路——這是一份來自地獄的禮物。無限的厭倦！生命中發生的一切都是重複他早已知道的東西，沒有變數。他事先便知道一切回答、一切意見——一遍接著一遍，一遍接著一遍……」

萊托搖搖頭。「無知有其優勢，充滿驚奇的宇宙才是我追求的！」

潔西嘉聽著這番長篇大論，驚訝地發現，他的用語與他父親——她那失蹤的兒子極其相似。甚至連想法都相似：保羅也可能說出類似的話。

「你讓我想起了你父親。」她說道。

「妳難過嗎？」

「有一點，但知道他在你體內活著，我很高興。」

「但你卻完全不瞭解他在我體內的生活。」

潔西嘉直視他，發覺他的語氣很平靜，但滲出絲絲苦意。

「還有，妳的公爵是如何在我體內生活的。」萊托說道，「祖母，加尼馬就是妳！甚至到了可以完全充當妳的程度，對她來說，妳在懷上我們父親之後的一切行爲沒有任何祕密可言。妳也是我！我是一架什麼樣的活體記錄機器啊！有時我覺得紀錄已多得讓我無法承受。妳來這裡是爲了對我們做出判斷？對阿麗亞做出判斷？還不如讓我們對妳做出判斷！」

潔西嘉想從自己的內心尋找答案，但找不到。他在幹什麼？爲什麼他要強調這些不同之處？他故意想讓她排斥他嗎？他是否已經到了阿麗亞的狀態——惡靈？

「我的話令妳不安。」他說。

「是的。」她允許自己聳聳肩，「是的，令我不安——你完全清楚其中的原因。我相信你認眞溫習過我所受的比吉斯特訓練。加尼馬承認這麼做過。我知道阿麗亞……也這麼做了。你身上的與眾不同之處會帶來許多後果，我相信你知道這些後果是什麼。」

他瞥了她一眼，專注的眼神讓人緊張。「是的，但我們本來不想這麼做。」他說道，聲音中彷彿都帶上了潔西嘉的疲倦，「我們就像妳愛人一般明瞭妳嘴唇顫抖的祕密，我們隨時可以回憶起妳的公爵在床上對妳說的親熱話。妳無疑已經在理智上承認了這一點。但我警告妳，僅在理智上承認是遠遠不夠。如果我們中的任何一人成了惡靈——完全有可能是在我們體內的妳造成的！或是我的父親……母親！妳的公爵！控制我們的可以是你們中的任何一個——所需條件都是一樣！」

潔西嘉感到她的胸膛裡陣陣燒灼，她的雙眼濕潤。「萊托……」她終於強迫自己喊出了他的名字，發現再次喊這個名字的痛苦比她想像的要小，「你想從我這裡得到什麼？」

「我希望教我的祖母。」

「教我什麼？」

「昨晚，加尼馬和我扮演了母親和父親，差點毀了我們，但我們學到了很多東西。只要把自己的意識調整到適當狀態，我們可以掌握許多情況，也能略約地預測未來。還有阿麗亞——她很有可能在密謀綁架妳。」

潔西嘉眨眨眼，震驚於他脫口而出的指控。她很清楚他的把戲，自己也用過很多次：先讓一個人沿著某個方向推理，然後突然從另一個方向放出一個驚人的事實。一次深呼吸之後，她再次平靜下來。

「我知道阿麗亞在幹什麼……她是什麼，但是……」

「祖母，可憐可憐她吧。不僅用妳的智慧，也用妳的心。妳以前就這麼做過。妳是個威脅，而阿麗亞想要她的帝國——至少，她變成的這個東西是這麼想的。」

「我怎麼知道這不是另一個惡靈在對我說話？」

他聳聳肩。「這就是妳該用妳的心做出判斷的地方。加尼馬和我知道她的感受。習慣內心大量生命的喧囂，這不是件容易的事。哪怕把他們暫時壓制下去，但只要妳回憶什麼，他們便會爭先恐後擁而至。總有一天——」他吞了口口水，「一個強壯的內部生命會覺得分享肉體的時機已經到來。」

「你就不能做些什麼嗎？」她問出這個問題，但她害怕聽到答案。

「我們相信能做些什麼……是的。不能屈從於香料；這一點非常重要。還有，不能單純採取壓制過去的辦法。我們必須利用它，整合它。最終將它們與我們融爲一體。我們不再是原來的自我——但我們也沒有墮入魔道。」

「你剛才說有個陰謀要綁架我。」

「這很明顯。文希亞野心勃勃，希望她的兒子能有所作爲。阿麗亞則對自己有野心，還有……」

「阿麗亞和法拉肯想聯手？」

「這方面倒沒有什麼跡象。」他說道，「但是阿麗亞和文希亞在兩條平行的道路上前進。文希亞有個姐姐在阿麗亞的宮殿裡。還有比傳個消息更簡單的事嗎——」

「你知道傳過這類消息？」

「就像我看到了並逐字讀過一樣。」

「但你並沒有親眼見過？」

「沒有這個必要。我只需知道亞崔迪家族的人都聚集在阿拉吉斯上。這代表所有的水都彙聚在一個池子裡。」他比劃著畫了一個行星的形狀。

「柯瑞諾家族不敢進攻這裡！」

「如果他們眞的進攻，阿麗亞會從中得到好處。」他嘲諷的語氣惹怒了她。

「我不會要求我的孫子庇護我！」她說道。

「該死！女人，不要再把我看成妳的孫子了！把我看成是妳的萊托公爵！」他的語氣、面部表情，甚至這說來就來的脾氣和他的手勢，簡直與她的公爵無異。她不知所措，陷入了沉默。

萊托用淡漠的語氣道：「我在幫妳，讓妳做好準備。妳至少得配合配合我。」

「阿麗亞爲什麼要綁架我？」

「當然是往柯瑞諾家族身上栽贓。」

「我不相信。就算是她也很難做出這麼荒唐的行爲！太危險了！她怎麼能這麼做！我不相信。」

「發生的時候妳就會相信了。嗯，祖母，加尼馬和我只是偷聽了一下我們的內心，然後便知道。這只是簡單的自我保護的本能。」

「我絕不相信阿麗亞會計畫綁架……」

「上帝呀！妳，一個比吉斯特，怎麼會這麼愚蠢？整個帝國都在猜測妳爲什麼到這裡來。文希亞的宣傳機器已經做好了準備，隨時可以詆毀妳。阿麗亞不能坐視發生這種事。一旦妳的名譽受損，對亞崔迪家族來說就是個致命打擊。」

「整個帝國在猜測什麼？」

她儘量以冰冷的口氣說出這句話，知道她無法用魔音大法來欺騙這個並非孩子的人。

「潔西嘉夫人打算讓那對雙胞胎交配！」他怒氣沖沖地說，「姐妹會想這麼做。亂倫！」

「無聊的謠言。」她眨眨眼，吞了口口水。「比吉斯特不會允許這種謠言在帝國內自由散布。別忘了，我們仍然有影響力。」

「謠言？什麼謠言？妳們當然想讓我們交配。」他搖搖頭，示意她別說話，「別不承認。」

「你相信我們會這麼愚蠢嗎？」潔西嘉問道。

「我當然相信！妳們姐妹會只不過是一群愚蠢的老女人，向來無法考慮育種計畫以外的事務！加尼馬和我知道她們手中的牌。妳覺得我們是傻子嗎？」

「牌？」

「她們知道妳是哈肯尼的後代！在她們的親緣配子目錄裡紀錄著：坦尼迪亞．納盧斯爲伏拉迪米爾．哈肯尼男爵生下了潔西嘉。一旦那份紀錄被意外地公諸於眾，妳就會……」

「你認爲姐妹會會墮落到對我進行恐嚇？」

「我知道她們會的。哦，她們會爲恐嚇包上糖衣。她們告訴妳去調查有關妳女兒的謠言。她們滿足了妳的好奇和憂慮。她們激發了妳的責任感，讓妳爲隱居卡拉丹感到愧疚。而且，她們還給了妳一個拯救孫兒的機會。」

潔西嘉只能無言地看著他。他彷彿偷聽了她與姐妹會學監的交流。她感到自己完全被他的話說服，開始承認他說的阿麗亞要綁架她的陰謀或許是眞的。

「妳看，祖母，我要做一個十分艱難的決定。」他說道，「一、維持亞崔迪家族的神祕光環，爲我的國民而活……爲他們而死；二、選擇另一條道路，一條可以讓我活好幾千年的道路。」

潔西嘉不由自主地害怕起來。對方信口說出的這些話觸及了比吉斯特的大忌。很多聖母本來大可以選擇那條路……或者做出這種嘗試。畢竟，姐妹會的創始人知道控制體內化學反應的方法。一旦有人開始嘗試，或早或晚，所有人都會走上這條路。永保青春的女人的數量不斷增加，這是無法掩飾。但她們確信，這條路最終會毀了她們。短命的人類會對付她們。不——這是大忌。

「我不喜歡妳的思路。」她說道。

「你不理解我的思路。」他說道，「加尼馬和我……」他搖搖頭，「阿麗亞本來可以做到，可惜她放棄了。」

「你確定嗎？我已經通知姐妹會阿麗亞在練習禁忌。看看她的樣子吧！自從我離開這裡，她一天都沒變老……」

「哦，妳說的是這個！」他一隻手一擺，表示自己說的並非姐妹會對追求長生的禁忌，「我說的是別的事——一種其他任何人都沒有達到過的盡善盡美。」

潔西嘉保持沉默，驚訝於他那麼輕易就能從她身上套出祕密。他當然知道，這種消息相當於判了阿麗亞的死刑。雖說他轉變了話題，但他說的同樣是冒天下之大不韙的大罪。難道他不知道他的話極其危險嗎？

「解釋你的話。」她終於說道。

「怎麼解釋？」他問道，「除非妳能理解時間和它的表象完全不同，否則我無從解釋。我父親懷疑過這個問題，他曾經站在頓悟的邊緣，但他退縮了。而現在輪到加尼馬和我。」

「我堅持要求你做出解釋。」潔西嘉說道，摸了摸藏在長袍褶皺內的毒針。它是一根高姆刺，極其致命，輕輕一刺就能在幾秒鐘內取人性命。她們警告過我或許會用上它。她想，這種想法使她手臂的肌肉微微顫抖，幸好還有長袍掩飾。

「好吧。」他嘆了口氣，「第一：對時間來說，一萬年和一年之間沒有什麼分別，十萬年和一次心跳之間也沒有分別。沒有分別是時間的第一個事實。第二個事實：整個宇宙的時間都在我體內。」

「一派胡言。」她說道。

「如何？妳不明白。那我儘量用另一種方式來解釋好了。」他用右手打著手勢，一邊說，一邊左右擺動著這隻手，「我們向前，我們回來。」

「這些話什麼也沒解釋！」

「說得對，」他說道，「有的東西用語言是無法解釋的。妳必須自己去體會。但妳還沒有準備好做出這樣的冒險，就像妳雖然在看著我但卻看不見我一樣。」

「但是……我正看著你。我當然看見了你！」她盯著他。他的話是她在比吉斯特學校裡學過的眞遜尼詭辯：玩弄文字遊戲，混淆人們思緒。

「有些東西的發生超出了妳的控制範圍。」他說道。

「這句話怎麼解釋那……那種還沒人達到過的盡善盡美？」

他點了點頭。「如果有人用香料粹來延緩衰老和死亡，或通過妳們比吉斯特畏之如虎的調整體內化學平衡方式，這種延緩只是一種虛無的控制。不管一個人迅速還是緩慢地穿過穴地，他畢竟要穿過。穿越時間的旅途只能由內心來感知。」

「爲什麼要玩弄文字遊戲？早在你父親出生前，我就不再相信這些胡說。」

「信任可以重新培養起來。」他說。

「文字遊戲！文字遊戲！」

「啊哈，妳已經接近了！」

「哼！」

「祖母？」

「什麼？」

他沉默良久，隨後道：「明白了嗎？妳仍然可以以妳而不是姐妹會的身分對外界刺激做出反應。」

他對她笑了笑，「但是妳無法看透陰影，而我就在陰影裡。」他又笑了笑，「我的父親曾非常接近這個境界。當他活著時，他活著，但是當他死時，他卻沒有死去。」

「你在說什麼？」

「他的屍體在哪兒？」

「你認爲那個傳教士……」

「可能，但即便如此，那也不是他的軀體。」

「你什麼也沒解釋清楚。」她責備道。

「我早說過妳不會明白的。」

「那爲什麼……」

「因爲妳要求我解釋，我只好告訴妳。現在，讓我們回到阿麗亞和她的綁架計畫上——」

「你想做出那件大忌之事嗎？」她問道，抓住她長袍內劇毒的高姆刺。

「妳會親自充當她的行刑者嗎？」他問道，語氣十分溫和，很有欺騙性。他指著她藏在長袍內的手，「妳認爲她會讓妳得手嗎？或是妳認爲我會讓妳得手？」

潔西嘉發覺自己連吞口水都辦不到。

「至於妳的問題，」他說道，「我沒打算觸犯妳們的禁忌。我沒有那麼愚蠢。但妳讓我極其吃驚。妳竟敢對阿麗亞做出判斷。她當然違反了比吉斯特的戒律！妳指望什麼？妳遠離她，讓她成爲這裡實質上的女王。這是多麼巨大的權力！妳隱居在卡拉丹，好端端的躺在葛尼的懷抱裡撫慰妳的傷口。但妳憑什麼對阿麗亞做出判斷？」

「我告訴你，我不會……」

「閉嘴！」他厭惡地將目光從她身上移開。但是他的話卻是用特殊的比吉斯特之道說出的——能控制人心智的魔音大法。她陷入了沉默，彷彿有一隻手捂住了她的嘴。

她想：誰還能更高明地施展出魔音大法，用它來攻擊我？這種自我寬慰的想法令她覺得好受了些。她多次對別人使用過魔音大法，卻從來沒想過有一天會栽在它底下……不能再有第二次了……自從學校畢業後……

他重新望著她。「對不起。我只是看到了妳是多麼盲目——」

「盲目？我？」聽到這話，她比受到魔音大法的攻擊更加惱怒。

「妳，」他說道，「盲目。如果妳體內還有一絲眞誠，妳就應該從自己的反應中發現些什麼。剛才我叫妳祖母，妳的回答是『什麼』。我禁錮了妳的舌頭，激發起妳掌握的所有比吉斯特秘技。用妳學到的方法審視自己的內心吧。妳至少可以做到……」

「你怎麼敢！你知道什麼……」她嚥下了後半句話。他當然知道！

「審視內心，照我的吩咐去做！」他的聲音專橫之極。

他的聲音再一次震懾她。她發覺自己的感官停止了活動，呼吸突然變得急促起來。在她意識中，只有一顆跳動的心，還有喘息……

忽然間，她發現自己的比吉斯特訓練無法使心跳和呼吸回復到正常水準。她驚愕地瞪大雙眼，感到自己的肉體在執行並非發自自己的指令。慢慢地她重新恢復了鎮靜，但是她的發現仍然駐留在意識中。這次談話的整個過程中，這個非孩子的個體就像在彈琴般操縱她。

「現在妳應該知道，妳那寶貝姐妹會爲妳設置了什麼心理定勢。」他說道。

她只能點頭。她對語言的信任被徹底打碎。萊托迫使她徹底審視她的內心世界，讓她顫抖不已，讓她的意識獲得新生。

「妳會讓自己遭到綁架。」萊托說。

「但是——」

「我不想和妳討論這個問題。」他說道，「妳要讓自己被綁架。把我的話看作公爵給妳的命令。事件結束時，妳會明白我的用意。妳會見到一個非常有趣的學生。」

萊托站起身點點頭，說道：「有些行爲有結果但沒有開始，有些有開始但沒有結果。一切取決於觀察者所處的位置。」他轉身離開了房間。

在一號前廳處，萊托見加尼馬正匆匆往他們的私人住處走去。看到他後，她停了下來：「阿麗亞正忙著忠信會的事。」她探詢地看了看通向潔西嘉房間的通道。

「成功了。」萊托說道。

※ ※ ※

任何人都能辨識出暴行，無論是受害者或加害者、無論距離遠近。暴行沒有藉口、沒有可以用來辯解的理由，暴行從不平衡或是更正過去。暴行只能武裝未來，產生更多暴行。它能自我繁殖，像最野蠻的亂倫。無論製造暴行的人是誰，由此暴行繁殖出的更多暴行也應該由他負責。

——《穆哈迪外傳》哈克・艾爾─艾達

剛過正午，多數朝聖者都躲在能找到的任何陰涼處，儘量讓身體放鬆，並喝下能找到的所有飲料。傳教士來到阿麗亞神廟下方的大廣場上。他的手搭在領路人的肩膀上，那個年輕的哈桑・特里格。

在傳教士飄動的長袍下方的口袋內，放著他在薩魯撒・塞康達斯行星上用過的黑紗面具。面具和那個孩子所起的作用完全一樣：偽裝。一想到這個，他就不禁想發笑。只要他仍然需要眼睛的代用品，別人對他身分的懷疑就會繼續存在。

讓神話滋長，但不能消滅懷疑，他想。

一定不能讓人發現那面具只是一塊布，而不是伊克斯人的製品。他的手也不能從哈桑・特里格瘦弱的肩上挪開。一旦別人看到傳教士像長了眼睛般行走，儘管他的雙眼是兩隻沒有眼珠的眼窩，人們的懷疑仍然會徹底打消。他所培養的小小希望就會破滅。

每一天，他都在祈禱發生改變，被某個他沒有料到的東西絆倒，但對他來說，即使是薩魯撒·塞康達斯行星也是一塊他熟知每個細節的鵝卵石。沒有改變、也發生不了改變……還沒到時間。

很多人注意到了他經過商店和拱廊時的動作。他的頭從一邊轉到另一邊，時不時鎖定在一道門廊或一個人身上。他頭部的動作並不總像位盲人，這也有助於神話的傳播。

阿麗亞從神廟城垛的開口處觀察著。她觀察下方極遠處那張滿是疤痕的臉，尋找著跡象——透露出身分的明確跡象。每個謠言都報告給了她、每個新謠言都帶來了恐懼。

她曾以爲自己下達的將那個傳教士逮捕起來的命令會是個祕密，但現在，它成了一條新謠言，回到了她身邊。即使在她的衛兵中，也有人無法保守祕密。她現在只希望衛兵能執行她的新命令，不要在公開場合逮捕這個穿著長袍的神祕人物，人們會看到這個行動，並把消息傳播開來。

廣場上異常炎熱。傳教士的年輕嚮導已經把長袍前襟的面罩拉了起來，遮住在鼻梁，只露出黑色的雙眼和消瘦的額頭。面罩下蒸餾服的集水管在面罩上形成了一個凸起，告訴阿麗亞他們來自沙漠。

他們藏在沙漠的什麼地方？

傳教士沒有用面罩來抵禦灼熱的空氣，連蒸餾服上的集水管都散在胸前。他的臉暴露在陽光和從廣場地磚上升騰而起的一陣陣無形的熱浪中。

神廟的階梯上，九個朝聖者正在舉行告別儀式。廣場上的陰影中可能還站著五十來人，多數是朝聖者，正在虔誠地以教會規定的各種方式苦行贖罪。旁觀者中有信使，還有幾個沒有賺夠的商人在炎熱中繼續進行交易。

站在開口處看著他們的阿麗亞覺得自己快被炎熱吞沒。她知道，自己正陷於意識思索和肉體感知的矛盾之中。過去她經常看到她哥哥落入其中無法自拔。想和她體內生命商量的衝動時時誘惑著她，如同不祥的嗡嗡聲，盤桓不去。

男爵就在那兒，隨時回應她的呼喚，但只要她無法做出理智判斷時，不知發生在身邊的事究竟屬於過去、現在還是將來時，他就會利用她的恐懼。

如果那下面的人是保羅呢？她問自己。

「胡扯！」她體內的聲音說道。

但是有關傳教士言行的報告是毋庸置疑的。保羅難道想拆毀這座以她的名字爲基礎的大廈？一想到這種可能性，恐懼便湧上心頭。

但是，爲什麼不呢？

她想起了今天早晨在國務會議的發言，當時，她對伊如蘭大發雷霆，後者堅持要接受柯瑞諾家族送來的服裝。

「有什麼關係？和往常一樣，所有送給雙胞胎的禮物都會徹底檢查。」伊如蘭申辯道。

「如果我們發現這份禮物沒有害處，該怎麼辦？」阿麗亞叫道。

不知出於何種原因，這才是她最擔心的：發現禮物沒有危險。

最終，她們接受了精美的衣物，開始討論另一個議題：要給潔西嘉夫人在國務會議中留個位置嗎？阿麗亞設法推遲了投票。

向下望著傳教士時，她想的就是這些事。

另外，發生在她教會內的事也像他們對這個行星造成的變化一樣。沙丘曾經象徵著無盡沙漠的力量。從物質上看，這一力量確實縮小，但有關沙丘的神話正在迅速增長。這顆行星上，唯一原封不動的只剩「沙海」——沙漠的偉大神母。

它的邊緣被荊棘叢包圍，弗瑞曼人仍然稱它爲夜之女王。荊棘叢之後蜿蜒著綠色的山包，向下俯視著沙漠。所有山丘都是人造的，每一座都是由像爬蟲般工作著的勞工堆積而成。

阿麗亞這種在沙漠中長大的人很難接受這些山丘上的綠色。在她和所有弗瑞曼人意識中，沙海仍然控制著沙丘，永不放鬆。一閉上眼睛，她就能看到那片沙漠。

在沙漠的邊緣能看到青翠的山包，沼澤向沙漠伸出了綠色的爪子——但是沙海仍一如往昔般強大。

阿麗亞搖搖頭，向下盯著傳教士。

他已經走上了神廟前的第一級台階，轉過身，看著空曠的廣場。阿麗亞按下身旁的一個按鈕，將下方的聲音放大。她覺得自己很可憐，一個人孤零零地困在這裡。她還能信任誰？史帝加算一個，但他已經被這個瞎子污染了。

「你知道他怎麼數數嗎？」史帝加問過她，「我聽過他數錢付給他的嚮導。對於我這雙弗瑞曼耳朵來說，他的聲音很奇怪，有點嚇人。他是這麼數的：shuc、ishcai、qimsa、chuascu、picha、sucta等等。我只在很早以前的沙漠裡聽到過這種數法。」

聽到他這番話後，阿麗亞知道她不能派史帝加去完成那個必須完成的任務。她必須對每件事情都戰戰兢兢，哪怕是面對那些將教會最微弱的暗示視爲絕對命令的侍衛們。

那個傳教士在下面幹什麼？

廣場周圍遮陽篷和街道拱廊下的市場還是那副俗麗的老樣子，展台上擺著商品，只有幾個男孩在看、只有爲數不多的商人還醒著，嗅著來自窮鄉僻壤的香料或聽著朝聖者錢包裡的叮噹聲。

阿麗亞研究起朝聖者的後背。他似乎準備開始演說，但又有點遲疑不決。

爲什麼我要站在這兒看著那具老舊殘破的軀殼？她問自己。下面那個廢物不可能是我哥哥的「聖軀」。

憤怒與絕望充斥了她的心。她怎麼才能弄清這個傳教士的眞相，怎麼才能在不深究眞相的前提下弄清眞相？眞是爲難啊。對這個異教徒，她只能流露出一點點興趣，不敢表現得太過好奇。

伊如蘭同樣感覺到了這種虛弱。她喪失了她始終保持的比吉斯特的鎭定自若，在國務會議上尖叫起來：「我們喪失了視自己爲正義的自信！」

甚至連史帝加都被她這番話給震懾住。

賈維德讓他們重新恢復理智：「我們沒時間理會這種廢話。」

賈維德是對的。他們怎麼評價自己無關緊要，重要的是帝國的權力。

但是恢復鎭定的伊如蘭變得更具摧毀力：「我告訴你們，我們已經喪失了某種至關重要的東西。失去它之後，我們喪失了做出明智決策的能力。我們像魯莽地衝向敵人，魯莽地做出每一個決定。要不然就是等待，也就是放棄決定，讓他人的決定來推動我們。我們難道忘了嗎？目前這股潮流的製造者是我們。」

這一切爭論都是從是否接受柯瑞諾家族的禮物這件小事開的頭。

必須除掉伊如蘭，阿麗亞暗自決定。

那個老人在下面等什麼呢？他自稱傳教士，爲什麼不傳教？

伊如蘭對我們決策的指責是錯的，阿麗亞對自己說道，我仍然可以做出正確決策！掌握生殺大權的人必須做出決定，否則就會成爲玩偶。過去保羅總說，靜止不動是最危險的，變動不止才是永恆。

我會讓他們看到變化！阿麗亞想著。

變化是最重要的！

傳教士舉起雙臂，做出賜福的姿態。

還在廣場的人靠近了他，阿麗亞能感覺到，他們的行動猶豫不決。是的，因爲有謠言說，傳教士已經引起阿麗亞的不悅。她向身旁的揚聲器俯下身去。揚聲器裡傳來廣場上人群的嘈雜聲、風聲，還有腳底摩擦沙子的聲音。

「我給你們帶來了四條資訊！」傳教士說道。

他的聲音在阿麗亞的揚聲器中轟鳴，她關小了聲音。

「每條消息送給某個特定的人。」傳教士說道，「第一條資訊送給阿麗亞，這個世界的領主。」他指了指身後神廟的觀察孔，「我給她帶來了一個警告：妳把時間的祕密纏在腰帶內，妳出售了妳的未來，得到的只是一個空錢包！」

他好大的膽子！阿麗亞想。但是他的話讓她全身僵硬，無法動彈。

「我的第二條資訊，」傳教士說，「送給史帝加，弗瑞曼的耐布。他相信他能將部落的力量轉變爲帝國的力量。我警告你！史帝加：對一切創造性活動而言，最大的危險就是僵硬的道德規範。它會毀了你，讓你流離失所！」

他太過分了！阿麗亞想，我必須派衛兵去，不管會產生什麼後果。但她的手仍然垂在身側，沒有任何動作。

傳教士轉過身來，看著神廟，向上爬了一級台階，隨後重新轉身面對著廣場，左手始終搭在嚮導肩上。他大聲說道：「我的第三條資訊送給伊如蘭。公主，沒人能忘記自己遭到的羞辱。我告誡妳，設法逃走吧！」

他在說什麼？阿麗亞問自己。我們確實要整整伊如蘭，但是……爲什麼他要警告她逃走呢？我剛剛才做出這個決定！一陣恐懼侵襲了她的全身。傳教士是怎麼知道的？

「我的第四條消息送給鄧肯．艾德荷，」他叫喊道，「鄧肯！你接受的教育讓你相信忠誠可以換來忠誠。哦，鄧肯，不要相信歷史，因爲歷史是由金錢推動的。鄧肯！摘下你的綠帽，做你認爲最正確的事。」

阿麗亞咬著她右手的手背。綠帽！她想伸手按下傳喚侍衛的按鈕，但是她手拒絕移動。

「現在我將對你們傳教，」傳教士說道，「這是來自沙漠的布道。我想讓穆哈迪教會的教士，那些用武器傳教的人聽聽我的布道。哦，你們這些相信既定命運的人！但你們是否知道既定的命運也有邪惡的一面？你們聲稱生活在穆哈迪的保佑下是件幸事，我說你們已經拋棄了穆哈迪。在你們的宗教中，神聖已經取代了愛！你們會遭到沙漠的報復！」

傳教士低下頭，彷彿在祈禱。

阿麗亞感覺自己在顫抖。上帝啊！那個聲音！長年的炎熱風沙使它變得沙啞，但它仍舊帶著保羅聲音的痕跡。

傳教士再次抬起頭。低沉的聲音在廣場迴盪，更多的人被這個來自過去時代的怪人吸引，聚到了廣場上。

「書上是這麼記載！」傳教士叫道，「那些在沙漠邊緣祈求露水的人會帶來洪水！理智無法使他們逃脫滅亡的命運，因爲他們的理智源於驕傲！」接著他降低聲音，「據說穆哈迪死於預測未來。未來的知識殺死他，使他越過現實宇宙，進入秘境。我告訴你們，這都是虛幻！想法不能脫離物質而存在，它們不能脫離你們的身體做出任何實事。穆哈迪自己說過他沒有魔法，無法爲宇宙編碼解碼。不要懷疑他。」

傳教士再次舉起雙臂，聲音洪亮。「我警告穆哈迪的教會！懸崖上的火會焚燒你們！自我欺騙的人終將被謊言毀滅！兄弟的鮮血無法被清除！」

最後他放下手臂，找到他年輕的嚮導。不等呆若木雞的阿麗亞從震驚中恢復過來，他已經離開了廣場。

好一個無所畏懼的異教徒！肯定是保羅。她必須警告她的侍衛，不能在公開場合對傳教士下手。下方廣場上的跡象肯定了她這一想法。

儘管他宣揚的是異教，但下面沒人阻攔傳教士離去。沒有神廟的衛兵追趕他，也沒有朝聖者想要阻止他。果眞是名魅力非凡的瞎子！每個看到或聽到他的人都感到了他天啓般的力量。

雖然天氣很熱，但阿麗亞突然間感到了一陣寒意。她感到自己抓住帝國，像抓住一個有形的東西一樣，但她的力量那麼弱，隨時可能失手。她抓緊觀察孔，好像這樣就能更緊地將權力抓在手中。

這種權力是多麼脆弱！立法會、宇聯公司和弗瑞曼軍團形成權力的軸心，躲在暗處施展力量的有宇航公會和比吉斯特姐妹會。

還有技術的發展，就算這種發展來自人類最遙遠的邊疆，也會對權力發生影響；就算允許伊克斯和特雷亞拉克斯的工廠放手生產，仍然無法完全釋放技術發展帶來的壓力。此外柯瑞諾家族的法拉肯，沙德姆四世的繼承人，一直在旁虎視眈眈。

失去了弗瑞曼人，失去了亞崔迪家族對香料的壟斷權，她將失去對權力的絕對控制。所有力量都將瓦解。

她能感到權力正從她手中溜走。人們聽從這個傳教士。除掉他將是危險的，然而讓他像今天這樣在她的廣場上繼續布道也同樣危險。她已然看到失敗的徵兆，也很清楚發展趨勢。比吉斯特早已將這個發展模式及應對之策編撰成文：

「在我們的宇宙中，數量龐大的人民被一小股強大力量所統治是司空見慣的一件事。在此我們提出導致人民起而反抗統治者的主要條件——

一：當他們找到一個領袖時。這是對權力最致命的威脅，當權者必須將能夠擔任群眾領袖的人控制在自己手中。

二：當他們意識到權力鏈條的各個環節時。必須使人民保持愚昧，看不到這些環節。

三：當他們懷有從奴役中逃脫的希望時。永遠不能讓人民相信存在逃脫的可能性。」

阿麗亞搖搖頭，感到自己的臉頰隨著搖頭的動作而顫抖。她的人民已經出現這些跡象。散布在帝國各處的間諜給她的報告無不證實了她的猜測。無止境的弗瑞曼聖戰影響無處不在。只要是「宗教利劍」揮到的地方，那裡的人們就會出現被壓迫民族的種種態度：戒心重重、不忠不實、難以捉摸。

權力機構——實質上就是教會權力機構——慢慢成了憎惡物件。

哦，朝聖者仍然蜂擁而來。也許他們中的某些人可能眞的非常虔誠，但無論從哪方面來說，除了朝聖之外，朝聖者還有別的目的。最常見的就是尋求一個確定的前程。表示了順從之後才能獲得眞正意義上的權力，這種權力可以輕易地轉變成財富。

從阿拉吉斯返回家鄉後，他們就能獲得新的權力和社會地位，可以做出對自己回報頗豐的經濟決策，而對他們的故鄉世界卻不敢有半句怨言。

阿麗亞知道一個風靡一時的謎語：「你能在一個從沙丘星帶回家的空錢包中看到什麼？」答案是：「穆哈迪的眼睛（火鑽石）。」

壓制社會不安定因素的傳統手法浮現在阿麗亞意識中：必須讓人民明白，與權力作對永遠會遭到懲罰、幫助統治者的行爲一定會得到重獎；皇家軍隊必須隨機地進行換防、攝政女皇對潛在反抗者的鎭壓必須準確地把握時機，讓反抗者措手不及。

我失去對準確時機的悟性了嗎？她想。

「這是多麼無聊的猜測。」她體內的一個聲音道。她感到自己平靜了一些。是的，男爵的計畫非常好。除去潔西嘉夫人的威脅，同時嫁禍於柯瑞諾家族，這的確是個好主意。過一陣子再來對付這個傳教士。她瞭解他的立場是什麼，他代表著什麼。他是狂放不羈的遠古精神、活生生的異教徒，根植於她正統統治之外的沙漠。這正是他的力量所在，和他是不是保羅無關……只要人們有這種懷疑就行。但阿麗亞的比吉斯特能力告訴她，傳教士的力量中也埋藏著他的弱點。

我們會找到傳教士的弱點，我要派間諜時時刻刻盯著他，一旦時機來臨，我們將讓他身敗名裂。

※　※　※

弗瑞曼人宣稱他們上承天啓，其使命就是向世人昭示神諭。這方面，我不想說什麼。但他們同時宣稱，他們還要向世人昭示一種全新的意識形態，這一點只能飽受我的嘲笑。當然，他們提出了這兩種說法是為了強化他們的正統性，讓這個宇宙能夠長期忍受他們的壓迫。以所有被壓迫者的名義，我警告弗瑞曼人：權宜之計從來不會長久。

——阿拉肯的傳教士

夜裡萊托和史帝加離開穴地，來到一道突出地面的岩石頂部的凸緣，泰布穴地的人稱這塊岩石為「僕人」。在已有缺口的二號月亮照耀下，站在凸緣處能俯瞰整個沙漠——北面的遮罩牆山和艾德荷峰、南面的大沙漠，還有向東朝哈巴亞山脊而去的滾滾沙丘。

沙暴過後的漫天黃沙遮蓋了南方的地平線。月光替遮罩牆山上罩上了一層冷霜。

史帝加本不願意來，只是因為萊托激起他的好奇心，才最終參與了這次冒險。為什麼非得冒險在晚上穿越沙漠呢？這孩子還威脅說如果史帝加拒絕的話，他就一個人找機會偷偷溜出去。

他們的冒險讓他感到心神不安。想想看，這麼重要的兩個目標竟然晚上獨自行走在沙漠上。

萊托蹲坐在凸緣處，面朝南方的大沙漠。偶爾他會捶打自己的膝蓋，一副焦灼的模樣。史帝加站在距離他主人身旁兩步之遠，他善於在安靜中等待。雙臂環抱在胸前，夜風輕輕拂動著他的長袍。

對萊托而言，穿越沙漠是對內心焦慮的回應。加尼馬無法再冒險與他一起對抗體內生命後，他需要尋找新的盟友。他設法讓史帝加參與了這次行動。有些事必須讓史帝加知道，好讓他爲未來的日子做好準備。

萊托再次捶著膝蓋。他不知道如何開始！他常覺得自己是體內無數生命的延伸，那些生命顯得那麼眞實，彷彿就是他自己的生命。在那些生命河流中，沒有結束、沒有成功——只有永恆的開始。有的時候，這些生命糾合在一起，衝著他大喊大叫，彷彿他是他們能窺視這個世界的唯一一扇窗戶。他們帶來的危險已經摧毀了阿麗亞。

萊托注視著沙暴殘留的揚沙在月光下閃著銀光。連綿不斷的沙丘分布在整個大沙漠上：風裏挾著矽沙礫，在沙漠上形成了一層層波浪——有豌豆沙、粗沙礫，還有小石子。

就在他注視著燥熱的黑暗時，黎明悄悄降臨。陽光穿過沙塵，形成一道道光柱，讓沙塵染上了一層橙色。

他閉上雙眼，想像阿拉肯的新的一天如何開始。在他的潛意識中，城市的形象就如同無數個盒子，散布在光明與陰影之間。沙漠……盒子……沙漠……盒子……

睜開眼睛時，眼前仍是一片沙漠。風刮起黃沙，彷彿漫天飛舞著咖喱粉，陰影從沙丘底座伸展開來，像剛剛過去的黑夜的爪子。它們連接時間，是夜晚和白晝的聯繫物。

他想起昨晚他蹲坐在這兒時史帝加坐立不安的模樣。老人很明顯的正爲他的沉默感到擔心。史帝加肯定與他敬愛的穆哈迪一起度過了很多個類似的夜晚。他現在正四處走動，掃視著各個方向。

史帝加是典型的弗瑞曼老人，不喜歡暴露在陽光下。萊托同情史帝加的白天恐懼症。黑暗意味著單純，哪怕黑暗中可能暗藏殺機。光明卻可以有很多表象。夜晚能隱藏恐懼的氣味和身影，只能聽到輕微的聲音。夜晚割裂了三維空間，所有的東西都被放大了——號角更嘹亮，匕首更鋒利。

但白大的恐怖其實更加可怕。

史帝加清了清嗓子。

萊托頭也不回地說：「我有個非常嚴重的問題，史帝。」

「我猜也是。」史帝加的聲音在萊托身邊響起，聲音既低沉又警覺。這孩子的聲音太像他父親了，像得讓人害怕。這就像一種遭到嚴禁的魔法，讓史帝加不由自主地一陣反感。

弗瑞曼人知道神魔附體的恐怖。所有被附體的人都會立即處死，他們的水被灑在沙漠上，以防污染部落的蓄水池。

死人就應該死去。依靠孩子來傳宗接代，永續不絕，這再正常不過了。孩子沒有權利表現得跟某位祖先一模一樣。

「我的問題是我父親留下了太多懸而未決的問題，」萊托說，「尤其是我們所追求的目的。帝國不能再這樣下去，史帝，現在的帝國對人太不重視。應該重視人，人的生命。你明白嗎？是生命，不是死亡。」

「曾經有一次，你父親的某個幻象讓他十分不安，他和我說過同樣的話。」史帝加說道。

聲音中透出一種恐懼。萊托很想忽略這種恐懼，提個無關緊要的建議打發了事，比如提出先去吃早飯。他意識到自己餓了。他們上一頓飯是昨天中午吃的，萊托堅持要整晚禁食。但現在禁錮他的並非身體的飢餓。

我的麻煩就是這地方的麻煩。萊托想。沒有初步的結論，我只能不斷的後退直到隔閡漸逝。我看不見彼岸、我不了解哈巴亞山脊、我尋不著測驗的原點。

「說眞的，沒有東西能代替預知幻象，」萊托說道，「或許我眞該冒險試試香料……」

「然後就像你父親那樣被毀掉？」

「左右爲難呀。」萊托說道。

「你父親曾經向我承認過，對未來掌控得太完美，意味著將自己鎖在未來之內，缺乏變化的自由。」

「我們面對的就是這個悖論。」萊托說道，「預見未來，這種東西既微妙又強大。未來變成了現在。但是，瞎子的國度裡，擁有視力是很危險的。如果你想向瞎子解釋你看到了什麼，你就是忘記了瞎子有他們的固有行爲，這是他們的瞎眼帶來的。他們就像一台沿著自己的道路前進的巨大機器，有自己的慣性，有自己的定位。我害怕瞎子，史帝。我害怕他們。在前進的道路上，他們可以碾碎任何敢於擋道的東西。」

史帝加盯著沙漠。橙色的黎明已經變成了大白天。他說：「我們爲什麼要來這裡？」

「因爲我想讓你看看我可能的葬身之地。」

史帝加緊張起來。他說道：「這麼說，你還是看到了未來！」

「也許並不是什麼預見，只是一個夢罷了。」

「爲什麼要來這麼一個危險的地方？」史帝加盯著他的主人，「我們應該馬上回去。」

「我不會死於今天，史帝。」

「不會？你預見到了什麼？」

「我看到了三條道路，」萊托說道，陷入了回憶，聲音聽起來有點慵懶，「其中一個未來要求我殺死我的祖母。」

史帝加警覺地朝著泰布穴地的方向看了一眼，彷彿擔心潔西嘉夫人能隔著沙漠聽到他們的談話。

「爲什麼？」

「防止喪失香料壟斷權。」

「我不明白。」

「我也不。但這就是我夢中用刀子時的想法。」

「哦，」史帝加明白用刀子意味著什麼。他深深吸了口氣，「第二條路呢？」

「加尼和我結合，確保亞崔迪家族的血脈。」

「呿！」史帝加厭惡地吐了口氣。

「在古代，對國王或女王來說，這麼做很平常。」萊托說道，「但是加尼和我已經決定不這麼做。」

「我警告你，最好保持你這個決定！」史帝加的聲音中帶著死亡的威脅。根據弗瑞曼法律，亂倫是死罪，違令者會被吊死在三角架上。他清了清嗓子，問道：「那麼第三條呢？」

「我把我的父親請下神壇。」

「他是我的朋友，穆哈迪。」史帝加輕聲道。

「他是你的上帝！我必須將他凡人化。」

史帝加轉過身，背對沙漠，看著他可愛的泰布穴地旁的綠洲。這樣的談話讓他十分不安。

萊托聞著史帝加身上的汗味。他多麼想就此打住，不再提及這些必須在此表明的話題。他們本可以說上大半天的話，從具體說到抽象，遠離現實的決定，遠離他眼下所面對的「必須」。

還可以談談柯瑞諾家族。這個家族無疑是個很大的威脅，對他和加尼馬的生命構成了致命危險。史帝加曾提議暗殺法拉肯，在他的飲料裡下毒。據說法拉肯偏愛甜酒。那種做法當然不妥當。

「如果我死在這裡，史帝，」萊托說道，「你必須提防阿麗亞。她已經不再是你的朋友了。」

「你說這些都是爲了什麼？一會兒是死，一會兒又是你姑姑？」這下子史帝加是眞的發火。「殺死潔西嘉夫人！提防阿麗亞！死在這裡！」

「爲了迎合她，小人們不斷改變自己的做法。」萊托說道，「一位統治者無需是個先知，史帝，更無需像個上帝。統治者只需要做到敏感。我帶你到這裡就是爲了說明我們的帝國需要什麼。它需要優秀的統治。要做到這一點，依靠的不是法律或是判例，而是統治者自身的素質。」

「攝政女皇將帝國事務管理得不錯，」史帝加說道，「當你長大後——」

「我已經長大了！我是這兒最老的人！你在我旁邊就是個牙牙學語的嬰兒。我能回憶起五十多個世紀以前發生的事。哈！我甚至還記得弗瑞曼人移民到阿拉吉斯之前的事情。」

「你爲什麼會有這樣無意義、荒謬的想法？」史帝加厲聲問道。

萊托對著自己點了點頭。是啊，說這些有什麼用？爲什麼要敘述其他世紀的記憶呢？今天的弗瑞曼人才是他的首要問題，他們中的大多數還是半開化的野蠻人，一群樂於嘲笑他人不幸的野蠻人。

「主人死後，嘯刃刀也會解體。」萊托說道，「現在，穆哈迪已經解體了。爲什麼弗瑞曼人還活著？」

這種跳躍性的思維把史帝加徹底弄暈。他不知該說什麼。萊托的話有其深意，但是他無法理解。

「我被期望成爲一名皇帝，但我首先必須學會做一名僕人。」萊托說，他扭過頭來看著史帝加，「給了我名字的祖父剛來到沙丘時，在他的盾牌上刻下了『我來到這裡，也將留在這裡』。」

「他沒有選擇。」史帝加說道。

「很好，史帝。我也沒有。我一出生就應該當上皇帝，因爲我出色的認知力，還因爲我之爲我的一切。我也知道這個帝國需要什麼：優秀的政府。」

「耐布一詞有個古老的意義，」史帝加說道，「穴地的僕人。」

「我還記得你給我的訓練，史帝。」萊托說道，「爲了實現優秀的統治，部落必須能夠挑選出適當的首領，從這些首領自身的生活態度上，就能看出他領導的是一個什麼樣的政府。」

深受弗瑞曼人傳統浸染的史帝加道：「是啊。如果合適的話，你將繼承帝位。但是首先，你必須證明自己能以一個領袖的身分行事。」

萊托突然笑了，隨後道：「你懷疑我的品格嗎，史帝？」

「當然不。」

「我的天賦權利？」

「你有權利。」

「我只能按照人們的期望行事，用這種方法表明我的眞誠，是這樣嗎？」

「這是弗瑞曼人的規矩。」

「那麼，我的行爲就不能聽從我內心的指引了嗎？」

「我聽不懂——」

「我必須永遠表現得舉止得體，無論我爲了壓制自己的內心而付出了多大的代價。這就是對我的衡量嗎？」

「這就是自我控制，年輕人。」

「年輕人！」萊托搖搖頭，「啊，史帝，你所說的，正是統治者所必須具備的理性道德。我必須做到始終如一，每個行動都符合傳統規範。」

「沒錯。」

「但我的過去比你們的久遠得多！」

「有什麼區別——」

「我沒有單一的自我，史帝。我是眾人的綜合體，我記憶中的傳統遠遠早於你所能想像。這就是我的負擔。我被過去驅動、我天生就充滿了知識，滿得都快溢出來了。它們拒絕新生事物、拒絕改變。然而穆哈迪改變了這一切。」他指指沙漠，手臂劃了個半圓，將他身後的遮罩牆山包含在內。

史帝加轉過身來看著遮罩牆山。在穆哈迪時代，山腳下建起了一座村莊，作為在沙漠裡養護植被的工作隊的棲身之所。史帝加看著人類對於自然界的入侵。

變化？是的。真實存在的村莊讓他感到自己受了冒犯。他靜靜地站在那，不理會蒸餾服內的沙礫帶來的瘙癢。村莊是對這顆行星原有狀態的冒犯。

史帝加突然希望能有一陣旋風，帶來沙丘，徹底淹沒這個地方。這種感覺讓他忍不住全身發顫。

萊托說道：「你注意到了嗎，史帝，新的蒸餾服品質很差？我們的水分流失得太多了。」

史帝加差點脫口問道：我不是早就說過嗎？他改口說道：「我們的人民愈來愈依賴於藥物了。」

萊托點點頭。藥物改變了人體的溫度，減少水分流失。它們比蒸餾服便宜，使用起來也方便。但是它們給使用者帶來了副作用，其中之一就是反應速度變慢，偶爾會出現視覺障礙。

「我們來這裡就是為了這個？」史帝加問道，「討論蒸餾服的工藝問題？」

「為什麼不呢？」萊托問道，「既然你不願意面對我對你說的話。」

「我為什麼要提防你的姑姑？」他的聲音中流露出怒氣。

「因為她利用了老弗瑞曼人抵制變化的願望，卻要帶來更多、更可怕的變化，多過你的想像。」

「你無中生有！她是個真正的弗瑞曼人。」

「哈，真正的弗瑞曼人忠於過去，而我擁有一個古老的過去。史帝，如果讓我充分發揮我對過去的喜愛，我會創造一個封閉的社會，絕不破壞過去種種神聖不可侵犯的規定。我會控制移民，因為移民會帶來新思想，威脅整個社會結構。在這種統治下，行星上的每個城邦都將獨立發展，發展成什麼樣子就是什麼樣子，最後造成巨大的差異，而這種差異將形成重壓，使整個帝國四分五裂。」

史帝加徒勞地吞口水，想要潤潤嗓子。他注意到他的話中有穆哈迪的影子。萊托的描述很可怕，但如果允許發生變化，哪怕是一丁點兒……他搖了搖頭。

「過去確實可能指引你走上正確道路，前提是你生活在過去，史帝。但是環境已經變了。」

史帝加完全贊同，環境眞的是變了。人們該怎麼做呢？他看著萊托身後，目光投向沙漠，陷入了沉思。穆哈迪曾經在那裡走過。

太陽已然升起，整個大沙漠一片金黃，沙礫的河流上漂浮的是熱浪。從這裡能看到遠處懸浮在哈巴亞山脊處的沙塵團，在他眼前的這片沙漠中，沙丘正在逐漸減少。

在熱浪中，他看到了植被正爬行於沙漠的邊緣。

穆哈迪讓生命在這片荒蕪之地生根發芽。銅色的、金色的、紅色的鮮花，黃色的鮮花，還有鐵銹紅和赤色的鮮花，灰綠色的葉子，灌木叢下的影子，白天的熱浪使影子看起來彷彿在抖動，在空氣中跳舞。

史帝加說道：「我只是個弗瑞曼領袖，而你是公爵的兒子。」

「你自己都不知道自己在說些什麼。」萊托道。

史帝加皺了皺眉。穆哈迪也曾這麼說過他。

「你還記得，不是嗎，史帝？」萊托問道，「我們在哈巴亞山脊腳下，那個薩督卡上尉——記得他嗎，阿拉夏姆？爲了救他自己，他殺死了他的同伴。那天你多次警告，說留下那個薩督卡的性命非常危險，說他已經看到了我們的祕密。最後你說，他肯定會洩漏所看到的一切，必須殺死他。我的父親說：你自己都不知道自己在說些什麼。你感到委屈。你告訴他你只是弗瑞曼人的領袖，而公爵必須懂得更多更重要的事情。」

史帝加盯著萊托。我們在哈巴亞山脊腳下！我們！這……這個孩子，那天甚至還沒被懷上，卻知道發生的所有細節，只有親身經歷的人才可能記得的細節。這又是一個證據，表明不能以普通孩子的標準去衡量這對亞崔迪雙胞胎。

「現在你聽我說，」萊托說道，「如果我死了或在沙漠裡失蹤了，你必須逃離泰布穴地。這是命令。你要帶著加尼，還有——」

「你還不是我的公爵！你還是個……孩子！」

「我是個有著孩子肉身的成年人。」萊托指著他們下方的一條岩石裂縫說道，「如果我死在這兒，那條裂縫就是我的葬身之地。你會看到鮮血。到時候你就明白了。帶著我的妹妹，還有——」

「我會將你的衛兵人數增加一倍，」史帝加說道，「你不能再出來了。我們現在就回去，你——」

「史帝！你無法阻止我。再想想在哈巴亞山脊那兒發生的事。想起來了嗎？香料機車在沙漠上工作，一條大沙蟲來了，無法從沙蟲那裡救回機車。我父親爲自己無法挽救機車懊惱不已，但是葛尼卻只想著他在沙漠中失去的人手。記得他是怎麼說的嗎？『你父親會因爲沒有救人而比我更難過。』史帝，我命令你去拯救人民。他們比財富更重要。加尼是最珍貴的一個。我死後，她是亞崔迪唯一的希望。」

「我不想再聽。」史帝加說道。他轉過身，開始沿著岩石向下走向沙漠中的綠洲。他聽到萊托在他身後跟了上來。過了一會兒，萊托越過了他，回頭看著他說道：「你注意到了嗎，史帝，今年的女孩子可眞漂亮！」

※　※　※

一個人的生命，像一個家庭或一個民族一樣，最終只能靠記憶延續下去。我的人民必須認識到這一點，這是他們走向成熟的必經之路。人類就像是一個有機體，通過持續的記憶，在潛意識庫中存儲愈來愈多的經驗，以此應對一個不斷變化的宇宙。但是多數被存儲的經驗在意外事件中遺失，我們稱這些事件為「命運」。多數經驗無法整合，併入人類的進化，與人類融為一體，因而在人類所遭遇的無數變化中被遺忘了。人類這一物種會忘卻！而這正是科維扎基．哈得那奇的特殊價值所在，比吉斯特從未懷疑過的價值：科維扎基．哈得那奇不會忘卻！

——《萊托之書》哈克．艾爾—艾達

史帝加無法解釋，但他的確對萊托不經意間的那句話震撼不已。穿過沙漠回到泰布穴地的途中，萊托的話深植他的意識中，比萊托在「僕人」上說的任何話更能引起他內心的迴盪。

的確這一年，阿拉吉斯的女人分外美麗，小夥子也是。他們的臉閃耀著富含水分的光芒。他們的眼睛大而明亮，展示著不受蒸餾服和蛇形集水管掩蓋的身材。他們甚至經常在曠野中也不穿蒸餾服，而更願意穿上新式服裝。

舉手投足間，顯示出衣服下年輕柔韌的身段。

與人體風景相映襯的是阿拉吉斯美麗的自然景觀。和以前相比，現在人們的目光經常被棕紅色岩石中夾雜的嫩葉所吸引。一直保持著岩洞文化，在所有出入口安裝水汽密封條和捕風器的古老穴地，正蛻變成通常由泥磚建成的開放式村莊。泥磚！

爲什麼我巴不得看到那些村莊毀掉？史帝加陷入了沉思，差點絆了個跟頭。他知道自己屬於即將滅絕的那一群人。老弗瑞曼人驚訝於發生在他們行星上的奢侈——水被浪費在空氣中，僅僅是爲了塑成蓋房用的磚頭。一家人用的水足夠整個穴地用上一年。新式建築竟然還有透明的窗戶，太陽的熱量可以進入屋內，蒸發屋內人身上的水分。這些窗子還對外敞開著。

住在泥磚屋子裡的新式弗瑞曼人可以向外看到自然風光。他們不再蜷縮在穴地內。時時能看到新的景觀，新的想像力也就被激發。

史帝加能感覺到這一切。新的景觀讓弗瑞曼人有了全新的空間觀念，使他們與帝國其他地方的人有了密切聯繫。過去嚴酷的自然環境將他們束縛在水分稀缺的阿拉吉斯，使他們無法像其他行星上的居民一樣胸懷開放。

史帝加感受到這些變化，這些變化時時與他內心深處的疑慮不安發生劇烈衝突。過去，弗瑞曼人幾乎不會考慮離開阿拉吉斯，到一個水源充足的世界去開始新生活。他們甚至被剝奪了逃亡的夢想。

他看著走在他前面的萊托，年輕的後背在他眼前行走。萊托剛才提到對星際移民的限制。是的，對於絕大多數世界的人來說，限制移民是一貫的事實，即使對那些允許人們抱有移民外星的幻想、以此充當人民發洩不滿情緒的安全閥的行星來說也同樣如此。

但在這方面，過去的阿拉吉斯最爲極端。無法向外發展的弗瑞曼人只好走向內部，禁錮在自己的思想中，就像被禁錮在岩洞內一樣。

「穴地」這個詞，本意是遭遇麻煩時的避難所，但在現實中，它卻成了監獄，囚禁著整個弗瑞曼民族。

萊托說的是事實：穆哈迪改變了這一切。

史帝加感到失落，感到他的古老信仰在破碎。新的外向型景觀使生命產生了逃離這個容器的願望。

「今年的女孩子可眞漂亮啊！」

古老的規矩（我的規矩！他承認）迫使他的人民忽略所有歷史，除了那些有關他們苦難的回憶。只有苦難才能進入他們內心。老弗瑞曼人讀到的歷史只是他們可怕的遷徙過程，從一次迫害到另一次迫害。

過去的行星政府忠實地執行了舊帝國的政策，壓制創造力和任何形式的發展與進化。對於舊帝國和掌權者來說，繁榮意味著危險。

史帝加猛然間意識到，阿麗亞設定的道路同樣危險。

史帝加再次被絆了一下，與萊托的距離也就拉得更遠了。

在古老的規矩和宗教中，沒有未來，只有無盡的現在。在穆哈迪之前，史帝加看到弗瑞曼人被塑造成只相信失敗，不相信有成功的可能性。

好吧……他們相信列特—凱恩斯，但是他設定了一個四十代的時間表。那不是什麼成功；他現在才意識到，那個夢想只是另一種形式的由外向內，轉入內心世界。

穆哈迪改變了這一切！

在聖戰中，弗瑞曼人知道很多關於老帕迪沙皇帝沙德姆四世的事，這位柯瑞諾家族第八十一任皇帝占據黃金獅子皇座，控制著帝國所屬的無數個世界。對他來說，阿拉吉斯是一個試驗場，測試種種有可能運用於整個帝國的政策。

他在阿拉吉斯上的行星總督一直在利用弗瑞曼人的悲觀主義來穩固他的統治。弗瑞曼人被教導成認為自己是一群沒有希望的人，也不會有任何外來的救星。

「今年的女孩子可眞漂亮啊！」

看著萊托遠去的背影，史帝加想，這個年輕人是如何讓他產生這些想法的——而且僅憑一句看似簡單的話。就因爲這句話，史帝加開始用一種全新的眼光，審視阿麗亞和他自己在國務會議中所扮演的角色。

阿麗亞喜歡說古老的規矩改變起來很慢。史帝加承認她的話讓自己莫名其妙地感到安心。變化是危險、發明必須被壓制，個人的意志必須被抵制。除了壓制個人意志外，教會還有其他功用嗎？

阿麗亞一直說，公開競爭的機會必須被減少到適於管理的限度。這就意味著要用技術來限制人民。過去，技術就是這樣爲統治者效勞。任何得到開發許可的技術都必須植根於傳統。

否則、否則……

史帝加再次被絆了一下。他來到水渠邊，見萊托在水流邊的杏樹林下等他，腳在沒有修剪、自由生長的草地上磨蹭。

自由生長！

我應該相信什麼？史帝加問自己。

他這一代的弗瑞曼人相信，任何人都必須透徹地瞭解自己的極限。在一個封閉社會中，傳統是最重要的控制元素。人們必須瞭解各種限制：時代的限制、社會的限制和領地的限制。一切思想都必須以穴地爲依歸，這難道有什麼錯嗎？每個人的所有選擇都必須限於一個封閉的圈子：家庭的圈子、社區的圈子，做出任何決定都必須有上位者的指導。

史帝加停下腳步，目光越過樹林看著萊托。年輕人站在那兒，笑著向他點頭。

他知道我腦海中的風暴嗎？史帝加想。

這個弗瑞曼老耐布極力回歸到弗瑞曼人的穴地傳統上。生活的任何一面都需要一個早經確定的模式，這個模式是封閉、大家熟知的，知道怎麼做會成功、怎麼做會失敗。

生活有模式，同樣的模式擴展到社區、到更大的社會，直到最高政府。這就是穴地的模式，還有它在沙漠中的對應物：夏胡露。巨大的沙蟲無疑是最令人敬畏的生物，但當它受到威脅時，它同樣會躲到深不可測的地底深處。

變化是危險的！史帝加告誡自己。保持不變和穩定才是政府的正確目標。

但是，年輕的少男少女是那麼美麗。

他們熟記穆哈迪在罷免沙德姆四世時所說的話：「我找尋不到長久的帝國，世上只存在長久帝權。」

這不是我長久以來對自己所說的嗎？他感到納悶。

他又開始行走，向萊托右方的穴地通道前進。年輕人走過來，截住了他。

史帝加提醒自己，穆哈迪還說過其他事情：和個體生命一樣，社會、文明和政府也會生老病死。不管危險與否，變化總是存在。美麗的年輕弗瑞曼人知道。他們向外看，看到了它，並爲變化做好了準備。

史帝加被迫停住腳步。要不就這麼停止、要不就得繞過萊托。

年輕人嚴肅地盯著他，說道：「你懂了嗎，史帝加？傳統並不像你想的那樣，它不是至高無上的指路明燈。」

※　※　※

弗瑞曼人離開沙漠太久之後會死去；這就是我們所稱的「水病」。

——《紀事》史帝加

「開口要求你做這件事，我感到很爲難。」阿麗亞說道，「但是……我必須確保保羅的孩子有一個帝國可以繼承。這是我這個攝政存在的唯一理由。」

阿麗亞坐在鏡前，梳妝完畢後，她轉過身來。她看著丈夫，猜測他在多大程度上接受了她這番話。這種時刻需對鄧肯·艾德荷仔細觀察。毫無疑問，他比過去那個亞崔迪家族的劍術大師敏感得多，也危險得多。

他的外表仍然保持原貌——黑色的捲髮長在棱角分明的腦袋上——但是自從多年前他在死亡狀態醒來之後，他一直在進行著門塔特訓練。

和從前無數次一樣，她不禁想知道，他是如此神祕而孤獨，是不是因爲那個死而復生的死靈仍舊潛藏在他心中。特雷亞拉克斯人在他身上大施妙手之前，鄧肯的一言一行帶著最明顯不過的亞崔迪家族的標誌——忠心耿耿，狂熱地固守無數代職業軍人的道德準則，火氣來得快也去得快。

他與哈肯尼家族有不共戴天之仇，在戰鬥中爲了救保羅而死。但是特雷亞拉克斯人從薩督卡手中購買了他的屍體，並在他們的再生箱中塑造出了一個怪物：長著鄧肯·艾德荷的肉身，但卻完全沒有他的意識和記憶。

他被訓練成一個門塔特，並作爲一份禮物——一台人類電腦、一件被植入了催眠程式要暗殺主人的精美工具，送給了保羅。

鄧肯·艾德荷的肉身抗拒催眠程式，承受著難以忍受的壓力，盡力掙扎，終於使他的過去重新回到他身上。

阿麗亞早就認定，把他看成鄧肯是件危險的事。最好將他視爲海特，他死而復生之後的新名字。還有，絕不能讓他看到她體內有半分老哈肯尼男爵的影子。

見阿麗亞在觀察他，鄧肯轉了個身。愛無法掩飾發生在她身上的變化，也不能隱藏她明顯的企圖。特雷亞拉克斯人給他的金屬複眼能冷酷地看穿所有僞裝。在他眼中，現在的她是個沾沾自喜、甚至有點男子氣的形象。

他無法忍受看到她現在這樣子。

「你爲什麼轉身？」阿麗亞問道。

「我必須想想這件事，」他說道，「潔西嘉夫人是……亞崔迪家族的人。」

「你的忠誠屬於亞崔迪家族，不屬於我。」阿麗亞扳起面孔說。

「妳的看法太淺薄了。」他說。

阿麗亞噘起嘴。她逼得太急了？

鄧肯走到陽台上，從這裡向下能看到神廟廣場的一角。他看到朝聖者開始在那兒聚集，阿拉肯的商人圍繞在他們身邊，就像一群看到了食物的食肉動物。他注意到了一小群特別的商人，他們的膀臂上掛著香料纖維籃子，身後跟著幾個弗瑞曼雇傭兵，不動聲色地在人群中穿行。

「他們賣蝕刻的大理石塊。」他指著他們說道，「妳知道嗎?他們把石塊放在沙漠中，讓沙暴侵蝕它們。有時他們能在石塊上發現有趣的圖案。他們聲稱這是一種新的藝術手段，非常流行：來自沙丘的風暴蝕刻大理石。上星期我買了一塊——一棵長著五個穗的金樹，很可愛，但沒多大價值。」

「不要改變話題。」阿麗亞說道。

「我沒有改變話題，」他說道，「它很漂亮，但它不是藝術。人類創造藝術憑藉的是自己的力量、自己的意志。」他將右手放在窗戶上，「那對雙胞胎厭惡這座城市，我明白他們的想法。」

「我看不出這兩者有什麼聯繫。」阿麗亞說道，「對我母親的綁架並不是眞的綁架。作爲你的俘虜，她會很安全。」

「這座城市是瞎子建造的。」他說道，「妳知道嗎？萊托和史帝加上星期離開泰布穴地去了沙漠，他們在沙漠中待了一整晚。」

「我接到了報告。」她說道，「那些來自沙漠的小玩意兒——你想讓我禁止銷售嗎？」

「對生意人不好。」他轉過身說道，「妳知道在我問起他們爲什麼要去沙漠時，史帝加是怎麼回答的嗎？他說萊托想和穆哈迪的思想溝通。」

阿麗亞感到一陣突如其來的恐懼。她朝鏡子看了一陣子，讓情緒鎭定下來。萊托不可能爲了這種胡扯的理由而在夜裡進入沙漠。這是個陰謀嗎？

艾德荷抬手遮住眼睛，將她擋在視線之外，道：「史帝加告訴我，他和萊托一起去，是因爲他仍舊信仰穆哈迪。」

「他當然有這種信仰！」

艾德荷冷笑一聲，聲音空蕩蕩的。「他說他保持著這種信仰，是因爲穆哈迪總是爲小人物著想。」

「你是怎麼回答的？」阿麗亞問道，她的聲音暴露了她的恐懼。

艾德荷將手從眼睛上拿開。「我說，『那麼你也是小人物之一』。」

「鄧肯！這是個危險的遊戲。引誘那個弗瑞曼耐布，你可能會喚醒一隻野獸，毀掉我們所有人。」

「他仍然相信穆哈迪，」艾德荷說道，「僅僅這種信仰就可以保護我們。」

「他是怎麼回答的？」

「他說他知道自己的想法。」

「我明白了。」

「不……我不相信妳明白了。眞正咬人的東西，牠的牙齒可比史帝加的長得多。」

「我不明白你今天是怎麼了，鄧肯。我要求你做一件非常重要的事，而你這些廢話都是什麼意思？」

她的脾氣聽起來是多麼壞啊！他再次轉身看著陽台的窗戶。「當我接受門塔特的訓練時……學習如何用自己的心智去思考，阿麗亞，這非常難。妳首先必須學會讓心智自己去思考。這種感覺很怪。妳能運動自己的肌肉、訓練它們，使它們強壯，但心智只能由它自己行動。當妳學會之後，有時它能讓妳看到妳不願意看到的東西。」

「這就是你想侮辱史帝加的原因？」

「史帝加不知道自己的心智；他沒有給它自由。」

「除了在香料狂歡時。」

「即使在那種場合下也沒有，這使他成爲一個耐布。要成爲人們的領袖，他必須控制和限制自己的反應，做人們期望他做的事。一旦你清楚這一點，你就瞭解了史帝加，也能測量他牙齒的長度。」

「那是弗瑞曼人的方式。」她說道，「好吧，鄧肯，你到底要不要做？她必須被綁架，還得讓綁架看起來是柯瑞諾家族做的。」

他陷入了沉默，以門塔特的方式研究著她的語氣和論斷。這個綁架計畫顯示了她的冷酷，發現她的這一面目令他震驚。僅僅爲了她所說的理由就拿她母親的生命來冒險？阿麗亞在撒謊。或許有關阿麗亞和賈維德的謠言是眞的。這個想法使他覺得腹中出現了一塊寒冰。

「關於這件事，我只信任你一個人。」阿麗亞說道。

「我知道。」他說。

她把這句話視爲他的承諾，對鏡中的自己笑了起來。

「妳知道，」艾德荷說道，「門塔特看人的方法是，將每個人都看成一系列關係的組合。」

阿麗亞沒有回答。她坐在那兒，突然陷入體內的某種記憶，臉上頓時一片空白。艾德荷轉過頭來看著她，看到她的表情，不禁感到一陣戰慄。她彷彿正在用只有她自己才能聽到的聲音與他人談心。

「關係。」他低聲道。

他想：一個人必須擺脫舊的痛苦，就像蛇蛻皮一樣。但新的痛苦仍會產生，你只有盡力忍受。政府也一樣，甚至教會也是如此。我必須執行這個方案，但不是以阿麗亞所命令的方式。

阿麗亞挺起胸膛，說道：「這段時間裡，萊托不該像那樣隨便出去。我要訓斥他。」

「和史帝加在一起也不行？」

「和史帝加在一起也不行。」

她從鏡子旁站起來，走到艾德荷站著的窗子旁，一隻手抓住他的手臂。

他控制自己，不讓身體顫抖，並用門塔特的計算能力研究著自己的生理反應。她的內心有些東西令他厭惡。

她內心的東西。

厭惡使他無法看著她。他聞到了她身上化妝品發出的香料粹味，不禁清了清嗓子。

她說道：「我今天很忙，要檢查法拉肯的禮物。」

「那些衣物？」

「是的。他眞正要做的和他表現出來的完全不同。此外，我們不能忘了他手下那個巴夏泰卡尼克，他是精通奧瑪斯、瑪斯基等一切宮廷暗殺手段的老手。」

「權力有其代價。」他說道，把手臂從她手中掙脫，「但我們仍然有機動性，法拉肯沒有。」

她觀察他稜角分明的臉。有時很難看穿他的想法。他所說的機動性僅僅是指軍事上的行動自由嗎？不一定，阿拉吉斯的生活已經安逸得太久。無處不在的危險磨鍊出的敏銳嗅覺可能會因爲久不使用而生銹退化。

「是的，」她說道，「但我們還有弗瑞曼人。」

「機動性，」他重複道，「我們不能蛻變成步兵團。那麼做太傻了。」

他的語氣惹惱了她，她說道：「法拉肯會使用任何手段摧毀我們。」

「啊，妳說得對。」他說道，「這也是一種機動性，過去我們沒有。我們有道德準則，亞崔迪家族的道德準則。爲此我們總是付出買路錢，而敵人是劫掠者。當然這個限制現在已經不復存在。我們兩家同樣靈活，亞崔迪家族和柯瑞諾家族。」

「我們綁架母親的原因是爲了不讓她受到傷害，」阿麗亞說道，「我們仍然有自己的道德準則！」

他低頭看著她。她知道刺激一個鬥塔特、讓他進行計算的危險。他剛才就計算過她，她當然意識到了。然而……他仍然愛著她。

他一隻手拂過眼睛。她看起來多年輕啊。潔西嘉夫人是對的：這麼多年來，阿麗亞一點都沒老。她的面部線條仍然很像她那位比吉斯特母親，十分柔和，但她長著一雙亞崔迪眼睛——多疑、嚴厲，像鷹眼。這雙眼睛後面隱藏著冷酷的算計。

艾德荷爲亞崔迪家族服務多年，瞭解這家族的優勢與弱點所在。但是阿麗亞體內的這東西，是他以前從未見過的新東西。亞崔迪家族可能會對敵人使用狡詐手段，但絕不會針對朋友和盟軍，更不用說針對家人！

亞崔迪家族的行爲有嚴格的準則：盡最大能力來支援自己的人民，讓他們意識到生活在亞崔迪家族的統治下有多麼美好、以坦誠的行爲展示自己對朋友的愛。然而，阿麗亞現在的要求是非亞崔迪的。他全身的細胞和神經結構都感覺到了這一點，感覺到了阿麗亞異於亞崔迪的處事態度。

突然間，他的門塔特感覺中樞啓動了，他的心智進入了神遊物外的計算狀態。時間已經不復存在，只有持續的計算。阿麗亞能看出他在幹什麼，但爲時已晚。他全身心融入了計算。

計算：他看到潔西嘉夫人以一種虛假的生命形式生活在阿麗亞的意識內，就像他能感覺到死去之前的鄧肯·艾德荷永遠留在他自己的意識內一樣。阿麗亞是一名出生前就有記憶的人，所以擁有這種意識，而他是因爲特雷亞拉克斯人的再生箱。

但是，阿麗亞沒有與體內的潔西嘉接觸，阿麗亞完全被體內另一個虛假生命控制，這個生命排斥了其他生命。

墮入魔道！

異化！

畸變惡靈！

他接受了計算結論，這是門塔特的方式。他轉而考慮問題的其他方面。亞崔迪家族所有的人都集中在這顆行星上。柯瑞諾家族會冒險從太空中發動攻擊嗎？他的心智中閃現出那些爲所有人所接受的協定，正是這些協定結束了原始的戰爭：

一：在來自太空攻擊面前，所有行星都是脆弱的。因此，每個大家族都在自己的行星之外設置了報復性武器。法拉肯當然知道，亞崔迪家族同樣不會忽略這項最基本的預防措施。

二：遮罩場可以完全阻擋非原子武器的衝擊和爆炸，這正是白刃戰重新回歸的原因。但步兵團有其局限，就算柯瑞諾家族將他們的薩督卡恢復到阿拉肯戰役前的水準，他們仍然不是狂暴兇狠的弗瑞曼人的對手。

三：行星采邑制度永遠處於技術的威脅之下，但是巴特蘭聖戰的影響一直延續至今，啓動抑制作用，使技術無法不受約束地發展下去。伊克斯、特雷亞拉克斯和其他一些邊緣世界行星是這種威脅的唯一來源。但與帝國內其他行星的聯合力量相比，這些技術型世界的力量是相當脆弱。巴特蘭聖戰的影響不會中斷，所以各大家族不會發展出機械化戰爭所需要的龐大的技術階層。在亞崔迪帝國中，技術階層受到嚴密控制。整個帝國維持著穩定的封建體系，要向新邊疆——新行星——擴張，采邑體系是最好的社會結構。

鄧肯的門塔特意識不斷接受著來自體記憶資料的衝擊，完全感覺不到時間流逝的影響。他計算出柯瑞諾家族不敢進行非法的原子彈攻擊。通過活體計算這一主要分析手段，他得出了這個結論，結論的關鍵論據是：帝國掌握的原子武器相當於其他各大家族原子武器的總和。一旦柯瑞諾家族違反協定，至少有一半的大家族會不假思索地立即反擊。無需亞崔迪家族開口提出請求，他們的行星外報復性武器系統就將得到各大家族壓倒性打擊力量的支援。恐懼將使各大家族緊緊團結在一起。薩魯撒．塞康達斯行星和它的盟軍將在一片熾熱的煙塵中化爲烏有。

柯瑞諾家族不會冒這種滅族的風險。他們無疑會信守協定：原子武器的存在只有一個理由，那就是當人類受到其他智慧生命體的攻擊時用來保衛自己。

計算得到的想法極爲清晰、令人信服，沒有任何模糊之處。阿麗亞選擇綁架她母親是因爲她被異化，不再是一個亞崔迪。柯瑞諾家族確實是個威脅，但不是阿麗亞在國務會議中所宣揚的那種威脅。阿麗亞想除去潔西嘉夫人，是因爲比吉斯特的智慧早已看到了他現在才看到的東西。

艾德荷搖搖頭，脫離了門塔特意識。他這才看到站在他面前的阿麗亞，臉上一副冷冷的表情，打量著他。

「妳難道不想直接把潔西嘉夫人殺掉嗎？」他問道。

他銳利的眼睛捕捉到了對方臉上一閃而逝的一絲喜悅，但阿麗亞立即用憤怒的聲音掩飾道：「鄧肯！」

是的，這個異化的阿麗亞更希望直接弒母。

「妳是害怕妳母親，而不是爲她擔心。」他說道。

她緊盯著他的目光沒有任何變化。「我當然害怕。她把我報告給了姐妹會。」

「什麼意思？」

「你不知道比吉斯特最大的誘惑是什麼嗎？」她向他走近，眼睛透過睫毛充滿誘惑地看著他，「爲了那對雙胞胎，我需要保持力量，隨時戒備。」

「妳剛才說到比吉斯特姐妹會的誘惑。」他說道，保持著門塔特平靜的語氣。

「這是姐妹會隱藏的最深的祕密，她們最恐懼的祕密。就是因爲這個，她們才稱我爲惡靈。她們知道她們的禁令對我沒有約束力。誘惑——她們說的時候總會用更強調的說法：巨大的誘惑。你知道嗎，我們這些接受比吉斯特訓練的人可以影響我們體內的酶平衡。它可以保持青春——比香料粹的功能強得多。如果很多比吉斯特同時這麼做，你能想像後果嗎？別人會發現。我相信你能計算出我話中的眞實性。香料粹使我們成了這麼多陰謀的目標，因爲我們控制了一種能延長生命的物質。」

「如果大家都知道比吉斯特控制了一種更加有效的祕密，會怎麼樣？你當然知道！沒有一個聖母是安全的。綁架和折磨比吉斯特將成爲最普遍不過的事。」

「而妳已經實現了酶平衡。」這是一句陳述，而不是一個問句。

「所以我公然挑釁了姐妹會！我母親對姐妹會的報告將使比吉斯特成爲柯瑞諾家族不可動搖的盟友。」

花言巧語，他想。

他反駁道：「但是，她是妳的母親，絕不會反過來對付妳。」

「她在成爲我母親之前很久就是個比吉斯特，鄧肯。她允許她的兒子，我的哥哥，進行高姆刺測試！她安排了測試！而且知道他可能在測試中死去！比吉斯特一向重視功利，不看重其他一切。只要她覺得這種做法對姐妹會最有利，她就會反過來對付我。」

他點了點頭。她很有說服力。這是個讓他難過的想法。

「我們必須掌握主動，」她說道，「主動權是我們最鋒利的武器。」

「葛尼．哈萊克是個問題。」他說道，「我非得殺了我的老朋友嗎？」

「葛尼去了沙漠，去從事一些間諜工作。」她說道，她知道他早就得知了這個情況，「他遠離了這個事件，他很安全。」

「太奇怪了，」他說道，「卡拉丹的攝政總督在阿拉吉斯做間諜。」

「爲什麼不呢？」阿麗亞問道，「她是他的愛人——即使現實中不是，在他的夢中也是。」

「是的，當然。」他不知道她是否聽出了他的言不由衷。

「你什麼時候綁架她？」阿麗亞問道。

「妳最好不要知道。」

「是的……是的，我明白。你會把她關在什麼地方？」

「關在找不到的地方。相信我，她不會在這裡威脅妳了。」

阿麗亞眼中的欣喜絕不會被誤認爲其他表情。「但是在哪兒……」

「如果妳不知道，必要時妳可以在眞言師面前誠實地回答說，妳不知道她被關在哪兒。」

「哦，很聰明，鄧肯。」

現在她相信我了，相信我會殺了潔西嘉夫人，他想。隨後他說道：「再見，親愛的。」

她沒有聽出他話中訣別的意味，在他離開時甚至還吻了他。

穿越如同穴地般錯綜複雜的神廟走廊時，艾德荷一直在揉他的眼睛。

原來特雷亞拉克斯的眼睛也會流淚。

※　※　※

你愛著卡拉丹
為它命運多舛的主人而哀悼——
你痛苦地發覺
即使新的愛戀也無法抹去
那些永遠的鬼魂。

——《哈巴亞輓歌．副歌》

史帝加將雙胞胎周圍衛兵的數量增加到了原來的四倍，但他也知道，這麼做用處不大。小夥子很像那位給了他名字的老萊托公爵。任何熟悉老公爵的人都會看出這兩個人的相似之處。

萊托有和他一樣的若有所思的表情，也具備老公爵的警覺，但警覺卻敵不過潛在的狂野，易於做出危險的決定。

加尼馬則更像她母親。她有和加妮一樣的紅髮、和加妮一樣的眼睛，遇到難題時的思考方式也和加妮一樣。她經常說，她只會做那些必須做的事，但無論萊托走到哪兒，她都會跟他一塊兒去。

萊托曾將他們倆帶入險境。

史帝加沒想過把這個問題告訴阿麗亞。不告訴阿麗亞、當然也就不能告訴伊如蘭，畢竟後者不管什麼都會報告給阿麗亞。史帝加已經意識到，自己完全接受了萊托對於阿麗亞的評價。

她隨意、無情地利用人民，他想。她甚至用那種方式利用鄧肯！不過她倒不至於來對付我或殺了我。她只曾拋棄我。

加強警衛力量的同時，史帝加在他的穴地內四處遊蕩，像個穿著長袍的幽靈，審視一切。他時時想著那萊托引出的困擾：如果不能依靠傳統，他的生命又將以什麼爲依託呢？

歡迎潔西嘉夫人的那天下午，史帝加看到加尼馬和她祖母站在通向穴地大會場的入口。時間還早，阿麗亞還沒到，但人們已經開始擁入會場，並在經過這對老人和孩子時偷偷地窺視他們。

史帝加在人潮之外的石壁凹陷處停住腳步，看著老人和孩子。人群嘈雜，使他無法聽到她們在說什麼。許多部落的人今天都會來到這裡，歡迎聖母回到他們身邊。

他盯著加尼馬。她那雙眼，她說話時那雙眼睛活動的樣子！她雙眼的運動吸引著他。那對深藍色、堅定、嚴厲的、若有所思的眼睛。還有她搖頭將紅髮甩離肩膀的樣子：那就是加妮。像鬼魂的復蘇，相似得出奇。

史帝加慢慢走近，在另一處凹陷處停了下來。

加尼馬觀察事物的方式不像他認識的其他任何孩子——除了她哥哥。萊托在哪兒？史帝加轉眼看著擁擠的通道。一旦出現任何差錯，他的衛兵就會發出警告。他搖搖頭。這對雙胞胎讓他心神不寧。他們持續不斷地折磨他原本平靜的內心，他幾乎有點恨他們了。血緣關係並不能阻止仇恨，但是血液（還有其中珍貴的水分）凝成的親緣關係的作用仍然是不能否認的。

現在，這對跟他有血緣關係的雙胞胎就是他最重要的責任。棕色光線透過灰塵照射到加尼馬和潔西嘉身後的岩洞會場。光線射到孩子的肩膀和她穿的新白袍上，當她轉過頭去看著人潮經過時，光線照亮了她的頭髮。

爲什麼萊托要用這些困惑折磨我？他想。他肯定是故意的！或許萊托想讓我分享一點他的精神歷程。史帝加知道這對雙胞胎爲什麼會與眾不同，但理智卻總是無法接受他知道的事實。他從來沒有過這種經歷：意識覺醒、身體卻被囚禁在子宮內——受孕之後第二個月就有了意識，人們是這麼說的。萊托說過，他的記憶就像「立體影像」，從覺醒的那一刻起，影像便不斷擴大，細節也在不斷增加，但是形狀和輪廓從未改變。

史帝加看著加尼馬和潔西嘉夫人，第一次意識到她們的生活是什麼滋味：糾纏在一張由無窮的記憶組成的巨網中，無法爲自己的意識找到一個可以退避的小屋。她們必須將無法形容的瘋狂和混亂整合起來，隨時在一個答案與問題彼此迅速變化的環境中，對無窮的提議做出選擇。

對她們來說，沒有一成不變的傳統。模棱兩可的問題也沒有絕對的答案。什麼能起作用？不起作用的東西。什麼不起作用？會起作用的東西。簡直像古老的弗瑞曼謎語。

爲什麼萊托希望我理解這些東西？史帝加問自己。經過小心探察，史帝加知道雙胞胎對於他們的與眾不同之處有相同的見解：他們認爲這是一種折磨。對於他們來說，出生就是這麼一回事。他想。無知能減少出生的衝擊，但他們出生時卻什麼都知道。知道生活中一切都可能出錯——讓你度過這樣一個生命，會是什麼滋味？你永遠會面臨懷疑，你會憎惡你與夥伴們的不同之處。即使能讓你的夥伴嘗嘗這種不同之處的滋味也能讓你高興。

你的第一個永遠得不到答案的問題就是：「爲什麼是我？」

而我又在問自己什麼問題？史帝加想。一陣扭曲的微笑浮現在他嘴唇上。爲什麼是我？

以這種新眼光看著這對雙胞胎，他理解他們未長大的身體承擔了什麼樣的風險。有一次，他責備加尼馬不該爬上泰布穴地高處的陡峭懸崖，她直截了當地回答他。

「我爲什麼要害怕死亡？我以前已經歷過了——很多次。」

我怎麼能自以爲有能力教導這兩個孩子呢？史帝加感到困惑，又有誰能教導他們呢？

奇怪的是，當潔西嘉和她孫女交談時，她也產生了相同的想法。她在想，在未成年的身體內承載著成熟的心智是多麼困難。身體必須學會心智早已熟練的那些動作和行爲，在思維與反射之間直接建立聯繫。她們掌握了古老的比吉斯特氣神合一法，但即便如此，心智仍然馳騁在身軀不能到達之處。

「史帝加在那邊看著我們。」加尼馬說道。

潔西嘉沒有回頭。但加尼馬的聲音裡有種東西讓她感到疑惑。加尼馬愛這個弗瑞曼老人，就像愛自己的父親一樣。表面上，她和他說話時沒什麼規矩，還時不時開開玩笑，但內心中她仍然愛著他。意識到這一點後，潔西嘉重新審視了老耐布，意識到他和這對雙胞胎之間分享著各種祕密。此外潔西嘉還發現史帝加並不適應這個新的阿拉吉斯，就像她的孫兒們不適應這個新的宇宙一樣。

潔西嘉的腦海中不由自主地浮現出比吉斯特的一句話：「擔心死亡是恐懼的開端，接受死亡是恐懼的結束。」

是的，死亡並不是沉重的枷鎖，對於史帝加和雙胞胎來說，活著才是持續的折磨。他們每個人都活在錯誤的世界中，都希望能以另外一種方式生存，都希望變化不再意味著威脅。

他們是亞伯拉罕的孩子，從沙漠上空的鷹身上學到的東西遠比從書本上學到的還要多得多。

就在今天早晨，萊托使潔西嘉吃了一驚。他們當時站在穴地下方的露天水渠旁，他說：「水困住了我們，祖母。我們最好能像沙塵一樣生活，因爲風可以把我們吹到比遮罩牆山上最高的山峰還要高的地方。」

儘管潔西嘉已經習慣從這兩個孩子嘴裡冒出深奧的語言，她還是被他的意見打了個措手不及。她勉強擠出回答：「你父親可能也說過這種話。」

萊托朝空中扔了一把沙子，看著它們掉在地上。「是的，他可能說過。但當時他忽略了一點：水能使任何東西迅速跌落到它們原先升起的地方。」

現在，身處穴地，站在加尼馬身後，潔西嘉再次感受到了那些話的衝擊。她轉了個身，看了一眼川流不息的人群，隨後向史帝加站著的石窟陰影內看去。史帝加不是個被馴服的弗瑞曼人，他仍然是一隻鷹。當他看到紅色時，想到的不是鮮花，而是鮮血。

「妳突然沉默了，」加尼馬說道，「出了什麼事嗎？」

潔西嘉搖了搖頭。「只不過想了想萊托今早說的話，沒什麼。」

「你們去種植園的時候？他說什麼了？」

潔西嘉想著今早萊托臉上浮現出的那種奇怪的、帶著成人智慧的表情。現在，加尼馬臉上也是這種表情。「他回憶起葛尼從走私販那兒重新投入亞崔迪旗下時的情景。」潔西嘉說道。

「接著你們談了談史帝加。」加尼馬說道。

潔西嘉沒有問她是怎麼知道的。這對雙胞胎似乎擁有隨意交換思維的能力。

「對，我們談了。」潔西嘉說道，「史帝加不喜歡聽到葛尼把……保羅叫成他的公爵，但是葛尼就是這麼叫的，所有弗瑞曼人都聽到了。葛尼總是說『我的公爵』。」

「我明白了，」加尼馬說道，「當然，萊托注意到了，他還沒有成爲史帝加的公爵。」

「是的。」

「妳應該知道他說這些的目的。」加尼馬說。

「我不確定。」潔西嘉坦白地說，她發覺這麼說讓她十分不自然，但她的確不知道萊托到底要對她做什麼。

「他想點燃妳對我們父親的回憶，」加尼馬說道，「萊托非常想知道其他熟悉父親的人對父親是什麼看法。」

「但是……萊托不是有……」

「哦，是的，他可以傾聽他體內的生命。但那不一樣。妳談論他的時候，我是指我的父親，妳可以像母親談兒子一樣談他的事。」

「是的。」潔西嘉咽下了後半句話。她不喜歡這種感覺，這對雙胞胎能隨意喚醒她的記憶，打開她的記憶並進行觀察，觸發她體內任何他們感興趣的情感。加尼馬可能正在這麼做！

「萊托說了一些令妳不安的話。」加尼馬說道。

潔西嘉吃驚地發現，必須強壓住火氣，使她口氣平穩。「是的……他說了。」

「妳討厭這個事實，他就像我們的母親一樣瞭解我們的父親，又像我們的父親一樣瞭解我們的母親。」加尼馬說道，「妳討厭這背後隱藏的暗示——我們瞭解妳多少。」

「我從來沒這麼想過。」潔西嘉說道，感覺自己的聲音很生硬。

「對情慾之類的瞭解是最令人不快，」加尼馬說道，「這就是妳的心理。妳很難不把我們看成是孩子，但我們卻知道我們的父母兩人在公眾場合和私底下所做的一切。」

有那麼一陣子，潔西嘉覺得與萊托對話時的那種感覺又回到了她身上，只不過她現在面對的是加尼馬。

「他或許還提到了妳公爵的『發情期欲望』。」加尼馬說道，「有時眞應該給萊托套個嘴套。」

還有什麼東西沒有被這對雙胞胎褻瀆嗎？潔西嘉想，由震驚變得憤怒，再由憤怒變得厭惡。他們怎麼能宊談她的公爵的情欲？深愛中的男女當然會分享肉體上的歡樂！這是一種美麗而又隱秘的事，不應該在成人與孩子的對話中被隨意地拿來誇耀。

孩子和成人！

突然間，潔西嘉意識到，不管是萊托還是加尼馬，都不是在隨意地說這些事。

潔西嘉保持著沉默，加尼馬說道：「我們讓妳受驚了。我代表我們倆向妳道歉。以我對萊托的瞭解，他是不會考慮道歉的。有時當他順著思路說下去時，他會忘了我們……和妳們有多麼不同。」

潔西嘉想：明白了，原來這就是你們的目的：你們在教我！隨後她又想：你們還在教別人嗎？史帝加？鄧肯？

「萊托想知道妳是怎麼看問題的。」加尼馬說道，「要做到這一點，光有記憶是不夠的。嘗試的問題越難，失敗的可能性也就越大。」

潔西嘉歎口氣。

加尼馬輕碰祖母的膀臂。「有很多必須說的話，妳兒子從來沒說過，甚至對妳都沒有。比如，他愛妳。妳知道嗎？」

潔西嘉轉了個身，想掩飾閃爍在她眼角淚光。

「他知道妳的恐懼，」加尼馬說道，「就像他知道史帝加的恐懼一樣。親愛的史帝加，我們的父親是他的『獸醫』，而史帝加只不過是一隻藏在殼內的綠色蝸牛。」她哼起了一首曲子，「獸醫」和「蝸牛」便來自這首歌。

曲調響起，潔西嘉的意識中出現了歌詞：

哦，獸醫，
面對著綠色的蝸牛殼。

殼內有害羞的奇蹟，
躲藏著，在病痛中等待死亡。
但你像神一樣來到了！
就連外殼也知道，
上帝能帶來毀滅，
治療能帶來傷痛。
透過地火之門，
能窺探到天堂。
哦，獸醫，
我是個蝸牛人，
我看到你的一隻眼睛，
正窺視我的殼內！
為什麼，穆哈迪，為什麼？

加尼馬說道：「不幸的是，我們父親在宇宙中留下了太多的蝸牛人。」

※　※　※

其實人類生活在一個非永恆的宇宙中——這假設已成為有效的規範且被世人接受。該假設要求心智成為一個完全平衡、充分發揮作用的器官。但是不發揮整個生物體的作用，心智無法單獨達到平衡。考察一個生物體是否達到平衡，只能通過牠的行為表現來辨別。因此只有當牠處在社會中，牠才能被稱之為生物體。在這裡，我們又碰到了一個老問題。從古到今，社會所追求的目標都是永恆。任何顯示非永恆宇宙的嘗試都將引起反對、恐懼、憤怒和絕望。但與此同時，社會卻能接受對未來的預言。我們怎麼解釋呢？很簡單：未來情景的描繪者所描述的未來是絕對，也就是永恆不變。人類自然有可能歡迎這種預言，儘管預言者所描述的可能是十分可怕的情景。

——《萊托之書》哈克・艾爾—艾達

「就像在黑暗中戰鬥。」阿麗亞說道。

她怒氣沖沖地在立法會廳內來回踱步，從掛著柔化陽光的摺簾窗口，走到屋子對面緊挨著牆角的長沙發處。她涼鞋依次踏過香料纖維地毯、鑲木地板和巨大的石榴石板地面，接著又踏上了地毯。最終，她站在伊如蘭和艾德荷面前，他們倆面對面地坐在鯨魚皮製的長沙發上。

艾德荷本來拒絕從泰布穴地返回，但是她發出了強制性的命令。綁架潔西嘉遠比任何事都重要，但此刻這事必須先緩一緩。她需要艾德荷的門塔特感知力。

「這些事件都有相同的手法，」阿麗亞說道，「我聞到了陰謀的味道。」

「或許不是。」伊如蘭斗膽說道，她向艾德荷投去詢問的一瞥。

阿麗亞的臉上露出了毫不掩飾的嘲笑。伊如蘭怎麼會如此天真？除非……阿麗亞用鋒利、懷疑的眼光盯著公主。伊如蘭穿了一件簡單的黑色弗瑞曼女式長袍，和她深藍色的香料眼睛很相配。金髮在脖子後緊緊地盤成一個髮髻，凸顯出一張多年來在阿拉吉斯上變得愈來愈瘦、愈來愈嚴厲的臉。

她仍然保持著從她父親沙德姆四世那繼承來的傲慢，阿麗亞經常認為這副高傲的表情下可能隱藏著陰謀。

艾德荷則很隨便地穿著一件黑綠相間的亞崔迪家族侍衛制服，制服上沒有肩章。阿麗亞很多衛兵都厭惡這種制服，尤其是她那些佩戴軍官肩章的女侍衛們。她們不喜歡看到死而復生的門塔特劍客穿著隨便，他是她們女主人的丈夫，這更加深了她們對他的厭惡。

「各部落希望潔西嘉夫人能重新恢復在攝政政府國務會議中的席位，」艾德荷說道，「這有什麼——」

「他們一致要求！」阿麗亞指著伊如蘭身邊沙發上的一張細紋香料紙，「法拉肯是一個威脅，而這……這裡頭有一股聯盟的臭味。」

「史帝加怎麼想？」伊如蘭問道。

「他的簽名在那張紙上！」阿麗亞說道。

「但如果他……」

「他怎麼能拒絕他上帝的母親？」阿麗亞嘲弄地說。

艾德荷看著她想：快到伊如蘭的忍耐極限了！他再次懷疑為什麼阿麗亞要叫他回來，她知道如果綁架陰謀要付諸行動的話，他必須留在泰布穴地。她是不是聽到傳教士傳給他的資訊？這想法令他的呼吸慌亂。那個神祕的乞丐怎麼會知道保羅．亞崔迪召喚他的劍客所用的祕密手勢？艾德荷多麼希望能離開這個毫無意義的會議，去尋找心中問題的答案。

「傳教士無疑離開過行星。」阿麗亞說道，「在這件事上，宇航公會不敢騙我們。我要把他——」

「要慎重！」伊如蘭說道。

「是的，必須慎重。」艾德荷說，「這顆行星上有一半人相信他是——」他聳聳肩，「妳哥哥。」

艾德荷希望自己能以一種非常隨意的態度說出後半句話。那個人怎麼會知道手勢的？

「但如果他是個信使，或是間諜——」

「他沒有接觸過宇聯公司或是柯瑞諾家族的人，」伊如蘭說道，「我們能確定……」

「我們什麼也不確定！」阿麗亞不想隱藏她的輕蔑。她轉身背對伊如蘭，看著艾德荷。他知道爲什麼要他來這兒！爲什麼他沒有像她所期望的那樣做？要他來國務會議，因爲伊如蘭在這兒。那段將柯瑞諾家族的公主嫁到亞崔迪家族的歷史永不該被忘記。背叛只要發生一次，就會發生第二次。鄧肯的門塔特力量應該能在伊如蘭微妙的行爲變化中檢查出蛛絲馬跡。

艾德荷晃了晃身體，看了伊如蘭一眼。有時他憎惡他的門塔特狀態表現得太過直接。他知道阿麗亞在想什麼，伊如蘭也應該知道。但是保羅．穆哈迪的這位公主夫人已經克服了那個決定帶來的怨恨，那個使她的地位還不如加妮——皇帝的情婦——的決定。

伊如蘭對這對雙胞胎的忠誠是毋庸置疑的。爲了亞崔迪家族，她已經拋棄了她的家庭和比吉斯特姐妹會。

「我母親是這個陰謀的一部分！」阿麗亞堅持道，「要不然，姐妹會怎麼會在這時候派她回到這裡？」

「胡亂猜疑對我們並沒有好處。」艾德荷說道。

阿麗亞轉身背對他，他知道她會這麼做。他暗自慶倖自己不用看著那張曾經可愛、但現在已被魔道扭曲的臉。

「怎麼說呢，」伊如蘭說道，「也不能完全信任宇航公會……」

「宇航公會！」阿麗亞嘲弄道。

「我們不能排除宇航公會或比吉斯特仍對我們懷有敵意，」艾德荷說道，「但我們必須對他們加以區別對待，在對我們的戰鬥中，他們是被動的參與者。宇航公會將堅持其基本準則：永遠不當統治者。他們只能通過寄生而發展，這一點他們很清楚。宇航公會不會採取任何行動，威脅到他們生命所繫的宿主。」

「他們眼中的宿主可能和我們期望的不一樣。」伊如蘭懶洋洋地說。這是她最接近嘲弄的語氣，那個懶洋洋的聲音彷彿在說：「你犯了一個錯誤，門塔特。」

阿麗亞看起來有些猶豫。她沒有想到伊如蘭會這麼說，一個陰謀家是不會顯露出這種觀點。

「說得對，」艾德荷說，「宇航公會不會公然反抗亞崔迪家族。但是，姐妹會可能會冒險在政治上與我們分道揚鑣——」

「如果她們想這麼做，必須通過某種幌子：一個或一群她們可以隨時拿來頂罪的人。」伊如蘭說道，「比吉斯特存在了這麼長時間，她們知道明哲保身的價值。她們更喜歡待在皇位的後頭，而不是坐在皇位上。」

明哲保身？阿麗亞想。這是伊如蘭的選擇嗎？

「跟我想說的觀點完全吻合。」艾德荷說道。他發現這些辯論和解釋很有幫助，能使他的心智擺脫其他問題的困擾。

阿麗亞走向那扇陽光燦爛的窗戶。她清楚艾德荷的盲點，每個門塔特都有的盲點。他們必須做出正確判斷，這就意味著他們存在過分依賴事實、觀察範圍有限的傾向。他們自己也知道這一點，這是他們訓練的一部分。然而他們做事時仍然會不顧及這些盲點。

我應該把他留在泰布穴地，阿麗亞想。直接把伊如蘭交給賈維德審問會更好些。

在她的頭顱內，阿麗亞聽到一個低沉的聲音說道：「完全正確！」

閉嘴！閉嘴！閉嘴！她想。在這種時刻，她總覺得自己正受到誘惑，即將犯下一個危險的錯誤，她卻無法看清這個錯誤究竟是什麼。她能感覺到的只是危險。艾德荷必須幫助她走出困境。他是個門塔特，而門塔特是必需品。

活體電腦替代了被巴特蘭聖戰摧毀的機器。汝等不可製造擁有人類心智的機器！但是阿麗亞一直希望有個順從的機器。它們不會像艾德荷那樣有先天上的限制，永遠不需要也不會對機器產生懷疑。

阿麗亞聽到伊如蘭懶洋洋的聲音。

「假象、假象、假象，這全部都只是假象。」伊如蘭說道，「我們都知道對權力進行攻擊的形式。我並不指責阿麗亞的多疑，顯然她懷疑所有的人，甚至是我們！先不管這個，我們來看動機吧。對攝政政權最強大的威脅是什麼？」

「宇聯公司。」艾德荷以門塔特的平靜口吻說道。

阿麗亞露出了微笑。宇聯公司！但是亞崔迪家族控制了宇聯公司百分之五十一的股份。穆哈迪的教會控制了另外的百分之五。總以現實利益爲優先考量的各大家族以這種方式承認沙丘控制著無價的香料粹。

香料常被稱作「祕密印鈔機」，這不是沒有道理。沒有香料粹，宇航公會的領航員就無法工作。香料粹促使領航員進入「領航靈態」，在這種狀態中，領航員能在進入時空隧道前就「看到」它。沒有香料粹帶來的人體免疫系統增強作用，富人們的平均壽命將至少縮短四年。甚至連帝國中爲數眾多的中產者們也在食用稀釋的香料粹，每天都會喝上幾滴。

但阿麗亞聽得很清楚，艾德荷的聲音中透露出門塔特式眞誠。她一直滿懷不祥預感等待著的正是這種聲音。

宇聯公司。宇聯公司遠不止是亞崔迪家族、遠不止是沙丘、遠不止是教會或是香料粹；它代表墨藤鞭、鯨魚皮、釋迦藤、伊克斯的工藝品和藝人，不同的人和地域間的貿易、朝聖之旅和來自特雷亞拉克斯的合法技術產品；它代表致癮的藥物和醫療技術、它代表著運輸（宇航公會）和整個帝國內部複雜的商業，覆蓋了成千上萬個已知的行星及其周邊的祕密世界。當艾德荷說到宇聯公司時，他所說的是一個陰謀套著陰謀的大染缸，股息波動十分之一就意味著整顆行星所有權的易手。

阿爾亞回到坐在長沙發上的兩個人身旁。「宇聯公司有什麼讓妳感覺不對的地方嗎？」她問道。

「總有家族在囤積香料，進行投機。」伊如蘭說道。

阿爾亞雙手一拍大腿，隨後指了指伊如蘭身旁的香料紙。「那並不妳煩惱的重點，等到……」

「好吧！」艾德荷厲聲道，「說出來吧。妳一直遮遮掩掩的是什麼情況？妳應該清楚，不能一方面隱藏資料，另一方面期望我計算出——」

「最近，四種具有特殊技能的人的交易量大大增加。」阿麗亞說道。她不知道對於眼前這兩個人來說，這還算不算是新消息。

「什麼技能？」伊如蘭問道。

「高級劍客、特雷亞拉克斯所製造，經過變異的門塔特、蘇克學校培訓的固化心理反射行為的醫生，還有假賬會計，後者最為特殊。為什麼做假賬的需求量會驟然激增呢？」她朝艾德荷提出問題。

他開始了門塔特式思考。好吧，這總比思考阿麗亞變成什麼樣子要輕鬆些。他將意念集中在她的話上，把她的話與體內的門塔特心智聯繫起來。高級劍客？他曾經也被人這麼稱呼過。劍術大師當然比單體戰士有用得多。他們能修復遮罩場，制定作戰計畫，設計軍事配套設施，準備戰鬥武器。變異的門塔特？特雷亞拉克斯顯然還在繼續玩這套把戲。作為一名門塔特，艾德荷明瞭經過特雷亞拉克斯變異會導致的危險。購買這些門塔特的大家族希望能完全控制他們。但這不可能！甚至幫助哈肯尼進攻亞崔迪家族的彼得．德．佛瑞斯也仍然保留著自己可貴的尊嚴，最終接受了死亡，而不是放棄自我。蘇克的醫生？載入在他們身上的心理定勢確保他們不會背叛自己的病人。蘇克醫生價值昂貴。交易量的增加意味著大量資金在流轉。

艾德荷將這些因素與假賬會計交易量增加進行了對比。

「初步計算的結果是，」雖然他說的是推導結果，但用的語氣卻非常肯定，「最近各個小家族的財富在不斷增加。他們中的一些正悄然變成大家族，但這些財富只能源自政治聯盟的變化。」

「我們終於談到了立法會。」阿麗亞說道，強調的語氣表明，她相信這種看法。

「下一次立法會在兩個標準年之後才會召開。」伊如蘭提醒她。

「但是政治上的討價還價從不停歇，」阿麗亞說道，「我敢保證，簽字者中的一部分——」她指指伊如蘭身旁的紙張，「和那些改變了聯盟關係的小家族狼狽為奸。」

「或許吧。」伊如蘭說道。

「立法會。」阿麗亞道，「對於比吉斯特來說，還有比這更好的幌子嗎？姐妹會中還有比我母親更合適的間諜嗎？」阿麗亞轉身面對艾德荷，「是這樣嗎，鄧肯？」

為什麼我不能保持門塔特的超然？艾德荷責問自己。他看出了阿麗亞的意圖。但是鄧肯·艾德荷畢竟曾多年擔任過潔西嘉夫人的私人保鏢。

「鄧肯？」阿麗亞繼續加壓。

「妳應該調查各方的立法諮詢機構，看他們在為下一屆立法會準備什麼議題。」艾德荷說道，「他們可能做出法律規定，讓攝政政權不能就某些法律法規行使否決權——例如稅率調整和反壟斷法等。還有其他一些，但是……」

「採取這種手段似乎不太實際。」伊如蘭說道。

「我同意，」阿麗亞說道，「薩督卡沒有了牙齒，而我們依然掌握著弗瑞曼軍團。」

「要當心，阿麗亞，」艾德荷說道，「我們的敵人正希望把我們醜化成魔鬼。不管妳能命令多少軍團，在這樣分散的一個帝國內，權力只能以大家的默許為基礎。」

「大家的默許？」伊如蘭問道。

「你是指大家族的默許？」阿麗亞問道。

「我們面對的這個新聯盟下有多少大家族？」艾德荷問道，「資金正在許多奇怪的地方聚集起來。」

「邊緣世界？」伊如蘭問道。

艾德荷聳聳肩。這是個無法回答的問題。他們都懷疑總有一天，特雷亞拉克斯或是在邊緣世界的技術專家們會使霍茲曼場失效。等到那一時刻來臨，遮罩場將變得毫無用處。維持著帝國采邑制度的微妙平衡將被徹底打破。

阿麗亞拒絕考慮這種可能性。「我們就利用我們手頭的資源，」她說道，「我們擁有的最有力的資源就是：宇聯公司的董事們知道我們能摧毀香料。他們不會冒這個險。」

「又回到宇聯公司了。」伊如蘭說道。

「除非有人在別的星球上試著複製沙鮭—沙蟲迴圈。」艾德荷說道。他探詢地看著伊如蘭，這句話讓阿麗亞不安。「是在薩魯撒·塞康達斯行星上嗎？」

「我在那兒的線人很可靠，」伊如蘭說道，「不是薩魯撒。」

「那麼我剛才的話仍然有效，」阿麗亞盯著艾德荷，「就利用我們手頭的資源。」

那我的行動怎麼辦？艾德荷想。他說道：「既然妳自己就能想出辦法，妳為什麼中斷了我的重要行動？」

「別用這種口氣和我說話！」阿麗亞厲聲說道。

艾德荷的眼睛瞪大了。這一刻，他又看到了那個異化的阿麗亞，令他惴惴不安。他轉臉看著伊如蘭，但她好像沒有覺出阿麗亞的異常——或是裝著沒發覺。

「我不需要小學教育。」阿麗亞說道，語氣中仍帶著異化的跡象。

艾德荷擠出一個後悔的笑容，但他的胸口疼得厲害。

「跟權力打交道時不可避免地會接觸財富，以及財富的種種外在表現形式。」伊如蘭慵懶地說道，「保羅是造成社會突變的因素，我們別忘了，是他改變了財富過去一直保持的平衡。」

「這種突變是可以被還原的。」阿麗亞說，轉身背對著他們，彷彿剛才並沒有顯示出那種可怕的異化跡象，「帝國範圍內，董事們相當清楚財富在什麼地方。」

「他們也知道，」伊如蘭說道，「有三個人可以使這個突變永遠保存下來：那對雙胞胎，還有……」她指了指阿麗亞。

這兩人，他們瘋了嗎？艾德荷疑惑著。

「他們會盡力暗殺我！」阿麗亞以刺耳的聲音說道。

艾德荷吃了一驚，陷入了沉默，他的門塔特心智在飛速運轉。暗殺阿麗亞？為什麼？他們完全可以使阿麗亞名譽掃地。易如反掌。他們可以切斷她和弗瑞曼人的聯繫，最終幹掉她。

但是那對雙胞胎……他知道，他沒有進入門塔特狀態來評估這問題，但是他必須盡力試試，而且必須做到盡可能準確。但他也知道，精確的思考包含著絕對性，而大自然是非精確的。在他這個量級上，宇宙是非精確的，它混亂而且模糊，充滿了不確定性和變化。必須將整個人類視同一個自然現象，在計算之中加入這個因素。精確分析僅代表了不斷發展的宇宙潮流的一個切片。他必須進入那個潮流，看著它運動。

「將注意力放在宇聯公司和立法會上，我們這種做法是正確的。」伊如蘭懶洋洋地說道，「鄧肯的建議很有價值，給我們指明了入手處——」

「金錢是力量的一種外在表現形式，不能把它與它所代表的力量分開。」阿麗亞說道，「這一點我們都知道。但是我們必須回答三個明確的問題：何時？何地？使用何種武器？」

雙胞胎……雙胞胎，艾德荷想。陷入危險的是他們，而不是阿麗亞。

「還有『誰』和『如何』呢？妳不感興趣？」伊如蘭問道。

「如果柯瑞諾家族，或宇聯公司，或其他任何組織在這顆行星上安插了他們的人手，」阿麗亞說道，「我們有超過百分之六十的機會能在他們行動前找到他們。如果知道他們在何時何地展開行動，我們的優勢還會更大。至於『如何』，這和使用什麼武器是同樣問題。」

為什麼她們看不到我所看到的東西？艾德荷疑惑著。

「那麼，」伊如蘭說道，「『何時』？」

「當大家的注意力集中到其他人身上時。」阿麗亞說道。

「在歡迎大會上，所有注意力都集中到妳母親身上，」伊如蘭說道，「但沒有人對妳採取什麼行動。」

「因為地點不對。」阿麗亞說道。

她在幹什麼？艾德荷思考著。

「那麼，會在哪兒？」伊如蘭問道。

「就在皇宮內，」阿麗亞說道，「這是我覺得最安全，也是最不注意防護的地方。」

「什麼武器？」伊如蘭問道。

「傳統武器——任何弗瑞曼人都可能隨身攜帶的那種：浸了毒的嘯刃刀、彈射槍……」

「還有尋獵鏢呢？他們已經很長時間沒用過尋獵鏢了。」伊如蘭說道。

「在人群中沒有用，」阿麗亞說道，「而他們會在人群中下手。」

「生化武器？」伊如蘭問道。

「妳是說使用一種傳染性媒介?」阿麗亞試探性問道。她沒有掩飾自己難以置信的神情:伊如蘭怎麼會不知道傳染性媒介無法戰勝保護著亞崔迪家族的免疫系統呢?

「我想的是某種動物,」伊如蘭說道,「例如,一隻小昆蟲被訓練成只咬某個特定的人,並同時釋放毒物。」

「護宅貂會防止類似的事發生。」

「如果就是用護宅貂下手呢?」伊如蘭問道。

「那也不行。護宅貂排斥任何入侵者並殺死它。這妳也知道。」

「我只是研究一些可能性,希望……」

「我會警告我的侍衛。」阿麗亞說道。

在阿麗亞提及侍衛時,艾德荷用一隻手蒙住了特雷亞拉克斯眼睛,抵擋湧向眼前的浪潮。這是開悟,是生命展現出的永恆。每個門塔特內心意識中都有這種潛能。它將他的意識如同一張魚網般撒向宇宙,並判斷出網內物品的形狀。他看到那對雙胞胎在黑暗中爬行,掠過他們頭上的是巨大的利爪。

「不。」他低聲說道。

「什麼?」阿麗亞看著他,彷彿對他還在這兒感到有些奇怪。

「柯瑞諾家族送的那些衣服,」他問道,「已經被送到雙胞胎那兒了嗎?」

「當然,」伊如蘭說道,「它們沒有任何問題。」

「沒人會在泰布穴地暗算那對雙胞胎,」阿麗亞說道,「不會有人想去對付史帝加訓練出來的衛兵。」

艾德荷盯著她。他並沒有資料來加強他通過門塔特計算得出的結論。但他知道,就是知道。他剛剛經歷的這種感覺與保羅預見未來的能力很相像。但無論是伊如蘭還是阿麗亞都不相信他具有這種能力。

「我想提醒港務局，注意任何形式的動物進口。」他說道。

「看來你不相信伊如蘭的話。」阿麗亞不贊同地說。

「但爲什麼要冒險呢？」他問道。

「提醒港務局有什麼用，你忘了還有走私販了？」阿麗亞說道，「但我還是要把賭注壓在護宅雪貂上。」

艾德荷搖搖頭。家族的雪貂怎能對抗他感知到的利爪？但阿麗亞是對的。只要賄賂對地方，再加上認識幾位宇航公會領航員，任何一個空曠的地方都能成爲著陸場。宇航公會可能會拒絕出面反對亞崔迪家族，但如果給的價錢足夠高……反正宇航公會總能找到藉口，說自己只是個「運輸機構」，怎麼可能知道某個特定的貨物會派什麼用場呢？

阿麗亞以一個純粹的弗瑞曼姿勢打破了沉寂。她舉起一隻拳頭，大拇指與地保持平行。伴隨著這個手勢，她還說了句傳統的咒語，意思是「我是颱風的中心」。顯然她把自己當成了唯一符合邏輯的暗殺對象，而手勢則是表示對這個充滿威脅的宇宙的反抗。

她的意思是：對於任何膽敢攻擊她的人，她都將用狂風置他們於死地。

艾德荷感到任何形式的抗爭都毫無意義。他看出她不再懷疑他。他將要前往泰布穴地，她期望能看到一次針對潔西嘉夫人的完美綁架。他從沙發上站了起來，憤怒使他的腎上腺素激增。他想：要是目標是阿麗亞該有多好！要是她能被暗殺就好了！一瞬間，他把手放在了刀柄上。但是他並不想殺她，儘管對她來說，成爲一個殉教的烈士，遠勝於失去眾人的信任，以後恥辱地長眠於泥沙墓地中。

「對，」阿麗亞道，她誤將他的表情當成了關心，「你最好趕快回泰布穴地去。」她接著想：我眞是太蠢了，竟然會懷疑鄧肯！他是我的，不是潔西嘉的！剛才的懷疑，肯定是因爲部落的要求使她的心情變得太糟。她向空中揮了揮手，算是和艾德荷告別。

艾德荷無助地離開了大廳。阿麗亞不僅僅被邪魔附體蒙蔽了雙眼，更有甚者，每次危機都能使她的瘋狂加深一層。她已經越過了危險地帶，注定走向滅亡。但他對於那對雙胞胎能做些什麼呢？他能說服誰？史帝加？但是史帝加除了日常的檢查巡邏工作外，還能做些什麼？

潔西嘉夫人？

是的，他研究過這種可能性，但是她確實可能懷揣著姐妹會的陰謀。他對於這位亞崔迪情婦還沒看透。她可能會服從比吉斯特的任何命令——甚至是對付自己孫兒們的命令。

※　※　※

優秀的政府從不會依靠法律，而是依靠統治者們的個人素質。政府是一台機器，它總處於那些操縱機器的管理者們的意志之下，因此政府中最重要的元素是如何挑選一個好的領導者。

——《宇航公會守則．法律與政府》

爲什麼阿麗亞想要我和她一起參加朝會？潔西嘉想不透，他們還沒有投票讓我重新加入國務會議呢！

潔西嘉站在連接皇宮大廳的前廳內。在阿拉吉斯以外的任何地方，這個前廳本身就足以成爲一個大廳。在亞崔迪家族的領導之下，隨著權力與財富的日益集中，阿拉肯的建築變得愈來愈龐大。

這間屋子更是集中了她的種種擔心。她不喜歡這間前廳，就連這裡地磚上的畫都在描繪他兒子戰勝沙德姆四世的事蹟。

她在通向大廳的異常光滑的塑鋼門上看到了自己的臉。回到沙丘迫使她和以前做出比較，她發現自己比以前老了：橢圓形的臉上已經出現了細微的皺紋，鏡中靛青色的眼睛顯得毫無溫情。她還記得以前她藍色瞳孔周圍還有一圈白邊。

那頭亮閃閃的金髮還沒變，她的鼻子仍然嬌小，嘴巴也沒變形，身材保持得不錯，但即使是比吉斯特訓練出來的肌肉也會隨著時間流逝而鬆弛。

有人沒能注意到這一點，會說「妳一點都沒變」。但是姐妹會的訓練是一把雙面刃：受過同樣訓練的人的眼睛不會放過這些細小變化。

同樣地，阿麗亞身上沒有發生一點變化，這件事也沒法逃過潔西嘉的眼睛。

賈維德，阿麗亞的第一祕書，站在大門旁，顯得非常正式。他像個罩在長袍裡的精靈，那張圓臉上總帶著一絲嘲弄的笑容。賈維德使潔西嘉想起某個悖論：一個體格碩大肥壯的弗瑞曼人。發現她在觀察他後，賈維德臉上堆起了笑容，還聳聳肩。那天，他陪同潔西嘉的時間很短，就像他自己料到的那樣。他恨亞崔迪家族，但如果謠言可以相信的話，他同時又是阿麗亞眼下紅人。

潔西嘉看到了他在聳肩，想：這是個聳肩的時代。他知道我聽說了所有的故事，但他不在乎。我們的文明將會因爲內部這種無所謂的態度而死，而不是在外部入侵面前屈服。

在前去沙漠深處聯絡走私販前，葛尼親自替她指派了衛兵。他們不願意讓她一個人來到這裡，但她自己卻覺得很安全。讓她成爲這地方的殉教者？阿麗亞不會因此嚐到甜頭，她自己很清楚這一點。

見潔西嘉對他的聳肩和微笑沒有反應，賈維德咳嗽了幾聲，喉嚨裡發出類似打嗝的聲音，只有反復訓練才能做到這一點。聽起來就像某種不爲外人所知的祕密語言，彷彿在說：「我們都知道這種盛大場面背後的虛僞。用這種手法就能操縱人類的信仰，豈不妙哉？」

確實很妙！潔西嘉想，但臉上並沒有表現出來。

前廳裡到處是人，所有被允許參加朝會的陳情者們都從賈維德手下那裡拿到通行證。通向外面的大門已經關上，陳情者和隨從們與潔西嘉保持著禮節性的距離，大家都注意到她穿著正式的弗瑞曼聖母黑色長袍。這身裝束會引發很多問題，從她的衣著上看不到半點穆哈迪宗教的標識。

人們在注意她以及那扇小門——阿麗亞將從中走出並引導他們進入大廳——的同時，彼此不停地竊竊私語。潔西嘉很明顯地感覺到阿麗亞用以維繫攝政政權的權威發生某種動搖。

我只在這裡現身就做到了這一點，她想。但我之所以來這裡，是因爲阿麗亞邀請了我。

觀察現場的騷動，潔西嘉意識到阿麗亞在有意識地延長這一刻，好讓這股針對攝政政權的暗流能盡可能顯現出來。阿麗亞肯定躲在某個監視口旁觀察。她的詭計很少能逃過潔西嘉的眼睛。

隨著時間一分一秒地過去，她愈來愈覺得接受姐妹會指派給她的任務是多麼正確的決定。

「事情不能就此發展下去，」請她復出比吉斯特代表團的領導說，「當然我們衰落的跡象並沒逃過妳的眼睛——妳們所有人的眼睛。我們知道妳爲什麼要離開我們，但我們也知道妳是如何接受訓練。在妳受教育的過程中，我們毫無保留。如果一個強大的宗教變質，會給我們帶來巨大損害。妳是高手，當然明白這一點。」

潔西嘉抿緊雙唇，看著卡拉丹城堡窗外柔柔的春意，陷入了沉思。她不喜歡讓自己的思維跟著對方的邏輯走。姐妹會的第一堂課就是要學會懷疑一切，尤其是那些隱藏在邏輯面具底下的事物。但是代表團成員也很清楚這一點。

那天早晨的空氣是多麼濕潤啊，潔西嘉環顧阿麗亞的前廳想。多麼清新、多麼濕潤。這裡的空氣中也有一絲甜甜的水汽，卻令她感到十分不安。她想：我已經恢復到弗瑞曼人的心態。這個地面之上的「穴地」空氣過於潮濕。負責防止水分散失的人怎麼這麼不盡職？保羅絕不會允許這麼鬆懈。

她注意到一臉警覺的賈維德，此人似乎沒有注意到前廳內空氣中水分的異常。對於出生在阿拉吉斯上的人來說，這不是受過良好教育的表現。

比吉斯特代表團的成員想知道她是否需要某種形式的證據來證明她們的指控。她用她們自己守則裡的一句話，怒氣沖沖地回敬道：「所有證據必將引申出找不到證據的結論！因爲我們的好惡決定了我們看待事物的方式。」

「但是證據是門塔特提供的。」代表團領隊抗辯道。

潔西嘉吃驚地盯著那女人。「妳取得了現在這個地位，卻還沒能理解門塔特的局限？我對此感到萬分驚奇。」潔西嘉說道。

聽到這話之後，代表團鬆口氣。顯然這只是個測試，而她已經通過。她們擔心她已經失去了比吉斯特的根本，即保持內心平衡的能力。

現在看著賈維德離開門邊向自己走來，潔西嘉稍稍提高了警覺。他鞠了個躬。「夫人，我猜您大概還沒聽說傳教士最近一次的大膽行徑。」

「我每天都能接到報告，告訴我這地方都發生了什麼。」潔西嘉說。*讓他去向阿麗亞告密吧！*

賈維德笑了笑。「那麼妳該知道他在責難妳的家族。就在昨天晚上，他在南郊傳教，沒人敢碰他。妳應該知道其中的原因。」

「因爲他們認爲他是我兒子的轉世，是爲了他們而回來。」潔西嘉口氣慵懶的說。

「我們還沒向門塔特艾德荷報告這個問題，」賈維德說道，「或許我們應該這麼做，儘快解決這個問題。」

潔西嘉想：他是眞的不知道門塔特的局限性，儘管他大膽到足以給一個門塔特帶上綠帽子——即便不是眞的，至少他夢想給那個門塔特戴上綠帽子。

「門塔特和使用他們的人一樣，都會犯錯誤。」她說道，「人類的心智，和其他動物一樣，只是個共鳴器。它會對環境中的震動做出反應。門塔特只不過學會了將心智沿無數的因果循環展開，並在這些循環中追溯事件的起因和結果。」*讓他慢慢消化去吧！*

「那麼，這位傳教士並沒有讓您感到不安？」賈維德問道，語氣突然間變得正式起來，明顯帶著試探。

「我認爲他的出現是個好現象，」她說道，「我不想打擾他。」

賈維德顯然沒料到她的回答如此直接。他竭力想要露出笑容，卻辦不到。他說道：「如果您堅持的話，忠信會將遵從您的意願。當然他們還是需要一些必要的解釋——」

「或許你更願意我解釋一下*我*該怎樣配合你們的計畫？」她說道。

賈維德定定地看著她。「夫人，我看不出您拒絕反對這位傳教士背後有什麼符合邏輯的原因。他不可能是您兒子。我向您提出一個合理的請求：譴責他。」

*這肯定是事先安排好的，*潔西嘉想。*是阿麗亞要他這麼做的。*

她說道：「不。」

「但是他玷污了您兒子的名諱！他的傳教令人憎惡，而且公然叫囂反對您女兒！他煽動平民反對我們，他還說您已經被魔鬼附體，還有您——」

「夠了！」潔西嘉說道，「告訴阿麗亞我不同意。自從我回來之後，聽到的都是這位傳教士的故事。我煩透了！」

「夫人，在他最近一次的傳教中，他說您不會反對他。聽了之後您有什麼感想？您……」

「即使我成了魔鬼，我也不會譴責他。」她說道。

「這不是玩笑，夫人！」

潔西嘉憤怒地衝著他擺手。「走開！」她聲音中的力量足以讓前廳內所有人都聽到，迫使他不得不妥協。

他眼中閃爍著憤怒的光芒，但他仍然強迫自己僵硬地鞠躬，走回門邊自己的位置上。

這場爭論與潔西嘉已經觀察到的蛛絲馬跡剛好吻合。當賈維德提到阿麗亞時，他聲音中隱藏著一種愛人的語氣，不會有錯。謠言肯定是眞的，阿麗亞已經讓自己的生命退化到了可怕的地步。

看到這點後，潔西嘉甚至開始懷疑阿麗亞是否眞是個自甘墮落的惡靈，會不會是由逆反心理造成的自我毀滅？很顯然，阿麗亞正在摧毀自己以及建立在她哥哥宗教之上的權力基礎。

前廳裡的不安氣氛變得愈來愈明顯。虔誠的教徒們已經感到阿麗亞遲到得太久了，而且他們都聽到潔西嘉剛才憤然驅逐阿麗亞身邊最紅的人。

潔西嘉嘆口氣。這些奉承者們的一舉一動是如此透明！他們善於分辨出重要人物，就像風總能捕捉住最輕的麥穗一樣。這些似乎頗有教養的人本著實用主義原則爲其他人的地位打分數。

她對賈維德的呵斥顯然傷害了他，現在幾乎沒人和他說話。但其他重要人物呢？她受過訓練的眼睛能讀出圍繞在權力周圍的這些「衛星人」眼裡的讀數。

他們不來奉承我，因爲我是個危險人物，她想。因爲我散發著讓阿麗亞恐懼的氣息，而他們嗅到了。

潔西嘉環顧大廳，只見無數雙眼睛紛紛躲避她的目光。他們是如此猥瑣，令她想要大聲喊叫，駁斥那些維持他們生命的渺小理由。眞該讓傳教士看看此刻這間屋子！

附近的一個對話片段吸引她的注意。一個瘦高個教士正在對陳情者們說話，那些人顯然是處於他的庇護之下。「我常常被迫不斷地說，而不是思考，」他說道，「這就是所謂的外交。」

那夥人大笑起來，但很快又陷入了沉寂。有人注意到潔西嘉在偷聽。

我的公爵肯定會把這種人發配到最遙遠的地獄！潔西嘉想，我回來得正是時候。

她現在才知道，她所生活的遙遠卡拉丹就像個與世隔絕太空艙，有關阿麗亞的言行，只有最過分的才能傳到她的耳邊。是我自己製造了這個夢中桃源，她想。卡拉丹就像宇航公會中最豪華的護衛艦，只有最野蠻的操縱才能感受到晃動，而且給人的感覺就像一陣輕柔的搖擺。

生活在寧靜之中是多麼誘人啊！她想。

她對阿麗亞的宮廷觀察越深，她就越對傳教士的話產生共鳴。是的，如果保羅看到他的帝國變成這副模樣，他完全可能說出類似的話語。潔西嘉不禁想知道葛尼在走私販之中有什麼發現。

潔西嘉意識到，她對阿拉肯的第一反應是對的。和賈維德一起首次進城時，她就注意到了住處四周的遮罩場，重兵把守的街巷，角落裡耐心的監視者，高聳入雲的圍牆和敦實的地基掩飾著深入地下的庇護所。

阿拉肯已經變成了一個心胸狹窄又自我封閉的地方，它粗暴的輪廓顯示它的非理性和自以為是！

突然間，前廳的小側門開了，一隊女侍衛保護著阿麗亞擁了進來。她高傲地昂著頭，在權力光環的籠罩下緩慢移動。阿麗亞的表情顯得沉著冷靜，目光與潔西嘉的交會時，表情也沒有泛起任何波瀾。但她們兩人都知道，戰鬥已經開始。

在賈維德的命令下，通向大廳的大門悄無聲息地被打開，令人感到門後隱藏的力量。

阿麗亞走到她母親身邊，衛兵們同時緊緊圍住她們。

「我們進去吧，母親。」阿麗亞說道。

「正是時候。」潔西嘉說道。看著阿麗亞眼中一副志得意滿的神態，她想：她竟然認為可以摧毀我而不使自己受到任何傷害！她瘋了！

潔西嘉無法確定她的計畫是否和艾德荷有關。他給她送來了一條資訊，但她還沒有答復。信息高深莫測：「危險，必須見妳。」那是用契科布薩語的變體書所書寫，其中危險一詞還另一層含意：陰謀。

我必須一回到泰布穴地後馬上見他，她想。

※　※　※

這就是權力的謬誤之處：歸根結柢，權力只有在一個確定、有限的宇宙中才會發生效力。但是宇宙相對論中最基本的一課就是事物總在變化，任何權力都會碰到一個更大的權力。保羅．穆哈迪在阿拉肯的平原上給薩督卡上了這麼一課，但他的後代卻還沒有學到。

——阿拉肯的傳教士

今天朝會的第一位陳情者是一位來自卡得仙的吟遊詩人，一位錢包已被阿拉肯人掏空的朝聖者。他站在大廳內水綠色的石頭地面上，並無一絲乞討的模樣。

潔西嘉很欽佩他的勇敢，她與阿麗亞一起坐在七階台階之上的頂層平台。這裡為母親和女兒兩人準備了兩張一模一樣的王座。潔西嘉注意到，阿麗亞坐在她右邊——象徵雄性的位置。

至於這位卡得仙的吟遊詩人，很顯然賈維德的人正是因為他現在所展現的個人品質——他的勇敢——而放他通行。人們指望吟遊詩人能為大廳裡的朝臣們提供些樂子，以此為貢品，代替他已經喪失在阿拉肯的錢財。

替吟遊詩人陳情的教士報告說，這個卡得仙人只剩下了背上的衣物和肩上背的巴利斯九弦琴。

「他說他被灌下了一種黑色飲料，」代陳者說道，勉強壓抑嘴角的笑容，「那種飲料讓他四肢無力，頭腦卻保持清醒，只能眼睜睜看著錢包被拿走。」

潔西嘉端詳起吟遊詩人，同時代陳者仍在不厭其煩地訴說，話中充斥虛僞的仁義道德。卡得仙人個子很高，接近兩公尺。他有一對靈動的眼珠，顯示他是個機警且具有幽默感的人。他的金髮長至肩膀，這是他星球上的髮型，還有寬闊的胸膛和無法被聖戰長袍隱藏的良好身材，透露出他的男子氣概。

他名叫泰格．墨罕得斯，是商業工程師的後代。他爲祖先以及自己而感到自豪。

阿麗亞做了個手勢，打斷懇求，頭也不回地說道：「爲了慶祝潔西嘉夫人回到我們身邊，請她首先做出裁決。」

「謝謝，女兒，」潔西嘉說道，向每個人清楚地表明了此地的長幼尊卑。女兒！看來這位泰格．墨罕得斯是他們計畫中的一部分。他會是個無辜的傻瓜嗎？潔西嘉意識到，在對方的計畫中，這個裁決是向她開的第一槍。阿麗亞的態度已經說明一切。

「你很擅長演奏那個樂器嗎？」潔西嘉問道，指了指吟遊詩人肩上的巴利斯九弦琴。

「和偉大的葛尼．哈萊克彈得一樣棒！」泰格．墨罕得斯用足以讓大廳裡所有人都能聽清的音量大聲說道。他的回答在朝臣們中引起了一陣竊竊私語。

「你想要索取路費作爲回報，」潔西嘉說道，「錢會把你帶到何處？」

「到薩魯撒．塞康達斯，法拉肯的宮廷。」墨罕得斯說道，「我聽說他在搜羅吟遊詩人，他支持這門藝術，打算在他周圍製造一次偉大的文藝復興。」

潔西嘉強忍著沒有看阿麗亞。當然，他們早就知道墨罕得斯會說什麼。她覺得自己很樂於在這齣戲中充當一個配角。他們難道會認爲她連這麼一點攻擊都無法應付嗎？

「你能用你的演奏來獲得路費嗎？」潔西嘉問道，「我要向你提出一個弗瑞曼式條件。如果我欣賞你的音樂，我會留下你爲我消除憂慮；如果我討厭你的音樂，我會把你趕進沙漠，讓你在那兒籌集盤纏；如果我確定你的音樂眞的適合法拉肯——此人據說是亞崔迪家族的敵人，我會送你去那兒，並祝你好運。泰格．墨罕得斯，你答應這三個條件嗎？」

他仰起頭，發出一陣狂笑。他從肩上解下巴利斯，熟練的調琴以示接受挑戰。金色的頭髮隨著他的動作而飄揚。

大廳裡的人開始擁向中間，朝臣和衛兵們呵斥著讓他們往後退。

墨罕得斯彈了個音符，讓琴弦發出低沉的嗡嗡聲。隨後以圓潤的男高音開始歌唱。歌詞顯然是即興創作，但潔西嘉被他純熟的演奏技巧迷住，過了一會兒才注意到了歌詞：

你說你懷念卡拉丹的大海，
你曾經的封地，亞崔迪，
永不停息的思念——
但卻被流放到了陌生之地！
你說你痛苦傷心，
這裡的人野蠻無禮，
為了傳播你的夏胡露之夢，
忍受著難以下嚥的食物——
流放到了陌生之地！
你使阿拉吉斯變得柔弱，

使沙蟲所過之地不再喧囂
而你的結局仍是——
流放到陌生之地！
阿麗亞！他們稱你為庫丁，
無緣得見的精靈
直到——

「夠了！」阿麗亞厲聲喝道。她從王座上半站起來，「我要把你……」
「阿麗亞！」潔西嘉說道，音量剛好能穿透阿麗亞的呵斥，引起大家注意，但又不足以和阿麗亞起正面衝突。這是魔音大法高手的表現，任何聽到這句話的人都意識到它蘊含的能量。阿麗亞坐回她的椅子上，潔西嘉注意到她臉上有明顯的挫敗感。

不知這在不在她的意料之中，潔西嘉想。有意思！

「第一個裁決由我做出。」潔西嘉提醒她道。
「很好。」阿麗亞的聲音只勉強能聽到。
「我覺得這個人是一件非常適合法拉肯的禮物。」潔西嘉說道，「他有一條像嘯刃刀一般鋒利的舌頭。如此一針見血的舌頭能使我們的宮廷保持健康，不過我還是希望他去監督柯瑞諾家族。」
大廳裡泛起一陣笑聲。
阿麗亞強壓著怒火，從鼻子裡緩緩地呼了口氣。「妳知道他稱我爲什麼嗎？」
「他沒用任何東西來稱呼妳，女兒。他只是報告了任何人都能從街上聽到的東西。他們稱妳爲庫丁……」

「不用腿走路的女妖。」阿麗亞咆哮。

「如果妳趕走報告事實的人，留下的人只會說妳想聽的，」潔西嘉甜甜地說，「讓妳沉湎於幻想，在其中慢慢腐爛。我想不出還有什麼比這更危險。」

王座下方的人群發出一陣鼓譟聲。

潔西嘉盯著墨罕得斯。他一直保持沉默，無畏地站著。他似乎準備接受降臨到他身上的任何判決，並不在乎判決本身是什麼。墨罕得斯是那種他的公爵遇到麻煩時願意依靠的人：一個自信、果敢的人，能承受任何結果，甚至是死亡，卻不輕易背叛自己的命運。但是，他爲什麼要選擇這條路呢？

「你爲什麼要特意唱那些歌詞呢？」潔西嘉問他。

他抬起頭，話語字字清晰：「我聽說亞崔迪家族非常開明，值得尊敬。我只想做個測試，看能不能待在你們身邊，爲你們效勞。這樣一來，我也有時間去調查到底是誰搶劫了我，我要以我的方式和他們算賬。」

「他膽敢試探我們！」阿麗亞嘟囔著。

「爲什麼不呢？」潔西嘉問道。

她朝下面的吟遊詩人微笑，以示善意。他來這個大廳的原因只是找尋機會，讓他能夠踏上新的旅程，經歷宇宙中的另一段歷程。潔西嘉不禁想把他留下來作爲自己的隨從，但是阿麗亞的反應說明，勇敢的墨罕得斯會面臨厄運。

還有就是人們的猜疑和預期——讓一個勇敢英俊的吟遊詩人留下來爲自己服務，就像她留下葛尼·哈萊克一樣。最好還是讓墨罕得斯走自己的路吧，儘管把這麼好的一個人送給法拉肯讓她很不舒服。

「他可以去法拉肯那兒，」潔西嘉說道，「他拿到了路費。讓他的舌頭刺出柯瑞諾家族的血，看他之後還能不能活下來。」

阿麗亞先是惡狠狠地瞪著地板，然後擠出一絲遲到的微笑。「潔西嘉夫人的智慧至高無上。」她說道，揮了揮手，讓墨罕得斯離開。

這不是她想要的結果，潔西嘉想。但是，阿麗亞的態度表明，更困難的測試還在後頭。

另一個陳情者被帶了上來。

潔西嘉觀察女兒的反應，一陣疑雲湧上心頭。從雙胞胎那兒學來的東西在這兒可以派上用場了。儘管阿麗亞成了惡靈，但她仍然是個出生前就有記憶的人。她瞭解母親就像瞭解自己一樣清楚。阿麗亞顯然不可能在吟遊詩人這件事上錯誤判斷母親該有的反應。

為什麼阿麗亞還要上演這麼一齣戲？為了讓我分心？

沒有時間去深思了。第二個陳情者已經在王座下方站好，他的代陳者站在他身旁。

這回的陳情者是個弗瑞曼人，一位老者，沙漠中的曝曬在他臉上留下了印記。他個子不高，卻有著瘦長的身軀，通常穿在蒸餾服外頭的長袍令他看起來有某種威嚴。長袍很配他的瘦長臉和鷹鉤鼻，一雙純藍的眼睛中目光流動，看起來似乎不太習慣沒穿上蒸餾服。寬闊的大廳對他來說就像危險的野外，不停地從他體內奪取寶貴的水分。在半敞開的兜帽底下，他戴著象徵著耐布的凱非亞節。

「我是甘地．艾爾─法利，」他說道，一隻腳踏上通向王座的台階，以此將他的身分與底下那些烏合之眾區分開來，「我是穆哈迪敢死隊成員之一，我來這裡是為了沙漠。」

阿麗亞微微挺了挺身，不經意間暴露了她的內心。艾爾─法利的名字曾經出現在要求潔西嘉加入國務會議的聯名申請上。

為了沙漠！潔西嘉想。

甘地．艾爾─法利剛才搶在他的代陳者說話之前開口。以這個正式的弗瑞曼短語，他讓人們明白他要說的和整個沙丘有關，而且是以一種權威的口氣說出這個短語，只有曾經跟隨穆哈迪出生入死的人才有這種權威。潔西嘉懷疑甘地·艾爾—法利想說的和賈維德以及首席代陳者原以爲的祈求內容不一樣。

她的猜測很快就被證實。一名教會官員從大廳後方衝了過來，揮舞著黑色的祈求布。

「夫人！」官員叫道，「不要聽這個人的！他僞造了——」

潔西嘉看著教士向她們跑來，眼角餘光發現阿麗亞比出了古老的亞崔迪戰時密語：「行動！」潔西嘉無法判斷手勢是向誰做出的，但還是本能地向左猛地一倒，帶著王座一起倒地，接觸到地面時翻了個身，甩開王座。站起身時，她聽到了刺耳的彈射槍聲……緊接著又是一槍。但第一聲槍響時她做出了反應，同時覺得有東西扯了一下她的右衣袖。她向台下的陳情者和朝臣們撲了過去。但她發現，阿麗亞卻沒有動。

淹沒在人群中後，潔西嘉終於停了下來。

她看到甘地·艾爾—法利已躲到了高台一側，代陳者卻仍然呆立在原來的地方。

和所有伏擊一樣，整個過程剎那間就結束，但是大廳裡所有的人都做出了在意外發生時該有的動作，只有阿麗亞和代陳者就那麼傻愣愣地呆在那兒。

潔西嘉發現大廳中央一陣騷動。她擠開人群，看到四個陳情者緊抓著那個教會官員。黑色的祈求布躺在他腳底下，布的摺皺中露出了一把彈射槍。

艾爾—法利匆匆越過潔西嘉，將教士和手槍仔仔細細打量了一番。接著這個弗瑞曼人發出一聲怒吼，拳頭從腰間伸出，一掌戳出。由於憤怒，左手的手指繃得筆直。他擊中了教士的喉嚨，教士倒了下來，喉嚨裡發出斷斷聲。然後憤怒的老耐布將目光對準高台，沒有向他攻擊的對象看上第二眼。

「Dalal-il 'an-nubuwwa!」艾爾—法利大叫，將兩隻手掌放在前額上，隨後放下雙手，「薩拉夫不想讓我閉嘴！就算我不殺死這些干涉我說話的人，其他人也會幹掉他們。」

他還以為他是目標，潔西嘉意識到。她向下看了看衣袖，手指伸進彈射槍留下的光滑彈洞。毫無疑問地，這是下過毒的。

陳情者們扔下了教士。他在地上抽搐著，喉骨碎裂，瀕臨死亡。潔西嘉向站在她左方的一對嚇壞了的朝臣一揮手，說道：「讓那個人活下來，我有話要問他。如果他死了，你們也活不了！」他們猶豫地向高台方向望了望，她對著他們用起了魔音大法，「快去！」

這對傢伙開始行動。

潔西嘉迅速來到艾爾—法利身邊，輕輕捅了他一下。「你是個傻瓜！耐布，他們要對付的是我、不是你！」他們身邊有幾個人聽到。震驚之中，艾爾—法利朝台上看了一眼。一張王座翻倒在地，阿麗亞仍然端坐在另一張上。隨後，他的臉色稍稍一變，但變化極其細微，沒經驗的人是無法發現這代表什麼——他已明白前因後果。

「敢死隊員，」潔西嘉說道，提醒他對她的家族曾經做出的承諾，「我們在苦難中學會了如何背靠背。」

「相信我，夫人。」他馬上理解了她話中含意。

潔西嘉只聽身後傳出一陣窒息的聲音，她一轉身，同時感到艾爾—法利立刻移動到了她的後方，和她背靠背站著。一個女人，穿著住在城市的弗瑞曼女人的俗麗服飾，從躺在地下的教士身旁直起身來。另外兩名朝臣不知道去了哪兒。那個女人看都沒看潔西嘉夫人一眼，反而以一種古老的哭腔開始哀慟——呼喚著亡者蒸餾師，讓他們前來採集屍體的水分並注入部落的蓄水池。

那聲音與她的穿著大相逕庭，令眾人毛骨悚然。潔西嘉當即明白，都市婦女的衣著僅是種僞裝。這個身著輕佻服裝的女人殺了教士，好讓他永遠保持沉默。

她爲什麼這麼做？潔西嘉思索著。她大可以等著那個人慢慢窒息而死。但她卻選擇了孤注一擲的一擊，說明她心中懷著極大的恐懼。

阿麗亞朝前挪了挪，坐在王座的前半邊，目光炯炯地注視著眼前的這一切。一個穿著阿麗亞衛兵服飾的瘦女人闊步走過潔西嘉，在屍體前彎下腰，隨後又挺直了身子，望著高台方向。「他死了。」

「挪走屍體，」阿麗亞喝道。她示意著台下的衛兵，「把潔西嘉夫人的王座扶起來。」

還想裝傻！潔西嘉想。難道阿麗亞認爲會有人相信她的把戲？沒有哪個間諜能神通廣大到這種地步，帶著彈射槍進入這個不允許任何武器存在的地方。唯一的答案就是賈維德的人在搗鬼。阿麗亞對她自己的人身安全毫不在意，這同樣說明她也是陰謀的一部分。

老耐布扭過頭來對潔西嘉說：「抱歉，夫人。我們這些沙漠人到您這裡尋求最後的希望，現在我們看到您同樣需要我們。」

「我沒有弒母的女兒。」潔西嘉說道。

「各部落會聽到這句話的。」艾爾－法利保證道。

「如果你這麼急著尋求我的幫助，」潔西嘉問道，「你爲什麼不去泰布穴地的集會上找我呢？」

「史帝加不會允許的。」

哈哈！潔西嘉想，耐布的規矩！在泰布穴地，史帝加的話就是法律。

不知何時，傾倒的椅子已被扶正。阿麗亞示意她母親回來，道：「你們所有人都要記住那個叛徒教士的死亡。威脅我的人必死。」她瞥了一眼艾爾－法利，「非常感謝，耐布。」

「感謝我犯的錯誤嗎？」艾爾－法利低聲嘟囔道。他看著潔西嘉，「您是對的。我的憤怒殺死了一個可審問的對象。」

潔西嘉低聲道：「記住那兩個朝臣和那個穿花衣服的女人，敢死隊員。我想抓住他們好好審問。」

「沒問題。」他說道。

「假如我們能活著出去的話。」潔西嘉說道，「來吧，讓我們繼續把戲演完。」

「聽從您的安排，夫人。」

他們一起回到講壇，潔西嘉拾階而上，坐回阿麗亞身邊。艾爾—法利也回到了陳情者的位置。

「繼續吧。」阿麗亞說道。

「等等，女兒。」潔西嘉說道。她舉起衣袖，手指探入破洞，展示給大家看，「襲擊的目標是我。即便我竭力躲閃，子彈仍然差點擊中我。你們都應該注意到那把彈射槍已經不見了。」她指著下方說道，「誰拿了？」

沒有回答。

「或許我們應該追查槍的下落。」潔西嘉說道。

「一派胡言！」阿麗亞說道，「我才是——」

潔西嘉半轉著身子，看著女兒，左手一指下方。「下面的某人懷中揣著那把手槍。妳不害怕——」

「槍在我的一個衛兵手裡！」阿麗亞說道。

「那麼叫那個衛兵把槍送到我這兒來。」潔西嘉說道。

「她已經拿到別的地方去了。」

「這麼快。」潔西嘉說道。

「妳說什麼？」阿麗亞追問道。

潔西嘉允許自己冷笑。「我說的是妳有兩個人接受了搶救叛徒教士的任務。我警告他們如果教士死了，他們也得跟著死。現在我要他們死。」

「我反對！」

潔西嘉只是聳聳肩。

「我們勇敢的敢死隊員還在等著。」阿麗亞說道，朝著艾爾—法利指了指，「我們的爭執可以先等等。」

「可以永遠等下去。」潔西嘉以契科布薩語說道。她的話裡還有一層意思，她絕不會收回處死那兩個人的命令。

「我們等著瞧！」阿麗亞說道。她轉向艾爾—法利，「你爲什麼來這裡，甘地．艾爾—法利？」

「來拜見穆哈迪的母親。」耐布說道，「敢死隊勇士中的倖存者，那些侍奉過她兒子的弟兄們集中起可憐的財產作爲我的買路錢，讓我能打點那些貪婪的衛兵，以見到躲在衛兵身後、與阿拉吉斯現實脫節的亞崔迪家族。」

阿麗亞說道：「只要是敢死隊員的要求，他們不可能——」

「他是來見我的。」潔西嘉打斷她的話，「你最迫切的要求是什麼，敢死隊員？」

阿麗亞說道：「在這裡是我代表亞崔迪家族！這到底——」

「安靜，妳這個兇惡的惡靈！」潔西嘉厲聲喝道，「妳想殺了我，女兒！我要讓這裡所有的人都知道。這麼多人，妳總不能全殺了，封住他們的嘴，讓他們像那個教士一樣沉默。沒錯，耐布的出手可能已經殺死了那個人——但他仍有機會被救活。我們本可以有機會審問他！現在妳可以安心了，他已經沉默。妳大可抵賴，但妳的行爲已經暴露了妳的膽怯。」

阿麗亞靜靜坐著，臉色灰暗。潔西嘉盯著女兒臉上的表情變化，發現她的手部動作熟悉得可怕。這是個下意識的小動作，卻和亞崔迪家族某個世敵的習慣動作一模一樣。手指規律地敲擊——小指敲兩次，食指敲三次，接著無名指敲兩次，小指再敲一次，無名指敲兩次……然後再從頭來一遍。

老男爵！

潔西嘉的目光引起了阿麗亞注意，她向下看了看自己的手，隨即停止了敲擊。然後她再次抬起頭來看了母親一眼，看到母親眼中的驚恐。阿麗亞的嘴角浮現出一絲得意的笑容。

「妳終於報仇了。」潔西嘉低聲道。

「妳瘋了嗎，母親？」阿麗亞問道。

「我眞希望我瘋了。」潔西嘉說道。她暗想：她知道我會向姐妹會報告這一切。她甚至會懷疑我將把這一切告訴弗瑞曼人，並迫使她接受附體測試。她不會讓我活著離開這兒。

「我們在此爭論不休，而我們勇敢的敢死隊員卻仍在耐心等候。」阿麗亞說道。

潔西嘉強迫自己將注意力重新集中到耐布身上。她強自鎮定下來，道：「你是來見我的，甘地。」

「是的，夫人。我們這些沙漠人看到可怕的事正在發生，就像古老預言所說的那樣。小製造者離開了沙漠，除了沙漠最深處，再也見不到夏胡露的出沒。我們拋棄了我們的朋友——沙漠！」

潔西嘉瞥了阿麗亞一眼，後者沒什麼表示，僅僅示意她繼續下去。潔西嘉向大廳中的人群望去，只見每張臉上都是震驚的表情。人們顯然意識到了這場發生在母女之間的爭鬥是多麼重要，並對朝會還能繼續下去感到奇怪。

她再次將注意力集中到艾爾—法利身上。

「甘地，你在這兒說起小製造者和夏胡露愈來愈少見，你有什麼目的嗎？」

「潮濕聖母，」他說道，用了她的弗瑞曼尊號來稱呼她，「《求生：宗教手冊》中早已警告過我們。我們懇求您，整個阿拉吉斯發生了翻天覆地的變化！我們不能拋棄沙漠！」

「哈！」阿麗亞嘲笑道，「沙漠深處的愚民害怕生態轉型。他們……」

「你的意思我明白了，甘地。」潔西嘉說道，「如果沙蟲不復存在，也就不會再有香料。如果沒了香料，我們將來依靠什麼？」

大廳內一陣騷動：吸氣聲和受驚的低語傳遍整個大廳，在高大的廳裡迴響。

阿麗亞聳了聳肩，「迷信！」

艾爾－法利舉起右手，指著阿麗亞。「我在向潮濕聖母說話，而不是女妖庫丁！」

阿麗亞的雙手將王座扶手抓得老緊，但仍然坐著不動。

艾爾－法利看著潔西嘉。「這裡曾經是一片不毛之地，現在卻長滿了植物，像傷口上的蛆蟲一樣蔓延開來。沙丘上竟然出現了雲和雨！雨，我的夫人！哦，穆哈迪高貴的母親，沙丘的雨是死亡的兄弟，和睡眠一樣。死亡之劍懸在每個人的頭上。」

「我們遵循的是列特－凱恩斯和穆哈迪本人的設計。」阿麗亞道，「說這麼多迷信的廢話有什麼用？我們謹遵列特－凱恩斯的教導，他告訴我們：『我希望能看到這個星球被綠色的植物所籠罩。』而我們正朝著那個方向努力。」

「那麼，沙蟲和香料怎麼辦？」潔西嘉問道。

「總會有剩下的沙漠，」阿麗亞道，「沙蟲會活下來的。」

她在撒謊，潔西嘉想。但她爲什麼要撒謊呢？

「幫助我們吧，潮濕聖母。」艾爾－法利懇求道。

突然間，潔西嘉眼前彷彿出現了雙重視像，體內的意識像潮水般湧了上來。這股浪潮是耐布的話引發的。這是自發記憶，是意識深處的記憶想要發言。記憶湧了上來，泥沙俱下，無所不包。

在它的沖刷面前，她一時喪失了全部感官，意識中只有過去無數世代累積得來的教訓。她就像網中的魚的完全被過去俘獲，然而她能感到它的懇求，彷彿它是一個正常、完整的人。這個「人」的每個細微組成成分都是回憶。記憶的每一段都是眞實，但卻不完全，因爲它始終處於變化之中。她知道，這是她所能達到的預知能力的極限，接近她兒子的神力。

阿麗亞在撒謊，因爲她被一個想摧毀亞崔迪家族的人控制了。她本人就是第一名犧牲者。艾爾—法利隨後的話道出了眞相：除非改變生態轉型的進程，否則沙蟲必將走向滅亡。

在新啓示的強大作用力下，潔西嘉只覺得參加朝會的人彷彿在做慢動作，他們扮演的角色清晰地暴露在她面前。她能看出現場哪些人接到了不能讓她活著離開這裡的命令！在她的潛意識中出現了一條擺脫這些人的通路，就彷彿在陽光下一樣一覽無遺——他們中間產生了混亂，其中一個假裝撞到了另一個人，整群人都隨之倒下。她還看到，她能離開這個大廳，唯一的結局卻是落入了另一雙手裡。阿麗亞不會在意她是否會製造出又一名殉教者。

不——那個控制了她的人不會在意！

現在，在時間停頓的這一瞬，潔西嘉選擇了一個能拯救自己和老耐布，並能讓老耐布爲自己充當信使的逃生方式。逃離大廳的通路仍然深深地印在她潛意識中。多麼簡單的方法啊！他們全是目不能視的小丑，他們的肩膀繃得緊緊的，自以爲是防禦姿態，其實只不過讓自己動彈不得。

地板上的每個點位都可能是衝突觸發之地，血肉將從那兒飛濺，露出白骨。他們的身體，他們的服飾，還有他們的臉，清楚地勾勒出他們每個人的恐懼。

潔西嘉感受到生態轉變帶給阿拉吉斯的破壞。艾爾—法利的聲音給了她靈魂重重一擊，喚醒了她內心最深處的野獸。

轉眼間，潔西嘉從自發記憶狀態跳到現時的宇宙，但這個宇宙已經與幾秒鐘之前她所處的那一個大不相同。

阿麗亞正準備開口說話，但是潔西嘉搶先說道：「安靜！有人擔心我來這裡之前向姐妹會做出了妥協。但是，自從那天在沙漠中，弗瑞曼人給了我和我的兒子第二次生命，我便是一個弗瑞曼人！」

隨後她開始用一種古老的語言說話，只有那些能從中受益的人才能聽懂她在說些什麼。

「On sar akhaka zeliman aw maslumen!」（在需要的時候支援你的兄弟，不必理會他是否正義！）

話語產生了意料中的效果，大廳內的形勢發生微妙變化。

潔西嘉繼續煽動：「這位甘地．艾爾－法利，一位誠實的弗瑞曼人，來這裡告訴我本應由其他人通報給我的事情。我們誰都不應當拒絕承認！生態轉型已經成了失控的風暴。」

大廳中存在隨處可見無語的認同。

「我女兒喜歡見到這一切！」潔西嘉指著阿麗亞，「她在夜晚獨自發笑，盤算著自己的陰謀！香料產量將可能下降為零，最多只是過去的幾分之一！當外界知道這一消息時……」

「我們在宇宙中最昂貴的產品上將占有一席之地！」阿麗亞喊道。

「我們將在地獄裡占有一席之地。」潔西嘉怒斥道。

阿麗亞換了兩種語言，最古老的契科布薩語和亞崔迪密語（帶有極難發出的聲門閉合音和吸氣音），對潔西嘉說道：「妳知道嗎，母親！妳難道認為哈肯尼男爵的外孫女會感謝妳塞進我潛意識中那麼多人生記憶嗎？甚至在我出生之前？當我為妳對我所做的一切感到憤怒時，我只能問自己：在這種情況下，男爵會怎麼應對。他回答我了！他理解我，亞崔迪母狗！他回答我了！」

潔西嘉聽到了她話中的怨恨，證實她的猜測。惡靈！阿麗亞被體內的靈魂所包圍，被魔鬼哈肯尼男爵控制。男爵自己正在通過她的嘴巴說話，並不在乎會暴露些什麼。他要讓她看到他的復仇行動，讓她明白他是不可能被趕出去的。

他以為即使我知道，我也毫無辦法只能束手待斃，潔西嘉想。伴隨著這個想法，她撲向那條印在她自發記憶中的通道，同時大聲喊道：「敢死隊員，跟我來！」

事實上，大廳裡有六位敢死隊員，其中的五位終於衝過人群，跟在她身後。

※　※　※

當我比你弱小時，我向你祈求自由，因為這取決於你的態度；當我比你強大時，我拿走你的自由，因為這取決於我的態度。

——《古代哲人語錄》

萊托倚在穴地入口處的陰涼中，看著他視野上方閃閃發光的懸崖頂。午後的陽光在懸崖下投下長影，一隻蝴蝶時而翩躚在陰影內，時而又飛舞在陽光下，網狀花紋的翅膀在陽光下彷彿變得透明。眞妙，這地方竟然出現了蝴蝶，他想。

在他的正前方是一片杏樹林，孩子們在林子裡撿拾著掉落在地上的果子。林子外有一條露天水渠，他和加尼馬遇到了一群進入穴地的童工，趁機擺脫了衛兵。

他們輕易地沿著通氣管道爬到穴地入口。現在他們要做的就是和那堆孩子混在一起，設法到達露天水渠，然後鑽入地道。到那以後，他們可以待在用來阻止沙鮭吸乾穴地灌溉用水的食肉魚旁邊，從那兒出去。弗瑞曼人怎麼也不會想到，竟然還有人願意冒失足落水的風險。

他邁步走出了防護通道。懸崖在他身體兩邊伸展開來。

加尼馬緊跟在他身後。兩個人都帶著香料纖維織就的果籃，籃子裡藏著裝備：沙漠救生包、彈射槍、嘯刃刀……還有法拉肯送的新長袍。

加尼馬跟著哥哥進入了果園，與工作中的孩子們混在一起。蒸餾服面罩掩蓋了每一張臉。他們只是兩個新加入的童工，但是她覺得逃離衛兵的行動已經使她遠離了保護，還有熟悉的地盤。這是簡簡單單的一步，然而這一步卻將她從一個危險帶到了另一個危險。

在童工的籃子裡，法拉肯給的新衣有著他倆都明瞭的意義。加尼馬強調這個知識補充他們個人警語，「我們分享所有」——在契科布薩語中、在鷹丘之上，在每一個人的思緒中。

黃昏很快就要降臨。在標誌穴地種植園邊界的露天水渠外，夜色從來都是美不勝收，宇宙中沒有什麼地方的夜晚可以與之媲美。再過一會兒，柔和的月光將微微照亮這片沙漠，亙古不變的孤獨，每個身處其中的生物都會堅信自己是徹底的孤身一人，置身於一個全新的宇宙中。

「我們被發現了。」加尼馬小聲說道。她彎著腰，在哥哥身邊工作著。

「衛兵?」

「不是——其他人。」

「好。」

「我們必須儘快行動。」她說道。

萊托接受她的建議，從懸崖下出發，穿過果園。他想：沙漠中的每樣東西都必須運動，否則就會死亡。他的父親也是這麼想的。在遠處的沙地上，「僕人」的岩石露出地表，再次提醒他運動的必要性。岩石靜靜地矗立著，像一個謎，年復一年地消亡，直至某天在狂風中被完全摧毀。總有一天，「僕人」會變成沙子。

接近露天水渠時，他們聽到了穴地高處的入口傳來了音樂聲。是老式弗瑞曼合奏曲——兩眼笛、小手鼓，香料塑膠製成的定音鼓，鼓面是一整張繃緊的皮。沒人問過在這個星球上究竟是哪種動物提供了這麼大張的皮。

史帝加會記起我跟他說過的「僕人」身上的那道岩石裂縫，萊托想，到了一切不可收拾之時，他會離開穴地，走入黑暗——然後，他就會知道。

他們來到露天水渠，鑽入一個地道入口，順著維修梯向下爬到維修台。露天水渠內昏暗、潮濕且又陰冷，他們甚至能聽到食肉魚濺起的水花。任何想從這裡偷水的沙鮭都逃不過食肉魚對牠們被水泡軟的表皮發起的攻擊。

人類同樣必須提防它們。

「小心。」萊托說道，沿著滑溜的維修台向下爬。他將他的思維鎖定在他肉體從未去過的時空。加尼馬跟在他身後。

到了露天水渠盡頭，他們除去全身衣物，只剩下蒸餾服，然後套上新長袍。他們丟下了弗瑞曼長袍，沿著另一個檢查通道爬了出去，隨後翻過一座沙丘，在沙丘的另一面坐了下來。他們綁好彈射槍和嘯刃刀，把沙漠救生包背在肩上。沙丘把穴地擋在身後，他們再也聽不到那音樂了。

萊托站起身來，向著沙丘之間的谷地走去。

加尼馬跟在他身後，以一種受過訓練的無節奏腳步行走在沙地上。在每座沙丘下，他們都會彎下腰，匍匐進入沙丘的陰影中，在那兒稍停片刻，觀察後方看看是否有人追趕。他們到達「第一岩石帶」時，沙漠上還沒有出現追蹤者。

在岩石的影子裡，他們繞著「僕人」轉了一圈，爬上一個平台，觀看整個沙漠。沙海盡頭，五光十色流動的空氣，漸漸暗下來，像易碎的水晶。他們眼前，沙漠無盡地延伸開去，看不到任何其他地貌。兩人掃視著這片大地，目光不在任何特定的東西上停留。

這是永恆的地平線，萊托想。

加尼馬趴在哥哥身邊，想：攻擊馬上就要開始。她傾聽著最微弱的聲音，整個身體變成了一根繃緊的繩子。萊托以同樣的警惕靜靜地坐著。在野外，一個人應堅定地依靠他的感官，各種各樣的感覺。生命變成了一堆感覺，來自不同的感官，每個感覺都關係到生死。

加尼馬則是爬上岩石，目光穿過一個裂口，觀察著他們來時道路。穴地內安全的生活彷彿已是隔世，棕紫色的遠方靜靜地矗立著一座懸崖，在懸崖邊被風沙打磨過的岩石上，陽光投下最後的銀邊。沙漠上仍然沒有追蹤者的痕跡，她轉過臉來看著萊托。

「應該是一隻食肉動物。」萊托說道，「這是我第三次計算的結果。」

「你的計算結束得太早。」加尼馬說道，「動物的數量不止一隻。柯瑞諾家族學會了不要將所有的希望都放在一個口袋裡。」

萊托點頭表示同意。

他突然感到自己心智上的負擔，這是他的與眾不同之處帶給他的——太多生命，他浸泡在生命之中，恨不得逃離自己的意識。體內的生命是一隻巨獸，一不小心就會將他吞沒。

他煩躁地站起身來，爬到加尼馬剛窺視過的裂口處，朝穴地的懸崖瞥去。在那，在懸崖下方，他能看到露天水渠在生與死之間劃出的界限。在綠洲邊緣，他能看到駱駝刺、洋蔥草、戈壁羽毛草，還有野生的苜蓿；在最後一道日光下，他能看到鳥在苜蓿叢中賣力啄食、遠處的穀穗在風中搖擺，風吹來的雲朵將果園籠罩在陰影之下。

*這裡會發生什麼事呢？*他問自己。

他知道，會發生死亡，或與死亡擦肩而過。而目標則是他自己。加尼馬將活著回去，深深地相信自己所見的一切，或在深度催眠中相信她哥哥已經遇害。她會把這個消息告訴大家。

這地方的未知因素讓他煩躁不安。他想：人是多麼容易屈從於對預知的渴求，將自己的意識投入永恆不變的未來中。但他在夢中所見的那一小部分未來已經夠可怕的，他知道，他不敢冒險將意識伸向更遠的未來。

他回到了加尼馬身邊。

「還沒有追蹤者。」他說道。

「他們派來對付我們的野獸是大型動物。」加尼馬說道，「我們應該有時間看到牠們過來。」

「到了晚上就看不到了。」

「很快就要到晚上了。」她說道。

「是啊，該去我們自己的地方了。」他指指他們左下方的岩石，風沙在那玄武岩上蝕出了一道裂縫。裂縫寬到足以裝下他們，但大型動物卻進不去。萊托感到自己並不想去那，但是心裡卻清楚必須得去。那就是他指給史帝加看的地方。

「他們也許眞的會殺死我們。」他說道。

「我們必須冒這個險，」她說道，「我們欠父親的。」

「我不打算和妳爭辯，我的想法和妳一樣。」

他想：這是正確的道路，我們在做正確的事。但是他也知道在這個宇宙中做正確的事是多麼危險。現在他們的生存完全寄託在他們的活力和適應性上，還有把握每個動作的極限。他們的盔甲是弗瑞曼人的生活與訓練方式；他們的後勤是兩人所掌握的比吉斯特知識。

現在兩人的思維都像亞崔迪家族最老練的戰士，加上深入骨髓的弗瑞曼人的頑強。從他們孩子的軀體和規規矩矩的著裝上根本就看不出這股可怕力量。

萊托手指摸索著掛在腰間的嘯刃刀柄，加尼馬也下意識地做著這個動作。

「我們現在就下去嗎？」加尼馬問道。開口的同時，她發現他們下方遠處有動靜。由於距離遙遠，這動靜看起來似乎沒什麼威脅。她的屏氣凝神使得萊托不等她開口示警便產生了警覺。

「老虎。」他說道。

「拉茲虎。」她糾正道。

「牠們看見我們了。」他說道。

「咱們最好快點行動。」她說，「一把彈射槍絕不可能對付這種野獸。牠們可能一直接受訓練。」

「這附近應該有個人指揮牠們。」他說，率先大步向左方的岩石跑去。

加尼馬同意他的說法，但為了保存體力，她沒有說出來。附近肯定有人，在行動的時刻到來前，那兩隻老虎會被牢牢地牽制著，不會全力追逐。

老虎們迅速移動在最後一抹日光下，從一塊岩石跳向另一塊岩石。牠們是靠眼睛運動的生物，但夜幕很快就要降臨，靠耳朵運動的生物就要登場。

在「僕人」岩石上，一隻夜鳥的叫聲再次強調了即將到來的轉變。夜行動物已經在蝕刻而成的裂縫中騷動起來。

奔跑中的雙胞胎仍能看到老虎的身影。野獸的周圍充滿力量，每個動作都透露百獸之王的霸氣。

萊托奔跑著，他確信他和加尼馬能及時跑到他們那條狹窄的裂縫中，但是他的目光卻不斷地好奇地轉向逐漸接近的野獸。

*假如我們被絆倒，我們就輸了，*他想。

這個想法使他不再那麼有把握，也因此他跑得更快。

※　　※　　※

你們這些比吉斯特把你們的預言行為稱作「宗教的科學」。很好。我，一個另類科學的追隨者，認為這是個恰當的定義。你們的確創造了自己的神話，但是所有社會不都是這麼做的嗎？然而我必須警告你們，你們像其他很多誤入歧途的科學家那樣行事。你們的行為表示，你們想從生命那裡取走某些東西。到了該用你們常用的一句話提醒你們的時候了：一個人不可能擁有一件沒有對立面的東西。

——阿拉肯的傳教士《給姐妹會的信息》

破曉前的一個小時，潔西嘉靜靜地坐在一張舊香料地毯上。她周圍是一個古老、貧窮的穴地內部裸露的岩石。這是最古老的定居點之一，它位於紅谷邊緣處的下方，沙漠的西風被隔絕在了外頭。艾爾—法利和他的弟兄們把她帶到這裡，現在他們在等待史帝加的回話。當然，敢死隊員在通信時非常謹慎，史帝加並不知道他們的位置。

敢死隊員們知道自己已經上了通緝令，成了反對帝國的敵人。阿麗亞的說法是她母親受到了帝國敵人的唆使，但她並沒有提及姐妹會的名字。然而阿麗亞統治中的高壓和殘暴卻暴露無遺。她一向認爲，控制了教會也就是控制了弗瑞曼人。但現在，這種信念即將受到挑戰。

潔西嘉送給史帝加的消息簡短而直接：我女兒墜入了魔道，她必須接受審判。

恐懼能摧毀價值觀。有些弗瑞曼人選擇拒絕相信她的指責，他們想用這個機會作爲自己的晉升階梯。這種企圖已經在夜間引發兩場戰鬥，幸好艾爾—法利的人偷來了撲翼機，把逃亡者們帶到了這個相當安全的地方：紅谷穴地。

他們從這裡發出消息，傳信給所有的敢死隊員，但是阿拉吉斯上總共只剩下不到兩百個敢死隊員。其他的敢死隊員守衛在帝國的別處。

在這些事實面前，潔西嘉不禁懷疑自己是否陷入了絕境。有些敢死隊員也有類似的想法，但他們仍舊漫不經心地接受了命運安排。當一些小夥子向艾爾—法利傾訴恐懼時，他只是朝著她笑了笑。

「當上帝下令讓某個生物在特定地點死去時，他會指引著那個生物前往那個地點。」老耐布說。

她門上的布簾被掀開，艾爾—法利走了進來。老人那張瘦長的被風乾的臉顯得很憔悴，眼睛中卻冒著火。顯然他一直沒有休息。

「有人來了。」他說道。

「史帝加的人？」

「也許。」他垂下雙眼，向左面瞥去，一副帶來了壞消息的弗瑞曼人的姿態。

「出了什麼事？」她問道。

「泰布穴地傳話過來，你的孫兒們不在那。」他眼睛看著別處，說道。

「阿麗亞……」

「她下令將那對雙胞胎關起來，但泰布穴地報告說那對雙胞胎已經不見了。我們知道的就這麼多。」

「史帝加讓他們進入沙漠了。」潔西嘉說道。

「可能，但是有人報告說他整晚都在尋找那對雙胞胎，或許他在演戲……」

「那不是史帝加的風格。」她想：除非是那對雙胞胎讓他這麼做。但她仍然覺得不對勁。她思索著：先不必驚慌。她對那對雙胞胎的擔心已被先前同加尼馬的談話消解了許多。她抬頭看著艾爾—法利，後者正研究著她的表情，眼裡滿是同情。她說道：「他們是自己走入沙漠的。」

「就自己？他們還是孩子！」

她並沒有費勁去解釋這「兩個孩子」可能比任何活著的弗瑞曼人更懂得沙漠中的生存之道，而是將思緒集中在萊托奇怪的行為上。他堅持讓她配合綁架她的行動。她已然放下了那段記憶，但現在是到了撿起來的時候。他還說過，她會知道何時該聽命於他。

「信使應該已經到穴地了。」艾爾—法利說道，「我會帶他來你這兒。」他轉身掀開破門簾。

潔西嘉盯著門簾。那是塊紅色的香料織物，但上頭的補丁卻是藍色的。傳說這個穴地拒絕了穆哈迪的宗教帶來的益處，於是引起阿麗亞的教會的敵視。據說這裡的人都把資產投入到養狗上，他們養的狗如同小犢馬那般大，並且經由配種使狗具有一定的智慧，能充當孩子們的護衛。這些狗都死了。有人說狗死於中毒，下毒者就是教會。

她甩甩頭，想驅走這些片段，知道它們都是內部記憶留下的碎片，如牛蠅般討厭的搗亂記憶。

那兩個孩子去哪兒了？迦科魯圖？他們有個計畫，想要盡可能地啓發我，讓我達到我能力的極限。她想了起來，當她達到這些極限時，萊托向她下達過命令，要求她遵守。

他已經向她下達了命令！

很明顯，萊托已經看清了阿麗亞想要做什麼。兩個孩子都提及過姑姑的「痛苦」，甚至還爲她辯護。阿麗亞堅持她的攝政權力，認爲這一點是無可爭議的。下令收押雙胞胎就是最好的證明。潔西嘉抑制不住地發出一聲輕笑。聖母凱斯．海倫．莫希阿姆曾經很喜歡向自己的學生潔西嘉解釋這其中的謬誤。

「如果你堅信自己是正確的一方，將全部注意力集中在自己的正確性上，你就是向對手敞開大門，任由對立的一方將你吞沒。這是個常見的錯誤，即便是我，你的老師，也曾經犯過。」

「即便是我，妳的學生，也犯了這個錯誤。」潔西嘉喃喃自語道。

門簾外面傳來低語聲。兩個年輕的弗瑞曼人走了進來，他倆是昨晚挑選出來的隨行人員。在穆哈迪的母親面前，兩人顯得有些拘束。潔西嘉一眼就看透了他們：他們沒有思想，只能依附於任何給予他們身分的權力組織上。如果不能從潔西嘉這裡得到什麼，他們就什麼都不是，這其實相當危險。

「艾爾—法利派我們來幫妳做準備。」其中一個年輕人說道。

潔西嘉只覺得胸口突然一緊，但她的語氣仍然保持著鎮定。「準備什麼？」

「史帝加派來了鄧肯．艾德荷作為他的信使。」潔西嘉將長袍的兜帽罩在頭上。一個下意識的動作。鄧肯？但他是阿麗亞的工具。

說話的那個弗瑞曼人向前走了一小步。「艾德荷說他來是想帶妳去安全的地方，但是艾爾—法利卻認為這中間有問題。」

「確實有些奇怪，」潔西嘉說道，「但我們的宇宙中總會發生奇怪的事。帶他進來。」

他們相互對視了一眼，遵從她的命令，匆忙地轉身離去，以至於又在舊地毯上掛開了兩個破口。艾德荷掀開門簾走進來，身後跟著那兩個弗瑞曼年輕人。艾爾—法利在這一行人的最後，手放在嘯刃刀上。艾德荷顯得十分冷靜，他穿著亞崔迪家族侍衛的常服，這套制服十四個世紀以來都沒怎麼變過。到了阿拉吉斯時代，金色手柄的塑鋼劍換成了嘯刃刀，但這只是個微小的改變。

「有人說你想幫我。」潔西嘉說道。

「儘管這聽起來顯得不可思議。」他說道。

「阿麗亞不是派你來綁架我嗎？」她問道。

他微微一揚黑色的眉毛，這是他唯一表示吃驚的地方。特雷亞拉克斯的複眼仍然目光如炬的盯著她。「這是她的命令。」他說道。

艾爾—法利在嘯刃刀上的指節漸漸發白，但他並沒有拔出刀來。

「我今晚的大部分時間都在回憶發生在我和我女兒之間的錯誤上。」她說道。

「是有很多錯誤，」艾德荷同意道，「其中的大部分是我必須負責的。」

她看到他下巴上的肌肉在顫動。

「我們很容易聽信能使我們走入迷途的言論。」潔西嘉說道，「過去，我想要離開阿拉吉斯。而你……你想要一個有如我年輕時的女孩。」

他無聲地認可了她的話。

「我的孫兒們在什麼地方？」她問道，語氣變得嚴厲起來。

他眨了眨眼，隨後說道：「史帝加認爲他們進了沙漠——躲了起來。或許他們預見到了危機的降臨。」

潔西嘉瞥了艾爾—法利一眼。後者點點頭，表示她事先猜得不錯。「阿麗亞在幹什麼？」潔西嘉問道。

「她的所作所爲正在激起一場內戰。」他說道。

「你眞的認爲會走到那一步嗎？」

艾德荷聳聳肩。「或許不會。現在是講究享樂的時代，人們更願意傾聽討人喜歡的見解，而不是走向戰爭。」

「我同意。」她說道，「好吧，我的孫兒們該怎麼辦？」

「史帝加會找到他們的——如果……」

「是的，我明白。」看來一切得靠葛尼·哈萊克。她轉過身，看著左邊牆上的岩石，「阿麗亞牢牢地控制了權力。」她扭過頭來看著艾德荷，「你明白嗎？使用權力的方法應該是輕輕地握住它。抓得太緊將受到權力的控制，並成爲權力的犧牲品。」

「就像我的公爵經常教導我的那樣。」艾德荷說道。

不知爲什麼，潔西嘉知道他指的是老萊托，而不是保羅。她問道：「我將被……綁架到什麼地方？」

艾德荷盯著她看，彷彿要看穿兜帽下的陰影。

艾爾—法利走上前來。「我的夫人，妳不是眞的想……」

「難道我無權決定自己的命運嗎？」潔西嘉問道。

「但是這……」艾爾—法利朝艾德荷揚了揚腦袋。

「阿麗亞出生之前，他就是我忠誠的侍衛，」潔西嘉說道，「他死之前還救了我和我兒子的命。我們亞崔迪家族永遠記得這些恩情。」

「那麼，妳會跟我走嗎？」艾德荷問道。

「你要把她帶到哪兒去？」艾爾—法利問道。

「你最好不要知道。」潔西嘉說道。艾爾—法利陰沉著臉，但他仍保持沉默。他臉上的表情洩漏出他的躊躇不決：他理解潔西嘉話中智慧，但仍然對艾德荷是否可信表示懷疑。

「那麼那些幫我的敢死隊員該怎麼辦？」潔西嘉問道。

「如果他們能去泰布穴地，他們將得到史帝加的支持。」艾德荷說道。

潔西嘉看著艾爾—法利。「我命令你去那兒，我的朋友。史帝加能讓敢死隊員參與搜尋我孫兒們的行動。」

老耐布垂下眼。「服從穆哈迪母親的命令。」

他服從的仍然是保羅，她想。

「我們應該馬上離開這裡。」艾德荷說道，「他們肯定會搜到這裡來的，而且很快。」

潔西嘉身體向前一傾，以比吉斯特向來不會忘記的優雅姿態站了起來。經歷了昨晚的夜間飛行之後，她越發感到自己已老。她開始移動腳步，但思維仍繫在與孫子的那場談話上。他究竟在做什麼？她搖搖頭，馬上假裝整理兜帽，以掩飾這個動作。

人們一不小心就會錯誤地低估萊托，觀察普通孩子所形成的概念通常會令人對這對雙胞胎繼承的生命記憶做出錯誤判斷。

她注意到了艾德荷的站姿。他放鬆地站在那兒，爲可能發生的暴力做好了準備。他的一隻腳站在另一隻前面，這個姿勢還是她教給他的。她飛快地朝那兩個年輕的弗瑞曼人瞥了一眼，然後又看了看艾爾—法利。老耐布和兩個年輕人的臉上依然寫滿了懷疑。

「我可以將生命託付給這個人，」她指著自己對艾爾—法利說道，「而且這已經不是第一次了。」

「我的夫人，」艾爾—法利抗議，「但是……」他盯著艾德荷，「他是庫丁的丈夫。」

「他是公爵和我訓練出的人。」她說。

「但他是個死靈！」艾爾—法利聲嘶力竭地說。

「我兒子的死靈。」她提醒道。

對於曾經發誓將生命獻給穆哈迪的敢死隊員來說，這個回答已經足夠了。他嘆了口氣，讓開身體，並示意兩名年輕人去掀開門簾。

潔西嘉走出去，艾德荷跟在她身後。她轉過身，對門廊裡的艾爾—法利說道：「你去史帝加那兒。他值得信賴。」

「是的……」但她仍可聽出老人聲音的疑慮。

艾德荷碰了碰她的手臂。「我們必須馬上離開。妳有什麼要帶的嗎？」

「只需帶著我正常的判斷力。」她說道。

「爲什麼？妳擔心妳犯了一個錯誤？」

她抬頭看了他一眼。「你是我們中間最好的撲翼機駕駛員，鄧肯。」

他並不覺得好笑。他越過她，沿著他來時的路匆匆而去。艾爾—法利走到潔西嘉身邊說道：「妳怎麼知道他是開著撲翼機來的？」

「他沒穿蒸餾服。」潔西嘉說道。

艾爾—法利似乎爲自己錯過了這個明顯特徵而有些局促，然而他並不打算就此緘默。「我們的信使直接把他從史帝加那兒帶到這裡。他們可能被盯上了。」

「你們被盯上了嗎，鄧肯？」潔西嘉衝著艾德荷的後背問道。

「妳應該很清楚，」他說道，「我們飛得比沙丘低。」

他們轉入一條小路，螺旋形的梯子將路引向下方。路的盡頭處是一個空曠房間，棕色岩石牆高處懸掛著懸浮球燈將房間照得透亮。一架撲翼機面對著牆壁停在那，像等待著春天的昆蟲一樣趴著。牆壁上有機關，整堵牆其實是一扇門，門外就是沙漠。儘管這個穴地很窮，但它仍然保存著一些祕密的機動設施。

艾德荷爲她打開撲翼機的艙門，攙著她坐在右手座椅上。她的目光掃過他，發現他的額頭上正在冒汗，那頭如黑羊毛一般的頭髮都因此打結。潔西嘉不由得想起了過去這顆頭顱在嘈雜的山洞內鮮血直流的情景。然而冷冷的特雷亞拉克斯眼珠令她走出回憶。再也不會像過去那樣了！她想，繫上安全帶。

「你很久沒有帶我飛行了，鄧肯。」她說道。

「很久很久了。」他說道，並檢查著各個控制按鈕。

艾爾—法利和兩個年輕人站在機器旁，準備好將整面牆打開。

「你覺得我對你有懷疑嗎？」潔西嘉輕聲問道。

艾德荷將注意力集中在引擎上，他啓動了推進器，看著指針跳動。他嘴角浮出一絲笑容，在他富有立體感的臉上稍縱即逝，就像它來時那般迅捷。

「我仍然是亞崔迪家族的人，」潔西嘉說道，「阿麗亞已經不是了。」

「別擔心，」他咬著牙說道，「我仍然效忠於亞崔迪。」

「阿麗亞已經不是亞崔迪的人了。」潔西嘉重複道。

「妳不必提醒我！」他咆哮道，「現在閉嘴，讓我好好駕駛這傢伙。」

他話語中的絕望出乎潔西嘉意料，這不像是她所熟悉的艾德荷。壓下心頭再次升起的恐懼後，她問道：「我們去哪兒，鄧肯？你現在可以告訴我了。」

他朝艾爾－法利點了點頭，機庫門打了開來，讓他們暴露在明亮的日光下。撲翼機向前跳了一步，開始爬升。它的機翼有力地揮動著，噴氣發動機在轟鳴，隨後他們衝入空曠的天空。艾德荷設定了一條西南方向的航線，朝著撒哈亞山脊飛去。

從這兒看過去，那地方就像沙漠上的一根黑線。

他說道：「別把我想得太壞，我的夫人。」

「自從那天你喝多了香料啤酒，在我們的阿拉肯大廳內大喊大叫那一刻起，我就再也不會往壞處想你了。」她說。但事實上，他的話確實引發了她的懷疑。她放鬆身體，做好氣身合一防禦的準備。

「我也記得那個晚上，」他說道，「我那時太年輕了……沒有經驗。」

「但你已經是公爵手下最出色的劍客。」

「還算不上，我的夫人。葛尼在十次內有六次能擊敗我。」他看了她一眼，「葛尼在哪兒？」

「在為我辦事。」

他搖了搖頭。

「你知道我們要去哪兒嗎？」她問道。

「是的，夫人。」

「告訴我。」

「很好。我承諾過，我將僞造一起針對亞崔迪家族的陰謀，而且要讓別人看不出破綻。只有一個辦法能夠做到這一點。」他按下控制盤上的一個按鈕，一個繭式束縛器從潔西嘉的椅子上彈了出來，用無法扯斷的軟帶子包裹住她的全身，只露出頭部，「我要帶妳去薩魯撒．塞康達斯星，」他說道，「去法拉肯那兒。」

在一陣少見的慌亂中，潔西嘉想掙斷帶子，但帶子卻越捆越緊，只有在她放鬆下來之後，帶子才稍稍鬆動了些。掙扎過程中，她感覺到了帶子上的保護鞘中藏有致命的釋迦藤。

「釋迦藤的觸發裝置已經被解除了。」他的眼睛看著別處，「還有，別打算對我用魔音大法。妳能用聲音控制我的時代早已過去。」他看著她，「特雷亞拉克斯給我配備了對抗魔音的機制。」

「你聽命於阿麗亞，」潔西嘉說道，「她……」

「不是阿麗亞，」他說道，「我們在爲傳教士做事。他想讓妳像過去教導保羅一樣教導法拉肯。」

潔西嘉的身體僵直。她憶起萊托的話，原來那就是她將擁有的有趣的學生。她說道：「那個傳教士——他是我兒子嗎？」

艾德荷的聲音彷彿從很遙遠的地方傳了過來。「我也很想知道。」

※　※　※

宇宙只意味著存在，這就是敢死隊員眼中的宇宙。宇宙既不是威脅、也不帶來希望。宇宙中的許多事物完全在我們的控制力之外：流星的墜落、香料包的爆發、衰老與死亡……這些都是宇宙中的現實，不管你感覺如何，你都得面對它們。你不可能用言語將它們封閉在外。它們能以自身那無語的方式接近你，隨後你就能明白「生與死」的意義。只要理解了這段話，你將會由衷的感到喜悅。

——穆哈迪對他的敢死隊員說過的話

「這些就是我們的計畫。」文希亞說道，「這一切都是爲了你。」

法拉肯絲毫未動的坐在母親對面，金色陽光照耀在他身後，在鋪著白色地毯的地板上留下他的影子。從他母親身後的牆壁上反射過來的光線在她頭上籠罩了一層光圈。她穿著一般鑲著金邊的白色長袍，顯示出逝去的皇室生活。她那張鵝蛋形的臉上十分平靜，但他知道她正在觀察他的反應。他覺得胃裡空蕩蕩，儘管剛剛才吃過早飯。

「你不同意？」文希亞問道。

「有什麼值得不同意的嗎？」他問道。

「我是說……我們一直瞞著你，直到現在？」

「哦，那個啊。」他觀察著母親，想將自己的心緒集中到這件事上來，但他卻一直在想著近期他注意到的一件事，那就是泰卡尼克不再稱呼她爲「我的公主」。他現在怎麼稱呼她？皇太后？

爲什麼我會有一種失落感？他想。我究竟失去了什麼呢？答案顯而易見：他失去了無憂無慮的日子，失去了隨心所欲的日子。如果他母親的陰謀實現，那些日子就眞的一去不復返了，新的責任需要他努力去承擔。他發現自己痛恨這一切。他們怎麼能這麼隨意處置他的生活？甚至沒有和他商量？

「說出來，」他母親說道，「你有點不對勁。」

「如果這個計畫失敗了呢？」他問道。這是他腦子中跳出的第一個問題。

「怎麼會失敗？」

「我不知道……任何計畫都可能失敗。妳在計畫中是如何利用艾德荷的？」

「艾德荷？有什麼關係？哦，是的——那個泰卡沒和我商量就帶到這兒來的神神祕祕的傢伙提到過艾德荷，不是嗎？」

她撒了一個拙劣的謊言，法拉肯驚奇地盯著自己的母親。原來她一直都知道那位傳教士。

「沒什麼，只不過我從來沒見過死而復生的人。」他說道。

她接受了他的解釋，說道：「我們留著艾德荷做件大事。」

法拉肯默默地咬著上嘴唇。

文希亞感到自己想起了他已故的父親。德拉客經常做這個動作，非常內向，想法也十分複雜，很難弄清他的心思。德拉客，她回憶著，與哈西米爾．芬倫伯爵有親戚關係，他們身上都有那種花花公子式的狂熱氣質。法拉肯也會這樣嗎？她開始後悔讓泰卡引領這小夥子皈依阿拉肯的宗教。誰知道那個鬼宗教會將帶他往何方？

「現在泰卡怎麼稱呼妳？」法拉肯問道。

「什麼意思？」話題的突然轉變讓她吃了一驚。

「我注意到他不再稱妳為『我的公主』。」

他的觀察力眞強啊，她想。不知為什麼，這個問題讓她十分不安。他認為我把泰卡當成了情人？無聊，這不是關鍵所在。那他為什麼要提這個問題呢？

「他稱呼我為『我的夫人』。」她說道。

「為什麼？」

「這是所有大家族的習慣。」

包括亞崔迪，他想。

「如果別人聽到了，現在的稱呼會顯得含蓄些。」她解釋道，「有人可能會因此覺得我們已經放棄了對皇位的追求。」

「誰會那麼蠢？」他問道。

她抿緊嘴唇，決定讓這件事過去。這只是一件小事，但偉大的戰役是由無數件小事構成的。

「潔西嘉夫人不該離開卡拉丹。」他說道。

她使勁搖搖頭。怎麼回事？他的想法發了瘋一般跳來跳去。她問道：「你想說什麼？」

「她不應該回到阿拉吉斯。」他說道，「不明智的策略，讓人心裡有想法。應當讓她的孫兒們去卡拉丹拜訪她。」

他是對的，她想，並為自己從未想到這一點而感到沮喪。如果泰卡在場，他會立即調查，看潔西嘉夫人為什麼沒這麼做。她再次搖搖頭。不！法拉肯怎麼會這麼想？他理當知道，教會絕不可能讓那兩個孩子去太空冒險。

她開口說出自己的想法。

「是教會不讓他們冒險，還是阿麗亞夫人？」他問道，並注意到她的思路在跟著他的方向走。他為自己終於成為一個重要人物而感到高興，樂於在這種政治權謀中做出種種假設。她母親的想法已經有很長時間不再引起他的興趣，畢竟她太容易被操控。

「你認為阿麗亞自己想掌握大權？」文希亞問道。

他的目光看著別處。阿麗亞當然想要自己掌權。來自那顆可惡星球的所有報告都提到了這一點。接著他的想法又跳到了一條新的航路上。

「我一直在讀他們的行星資料。」他說道，「那裡應該可以找到線索，告訴我們沙蟲的故事……」

「這些事留給別人去做吧！」她說道，開始喪失對他的耐心，「在我們爲你做了這麼多之後，這就是你想說的一切？」

「妳不是爲了我。」他說道。

「什麼？」

「妳是爲了柯瑞諾家族，」他說道，「而妳代表著柯瑞諾家族。我現在還沒有這個資格。」

「你有責任！」她說道，「那些依靠你的人該怎麼辦？」

她的話彷彿一下子讓他挑上了重擔，他感到了柯瑞諾家族追隨者們的希望和夢想的重量。

「是的，」他說道，「我理解他們。但是我發現有些以我名義去辦的事讓人噁心。」

「噁心……你怎麼能這麼說？我們只是做了所有大家族在考慮未來時都會做的事。」

「是嗎？我覺得妳有點過分。不！不要打斷我。如果我要成爲一個皇帝，妳最好學會如何傾聽我的話。妳難道以爲我看不出蛛絲馬跡？妳是怎麼訓練那些老虎的？」

在他顯示洞察力的這一刻，她沉默無語。

「我了解了。」他說。「好吧！我會留下泰卡，因爲我知道是妳讓他蹚這渾水。現況下，他是最好的軍官，但是他只會在友善的場所爲他的信念而戰。」

「他的……信念？」

「好軍官和可憐蟲的差別在於人格與五種動力。」他繼續說道，「他的毛病在於他的信念全遭人質疑。」

「老虎是迫不得已的選擇。」她終於說道。

「如果計畫成功，我就相信妳的說法。」他說道，「但是我不會寬恕你們訓練牠們的方式。不要反駁我，這太明顯了，牠們的行爲舉止都是依照條件反射！這是妳自己說的。」

「你準備怎麼做？」她問道。

「我會等待、觀察，」他說道，「也許我會當上皇帝。」

她將一隻手放在胸口，嘆了口氣。有那麼一小會，她被他嚇著了。她幾乎覺得他馬上就會譴責她。而現在，她看得出來他已經下定了決心。

法拉肯站了起來，向門口走去，並按鈴呼叫母親的僕人。他轉過頭來說道：「談話結束了，是吧？」

「是的。」他正要離開，她抬起一隻手，「你要去哪兒？」

「去圖書館。最近我迷上了柯瑞諾家族的歷史。」他轉身離去，懷著剛下定的決心。

她眞該死！

他知道自己已下定決心。他意識到眞正的歷史與閒暇時所讀的歷史讀物有本質上的區別，區別在於前者是活生生的、而後者只是歷史本身而已。現在活生生的新歷史正在他身邊聚集，將他推入不可逆轉的未來中。

法拉肯感到所有利益相關者施加給他的壓力。不過讓他奇怪的是，他自己對這件事卻並不那麼熱中。

※　※　※

穆哈迪曾說過，有一次他看到一株野草想在兩塊岩石之間生長。他挪開了其中的一塊石頭。後來當野草正在旺盛地生長時，他用剩下的那塊石頭蓋住了它。「這原本就是它的宿命。」他解釋道。

——《紀事》史帝加

「快！」加尼馬叫道。跑在她前面兩步遠的萊托已經到達岩石上的裂縫旁。他沒有猶豫，立刻躍入裂口，向前方爬去，直到黑暗完全包圍了他。他聽到加尼馬在身後也跳了下來，但是一陣寂靜之後，她的聲音傳了過來，聲音既不急躁也沒有恐懼。

「我被卡住了。」

他站了起來，儘管他知道這麼做可能會將自己的腦袋送到那些到處亂刨的爪子底下。他在裂縫中轉了個身，然後又趴在地上，往回爬去，直到他碰到加尼馬伸出的手。

「我的長袍，」她說道，「被鉤住了。」

傳來石塊滑落的聲音。他抓住加尼馬的手拉了拉，沒起什麼作用。

他聽到了上方的喘息聲，伴隨著陣陣低吼。

萊托繃緊身體，牢牢蹲坐在岩石上，使勁拉扯加尼馬的膀臂。一陣布料撕裂的聲音，他感到她正向他擠過來。她倒吸了一口氣，他知道她肯定感到了疼痛，但他還是用力再拉了一次。她又朝著裂縫內前進了一些，接著整個身子都進來了，摔在他身旁。

此時他們離裂縫的入口處還是太近。他轉了個身，四肢著地，飛快地朝深處爬去。加尼馬緊跟在他身後。爬行時，她的喘息聲愈來愈重，他聽得出來她已受傷。他爬到裂縫的盡頭，翻過身來，向避難所外面看去。裂縫在他頭頂上方約兩公尺處，天空中滿是星星，但是部分星空被一個大傢伙遮住。

連綿不息的低吼聲充斥他倆的耳膜。這是一種深沉、陰險而又古老的聲音，是獵人在對牠們的獵物說話。

「妳傷得怎麼樣？」萊托問道，儘量保持著平靜的語氣。

她也跟隨著他的語氣和聲調說道：「其中一隻抓了我一下。把我的蒸餾服沿著左腿撕開了，我感到我在流血。」

「有多嚴重？」

「是靜脈。我能止住它。」

「壓住，」他說道，「不要動。我來對付我們的朋友。」

「小心，」她說道，「牠們比我意料中的大。」

萊托拔出他的嘯刃刀，高舉向上。他知道老虎的爪子會往下探。裂縫的寬度只能容下牠們的爪子，牠們的身子進不來。

慢慢地、慢慢地，他將刀刺向上方。突然間，有東西碰到了刀頭。他只覺得整條手臂猛地震了一下，刀子幾乎脫手。血沿著握刀的手流了下來，濺在臉上，隨之而來的是一聲慘叫，幾乎將他震聾。原本被遮蔽的星星全都露了出來。在刺耳的叫聲中，有東西從岩石上翻滾著，掉在沙漠上。星星再次被遮住了，他又聽到了獵人的低吼。第二隻老虎挨了過來，並沒有在意牠同伴的命運。

「眞夠執著的。」萊托道。

「你肯定傷了牠們中的一個，」加尼馬說道，「聽！」

下方的尖叫聲和翻滾聲漸漸消失。但是第二隻老虎仍然遮擋著星星。

萊托收回刀，碰了碰加尼馬的肩膀。「把妳的刀給我。我想用乾淨的刀鋒來對付這一隻。」

「你認爲他們還有第三隻老虎作後備嗎？」她問道。

「不太可能。拉茲虎習慣於結隊捕食。」

「像我們一樣。」她說道。

「是的，」他同意道。他感到她將嘯刃刀的刀把塞入他的掌中，於是用力握緊。他再一次小心翼翼地向上刺。刀鋒只接觸到了空氣。他抬起身體，將自己置於危險之中，但仍然沒有效果。他撤回了刀，琢磨這到底是怎麼回事。

「你找不到牠？」

「牠不像上一隻那樣輕舉妄動。」

「牠還在這兒。聞到了？」

他吞了口口水潤潤嗓子。一陣惡臭的呼吸，夾雜著老虎的氣味，直衝著他的鼻腔。星空依舊被遮擋，但第一隻老虎那已不再有聲響傳來。看樣子嘯刃刀已經完成了它的工作。

「我想我得站起來。」他說。

「不！」

「我必須引牠進入刀的攻擊範圍。」

「是的，但是我們商量好了，如果我們中有誰可以避免受傷……」

「妳受傷了，所以妳是那個回去的人。」他說。

「但是如果你也受傷了，而且傷得很重，我沒法離開你。」她說。

「妳有什麼主意嗎？」

「把我的刀還給我。」

「但是妳的腿！」

「我可以一隻腳站在地上。」

「那東西只要一爪子就能掃掉妳的頭。或許彈射槍……」

「如果這地方有人聽到槍聲，他們就會知道我們是有備而來的——」

「我不願意妳去冒這個風險！」他說道。

「不管是誰在這兒，都不能讓他知道我們有彈射槍——還沒到時候。」她輕觸他的手臂，「我會小心的，把頭低下。」

他保持沉默。她繼續說道：「你知道必須由我做。把我的刀給我。」

他不情願地伸出手，找到她的手之後，把刀交在她手裡。這麼做符合邏輯，但是邏輯與情感正在他頭腦裡激烈交鋒。

他感到加尼馬離開了他，聽到了她的長袍摩擦在岩石上發出的聲音。她喘口氣，他知道她肯定已經站了起來。千萬小心！他想，差點想把她拉回來，並再次建議使用彈射槍。但是那麼做會提醒這附近的人他們擁有這種武器。更糟糕的是，那麼做可能會把老虎趕離裂縫，然後他們就會陷在這兒，旁邊不知道哪塊岩石後還躲著一隻受傷的老虎，準備隨時要他們的命。

加尼馬深深吸了口氣，後背靠在裂縫的岩壁上。

越快越好，她想。她向上舉著刀尖。左腿上被老虎抓傷的地方一陣陣刺痛。她感到鮮血在皮膚上結成了硬痂，新流出的鮮血暖暖地淌過皮膚表面。

必須非常快！她將注意力集中到比吉斯特應對危機時的比吉斯特之道的準備姿勢上，將疼痛和其他所有非相關因素拋在腦後。老虎肯定在向下伸爪子！她慢慢地將刀鋒沿著開口處比劃了一下。該死的野獸在什麼地方？她再次比劃了一下。什麼也沒有。老虎本該上當並發起進攻的。

她小心地嗅著四周。左方傳來溫暖的呼吸。她保持好平衡，深吸了一口氣，尖叫一聲：「塔可瓦！」這是許久以前弗瑞曼人的戰鬥呼號，在最古老的傳說中還能找到它的意思：自由的代價！隨著叫聲，她將刀鋒一轉，朝著裂縫黑暗的開口處猛刺過去。

刀還沒刺入老虎的皮肉，虎爪先掃過她的肘部。在巨大的疼痛從肘部傳到手腕前，她抓住這千鈞一髮之機，將手腕使勁一抬。劇痛中，她感到刀尖刺入老虎體內。刀把在她麻木的手指間猛地扭動了一下。裂縫開口處的星星再次出現，垂死老虎的哀嚎充斥著夜空，隨後傳來一陣掙扎翻滾的聲音。

最後，一切恢復成死一樣的寂靜。

「牠打中了我的膀臂。」加尼馬說道，竭力用長袍在傷口處打個結。

「嚴重嗎？」

「我想是的。我感覺不到我的手。」

「讓我點盞燈——」

「在我們躲好之前先別點！」

「我儘量加快速度，只照一下。」

她聽到他扭過身去抓他的沙漠救生包，感到光滑的睡袋蓋在她的頭上，並在她身後舖好。他沒有費時間好好收拾一番，讓它能防止水汽逃逸。

「我的刀在這邊，」她說道，「我能感覺到刀把。」

「先別管刀。」

他點燃了一盞小懸浮球燈。它發出耀眼的光亮，刺得她直眨眼。萊托把燈放在地面，然後看了看她的膀臂，不禁倒抽一口涼氣。那一爪造成了一道又長又深的傷口，從肘部開始，沿著手臂背部旋轉著到達了手腕。傷口本身的形態也說明了當時她是怎麼翻轉刀鋒，去刺那隻老虎。

加尼馬看了一眼傷口，隨後閉上眼睛，開始背誦抵制恐懼的禱詞。

萊托也感到了禱告的衝動，但他把內心喧囂的情感放在一邊，開始包紮加尼馬的傷口。他必須小心，既要止住鮮血，又要使包紮顯得很笨拙，像是加尼馬自己做的。他讓她用另一隻手和牙齒為包紮最後打了個結。

「現在看看你的腿。」他說道。

她扭過身，露出另一處傷口。不像手臂上那麼糟糕：沿著小腿留下了兩條淺淺的爪印，不斷向蒸餾服內淌血。他盡可能地清洗了一下傷口，並把傷口包紮好。最後用繃帶把蒸餾服密封起來。

「傷口裡有沙子，」他說道，「妳回去之後馬上找人看一下。」

「我們的傷口裡總少不了沙子，」她說道，「畢竟是弗瑞曼人嘛。」

他擠出一個笑容，坐了下來。

加尼馬深深吸了口氣。「我們成功了。」

「還沒有。」

她吞了口口水，竭力想從激動的情緒中恢復過來。懸浮球燈光下，她的臉色蒼白。是的，我們必須盡快行動。不管是誰控制了那兩隻野獸，他可能已經等在附近了。

萊托盯著他的妹妹，猛然間感到一陣失去親人的痛苦。痛苦深深地刺入他的胸膛。他和加尼馬必須分開。從出生到現在，這麼多年來，他們一直就像是一個人一樣。但是他們的計畫需要他們經歷一個質變，各自踏上不同的征程。不同的經歷使他們再也無法像以前那樣融合為一。

他讓自己的思緒回到必要的細節上來。「這是我的救生包。我從裡頭拿的繃帶。有人可能會檢查。」

「是。」她和他交換了救生包。

「躲在這兒的某個人有指揮老虎的信號器，」他說道，「他很可能會等在露天水渠附近，確定我們究竟死了沒有。」

她摸了摸放在沙漠救生包上的彈射槍，把它拿起來，塞進長袍的肩帶中。「我的長袍被扯壞了。」

「是的。」

「搜救人員可能很快就會到這兒，」他說道，「他們中可能會有個叛徒。妳最好自己溜回去。讓薩薩把妳藏起來。」

「我……我一回營地就開始搜尋這個叛徒。」她說道。她朝哥哥臉上瞥了一眼，分擔著他的痛苦。從這一刻起，他們將積累不同的人生經驗。再也不可能成爲一個人，相互之間共用著別人無法瞭解的知識。

「我去迦科魯圖。」他說道。

「芳達克。」她說。

他點頭表示認可。迦科魯圖／芳達克——肯定是同一個地方。只有這種辦法才能在世人面前將那個傳說中的地方隱藏起來。這是走私販幹的好事。對他們來說，將一個名字變換成另一個，這種事易如反掌。畢竟，他們與行星統治者之間存在一種從來未曾宣諸於口的協議，默許了他們的存在。

行星上的統治家族必須爲可能出現的極端情況準備好逃跑用後門，除此之外，保持走私管道也能使統治家族分享到一小部分利潤。在芳達克／迦科魯圖，走私販們占據了一個功能完備的穴地，利用弗瑞曼人不得涉足此地的宗教禁忌，就這樣，在光天化日之下，將迦科魯圖隱藏起來。

「沒有哪個弗瑞曼人會想起到那個地方來搜尋我。」他說道，「他們當然會詢問那些走私販們，但是……」

「我們按你我說好的計畫行動，」她說道，「只是……」

「我知道。」聽著自己的聲音，萊托意識到他倆正度過這共同生命的最後一刻。他的嘴角出現一絲苦笑，使他看起來比他的年齡要成熟許多。加尼馬覺得自己彷彿正透過時間的面紗，看著長大成人的萊托。她不禁熱淚盈眶。

「不要把水獻給還沒有死的人。」他說道，拍了拍她的臉頰，「我會走得遠遠的，走到一個沒人能聽到的地方，然後再呼喚沙蟲。」他指了指掛在救生包外摺疊起來的製造者矛鉤，「兩天後的黎明，我會抵達迦科魯圖。」

「一路順風，我的老朋友。」她低聲說道。

「我會回來找妳的，老朋友。」他說道，「記住過露天水渠時小心點。」

「挑一條好沙蟲。」她以弗瑞曼人的告別語說道，左手熄滅了懸浮球燈，把睡袋拉到一邊，摺疊起來放入她的救生包。她感覺到他離開，聽著他爬下岩石，跳到沙漠上。細微的腳步聲漸漸消失。

加尼馬呆呆地站在那兒，思索著自己下一步的行動。她必須裝成萊托已經死了的樣子，她必須讓自己相信這一點。她的腦海中不能有迦科魯圖，儘管哥哥正前往搜尋這個遺失在弗瑞曼神話中的地方。從這一刻開始，她必須拋棄萊托還活著的潛意識。她必須調整自己，讓自己一切行爲的出發點都基於哥哥已經被拉茲虎咬死這個假想事實之上。沒什麼人能騙過眞言師，但她知道自己能夠做到……必須要做到！她和萊托分享的無數生命教會了她一個技巧：存在於古老希巴時代的一個理論上的方法，而她可能是唯一一個還能記得希巴時代的當代人。萊托離開後，加尼馬花了很長時間，小心翼翼地強制自己重新構造自己的意識，將自己塑造成孤獨的妹妹、雙胞胎中的倖存者，直到最後她完全相信了這個故事。在結束這一切之後，她發現自己的內心世界一片沉寂——侵入她意識中的那些生命消失無蹤。她沒料到這技巧有這樣的副作用。

*如果萊托能活下來，並瞭解這種副作用，那該多好啊！*她想。她並沒有覺得這個想法有什麼不對。她靜靜地站著，看著萊托被老虎害死的地方。那裡的沙地上響起一陣聲音，愈來愈響。這是弗瑞曼人非常熟悉的聲音：沙蟲正從那兒經過。儘管牠們的數量在沙漠中日益稀少，但還是有一條來到這裡。可能是第一隻老虎臨死前的掙扎吸引了牠……是的，在萊托被第二隻老虎咬死之前，他殺死其中

一隻。沙蟲的來臨再一次引發她內心的強迫假想。假想是如此逼眞，她甚至看到了下方遠處沙漠上有三個黑點！兩隻老虎和萊托。隨後沙蟲來了、走了，沙漠上什麼都沒留下，除了夏胡露經過後的波浪痕跡。不算是條大沙蟲……但已經足夠，而且她的假想不允許她看到騎在沙蟲上的小小身影。

懷著悲痛的心情，加尼馬綁好沙漠救生包，從藏身之地小心翼翼地爬出來。她手上抓著彈射槍，掃視遠方。確定沒發現攜帶信號機的人後，她便奮力爬上岩石高處，爬進月光投下的陰影中，靜靜地等待著，以確保在她回家的路上沒有埋伏著暗殺者。

眼光越過面前這片開闊地，她能看到泰布穴地方向有火把晃動。人們正在尋找她倆。空中有一片陰影正跨過沙漠，朝著「第一岩石帶」而來。她重新爬下了岩石，朝位於搜尋隊伍行進路線北面較遠的方向前進，進入了沙丘的陰影中，開始向位於萊托的死亡之地與泰布之間的寂靜地帶走去。

行進時她謹愼地打亂步伐，以免引來沙蟲。她知道，過露天水渠時要多加小心。沒有什麼能阻擋她，她會告訴大家哥哥是怎樣爲了救她而喪生虎口的。

※　※　※

政府，如果它們能持續存在一段時間，總是會逐漸向貴族體系轉變。歷史上從來沒有哪個政府能擺脫這種宿命。而且隨著貴族體系的發展，政府會日益傾向於只保護統治階級的利益——無論那個統治階級是貴族世襲的、或是財團的寡頭壟斷，還是官僚集團的既得利益者。

——〈重複的政治現象〉，摘自《比吉斯特訓練手冊》

「爲什麼他會提出這個提議？」法拉肯問道，「這是最關鍵的問題。」他和巴夏泰卡尼克站在他私人寓所的休息室內。文希亞站在一張藍色矮沙發的另一端，看起來更像是名聽眾，而不是參與者。她知道自己的位置很尷尬，並爲此而怨恨不已，但是考慮到那天清晨她向法拉肯坦白了他們的陰謀後，法拉肯的言行發生了巨大的改變，她只好做出某種妥協。

這是柯瑞諾城堡內，現在已是傍晚時分，暗淡的光線使休息室顯得更爲舒適。室內陳列著大量眞正的書，書架上還有一堆資料塊、釋迦藤卷和放大器。屋子裡到處留著經常使用的痕跡——書本上的破損、放大器上明亮的金屬光澤和資料塊磨損的棱角。

屋子裡只有一張沙發，但有很多帶感應裝置的懸浮椅，能給使用者帶來極大的舒適感。法拉肯背朝窗戶站著，身穿一件普通的黑灰色薩督卡軍服，唯一的裝飾是領口上的金色獅爪標記。他選擇在這個房間接待他的巴夏和母親，希望能借此創造出一種氣氛，使彼此間的交流更加輕鬆，拋開正式場合的拘謹。但是泰卡尼克嘴裡不斷冒出的「大人」或是「夫人」還是在他們之間拉開了距離。

「大人，我認爲如果他做不到的話，是不會提出這個提議的。」泰卡尼克說道。

「當然！」文希亞插嘴道。

法拉肯瞥了他母親一眼，示意她別說話，隨後開口問道：「我們沒有給艾德荷施壓嗎？」

「沒有。」泰卡尼克說道。

「那爲什麼鄧肯·艾德荷，一個將所有忠誠都獻給了亞崔迪家族的人，現在卻主動提議將潔西嘉夫人交到我們手裡？」

「有謠言說阿拉吉斯上出了亂子……」文希亞大著膽子說道。

「還沒經過證實。」法拉肯說道，「有可能是傳教士操縱了這一切嗎？」

「可能，」泰卡尼克說道，「但是我看不到動機。」

「他曾提及要為她尋找一個避難所，」法拉肯說道，「如果那些謠言是眞的，他就有動機了……」

「沒錯！」他母親說道。

「或者，這也可能是個陰謀。」泰卡尼克說道。

「我們可以提出幾個假設，然後再深究下去。」法拉肯說道，「要是艾德荷已經在他的阿麗亞夫人面前失寵了，會怎麼樣？」

「這可能是個原因，」文希亞說道，「但是他——」

「走私販那裡還沒有傳來消息嗎？」法拉肯打斷道，「爲什麼我們不能——」

「眼下這個季節，消息總是傳遞得比較慢，再說還有保密的要求……」

「是的，當然，但是……」法拉肯搖了搖頭，「我不喜歡我們的假設。」

「不要這麼快就否定它們。」文希亞說道，「到處都在傳阿麗亞和那個不知叫什麼名字的教士的故事——」

「賈維德，」法拉肯說道，「但那個人顯然是……」

「他一直是我們寶貴的資訊來源。」文希亞說道。

「我剛才想說的是，他顯然是個雙面間諜。」法拉肯說道，「我們不能信任他，可疑的跡象太多了……」

「我沒看到。」她說。

他突然對她的愚蠢感到無比憤怒。「記住我的話，母親！跡象就在妳眼前，我稍後再跟妳解釋。」

「恐怕我不得不同意大人的見解。」泰卡尼克說道。

無比委屈的文希亞默不作聲。他們怎麼敢如此對待她？彷彿她是個沒腦子的輕浮女人。

「我們不應該忘記，艾德荷曾經死過一次。」法拉肯說道，「特雷亞拉克斯人……」他朝身旁的泰卡尼克瞥了一眼。

「我們沿著這個思路想下去。」泰卡尼克說道。他發現自己很欽佩法拉肯的思維方式：警覺、追根問柢、敏銳。是的，特雷亞拉克斯在復活艾德荷時，很可能在他體內設置了強大的機關，以爲他們日後所用。

「但是我想不出特雷亞拉克斯人有什麼目的。」法拉肯說。

「一項在我們這兒的投資？」泰卡尼克說道，「爲未來買個保險？」

「我得說，這可是一筆很大的投資啊。」法拉肯說道。

「危險的投資。」文希亞說道。

法拉肯不得不同意她的觀點。潔西嘉夫人的能力在帝國內家喻戶曉。畢竟是她訓練了穆哈迪！

「只有在別人知道我們扣留了她的情況下，才會危險。」法拉肯說道。

「是的，一旦別人知道，她就成了一把雙刃劍。」泰卡尼克說道，「但別人不一定會知道她在我們手裡。」

「假設一下，」法拉肯說道，「如果我們接受了這個提議，她有多大價值？我們能用她換回某些更重要的東西嗎？」

「不能公開進行。」文希亞說道。

「當然！」他期待地看著泰卡尼克。

「我還沒想到。」泰卡尼克說道。

法拉肯點了點頭。「是的，我想如果我們接受這提議，我們就必須把潔西嘉夫人看成存在銀行裡的一筆財富，至於什麼時候取用，現在還說不準。財富本來無需具有現時的購買力，它只是……有潛在的價值。」

「她是名非常危險的俘虜。」泰卡尼克說道。

「這一點確實要考慮在內，」法拉肯說道，「我聽說她的比吉斯特之道能讓她通過聲音控制他人行爲。」

「或她自己的身體。」文希亞說道，「伊如蘭曾經向我透露過一點她學到的東西，只是口頭炫耀，並沒有實際演示。但毫無疑問，比吉斯特確實有些獨門絕招，能幫助她們實現自己的目的。」

「妳是說，」法拉肯問道，「她有可能引誘我？」

文希亞只是聳聳肩。

「我得說，做這種事，她的歲數偏大了一點。你不這樣認爲嗎？」

「對於比吉斯特來說，沒有什麼是可以百分之百肯定的。」泰卡尼克道。

法拉肯感到了一陣激動，其中又攙雜了一絲恐懼。進行這個遊戲，然後將柯瑞諾家族重新扶上權力的寶座。這個想法既吸引著他，同時又讓他厭惡。他眞希望終止這個遊戲，回到他的愛好中去：研究歷史，學習如何管理薩魯撒·塞康達斯。重整薩督卡軍隊也是一個任務……

對於這個工作來說，泰卡尼克是個很好的工具。管理一顆星球，這個責任非同小可。然而整個星際帝國，其責任重大得多，作爲施展抱負的對象而言也有意思得多。有關穆哈迪／保羅·亞崔迪的故事讀得越多，他對權力的應用就越感興趣。身爲柯瑞諾家族後代，沙德姆四世的繼承人，如果能讓他的家族重登寶座，將是件多麼風光的事啊？他需要這種感覺。法拉肯發現，只要連續對自己說上幾遍這個夢想，他就能在短時間內克服內心的疑慮。

泰卡尼克正在說話：「……當然，比吉斯特教導說和平會誘發衝突，然後就會爆發戰爭。這個悖論……」

「怎麼又轉到這個話題上來了？」法拉肯問道，讓自己的思緒重新回到現實。

「怎麼了？」文希亞看著兒子心不在焉的表情，慢慢地說道，「我只是問問泰卡尼克知不知道姐妹會背後的哲學理念是什麼。」

「我們用不著把哲學太當眞。」法拉肯轉過臉來，對泰卡尼克道，「至於艾德荷的提議，我認爲我們需要再做些調查。當我們自以爲瞭解了某樣東西時，正是需要繼續深入瞭解的時候。」

「沒問題。」泰卡尼克說道。他喜歡法拉肯謹愼的性格，只希望這種性格不會阻礙軍事上的決斷。軍事決斷通常都需要迅速和果敢。

法拉肯又問了一個看似不相干的問題：「你知道我覺得阿拉吉斯歷史上什麼最有趣嗎？我最感興趣的是一個原始時期的傳統，當時弗瑞曼人會殺死所看到的任何沒有穿著蒸餾服的人。」

「你爲什麼對蒸餾服感興趣呢？」泰卡尼克問道。

「你注意到了，嗯？」

「我們怎麼可能注意不到？」文希亞問道。

法拉肯不耐煩地看了他母親一眼。爲什麼她總是要插嘴呢？隨後，他又看著泰卡尼克。

「蒸餾服是那顆星球的特徵，泰卡。它是沙丘的標記。人們傾向研究它的物理細節：蒸餾服保存身體的水汽，並且反覆利用，使人類可以在那樣一顆星球上生存。你知道，弗瑞曼人規定每個家庭成員至少要有一件蒸餾服，食物採集員甚至還有備用的。但是請注意，你們兩個——」他示意他母親也要認眞聽聽，「似是而非的蒸餾服仿製品正成爲整個帝國的時尙。人類總是想模仿自己的征服者！」

「你眞的覺得這種資訊很有用嗎？」泰卡尼克疑惑地問道。

「泰卡、泰卡——沒有這種資訊當不好統治者。我說過蒸餾服是他們性格中的關鍵，事實也是如此！它是一種傳統的東西，他們所犯的錯誤也將是傳統的錯誤。」

泰卡尼克瞥了文希亞一眼，後者正擔心地看著她的兒子。法拉肯的性格既讓巴夏覺得有吸引力，又讓他感到一些憂慮。

他和沙德姆四世相差甚遠，沙德姆四世眞正代表了薩督卡的核心本質：無所顧忌的軍事殺手。但是沙德姆敗在了可惡的保羅手下！從他讀到的資料上看，保羅．亞崔迪的性格正如法拉肯的描述。的確在面對最冷酷的決斷時，法拉肯可能會比亞崔迪家族更果斷，但這不是他的本性，只是他所接受的薩督卡訓練而成的結果。

「很多人在統治時都不會用到這種資訊。」泰卡尼克說道。

法拉肯盯著他看了一陣子，隨後說道：「統治，然後失敗。」

泰卡尼克的嘴角繃成了一條直線，他顯然在暗示沙德姆四世的失敗。這也是薩督卡的失敗，任何一個薩督卡都不願意回憶此事。

表明他的觀點之後，法拉肯接著說道：「你明白了嗎，泰卡？沒人能體會星球對於其居住者的潛意識所產生的巨大影響。要打敗亞崔迪家族，我們不僅要瞭解卡拉丹，還要瞭解阿拉吉斯：一個柔弱，另一個卻是堅強意志的訓練場。亞崔迪家族與弗瑞曼人的結合是一個獨特的現象。除非我們能理解它，否則我們無法與之抗衡，更別提打敗他們。」

「這和艾德荷的提議有什麼關係？」文希亞問道。

法拉肯憐憫地看著他母親。「我們要向他們的社會施加壓力，以此爲起點來打敗亞崔迪。壓力是個非常強大的工具，對我們來說，判斷哪裡缺乏壓力也同樣重要。妳沒注意到亞崔迪讓那裡的事物變得軟弱起來了嗎？」

泰卡尼克微微點了點頭，表示同意。這個想法非常好。絕不能允許薩督卡變得軟弱。但是艾德荷的提議仍然困擾著他。他開口道：「或許我們最好該回絕他的提議。」

「還沒到時候。」文希亞說道，「我們面臨很多選擇，我們的任務是盡可能多地辨明這些選擇。我兒子是對的：我們需要更多資訊。」

法拉肯盯著她，揣測她的意圖和她話中的含意。「但是我們怎麼才能確保我們不會跨過臨界點，然後變得沒有選擇了呢？」

泰卡尼克發出了一陣苦笑。「如果你問我，我會說我們早就跨過了臨界點。」

※　※　※

在這個時代，人類的交通手段包括了能在時空深處翱翔的機器，有的還能搭載著乘客輕快地穿越無法涉足的行星表面。徒步完成長距離旅行的想法已顯得落伍。然而這仍然是阿拉吉斯上最主要的交通方式，部分是因為人們的偏好，還有部分是因為這顆行星的惡劣氣候條件粗暴地虐待著一切機械裝置。在阿拉吉斯的種種限制中，人類的身軀依然是最耐用和最可靠的聖戰資源。

——《聖戰手冊》

加尼馬小心翼翼地慢步行走在回泰布穴地的路上，始終緊貼沙丘的陰影。當搜尋隊伍在她的南方經過時，她靜靜地趴在地上。痛苦的現實捕獲她：沙蟲帶走了老虎和萊托的屍體，還有危險在前方等著她。他死了，她的雙胞胎哥哥死了！她擦乾眼淚，憤怒在她體內蒸騰。在這一點上，她是個純粹的弗瑞曼人。她瞭解自己，並讓自己的憤怒蔓延開來。

她知道人們是怎麼描繪弗瑞曼人的。他們沒有道德，在復仇的渴望中迷失了自我，對那些將他們從一顆行星趕到另一顆行星的宿敵們，他們立下毒誓，絕不手軟。這種看法當然是愚蠢的，只有那些最原始的野蠻人才不受道德之心的束縛。弗瑞曼人具有高度發達的道德觀念，其核心就是作爲人的權利。外邦人認爲他們殘忍——而弗瑞曼人也是這麼看待外邦人。

每名弗瑞曼人都知道自己能夠做出殘忍的事情，並且不用爲此內疚。弗瑞曼人不會像外邦人那樣爲這種事羞愧，他們的宗教儀式能舒緩他們的內疚感，以防自己被內疚感吞沒。他們最深層的意識知道，任何犯罪都能歸結於——或至少是部分歸結於——情有可原的環境因素：統治機構的失敗、人們共有的天生的向惡本性，或是壞運氣等。任何智慧生物都應當知道，這些事情只是身軀和外部混亂的宇宙的衝突而已。

於是，加尼馬感到自己成了一名純粹的弗瑞曼人，擁有弗瑞曼人的殘忍。她需要的只是一個目標——顯然它就是柯瑞諾家族。她渴望看到法拉肯的鮮血流淌在她的腳下。

敵人並沒有埋伏在露天水渠旁，連搜尋隊伍都已經去了別處。她走上一座泥橋，越過水面，隨後爬行著穿過穴地前的蒿草地，來到了祕密入口前。前方閃過一道光，她一下子臥倒在地。從苜蓿的縫隙間看出去，只見一個女人正從外面進入穴地的祕密通道，穴地內的人顯然也沒忘記用正確的方式來迎接這位不速之客。

危機時期，弗瑞曼人總是用強光來迎接想進入穴地的陌生人，使陌生人處於暫時的失明狀態，以此爲穴地內的衛兵做出正確反應贏得時間。但是這種迎接方式並不會將穴地外的沙漠也照得雪亮，讓加尼馬在這兒都能看到。唯一的理由就是，穴地的密封條已經被取了下來。

加尼馬爲穴地的防衛如此鬆懈感到痛心不已。如此隨意的光線，更別提那些到處都能看到的穿著花邊襯衣的弗瑞曼人！

光線在懸崖底部的地面上投下一個扇面。一個年輕的女孩從果園的陰影裡跑進光亮中，她的動作中帶著令人恐懼的氣息。加尼馬看到通道內有懸浮球燈的環形光暈在閃動，光暈外還圍著一團昆蟲。光線暴露了通道內的兩個黑影：一個男人和剛才那個女孩。他們手拉著手，注視著對方的雙眼。

加尼馬感到這對男女有什麼地方不太對勁。他們並不是簡單的戀人，趁著別人都出去搜尋，找個機會在此幽會。懸浮球燈安置在他們後上方的岩壁上，他們兩個就站在被照亮的拱門前說話，將影子留在夜幕下穴地外的地面上，任何人都能輕易地看清他們的動作。時不時地，那個男的會鬆開手，在燈光下做些簡短的手勢，顯得鬼鬼祟祟。做完之後，他的手又縮回到陰影中。

夜行動物發出的鳴叫聲充斥著加尼馬身邊的黑暗，但她並沒有因此而分心。

這兩個人在幹什麼？

那個男人的動作是那麼呆板，那麼小心。

他轉了個身。女子身上長袍反射的光線照出了他的輪廓。他長著一張粗糙的紅臉，還有一隻長滿了皰疹的大鼻子。加尼馬倒吸了一口涼氣。她認識他。*帕雷穆巴薩！*他是某位耐布的孫子，他的父親爲亞崔迪家族服務。這張臉——還有他轉身時帶動長袍露出的東西——爲加尼馬勾勒出了全圖。

他在長袍下繫了一根皮帶，皮帶上掛著個盒子，盒子上的按鍵和撥盤反射著燈光。這肯定是來自特雷亞拉克斯或伊克斯的產品，而且肯定是個用來控制老虎的信號器。帕雷穆巴薩！這意味著又一個耐布家族倒向了柯瑞諾。

這個女人又是誰呢？不重要。她是被帕雷穆巴薩利用的人。

加尼馬突然間冒出了一個比吉斯特的觀念：*每顆行星都有自己的週期，人也如此。*

看著帕雷穆巴薩和那個女人站在這裡，看著他的信號器和鬼鬼祟祟的動作，加尼馬完全想起了這個人。

我早就該懷疑他了，她想。*跡象是這麼明顯。*

緊接著，她的心又猛地抽搐了一下：他殺死了我的哥哥！

她強迫自己平靜下來。如果她被發現，他同樣也會殺了她。現在她總算明白爲什麼他要用非弗瑞曼的方式暴露燈光，暴露出祕密通道的位置。他們在利用燈光，查看他們的獵物中是否會有人活著回來。因爲還不知道結果，他們在等待時肯定忐忑不安。現在，當加尼馬看到了信號器之後，她總算明白了他的手勢。帕雷穆巴薩在頻繁地按著信號器上的某個按鈕，表現了他內心的憤怒與焦躁。

這兩人出現在此地，讓加尼馬明白了許多東西。可能穴地的每個入口都有類似的人等著她。

鼻子上沾著的黏土令她覺得很癢，她用手刮了刮鼻子。她的傷腿仍然生疼，本該握刀的手傳來陣陣灼燒感，夾雜著難以忍受的刺痛。手指仍處於麻木狀態。如果必須用刀的話，她只好用上左手。

加尼馬也想過使用彈射槍，但它發出的聲音肯定會引起不必要的麻煩。必須想其他法子才行。

帕雷穆巴薩再次轉過身，背對著燈光，看起來變成了燈光下的黑色物體。那女人說話的時候，注意力仍舊放在外面的夜色中。她身上有某種訓練有素的警覺性，而且還知道怎麼利用眼角的餘光來觀察黑暗。她不僅僅是一個有用的工具，還是整個大陰謀的一部分。

加尼馬想起帕雷穆巴薩曾渴望成爲一名凱馬科姆，教會下屬的政治總督。他肯定還是一個更大計畫中的一分子，他還有很多同道中人，甚至在泰布穴地內也有。加尼馬陷入了沉思。如果她能活捉其中一個，其他很多人就會被供出來。

一隻在露天水渠邊喝水的小動物發出的「滋滋」聲引起了加尼馬的注意。自然的聲音和自然的景物。她在自己的記憶中搜尋著，不知怎麼回事，記憶庫保持著奇怪的寂靜，但她還是接觸到了被塞納克里布關在亞述的喬芙公主。公主的記憶告訴了加尼馬該怎麼做。

對她來說，帕雷穆巴薩和他的女人只是小孩子，任性且危險。他們不知道喬芙，甚至不知道那顆行星的名字，喬芙和塞納克里布曾在它之上生活，最終化爲塵土。對於即將發生在這兩個陰謀者身上的事，假如需要向他們解釋的話，只能從實際行動開始。

並以實際行動結束。

加尼馬翻身側躺著，解下沙漠救生包，從固定扣上抽出通氣管。隨後打開通氣管的蓋子，從中取出長長的濾芯。現在她手頭有了一根空管子。接著她又從針線包內拿出一根針，隨即拔出了嘯刃刀，並把針在刀尖那劇毒、曾經容納沙蟲神經的空洞內蘸了蘸。受傷的手臂增加了這些動作的難度。最後她從救生包的口袋裡拿出一捲香料纖維，把針緊緊裹在纖維中，成了一個針狀飛鏢，插在通氣管內。

加尼馬平端武器，向燈光方向匍匐前進了一段距離。她移動得極慢，苜蓿地內看不到任何動靜。前進時，她研究著圍在燈光旁的昆蟲。那團昆蟲中有吸血蠅，大家都知道它會吸食人血。毒鏢的攻擊可能會就此掩蓋過去，被當作吸血蠅中的騷擾。只剩下最後一個決定：要殺死他們中的哪一個呢——男的還是女的？

穆里茨。加尼馬的意識中突然冒出了這個名字。這就是那個女人的名字。她想起曾聽人議論過她。她就像圍著燈光的昆蟲一樣整天圍著帕雷穆巴薩。她是較爲軟弱的一個，容易動搖。很好。帕雷穆巴薩今晚選錯了夥伴。

加尼馬把管子含在嘴裡，潛意識中裝載著喬芙公主的記憶。她仔細地瞄準，猛地吹出胸腔內的空氣。

帕雷穆巴薩拍了拍自己的臉，拿開後發現手上有個小血珠。針已不見蹤影，看來是被他自己揮手打掉了。

女人說了句輕鬆的話，帕雷穆巴薩笑了起來。笑容還未結束，他的腿開始發軟。他癱倒在女人身上，女人只好盡力扶著他。當加尼馬來到她身邊，用出鞘的嘯刃刀刀尖指著她的腰時，她還在搖搖晃晃地支撐著男人的屍體。

以一種恬淡的口吻，加尼馬說道：「不許亂動，穆里茨。我的刀有毒。妳可以放下帕雷穆巴薩，他已經死了。」

※　※　※

你會發現，在所有的社會階層中，都暗藏著使用語言來獲取並保持權力的行為，無論對於巫醫、教士，還是對於官僚來說都是如此。若要統治大眾，必先愚化他們，讓他們能輕易地接受這些權力語言，認為語言就是事實，並將語言符號體系取代真正宇宙。在維護此權力結構的過程中，必須將有些符號的意義搞得高深莫測——例如那些與操控經濟或是人類心智有關的符號。這些神祕的符號導致了各種相互割裂的語言分支，每個分支都意味著其使用者積聚了某種權力。瞭解這一點之後，我們的皇家衛隊必須對新形成的任何專業語言分支保持警覺。

——《在阿拉肯戰爭學院的演講》伊如蘭公主

「或許根本沒必要提醒你們，」法拉肯說道，「但為了防止意外，我還是要說明一下，屋子裡安排了一個聾子，而且得到授命：如果有任何跡象表明我被人控制住，他就會殺死你們。」

他並不期望這番話能產生什麼作用，潔西嘉和艾德荷的反應也符合他的期望。

法拉肯精心挑選了初次與這兩個人會面的地方——沙德姆四世的老會客廳，具有異國情調的裝飾使它看起來不那麼莊嚴。室外已是冬日的下午，但是沒有窗戶的屋子內部卻模擬出無盡的夏日，由伊克斯最純的水晶製成的懸浮球燈優雅地布置在屋內，將整個屋子籠罩在金色的光芒中。

來自阿拉吉斯的消息使法拉肯暗自欣喜。雙胞胎中的男孩子——萊托——被一隻拉茲虎殺死了。那個活下來的女孩兒加尼馬被她的姑姑關了起來，據說成了人質。有了這個報告，艾德荷和潔西嘉的到來便有了一定的邏輯性，他們的確需要一個避難所。

柯瑞諾家族的間諜報告說，阿拉吉斯上的局勢很不穩定。阿麗亞同意進行一個叫作「魔道審判」的測試，但這麼做的目的卻沒有進一步的解釋。而且測試的時間仍然未定，柯瑞諾家族的那兩個間諜甚至認爲永遠不會有那麼一天。到目前爲止，確切發生的事情只有：沙漠裡的弗瑞曼人與皇家軍隊裡的弗瑞曼人發生了衝突，差點爆發的內戰使政府暫時停止了運轉。史帝加保持中立，擔當起交換人質的任務。加尼馬顯然是人質之一。交換人質的機制目前還不清楚。

潔西嘉和艾德荷被牢牢綁在懸浮椅上帶進接見室。兩個人身上纏著致命的釋迦藤條，任何輕微的掙扎都會受傷。兩個薩督卡帶著他們進來，檢查捆綁是否結實，隨後安靜地離開。

法拉肯的警告的確是多餘的。潔西嘉看到了那個全副武裝的聾子，靠在她右面的一堵牆上，手裡還握著一把老式但高效的彈射槍。

她觀察起室內那些異國情調的裝飾。在圓形屋頂的中央，罕見的鐵樹葉與名貴的貓眼石交錯排列，排成新月的形狀。她腳下的地板是鑽石木和貝殼形成的一個個長方形，長方形的邊框由動物骨頭圍成，由雷射切割並拋光。牆上的裝飾是由某種堅硬的材料密集拼成，從中能看出由金線繪成四種姿態的獅子，這是已逝的沙德姆四世的繼承者的標誌。

法拉肯決定以站立姿態來迎接他的俘虜。他下身穿著軍用短褲，上身穿著金色的夾克，領口繡著眞絲，唯一的裝飾是左胸處高貴的星形家族標誌。站在他身旁的巴夏泰卡尼克身著薩督卡軍服，腿上套著厚重的靴子，皮帶上穿著一個槍套，裡頭裝著一把華麗的雷射槍。潔西嘉早就從比吉斯特的報告中熟悉了泰卡尼克那張大臉，他站在法拉肯左後方幾步遠處。他倆身後的牆邊有個黑色的木質王座。

「現在，」法拉肯對著潔西嘉說道，「妳有什麼要說的嗎？」

「我想問問，爲什麼要把我們綁成這樣？」潔西嘉示意纏在她身上的釋迦藤。

「我們剛剛才收到了來自阿拉吉斯的報告，其中解釋了你們上這兒來的原因。」法拉肯道，「或許我現在就應該給你們鬆綁。」他笑了笑，「如果你——」他突然閉嘴了，他母親從俘虜身後的大門走了進來。

文希亞匆匆經過潔西嘉和艾德荷，沒有向他們看一眼。她向法拉肯遞上一個小小的資訊塊，並啓動了它。他研究著資訊塊亮閃閃的表面，不時抬頭看看潔西嘉。表面的閃光變暗了，他把資訊塊還給母親，示意她給泰卡尼克瞧瞧。當她這麼做時，他皺著眉頭盯著潔西嘉。

文希亞站在法拉肯的右手邊，手握不再發光的資訊塊，白色長袍的摺子遮住了資訊塊的一部分。

潔西嘉向右瞥了一眼艾德荷，但他拒絕與她對視。

「比吉斯特姐妹會對我不太高興。」法拉肯道，「她們認爲我應該爲妳孫子的死承擔責任。」

潔西嘉控制著自己的面部表情，想：我應該相信加尼馬的話，除非……她不願繼續想下去了。

艾德荷閉上眼睛，隨後又睜開，瞥了潔西嘉一眼。她仍然在盯著法拉肯。看她的表情，她似乎並不在意。他不知道該如何理解她的冷靜。看來，她肯定知道某些他不知道的東西。

「情況是這樣的……」法拉肯說，開始解釋據他所知發生在阿拉吉斯上的一切，沒有漏掉任何資訊。他總結道：「妳的孫女活了下來，但報告說，她被阿麗亞夫人關了起來。現在妳該滿意了吧？」

「是你殺了我的孫子嗎？」潔西嘉問道。

法拉肯的回答十分眞誠。「我沒有，最近我才知道有個陰謀，但那並不是我的主意。」

潔西嘉看著文希亞，那張鵝蛋臉上洋溢著得意的表情。她想：是她幹的！是母獅爲了她的幼獸而設計的陰謀！要讓母獅在有生之年爲此感到後悔。

潔西嘉重新將注意力集中在法拉肯身上，說道：「但是姐妹會認爲是你殺了他。」

法拉肯轉向他的母親說道：「把那消息給她看看。」

文希亞有些遲疑。他帶著怒意再次開口道：「我說過了，給她看看。」潔西嘉記下他的憤怒，留待將來利用。

文希亞臉色蒼白，把信息塊的螢光屏對準潔西嘉，並啓動了它。配合著潔西嘉眼睛的移動，一行行文字流過資訊塊表面。「比吉斯特在瓦拉赫九號行星上的委員會就柯瑞諾家族暗殺萊托·亞崔迪二世正式提出抗議。相關證據和意見現已提交至大家族聯合會內部安全委員會。我們將挑選中立的裁判場所，並選出各方都能接受的法官。我們要求你儘快做出答復。薩比特·瑞庫西，大家族聯合會。」

文希亞回到她兒子身旁。

「妳會怎麼答覆？」潔西嘉問道。

文希亞說道：「因爲我兒子還沒有正式成爲柯瑞諾家族的首領，我會——你要去哪裡？」後半句話是對法拉肯說的，他正轉身向著聾子身旁的一扇小門走去。

法拉肯停住腳步，半側著身子說道：「我要回到我的書本和其他我更感興趣的東西中去。」

「你膽敢如此？」文希亞說道，她的脖子和臉上泛起一層深色的紅暈。

「我敢以我自己的名義做很多事情。」法拉肯說道，「妳以我的名義做出決定，而我覺得這些決定都很不光彩。從現在開始，要麼我能以我自己的名義做出決定，要麼妳去另找一位柯瑞諾家族的繼承人。」

潔西嘉飛快地掃了一眼對抗的雙方，看清了法拉肯的憤怒。巴夏筆挺地站著，裝得什麼也沒聽見。文希亞在狂怒的邊緣遲疑，法拉肯則擺出一副能接受任何結果的樣子。

潔西嘉不禁頗爲佩服他的姿態。她看出這場對抗中有很多能爲她所用的東西。似乎派出拉茲虎對付她孫兒們的決定並沒有徵得法拉肯的同意。他剛才說過，他知道這個陰謀，但沒有參與。他說話時樣子非常眞誠，沒有可疑的地方。

法拉肯站在這兒，眞實的憤怒燃燒在他眼中，他準備好了接受一切後果。

文希亞在顫抖，深深吸了一口氣，隨後說道：「很好。正式授權儀式將在明天舉行，你現在就可以提前使用你的權力。」她看著泰卡尼克，但後者拒絕和她對視。

一旦她和兒子走出這裡，他們之間將爆發一場激烈的爭吵，潔西嘉想。但我相信，他已經贏了。

她將意識重新集中到大家族聯合會的資訊上。姐妹會在資訊中動了一點手腳，在正式的抗議語言中隱藏了只有潔西嘉才能讀懂的消息。這個消息得以存在，本身便說明姐妹會的間諜知道潔西嘉的處境，而且她們對法拉肯的瞭解非常精確，知道他會把這消息給他的俘虜看。

「我需要你回答我的問題。」在法拉肯轉過臉來之後，潔西嘉說道。

「我會告訴大家族聯合會，我和這次暗殺沒有絲毫關係。」法拉肯說道，「我還會說，我和姐妹會一樣，反對這種行爲——儘管這一事件的結果令我得到了一些好處。對於暗殺給你造成的痛苦，我表示抱歉。到處都有不幸發生。」

到處都有不幸發生！潔西嘉想。那是她的公爵最喜歡的諺語，而且法拉肯說話時的態度表明他至少知道會發生暗殺。她強迫自己不去想他們可能眞的殺害了萊托。她必須假設加尼馬告訴她的雙胞胎方案已經付諸實施。走私販會安排葛尼與萊托相會，然後姐妹會的計畫會被執行。萊托沒有選擇的權利，他必須接受測試。不經過測試，他會被認爲像阿麗亞那樣墮入了魔道。

還有加尼馬……加尼馬的事可以稍緩一緩。目前還沒有辦法把這個出生之前就有記憶的人送到凱斯．海倫．莫希阿姆聖母跟前。

潔西嘉發出一聲深深的嘆息。「或早或晚，」她說道，「有人會提出讓你和我的孫女結合，團結我們兩個家族，使傷口癒合。」

「有人已經向我提出了這個可能性，」法拉肯瞥了一眼母親說道，「我的回答是等阿拉吉斯目前的局勢明朗後再談。沒必要匆忙做出決定。」

「有可能你已經中了我女兒的計，被她控制了。」潔西嘉說道。

法拉肯挺直了身體。「解釋清楚。」

「阿拉吉斯的事並不像你所想像的那樣。」潔西嘉說道，「阿麗亞在玩她自己的遊戲，畸變惡靈的遊戲。我的孫女處於危險中，除非阿麗亞能找到利用她的辦法。」

「妳想讓我相信妳和妳女兒在互相鬥爭，亞崔迪家族在自相殘殺嗎？」

潔西嘉看了一眼文希亞，隨後又看著法拉肯：「柯瑞諾家族的人不也在內鬥嗎？」

法拉肯的嘴唇浮現出一陣扭曲的微笑。「回答得好。我是怎麼中了妳女兒的計呢？」

「說你與我孫子的死有關，說你綁架了我。」

「綁架……」

「不要相信這個女巫。」文希亞提醒道。

「我自己會決定相信誰，母親，」法拉肯道，「請原諒，潔西嘉夫人，但我不清楚綁架的事，我只知道妳和妳忠誠的侍從……」

「誰是阿麗亞的丈夫？」潔西嘉道。

法拉肯打量著艾德荷，隨後看著巴夏：「你怎麼看，泰卡？」

巴夏的想法顯然與潔西嘉相似。他說道：「我同意她的推理。要當心！」

「他是個死而復生的門塔特，」法拉肯說道，「我們即使把他折磨至死，也得不到確切的答案。」

「但這是個相對安全的假設，那就是我們已經中了阿麗亞的計。」泰卡尼克說道。

潔西嘉知道，現在是該她行動的時候了。要是艾德荷能一直沉浸在他的痛苦之中而不出言干涉，那就太好了。她不喜歡以這種方式來利用他，但她必須考慮全局。

「首先，」潔西嘉說道，「我得當眾宣布我是自願來這兒的。」

「有趣。」法拉肯說道。

「你必須相信我，給我在塞康達斯行星上行動的自由，」潔西嘉說道，「不能讓我看起來像是被逼著宣布的。」

「不行！」文希亞反對道。

法拉肯沒有理睬她。「妳以什麼理由來這兒呢？」

「我是姐妹會派來的全權大使，負責教授你的功課。」

「但是姐妹會指控我——」

「所以更需要你儘快做出決定。」潔西嘉說道。

「不要相信她！」文希亞說道。

法拉肯看著她，以極其禮貌的口吻說道：「如果你再打斷我，我會讓泰卡把妳帶走。他親耳聽到妳已經同意把權力移交給我，他現在是我的人了。」

「我告訴你，她是個女巫！」文希亞看了一眼牆邊的聾子。

法拉肯遲疑了一下，隨後道：「泰卡，你怎麼看？我被人控制了嗎？」

「我不這麼認爲。她——」

「你們兩個都被控制了！」

「母親。」語氣堅決，不容商量。

文希亞握緊雙拳，想開口辯解，但她終於沒有開口，而是轉身離開了房間。

法拉肯再次轉過身來，對著潔西嘉道：「比吉斯特姐妹會會同意這麼做嗎？」

「她們會的。」

法拉肯仔細體會了一下他們的談話，淡淡地一笑。「姐妹會想從中得到什麼呢？」

「你和我的孫女聯姻。」

艾德荷吃驚地看了潔西嘉一眼，彷彿要開口說些什麼，但最終還是放棄。

潔西嘉說道：「你想說什麼嗎，鄧肯？」

「我本想說，比吉斯特想要的就是她們一直以來追求的東西：一個不會干涉她們的宇宙。」

「這無論是誰都看得出來。」法拉肯說道，「但是，我實在看不出來這跟你有什麼關係。」

由於身上綁著釋迦藤，艾德荷只好用揚眉毛來代表聳肩。他笑了笑。

法拉肯看到了笑容，轉身看著艾德荷說道：「我讓你覺得好笑嗎？」

「整件事都讓我覺得好笑。你家族中有人買通了宇航公會，讓他們帶著暗殺武器到阿拉吉斯——在他們面前，你們掩蓋不了你們的企圖。然後你們又得罪了比吉斯特，因爲你們殺了她們的優選種子——」

「你在說我是個騙子嗎，門塔特？」

「沒有。我相信你不清楚這個陰謀，但是我認爲我們應該仔細審查一下整個事件的經過。」

「不要忘了他是個門塔特。」潔西嘉提醒道。

「我也是這麼想的。」法拉肯說道，隨後再次轉身看著潔西嘉，「讓我們假設一下，我放了妳，然後妳當眾做出聲明。但妳孫子死亡的事仍然沒有解決。門塔特說得對。」

「是你母親做的嗎？」潔西嘉問道。

「大人！」泰卡尼克警告道。

「沒關係，泰卡，」法拉肯隨意地揮了揮手，「如果我說是我母親呢？」

爲了分裂柯瑞諾家族，我豁出去了！潔西嘉說道：「你必須譴責她，將她流放。」

「大人，」泰卡尼克說道，「小心騙局。」

艾德荷說道：「潔西嘉夫人和我才是被欺騙的人。」

法拉肯的嘴角繃緊。

潔西嘉想：別干涉我，鄧肯！現在不要！但是艾德荷的話激發起了她自己的比吉斯特邏輯推理能力，令她產生動搖。她開始思索，自己是否有可能在不知不覺間落入了別人的圈套，被利用了。加尼馬和萊托……出生前就有記憶的人可以參考體內無數的經驗，他們從體內得到的建議比任何活著的比吉斯特要多得多。還有一個問題是：姐妹會對她表明了一切嗎？她們可能仍然不信任她。畢竟，她曾經……爲了她的公爵背叛過她們。

法拉肯疑惑地皺著眉頭，看著艾德荷。「門塔特，我想知道在你眼中，傳教士是個什麼樣的人？」

「他安排我們到這兒來。我……我們之間說過的話不超過十個單詞。他手下的人代替他和我接觸。他可能是……他可能是保羅．亞崔迪，但我沒有足夠的資料來證明這一點。我能確定的就是，我應該離開阿拉吉斯，而他有讓我離開的途徑。」

「你說過，你被欺騙了。」法拉肯提醒他道。

「阿麗亞希望你能悄悄把我們殺了，然後銷毀一切證據。」艾德荷說道，「除掉潔西嘉夫人之後，我就沒用了。還有，潔西嘉夫人在爲姐妹會效勞之後，對她們也就沒有用處了。阿麗亞會把責任推到姐妹會身上，但姐妹會最終會解釋清楚。」

潔西嘉閉上眼睛，集中起自己的注意力。他是對的！她能聽出他語氣中門塔特式的確信，以及他話中的眞誠。整個設計天衣無縫。她深深地吸了口氣，進入冥想模式，在自己頭腦中分析著各種資料。隨後她脫離冥想，睜開雙眼。

此時法拉肯已經從她身邊走開，站到了艾德荷面前半步遠的地方——移動了三步。

「別再說了，鄧肯。」潔西嘉說道，她悲哀地想，萊托曾警告過她，說比吉斯特姐妹會可能在她的意識中動過手腳，預先設置過。

剛想再次開口的艾德荷閉上了嘴巴。

「只有我才能發布命令。」法拉肯說道，「繼續，門塔特。」

艾德荷依舊保持著沉默。

法拉肯轉過身，看著潔西嘉。

她盯著遠端的牆壁，回顧著艾德荷和冥想引發的東西。比吉斯特當然沒有放棄亞崔迪的血脈，但是她們希望能夠控制科維扎基・哈得那奇。她們在精選血脈上花費了太多的時間和精力。她們希望亞崔迪家族和柯瑞諾家族之間能公開爆發一場衝突，好讓她們能以仲裁者的身分參與進來。

鄧肯是對的。她們會同時控制住加尼馬和法拉肯兩個人。這是唯一可能的結果。奇怪的是，阿麗亞並沒有意識到這一點。潔西嘉費力地呑口水。阿麗亞……畸變惡靈！加尼馬說要憐憫她是對的。但誰又會憐憫加尼馬呢？

「姐妹會許諾將你推上皇位，並讓加尼馬成爲你的配偶。」潔西嘉說道。

法拉肯向後退了一步。這個女巫能看透我的心思嗎？

「她們跟你祕密接頭，繞開了你的母親。」潔西嘉說道，「她們告訴你，這個計畫我不知道。」

潔西嘉觀察著法拉肯臉上的表情。一眼就能看穿他。就是這個計畫。艾德荷展示了他驚人的推理能力，通過有限的資料就看到了整個設計的架構。

「看來她們在兩頭做戲，把這些事告訴了妳。」法拉肯說道。

「她們什麼也沒說，」潔西嘉說道，「鄧肯是對的：她們要了我。」她爲自己點了點頭。這是一條緩兵之計，典型的姐妹會的行動：說法合情合理，很容易被接受，因爲它能解釋她們的動機，讓聽者自以爲不出所料。但是，她們希望這位聽者替她們除掉潔西嘉──一個曾經讓她們失望過的有污點的姐妹，不讓她插在中間礙手礙腳。

泰卡尼克走到法拉肯身邊。「大人，這兩個人太危險，不能和他們──」

「等等，泰卡，」法拉肯說道，「這中間圈套套著圈套。」他看著潔西嘉，「過去，我們有理由相信，阿麗亞可能希望由她自己來充當我的新娘。」

艾德荷不由自主地掙扎了一下，隨後他控制住了自己。鮮血從他左腕處被釋迦藤割開的傷口流了下來。

潔西嘉讓自己稍稍睜大了眼睛，流露出吃驚的模樣。她想傳達出這種意思：現在，通過法拉肯那種冷酷的推理，她終於看清了畸變惡靈的扭曲和邪惡。

「你會答應嗎？」艾德荷問道。

「我在考慮。」

「鄧肯，我告訴過你，讓你別說話。」潔西嘉說道。她轉臉對著法拉肯，「她的條件是讓我們倆意外死去？」

「對一切背叛行爲，我們都抱著懷疑態度。」法拉肯說道，「妳的兒子不是說過嗎？『背叛孕育新的背叛』。」

「姐妹會的用意很明顯，」潔西嘉說道，「她們希望同時控制亞崔迪家族和柯瑞諾家族。」

「我們正在考慮接受妳的提議，潔西嘉夫人，但那樣一來，鄧肯・艾德荷就必須回到他可愛的妻子身邊。」

痛苦只是神經在起作用而已，艾德荷提醒自己，痛苦的降臨和光線進入眼睛是同樣原理。力量來自肌肉，而不是神經。這是一項古老的門塔特訓練，他在一次呼吸間就完成了它。隨後他彎起右腕，將動脈對準釋迦藤。

泰卡尼克一下子跳到椅子邊，按下鎖扣除去束縛，同時大聲呼喊醫生。助手們立刻從暗牆後擁了出來。

鄧肯總脫不了一點傻氣，潔西嘉想。

醫生在搶救艾德荷，法拉肯則注視著潔西嘉，片刻之後：「我沒有說我要接受阿麗亞。」

「那並不是他割腕的原因。」潔西嘉說道。

「哦？我以爲他想騰出位置呢。」

「你沒有那麼笨，」潔西嘉說道，「別在我面前裝了。」

他笑了笑。「我非常清楚阿麗亞能毀了我。連比吉斯特都不希望我接納她。」

潔西嘉若有所思地打量著他。這個柯瑞諾家族的繼承者是個什麼樣的人？他並不擅長裝傻。她又想起，萊托曾說她將遇到一個有趣的學生。而艾德荷說傳教士也有類似的想法。她眞希望自己能見見這位傳教士。

「你會放逐文希亞嗎？」潔西嘉說道。

「這似乎是筆不錯的交易。」法拉肯說道。

潔西嘉瞥了艾德荷一眼。急救已經結束，他身上現在捆著危險性較低的帶子。

「門塔特應該避免走極端。」她說道。

「我累了，」艾德荷說道，「妳不知道我有多累。」

「忠誠也是有耗盡的一天，如果你毫無節制的濫用它的話。」法拉肯說道。

潔西嘉再次打量了他一眼。

看到潔西嘉的目光，法拉肯想：不用多久，她將完全瞭解我，這對我非常有價值。一個爲我所用的比吉斯特叛教者！這是她兒子所擁有而我卻沒有的。現在讓她窺視一下部分的我，以後再向她展示全部。

「這個交易很公道。」法拉肯說道，「我接受妳的條件。」他朝牆邊的聾子做了一套複雜的手勢，發出命令。聾子點點頭。法拉肯彎腰按下鎖扣，放開了潔西嘉。

泰卡尼克問道：「大人，這麼做，你有把握嗎？」

「我們不是討論過了嗎？」法拉肯反問道。

「是的，但是……」

法拉肯笑了一聲，對潔西嘉說道：「泰卡懷疑我做出判斷的依據。但是從書本和卷軸上只能學到部分知識，眞正的知識來源於實踐。」

潔西嘉從椅子上站了起來，陷入了沉思。她的意識回到了法拉肯剛才的手勢。他使用的亞崔迪家族的戰時密語！這一點很說明問題。這裡有人在有意識地向亞崔迪家族學習。

「當然，」潔西嘉說道，「你想讓我教導你，讓你接受比吉斯特的訓練嗎？」

法拉肯笑容滿面。「我無法拒絕這個提議。」他說道。

※　※　※

口令是由一個死在阿拉肯地牢裡的人給我的。知道嗎？我就是在那兒得到這個龜形戒指的，之後我被反叛者們藏在城外。口令？哦，從那時起已經改過很多次了。當時的口令是「堅持」，回令是「烏龜」。它讓我活著從那兒出來了。這就是為什麼我戴這枚戒指的原因：為了紀念。

——《與朋友的對話》泰格・墨罕得斯

萊托聽到身後的沙蟲朝他安在老虎屍體旁的沙槌和撒在那周圍的香料撲過去，這時他已經走入沙漠深處。他們的計畫剛開局就有了一個好兆頭：在沙漠的這個部分，絕大部分時間已看不到沙蟲。儘管不是必要的，但沙蟲的出現還是很有幫助。加尼馬無需去編理由來解釋屍體爲什麼失蹤。

此刻，他知道加尼馬已經設法讓她自己相信他已經死了。他在加尼馬的記憶中只留下一個小小的、孤立的意識包，這段被封閉的記憶只能由整個宇宙中只有他們倆會說的語言喊出的兩個單詞喚醒：**Secher Nbiw**。只有當她聽到了這兩個單詞：金色通道……她才會記起他來，在此之前，他在她心目中是個死人。

萊托感到了眞正的孤獨。

他機敏地移動著腳步，發出的聲音如同沙漠本身自然發出的一樣。他沿途的任何動作都不會告訴那條剛剛過去的沙蟲，說這兒還有個活人。這種走路方式已深深地印在他潛意識中，他根本無需爲此做出思考。兩隻腳彷彿在自己移動，步伐之間沒有任何節奏可言。他發出的任何腳步聲都能被解釋成颳風或是重力的影響，換言之——這兒沒有人。

沙蟲在他身後收拾完殘局，萊托趴在沙丘的陰影中，回頭向「僕人」的方向望去。是的，距離足夠了。他再一次安下沙槌，召喚他的坐騎。沙蟲輕快地游了過來，沒替他留下太長的準備時間就一口吞掉了沙槌。當牠經過他時，他利用製造者矛鉤爬了上去，掀開蟲體第一環上的敏感部位，控制這無意識的野獸向東南方向駛去。

這是一條小型沙蟲，但是體力不錯。在牠嘶嘶作聲地繞過沙丘時，他能感覺到牠的力量。風從他耳邊颳過，他可以感到蟲體發出的熱量。

隨著沙蟲的運動，他的腦海也在翻江倒海。他的第一次沙蟲旅行是在史帝加帶領下完成的。萊托只要稍微回想一下，就能聽到史帝加的聲音在他耳邊響起，冷靜又果斷，帶著舊時代的人的禮貌。不像是那個訓斥喝多了香料酒的弗瑞曼人的史帝加，也不像那個喜歡咆哮的史帝加。不——史帝加有自己的任務。他是帝師。

「在古代，人們以小鳥們的叫聲來爲牠們命名，同樣每種風也都有自己的名字。每小時六哩的風被稱爲帕司得薩、二十哩的叫蘇馬、達到百哩的叫黑納利——黑納利，推人風。還有在空曠沙漠中的風中魔鬼：胡拉絲卡里·卡拉，吃人風。」

這一切萊托早就知道，但還是在老師的智慧前連連點頭。

史帝加的話裡有很多有價值的東西。

「在古代，有些部落以獵水而著稱。他們被稱爲伊督利，意思是『水蟲』，因爲這些人會毫不猶豫地偷取其他弗瑞曼人的水。如果碰上你一個人走在沙漠裡，他們甚至連你皮肉裡的水都不會放過。他們住的地方叫迦科魯圖穴地。其他部落的人聯合起來，在那個地方消滅了他們。那是很早以前的事了，甚至在凱恩斯之前——在我曾曾祖父的年代。從那以後，再也沒有弗瑞曼人去過迦科魯圖，它成了一個禁地。」

這些話使萊托回想起了存儲在他記憶中的知識。那一次的經歷讓他明白了自己的記憶是如何發揮作用。光有記憶是不夠的，即便對於一個擁有無數過去的人來說也是如此，除非他知道如何運用這些記憶中的知識，判斷出其使用價值。

迦科魯圖應該有水、有捕風器，還有其他弗瑞曼穴地應有的一切，再加上其無比的價值——不會有弗瑞曼人會去那個地方。很多年輕人甚至不知道有這麼個地方。哦，當然，他們知道芳達克，但在他們心目中，芳達克只是走私販的據點。

如果一個死人想要躲藏起來，它是最完美的地點——躲在走私販們和早在其他時代就已死去的人中間。

謝謝，史帝加。

沙蟲在黎明來臨前便顯露出疲憊之態。萊托從牠的體側滑了下來，看著牠鑽入了沙丘，以其特有的運動方式慢慢地消失。牠會鑽入地下深處，在那兒獨自生悶氣。

我必須等到白天過去，他想。

他站在沙丘頂部，環視四周：空曠、空曠、還是空曠！只有消失的沙蟲留下的痕跡打破這裡的單調。

一隻夜鳥用慢聲長鳴挑戰著東方地平線上升起的第一縷綠光。萊托把自己埋在沙子裡，在身體周圍支起蒸餾帳篷，並把沙地通氣管的末端伸在空氣中。

在睡意來臨之前的漫長等待中，他躺在人爲的黑暗裡，思索著他和加尼馬所做的決定。這不是個輕鬆的決定，對加尼馬來說更是如此。他沒有告訴她自己的全部預知幻象。他目前的做法便源自他的幻象，但他同樣沒有把這一點告訴她。他現在已經認定這是個預知幻象，而不是夢。

它的奇特之處在於，他覺得它是有關預知幻象的幻象。如果說有任何證據表明他父親還活著，該證據就存在於這個幻象的幻象之中。

先知將我們禁錮在他的幻象之中，萊托想。對於先知來說，只有一個辦法能夠打破這個幻象：在他的預知幻象發展轉折的重要關頭尋求自身的死亡。這就是萊托的幻象的幻象所揭示的現實，他爲此陷入了沉思，因爲這與他的決定密切相連。可憐的施洗者約翰，他想，如果他有勇氣選擇另外一種死法，歷史的發展就將完全不同……但也可能他的選擇是最勇敢的做法。我怎麼知道他還面臨著哪些選擇？但我知道父親面臨的選擇。

萊托嘆口氣。反對父親就像背叛上帝，但是亞崔迪帝國需要一次重組。它已經墮入保羅所預見的最糟糕境地。它如此輕易地湮沒了人類，人們沒有經過思索就接受了它。宗教狂熱已經上緊了發條，現在只剩下釋放。

我們被禁錮在父親的預知幻象之中。

萊托知道，走出宗教狂熱的出路就在金色通道。他父親看到了這一點。從金色通道內走出的人類可能會回望穆哈迪時代，認爲那個時代更理想，但儘管如此，人類必須去經歷與穆哈迪不同的選擇。

安全、和平、繁榮……

只要有選擇，不用去懷疑帝國的大多數公民會做出何種選擇。

儘管他們會恨我，他想。儘管加尼馬會恨我。

他的右手突然抽搐了一下，令他想起幻象的幻象中那雙可怕的手套。是這樣，他想。沒錯！就該這樣。

阿拉吉斯，請賜予我力量，他祈禱。在他的身下和周圍，他的行星仍然在頑強地活著。它的沙子壓在蒸餾帳篷上。沙丘依舊是名蘊藏著無比財富的巨人。它是個具有欺騙性的實體，既美麗又醜陋。它的商人只知道一種貨幣：權力的脈動，無論這種權力是如何集聚而成的。

他們占有這個星球，就像一個男人占有他的女性俘虜，或者比吉斯特姐妹會占有她們的姐妹。難怪史帝加會痛恨那些教士、商人。

謝謝你，史帝加。

萊托想起了古老優雅的穴地規矩，想起了皇室統治之前的生活。他回憶著，他知道這就是史帝加的夢想。在懸浮球燈和雷射出現前、在撲翼機和香料機車出現前，還有另一種生活：長著棕色皮膚的瘦瘦母親，大腿上坐著她們的孩子，香料油燈閃爍在肉桂的香氣中，知道自己無權強迫人們接受調解的耐布在耐心地說服衝突的雙方。那些在岩洞中的生活……

那雙可怕的手套能重新建立平衡，萊托想。

他終於得以入睡。

※　※　※

我看到了他的鮮血和一縷被尖利的爪子扯下來的長袍。他的妹妹生動地描述了老虎，以及牠們成功的進攻。我們審問了其中一個陰謀者，其他的要不是死了，要不就是被我們捕獲。所有的證據都指向柯瑞諾家族。真言師已經證實了這些證言。

——《史帝加向大家族聯合會提交的報告》

法拉肯研究著監視器裡的鄧肯．艾德荷，想找出這個人奇怪行爲的根源。剛過正午，艾德荷站在分派給潔西嘉夫人的住所門外，等待她的接見。她會見他嗎？她自然知道他們受到了監視，但她仍舊要見他嗎？

法拉肯身處泰卡尼克訓練老虎用的指揮所裡。這間屋子違反了許多條法律，裝滿來自特雷亞拉克斯和伊克斯的違禁品。只要用右手移動手下的操縱桿，法拉肯就可以從六個角度觀察艾德荷，或是轉而觀察潔西嘉夫人的房間，那裡的監視裝備同樣精密。

艾德荷的眼睛讓法拉肯覺得很不舒服。特雷亞拉克斯人在再生箱中爲他們的死靈配備的那兩個金屬球與人類的眼睛眞是太不一樣。法拉肯碰了碰自己的眼瞼，感到了永久隱形眼鏡堅硬的表面，隱形眼鏡掩蓋了能暴露他香料成癮的純藍色眼睛。艾德荷的眼睛看到的肯定是一個不同的宇宙。還能有其他答案嗎？法拉肯幾乎忍不住想要問問特雷亞拉克斯上的醫生，讓他來回答這個問題。

爲什麼艾德荷要自殺？

他眞的想這麼做嗎？他明知道我們不會讓他死。

艾德荷是個危險的問號。

泰卡尼克想把他留在薩魯撒，或是乾脆殺了他。或許這才是最好的選擇。

法拉肯轉而察看正面影像。艾德荷坐在潔西嘉夫人寓所外的一張硬長凳上。那是個沒有窗戶的門廳，木質牆面上裝飾著三角旗。艾德荷在長凳上已經坐了一個多小時了，擺出要等待一輩子的架式。

法拉肯向螢幕俯下身去。這位亞崔迪家族忠誠的劍客，保羅·穆哈迪的老師，這些年來，這個人在阿拉吉斯上一直過得不錯。他的步伐仍然年輕，富有彈性。可能是長期服用香料的原因，另外特雷亞拉克斯的再生箱也賦予了他精妙的代謝平衡。

艾德荷眞的能記得再生箱以前的事嗎？其他在特雷亞拉克斯上重生的人都不能。艾德荷眞是個不可思議的謎！

有關他死亡的報告就放在他的文件室裡。殺死他的薩督卡報告了他的勇敢：倒下之前，他幹掉了他們小隊中的十九個人。十九個薩督卡！他的肉身太值得送往再生箱了。但是特雷亞拉克斯卻讓他變成了一個門塔特。

在那個重生的身軀內活著怎樣一個靈魂呢？在原有的天分之上又成了一個人體電腦，會給他帶來什麼感覺？

爲什麼他要自殺？

法拉肯知道自己的天分在哪，也很相信自己的天分。他是個歷史和考古學家，也是判斷人的高手。情勢迫使他必須深入瞭解那些可能爲他服務的人，研究亞崔迪家族。他把這種不得已視爲成爲一個貴族所必須付出的代價。統治者需要對協助其行使權力的人做出精確而果斷的判斷。很多統治者都是因爲其下屬的錯誤和濫用職權而下台的。對亞崔迪家族的仔細研究揭示了這個家族在選擇下屬方面的天分。他們知道如何保持下屬的忠誠。

艾德荷的表現不符合他的個性。

爲什麼？

法拉肯瞇起雙眼，想透過皮膚看透那個人內心。艾德荷表現出了一副願意等下去的樣子，沒有絲毫不耐煩。他給人的印象是自制和堅定。法拉肯能感覺到特雷亞拉克斯的再生箱在他動作中注入了些超人類的東西。

這個人似乎有自我更新的能力，動作圓潤流暢，生生不息，像圍繞恒星的行星一般有自己恒定的軌道，永遠轉動不會停止。這個人不會被壓力折斷，最多只稍稍變更一下他的軌道，卻不會發生任何本質的改變。

爲什麼他要割腕？

不管他的動機是什麼，他這麼做是爲了亞崔迪，爲了他的主人。亞崔迪是他圍繞的恒星。

不知何故，他認爲把潔西嘉夫人安置在這兒對亞崔迪家族有好處。

法拉肯提醒自己：這是一個門塔特的想法。

他讓自己更深入一步：門塔特也會犯錯誤，只不過不那麼經常。

得出這個結論之後，法拉肯幾乎下令讓手下把潔西嘉夫人和艾德荷趕走，但他在下決定的那一刹那間猶豫起來。

他們兩個——死而復生的門塔特和比吉斯特女巫——仍然是這場權力遊戲中重要的棋子。艾德荷必須被送回阿拉吉斯，因爲他肯定會在那兒引發麻煩。潔西嘉必須留在這，她那稀奇古怪的知識肯定會給柯瑞諾家族帶來利益。

法拉肯知道自己在玩著一個微妙而危險的遊戲，但他一直在爲這一刻做準備，自從他意識到自己比周圍的人更聰明、更敏感以來就開始了準備。對孩子來說，那是個可怕的發現，於是圖書館既成了他的避難所，也成了他的老師。

疑慮包圍他，他不知道自己是否準備好開始這場遊戲。他已經得罪他的母親，失去她的輔助，但她的決定對他來說總是充滿危險。拉茲虎！訓練牠們的過程就是一場屠殺，將牠們投入使用就更加愚蠢。

這太容易被追查！僅是遭到流放，她應該感到欣慰。潔西嘉夫人的建議則能夠完美地配合他的希望。她的做法也會向他透露亞崔迪家族的思維模式。他的疑慮開始消散。他想，拋棄安逸生活、經過殘酷訓練之後，他的薩督卡變得再次堅強、具有活力。

軍團的數量不多，但是他們又形成了與弗瑞曼人一對一的戰鬥力。然而只要阿拉肯條約規定的軍事力量限制仍然在起作用，這些軍團的意義就不大，弗瑞曼人在數量上占有絕對優勢——除非他們捲入內戰並消耗了實力。

現在讓薩督卡和弗瑞曼開戰有點太早了。他需要時間。他需要那些已斷絕關係的大家族重新和他結盟，需要那些剛獲得權力的小家族來投靠他。他需要宇聯公司的資金、他需要時間讓薩督卡變得更強大，弗瑞曼人變得更虛弱。

法拉肯再次看了看監視器裡那個耐心的門塔特。爲什麼艾德荷要在此時求見潔西嘉夫人？他應該知道他們受到了監視，他們的每句話、每個動作都會被記錄下來，進行詳細的分析。

爲什麼？

法拉肯將目光離開監視器，看著控制台旁的文件架。靠微弱的螢幕光線下，他能分辨出那份報告阿拉吉斯最新情況的卷軸。他的間諜做得十分完美，他必須表揚他們。這些報告給了他很多歡喜和希望。他閉上雙眼，報告的摘要湧現在腦海中，這些都是他爲了方便使用而由原來的報告縮寫而成的。

隨著行星愈來愈肥沃，弗瑞曼人沒有了土地壓力，他們的新社區也失去了穴地的傳統。在古老的穴地文化中，弗瑞曼人從幼年起就受到反覆教導。「穴地就像你自己的身體，有了它，你才能走向世界、走向宇宙。」

傳統的弗瑞曼人常說：「看看戒律吧。」戒律是最重要的科學。但新的社會結構在侵蝕古老的戒律，紀律在鬆弛。新的弗瑞曼人領袖只知道他們祖先的問答紀錄和隱藏在他們神祕歌聲中的歷史。居住在新社區的人民更加活潑開放。他們易爭吵，對權力機關的服從性也較差。

老穴地的人比較有紀律，願意進行團隊合作，並傾向於積極地工作。他們關心自己的自然資源。老穴地的人仍然相信有秩序的社會有助於實現個人理想，但年輕人則已不再相信這種說法。傳統文化的守護者看著年輕人，說：「死亡之風已經侵蝕了弗瑞曼人的過去。」

法拉肯喜歡自己所做的摘要，其要點十分明確：阿拉吉斯文化的多樣性只會帶來混亂。

穆哈迪宗教的基礎以弗瑞曼傳統的穴地文化爲基礎，然而新文化卻離傳統的紀律愈來愈遠。

法拉肯再次問自己，爲什麼泰卡尼克要皈依那個宗教。信奉了新宗教的泰卡尼克表現得很古怪。他似乎非常虔誠，但又好像是迫不得已才成了教徒。他就像進入旋風中心想檢查旋風，卻被旋風挾帶得四處亂轉的人。

泰卡尼克的轉變十分徹底，這很不像他的爲人，讓法拉肯很惱火。這是古老的薩督卡傳統的回歸。他警告說，年輕的弗瑞曼人也可能會經歷類似的回歸，舊有的、殘留在血脈之中的傳統終將恢復。

法拉肯又想到了那些報告卷軸。它們報告了一件令人不安的事：弗瑞曼古老傳統的頑固性。弗瑞曼人有一種說法，「起源之水」。新生兒的羊水被保留下來，蒸餾成餵給嬰兒的第一滴水。傳統的儀式需要聖母在場司水，並說：「這是你的起源之水。」就連年輕的弗瑞曼人也爲他們的孩子舉行這種儀式。

起源之水。

一個嬰兒，卻要喝下養育了他的羊水蒸餾而成的水——法拉肯一想起這個就覺得厭惡。他還想到了那個活下來的雙胞胎，加尼馬，在她喝下了那種水之後，她母親就死了。長大之後，她會厭惡那種行爲嗎？或許不會。她由弗瑞曼人養大。弗瑞曼人認爲正常自然的事，她也同樣這麼認爲。

忽然間，法拉肯爲萊托二世的死感到難過。和他談論這些東西肯定很有趣。或許我會有機會與加尼馬談談。

爲什麼艾德荷要割腕？

每次看著監視器，他都會問自己這個問題。法拉肯再次陷入了疑惑。他一直渴望像保羅．亞崔迪那樣，具備在香料迷湯中沉醉的能力，去尋找未來和他問題的答案。然而無論他攝入多少香料，他的意識仍然執著於當下，看到的仍舊是一個充滿不確定性的宇宙。

監視器上出現了一位僕人，打開了潔西嘉夫人的房門。那女人伸手召喚艾德荷。他離開長凳，進入屋內。待會兒，僕人會送來一份詳細的報告，但是法拉肯激起了好奇心，他按下控制台上的另一個按鈕，看著艾德荷進入潔西嘉夫人寓所的客廳。

這個門塔特表現得是多麼平靜自信啊！他的金屬眼睛是多麼深不可測。

※　※　※

總歸而言，門塔特必須是一個博學家，而不是專家。讓博學家來審查重大決策才是明智的做法。專家只能迅速地把你引入混亂。他們只會挑剔一些無用的東西，在標點符號上挑挑揀揀。相反的門塔特式的博學家能給決策過程帶來符合常理的建議。他絕不能把自己與宇宙中的大千事物割裂開來。他必須有能力保證：「這件事情並沒有什麼神祕之處！這才是我們需要解決的問題。可能在將來它被證明是錯的，但是在錯誤發生時我們能夠糾正它。」門塔特式的博學家必須理解，在我們這個宇宙中，任何能被辨識的事物都只是一個更大現象的組成部分。專家向後看，他看到的只是狹窄的本專業、博學家向前看，他尋找的是可以運用於實際的規律，而且清楚這些規律總是在改變，總是在發展。門塔特式的博學家需要瞭解的是變化本身的特性。這些變化不可能永遠遵循某種規律，也不會有手冊或是筆記指引人們研究它們。在研究它們時，你必須盡可能少有成見，要經常問問你自己：「現在它在發生什麼變化？」

——《門塔特手冊》

今天是科維扎基·哈得那奇日，是穆哈迪追隨者們的第一個聖日。聖日肯定了被神化的保羅·亞崔迪的身分，即那個同時能在很多地方出現的人，一名男性比吉斯特，融合了男女祖先的力量，成了一個無所不能的超人。

虔誠的人稱這一天爲阿伊爾，犧牲日的意思，以紀念使他得以實現「同時在多處存在」的死亡。

傳教士選擇在這天清晨再次出現在阿麗亞神廟的廣場上，公然挑釁對他的逮捕令。幾乎所有人都知道阿麗亞下達了這個命令。阿麗亞的教會和沙漠中反叛部落之間的停戰安排獲得了成功，但是停戰本身很不穩定，使所有阿拉肯人都感到不安。傳教士的出現並沒有驅散這種情緒。

今天是官方悼念穆哈迪之子的第二十八天，也是在靈堂內舉辦正式悼念儀式的第六天，反叛部落的出現耽擱該悼念儀式的進行。然而即使是戰爭也不能阻止人們前來朝聖。傳教士知道今天廣場上的人群肯定是摩肩接踵。

大多數朝聖者都會事先計畫好在阿拉吉斯的日程，讓它能包括阿伊爾日——「在屬於科維扎基·哈得那奇的那一天感覺他的存在」。

隨著黎明的第一縷陽光升起，傳教士來到廣場，發現這兒已然擠滿了朝聖者。他將一隻手輕輕地搭在年輕嚮導肩上，感受著年輕人腳步中那種桀驁不馴的態度。隨著傳教士不斷走近，人們留心地注視著他的一舉一動。年輕嚮導顯然對這種引人注目的地位頗爲高興，而傳教士本人卻只是默默接受了群眾的注目禮。

傳教士站到神廟的第三階台階上，等待人群安靜下來。寂靜如同波浪般在人群中傳播開來，廣場僅剩遠端傳來匆匆趕來聽講的人的腳步聲。這時，他清了清嗓子。早晨的空氣仍然清冽，陽光還沒有越過建築物的屋頂照射到廣場上來。當他開口說話時，他感到巨大廣場上瀰漫著壓抑的寧靜。

「我來是向萊托·亞崔迪表示敬意，這次布道便是爲了紀念他。」他說道，雄渾的嗓音讓人想起沙漠中的沙蟲騎士，「對那些傷心的人們，我要告訴你們已死去的萊托所領悟到的道理，那就是明天還沒有到來，也許永遠不會到來。此時此地才是在我們這宇宙中唯一擁有的時間和地點。我告訴你們，要體會現在這個時刻，要理解它教會了你們什麼；我要告訴你們，一個政府的發展與死亡在其公民的發展與死亡之中。」

廣場上發出一陣不安的焦躁聲。他是在嘲弄死去的萊托二世嗎？人們不禁覺得，教會的衛兵隨時可能衝出來，逮捕這位傳教士。

但阿麗亞知道不會有行動去打擾傳教士，這是她下達的命令，在今天給他行動上的自由。她用一件上乘的蒸餾服僞裝自己，蒸餾服的面罩遮住了鼻子和嘴巴，常見的長袍頭罩掩蓋過頭髮。她就站在傳教士下方人群中的第二排，仔細地端詳他。

是保羅嗎？時光可能會把他變成這個樣子。而他又那麼擅用魔音大法，單憑他的聲音便足以號令人群，就連保羅也不可能比他做得更好。她感到在對他採取任何行動前，一定要先弄清他的身分。

他的聲音眞的有一種強大的煽動、蠱惑力，連她都受到影響！

她能感受到傳教士的話中沒有任何諷刺意味。他的聲音充滿眞誠，用一句句不容置疑的句子逐漸將人們牢牢地吸引在他四周。有時人們無法一下子理解他話中深意，但隨著聽講的繼續，又變得茅塞頓開。看來他是故意這麼做的，這是他授課的方式。

傳教士清楚地感應到了人群的反應，他說：「諷刺通常意味一個人無法將思路拓寬到他的視界之外，所以我不會譏諷別人。加尼馬對你們說她哥哥的鮮血永遠不可能被洗刷乾淨，我同意她的說法。

「有人說萊托去了他父親去的地方，做了他父親做過的事。穆哈迪教會說他選擇了自己的道路，說他的行爲有點荒唐魯莽，但是歷史會做出判斷。從這一刻起，歷史已開始重寫。」

「我要告訴你們，從這些生命與結束之中，我們還能學到另一個教訓。」

不放過任何蛛絲馬跡的阿麗亞不禁自問，傳教士爲什麼要用「結束」來替代「死亡」。他是指保羅與萊托並沒有眞的死去嗎？怎麼可能？眞言師已經確認了加尼馬的故事。傳教士這麼說是什麼意思呢？他說的是事實還是傳說？

「請牢記這個教訓！」傳教士舉起雙手大聲喝道，「如果你想留住你的人性，你必須放棄這個宇宙！」

他放下雙臂，將他空洞的眼窩直接對著阿麗亞，似乎要對她單獨說些什麼。他的動作是如此明顯，以至於阿麗亞身邊的人都轉過身來疑惑地看著她。

阿麗亞在他的力量下顫抖。他有可能是保羅，有可能！

「但是我意識到人類無法承受太多現實，」他說道，「大多數生命都是一條脫離自我的航程；大多數人偏愛豢養的生活，把頭伸進食槽滿意地咀嚼，直至死亡那天。你從來不曾離開過牲口棚，抬起頭做回你自己。穆哈迪來了，把這些事實告訴你們。要是無法理解他的聲音，你就不配崇拜他。」

人群中的某個人，可能是個僞裝成群眾的教士，再也聽不下去。他發出刺耳的叫聲：「你又不是穆哈迪本人！你怎麼敢告訴別人該怎麼崇拜他！」

「因爲他死了！」傳教士怒喝道。

阿麗亞轉過身去，看是誰挑戰了這位傳教士。他躲在人群中，看不出是哪一個，然而他的叫聲卻再次響了起來。「如果你相信他眞的死了，那麼從此刻起，你就不要再以他的名義說話。」

應該是個教士，阿麗亞想著，但她聽不出那是誰。

「我來只是問一個簡單的問題，」傳教士說道，「難道每個人的道德都跟著穆哈迪一起自殺了嗎？難道這就是先知——彌賽亞死後無法避免的結局嗎？」

「那麼你承認他是——彌賽亞？」人群中的聲音叫道。

「爲什麼不？我知曉這一切，因爲我是他那個時代的先知。」傳教士說道。

他的語氣和態度是那麼自信平和，就連他的挑戰者也陷入了沉默。人群發出一陣不安的騷動聲，好像動物的低吼。

「是的，」傳教士重複道，「我是這些時代的先知。」

全神貫注的阿麗亞發覺了他在使用魔音大法的跡象，顯然他在控制人群。他接受過比吉斯特訓練嗎？這又是護使團的某個策略嗎？他會不會根本不是保羅，而是無盡的權力遊戲中另一盤棋？

「我創造了神話和夢想！」傳教士叫道，「我是接生孩子、宣布他出世的大夫。但我卻偏偏在死亡之日來到你們身邊。你們怎麼不覺得不安呢？這本來應該能震撼你們的靈魂。」

他的話讓她感到怒火中燒，但儘管如此，阿麗亞還是理解了他話中的深意。她發覺自己和其他人一樣，不知不覺地向台階靠得更近，湧向這位一身沙漠打扮的高個男子。

他的年輕嚮導引起她的注意：這個小夥子的眼睛可眞亮啊！穆哈迪會雇用這麼個桀驁不馴的年輕人嗎？

「我的目的就是要讓你們不安！」傳教士吼道，「這就是我的目的！我來這裡是爲了與你們這個保守、官僚的宗教體系中的缺陷和幻想做鬥爭。和其他宗教一樣，你們的宗教正變得懦弱，正變得平庸、遲鈍和自滿！」

人群中爆發出一陣憤怒的低鳴。

阿麗亞察覺到現場的氣氛，暗自希望能發生一場騷亂。傳教士能應對這裡的緊張局勢嗎？如果不能，他可能會就此死在這裡。

「那個挑戰我的教士！」傳教士指著人群喝道。

他知道！阿麗亞想。一股寒氣湧遍全身，傳教士在玩一個危險的遊戲，但他玩得很精彩。

「你，穿著便服的教士，」傳教士喝道，「你是個自滿者的牧師。我來不是爲了挑戰穆哈迪，而是要挑戰你！當你無需付出、無需承擔任何風險時，你的宗教還是眞的嗎？當你依靠它發財時，你的宗教還是眞的嗎？當你以它名義犯下罪行時，你的宗教還是眞的嗎？從原來的啓示墮落成現在這樣子，那根源是什麼？回答我，教士！」

但被挑戰者保持沉默。阿麗亞發現人群再次陷入了渴望聽清楚傳教士說的每個字的狀態。藉由攻擊那個教士，他獲得他們的同情！而且如果她的間諜是可靠的，那麼阿拉吉斯的大多數朝聖者和弗瑞曼人都相信他就是穆哈迪。

「穆哈迪的兒子承擔了風險！」傳教士叫道，阿麗亞聽出了他聲音中含有眼淚，「穆哈迪也承擔了風險！他們付出了代價！而穆哈迪造就了什麼？一個離他而去的宗教！」

這些話如果從保羅的嘴裡說出來會有什麼不同？阿麗亞想，我必須調查清楚！她向台階靠近，其他人隨著她一起移動。她穿過人群，來到一伸手就能摸到這位神祕先知的地方。她聞到了他身上沙漠的味道，一種香料和燧石的混合味道。傳教士和年輕嚮導的身上滿是灰塵，彷彿才從沙海過來。

她能看到傳教士那一雙暴露在蒸餾服之外的手上青筋暴綻，她還能看到他左手的一根手指上留下曾經戴過戒指的痕跡。保羅就在那個手指上戴戒指：現保存於泰布穴地的亞崔迪之鷹。如果萊托活著，有一天他會戴上這個戒指……如果她允許他登上寶座的話。

傳教士再次將空洞的眼窩對準阿麗亞，低聲說著，但聲音仍舊傳遍了整個人群。

「穆哈迪給了你們兩樣東西：一個確定的未來和一個不確定的未來。他以他的意志對抗了大宇宙的不確定性，但他從這個世界的位置上瞎著眼離開。他向我們展示人必須永遠選擇不確定性，遠離確定性。」阿麗亞發現，最後陳述的語氣竟變得像是在向大家祈求。

阿麗亞環顧四周，偷偷將手放在嘯刃刀的刀把上。如果我現在把他殺了，他們會怎麼樣？她再次感到一陣寒意襲遍全身。如果我殺了他，然後顯示自己的身分，再宣布這位傳教士是個冒名頂替的異教徒，會怎麼樣？

但是如果他們能證明他就是保羅呢？

有人不斷推著阿麗亞，使她離傳教士更近。儘管她滿懷難以遏止的憤怒，阿麗亞發現自己同時被他的模樣迷住。

他是保羅嗎？她該怎麼辦？

「爲什麼又有一個萊托離開了我們？」傳教士問道，他的聲音中有眞實的痛苦，「回答我，如果你有答案！哈，他們的訊息很明確：拋棄確定性！這是生命最深處的呼喊。這是生命意義所在。我們自身就是向未知世界、向不確定世界派出的探測器。爲什麼你們聽不到穆哈迪？如果未來的一切都變得確定，那麼這世界就是經過僞裝的死亡！這樣一個未來會從現在起步，它必將來臨！他展現給你們看了！」

憑藉著可怕的方向感，傳教士伸出手來，一把抓住阿麗亞的手臂。他行動時沒有任何摸索或是遲疑。她想掙扎開，但他把她抓得隱隱作痛，衝著她的臉和她身後那些疑惑的面孔說道：

「保羅．亞崔迪是怎麼對妳說的，女人？」他問道。

*他怎麼知道我是個女的？*她問自己。她想退回到體內的生命中，尋求他們的保護，但是她的內心世界沉寂得可怕，似乎被這個來自過去的形象催眠。

「他告訴妳：完美等於死亡！」傳教士喝道，「絕對的預知幻象就是完美……就是死亡！」

她想掰開他的手指，想拔出刀，把他砍倒在她眼前。但是她不敢。一生之中，她從未感覺到如此沮喪。

傳教士抬起頭，對著她身後的人群喊道：「我給你們穆哈迪的話！他說：『我要用你們想要逃避的東西打你們耳光。你們願意相信的只是那些能使你們安逸的東西，我並不爲此感到奇怪。否則人類還怎麼發明能讓自己陷入平庸的陷阱？否則我們該如何定義怯懦？』這就是穆哈迪對你們說的話！」

他突然放開阿麗亞，把她推入人群。她差點摔倒在地，幸好身後的人擋住了她。

「生存，就是要從人群中站出來，挺身而出。」傳教士說道，「你不能被看作眞正活著，除非你願意冒險，讓你自己的生存來檢驗你的心智。」

傳教士往下走了一步，再次抓住阿麗亞的手臂——沒有摸索，也沒有猶豫。這一次，他放柔了動作。他前傾身子，以只有她才能聽到的聲音說道：「不要再次把我拖入人群，妹妹。」

隨後，他把手放在年輕嚮導肩上，步入人群。人們爲這對怪人讓開一條通道，並紛紛伸出手去觸摸傳教士，動作輕柔無比，彷彿害怕在那件沾滿灰塵的弗瑞曼長袍下摸到些什麼東西。

阿麗亞一個人站在那裡，陷入了震驚。眼睜睜看著人群跟隨傳教士離去。

她已經無比確定。毫無疑問地，他就是保羅，是她的哥哥。她的感覺和眾人一樣：她剛才站在神的面前。現在，她的世界一片混亂。她想跟著他，懇求他把自己從內心中解救出來，但是她無法移動。

當其他人跟隨著傳教士和他的嚮導遠去後，她只能猶如喝醉了一般站在這裡，充滿絕望。深深的絕望令她全身顫抖，無法控制自己的肌肉。

*我該怎麼辦？我該怎麼辦？*她問自己。

現在就連鄧肯都不在她身邊、她也無法依靠她的母親、體內的生命繼續保持沉默，還有加尼馬，被關在重重把守的城堡內，但阿麗亞沒有勇氣去向雙胞胎中活下來的那一位坦白自身痛苦。

所有人都離開了我。我該怎麼辦？

※　※　※

有一種觀點認為：你不應該關注極遙遠處的困難，因為那些問題可能永遠不會和你產生關係。你應該對付的是闖進你自己院子裡的惡狼，院外的狼群也許根本不存在。

——《阿扎宗教解析》第一章，第四節

潔西嘉在客廳的窗邊等著艾德荷。這是間舒適的屋子，屋裡放置著柔軟的長沙發和老式椅子。她的寓所內沒有懸浮椅，牆上的懸浮球燈是來自另一個時代的水晶。她的窗戶位於二樓，正對著下面的花園。

她聽見僕人打開房門，然後是艾德荷走在地板上的腳步聲。她側耳傾聽，沒有轉過身來。她必須先壓制住內心無聲而又可怕的情緒波動。借助她接受過的氣神合一訓練，她深深地吸了口氣，感到情緒漸漸平靜下來。

高懸在天空的太陽向花園中射下一束束光線，灰塵在光束中歡快地舞動，照亮了一張掛在菩提樹枝椏間的銀色蜘蛛網，高大的菩提樹幾乎快要遮住她的視窗。房間裡很涼快，但是在密閉的窗戶外面，空氣熱得能使人發瘋。整座柯瑞諾城堡躲藏在這個熾熱世界的綠蔭中。

只聽艾德荷在她身後停下腳步。

她沒有轉身，逕直說道：「語言意味著欺騙和幻覺，鄧肯。爲什麼你想和我談話？」

「我們兩個中可能只有一個能活下來。」他說道。

「而你希望我能爲你的所作所爲說幾句好話？」她轉過身來，看到他平靜地站在那裡，用那對沒有焦點的灰色金屬眼睛看著她。它們看起來是多麼空洞啊！

「鄧肯，你擔心自己在歷史上的地位嗎？」

她略帶責備地說出這句話，並想起了另外一次她和這個男人針鋒相對的場景。那時他受命監視她，但內心因此十分不安，在一次喝醉酒之後，他吐露了實情。但那是重生之前的鄧肯，而他已經不是那個人了。這個人的內心不會起衝突、不會受到折磨。

他的笑容證明了她的結論。「歷史自會做出裁決，」他說道，「但我懷疑自己會不會對歷史的裁決感興趣。」

「你為什麼來這？」她問道。

「和妳來這兒的原因一樣，夫人。」

她臉上並沒有表現出來聽到這句話後的震驚，但是她內心卻掀起了狂濤：他真的知道我來這兒的原因嗎？他怎麼辦到的？只有加尼馬知道。他取得了足夠的資料來進行門塔特計算？有可能。一旦他把她供出來該怎麼辦？如果她把她來這兒的原因告訴他，他會去告發嗎？

他肯定知道，他們之間的所有談話、所有行為都在法拉肯或是他僕人的密切監視之下。

「亞崔迪家族走到了一個痛苦的十字路口，」她說道，「家人開始自相殘殺。你是我公爵最忠誠的人，鄧肯。當哈肯尼男爵——」

「我們不談哈肯尼，」他說道，「那是另外一個時代的事。你的公爵也死了。」他暗自思索：難道她沒猜到保羅已經發現了亞崔迪家族中有哈肯尼的血？對保羅來說，那可真是一大難關，但卻使鄧肯·艾德荷與這個家族的羈絆更為緊密。保羅對他坦誠相告，所展現的那種信任無法想像。保羅知道男爵的人都對艾德荷做了些什麼。

「亞崔迪家族還沒有消亡。」潔西嘉說道。

「亞崔迪家族是什麼？」他問道，「妳是亞崔迪家族嗎？阿麗亞是嗎？加尼馬？是那些為這個家族效勞的人嗎？我看著這些人，他們每個人的痛苦都寫在臉上！他們是亞崔迪嗎？妳兒子說得對：『我的追隨者將無法擺脫痛苦與受壓迫的命運！』我想擺脫這一切，夫人。」

「你眞的加入了法拉肯那邊？」

「妳不也這麼做了嗎，夫人？妳來這兒不就是爲了說服他迎娶加尼馬，然後解決所有的問題嗎？」

他眞這麼想嗎？她不禁懷疑，還是他是爲了說給那些暗中的監視者們聽的？

「亞崔迪家族一直有一個核心理念，」她說道，「這你是知道的，鄧肯。我們以忠心換忠心。」

「對人民盡忠效力。」艾德荷冷笑一聲，「哈，我多次聽到妳的公爵這麼說。看到現在的情形，他肯定在墳墓中躺得不安心，夫人。」

「你眞的認爲我們已經墮落到了如此地步？」

「夫人，妳知道有弗瑞曼反叛者嗎？他們稱自己爲『沙漠深處的爵爺』，他們詛咒亞崔迪家族，甚至穆哈迪本人。這妳知道嗎？」

「我聽過法拉肯的報告。」她說道，不明白他究竟要將談話引向何方，想說什麼問題。

「比那更多，夫人。比法拉肯報告中提到的多得多。我自己就聽過他們的詛咒。它是這麼說的：『燒死你們，亞崔迪家的人！你們不再有靈魂、不再有精神、不再有身體、不再有皮膚、魔力和骨頭，不再有頭髮、想法和語言。你們不會有墳墓，不會有家、墓穴和墓碑！你們不再有花園，不再有樹木和灌木！你們不再有水、不再有麵包、光明和火。你們不再有孩子，不再有家庭、繼承人和部落。你們不再有頭，不再有手臂、腿和腳。

「你們在任何行星上都無落腳處、你們的靈魂將永遠被鎖於地底深處，永無超脫之日！你們永遠都看不到夏胡露、你們將永遠是生活在最底層的惡靈、你們的靈魂將永無天日。』它就是這麼說的，夫人。妳能感受到弗瑞曼人心中的仇恨嗎？他們詛咒所有亞崔迪人，要讓他們飽受地獄之火的煎熬。」

潔西嘉一陣顫慄。艾德荷無疑原封不動地把他聽到的詛咒重複了一遍。爲什麼他要讓柯瑞諾家族知道這些?她能想像一個憤怒的弗瑞曼人，扭曲著猙獰面孔，站在他的部落前，咬牙切齒地念完了這個詛咒。爲什麼艾德荷要讓法拉肯聽到這一切?

「你爲加尼馬和法拉肯之間的婚姻提供了一個很好的理由。」她說。

「妳總是從有利於妳的角度來看問題。」他說道，「加尼馬是弗瑞曼人。而法拉肯呢，他的家族放棄了在宇聯公司中所有的股份，轉給了妳的兒子和其繼承人。是因爲亞崔迪的寬大，法拉肯才得以活在世上。還記得妳的公爵在阿拉吉斯插下亞崔迪鷹旗時說的話嗎?他說:『我來到這裡，我將留在這裡。』直到現在，他的骸骨仍然留在那裡。如果法拉肯和加尼馬結婚，他就會帶著他的薩督卡去阿拉吉斯定居。」

一想到這種前景，艾德荷不由得連連搖頭。

「有個古老的諺語說，解決問題就要像剝洋蔥一樣，一層層來。」她冷冷地說。他怎麼敢以這種態度對我!除非他是演給法拉肯的眼睛看的……

「反正，我無法想像弗瑞曼和薩督卡共用一個行星。」艾德荷說道，「這層皮不肯從洋蔥上下來。」

艾德荷的話可能會引起法拉肯和他顧問的警惕。一想到這裡，她冷冷地說:「亞崔迪家族仍然是這個帝國的法律!」說完，她暗想:難道艾德荷是想讓法拉肯相信，沒有亞崔迪的幫助，他同樣能登上寶座?

「哦，是的，」艾德荷說道，「我差點忘了。亞崔迪的法律!當然，但這個法律必須經過翻譯的傳達，而譯者就是教會的教士。我只需要閉上眼睛，就能聽到妳的公爵告訴我說，土地總是通過暴力取得和保有。葛尼過去經常唱道，財富無處不在。但只要能達到獲取財富的目的，隨便用什麼手段都無所謂嗎？哦，也許我誤用了諺語。也許無論公開揮舞的鐵拳是弗瑞曼軍團還是薩督卡，全都無關緊要，將鐵拳隱藏在亞崔迪的法律中也行——但鐵拳就是鐵拳。即便如此，那層洋蔥皮還是剝不下來，夫人。妳知道嗎，我在想的是，法拉肯需要的是什麼樣的鐵拳。」

他在幹什麼？潔西嘉想，柯瑞諾家族會貪婪地吸收他的言論，並加以利用。

「所以你認爲教會不會允許加尼馬嫁給法拉肯？」潔西嘉鼓起勇氣問道，想看看艾德荷的言論會指向何方。

「允許她？上帝啊！教會會讓阿麗亞做任何她決定的事。嫁給法拉肯完全是她自己的決定！」

這就是他這番話的目的嗎？潔西嘉暗忖。

「不，夫人，」艾德荷說道，「這不是問題所在。這個帝國的人民已經無法區別亞崔迪政府和野獸拉賓之間的不同。在阿拉肯的地牢裡，每天都有人死去。我離開是因爲我無法再用劍爲亞崔迪家族戰鬥，哪怕只有一個小時！妳不明白我在說什麼嗎？我爲什麼來找妳這位亞崔迪家族的代表？亞崔迪帝國已經背叛了妳的公爵和妳的兒子。我愛妳的女兒，但是我倆踏上了相反的道路。

「如果眞的要聯盟，我會建議法拉肯接受加尼馬的手——或是阿麗亞的——但一定要滿足他提出的條件！」

哈，他在表演正式從亞崔迪家族退出，她想。但他還談到了其他事，難道他不知道他們在她身邊安插了多少間諜裝置嗎？她怒視著他：「你知道間諜在傾聽我們的每一句談話，是嗎？」

「間諜？」他笑了起來，「我當然知道他們的存在。妳知道我的忠誠是怎麼改變的嗎？很多個夜晚我獨自一人待在沙漠中。弗瑞曼人是對的，在沙漠中，尤其是在夜晚，你會體會到深思帶來的危險。」

「你就是在那兒聽到了對亞崔迪家族的詛咒？」

「是的。在阿—奧羅巴部落，在傳教士的邀請下，我加入了他們，夫人。我們稱自己爲桀爾・聖法官，拒絕服從教會的人。我來這兒是向亞崔迪家族的代表正式宣布，我退出了妳的家族，加入了妳們的敵人。」

潔西嘉打量他，想尋找暴露他內心的細節，但艾德荷身上完全沒有任何地方能表明他在說謊或他還隱藏著更深的計畫。他眞的投奔了法拉肯嗎？她想起了姐妹會的格言：在人類事務中，沒有什麼能持久的，所有人類事物都以螺旋形式進化，忽遠忽近。

如果艾德荷眞的覺得亞崔迪家族已然失敗，這就能解釋他最近的行爲。他離我們也是忽遠忽近。她不得不開始考慮這種可能性。

但他爲什麼要強調他是受了傳教士的邀請呢？

潔西嘉的頭腦飛速運轉。考慮了各種選擇後，她意識到自己或許該殺了艾德荷。她被寄予希望的計畫是如此精細，不能允許任何干擾，不能有干擾！艾德荷的話透露出他知道她的計畫。她調整著他倆在房間裡的相對站位，讓自己占據了能發出致命一擊的位置。

「我一直考慮家族大聯合會的一般效應是支持我們力量的東西。」潔西嘉說道。讓他去懷疑爲何她轉移話題到古典特徵的系統。「貴族的立法會議會、區域的Sysselraads，所有從我們中獲利的……」

「別想混淆我！」他說。

艾德荷思考著爲什麼他能一眼識破她的動機。是因爲她在隱居期間變得懈怠了嗎？或是他終於打破了她的比吉斯特訓練形成的甲冑？他感到後者是主要的原因，但她自己也有問題——隨著年齡增大，她在改變。新生的弗瑞曼人也在發生變化，與老一代之間漸漸出現輕微的差別。

這種變化令他心痛。隨著沙漠的消失，人類某些値得珍視的東西也隨之消逝。他無法描述心裡這種感覺，就像現在他無法描述發生在潔西嘉夫人身上的變化一樣。

潔西嘉盯著艾德荷，臉上滿是驚奇的表情，她也沒打算隱藏自己的反應。他這麼輕易就看透她？

「妳不會殺了我，」他用弗瑞曼式的警告語氣說道，「不要讓妳的鮮血沾到我的刀上。」說完後他暗自思索著：在很大程度上，我變成了一個弗瑞曼人。這給了他一種奇怪的感覺，意識到自己內心深處已經接受了這顆養育了他第二次生命的行星。

「我想你最好離開這兒。」她說道。

「在妳接受我離開亞崔迪家族的辭呈之後。」

「我接受！」她惡狠狠地一字字說道。說完之後她才意識到，在這場談話中，她經歷了一次純粹的自省。她需要時間來思考和重新判斷。艾德荷怎麼會知道她的計畫？她不相信他能借助香料的力量穿行時空。

艾德荷倒退著離開她，直到他感覺到門就在他身後。

他鞠了一躬。「我再稱呼妳一次夫人吧，以後我再也不會這麼叫了。我給法拉肯的建議是趕緊悄悄地把妳送回到瓦拉赫星系，越快越好。妳是個十分危險的玩具，儘管我不認爲他會把妳看成一個玩具。妳爲姐妹會工作，而不是亞崔迪家族。我現在懷疑妳是否爲亞崔迪家族出過力。妳們這些女巫隱藏得太深，凡人是無法信任妳們。」

「一個死而復生的人竟然認爲自己是個凡人。」她打斷他道。

「和妳相比是。」他說道。

「馬上離開！」她命令道。

「這也是我的願望。」他閃身出了門口，經過一個目瞪口呆的僕人，顯然他剛才一直在偷聽。

結束了，他想。他們只能以那個原因來解讀我的行爲。

※ ※ ※

只有在數學領域，你才能體會到穆哈迪提出的未來幻象的精確。首先，我們隨便假定一個宇宙的維度（這是個經典的理論，n的次方就代表n個維度），在這個框架下，正如我們通常的理解，時間也成了維度之一。把這應用到穆哈迪的現象中，我們要麼發現自己面臨著時間所呈現的新的特性，要麼認定我們正在研究的是組合在一個體系之內的許多獨立系統。對穆哈迪來說，我們假設後者是正確的。如同推算所展示的，n的次方在不同的時間框架內分離了。由此，我們得知單獨的時間維度是存在的。這是無法拒絕的結論。然而穆哈迪的幻象要求他能看到n的次方，不是分離的，而是處在同一個框架內。事實上，他將宇宙封閉在了其中一個框架中，這個框架就是他眼中的時間。

——《在泰布穴地的講課》帕雷穆巴薩

萊扎躺在沙丘的頂部，觀察空曠的沙漠對面那塊突出地表的蜿蜒岩壁。它看起來就像一條躺在沙地上的巨大的沙蟲，在早晨的陽光下顯得既單調卻又深具威脅。那地方什麼也沒有，頭頂上沒有鳥兒飛翔、沒有動物在岩石上奔跑。

他看到了「沙蟲」背部靠近中間的地方有捕風器的凹槽，那兒應該有水。岩石「沙蟲」的外形與泰布穴地的屏障很相似，但在這個地方卻看不到活物。他靜靜地躺在那裡，和沙子混爲一體，繼續觀察。

葛尼·哈萊克彈奏的某支曲子一直在他的意識中回蕩，單調地重複著：

狐狸在山腳下輕快地奔跑，
花臉的太陽放出耀眼光芒，
我的愛依舊。
在山腳下的茴香叢中，我看到了愛人無法醒來，
他沉眠於山腳下的墓地之中。

這地方的入口在哪兒？萊托心想。

他確定這地方就是迦科魯圖／芳達克，但除了沒有動物的蹤跡外，這裡還有其他一些不對勁的地方。他的意識中有東西在發出警告。

山腳下藏著什麼？

沒有動物是個不祥之兆。它引起他弗瑞曼式的警惕：想在沙漠中生存，無動靜往往比有動靜傳遞更多的資訊。那兒有一隻捕風器，所以那應該有水，還有喝水的人。這裡是躲藏在芳達克這個名字之後的禁地，它的另一個名稱已被大多數弗瑞曼人所遺忘。而且，這裡看不到有一隻鳥或是一隻動物。

沒有人類——然而金色通道卻始於此。

他的父親曾說過：「每時每刻，未知都籠罩著我們，我們的知識便來自於未知。」

萊托向右方望去，望著一座座沙丘的頂部。這兒最近颳過一場風暴，露出了被沙子覆蓋的阿茲拉卡白色石膏質地面。弗瑞曼人有個迷信，無論誰看到了這種被稱爲比言的白色土地，都能滿足自己的一個願望，卻可能被這個願望所摧毀。

但萊托看到的僅僅是石膏淺盆地。這塊淺盆地告訴他，阿拉吉斯曾經存在過露天水體。而它有可能再一次出現。

他望向四周，想尋找任何活動的跡象。風暴過後的空氣十分混濁，陽光穿過空氣，把一切都染上了一層乳白色。銀色的太陽躲在灰塵幕布上方的某個高處。

萊托重新將注意力集中在蜿蜒的岩壁上。他從沙漠救生包中拿出雙筒望遠鏡，調節好焦距，觀察灰色的岩石表面、觀察迦科魯圖人曾經居住過的地方。

透過望遠鏡他發現了一叢被稱爲夜之女王的荊棘。荊棘生長在一個裂縫處，那裡可能就是穴地的入口。他沿著岩壁的縱長方向仔細觀察，銀色陽光將紅色岩壁照成灰色，彷彿替岩石罩上一層薄霧。

他翻了個身，背對迦科魯圖，用望遠鏡觀察環境。沙漠中完全沒有人類活動留下的蹤跡，風已經湮沒他來時的腳印，只有他昨晚跳下沙蟲的地方還留著依稀可見的弧線。

他再次回望迦科魯圖。除了捕風器，沒有任何跡象表明人類曾經在這個地方生活過。而且除了這塊凸出地面的岩壁，沙漠上沒有任何東西，只有連著天際的荒蕪。

萊托突然感到自己之所以來到這裡，是因爲他拒絕局限於祖先們遺留下來的系統。他想起人們是如何看他，他們的每一瞥都將他視爲一個不應該出現的錯誤。只有加尼馬不這麼看他。

即使沒有繼承那一堆亂七八糟的記憶，這「孩子」也從來不曾是一名孩子。

我們已經做出了決定，我必須承擔隨之而來的責任。他想。

他沿著縱長方向觀察岩壁。從各種描述來看，這地方肯定就是芳達克，而且迦科魯圖也不可能躲藏在別處。他感到與這個禁地之間產生了奇怪的共鳴。他以比吉斯特之道向迦科魯圖敞開自己的意識，拋開一切成見。

成見阻礙學習。他給了自己一些時間來與之共鳴，不提任何要求，不提任何問題。

問題在於沒有活著的動物，尤其令他擔心的是這兒沒有食腐鳥——沒有鵰、沒有禿鷹，也沒有隼。即便其他生命都躲了起來，牠們還是會出來活動。沙漠中的每個水源背後都有一條生命鏈，鏈條末端就是這些無所不在的食腐鳥。到現在爲止，還沒有動物前來查看他的存在。

他對這些「穴地的看家狗」非常熟悉，在泰布穴地懸崖邊蹲守的鳥兒是最古老的殯葬者，隨時等待著享用美食。弗瑞曼人說牠們是「我們的競爭者」。但他們並不反感食腐鳥，因爲警覺的鳥兒通常能預告陌生人的到來。

要是芳達克甚至被走私販都拋棄了，該怎麼辦？

萊托從身上的水管中喝了口水。

如果這地方眞的沒有水該怎麼辦？

他審視自己的處境。他騎了兩條沙蟲才來到此處，騎的時候還不斷抽打牠們，把牠們累得半死。這裡是沙漠深處，走私販的天堂。如果生命能在此處存在，它必須存在於水的周圍。

要是這兒沒有水呢？要是這兒不是芳達克／迦科魯圖呢？

他將望遠鏡對準捕風器。它的外緣已經被風沙侵蝕，需要維護，但大部分裝置還是好的，所以應該會有水。

萬一沒有呢？

在一個被遺棄的穴地內，水有可能洩漏到空氣中，也有可能損失在其他的不幸事故之中。爲什麼這裡沒有食腐鳥？爲了取得牠們的水而被殺了？是誰殺的？怎麼可能全部被殺了呢？下毒？

毒水。

迦科魯圖的傳說從來沒有提及有毒的蓄水池，但這是有可能的。但如果原來的那群鳥被殺了，到現在難道不應該出現一群新的嗎？傳說盜水者伊督利早在幾代之前就被消滅乾淨，但傳說中並沒有提到過毒藥。

他用望遠鏡檢查岩石，想。怎麼可能除掉整個穴地呢？有人肯定逃了出來。穴地很少有所有人全都集中在一起的時候，總有人在沙漠中或城市裡遊蕩。

萊托放下望遠鏡，嘆了口氣後決定放棄。他沿著沙丘表面滑了下來，萬分小心地將蒸餾帳篷埋在沙地裡，隱藏他在這裡留下的所有痕跡。他打算在這個地方度過最熱的那段時光。

躲入黑暗之中後，疲倦慢慢控制了他。在帳篷的保護下，他整個白天都在打盹，或是想像自己可能犯下的錯誤。他吃了點香料點心，然後睡一會兒，醒來之後再喝點吃點，然後再睡會兒。來這裡是一段漫長的旅途，對孩童的肌肉是個嚴酷的考驗。

他在傍晚時分清醒，感到體力已經恢復得差不多。他爬出帳篷，側耳傾聽生命的跡象。空氣中瀰漫著沙子，都吹向同一個方向。他能感到沙子都打在他的半邊臉上，這是個明確的變天信號。他能感到沙暴即將來臨。

他小心翼翼地爬上沙丘頂部，再次看著那塊謎一般的岩壁。空氣混濁，這是死亡之風——季風沙暴——即將降臨的跡象。屆時狂風將捲起漫天黃沙，範圍能覆蓋四個緯度。黃色的空氣倒映在荒涼的石膏面上，使石膏的表面也變成了金黃色。

但現在，異樣寧靜的傍晚仍籠罩著他。隨後白天結束，夜幕降臨，沙漠深處的夜幕總是降臨得這麼快。在一號月亮的照耀下，那塊岩壁變成了一串崎嶇的山脈。他感到沙棘刺入他的皮膚。一聲遠雷響起，聽起來彷彿是來自遠方鼓聲的回音。

在月光與黑暗的交界處，他突然發現了一點動靜：是蝙蝠。他能聽到牠們扇動翅膀的聲音，還有牠們細微的叫聲。

蝙蝠。

不知是有意還是無意，這地方給人一種徹底荒涼之感。它應該就是傳說中走私販的據點：芳達克。但如果它不是呢？如果禁忌仍然有效，這地方只有迦科魯圖鬼魂們的軀殼呢？他該怎麼辦？

萊托趴在沙丘的背風處，看著夜色一步步降臨。耐心和謹慎——謹慎和耐心。他想了些消磨時間的法子，例如回顧喬叟從倫敦到坎特伯雷的所見所聞，並由北向南列出他當時途徑的城鎮：兩英里外的聖托馬斯濕地、五英里外的德特福德、六英里外的格林威治、三十英里外的羅徹斯特，四十英里外的西丁博、五十五英里外的伯頓、五十八英里外的哈勃當，然後是六十英里外的坎特伯雷。

他知道這個宇宙中幾乎沒有人還能記得喬叟，或是知道除了在甘斯德星上的那個小村莊之外，還有另外一個地方也叫倫敦。想到這一點不禁令他有些得意。奧蘭治天主教的書中提到過聖托馬斯，但是坎特伯雷已徹底從人們的記憶中消失，就像它所在的那顆行星一樣。

這就是記憶帶給他的沉重負擔，體內每個生命都是種威脅，隨時可能接管他的意識。那次去坎特伯雷的旅行就是他體內生命的經歷。

他現在的旅行更長，也更加危險。

他開始行動，爬過沙丘的頂部，向著月光下的岩壁前進。他躲在陰影裡，從沙丘頂部滑下，沒有發出任何暴露蹤跡的聲音。

和每次風暴來臨前一樣，空中的沙塵已經消失，只剩下晴朗的夜空。白天這地方沒有動靜，但是在黑暗中，他能聽到小動物在飛快地跑動。

在兩座沙丘之間的谷地，他碰到一窩跳鼠。看到他以後，跳鼠們立刻四散逃命。他在第二座沙丘頂部休息了一會兒，他的情緒一直被內心的焦慮所困擾。他看到的那條裂縫——是通道的入口嗎？他還有其他一些擔心：古老的穴地周圍通常設有陷阱——插著毒樁的深坑、安在植物上的毒刺等。他覺得一條弗瑞曼諺語非常適用於在他現在的處境：耳朵的智慧在於夜晚。他傾聽著最細微的聲音。

現在他頭頂之上就是灰色的岩壁。走近看，它顯得十分巨大。他傾聽，聽到了鳥兒在懸崖上鳴叫，儘管看不到牠在什麼地方。那是日鳥發出的聲音，但卻傳播在夜空中。是什麼顛倒了牠們的世界？人類的馴化？

突然間萊托趴在沙地上，一動不動。懸崖上有火光，在夜晚黑色的幕布上跳著閃光的舞蹈，看樣子是穴地向守衛在沙海上的成員所發出的信號。誰占據著這個地方？他往前爬進懸崖底部陰影的最深處，一路上用手感覺著岩石，身子跟在手的後頭，尋找著白天看到的裂縫。在爬出第八步的時候，他找到了它，隨後從救生包中拿出沙地通氣管。

當他開始往裡爬時，一團硬硬的東西纏住了他的肩膀和手臂，令他動彈不得。

藤條陷網！

他放棄掙扎，這樣做只會使陷網纏得更死。他鬆開右手手指，扔下通氣管，想去拔掛在腰間的刀。他覺得自己太幼稚，竟然沒有在遠處先向那條裂縫裡扔點東西，看看有什麼危險。他的注意力都集中在懸崖上的火把上。

每個輕微的動作都導致藤條陷網縛得更緊，但他的手指最終還是摸到了刀把。他握緊刀把，開始把刀慢慢抽出。

一陣閃光圍住了他。他驀地停下一切動作。

「哈，我們抓住了好東西。」萊托身後響起了一個渾厚的聲音，不知爲什麼，他覺得自己很熟悉這個聲音。萊托想扭過頭去，但他意識到如果眞這麼做，藤條能輕易地把他的骨頭擠碎。

不等他看清對方，一隻手便伸了過來，拿走了他的刀。隨後，那隻手熟練地在他身上上下搜索，搜出各種他和加尼馬準備用以逃生的小工具。搜身者什麼也沒給他留下，甚至包括他藏在頭髮裡的釋迦勒索。

萊托還是沒機會看到這個人。

那隻手在陷阱藤條上擺弄了幾下，讓萊托感到呼吸順暢了許多。但是那人警告道：「不要掙扎，萊托・亞崔迪。你的水還在我的杯子裡。」

萊托極力控制住自己的情緒，說道：「你知道我的名字？」

「當然！人們設置陷阱是有目的的。我們已經選好了獵物，不是嗎？」

萊托保持著沉默，但他的腦海卻在激烈地翻騰。

「你覺得自己被出賣了！」那個渾厚的聲音說道。一雙手扶著他轉了個身，動作雖然溫柔，但卻顯得很有力量——這個成年人正在告訴孩子，他逃跑的概率不高。

萊托抬起頭，借助火把發出的光亮，看到了一張戴著蒸餾服面罩的臉的輪廓。眼睛適應了光線後，他分辨出那個人臉上露出的深色皮膚，還有一雙香料粹極度成癮之後的眼睛。

「你想不通我們爲什麼要費這麼大勁來設計這個圈套。」那個人說道。聲音從面罩覆蓋著的下半邊臉那裡傳來，腔調很古怪，他彷彿在刻意隱藏自己的口音。

「我很早以前就不再去想爲什麼這麼多人想要殺死亞崔迪雙胞胎，」萊托說道，「他們的理由太明顯了。」

說話的同時，萊托的腦子一直在飛快地運轉，搜索著問題的答案。這是個誘餌？但除了加尼馬還有誰知道他的計畫呢？不可能！加尼馬不會出賣自己的哥哥。那麼會不會有人對他非常瞭解，能夠猜測到他的行動呢？是誰？他的祖母？她會嗎？

「你不能再照著原來的樣子繼續生活下去，」那個人說道，「在登上皇座之前，你必須先接受教育。」沒有眼白的眼睛看著他，「你在想，有誰能有資格來教育你？你在記憶中存儲了幾乎無限的知識。但這正是問題所在，你明白嗎？你認爲自己受到了教育，但你只不過是個死人的倉庫罷了。你甚至沒有自己的生命。你只是其他人的工具，他們的目的只有一個——尋求死亡。一個尋求死亡的人不是一個好的領袖，你的統治將屍橫遍野。好比你的父親，他就不懂得……」

「你膽敢以這種口氣談論他？」

「我已經這麼說過好幾回了。說到底，他不過只是保羅・亞崔迪而已。好了，孩子，歡迎來到你的學校。」

那個人從長袍底下伸出一隻手來，碰了碰萊托的臉頰。萊托感到自己的身體搖晃了幾下，慢慢墜入了黑暗。一面綠色的旗幟在黑暗中揮舞，那是一面繡有亞崔迪家族白天和黑夜標誌的綠旗。在失去知覺之前，他聽到了悅耳的流水聲。或者是那個人的嘲笑聲？

※　※　※

我們仍然記得海森堡之前的美好時光。正是海森堡向人類指明了一道圍牆，將我們所有有關宿命、命定的爭論全部圈在其中。我體內的生命覺得這很有趣。你想想，如果人類並無命中注定的目的，知識就成了無用之物，但正是因為知識，我們才發現了困住我們的高牆。

——《萊托・亞崔迪二世・他的聲音》哈克・艾爾—艾達

阿麗亞在神廟休息室內斥責面前的衛兵。他們共有九個人，穿著滿是灰塵的野外巡邏隊綠色軍服，渾身臭汗，正不斷大口喘氣。午後的陽光從他們身後的門外照射過來。這地方已經看不到朝聖者。

「我的命令對你們不起作用？」她問道。

她沉浸在自己的憤怒中，沒有去壓制它，而是讓它全部散發出來。她的身體由於憤怒顫抖不已。

艾德荷離開了……潔西嘉夫人……沒有報告……只有謠言說他們在薩魯撒。爲什麼艾德荷不傳個消息回來？他都做了什麼？他知道賈維德的事了嗎？

阿麗亞穿著黃色的阿拉肯喪服，黃色在弗瑞曼中代表著燃燒的太陽。再過一會兒，她將帶領著治喪隊伍第二次，也是最後一次，前往靈堂，去完成她死去侄兒的墓誌銘。整個活動將於今晚結束，向原本要成爲弗瑞曼人領袖的萊托致以最後的敬意。

教會的衛兵們似乎在她的憤怒面前無動於衷。他們站在她面前，背後的光線勾勒出他們的輪廓。他們身上排泄物散發的味道能輕易地與發自城市居民蒸餾服仿製品內的輕微氣味分別開來。他們的隊長是個金髮高個子，沙地斗篷上繡著卡德拉姆家族的標記。爲了能更清楚地說話，他摘下了蒸餾服面罩。他的語氣中帶著阿布穴地統治家族後裔的傲慢。

「我們當然想抓住他！」

這個人顯然對她的指責感到很惱火。「他褻瀆了教會！我們知道妳下令不許行動，但我們親耳聽到了他的褻瀆！」

「但是你們失敗了。」阿麗亞低聲責備道。

另一個衛兵，一個矮個子年輕女人，想爲自己辯護。「那兒的人太多了！我敢發誓，群眾在干擾我們。」

阿麗亞沉下臉。「爲什麼你們不能服從我的命令？」

「夫人，我們——」

「卡德拉姆的子孫，如果你抓了他，發現他眞的是我哥哥，你會怎麼辦？」

隊長嚥了口口水，說道：「我們必須殺死他，因爲他帶來了混亂。」其他人嚇了一跳。他們都清楚自己聽到了什麼。

「他號召部落聯合起來反對您。」卡德拉姆說道。

阿麗亞已經明白了該如何對付他。她輕聲道：「我懂了。你擺明了自己的身分，試圖公開逮捕他——說明你願意犧牲自己，也必然犧牲自己。」

「犧牲自己……」他沒有把話說完，而是瞥了他的同伴一眼。作爲隊長，他有權像剛才那樣，代表大家說話。但從他的表情看，他情願剛才沒有開口。其他衛兵變得不安起來。在方才的抓捕行動中，他們公然挑戰了阿麗亞的權威。直到這時，他們才意識到蔑視「天堂之母」的後果。帶著明顯的惶恐，衛兵們在他們與他們的隊長之間拉開了一段距離。

「爲了教會的利益，我們官方的反應將會非常強烈。」阿麗亞說道，「你明白這一點，是嗎？」

「但是他——」

「我本人也聽了他的演講，」她說道，「但這是個特殊情況。」

「他不可能是穆哈迪，夫人！」

你知道得實在是太少了！她想。隨後她開口說道：「我們不能冒險在公眾場合逮捕他，不能讓其他人看到我們傷害他。當然，如果機會合適的話——」

「這些天，他的身邊總是圍著很多人！」

「那麼你恐怕得多費不少心神了。當然，如果你拒絕服從我……」她沒有說出後果，而是讓他們自己去體會。卡德拉姆是個有野心的人，擺在他面前的是一條飛黃騰達之路。

「我們沒想冒犯您的權威，夫人，」這個人終於控制住了自己，「現在我懂了，我們當時太衝動。請原諒我們，但是他……」

「什麼也沒發生，也沒什麼需要原諒。」她用常用的弗瑞曼客套語說道。這是部落用來保持和平的方法之一，而從這位卡德拉姆的年齡來看，他應該能聽懂這句話的含意。他的家族曾長時間擔當部落首領。內疚感是耐布的鞭子，應當儘量少用。爲了免除自己的負疚感，弗瑞曼人會竭力效勞。

他低下頭，表示理解了她的意思。「爲了部落，我懂。」

「下去休息一下，」她說道，「治喪遊行將在幾分鐘後開始。」

「遵命，夫人，」他們匆忙地離開，並爲能從這次事件中全身而退感到慶倖。

阿麗亞的腦海中響起一個低沉的聲音：哈，妳處理得十分得體。他們中有一兩個仍然認爲妳想要殺掉那個傳教士。他們會找到機會的。

「閉嘴！」她噓了一聲，「閉嘴！我眞不應該聽你的！看看你都做了些什麼……」

我讓妳走上不朽功名之路。低沉的聲音說道。

她感覺到聲音在她顱內迴響，像隱隱傳來的疼痛。她想：我能躲在什麼地方？無處可藏！

加尼馬的刀很鋒利，男爵說道，記住這一點。

阿麗亞眨了眨眼睛。是的，是該記住。加尼馬的刀很鋒利。那把刀或許能打破他們現在的困境。

※　※　※

如果你相信某句話，那麼你就相信了隱藏話中的觀點。當你相信某個觀點是對的或錯的、是正確的或是謬誤的，那麼你就相信了觀點背後的假設。這些假設通常有很多漏洞，但是對於那些相信它們的人來說，這些假設仍然彌足珍貴。

——《先知書》哈克・艾爾—艾達

萊托的意識在無數刺鼻的氣味中飄浮。他聞出了香料粹濃郁的肉桂香、活動時身體上悶出的汗味、敞開的亡者蒸餾器發出的酸味，揚塵散發出的燧石味。氣味在沙漠中留下了蹤跡，在死亡之地形成了一片濃霧。他知道這些氣味能告訴自己一些東西，但是他朦朧的意識卻分辨不出。

各式想法如同鬼魅般掠過他的腦海：此時此刻，我沒有固定的形態。我是我所有祖先，墜入沙漠的落日就是我的靈魂。曾經我體內的生命是那麼強大，但現在一切已結束。我是弗瑞曼人，我將擁有弗瑞曼式的結局。

金色通道還未開始就已然結束。它什麼都不是，只是風吹過的痕跡。我們弗瑞曼人知道所有隱藏自己的訣竅：我們沒有臉、沒有水、沒有痕跡……現在，看著我的痕跡消失吧。

一個渾厚的聲音在他耳邊響起：「我能殺了你，亞崔迪。我能殺了你，亞崔迪。」聲音不斷重複，直到它喪失了意義，只剩下聲音本身重複於萊托的夢中，彷彿是一段冗長的禱詞：「我能殺了你，亞崔迪。」

萊托清了清嗓子，感到枯燥的聲音正衝擊著他的意識。他用那乾渴的喉嚨勉強發出了聲音。「誰……」

他身後有個聲音說道：「我是個覺醒的弗瑞曼人。你們搶走了我們的上帝，亞崔迪。我們爲什麼要關心發臭的穆哈迪？你們的上帝死了！」

是眞的聲音，還是他夢中的幻想？

萊托睜開雙眼，發現自己已經被鬆綁，正躺在一張堅硬的小床上。他抬眼看到了岩石，朦朧的懸浮球燈，還有一張沒有戴面罩的臉。那張臉離他如此之近，他甚至能聞到對方嘴裡呼出的熟悉的穴地食物的味道。那是一張弗瑞曼人的臉，深色皮膚、凸出的棱角，缺乏水分的肌肉。這不是個肥胖的城市佬，而是個沙漠中的弗瑞曼人。

「我是納穆瑞，賈維德的父親。」弗瑞曼人說道，「你現在認識我了嗎，亞崔迪？」

「我認識賈維德。」萊托沙啞地說道。

「是的，你的家族知道我兒子。我爲他驕傲。很快，你們亞崔迪人對他的認識將更進一步。」

「什麼……」

「我是你的老師之一，亞崔迪。我只有一個作用：我是要殺你的人。我很高興這麼做。在這個學校，要想畢業就得活著。失敗就意味著落在我的手裡。」

萊托聽出他話中的眞實，打了個寒噤。這是個人類高姆刺、一個殘暴的敵人，以測試他是否有權進入人類的陣營。萊托從中覺察到他祖母的影子，以及她身後無數的比吉斯特。他琢磨著這個想法。

「你的教育從我這兒開始，」納穆瑞說道，「這很公平，而且很合適。因爲你很可能過不了我這一關。現在仔細聽，我的每句話都關係到你的生命、我的一切都與你的死亡有關。」

萊托環顧屋子四周：除了單調岩壁外，只有一張小床、朦朧的懸浮球燈和納穆瑞身後黑暗的通道。

「你逃不掉的。」納穆瑞說道。萊托相信他的話。

「你爲什麼要這麼做？」萊托問道。

「我已經解釋過了。想想你自己腦子裡的計畫！你在這兒，無法把未來融入到現在的狀況中。現在和未來，這兩者無法走到一起。但是如果你瞭解你眞正的過去，而且回到過去並看看自己去了哪些地方，或許你就會找到原因。如果找不到，那代表著你的死亡。」

萊托注意到納穆瑞的語氣並不是那麼兇惡，但是卻非常堅定，而且的確透露著死亡的氣息。

納穆瑞仰頭看著岩石頂壁。「以前弗瑞曼人在黎明時臉朝著東方。依歐思，知道這個詞嗎？在某種古老語言中是黎明的意思。」

萊托帶著苦澀的自豪說道：「我會說那種語言。」

「你沒有認眞聽我說話。」納穆瑞說道，冰冷的語氣彷彿刀鋒般銳利，「夜晚是混亂的時間，白天意味著秩序。你能說的那種語言裡是這麼說的：黑暗義同於混亂、光明義同於秩序。我們弗瑞曼人改變了它。依歐思是不受我們信任的光明。我們喜歡月光，或是星光。

「光明代表了太多的秩序，會帶來致命的後果。你看到了身爲依歐思—亞崔迪家族做過了什麼事嗎？人類只能生長於能保護他們的光線之下，而太陽是我們在沙丘上的敵人。」納穆瑞的目光直視萊托，「你喜歡什麼樣的光明，亞崔迪？」

根據納穆瑞的姿態，萊托感到這個問題隱含著深意。如果他答錯了，這個人會殺了他嗎？萊托看到納穆瑞的手安詳地垂在光滑的嘯刃刀鞘旁邊。他持刀的手上戴著個龜形戒指，反射著懸浮球燈的光芒。萊托放鬆身體，用手肘撐住身體，腦海中思索著弗瑞曼的信仰。那些老弗瑞曼人，他們相信戒律，喜歡用比喻的手法闡釋戒律。月光？

「我喜歡……眞理的光明。」萊托道，並觀察著納穆瑞細微的反應。那人顯得很失望，但他的手離開了嘯刃刀。「這是最完美的光明，」萊托繼續道，「人類還會喜歡其他光明嗎？」

「你說話的樣子像在背書，而不是眞的相信這些話。」納穆瑞說道。

萊托想：我的確是在背書。但他也開始感受到納穆瑞字句中飄盪著古代受過文字遊戲訓練的產物。數以千計的文字遊戲深植於弗瑞曼訓練，因此萊托嘗試著讓思緒轉了個彎，以便能從漫天思緒中找到最適合的例子。「挑戰：無聲？答案：狩獵者之友。」

納穆瑞點點頭，繼續說，「有一個岩洞，對弗瑞曼人來說，那是生命之源、那是一個躲藏在沙漠裡卻眞實存在的岩洞。而夏胡露——所有弗瑞曼人的祖先——封死了那個洞。我的叔叔茲邁德把這一切告訴了我，他從來沒有對我撒謊。我相信那個岩洞確實存在。」

納穆瑞說完之後，萊托感到了沉默中的挑戰。生命岩洞？「我的叔叔史帝加也曾跟我說過那岩洞，」萊托說道，「它被封住的原因是爲了防止懦夫躲在裡頭。」

納穆瑞純藍的眼睛反射著懸浮球燈光。他說道：「你們亞崔迪會去打開那個岩洞嗎？你們想用政府來控制生命。告訴我，亞崔迪，你們的政府有什麼問題？」萊托坐了起來，意識到自己已經完全陷入了納穆瑞這種塡字遊戲，遊戲的賭注就是他的生命。從那個人的神情可以看出，只要聽到一個錯誤答案，他就會使用他的嘯刃刀。

納穆瑞彷彿看穿了萊托的想法：「相信我，亞崔迪。我是個冷血的殺手，我是鐵錘。」

萊托聽懂了。

納穆瑞將自己視爲邁茲巴，手拿鐵錘，擊打那些無法回答天堂的提問、因而無法進入天堂的人。阿麗亞和她的教士們所創造的中央政府有什麼問題？

萊托想起自己爲什麼會進入沙漠，他內心頓時生出了希望。金色通道仍有可能出現在他的宇宙中。納穆瑞的問題不正是驅使他進入沙漠的動機嗎？

「只有上帝才能指明方向。」萊托說道。

納穆瑞盯著萊托。「你眞的相信你說的話嗎？」他問道。

「這就是我來到這裡的原因。」萊托說道。

「尋找出路？」

「爲了我自己。」萊托將腳擱在小床邊的地上。岩石地上沒有鋪地毯，感覺很冷。

「你說的話倒像個眞正的反叛者，」納穆瑞說道，摩挲著手指上的龜形戒指，「我們走著瞧。再次聽好了。你知道佳佳魯德－丁那地方的遮罩牆山嗎？那山上刻有我祖先早年留下的印記。我兒子賈維德，看過這些印記，我姪子阿布第·加拉也看過。在沙暴季，我和我的朋友亞卡普·阿布德從那座遮罩牆山上下來。風乾燥炎熱，和教會我們跳舞的旋風一樣。我們沒有花時間去看那個印記，因爲沙暴擋住了我們的去路。但是當沙暴平息後，我們看到棕色的沙地上空出現了塔塔的影像。薩科．阿里的臉也出現了一陣子，向下看著他的墳墓城市。」

「影像迅速消失，但我們的確看見了。告訴我，亞崔迪，我在什麼地方能找到那個墳墓城市？」

從旋風中，我們學會了如何跳舞，萊托思索著，塔塔和薩科．阿里的影像。只有眞遜尼流浪者才用這些辭彙，他們認爲只有自己才是眞正的沙漠人。

還有，弗瑞曼人是禁止擁有墳墓的。

「有一條通道是所有人必須走過的，墳墓城市就在它的終點。」萊托說道。隨後他借用了一段眞遜尼的祝辭：「它位於一個一千步見方的花園內。花園裡有一條長兩百三十三步、寬一百步的走廊，走廊上鋪著產自齋浦爾古城的大理石。花園裡住著一個名叫阿─拉齊茲的人，他爲所有有需要的人準備好食物。當審判日降臨，那些動身尋找墳墓城市的人將一無所獲。因爲書上已經寫了：你在這個世界上知道的東西將不可能在別的世界中找到。」

「你又在背書了，你自己根本不相信。」納穆瑞譏笑，「但是我可以接受，因爲我認爲你知道自己爲什麼要上這兒來。」他的唇間又露出一絲冷笑，「我給你一個臨時的未來，亞崔迪。」

萊托仔細端詳著這個人。這是個僞裝成陳述句的問題嗎？

「好！」納穆瑞說道，「你的意識已經準備好了。我已經往家中放飛了巴巴里鴿。還有一件事，你聽說過發．卡迪什城裡的人在使用蒸餾服仿製品嗎？」

納穆瑞等待著回答，而萊托則在費力猜測著他的用意。模擬蒸餾服？它們在很多行星上都已流行開來。他說道：「卡迪什浮誇的習氣早已出名。聰明的動物知道適應環境。」

納穆瑞緩緩點了點頭，說道：「那個抓住你、把你帶到這裡來的人馬上就要來見你。別想從這地方逃走，你會因此而送命。」說完後，他轉身走入黑暗的通道。

他離開後很長一段時間裡，萊托一直盯著那個通道。他能聽到那裡有聲音，是當值衛兵在小聲地說話。納穆瑞所說的那個有關幻影的故事一直停留在他腦海裡。他走了這麼遠的路，終於來到這裡。現在這個地方是不是迦科魯圖／芳達克已經不重要了。

納穆瑞不是走私販，他顯然比他們更有權勢，而且他玩的這個遊戲中有潔西嘉的影子。納穆瑞走的那條通道是這間屋子唯一的出路，屋子外面是個陌生的穴地——還有穴地外的沙漠。沙漠中的嚴酷、幻影和無盡的沙丘構成了陷阱的一部分，困住了萊托。他可以再次穿越沙漠，但是逃亡將把他帶到何處？這個想法如同一攤臭水，無法解救他的饑渴。

※　※　※

在傳統思維模式中，時間是線性發展的。因此人類考慮任何問題都要遵循先後次序，並且用語言將自己的問題描述出來。由於這方面的心智缺陷，人類所謂的效力、後果，其有效範圍都非常短暫。於是在應對危機時，人類永遠措手不及、毫無準備。

列特—凱恩斯《阿拉吉斯工作日誌》

「語言與行動」，二者必須同時齊發，潔西嘉提醒自己。她集中注意力，使自己的頭腦爲即將到來的交鋒做好準備。

現在剛過早餐時間，從窗戶中看出去，薩魯撒·塞康達斯上的金色太陽才爬到花園的圍牆上。她精心挑選了服裝：帶兜帽的黑色聖母長袍，金色的亞崔迪家族鷹冠在長袍下襬、兩個袖口處形成一圈花邊。潔西嘉背對窗戶站好，仔細理了理長袍的衣褶，左臂橫放在小腹上，突出袖口的鷹冠圖形。

法拉肯注意到了亞崔迪的標誌，踏進屋子的同時還對它做了一番評論，並沒有表現出憤怒或是驚訝的樣子。她發現他的話中帶著一絲好玩的語氣，不禁感到有些奇怪。他穿了一套灰色的緊身連衣褲，這是她的建議。按照她的示意，他在綠色矮沙發上坐了下來，輕鬆地把右臂搭在靠背上。

為什麼我會信任她？他問自己，她畢竟是個比吉斯特女巫！

潔西嘉觀察著他放鬆的身體和臉上的表情，笑了笑，說道：「你信任我，是因為你知道我們做了一筆很不錯的交易，而且你想學習我能教你的東西。」

她看到他不快地皺了皺眉頭，擺了擺左手，解釋道：「不，我不會讀心術。我只觀察臉、身體、態度、語氣，還有手臂的姿勢。一旦學會了比吉斯特之道，任何人都能做到這一點。」

「妳會教給我？」

「我相信你讀過關於我們的報告。」她說道，「報告中提到過有我們無法兌現諾言的時候嗎？」

「沒有，但是……」

「我們能夠生存下來，部分原因是因為人們對我們的承諾有完全的信心。這一點到目前為止還沒有改變。」

「聽起來很有道理，」他說道，「我都等不及了。」

「我覺得很奇怪，你從來沒有向比吉斯特姐妹會申請一位教師。」她說道，「只要你提出申請，她們會立即抓住這個機會，好讓你欠她們一個人情。」

「我向母親提過，但她從來就不聽我的，」他說道，「但是現在……」他聳了聳肩，暗示對文希亞的流放已經執行了，「我們可以開始了嗎？」

「如果你能早幾年開始，那就更好了。」潔西嘉說道，「以你現在的年紀，學起來會有些困難。剛開始時你必須充滿耐心。我希望你不會覺得付出這種代價不值得。」

「只要得到妳許諾的好處，不會。」

他的話中有眞誠、有期待，也有敬畏，她聽得出來他已經準備好，於是她說道：「耐心的藝術——從基本的腿部、手臂和呼吸方面的氣神合一訓練開始。以後我們再來注意手形和手指的問題。準備好了嗎？」

她在面對他的一張凳子上坐下。

法拉肯點了點頭，臉上保持著期待的神情，以此掩蓋內心突發的恐懼。泰卡尼克警告過他，說潔西嘉夫人的承諾中肯定有姐妹會醞釀已久的鬼把戲。「只要她再次提起她拋棄了她們或是她們拋棄了她之類的鬼話時，你絕對不能相信。」法拉肯勃然大怒，結束了他們的爭論。但剛發火，他便立即後悔。有了這種情緒變換，他現在覺得泰卡尼克的話也有幾分道理。法拉肯瞥了一眼屋內。屋角裡，飾品上的寶石發著柔和的光。但閃光的並不一定是寶石，還有精心僞裝的監視器。

屋子內發生的一切都會被記錄下來，然後會有才華橫溢的聰明人分析每一個細微的表情、每句話、每個動作。

看到他的視線，潔西嘉笑了，但沒有表明她知道他心裡在想什麼。她說道：「要學習比吉斯特之道的耐心，你必須首先意識到我們這個宇宙的本質是無常。我們將自然稱爲最終極的不確定狀態，包括自然的一切內容、一切行爲。爲了打開你的眼界，體會到自然的變化方式，你必須伸直雙臂，與胸齊平。看著你的雙手，首先是手心，然後是手背。最後觀察手指，前面和後面。現在請照著做。」

法拉肯照著做，但是覺得自己傻裡傻氣的。這兩隻都是他自己的手，他很熟悉它們。

「想像你的手變老了，」潔西嘉說道，「它們必須在你眼前變得非常老，非常非常老。注意皮膚有多乾燥……」

「我的手不會變，」他說道。他上臂的肌肉已經開始有點顫抖。

「繼續盯著你的手。把它們變老，想變多老就變多老。當你看到它們變老之後，顛倒整個過程，讓你的手再次年輕起來。要儘量做到能隨意地把它們變成嬰兒或是老人的手，變過來，再變過去。」

「它們不會變！」他抗議道。他的肩膀開始疼了。

「集中注意力，你的手會發生變化的。」她說道，「專心，想像時間的流逝：從嬰兒到老人，從老人到嬰兒。你可能會花上幾個小時、幾天、幾個月。但你能做到。反轉這個變化流程的目的是讓你看到，一切事物都是某個不斷旋轉、又保持著相對穩定的系統……只是相對的穩定。」

「我還以爲我要學的是耐心。」她聽出了他話中的氣憤，還有一絲沮喪。

「相對的穩定，」她說道，「有了這種信念，你就能運用自己的想像力，在實際中看到所發生的變化。以前你只知道以非常有限的方法來觀察這個宇宙。而現在，你必須把宇宙當成你自己的造物。這樣一來，你就能掌握任何相對的穩定，使之爲你所用。」

「妳剛才說這個階段要花多長時間？」

「耐心。」她提醒他道。

他的嘴角浮出一絲苦笑。他將目光轉到她身上。

「看著你的雙手。」她喝道。

苦笑從臉上消失。他將目光重新集中到伸出的雙手上。

「要是我的手臂累了該怎麼辦？」他問道。

「不要說話，集中注意力。」她說道，「如果你覺得很累，停下來休息幾分鐘，然後重新開始練習。你必須堅持下去，直到成功爲止。現在這個階段比你想像的重要得多。學會這一課，否則其他課程無法開始。」

法拉肯深深吸了一口氣，咬住嘴唇，盯著他的雙手。他慢慢地翻轉它們：正面，背面，正面，背面……什麼也沒改變。

潔西嘉站起身，走向唯一的房門。

他開口問道，注意力並沒有從他的雙手移開：「妳去哪兒？」

「如果你一個人待著，練習效果會更好一些。我大概會在一小時後回來。別忘了耐心。」

「我知道！」

她觀察了他一會兒。他看起來是那麼專注。她不禁心頭一痛——他讓她想起了自己已經失去的兒子。她嘆了口氣，說道：「等我回來以後，我會教你做一些放鬆肌肉的練習。給它時間，你會為你的身體和感官所發生的變化而感到驚訝的。」

她離開房間。

一步入走廊，衛兵們立即出現，跟在她身後三步遠的地方。他們內心的敬畏和害怕寫在臉上。他們是薩督卡，多次聽說過她的威力。在阿拉吉斯上他們被弗瑞曼人打敗的故事中，她正是主角之一。這個女巫是弗瑞曼人的聖母，又是位比吉斯特，一位亞崔迪人。

潔西嘉向身後瞥了一眼，看到了他們嚴肅的面容，一列列排著，像專門為她設計的一行行里程碑。她走向樓梯口，接著下樓穿過一條過道，來到她窗戶下的花園中。

現在只求鄧肯和葛尼能完成他們的那部分任務了，她一邊感覺著腳下的沙礫，一邊想。陽光透過叢叢綠葉，照進花園。

完成下一步的門塔特教育之後，你就能學到整合、聯繫的方法。到那時你的心智便會徹底貫通，你的意識能夠全面處理資料的各條通路，並以你早已掌握的門塔特分類技能處理極度複雜的海量輸入資料。一開始處理某個特定問題時，你會很難擺脫因為細節／資料相互分歧而產生的緊張情緒。要警惕！如果沒有掌握門塔特的整合、聯繫的方法，你會陷入互不相干的資料之中，難以自拔。這就是所謂巴比倫困境。我們用這個名稱來表示無處不在的整合風險，換言之即是資訊是正確，但組合這些資訊的過程中卻出現了錯誤。

——《門塔特手冊》

※ ※ ※

織物摩擦的聲音使萊托的意識驚醒過來，像在黑暗中迸出一簇又一簇火花。他驚奇地發現自己的感官竟變得如此敏銳，使他一下子就從聲音上分辨出了織物的質地：聲音是由一件弗瑞曼長袍和粗糙的門簾相互摩擦發出的。他轉身面對聲音傳來的地方。它發自那條黑暗的通道，幾分鐘前納穆瑞就是從那兒離開的。在他轉身的同時，他看到有人走了進來。是那個抓住他的人：蒸餾服面罩上方露出同樣的深色肌膚，同樣的一對灼熱的眼睛。那個人一隻手伸進面罩，從鼻孔中拔出集水管，然後拉下面罩，同時也掀開兜帽。

甚至在發現他下頜處的墨藤鞭印之前，萊托就認出了他。認出這個人完全是個下意識行爲，之後對方面貌的細節才進入萊托的意識，作爲事後的確定。沒有錯，這位大個子、這位吟遊詩人，正是葛尼·哈萊克。

萊托將雙手握成了拳頭，壓下認出對方帶來的震驚。亞崔迪家族的家臣中，沒有人比葛尼更忠誠，沒有人比他更擅長遮罩場格鬥搏擊。他是保羅值得信賴的朋友和老師。

他是潔西嘉夫人的僕人。

萊托的腦海中思索著此次重逢背後的故事。葛尼是抓捕他的那個人。葛尼和納穆瑞同在這次陰謀中，潔西嘉的手在背後操縱著他們。「我知道你已經見過了我們的納穆瑞。」哈萊克說道，「請相信我，他有——且只有一個職責：如果有必要，他是唯一一個能下手殺死你的人。」

萊托不假思索地用他父親的聲音回答道：「你加入了我的敵人，葛尼！我從未想過……」

「不要在我身上試這種把戲，年輕人，」哈萊克說道，「它們對我不起作用。我聽從你祖母的命令。對你進行教育的詳細計畫已制定完畢。是我挑選了納穆瑞，但是得到了她的贊同。接下來的事，不管痛苦與否，都是她安排的。」

「她都安排了什麼？」

哈萊克從長袍的袖口裡亮出一隻手，手上拿著個弗瑞曼注射器，樣子原始卻很有效。透明的管子裡盛著藍色的液體。

萊托在小床上向後挪去，後背碰到了岩壁。納穆瑞走了進來，站在哈萊克身旁，兩人一起堵住了唯一的出口。

「我看你已經認出這是香料精了。」哈萊克說道，「你必須經歷沙蟲幻覺，否則『你父親做出了嘗試而你卻沒有』這問題將困擾你的一生。」

萊托無言地搖了搖頭。就是這種東西，加尼馬和他知道這玩意兒可能會毀了他們。葛尼眞是個無知的笨蛋！但潔西嘉夫人怎麼能……萊托感覺到了存在於記憶中的父親，湧入他的意識，試圖摧毀他的反抗意志。萊托想大聲怒喝，但雙唇卻無法動彈。

這是他最害怕的東西，這種恐懼是語言無法描述的。這是香料迷藥，這是預知未來，將它固化，讓它的恐懼吞沒自己。潔西嘉顯然不可能下令讓自己的孫子經歷這種考驗，但她的存在卻浮現在他的意識之中，壓迫他，用種種理由說服他接受這個考驗。

就連抗拒恐懼的禱詞也成了毫無意義的低語：「我絕不能害怕。恐懼會扼殺思維能力，是潛伏的死神，會徹底毀滅一個人。我要容忍它，讓它掠過我的心頭，穿越我的身心。當這一切過去之後，我將睜開心靈深處的眼睛審視它的軌跡。恐懼如風般，風過無痕，唯有我依然屹立。」

這段禱詞遠老於卡爾迪亞王國全盛時期，萊托試圖行動起來，向站在他面前的兩個人撲過去，但是他的肌肉拒絕執行命令。恍惚中，萊托只見哈萊克的手移動著，注射器正向他接近。懸浮球燈光照射在藍色的液體表面，形成一個亮點。注射器碰到萊托的左臂。疼痛在他體內傳播著，一直到達他大腦的深處。

忽然間，萊托看到了一個年輕女人坐在晨光中的茅屋外，就在那兒，在他面前，烘烤著咖啡豆，把它們烤成棕色，又往裡面添了些豆蔻和香料粹。他身後的某個地方響起了三弦琴聲。音樂在不斷地重複、重複，直到進入他的腦海中，仍在重複不已。

音樂開始在他體內瀰漫，讓他膨脹起來，變得非常巨大，不再像是個孩子。他的皮膚也不再屬於他自己。一陣暖流湧遍他的全身。接著，和方才的景象出現時同樣突兀，他發現自己重又站在黑暗中。天黑了，星星像風中的餘燼一般，濺落在壯闊的大宇宙之中。

他知道自己已經無力回天，但還是奮力抗拒著迷藥的作用，直到最後，他父親的形象闖入了他的意識：「我會在迷藥中保護你，你體內的其他人不會就此占據你。」

風颳倒了萊托，推著他在地上翻滾，捲起沙塵打在他身上，侵蝕著他的膀臂、他的臉，將他的衣服扯成碎條，將剩下一條條毫無用處的襤褸衣衫吹得沙沙作響。但他感覺不到疼痛，他眼看著身上的傷口癒合，和它們出現時同樣迅速。

他繼續在風中翻滾著，他的皮膚仍舊不是自己的。

就快發生了！他想。

但這個想法非常遙遠，彷彿並不是他自己的想法，就像皮膚不屬於他自己一樣。

幻象吞沒了他。幻象擴展成爲立體的記憶，分隔了過去和現在、未來和現在、未來和過去。接著每個被隔離的部分各自形成一個視點焦距，指引著他的前進道路。

他想：時間和長度單位一樣，是衡量空間的尺度，但是衡量這個動作本身卻把我們鎖在我們要衡量的空間中。

他感覺到迷藥的作用在加深。內在意識不斷擴大，他的自我也隨之發生著變化。時間在流動，他無法讓它停止在某一刻上。過去和未來的記憶碎片淹沒了他，它們之間的關係不斷變化，像一個個蒙太奇片段。他的記憶像一個鏡頭、一束燈光，照亮一個個碎片，將它們分別顯示出來，但卻無法使它們那種永恆的運動和改變停止下來。

他和加尼馬的計畫出現在這束光中凸顯出來，讓他驚恐不已。幻象如現實般眞實，帶著一種不容分說的必然性，讓他不由得畏縮。

他的皮膚不是他自己的！過去和未來在他體內衝撞，越過恐懼設下的障礙。他無法分辨眼前出現的到底是過去還是未來。有時，他覺得自己正在參加巴特蘭聖戰，竭力摧毀任何模仿人類意識的機器。這是過去的事——已經發生而且早已結束。但他的意識卻仍然在過去的經驗中徘徊，吸收一切資訊。

他聽到一個與他共事的部長在講台上說道：「我們必須消滅能思考的機器。人類必須依靠自己來制定方針。這不是機器能做的事情。推理依靠的是程式，不是硬體。而人類正是最終極的程式編撰者！」

他清楚地聽到了這個聲音，而且知道他所處的環境：巨大的大廳，黑色的窗戶。光明來自劈啪作響的火把。他的部長同事繼續說道：「我們的聖戰就是『清除』。我們要將摧毀人類的東西徹底清除。」

在萊托的記憶中，那個演講者曾是一位電腦專家，一個懂得並且從事電腦工作的人。他剛想深究下去，整個場景卻消失，換成加尼馬站在他面前，說：「葛尼知道一切，他已經告訴我了。這話源自鄧肯口中，是鄧肯在門塔特狀態下說的。『做好事消除的是惡名，做壞事消除的是自我意識。』」

這肯定是未來——很久以後的未來。但是他感到了它的現實性，就像體內無數生命的過去一樣眞實。他喃喃自語道：「這是未來嗎，父親？」

父親的形象用警告的口吻說道：「不要主動招災惹禍！你現在學習的是如何在湧入意識的碎片中做出選擇。如果不掌握這種技巧，你會被洶湧的意識碎片淹沒，無法在時間中定位。」

浮雕般的影像無處不在。未來迎面而來，撞擊著他。過去—現在—未來，沒有眞實的界限。他知道自己必須跟隨這些影像，但他同時卻害怕跟隨它們，惟恐無法回到以前那個熟悉的世界。在壓力之下，他不得不停止自己的抗拒行爲。這是一個全新的宇宙，他無法通過靜止的、貼上標籤的時間片段來瞭解這個新宇宙。

在這裡，沒有哪個片段會靜止不動。事物再也沒有順序，也毫無規律可言。他不得不觀察變化，尋找變化本身的規律。不知不覺間，他發現自己已經走進一個巨大的時空隧道，看到了未來中的過去，過去中的現在，過去和未來中的此時此刻。

一次心跳的時間，無數世紀的經歷洶湧而來。

萊托的意識自由地飄浮著。他不再爲保持清醒而冷眼旁觀，也不存在障礙。他知道納穆瑞過一會兒要做什麼，但這僅僅占據了他意識的一角，與其他無數個未來共用著他的意識。他的意識分割成了無數片段，在這個意識中，他所有的過去、所有的體內生命，都融入了他，成爲他自己。在他體內無數生命中最偉大的那一個的幫助下，他成了主導，讓他們全都成了他。

他想：研究某個東西時，必須拉開一段距離才能眞正發現其中的規律。他爲自己贏得了距離，現在他能看見自己的生命：紛繁龐雜、數量無比巨大的過去是他的負擔、是他的樂趣，也是他的必須。出生之前便擁有的過去使他比常人多了一個維度。從現在起，父親不再指引他，因爲不再有這個需要。拉開距離之後，萊托自己就能看得清清楚楚，洞見過去和現在。

極目過去，他看到了他的終極的祖先——就是人類本身，沒有這個祖先，遙遠的未來便不可能存在。距離帶來了新的準則、新的維度。不管他選擇什麼生活，他都能借助自己無比豐富的經驗生活下去，不爲任何人所控制。

這些經驗是無數個世代的積累，任何一個單一生命都無法與之相比。被喚醒之後，這個經驗綜合體擁有巨大的力量，相比之下，他此前的獨立自我只能黯然失色。這個綜合體可以作用於某個個體，也能使自己強加於某個民族、社會或是整個文明之上。有人告誡葛尼，要他提防他，這便是原因所在。這也是爲什麼要讓納穆瑞的尖刀守在一旁的原因。他們害怕看到他體內的力量。沒人能看到它的全部威力——連加尼馬也不行。

萊托坐了起來，發現只有納穆瑞還等在這裡，注視著他。

萊托用老年人的聲音說道：「每個人的極限各不相同。預知每一個人的未來，這只是一個空洞的神話。當下這個時間段內，只有最強大的力量才能被事先預知。但是，在一個無限的宇宙中，『當下』這個概念實在太大，大到人類的意識難以全面把握。」

納穆瑞搖了搖頭，表示沒有聽懂。

「葛尼在哪兒？」萊托問道。

「他離開了，他不想看到我殺了你。」

「你會殺了我嗎，納穆瑞？」聽起來像在懇求這個人快點殺了自己。

納穆瑞的手離開了刀把。「既然你讓我這麼做，那我偏不殺你。因爲你覺得無所謂，所以……」

「無所謂——這種病症摧毀了很多東西。」萊托說道，自顧自地點了點頭，「是的……文明本身都會因此消亡了。在到達更複雜的意識水準之後，似乎必須付出這樣的代價。」他抬頭看著納穆瑞，「他們讓你來看看，看我是不是有這種態度？」他意識到納穆瑞不僅僅是個殺手，他比殺手狡猾，也比殺手深刻。

「有這種態度，說明你無法控制你所擁有的力量。」納穆瑞說道，但這是句謊言。

「無所謂的力量，是的。」萊托站了起來，深深地歎了口氣，「其實，我父親的生命並沒有那麼偉大，納穆瑞，他作繭自縛，爲自己在『當下』製造了一個掙脫不出的陷阱。」

※　※　※

哦，保羅，你就是穆哈迪，
眾生的救世主，
你在呼吸之間，
釋放了颶風。

——穆哈迪讚歌之一

「絕不！」加尼馬說道，「我會在新婚之夜把他殺死。」語氣斬釘截鐵，不容分說。阿麗亞和她的侍衛已經勸了她半個晚上，這間寓所裡一直沒法子安靜下來，不斷有新的侍衛前來助陣，送上新的食物和飲料。整個神廟和它附近的皇宮都惴惴不安，等待著遲遲未做出的決定。

加尼馬從容地坐在她寓所內的一把綠色懸浮椅上。屋子很大，粗糙的黑色牆面模擬著穴地的岩壁，然而天花板卻是水晶的，折射著綠色的光芒。地面上鋪著黑色地磚。屋子裡沒幾樣家具：一張小小的寫字枱，五把懸浮椅和一張放置在凹室內的弗瑞曼式小床。加尼馬穿著一件黃色的喪服。

「妳並不屬於自由的一方，你無權決定妳的生活。」阿麗亞第一百遍重複道。這個小傻瓜遲早會明白這一點！她必須同意與法拉肯的婚約！她必須！她大可以今後殺了他，但根據弗瑞曼人的婚俗，只有在她表示首肯之後，婚約才有效力。

「他殺了我哥哥，」加尼馬說道，堅持著這個有力的理由，「大家都知道。如果我答應了他的婚約，每個弗瑞曼人都會唾棄我的名字。」

這也是妳必須要同意這門親事的原因之一，阿麗亞想。她開口道：「是他母親幹的。他已經爲此將她流放了。妳還要求他什麼呢？」

「他的血，」加尼馬說道，「他是柯瑞諾人。」

「他公開譴責了他的母親。」阿麗亞反駁道，「至於下層弗瑞曼人，管那些烏合之眾怎麼說。他們只會接受我們要他們接受的東西。加尼，帝國的和平要求妳——」

「我不會同意，」加尼馬說道，「沒有我的同意，妳無法宣布婚約。」

加尼馬說話時，伊如蘭走進屋子，先是詢問地看了阿麗亞一眼，隨後又看了看她身邊那兩個垂頭喪氣的侍衛。阿麗亞懊惱地舉起雙手，隨後整個人都癱倒在加尼馬對面的椅子中。

「妳來跟她說，伊如蘭。」阿麗亞說道。

伊如蘭拖過一把懸浮椅，坐在阿麗亞身旁。

「妳是柯瑞諾家的人，伊如蘭，」加尼馬說道，「別在我身上浪費時間了。」她站起身，走到她的小床旁，盤著腿坐在上面，目光炯炯地盯著眼前的兩個女人。伊如蘭和阿麗亞一樣穿著弗瑞曼女式黑色長袍，兜帽甩在腦後，露出了她的金髮。

伊如蘭瞥了阿麗亞一眼，然後站起身，走到加尼馬對面。「加尼，如果殺人能解決問題的話，我會親自前去殺了他。妳說得不錯，法拉肯和我有相同的血脈。但是，除了對弗瑞曼人的承諾之外，妳還有更重要的責任……」

「妳嘴裡的話比我敬愛的姑姑說的強不了多少。」加尼馬說道，「兄弟的血是洗不掉的，這條弗瑞曼格言並不是說說而已。」

伊如蘭緊閉雙唇，隨後又開口說道：「法拉肯扣住了妳祖母，他也扣留了鄧肯，如果我們不——」

「發生的一切，你們的解釋不能讓我滿意。」加尼馬看著阿麗亞和伊如蘭，「鄧肯曾經爲保護我的父親獻出了生命。或許這個死而復生的傢伙不再是……」

「鄧肯的任務是保護妳祖母的安全！」阿麗亞越過伊如蘭看著她，「我相信他是沒辦法才選擇了這麼做。」她暗自想著：鄧肯！鄧肯！你眞不應該選擇這種方式啊。

加尼馬盯著姑姑，研究著阿麗亞的語氣。「妳在撒謊，天堂之母。我聽說了妳和我祖母之間的爭執。有關我祖母和鄧肯的事，妳隱瞞了什麼？」

「我都告訴妳了。」阿麗亞說道，但在如此直截了當的指責面前，她還是不由得一陣恐懼。她意識到她過於疲勞，放鬆了戒備。她站起身來：「我知道的東西妳全都知道。」她轉身面對伊如蘭，「妳來勸勸她。一定要讓她……」

加尼馬用一句刺耳的弗瑞曼詛咒打斷了她，從未成熟的嘴唇中冒出這樣的話，實在令人震驚莫名。罵完之後，她接著道：「妳認爲我只是個小孩子，妳有大把時間來規勸我，而我最終會被妳勸服的。妳想得美。哦，天堂之母，妳比任何人都清楚我內心的年齡。我會聽從他們，而不是妳。」

阿麗亞勉強控制著自己，沒有開口反駁，只是恨恨地盯著加尼馬。她也成了畸變惡靈嗎？這個孩子是誰？她對加尼馬的恐懼又加深了一層。她也向體內的生命妥協了嗎？阿麗亞說道：「過一段時間，妳會明白過來的。」

「過一段時間，妳可能會看到法拉肯的鮮血流淌在我的刀上，」加尼馬說道，「相信我。只要把我倆單獨留在一起，我們中的一個就會死去。」

「妳以爲妳對妳哥哥的感情在我們之上？」伊如蘭問道，「別傻了！我是他的母親，也是妳的母親。我是……」

「妳從來不瞭解他，」加尼馬說道，「妳們所有人，偶爾除了我敬愛的姑姑，妳們總是把我們看成是小孩。妳們是傻瓜！阿麗亞知道！妳看，她有意回避——」

「我什麼也沒迴避。」阿麗亞說道，但她卻轉身背對著伊如蘭和加尼馬，盯著那兩個女侍衛。那兩人裝作什麼也沒聽見的樣子，她們顯然已放棄了說服加尼馬的嘗試，或許還對她有些同情。阿麗亞生氣地把她們轟出屋子。侍衛離開時，臉上明顯帶著慶幸的表情。

「妳迴避了。」加尼馬堅持道。

「我只是選擇了一條適合我的生活道路。」阿麗亞說道，轉身看著盤腿坐在小床上的加尼馬。她難道已經向體內生命妥協了？阿麗亞想從加尼馬的眼睛中看到線索，但沒有任何發現。接著，阿麗亞想：她看到了我做出的妥協嗎？她是怎麼發現的？

「妳害怕成爲無數生命的視窗。」加尼馬譴責道，「但我們都是出生前就有記憶的人，我們知道會這樣。妳會成爲他們的視窗，無論妳是有意還是無意。妳無法拒絕他們。」她暗自想道：是的，我知道妳——畸變惡靈。或許我會步妳的後塵，但現在的我只會可憐妳、鄙視妳。

加尼馬和阿麗亞之間陷入了沉寂。伊如蘭所受的比吉斯特訓練注意到了這種寂靜。她分別望向她們，問道：「妳們為什麼突然這麼安靜？」

「我剛好想到了一個問題，需要集中精力。」阿麗亞說道。

「等妳有空的時候再想吧，親愛的姑姑。」加尼馬嘲笑道。

阿麗亞強壓住疲憊引發的怒火，說道：「夠了！讓她自己想想吧。或許她會想明白的。」

伊如蘭站起身說道：「天都快亮了。加尼，在我們離開之前，妳願意聽聽法拉肯發來的最新的消息嗎？他……」

「我不聽，」加尼馬說道，「而且，從現在開始，也不要用那個愚蠢的暱稱來稱呼我。加尼！用這種稱呼，別以為我還是個孩子……」

「妳和阿麗亞怎麼會突然間不作聲了？」伊如蘭問道，回到她剛才的問題上。但這一次，她悄悄地用上了魔音大法。

加尼馬仰頭大笑起來。「伊如蘭！妳敢在我身上用魔音大法？」

「什麼？」伊如蘭被嚇了一跳。

「妳在教妳的祖母吃雞蛋。」加尼馬說道。

「什麼意思？」

「這句俗語我知道，而妳卻從來沒聽說過。想想這個事實吧。」加尼馬說道，「這是一句表示蔑視的俗語，它流行的時候，妳們的比吉斯特姐妹會還很年輕。如果這還不足以讓妳清醒的話，問問妳的父皇母后為什麼要給妳起名叫伊如蘭？是毀滅的意思嗎？」

儘管受過控制表情的訓練，伊如蘭的臉還是漲得通紅。「妳想要挑釁我嗎，加尼馬？」

「而妳想要在我身上用魔音大法。用在我身上！我還記得第一個掌握這種技巧的人。我記得那一刻，毀滅的伊如蘭。現在，妳們倆，出去。」

但阿麗亞卻被激起了興趣，來自體內的建議使她忘卻了疲勞。她說道：「或許我有一個能改變妳想法的建議，加尼。」

「還叫我加尼！」加尼馬厲聲笑道，「妳自己想想吧，如果我想殺死法拉肯，我只需按照妳的計畫辦就行。我猜這一點妳已經想到了。要提防突然聽話的加尼啊！妳懂嗎？我一直都對妳很坦率。」

「我就是這麼希望的，」阿麗亞說道，「如果妳……」

「兄弟的血不可能被洗淨，」加尼馬說道，「我也不會在弗瑞曼人面前成為一個叛徒。絕不原諒，絕不忘卻！這難道不是我們的基本信條嗎？我在此警告妳們，而且我還要對公眾宣布：妳們絕不可能誘騙我答應與法拉肯的婚約。誰會相信呢？法拉肯自己都不會相信。聽到這個婚約的弗瑞曼人只會在暗中偷笑說：『看到了嗎？她把他誘進了陷阱。』如果妳們……」

「我知道。」阿麗亞道，走到伊如蘭身旁。她注意到伊如蘭呆呆地站在那兒，沉浸在震驚之中——她明白了這場對話將走向何方。

「如果我答應，我就是在誘他中計。」加尼馬說道，「如果那就是妳們需要的，我會同意，但他可能不會上當。如果妳希望這個假婚約能值些錢，幫妳買回我的祖母和妳珍貴的鄧肯，也行。這算是妳的造化。買他們回來。但法拉肯是我的，我要殺了他……」

伊如蘭轉過頭來看著阿麗亞說道：「阿麗亞！如果我們真的這麼做……」她有意頓了頓，讓阿麗亞想像一下家族大聯合會內的各大家族的憤怒、亞崔迪家族的名譽將承受的毀滅性打擊、宗教信仰的破滅，還有隨之倒塌的大大小小的社會上層建築。

「……對我們將大為不利。」伊如蘭繼續道，「所有對保羅預言能力的信仰都將毀滅。它……帝國……」

「有誰膽敢挑戰我們的權力？我們有權決定什麼是對的，什麼是錯的。」阿麗亞平靜地說道，「我們是錯誤與正確的裁定者。我只需宣布……」

「妳不能這麼做！」伊如蘭抗議道，「保羅……」

「只不過是教會和國家的一個工具而已。」加尼馬說道，「不要再說傻話了，伊如蘭。」加尼馬摸了摸腰間的嘯刃刀，抬頭看著阿麗亞，「我錯誤地判斷了我聰明的姑姑、穆哈迪帝國內的聖人。我眞的看錯妳了。把法拉肯騙到我們的客廳來吧——如果妳想這麼做的話。」

「這麼做太魯莽了。」伊如蘭竭力反抗道。

「妳同意婚約了，加尼馬？」阿麗亞沒有理睬伊如蘭，直接問道。

「前提是滿足我的條件。」加尼馬說道，她的手仍然沒有離開嘯刃刀。

「我不參預這件事，」伊如蘭說道，她的手出汗了，「我本想促成一個眞正的婚約，以癒合——」

「阿麗亞和我，我們會給妳一個更加難以癒合的傷口。」加尼馬說道，「盡快帶他到這兒來，如果他願意來的話。或許他會同意的。他怎麼會懷疑我這麼一個小孩子呢？讓我們準備一個正式的訂婚儀式，需要他親自出席。再製造一個讓我和他獨處的機會……只要一兩分鐘……」

伊如蘭在能感受到她切切實實的在加尼馬面前顫慄著。現實不就是這樣嗎？在可怕的血腥鬥爭中，弗瑞曼人的孩子與成人沒有區別。弗瑞曼人的孩子習慣於在戰場上殺死受傷的敵人，讓女人可以省點力氣，直接收集戰場上的屍體就行，然後把它們送往亡者蒸餾器。加尼馬，以一個弗瑞曼孩子的聲音，用她聲音中的成熟，用圍繞在她周圍的古老家族的仇殺氣氛，堆積起一層又一層的恐懼。

「成交。」阿麗亞說道，勉強壓制著自己的臉部表情和聲音，不讓自己的狂喜暴露在外，「我們會準備正式的婚約證書。我們要讓大家族的代表們見證婚約的簽字儀式。法拉肯不太可能懷疑……」

「他會懷疑，但他還是會來。」加尼馬說道，「他會帶衛兵，但是他們能阻止我接近他嗎？」

「看在保羅所有努力的份上，」伊如蘭抗議道，「至少我們該讓法拉肯的死看起來像是個事故，或者是某個外星球家族的惡意……」

「我樂於向我的同胞們展示沾滿鮮血的利刃。」加尼馬說道。

「阿麗亞，我求妳，」伊如蘭說道，「放棄這個瘋狂的決定吧！妳可以宣布要刺殺法拉肯，或任何……」

「我們無需正式宣布要刺殺他，」加尼馬說道，「整個帝國都知道我們的感受。」她指了指她長袍的袖子，「我們穿著黃色的喪服。即使我換上了黑色的弗瑞曼訂婚服，難道還會有人會以爲我眞的想訂婚嗎？」

「希望能瞞過法拉肯，」阿麗亞說道，「還有那些我們邀請來參加儀式的大家族代表——」

「每個家族代表團都會反對妳，」伊如蘭說道，「這一點妳也清楚。」

「有道理。」加尼馬說道，「所以挑選代表團成員時一定要細心點。他們必須是那些我們在未來可以捨棄的人。」

伊如蘭絕望地朝空中一揮手，然後轉身離開。

「把她置於嚴密的監視下，以防她給她的侄子通報消息。」加尼馬說道。

「用不著教我怎麼計畫陰謀。」阿麗亞說道。她轉身跟隨著伊如蘭，但走得比她慢。門外的衛兵和侍命的助手們迅速跟在她身後，就像沙蟲躍出沙漠表面，沙礫隨即流入它身後形成的旋渦一般。

門關上後，加尼馬悲傷地搖著頭，想：就像可憐的萊托和我想到的一樣。上帝！我希望被老虎殺死的是我，而不是他。

※ ※ ※

很多勢力都想控制亞崔迪的雙胞胎。當萊托的死亡被公布之後，陰謀與反陰謀之間的交鋒更為激烈了。請注意各種勢力的動機：姐妹會害怕阿麗亞，一個成年的惡靈，但仍然希望得到亞崔迪家族攜帶的特殊基因、教會看到了控制穆哈迪的繼承人所帶來的權力、宇聯公司需要一扇通向沙丘財富的大門、法拉肯和他的薩督卡想回到沙丘，再現柯瑞諾家族的輝煌、宇航公會擔心的是一個公式：亞崔迪＝香料粹，失去香料，他們就無法導航、潔西嘉希望能修復由於她的抗命而造成的她與比吉斯特之間的裂痕。幾乎沒有人問過這對雙胞胎他們自己的計畫，直到一切都太遲了。

——《克里奧斯書》哈克．艾爾—艾達

晚餐後不久，萊托看到一個人穿過拱形門廊，向他的屋子走來，他的注意力隨即放到這個人身上。房門開著，萊托看到了外面的不少動靜，隆隆駛過的香料運輸車，還有三個女人，身著外星球的衣物，表明了她們走私販的身分。萊托注意到的那個人與其他人本來沒什麼不同，只是他走起路來很像史帝加，一個年輕得多的史帝加。

現在，萊托的意識已經和常人截然不同。它飄飄蕩蕩地向外遊蕩，時間充塞其中，像一顆光芒四射的恒星。他能看到無限多的時空，但只有當他進入自己的未來後，他才能感覺到他的肉身位於何處。體內無數記憶湧動著，時而高漲、時而退卻，但他們現在就是他。他們就像海灘上的潮水，如果衝得太高，他會對他們下令，然後他們就會撤退了，留下他獨自一人。

時不時地，他會傾聽這些記憶。他們中有人會充當敦促者，從記憶深處探出頭來，大聲喊叫著，爲他的行動提供線索。他的父親在意識中現出身來說道：「你現在是個希望成爲男子漢的少年。但當你成爲一個男子漢後，你會徒勞地想重新變成個少年。」

自從來到這個古老而且維護不佳的穴地後，他的身體一直受著跳蚤和蝨子的折磨。那些給他送來香料食物的僕人似乎並沒有爲這些小生物而感到煩惱。他們對這些東西有免疫力，抑或他們和牠們相處的時間太長，以至於完全感覺不到難受？

聚集在葛尼身邊的都是什麼人？他們是怎麼到這兒來的？這裡是迦科魯圖嗎？他體內的記憶給出了一個很難讓人高興的答案。這些人長得都很醜，而葛尼是最醜的一個。然而這裡卻潛伏著一種完美，在醜陋的表面下靜靜地等待著。

他知道自己仍處於強烈的香料沉醉之中，每餐中添加的大量香料仍然束縛著他。他孩子的身體想要反抗，而他內心積累了成千上萬個世代的記憶卻發出了咆哮。

遊蕩的意識回來體內。但他不敢確定自己的身體現在在哪兒，香料粹迷惑了他的感官。他感覺到肉身限制的壓力在不斷累積，就像沙海在懸崖之下緩緩堆集起來。總有一天，一小股沙流會躥上懸崖頂端，然後越聚越多……到最後，陽光下剩下的只有沙子。

但是現在，那座懸崖仍然屹立在沙漠上。

*我仍然處於迷藥的作用中，*他想。

他知道自己很快將來到生與死的分支處。囚禁他的這些人不滿意他每次返回時帶來的答案，於是一次又一次地把他送回到香料的束縛中。狡詐的納穆瑞總是懷著刀等他。萊托知道無數的過去和未來，但他仍然不知道什麼才能讓納穆瑞滿意……或是讓葛尼·哈萊克滿意。

他們想從預知幻象中得到些什麼。生與死的分支處誘惑著萊托。他知道自己的生命應該有比描繪預知幻象更爲重要的責任。想到這一點後，他感到他的內在意識才是眞正的他，而他的外在形體只是一具沉醉於香料的軀殼。他很害怕。他不想回到一個有跳蚤、有納穆瑞、有葛尼的穴地。

我是個懦夫，他想。

但即便是一個懦夫，也可以以勇敢的姿態死去。可是，他怎麼才能重新成爲一個完整的人呢？他怎麼才能從迷藥中醒來，預知葛尼需要的未來呢？如果沒有轉變，如果不從漫無目的的幻象中醒來，他知道自己可能會死在某個他自己選擇的幻象中。想到這一點之後，他終於開始與他的抓捕者們合作。他必須在某個地方找到智慧，找到體內的平衡。只有到了那時，他才能開始尋求金色通道。

有人在穴地內彈奏著巴利斯九弦琴。萊托覺得自己的身體聽到了琴聲。他感覺到了身下的小床。他能聽到音樂。是葛尼在彈奏。對這種最難掌握的樂器來說，沒有其他手指能比他的更熟練。他彈奏著一首弗瑞曼老歌，名字叫《穆罕默德言行錄》，曲子中有大量的旁白，涉及在阿拉吉斯生存所必須掌握的各個方面。歌曲講述了一個穴地內人們的工作與生活。

萊托感到音樂將他引入一個奇妙的古代岩洞中。他看到了女人在榨香料的殘渣來獲取燃料，把香料堆在一起讓它們發酵，以及編織著香料織物。穴地內到處都是香料粹。

萊托已分辨不清音樂和岩洞內的人。織布機發出的嗚嗚聲、撞擊聲與巴利斯九弦琴發出的聲音混在一起。但他靈眼看到了人類的頭髮、變異鼠的柔軟長毛、沙漠棉花的纖維，以及小鳥絨毛織成的布匹。他看到了一個穴地學校。沙丘的語言長著音樂的翅膀，不斷衝擊著他的意識。他看到了太陽能廚房、製作和維護蒸餾服的工廠，看到了氣象預報員觀察著他們插在沙漠裡的小棍子。

在他旅途中的某個地方，有人給他帶來了食物，用勺子餵進他嘴裡，並用一隻強壯的手臂扶著他的腦袋。他知道這是個現實中的感覺，但是他意識中的那幅生動的畫卷仍在繼續展開。

古老的格言在他意識中響起：「據說宇宙之中，沒有什麼是實在、平衡、耐久的事物——沒有事物會保留它原來的樣子。每一天、每一刻，變化都在發生。」

古代的護使團知道自己在做什麼，他想，他們知道如何操縱人民和宗教。甚至連我的父親，到了他的生命盡頭，都能找機會逃脫。

就在那兒，那裡就是他要搜尋的答案。萊托研究它。他感覺到力量又回到他的肉體中。由無數經歷組成的他轉了個身，向外看著宇宙。他坐了起來，發現自己一個人待在昏暗的小屋中，唯一的光線源於外頭門廊上的燈光。一個人正在穿過門廊，正是他把他的注意力領到了無數世代以前的地方。

「祝我們好運！」他以傳統的弗瑞曼方式打著招呼。

葛尼．哈萊克出現在拱形門廊的盡頭。在身後燈光的照射下，他的頭成了個黑色的圓球。

「拿盞燈過來。」萊托說道。

「你還想再接受測試嗎？」

萊托笑了笑。「不，該輪到我來測試你了。」

「我們還是先看看再說吧。」哈萊克轉身離開，沒過多久便用左臂夾著帶來了一隻藍色的懸浮球燈。在小屋內，他放開懸浮球燈，讓它自由地飄浮在他們頭上。

「納穆瑞在哪兒？」萊托問道。

「就在外面，聽得到我叫聲的地方。」

「哈，沙漠老爹總是在耐心等待。」萊托說道。他感到一種奇怪的放鬆，他已經站在發現的邊緣，「你用夏胡露專屬的名字來稱呼納穆瑞？」哈萊克問道。

「他的刀是沙蟲的牙齒，」萊托說道，「因此，他是沙漠老爹。」

哈萊克冷冷地笑了笑，沒有說話。

「你仍然在等著對我做出判斷。」萊托說道，「我承認，在你做出判斷之前，你不可能和我互相交換資訊。準確地說，宇宙在我手裡，而你卻無法得到。」

哈萊克身後響起一陣聲音，提醒了萊托，納穆瑞正在前來。他在哈萊克左邊半步遠的地方停住腳步。

「神祕是無窮的，又是確定的。拿它開玩笑不夠明智。」納穆瑞咆哮著說道。他用眼角的餘光瞥了哈萊克一眼。

「你是上帝嗎，納穆瑞，你竟敢妄言確定？」萊托問道。但他的注意力始終放在哈萊克身上。判斷是由他做出的。

兩個人都盯著萊托，沒有回答他的問題。

「每個判斷都與錯誤近在咫尺。」萊托解釋道，「如果有人妄稱他掌握了確定無疑的知識，他必是妄言。知識只是向不確定領域探索的無盡冒險。」

「你在玩什麼文字遊戲？」哈萊克問道。

「讓他說。」納穆瑞說道。

「這個遊戲是納穆瑞起的頭。」萊托說道。老弗瑞曼人點頭認可，他當然知道這是什麼：文字遊戲。「我們的感覺總有兩個層面。」萊托說道。

「瑣事和信息，」納穆瑞道。

「非常好！」萊托說道，「你給我瑣事，我給你信息。我看到了、我聽到了、我聞到了氣味、我碰到了，我感覺到了溫度和味道的變化。我感受到時間還有感情的流逝。今天我就選點兒讓人高興的吧。哈！我很高興！你明白了嗎，葛尼？納穆瑞？人的生活其實並沒有什麼神祕，它不應該是個有待解決的問題，只是需要我們體驗的現實。」

「你在挑戰我們的耐心嗎，年輕人？」納穆瑞說道，「你想死在這兒嗎？」

但是哈萊克做了個制止的手勢。「首先，我不是個年輕人。」萊托說道，「而你也不會殺了我，因爲我已經讓你欠下了水債。」

納穆瑞拔出嘯刃刀。「我什麼也不欠你的。」

「我讓你意識到了你的存在。」萊托說道，「通過我，你知道你的現實不同於其他人的現實，因此你知道自己還活著。」

「在我面前說這些褻瀆的話是危險的。」納穆瑞說道。他揚起了嘯刃刀。

「褻瀆是宗教的必要成分，」萊托說道，「更別說它在哲學中有多麼重要了。我們只有一種辦法可以測試我們這個宇宙，那就是褻瀆。」

「你認爲你瞭解了這個宇宙？」哈萊克問道，他在自己和納穆瑞之間拉開了一點距離。

「問得好。」納穆瑞說道，他的聲音中有死亡的威脅。

「只有風才瞭解這個宇宙，」萊托說道，「而我們的腦子不夠。創世就是發現。上帝在虛無中發現了我們，因爲我們在動，背後是一堵牆。上帝很熟悉那堵牆，它便是一無所有。而現在，它前面出現了動作。」

「你在跟死亡玩遊戲。」哈萊克警告道。

「但你們倆都是我的朋友。」萊托看著納穆瑞說道，「當你介紹某人成爲這個穴地的朋友時，你會殺一隻鷹、一隻隼作爲他的見面禮。而他則以下面的話作答：上帝把一切送到終點，無論是鷹、是隼，還是朋友。難道不是這樣嗎？」

納穆瑞的手在刀上滑動著，刀鋒重新入鞘。他瞪大眼睛盯著萊托。每個穴地都把自己接納朋友的儀式視爲祕密，可他竟隨隨便便就提到。

哈萊克問道：「你的終點是這個地方嗎？」

「我知道你想從我這兒聽到什麼，葛尼。」萊托說道，眼看著希望與懷疑在那張醜臉上交鋒。萊托拍了拍自己的胸口，「這個孩子從來就不是個孩子。我的父親在我體內活著，但他不是我。你愛他，他是個英勇的人，他的事蹟被視爲神跡。他的意圖是想結束戰爭的輪迴，但他的計算沒有考慮到生命永無休止的運動！未來存在諸種可能性，警惕那些削減這些可能性的前進道路。這些道路會讓你離開無盡的可能性，踏入致命的陷阱。」

「我想從你這兒聽到什麼呢？」哈萊克問道。

「他只是在玩文字遊戲。」納穆瑞說道，但語氣極爲遲疑。

「我要和納穆瑞站在一起，共同反對我的父親。」萊托說道，「而我的父親也和我們站在一起，共同反對有關他自己的神話。」

「爲什麼？」哈萊克問道。

「因爲這是我帶給人類的禮物，是發展到極限的自我審視。在這個宇宙中，我要和讓人類重獲人性的人站在同一陣線。葛尼！葛尼！你不是在沙漠中出生並長大。你不能理解我所說的眞理。但是納穆瑞知道，在沙漠這樣的開闊地帶可以看到任何方向，每個方向都和其他方向一模一樣。」

「我仍然沒有聽到我必須聽到的東西。」哈萊克喝道。

「他在鼓吹毀壞和平的戰爭。」納穆瑞說道。

「不，」萊托說道，「我的父親也不贊成戰爭。但是看看他被塑造成了什麼吧！在這個帝國中，和平只有一個意義，那就是保持目前的生活方式。人家命令你們安於現狀。所有星球的生活方式必須與帝國政府所規定的一致。宗教學習的主要目的是尋找適當的人類行爲方式，而我們的教士是怎麼實現這個目標的？埋首於穆哈迪的言論中！告訴我，納穆瑞，你滿意現狀嗎？」

「不。」納穆瑞乾脆地否認道。

「那麼，你會褻瀆穆哈迪嗎？」

「當然不會！」

「但你不是才說你不滿意嗎？看到了嗎，葛尼？納穆瑞已經爲我們證明了這一點：任何一個問題都不止有一個正確的答案。我們必須允許有多樣性的存在。單塊的巨石並不牢固。你爲什麼要從我這兒得到唯一正確的答案呢？」

「你在逼我殺了你嗎？」哈萊克問道，從他的語氣中能聽出他的苦惱。

「不，我是在可憐你。」萊托說道，「告訴我的祖母，我將與她合作。姐妹會可能會因爲與我合作而感到後悔，但作爲亞崔迪家族一員的我已做出了承諾。」

「眞言師可以測試他，」納穆瑞說道，「這些亞崔迪人……」

「那些他必須說的話，讓他在他的祖母面前說吧。」哈萊克說道。他朝著通道裡點頭示意。

離開前，納穆瑞特意停了一下，看著萊托說：「我們讓他活下來——但願這是正確的決定。」

「去吧，朋友，」萊托說道，「去吧，好好想想。」

那兩個人離開，萊托臉朝天躺下，感到冰涼的小床緊貼著他的脊柱。這個動作讓他的頭部一震，被香料深深影響的意識立即開始飛速旋轉起來。就在那一刻，他看到了整顆行星——每個村莊、每個小鎮、每個城市、沙漠地帶和植被地帶。他看到了帝國的社會結構如何通過行星和行星的各個行政區被具體地表現出來。

他體內彷彿有個巨人醒了過來，他明白了這是什麼——一扇通向社會各個不可見部分的窗戶。看到這一點之後，萊托意識到每個系統都有這麼一扇窗戶，甚至他本人這個系統都有。他開始朝窗戶內看去，他成了一個宇宙偷窺者。

這就是他的祖母和姐妹會要尋找的東西！他知道。他的意識在一個新的更高的層次上遊蕩。他感到自己的細胞裡承載著遠古的歷史，歷史在他的記憶中、在神話內、在他的語言及它們的史前碎屑內。他所有人類和非人類的過去都最終與他融爲一體。他感覺自己被核苷酸的潮起潮落裏挾。在無盡的背景中，他既是出生與死亡幾乎同時發生的原生動物，又是無盡無限、無邊無際。

我們每一個人都是無數世代的集合！他想著。

他們需要他的合作。做出合作的承諾，他爲自己在納穆瑞的刀下贏得了緩刑。

他想：但我不會以他們期望的方式帶來新的社會秩序。

萊托嘴邊浮出一絲苦笑。他知道自己不會像父親那樣犯下無意的錯誤，將社會劃分爲統治者和被奴役的人民。但到時候，新時代的人們很可能會渴望「美好的舊時光」。

體內的父親想要對他說話，他小心地尋找著時機，卻無法引起萊托的注意，只能一遍遍地懇求著。

萊托回答道：「不。我們要讓複雜性重新占據他們的思維。是的，體內的父親，我們會給予他們問號。」

※　※　※

你們已經不再有是非善惡之分。對你們來說，一切都已過去。你們不過是做過某些事的人，有關這些事件的記憶則照亮了我前進的道路。

——《萊托二世對他體內生命的講話》哈克·艾爾—艾達

「它自己動了。」法拉肯說道，他的聲音比耳語響不了多少。

他站在潔西嘉的床前，一隊衛兵站在他身後。潔西嘉夫人從床上坐了起來。她穿著一件眞絲睡衣，睡衣反射著白色的微光，領口處的顏色與她古銅色的頭髮剛好相配。法拉肯剛剛闖進這裡。他穿著灰色的連衣褲，沿著宮殿走廊一路跑來，激動得臉上大汗淋漓。

「幾點了？」潔西嘉問道。

「幾點？」法拉肯好像沒聽明白。

一個衛兵道：「現在是淩晨三點，夫人。」他小心地看了法拉肯一眼。年輕的王子剛才飛奔著衝過深色的走廊，大驚失色的衛兵急忙在他身後緊緊跟隨。

「手動了。」法拉肯說道。他舉起自己的左手，隨後又是右手。「我眼看著自己的手縮小成了小小的拳頭。我記起來了，那是我嬰兒時期的手！我記起了我嬰兒時的樣子，而且……記得很清楚。我撿回了嬰兒時期的記憶！」

「很好。」潔西嘉說道。他的興奮很有感染力，「當你的手逐漸變老時發生了什麼？」

「我的……思維……變得緩慢，」他說道，「我感覺到背部有個地方很疼。就在這兒。」他碰了碰他的左腎處。

「我們學到了最關鍵的一課，」潔西嘉說道，「你知道是哪一課嗎？」

他放下雙手，看著她道：「我的思維控制著我的現實。」他的眼睛閃著光，又用更大的聲音重複了一遍，「我的思維控制著我的現實！」

「這是氣神合一平衡的開始，」潔西嘉說道，「但只是個開始。」

「接下來我該幹什麼？」他問道。

「夫人，」剛才回答她問題的衛兵斗膽插嘴道，「已經很晚了。」

潔西嘉道：「走開。我們有事要做。」

「夫人。」衛兵堅持道，他的眼睛緊張地在法拉肯和潔西嘉之間望來望去。難道在這時間點，他們的間諜配置有問題？潔西嘉不禁懷疑。「你以爲我會勾引他嗎？」潔西嘉問道。

衛兵的身子僵了一下。

法拉肯興奮地笑著向衛兵們揮了揮手，以示解散。「你們都聽見了，走吧。」

衛兵們互相看了看，終於服從了他的命令。

法拉肯坐在她床邊。「接下來幹什麼？」他搖了搖頭，「我想相信妳，但我做不到。然後……我的頭腦就像融化了一樣亂成一團。我累了，我的頭腦放棄了對妳的懷疑。接著，它發生了。就這麼簡單！」他彈了個指尖。

「你的頭腦抗拒的並不是我。」潔西嘉說道。

「當然不是，」他承認道，「我是在和我自己抗拒，在和我的固有觀念鬥爭。接下來該幹什麼？」

潔西嘉笑了。「我承認我沒想到你這麼快就成功。才過了八天……」

「我有耐心。」他笑著說道。

「你總算開始學會有耐心。」她說道。

「開始？」

「你剛剛越過了學習的第一個關口。」她說道，「現在你算是一個眞正的嬰兒。這以前……你只是有潛力，甚至都還沒有出生。」

他的嘴角撇了下來。

「不要這麼沮喪，」她說道，「你已經成功了。這很重要。又有幾個人能重獲新生呢？」

「接下來幹什麼？」他堅持道。

「你要繼續練習你學到的這個東西，」她說道，「我要求你能隨時隨地做到這一點，它會使你的意識中出現一片新天地。過一段時間，你會學到新東西，塡充那片暫時空白的天地，你將擁有檢驗現實世界的能力。」

「我要做的只有這些？只練習這個——」

「不。現在你可以開始肌肉訓練了。告訴我，你能移動你左腳的小腳趾，同時讓其他地方保持不動嗎？」

「我的……」他開始嘗試移動小腳趾，臉上露出專注的表情，額頭上漸漸沁出汗珠。最後，他低下頭，死死盯著自己的左腳，長噓一聲，「我做不到。」

「你能做到，」她說道，「只是需要學習。你要學習控制身上的每一塊肌肉。你要熟知它們，就像你熟知自己的手一樣。」

這番前景讓他禁不住呑口水。法拉肯道：「但這些到底是什麼訓練？妳的計畫是什麼？」

「我的計畫是讓你擺脫這個現實宇宙的束縛，」她說道，「你會成爲你最渴望成爲的人。」

他思索了一陣子。「無論我渴望什麼？」

「是的。」

「不可能！」

「你已經學會了如何控制現實，等你進一步學會控制你的渴望時，不可能就會成爲可能。」她說道。她暗想：就這樣！讓他的分析家們去審查吧。他們會建議謹愼對待，但法拉肯會讓自己的學習繼續深入一步，以求弄明白我到底有什麼打算。

他的話證實了她的猜測。「告訴一個人他可以實現心中的渴望是一回事，眞正實現卻完全是另一回事。」

「你的進步比我想像的更快。」潔西嘉說道，「很好，我向你保證：完成整個學習過程之後，你將成為眞止的你。無論你做什麼，都是因為你想這麼做。」

讓眞言師來分析我這句話吧，她想。

他站了起來，臉上的表情透露出他對她的確懷有善意。「妳知道嗎，我相信妳。我不知道為什麼，但我就是相信。今天就說到這兒吧。」

他走出了她的臥房，潔西嘉看著他遠去的背影。她熄滅了懸浮球燈，躺到床上。這個法拉肯是名城府很深的人。方才的話相當於告訴她，說他已經開始看出她的計畫，但他決定參與這個陰謀——出於他自己的意志。

等他學會眞正明瞭自己的想法再說吧，她想。這個想法讓她平靜下來，準備入睡。明天，宮廷裡會有許多人「偶然」碰上她，向她問些看似無關緊要的問題。

※　※　※

人類不時地會有一段加速發展期，新生活力與羈絆守舊之間爆發出激烈的競賽。在這種不定期發生的競賽中，任何停留都是一種奢侈。只有在這種時候，人們才會意識到：一切都是被允許的，一切皆有可能。

——《穆哈迪外書》哈克・艾爾—艾達

與沙子的接觸很重要，萊托告訴自己。

他坐在蔚藍的天空下，感覺著屁股下的沙粒。他們又一次強迫萊托服下了大劑量的香料粹，現在他的意識如同旋渦般轉個不停。在旋渦的中央有一個一直沒有解決的問題：為什麼他們堅持要我說出來呢？葛尼很固執，這一點毋庸置疑，另一方面，他還接到了潔西嘉夫人的命令。

為了「上好這一課」，他們把他從穴地帶到外面的日光下。在身體從穴地到這裡短短旅途中，他產生了某種奇怪的感覺，覺得他的內在意識正在調解一場發生在萊托公爵和哈肯尼男爵之間的戰爭。他們在他體內通過他進行著間接的爭鬥，因為他不允許他們直接面對面交鋒。這場戰爭讓他懂得了阿麗亞身上究竟發生了什麼。可憐的阿麗亞。

我對於香料之旅的恐懼是對的，他想。

他對潔西嘉夫人忿忿不已。她那該死的高姆刺！抵抗的結果不是勝利就是死亡。她雖然無法把毒針頂在他的脖子旁，但她可以將他送進已經捕獲了她女兒的危險深淵。

一陣喘息聲侵入了他的意識。聲音起伏不定，時而響亮、時而輕柔，然後重又變得響亮……輕柔。他無法分辨這是來自現實還是香料創造的幻境。

萊托感到身體軟綿無力，雙手交叉放在胸前。他感覺到了屁股底下的熱沙。雖然前面擺了一塊墊子，但他還是直接坐在沙子上。一個影子橫在墊子上：是納穆瑞。萊托盯著墊子上雜亂的圖案，覺得上頭似乎不斷冒著氣泡。他的意識自行遊蕩在另一個地方，一個綠色植被連著天際的地方。

他的腦子一陣陣悸痛。他覺得自己在發燒，很熱。體內的高熱擠走了感官，他只能隱約感到危險的影子在移動。納穆瑞和他的刀。熱……熱……終於，萊托飄浮在天空與沙漠之間，什麼也感覺不到，除了燃燒般的高熱。他在等待一件事情發生，並認為這件事是宇宙中的第一次，也是唯一一次。

熱烈的陽光撞在他身邊，燦爛地墜毀。內心沒有寧靜，也沒有安全感。我的金色通道在何方？他的神經傳遞著這個問題，等待著回答。

抬起頭，他命令自己的神經。

一個可能是他自己的頭向上抬起，望著明亮陽光中的一塊黑斑。

有人在低語：「他已經深入未來。」

沒有回答。

火辣辣的太陽繼續釋放著熱浪。

漸漸地，他的意識之潮擁著他飄過一大片綠色的空無，在那裡、在低矮的沙丘後，離突出的懸崖頂端不到一公里的地方，綠色的未來正在發芽、正在茁壯成長，要長成無邊的綠色、膨脹的綠色、綿延萬里的綠色，直至天際。

所有綠色中，連一條沙蟲也沒有。

野生的植被正在繁茂，但沒有夏胡露。

萊托感到自己已經越過樊籬，跨進一片只在想像中見過的新天地。現在的他正透過面紗看著這個世界，世人把這張面紗稱作「未知」。

它現在成了殘酷的現實。

他感到紅色的生命之果在他手上搖曳，這是他自己的生命之果。果汁正從他的體內流走，而這果汁就是他血管中流淌的香料粹。

沒有夏胡露、沒有香料。

他看到了未來，一個缺失了巨大的灰色沙蟲的未來。他知道，但他無法從恍惚中擺脫，無法脫離這個未來。

突然間，他的意識開始後退——後退、後退，遠離了如此極端的未來。他的思維回到了體內，他發現自己無法將注意力集中在視野中的任何細節上，但是他聽到體內的聲音。它說著一種古老的語言，他完全聽懂了。聲音既悅耳又歡快，但是它述說的內容卻震撼著他。

「並不是現在影響了將來，你這個傻瓜。應該倒過來，未來形成了現在。你完全弄反了。未來是確定的，現在只不過是一連串的事實以確保未來的確定和無法避免。」

這些話讓他瞠目結舌。他感到恐懼在他體內生成。由此他知道自己的身體仍然存在，但是魯莽的自然和狂野的幻象讓他覺得自己動彈不得，陷入無助，無法讓肌肉聽命。他知道自己愈來愈屈服於體內生命的衝擊。

他陷入了恐慌，以爲自己將要失去對它們的控制，最終墮落成爲畸變惡靈。

萊托感到自己的身體恐慌地扭動著。

他已經開始依靠剛剛征服的體內生命的善意合作，但它們現在卻背叛了他。他幾乎喪失了自我。萊托努力集中注意力，在意識中形成一個自我形象，但看到的卻是一個個相互重疊的畫面，每個畫面代表著不同的年紀：從嬰兒直到老態龍鍾。

他想起體內的父親早先給他的訓練：讓手先變年輕，然後再變老。但現在，他已經喪失了現實感，意識中的形象於是徹底混淆起來，甚至無法區分自己與自己體內的生命。

一道閃亮的雷電劈碎了他。

萊托感到自己的意識迸成碎片，紛紛飄離。但在存在與消亡之間，他仍然保有微弱的一絲自我意識。在這個希望的鼓舞下，他感到自己的身體開始了呼吸。吸氣……呼氣。他深深地吸一口氣：陰、呼出這口氣：陽。

在他剛好搆不著的地方，有一塊不受任何干擾的獨立之地。與生俱來的多重生命帶來了混亂，而這塊獨立之地則代表著他徹底地征服了混亂——不是錯覺，而是眞正的勝利。他現在知道他以前犯的錯誤：他任迷藥的作用中選擇了尋求力量，而不是去面對他和加尼馬不敢面對的恐懼。

正是恐懼擊倒了阿麗亞！

對力量的追求還布下了另一個陷阱，把他引入了幻想，讓假象展示在他眼前。現在，假象轉了過去，他知道了自己的位置。他在中央，毫不費力便可以極目縱覽全部預知幻象。

他渾身洋溢著喜悅之情。他想笑，但是他拒絕享受這種奢侈，因爲笑聲會關上記憶的大門。

啊哈哈哈！我的記憶！他想。我看到了你所製造的假象。從現在起，你無需再爲我編造下一時刻的圖像了。你只需要告訴我如何創造新的未來。我不會把自己綁在過去的車轍上。

這個想法在他的意識內擴散開來，如同清水洗涮著地面。隨著擴散，他感覺到自己的整個身體，感覺到了每個細胞、每條神經。他入定了，在安寧中，他聽到聲音，他知道聲音是從很遠處傳來的，但是他聽得眞切，彷彿在聽山谷中的回音。

其中一個聲音是哈萊克的。「或許我們讓他喝得太多了。」

納穆瑞回答道：「我們完全遵照她的要求。」

「或許我們該回到那兒，看看他現在怎麼樣了。」哈萊克說道。

「薩巴赫對這種事很在行。如果有麻煩，她會立即通知我們。」納穆瑞說道。

「我不喜歡薩巴赫的參與。」哈萊克說道。

「她是必不可少的組成部分。」納穆瑞說道。

萊扞感到他身體之外一片光明，而體內則是一片黑暗，但這黑暗是私密且溫暖，並能保護他。光明開始變得狂野，他感覺光明來自體內的黑暗，爆發般向外衝去，如同一朵絢麗的彩雲。

他的身體開始變得透明，牽著他站起來，然而他仍然保持著與每個細胞每條神經的親密接觸。體內的生命排成整齊的佇列，沒有一絲混亂。他們和他的內心保持一致，變得非常安靜。所有記憶生命既各自獨立，又共同組成一個不可分的非物質整體。

萊托對他們說道：「我是你們的精神；我是你們唯一能實現的生命；我是你們的居住地，是你們唯一的家園。沒有我，有序的宇宙將陷入混亂，創造力和破壞力在我體內緊密相連，只有我才能斡旋於二者之間；沒有我，人類將陷入泥潭和無知。通過我，你們和他們能找到遠離混亂的唯一道路：感知生命。」

說完後，他放手讓自己離開，變回了他自己，他個人的自我已融合了他的全部過去。這不是勝利，也不是失敗，而是一種在他與任何他選擇的體內生命之間分享的新東西。萊托體會著這新東西，讓它掌握了每個細胞、每條神經，在他自己切斷和細胞及神經的緊密接觸時由它來接替。

過了一會兒，他蘇醒過來。剎那間他知道了自己現在在什麼地方——坐在離標誌著穴地北方界限的懸崖一公里遠的地方。他現在知道了那個穴地——迦科魯圖……也叫作芳達克。但是它和走私販們鼓吹的神話、傳說和謠言中的樣子相差得太遠。

一個年輕女人坐在他對面的墊子上，一盞明亮的懸浮球燈釘在她的左袖上，燈飄浮在她的腦袋附近。萊托的目光從懸浮球燈上移開，看到了星星。他知道這個女人，她是以前在他的幻象中出現過的那個人，烘咖啡的女人。她是納穆瑞的侄女，也像納穆瑞那樣隨時準備抽刀殺死他。她膝蓋上現在就放著一把刀。在灰色的蒸餾服外，她套著一件樣式簡單的綠色長袍。

薩巴赫是她的名字。納穆瑞對她有自己的安排。

薩巴赫從他眼中看出他已清醒過來，道：「快到黎明了。你在這兒待了一個晚上。」

「加上一整個白天。」他說道，「妳烘得一手好咖啡。」

他的話令她疑惑，但她沒有在意。她現在只有一個想法。苛刻的訓練和明確的指示造就了她現在的行爲。

「現在是暗殺的時間，」萊托說，「但是妳的刀不再有用。」他朝她膝蓋上的嘯刃刀看了一眼。

「這要看納穆瑞怎麼說了。」她說道。

不是哈萊克。她印證了他內心的想法。

「夏胡露是了不起的清潔工，能消除任何不需要的痕跡。」萊托說道，「我就曾經這麼利用過它。」

她輕輕地將手放在刀把上。

「我們坐在什麼地方、我們的坐姿……這些細節能揭示多少事情啊。」他說道，「妳坐在墊子上，而我坐在沙地上。」

她的手握緊了刀把。

萊托打了個哈欠，張大嘴巴使他的下巴隱隱作痛。「我看到了一個幻象，裡面有妳。」他說道。她的肩膀微微放鬆。

「我們對阿拉吉斯的瞭解太片面了，」他說道，「因為我們一直只是野蠻人。我們正在做的事情有股慣性。現在我們必須撤回我們的某些做法，必須縮小我們改變的範圍，保證環境的平衡。」

薩巴赫疑惑地皺起眉頭。

「我的幻象告訴我，」他說道，「除非我們能讓沙丘的生命重新開始舞蹈，沙漠深處的龍將不復存在。」

他使用了古老的弗瑞曼名字來稱呼沙蟲，她一開始沒聽懂，隨後才說：「沙蟲？」

「我們在黑暗中。」他說道，「沒有香料，帝國將四分五裂。宇航公會也無法飛行。各個世界將漸漸地相互忘卻，變得自我封閉。空間將成為障礙，因為宇航公會的領航員失去了領航能力。我們將被困在沙丘，不知道外面和裡面都有些什麼。」

「你說的話眞奇怪，」她說道，「你怎麼能在你的幻象中看到我呢？」

利用弗瑞曼人的迷信！他想，隨後說道：「我就像有生命的象形文字，寫下一切未來必將發生的變化。如果我不寫，妳就會遭遇人類絕不應該經歷的痛苦。」

「你會寫些什麼字？」她問，但她的手仍然握在刀把上。

萊托將頭轉向迦科魯圖的懸崖，看到了二號月亮的月光。黎明時分將到來，月亮正漸漸墜入崖後。遠遠傳來一隻沙漠野兔臨死前發出的慘叫。

他看到薩巴赫在發抖。遠處傳來了翅膀扇動的聲音，那是猛禽，屬於夜晚的生物的揮翅聲。牠們從他頭頂飛過，飛往懸崖上的窩。他甚至能看到牠們閃閃發光的眼睛。

「我的心已經發生了變化，它在指引我。我必須聽從它的指引。」萊托說道，「妳認爲我只是個小孩，薩巴赫，但是……」

「他們警告過我，要我當心你。」薩巴赫說道，肩膀緊繃，明擺著就要動手。

他聽出了她話中的恐懼，說道：「不要害怕我，薩巴赫。妳比我這具肉體多活了八年。因此我尊敬妳，但我還擁有其他生命經歷過的數不清的年月，比妳知道的要長得多。不要把我看成個孩子。我看到了很多未來，在其中的一個，我們墜入了愛河，妳和我，薩巴赫。」

「什麼……不會……」她糊塗了，聲音愈來愈低。

「慢慢想吧。」他說道，「現在幫我回到穴地，因爲我去了很遠的地方，旅途讓我感到身心疲憊。必須讓納穆瑞知道我剛才都去了什麼地方。」

他看到她在猶豫，於是說道：「我難道不是穴地的朋友嗎？納穆瑞必須知道我看到的東西。爲了防止我們的宇宙退化，我們要做的事情太多了。」

「我不相信你說的……有關沙蟲的話。」她說道。

「也不相信我們之間的相愛？」

她搖搖頭。但是他能看到這個想法如同風中的羽毛般在她的思緒中飄來飄去，對她既有吸引力，又使她不快。與權力結合當然有其吸引力，可她叔叔已經對她下令。但話又說回來，某天這個穆哈迪的兒子可能會統治沙丘和整個宇宙。她作爲一個棲身岩洞的底層弗瑞曼人，竟然能有這樣的機會。與萊托的結合會使她變得家喻戶曉，成爲謠言和臆斷的對象。當然，她也能擁有大量的財富，而且……

「我是穆哈迪的兒子，能看到未來。」他說道。

慢慢地，她把刀插進刀鞘，輕巧地從墊子上站起來，走到他身旁，扶著他站了起來。她接下來的舉動讓萊托暗自好笑：她整齊地疊好墊子，放在右肩上，然後悄悄比較著他們倆的身高。

萊托不禁想起自己剛才的話：陷入愛河？

身高是另一個會變化的東西，他想。

她伸出一隻手，扶住他的手臂，引導並抓著他。他才稍稍一個踉蹌，她便嚴厲地說道：「我們離穴地還很遠！」失足的聲音可能會引來沙蟲。

萊托感到自己的身體成了一個乾癟的皮囊，就像是昆蟲蛻下的殼。他知道這個殼，這個殼屬於以香料粹和教會爲基礎的這個社會。這具軀殼使用過度，於是乾癟了，和這個社會一樣。

現在穆哈迪的崇高目標已經蛻變成爲得到軍事集團強化的巫術，它成了「仙恩—薩—紹」，這是伊克斯語，意思是狂熱、瘋癲，指那些自以爲他們的嘯刃刀一指，就能把宇宙帶進天堂的狂人。

「聖戰是一種集體瘋狂。」他喃喃自語道。

「什麼？」薩巴赫一直在集中精力幫他行走，讓他的腳步聲沒有任何節奏感，在開闊沙漠中隱匿他倆的存在。她尋思著他的話，最後認定這只是疲勞的產物。她知道他太虛弱，迷藥抽乾他的力量。對她來說，這一切都是毫無意義的殘忍。如果他真的像納穆瑞說的那樣該殺，那麼就該做得乾乾淨淨，不要牽扯出這麼多旁枝末節。

但是萊托剛才說到他有什麼了不起的大發現——或許那就是納穆瑞尋求的東西。他的祖母之所以這麼做，顯然也是爲了這東西。否則我們的沙丘聖母怎麼會同意對一個孩子實施如此危險的行動？

孩子？

她再次想起了他的話。來到懸崖底部，她停下腳步，讓他在安全的地方休息一會兒。在朦朧的星光下，她低頭看著他問道：「未來怎麼會沒有沙蟲了？」

「只有我能改變，」他說道，「別怕。我能改變任何事。」

「但是——」

「有些問題是沒有答案的，」他說道，「我看到了那個未來，但是其中的矛盾之處只會讓妳迷惑不解。宇宙在不斷變化，而一切變化中，人類的變化是最爲古怪。能讓我們改變的東西實在太多，我們的未來需要不斷調整、更新。至於現在，我們必須除去一個障礙。這要求我們去做殘忍的事，違背我們最基本的意願……但我們必須這麼做。」

「必須做什麼？」

「妳曾經殺過朋友嗎？」他問道，轉過身，率先向通往穴地隱蔽入口的裂縫走去。他以被迷藥抽乾的體力所能支撐的最快速度走著，但她緊跟在他身後，抓住他的長袍，拉住了他。

「殺死朋友是什麼意思？」

「他無論如何都會死，」萊托說道，「不需要我自己動手。問題是我能阻止他的死亡。如果我不阻止，這不也算殺了他嗎？」

「是誰……誰會死？」

「因爲還有轉圜的餘地，所以我必須保持沉默。」他說道，「我或許不得不把我的妹妹交給一個魔鬼。」

他再次轉身背對著她，當她再一次拉住他的長袍時，他拒絕回答她的問題。時機成熟之前最好不要讓她知道，他想。

※　※　※

一般人認為，自然選擇就是由環境篩選出那些有資格繁衍後代的生物。然而涉及到人類時，這種觀點顯示出極大的局限性。人類可以將實驗、革新的手段用於繁殖過程，使之發生變異。它帶來了很多問題，包括一個非常古老的問題，那就是：究竟是當變異出現之後，環境才來充當篩選者的角色呢，還是在變異出現之前，它就已經充當了決定何種變異將出現並持續下去的決策者？沙丘並沒有回答這個問題，它只是提出了新的問題。萊托和姐妹會將在接下來的五百代時間裡做出回答。

——《沙丘災難》哈克．艾爾－艾達

遮罩牆山光禿禿的棕色岩石在遠處若隱若現，在加尼馬的眼裡，它彷彿是威脅她未來的幽靈。她站在皇宮空中花園的邊上，落日的餘暉照著她的後背。陽光從空中的沙塵雲中折射而出，變成了橘黃色，像沙蟲嘴邊的顏色一樣絢爛。她嘆了口氣想：阿麗亞……阿麗亞……妳的命運就是我的命運嗎？

最近，她體內的生命變得日益喧囂。或許性別不同眞的有巨大的差異，反正女人更容易被體內的浪潮征服。以前她的祖母在和她交談時就向她警告過這一點，潔西嘉根據她積累的比吉斯特經驗，觀察到了加尼馬體內生命的威脅。

「姐妹會將出生之前就有記憶的人稱爲畸變惡靈，」潔西嘉夫人說道，「這個稱謂後面隱藏著一部漫長的苦難史。問題的根源在於體內的生命會產生分化，分化成良性與惡性。良性的會保持馴良，對人有益；但是惡性的會彙聚成一個強大的心智，想奪取活人的肉體和意識。奪取控制權的過程會持續很長時間，但其間的痕跡是相當明顯。」

「妳爲什麼要放棄阿麗亞？」加尼馬問道。

「因爲恐懼，我逃離了我所創造的東西，」潔西嘉低聲說道，「我放棄了。我內心的負擔在於……或許我放棄得太早了。」

「什麼意思？」

「我還無法做出解釋，但是……或許……不！我不會給妳虛假的希望。人類的神話早就描述過惡靈的引誘。它被稱作很多東西，但最常用的稱呼是魔道。妳在邪念中迷失了自我，邪惡將引誘妳進入惡之地。」

「萊托……他害怕香料。」加尼馬說道。他倆面臨著多麼巨大的威脅啊！

「很明智。」潔西嘉是這麼說的。她也只能說這麼多了。

但是加尼馬已經歷過體內記憶的噴發，隱約看到了內心世界，而且不斷徒勞地背誦比吉斯特對抗恐懼的禱詞。發生在阿麗亞身上的事得到了解釋，但這並不能減輕她的恐懼。但比吉斯特積累的經驗指出了一條可能的生路。探索內心時，加尼馬寄希望於默哈拉，她的良性夥伴，希望它能保護她。

她站在落日餘暉照耀下的皇宮空中花園，回想著那次體驗。她立即感覺到了她母親的記憶形象。加妮站在那兒，像一縷幽魂，站在加尼馬與遠處懸崖之間。

「一旦進來，妳將品嚐到那來自地獄的紮曲姆之果。」加妮說道，「關上這扇門，我的女兒，只有這樣妳才能得到安全。」

內心的喧囂在加妮的形象旁升騰而起，加尼馬逃離開來，乞靈於姐妹會的信條。之所以這麼做，與其說是信任這些信條，還不如說是絕望中的無奈之舉。她默念著這些信條，發出耳語般的聲音：

「宗教是孩子對成人的效法。宗教誕生於神話，而神話是人類對宇宙的猜測。宗教的另一個基礎是人們在追逐權力的過程中的言論。宗教就是這樣一個大雜燴，加上少許眞正具有啓迪作用的思想。所有宗教都包括一條雖未明言卻至爲根本的戒律：汝等不應懷疑！但是我們懷疑，我們當然要打破這條戒律，因爲我們爲自己制定的任務是解放想像力，利用想像力來觸發人類最深處的創造力。」

漸漸地，加尼馬的意識又恢復秩序。她感到自己的身體在顫抖，她知道自己暫時獲得的安寧是多麼脆弱。

隨後她回想起記憶中法拉肯的形象，那張陰鬱的年輕臉孔，還有他的濃眉和緊繃的嘴角。

仇恨令我強壯，她想。有了仇恨，我就可以抗拒阿麗亞式的命運。

但是她仍在不住顫抖。在這種狀態下，她只能思考一個問題：法拉肯在多大程度上像他的祖先，已逝的沙德姆四世。

「原來妳在這兒！」

伊如蘭沿著欄杆從加尼馬右手邊走來，走路的姿勢看起來像個男的。加尼馬轉過頭去，想：她是沙德姆的女兒。

「妳爲什麼一定要一個人偷偷溜出去呢？」伊如蘭停在加尼馬面前問道，憤怒的臉向下瞪著加尼馬。

加尼馬控制著自己，沒有反駁說她並不是一個人在這兒，衛兵們看著她上了天台。伊如蘭之所以憤怒是因爲她們倆暴露在這兒，可能被遠端武器要了性命。

「妳沒有穿蒸餾服。」加尼馬說道，「妳知道，從前如果有人在戶外被抓到沒有穿蒸餾服，這個人會被立即處死。浪費水資源會威脅到整個部落的生存。」

「水！水！」伊如蘭喝道，「我想知道妳爲什麼要讓自己暴露在危險中！回到屋裡去，妳給我們大家都添了麻煩。」

「這兒有什麼危險？」加尼馬問道，「史帝加已經清除了叛逆。現在到處都有阿麗亞的衛兵。」

伊如蘭向上看著漸黑的天空。藍灰色的背景下，能看到星星在閃光。她又將注意力放回到加尼馬身上。「我不會和妳爭論，我被派到這兒來通知妳法拉肯已經接受了，但不知爲什麼，他要求推遲訂婚儀式。」

「多長時間？」

「我們還不知道。還在談判中。但是鄧肯被送回來了。」

「我的祖母呢？」

「目前她選擇待在薩魯撒上。」

「有誰能怪她嗎？」加尼馬問道。

「全都是因爲那次與阿麗亞的愚蠢的爭吵！」

「不要騙我，伊如蘭！那不是愚蠢的爭吵。我聽說了整個故事。」

「姐妹會的擔心——」

「——是眞的。」加尼馬說道，「好了，消息妳已經傳到了。妳打算借這個機會再來勸阻我一次嗎？」

「我已經放棄了。」

「妳眞的不應該騙我。」加尼馬說道。

「好吧！我會一直勸下去。這種事眞能讓人發瘋。」伊如蘭不知道自己爲什麼在加尼馬面前這麼容易急躁。一個比吉斯特應該在任何時候都保持冷靜。她說道，「我擔心妳面臨的極度危險。妳知道的。加尼，加尼……妳是保羅的女兒。妳怎麼能——」

「正因爲我是他的女兒。」加尼馬說道，「我們亞崔迪人的祖先能一直追溯到阿伽門農，我們知道我們的血管裡流著什麼樣的鮮血。請絕對不要忘記這一點，我父親名義上的妻子。我們亞崔迪人有血淋淋的歷史，血還將繼續流下去。」

伊如蘭心不在焉地問：「誰是阿伽門農？」

「足以證明妳們那自負的比吉斯特教育是多麼淺薄。」加尼馬說道，「我老是會忘記妳的歷史知識是多麼貧乏。但是我，我的回憶能追溯到……」她停下口邊的話。最好別去打擾體內生命那易醒的睡眠。

「不管妳記得什麼，」伊如蘭說道，「妳肯定知道妳選擇的道路是多麼危險……」

「我要殺了他！」加尼馬說道，「他欠我一條命。」

「我會盡可能地阻止妳。」

「我們早已料到，妳不會有機會的。阿麗亞會派妳前往南方的一個新城鎮，直到整件事情結束爲止。」

伊如蘭沮喪地搖搖頭。「加尼，我發誓我將在一切危險前盡力保護妳。如果有必要，我將獻出自己的生命。如果妳以爲我會在哪個偏僻城市打發時間，眼看著妳……」

「別忘了，」加尼馬輕聲說道，「我們還有亡者蒸餾器。妳總不至於能從亡者蒸餾器裡干涉我們吧。」

伊如蘭的臉色變得慘白，一手捂住了嘴，一時間忘了她所有的訓練。只有這種時候才能知道她有多麼關心加尼馬。在這種幾乎只剩下動物式的恐懼的時刻，所有僞裝都會被拋棄，流露出最誠實的感情。感情的洪流讓她語不成聲：「加尼，我並不爲自己擔心。爲了妳，我可以投身於沙蟲的嘴中。是的，我就是妳剛才所稱呼的那樣，妳父親名義上的妻子，但妳就是我的孩子。我求妳……」淚光在她的眼角閃動。

加尼馬也覺得喉嚨發緊，她強壓下衝動，道：「我們之間還有一個不同。妳從來就不是一個弗瑞曼人，而我是個純粹的弗瑞曼人。這是分隔了妳我的峽谷。阿麗亞知道這一點。不管她有多少不是之處，她是知道這一點。」

「阿麗亞知道什麼，旁人是無法猜測的。」伊如蘭恨恨地說，「假如我不知道她是亞崔迪人，我會發誓說她所做的一切都是爲了摧毀這個家族。」

妳怎麼知道她仍舊是亞崔迪人呢？加尼馬想。不知道伊如蘭爲什麼在這方面如此眼拙。她是名比吉斯特，還有誰比姐妹會更瞭解惡靈的歷史呢？可她竟然想都沒想過這一點，更別說做出這種判斷了。阿麗亞肯定在這個可憐的女人身上施加了某種巫術。

加尼馬說道：「我欠妳一個水債，因此我會護衛妳一生。但是妳侄子的事已經定了，所以請妳不要再多說。」

伊如蘭的嘴唇仍然在顫抖，眼睛瞪得大大的。「我眞的愛妳父親，」她耳語道，「在他死之前連我自己都不知道。」

「或許他還沒死，」加尼馬說道，「那個傳教士……」

「加尼！有時我眞的不瞭解妳。保羅會攻擊自己的家族嗎？」

加尼馬聳聳肩，抬頭看著正在變黑的天空。「他可能會覺得挺有趣，攻擊……」

「妳怎麼能說這種——」

「我不會嘲笑妳。上帝知道我不會。」加尼馬說道，「但我不止是父親的女兒，我是任何一個向亞崔迪家族提供血脈的人。妳不認爲我是畸變惡靈，但我卻不知道還能有其他什麼詞來形容我。我是個出生前就有記憶的人，我知道我體內是什麼。」

「愚昧的迷信……」

「別這麼說！」加尼馬伸出一隻手，封住伊如蘭的嘴，「我是每一名比吉斯特，包括我的祖母，夢寐以求的優生結果。但我還是其他許多東西。」她用右手的指甲在左手手掌上劃出一道血痕，「這是一具年輕的身體，但它的經驗……哦，上帝，伊如蘭！我的經驗！」她再次伸出手，伊如蘭靠近了她，「我知道所有我父親勘查過的未來。我擁有無數個生命的智慧，當然也有他們的無知……以及道德上的所有弱點。如果妳想幫助我，伊如蘭，妳首先必須學會瞭解我。」

伊如蘭本能地彎下腰，臉貼著臉，把加尼馬緊緊的摟在懷裡。

不要讓我不得不殺了這個女人，加尼馬想，不要發生這種事！

當這個想法掠過她的腦海時，整個沙漠陷入了夜色。

※ ※ ※

一隻小鳥在呼喚你，
發自牠深紅色的喙裡。
牠在泰布穴地鳴叫，僅僅一次，
接著你就去了喪葬之地。

——《獻給萊托的悼詞》

恍惚中，萊托聽到一陣女人頭髮上的水環發出的叮噹聲。他順著小石室開著的門向外望去，只見薩巴赫坐在那裡。半夢半醒間，他覺得她現在這個樣子和他在幻象中見到的一模一樣。大多數比她小兩歲的弗瑞曼女子都已經結婚，沒結婚的也至少有了婚約。因此她的家庭留下她肯定是爲了某種特殊的用途……或是爲了某個特殊的人。

看得出來她是個健康適婚的女人。在幻象中，他的雙眼看到了她來自地球的祖先。她留著一頭黑髮和淺色皮膚，深陷的眼窩使得她純藍的眼睛顯出一抹綠色。鼻子小巧、嘴唇豐滿、下巴消瘦。對他來說，她是個活生生的信號，表明迦科魯圖知道比吉斯特的計畫，至少有所懷疑。姐妹會希望他和他妹妹結婚，讓這個殘暴的帝國持續下去。難道迦科魯圖的人想用薩巴赫阻止這樣的婚姻？

他的抓捕者知道這個計畫，他們是怎麼知道的？他們無法看到他所看到的預知幻象。他們沒有跟隨他前往未來的時空。反覆出現的幻象顯示薩巴赫是他的，而且僅僅屬於他一個人。

薩巴赫頭髮上的水環再次發出了叮咚聲，聲音激發了他的幻象。他現在正騎在一條大沙蟲上，乘客們頭髮上的水環叮咚作響，爲他們的旅途帶來了節奏感。不，不對……他現在身處迦科魯圖的小石室內，正進行著最危險的旅程：時而脫離感官所能感知的眞實世界，時而又重返這個世界。

她在那兒做什麼？頭髮上水環還時不時地發出叮咚聲？哦，是的，她在調配著香料混合物，他們就是用它困住了他：往食品中添加香料精，讓他一半身處現實世界，一半神遊於世界之外，直到他就此死去，或是他祖母的計畫成功爲止。每次當他覺得自己已經贏了時，他們總是會再來一次。

潔西嘉夫人是對的——那條老母狗！這是什麼經歷！打開體內所有生命的全部回憶沒有用處，除非他能組織好所有的資料，並能根據自己的意志來決定該回憶什麼。那些生命是無序的原生材料、他們中的任何人都能侵占他。迦科魯圖的人將大量香料用於他身上，這是一場不得不進行下去的賭博。

葛尼在等著我顯示出某種跡象，但是我拒絕表露出來。這場試驗還要進行多長時間？

他盯著門外的薩巴赫。她把兜帽拋在腦後，露出了鬢角處的部落紋身。萊托沒法子一下子認出那個紋身，隨後才意識到自己身處的環境。是的，迦科魯圖仍然存在。

萊托不知道自己究竟是要恨自己的祖母呢，還是要感謝她？她想讓他能夠清醒地意識、分析自己的本能。但本能只是人類這一物種的群體記憶，能告訴人們如何應對危機。來自體內其他生命的直接記憶能教給他的東西遠比本能更多。他已經將他們的記憶整理完畢，而且看到了將自己的內心袒露給葛尼將帶來的危險。

但在納穆瑞面前，他無法掩飾。納穆瑞是另外一個問題。

薩巴赫走進小石室，手裡拿著個小碗。他欣賞地看著門外的燈光投射在她身後，在她頭髮邊緣形成了一道彩虹。她輕柔地抬起他的頭，開始餵他吃小碗裡的東西。直到此刻，他才意識到自己是多麼虛弱。他沒有拒絕，而是讓自己的思緒重又開始漫遊。

他想起與葛尼和納穆瑞的那次會面。他們相信了他！納穆瑞比葛尼相信的程度更深，但即便是葛尼也無法否認他的意識所看到的行星的未來。

薩巴赫用長袍的衣角擦了擦他的嘴。

哦，薩巴赫，他想著。回憶起了那些使他的內心充滿痛苦的幻象。許多個夜晚，我在露天的水面旁做夢，聽著風從我的頭頂飀過。許多個夜晚，我的肉身躺在了岩洞旁，夢到了炎炎夏日中的薩巴赫。看到她正在儲藏那些在紅熱的塑鋼片上烤熟的香料麵包、看到露天水渠中清澈的水面，寧靜，波光粼粼，而我的心中卻有沙暴在肆虐。

她喝著咖啡，吃著甜點。她的牙齒在陰影中閃閃發亮。我看到她把我的水環編入她的頭髮。她胸部散發的琥珀香氣飄入了我內心最深處。她的存在壓迫和折磨著我。

來自體內記憶的壓力爆發開來。他感覺到了纏繞在一起的身體，做愛的聲音、嘴唇、呼吸、潮濕的呼吸，舌頭。

哦，讓這一切變成現實吧。如果實現，那該多好啊！

「薩巴赫，」他喃喃自語道，「哦，我的薩巴赫。」

萊托深深地陷入了迷藥的作用。薩巴赫帶著碗離開了。她在門口停了一下，對納穆瑞說道：「他又叫我的名字了。」

「回去和他待在一起，」納穆瑞說道，「我必須找哈萊克討論一下這個事情。」

薩巴赫把碗放在門口，轉身回到石室內。她坐在小床旁，看著陰影中萊托那張臉。

他睜開雙眼，伸出一隻手，碰了碰她的臉頰。他開始和她說話，告訴她，她在幻象世界中的樣子。

他說話時，她把他的手握在手心。他的樣子是多麼甜美……多麼甜美啊——她倒在床上，枕著他的手入眠，沒有意識到他抽開了手。萊托坐了起來，感覺著自己極度虛弱的身體。香料和它引發的幻象令他欲振乏力。

他搜尋著自己的每個細胞，聚起所有殘餘的力量。隨後他爬下了床，沒有驚擾薩巴赫。他不得不離開，但他知道自己走不了多遠。慢慢地，他穿上蒸餾服，套上長袍，沿著通道溜到外面。那兒有幾個人，都在忙著自己的事。他們知道他，但他的事不歸他們管：納穆瑞和哈萊克應該知道他在幹什麼，再說薩巴赫就在附近。

他找到了一條他需要的小路，鼓起勇氣，沿著它走了下去。

在他身後，薩巴赫正在熟睡，直到哈萊克回來把她弄醒。

她坐了起來，抹了抹眼睛，看到了空蕩蕩的小床，還看到自己的叔叔站在哈萊克身後，憤怒寫在他們的臉上。

她的表情提出問題，納穆瑞回答道：「是的，他溜了。」

「妳怎麼能讓他逃走？」哈萊克憤怒地喝道，「怎麼可能？」

「有人看見他向低處的出口去了。」納穆瑞說道，聲音奇怪地平靜。

薩巴赫在他們面前害怕地蜷縮成一團，漸漸想起了剛才的事。

「他怎麼逃走的？」哈萊克問道。

「我不知道、我不知道！」

「現在是晚上，再說他很虛弱。」納穆瑞說道，「他走不遠的。」哈萊克轉身看著他，「你想要這個男孩死嗎？」

「這麼做不會讓我難過。」

哈萊克再次面對薩巴赫。「告訴我發生了什麼。」

「他碰了碰我的臉頰。他一直在說他的幻象……說我們在一起。」她低頭看著空空的床，「他讓我睡著了。他對我使了魔法。」

哈萊克瞥了納穆瑞一眼。「他會不會藏在這裡的什麼地方？」

「如果藏在穴地裡，會找到他的。但他朝出口去了，他在外面。」

「魔法。」薩巴赫低聲道。

「沒有魔法，」納穆瑞說道，「他把她催眠了。我也曾經幾乎著了他的道，還記得嗎？當時我還說我是他的朋友。」

「他非常虛弱。」哈萊克說道。

「那只是他的身體，」納穆瑞說道，「但是他走不遠。我弄壞了他蒸餾服的足踝泵。就算我們找不到他，他也會被渴死。」

哈萊克幾乎要轉過身來給納穆瑞一拳，但他強忍著沒有動。潔西嘉警告過他，納穆瑞可能會殺了那個男孩。上帝啊！他們走上了一條什麼道路，亞崔迪人對付亞崔迪人。他說道：「有沒有可能他只是在迷藥的作用下夢遊？」

「有什麼分別？」納穆瑞問道，「如果他逃走，他必須死。」

「天一亮我們就開始搜尋。」哈萊克說道，「他有沒有帶沙漠救生包？」

「大門的水汽密封罩後總是放著幾個，」納穆瑞說道，「他要不拿一個的話就太傻了。我向來不認為他是個傻子。」

「那麼，給我們的朋友傳個資訊吧。」哈萊克說道，「告訴他們發生了什麼。」

「今晚傳不了資訊，」納穆瑞說道，「沙暴即將降臨。部落跟蹤它已經三天了，今天午夜它將經過這裡。通訊已經中斷，這兒的衛星信號兩個小時前就消失了。」

哈萊克發出一聲深深的嘆息。如果那個男孩碰到了沙暴，他肯定會死在外面。沙暴會把他的肉從骨頭上啃下來，把他的骨頭擠成碎片。計畫中的假死會變成真死。他用拳頭擊打著另一隻手的掌心。沙暴會把他們困在穴地內，他們甚至無法展開搜尋。而且沙暴的靜電已經切斷了穴地與外界的通訊。

「密波傳信器，」他說。可以把資訊記錄在蝙蝠的聲音裡，讓牠飛出去傳遞警告。

納穆瑞搖搖頭。「蝙蝠無法在沙暴中飛行。別指望了，牠們比我們更敏感。牠們會躲在懸崖下，直到沙暴過去。最好等衛星信號重新連接上，然後我們才能試著去找他的遺體。」

「如果他帶著沙漠救生包，把自己埋在沙子裡，他就不會死。」薩巴赫說道。

哈萊克轉了個身，暗自咒罵著離開那兩人。

和平需要解決方案，但是我們從來沒有過真正有活力的方案。我們只是在不斷地朝那個方向努力。此外一個既定方案，從它的定義就可以看出，是一個死方案。和平的問題在於它傾向於懲罰錯誤，而不是獎勵創造性。

——《我父親的語錄：經過整理的穆哈迪紀錄》哈克·艾爾—艾達

※　※　※

「她在訓練他？她在訓練法拉肯？」

阿麗亞盯著鄧肯·艾德荷，目光中帶有明顯的憤怒和懷疑。就在不久前，宇航公會的巨型運輸艦進入了阿拉吉斯的軌道。一個小時後，飛船把鄧肯·艾德荷放到了阿拉吉斯，沒有發出任何通報就降落。

幾分鐘後，撲翼機把他帶到了皇宮頂上。接到他即將到達的報告後，阿麗亞一直在那兒等著他。她身後站著一列衛兵，整個會面過程顯得冷冰冰的，十分正式。之後他倆回到她在皇宮北翼的房間內。他報告了事件的全過程，眞實、準確，用門塔特的方式強調了每個細節。

「她已經失去了理智。」阿麗亞說道。

他把她的評論當作了一個向門塔特提出的問題。「所有跡象表明她仍然保持著心理平衡。應該說她的心智健康表現在……」

「什嘴！」阿麗亞喝道，「她到底在想什麼？」

艾德荷知道，只有進行冷靜的門塔特計算，他才能控制自己現在的情緒。他說道：「據我的計算，她在考慮她孫女的婚約。」他小心地控制著自己不流露出任何表情，以掩蓋內心不斷升騰的悲痛。

阿麗亞不在這、阿麗亞已經死了！有時他會在意識中保留一個原來的阿麗亞，他創造了這個阿麗亞來滿足自己的需要。但是鬥塔特無法長時間生活在自我欺騙中。這個帶著人類面具的傢伙已經入了魔道，魔鬼般邪惡的心靈正驅使著她。他有一對鋼鐵眼珠，眼珠裡還有無數個複眼，他可以隨意地在視野中再現許多個原來的阿麗亞。但只要他把這些影像結合爲一，過去的阿麗亞便全都消失。她的形象變成了惡靈，她的身軀只是一具外殼，下面是無數咆哮的生命。

「加尼馬在哪兒？」他問道。

她隨意地打發了這個問題。「我讓她和伊如蘭一起待在史帝加那兒。」

待在那個保持中立的地方，他想。最近又有一輪和反叛部落的談判，她的勢力正在縮減，她還不知道談判會有什麼結果……是這樣嗎？還有別的原因嗎？史帝加投靠她了嗎？

「婚約。」阿麗亞若有所思地說道，「柯瑞諾家族的情況如何？」

「薩魯撒周圍聚集了一大堆遠親家族，都在爲法拉肯效勞，希望在他重掌大權以後得到一點好處。」

「她竟然以比吉斯特的方式訓練他……」

「對於加尼馬的丈夫來說，這種訓練難道不合適嗎？」

阿麗亞想起加尼馬的報復心，暗自笑了笑。讓法拉肯訓練吧。潔西嘉訓練的是一具屍體。所有問題都可以得到解決。

「我必須好好想想這個問題。」她說道，「你怎麼不說話，鄧肯？」

「我在等妳的問話。」

「我明白了。我當時眞的非常生氣，你竟然把她交給了法拉肯！」

「妳命令過我，綁架必須看起來像眞的一樣。」

「我被迫向公眾宣布，說你們兩人被俘了。」她說道。

「我是執行妳的命令。」

「有些時候你太機械了，鄧肯。你差點嚇死我了。」

「潔西嘉夫人不會有事。」他說道，「爲了加尼馬的事，我們應當感謝她——」

「萬分感謝。」她同意道。她暗想：不能再信任他了。他那該死的對亞崔迪家族的忠誠！我必須找個理由把他支走……除掉他。當然，必須像是一次事故。

她碰了碰他的臉頰。

艾德荷強迫自己接受了她的親暱行爲，並握住她的手吻了一下。

「鄧肯，鄧肯，這實在太讓人傷心，」她說道，「我不能把你留在我身邊。發生了太多的事，而我能信任的人又這麼少。」

他鬆開她的手，等待著。

「我被迫把加尼馬送到了泰布穴地，」她說道，「這兒的局勢很不穩定。來自半開化的弗瑞曼人的襲擊者破壞了卡加盆地的露天水渠，把水都放到了沙漠裡。阿拉肯的供水量嚴重不足，盆地內的沙鮭還在吸收著殘餘的水分。我們正在想辦法對付，但進展不順利。」

他已經注意到皇宮內幾乎看不到阿麗亞的女衛兵。他想：沙漠深處的游擊隊會不斷嘗試刺殺阿麗亞。她難道不知道嗎？

「泰布仍然是中立區，」她說道，「談判就在那兒進行。賈維德帶著教會代表駐扎在那兒，但我希望你能去泰布監視他們，特別是伊如蘭。」

「她是柯瑞諾人。」他同意道。

但他從她的眼睛裡看出來，她其實是要除掉自己。對他來說，這個披著阿麗亞外表的生物變得愈來愈透明。

她揮了揮手。「走吧，鄧肯，趁我還沒心軟，想把你留在身邊。我已經開始想你了……」

「我也想妳。」他說道，並讓內心所有的痛苦都流露在語言中。

她盯著他，被他的悲痛嚇了一跳，隨後她開口說道：「爲了我，鄧肯，走吧。」接著她暗自想道：對你來說就太糟了，鄧肯。她再次開口道：「茲亞仁卡會帶你前往泰布。我們這兒也需要撲翼機，不能交給你。」

她那受寵的女衛兵，他想。我得提防那個人。

「我明白。」他說道，再次執起她的手吻了一下。他盯著曾經是阿麗亞的可愛的身軀，不敢看著她的臉。當他轉身離開時，她臉上那一雙不知屬於誰的眼睛盯著他的後背。

他爬上皇宮頂上的平台，開始研究剛才沒來得及考慮的問題。與阿麗亞會面時，他一直保持著極端的門塔特狀態，讀取著各種各樣的資料。他等在撲翼機旁，眼睛注視著南方。想像力帶著他的目光越過遮罩牆山，看到了泰布穴地。

爲什麼是茲亞仁卡帶我去泰布？駕駛撲翼機返回是個微不足道的任務。爲什麼她還不來？茲亞仁卡是在執行什麼特別任務嗎？

艾德荷瞥了警惕的衛兵一眼，爬上撲翼機駕駛員的座位。他向外探出身子說道：「告訴阿麗亞，我會叫史帝加的人儘快把撲翼機送回來。」

不等衛兵做出反應，他關上艙門，啓動了撲翼機。衛兵站在那兒，一副猶豫不決的樣子。但誰敢阻撓阿麗亞的丈夫呢？在她下定決心該怎麼辦之前，他已經把撲翼機飛上了天。

現在孤身一人待在撲翼機內，他讓自己的悲痛化爲斷斷續續的哽咽。他們終於永遠地分開了。他從他的特雷亞拉克斯眼睛中流出了淚水。

但是此刻不是悲傷的時候，他意識到這一點，並迫使自己冷靜下來，計算著目前的情況。撲翼機也需要他集中注意力。飛行時的力回饋帶給他些許寬慰，他控制住自己。

加尼馬和史帝加又在一起了。還有伊如蘭。

爲什麼她要茲亞仁卡陪伴他前往泰布？他把這個問題納入了門塔特思考，思考的結果令他寒意頓生。路上的事故會要了我的命。

※　※　※

這個供奉著領袖頭顱的岩石神殿內沒有祈禱者。它成了荒涼的墓地。只有風能聽到此地的聲音。夜行動物的叫聲和兩個月亮劃過的軌跡都述說著他的時代已結束。不再有祈禱者前來，他們已忘卻了這個紀念日。從山上下來的小路是多麼荒涼啊。

——某位佚名亞崔迪公爵神殿內鐫刻的詩句

在萊托看來，這個想法看似簡單，但深處卻隱藏著欺騙：抛開幻象，去做那些沒有在幻象中顯現的事。他深知這其中的陷阱，那些通向宿命未來的線頭看似隨意地互相纏繞著，但一旦你握住其中的一根，其餘的線頭很快便會將你緊緊包圍。幸好他已經理清了這些線頭。他正在逃離迦科魯圖。而逃亡首要被剪斷的就是連接薩巴赫的線頭。

在最後一縷日光下，他匍匐在守衛著迦科魯圖的岩壁的東緣下。沙漠救生包裡有能量片和食物。他等待著重新積聚起自己的力量。在他西面是阿茲拉卡——一個石膏平原——在沙蟲出現前，那裡曾經是一片露天的水域。

東面地平線之外是比尼·什克，一片分散的新居民區，不斷蠶食著沙海，當然從這兒是看不到它的。南方是坦則奧福特，別名恐怖之地，三百八十公里長的荒原，其中點綴著被植被固化的沙丘，沙丘上的捕風器爲植被提供水分。生態轉型的工作正改變著阿拉吉斯的地貌。空運過來的工作隊定期維護那裡的植被，但誰也不可能在那兒待上很久。

我要去南方，他告訴自己。葛尼猜得到我會這麼做。但現在這個時刻還不適合去做別人意料不到的事。

天色即將暗下，馬上就可以離開這個暫時的藏身之所。他盯著南方的天際。那兒的地平線上躁動著褐色的空氣，如同煙霧般瀰漫開來，空氣中的沙塵就像一條火線似的四處奔襲——是沙暴。

沙暴的中心升騰在大沙漠上空，像一條探頭探腦的沙蟲。足足一分鐘，他觀察著沙暴中心，注意到它既不往右邊去，也不往左邊來。一條古老的弗瑞曼諺語一下子閃現在他的腦海：*如果沙暴的中心沒有偏移，只能說明你正好擋在它的道上。*

沙暴改變了他的安排。

他回頭向左方泰布穴地的方向注視了一會兒，感受著沙漠傍晚呈現出的具有欺騙性的寧靜。他又看了看點綴著風蝕小圓石的白色石膏平原，體會著與世隔絕的荒涼。石膏平原亮閃閃的白色表面倒映著沙塵雲，顯得那麼虛幻。在任何幻象中，他都沒有看到自己從一場大沙暴中逃生，也沒有看到自己被深埋於沙中窒息而死。

他只有一個在風中翻滾的幻象……那個幻象可能就要發生了。

沙暴就在那兒，範圍覆蓋了好幾個緯度，把它所經之處的世界都置於自己的淫威之下。可以去那兒冒冒險。弗瑞曼人中間流傳著一些古老的故事，當然總是來源於朋友的朋友，說人可以找一條筋疲力盡的沙蟲，用製造者矛鉤插入牠最寬的那幾節身體中的一節，將牠定在地面，讓牠不能動彈，然後人站在沙蟲下風的遮蔽區內，用這種辦法從沙暴中逃生。

勇敢和冒進之間的分界線誘惑著他。那個沙暴最快也要在午夜才能抵達這。還有時間，但在這兒能截斷多少條線頭呢？所有的線頭甚至包括最後一根？

葛尼能猜到我會去南方，但他沒有料到沙暴。

他朝南方看去，想尋找一條道路。他看到一條深深的峽谷，蜿蜒切入迦科魯圖的岩壁中。他看到沙塵在峽谷內盤旋，如同鬼魅起舞。沙塵傲慢地沙沙作響飛進沙漠，像流水一般。他背上沙漠救生包，沿著通向峽谷的道路走去，忍受著嘴裡的乾渴。儘管天還沒有黑到別人看不到他的程度，但是他知道自己必須和時間競賽。

他到達峽谷入口時，沙漠中的黑夜迅速降臨，月光照耀著他前往坦則奧福特。他感到自己的心跳在加速，所有體內生命的恐懼都作用在他身上。他感到自己正在陷入「華內—納」，弗瑞曼人以此來稱呼最大的沙暴，意思是大地的亡者蒸餾器。但是無論會發生什麼，都是他的預知幻象沒有顯示的。每一步都使他更遠離香料誘發的dhyana，這是一種他直覺性／創造性的本質所延伸出的體認，伴隨著其藏不住的因果鏈。他每走百步，總是還有另一步在旁，超越文詞並且融入他剛剛領會的內在現實。

無論如何，父親，我來找你了。

四周的岩石上有鳥，他看不見牠們，但牠們發出的低叫聲暴露了自己。他傾聽鳥叫聲的回音，前進在漆黑的路上——這是弗瑞曼人的生活智慧。經過地縫時，他時時留意，看有沒有兇惡的綠眼睛。野獸通常會躲在縫中，以躲避即將到來的沙暴。

他走出峽谷，來到沙漠。沙子彷彿有了生命，在他腳底下呼吸移動，告訴他地下發生的劇變。他回頭看著月光籠罩下的迦科魯圖火山錐。那裡的整個岩壁都是變質岩，是受到地殼的壓力而形成的。他插好了召喚沙蟲的沙槌。當沙槌開始敲擊沙地時，他占據好了位置，靜靜地聽著，觀察著。不自覺地，他的右手摸索著藏在長袍內代表亞崔迪家族的璽戒。葛尼發現了這個璽戒，但沒有收繳。看到保羅的戒指時，他有什麼想法？

父親，我快來了。

沙蟲從南方來。牠扭轉著身子，避免碰到岩壁。牠並不像他希望的那麼大，但已經沒有時間。他調整自己的前進路線，在牠身上插入製造者矛鉤，並在牠衝向沙槌所激起的沙塵中迅速攀上牠鱗狀的表面。在矛鉤的作用下，沙蟲聽話地轉了個彎。旅途中的風開始掀動他的衣襟。他將目光鎖定在南方那片被沙塵掩蓋的昏暗星空，駕御沙蟲向前馳去。

筆直地衝向沙暴。

借著一號月亮的月光，萊托目測著沙暴的高度，計算它到來的時間——肯定在天亮之前。沙暴正在擴張，積聚著更多的能量，為爆發做準備。生態轉型工作隊在那裡做了不少工作，行星彷彿在有意進行憤怒的反擊。

隨著轉型工作的深入，行星的憤怒也愈來愈可怕。

整個晚上，他一直驅策沙蟲往南行進，他能感到腳下沙蟲體內儲存的香料正在轉變成能量。不時地，他能感覺到這頭野獸想逃向西方——牠整個晚上都在竭力這麼做，可能是因為牠體內固有的領地意識，也可能是想躲避即將到來的沙暴。沙蟲通過鑽入地下來躲避沙暴，但牠卻因為身上插著矛鉤而無法下潛。

臨近午夜，沙蟲顯示出疲憊的跡象。他沿著牠的脊背後退了幾步，用鞭子抽打牠，但容忍牠以較慢的速度繼續往南而去。

天剛亮，沙暴降臨。沙漠上空的晨曦一個接一個地照亮了沙丘。剛開始，迎面而來的沙塵使他不得不拉下了防護罩。在愈來愈濃的沙塵中，沙漠變成了一幅沒有輪廓的棕色圖畫。隨後沙子開始切割他的臉頰，刺痛他的眼瞼。他感覺著舌頭上粗糙的沙子。

該下決心了。他應該冒險嘗試那個古老傳說中的方法嗎？用矛鉤定住已筋疲力盡的沙蟲？只一剎那間，他便拋棄了這個想法。他走向沙蟲的尾部，鬆開矛鉤。幾乎無法動彈的沙蟲開始潛地，牠體內排放的熱量在他身後形成了一股熱旋風。弗瑞曼孩子從最早聽到的故事中就已經知道了沙蟲尾部的危險性。沙蟲相當於一座氧氣工廠，牠們行進的沿途會擦出一排火焰。

沙子開始抽打著他的腳面。萊托鬆開矛鉤，向旁邊跳了一大步，躲避沙蟲尾部的火炬。現在，一切都取決於能否鑽入沙中，沙蟲剛剛把這地方的沙地弄鬆。

萊托左手抓住靜電壓力器，開始向沙地深處挖去。他知道沙蟲太累，顧不上回頭把他吞進血盆大口中。左手挖沙的同時，他的右手從沙漠救生包中取出蒸餾帳篷，並做好了充氣準備。整個過程在不到一分鐘的時間內完成——他在一座沙丘的背風處挖出了個沙窩，並把帳篷靠在堅實的沙壁上。

他替帳篷充了氣，爬了進去。在密封帳篷口之前，他伸出手摸到了壓力器，並反轉了它的工作方向。沙子開始沿著帳篷滑下。在他密封好帳篷口之前，幾粒沙礫滑進了帳篷。

現在，他必須以更快的速度工作。不會有通氣孔通到這個地方，給他提供呼吸的空氣。這是個超大的沙暴，幾乎沒有人能從它手裡逃命。它會在這地方蓋上成噸的沙子，只有蒸餾帳篷柔軟的泡泡和堅實的外骨架能夠保護他。

萊托平躺在帳篷裡，雙手合在胸前，讓自己進入氣神合一狀態。在這種狀態下，他的肺一小時內只工作一次。這麼做的同時，他失去了對未來的掌控。沙暴會過去，如果它沒有掀開這個脆弱的沙窩，他有可能醒來……或者他會進入地府，永遠長眠下去。不管發生了什麼，他知道他必須剪斷所有的線頭，一根接著一根，到最後只剩下金色通道。

要不他能醒來，要不他放棄作爲帝國繼承人的權利。他不願繼續生活在謊言中——那個可怕的帝國，叫囂著將他的父親扭曲爲神話。如果教士再呼喊那種諸如「他的嘯刃刀將溶解魔鬼」之類的廢話時，他將不會繼續保持沉默。

帶著堅定的信念，萊托的意識滑入了無盡的「道」網之中。

※　※　※

在任何行星系統中，顯然存在著某種最主要的影響力，其表現形式通常是將地球的生命引入新發現的行星。在所有這些活動中，生活於相似環境中的生命發展出了極其相像的適應新環境的形式。這裡所說的形式遠不止生命的外表，它能將生存下來的物種緊密地聯繫在一起。人類渴求這種互相依賴的秩序和有序小生境，這是一種深刻的必需。然而這種渴求也可以用在保守的用途上，即維持現狀、拒絕變革。事實證明，對整個社會結構而言，這一點最具摧毀力。

——《沙丘災難》哈克·艾爾—艾達

「我的兒子並不是眞正看到了未來。他看到的是創造的過程，以及它與現實之間的聯繫。」潔西嘉說道。她的語氣輕快，沒有顯示出要草草跳過這個話題的意思。她知道，一旦躲在暗處的觀察者意識到她在盤算什麼時，他們會飛快地跳出來阻止她。

法拉肯坐在地板上，午後的陽光從他身後的窗戶裡照射進來，照亮了地板的一角。潔西嘉站在法拉肯對面的牆邊，從這兒剛好能看到花園中那棵樹的頂部。在她面前的是一個新的法拉肯：更瘦，也更強壯。幾個月的訓練使他產生了不可思議的變化。

當他看著她時，眼睛裡閃爍光芒。

「他看到了現存力量繼續發展下去的前景，這些前景必將變成現實，除非能夠事先分散那些力量。」潔西嘉說道，「他採取了行動，分散了現在的力量。他不能傷害那些追隨他的人，於是只好朝他自己下手。他拒絕接受擺在他面前的那個確定的未來，因爲那是膽怯的表現。」

法拉肯已經學會了安靜地傾聽，先在心裡評估、分析自己的疑問，直到他認爲這些問題都切中了要害，這才將它們提出來。她剛才一直在說比吉斯特有關記憶的觀點，然後很自然地過渡到了姐妹會對保羅．穆哈迪的分析。

然而法拉肯察覺到她的話和動作中隱藏著陰影，她的潛意識和她表面的陳述有差異。

「在我們所做的那麼多分析中，這是最關鍵的。」她說道，「我們假設所有的人類和支援人類的生命形成了一個自然社區，那麼整個社區的命運取決於每個人的命運。因此我們不再扮演上帝，轉而教育人民。我們決定教育一個個個體，讓他們像我們一樣獲得自由。」

直到這時，他才明白了她究竟想說什麼，而且知道她的話對那些暗中監視的人會產生什麼樣的效果。他控制著自己，沒有不安地向門口張望。只有受過訓練的眼睛才能察覺出他在剎那間表現的不平衡，但潔西嘉看到之後只是笑了笑。

畢竟，微笑能代表任何意義。

「這就算是你的畢業典禮吧，」她說道，「我爲你感到高興，法拉肯。站起來好嗎？」

他服從了她的命令，站起身，擋住他身後窗戶外的樹頂。

潔西嘉將雙臂緊貼身子，說道：「我有責任向你傳達這段話：『我是神聖人類中的一員。誠如我所知，某天你也將加入我們。我在你面前祈禱這一切終將發生。未來仍未確定，因爲它是我們描繪自己的渴望的畫布，人類總是面對著一張美麗的空白畫布。我們掌握現在，在你我共同創造並享有的神聖面前，不斷地提升我們自己。』」潔西嘉剛剛說完，泰卡尼克便從她左面的一扇門裡衝進來。他裝出一副輕鬆隨意的樣子，但臉上的怒容暴露了他的內心。「大人。」他說道。但他已經太遲了。潔西嘉的話和此前的一切準備發揮了作用。法拉肯不再是柯瑞諾人。他現在是一名比吉斯特。

※　※　※

你們這些宇聯公司的董事似乎有個問題沒弄清楚：為什麼在商業中很難找到真正的忠誠。你上一次聽說某個職員將生命獻給了公司是什麼時候？或許你們的缺陷出於一個錯誤的假定，即你們認為可以命令人們進行思考或是合作。這是歷史上一切組織，從宗教團體到總參謀部，失敗的根源。總參謀部有一長串摧毀自己國家的紀錄。至於宗教，我推薦你們讀讀湯瑪斯·阿奎那的著作。你們相信的都是什麼樣的謊言啊！人們想做好某件事情的動力必須發自內心最深處。只有人民，而不是商業機構或是管理鏈，才是偉大文明的推動力。每個文明都有賴於它所產生的個體的品質。如果你們以過度機構化、過度法制化的手段約束人民，壓制了他們對偉大的渴望——他們便無法工作，他們的文明也終將崩潰。

——《寫給宇聯公司的信》來自傳教士

萊托漸漸從氣神合一狀態中醒來。轉變的過程很柔和，不是將一個狀態與另一個狀態截然分開，而是慢慢地從一個程度的清醒上升到另一個程度。

他知道自己身處何方。力量回歸到了他體內，他感覺到了帳篷內缺氧的空氣中夾雜著陣陣餿味。如果他拒絕移動，他知道自己將永遠地留在那張無邊的網內，永遠留在這個永恆的現在，與其他一切共存。這個前景誘惑著他，所謂的時空感只不過是宇宙在他心智上的投影。只要他願意打破預知幻象的誘惑，勇敢地做出選擇，或許可以改變不久以後的未來。

但這個時刻要求的是哪一種類的勇敢的行動？

氣神合一狀態誘惑著他。萊托感到自己從氣神合一中歸來，回到了現實宇宙，唯一的發現是兩者完全相同。他想就此不動，維持著這個發現，但是生存需要他做出決定。

他渴望著生命。

他猛地伸出右手，朝他丟下靜電壓力器的方向摸去。他抓到了它，並翻了個身俯臥著，撕開帳篷的密封條。沙子沿著他的手臂滑落下來。在黑暗中，他一邊呼吸著骯髒空氣，一邊飛快地工作著，向上開挖出一條坡度很陡的隧道。在破除黑暗進入到新鮮空氣之前，他向上挖了六倍於他身高的距離。最後他從月光下的一座沙丘中破土而出，發現自己離沙丘頂部還有三分之一高度的距離。

他頭頂上方是二號月亮。它很快便越過了他，消失在沙丘後面。天空中的星星亮了起來，看起來如同一條小路旁閃閃發光的石頭。萊托搜尋著流浪者星座，找到了它，然後讓自己的目光跟隨著亮閃閃的星座伸出的一隻手臂——那是南極星的所在。

*這就是你所在的這個該死的宇宙！*他想。從近處看，它是個雜亂的世界，就像包圍著他的沙子一樣，一個變化中的世界、一個獨特性無處不在的世界。從遠處看，只能看到某些規律，正是這些規律模式誘惑著人們去相信永恆。

但在永恆之中，我們可能會迷失方向。這讓他想起了某段熟悉的弗瑞曼小曲中的警告：「在坦則奧福特迷失方向的人會失去生命。」規律能提供指引，但同樣也會布下陷阱。人們必須牢記規律也在發生變化。

他深深吸了口氣，開始行動。他沿著挖出的隧道滑下去，摺好帳篷，重新整理好沙漠救生包。

東方的地平線上出現了一抹酒紅色。他背上救生包，爬上沙丘頂部，站在日出前寒冷的空氣中，直到升起的太陽溫暖了他的右臉頰。他眼睛上還戴著遮光板，以減弱陽光的刺激，但他知道自己現在必須向沙漠示愛，而不是和它鬥爭。因此他取下遮光板，把它放進救生包中。他想從集水管中喝口水，可只喝到了幾滴水，倒是吸了一大口空氣。

他坐在沙地上，開始檢查蒸餾服，最後查到腳踝泵。他們聰明地用一把錘子破壞了這個泵。他脫下蒸餾服，修好它，但是損害已然發生，他體內的水分至少已經流失了一半。如果不是有蒸餾帳篷的保護……他回味著這件事，奇怪自己爲什麼沒有在幻象中看到它。這個事實告訴他，沒有幻象的世界同樣充滿了危險。

萊托開始行走在沙丘頂部，打破了此地的孤寂。他的目光遊蕩在沙漠上，尋找地面的任何波動。沙丘星上，任何不尋常的現象都可能意味著香料或是沙蟲的活動。但沙暴過後，沙漠上的一切都一模一樣。於是他從救生包中取出沙槌，把它插在沙地裡，啓動了它，讓它呼喚躲在地底深處的夏胡露。隨後他躲在一邊，靜靜地等待著。

等了很久才有一條沙蟲過來了。他在看到牠之前就聽到了牠的動靜。他轉身面對東方，那裡傳來大地顫動發出的沙沙聲，連帶著震動了空氣。他等待著從沙地中冒出的血盆大口。沙蟲從地底下鑽了出來，夾帶大量沙塵，遮擋著牠的肋部。

蜿蜒的灰色高牆飛快地越過萊托，他趁機插入矛鉤，輕易地從側面爬了上去。向上爬的過程中，他控制著沙蟲拐了個大彎，向南而去。

在矛鉤的刺激下，沙蟲加快了速度。風颳起他的長袍。他感到自己被風驅趕著，強大的氣流推著他的腰。

這條沙蟲屬於弗瑞曼人稱之爲「咆哮」的那一類。牠頻繁地把頭紮到地底下，而尾部一直在推動著。這個動作造成了悶雷般的聲音，而且使得牠的部分身體離開沙地，形成了駝峰般的形狀。這是一條速度很快的沙蟲，尾部散發的熱風吹過他的身體。風裡充斥著氧化反應帶有的酸味。

隨著沙蟲不斷向南方前進，萊托的思緒自由飄蕩起來。他想把這次旅行看成自己獲得新生的慶典，以此讓自己忘卻爲了追求金色通道所必須付出的代價。

新的事物，他想。我必須找到跳脫出我視界的新思緒。

中午過後不久，他注意到在他前進方向偏右的地方有個隆起。漸漸地，隆起變成了一個小山丘。

*現在，納穆瑞……薩巴赫，咱們來瞧瞧你們的同胞會怎麼對待我的出現，*他想。這是他面前最微妙的一根線頭，它的危險更多來自它的誘惑，而不是顯而易見的威脅。

山丘的景象一直在變化。有一陣子，看起來彷彿是它在朝他走近，而不是他向著它前進。

筋疲力盡的沙蟲總想往左邊去。萊托沿著牠龐大的身體側面向下滑了一段距離，隨後又插下矛鉤，讓沙蟲沿著一條直線前進。一陣濃郁的香料粹味道刺激著他的鼻孔，這是香料富礦的信號。他們經過一片到處在冒泡的鱗狀沙地，沙地下剛剛經歷了一場香料噴發。他穩穩地駕馭著沙蟲越過那條礦脈。充滿肉桂香氣的微風追隨了他們一陣子，直到萊托操縱沙蟲進入另一條正對著山丘的航道。

突然間，隨機的彩色閃爍在遙遠南邊沙海上——一道巨大的人工擋雨板上出現的彩虹。他拿起他的張力透鏡，注視著泛油光的鏡片，然後看著遠處閃耀在陽光下的超載香料探測船。在香料探測船下方，大台的採收機將機翼放下，就像蝶蛹羽化前一樣。當萊托放下雙筒望遠鏡，香料採收機變成視線中的小點，而萊托覺得自己可以克服hadhdhab，一望無際的大沙漠。

這個沙漠告訴他這些香料獵人如何了解他，在天際與沙漠間的黑暗物體，是弗瑞曼人給人的符號。當然，弗瑞曼人瞭解他並且十分小心。他們等待著。弗瑞曼人總是懷疑在沙漠中的其他人，直到他們認可這些新來乍到者或是了解他們是沒有威脅的。

即使在帝國公民的良好神態和其複雜的規則下，他們依然是半馴化的蠻人，總是深知嘯刃刀在其持有人身故後崩壞之理。

那就是能拯救我們的人，萊托想，那些野蠻人。

遠處的香料偵察機向右傾斜了一下，隨後又向左側了側。這是一個傳遞給地面的信號。萊托能想像駕駛員正在檢查他身後的沙漠，看他是不是前來此處的唯一一位沙蟲騎士。

萊托控制著沙蟲向左轉彎，直到牠完整地掉了個頭爲止。他從沙蟲的肋部滑下，並向外跳了一大步，離開了沙蟲的前進範圍。不再受矛鉤控制的沙蟲生氣地在地面吸了幾口氣，然後把前三分之一的身體鑽進沙地，躺在那裡恢復體力。顯然牠被騎得太久了。

他轉身離開沙蟲，牠將留在這裡繼續休息。偵察機圍繞著香料機車緩緩飛行，不斷用機翼發出信號。他們肯定是接受走私販贊助的反叛者，刻意避免使用電子形式的通訊手段。他們的目標顯然是他剛剛經過的香料區——香料機車的出現證明了這一點。

偵察機又轉了一圈，隨後沉下機頭，停止轉圈，直接向他飛來。他認出這是他父親引進阿拉吉斯的一種輕型撲翼機。它在他頭上同樣轉了一圈，然後沿著他站立的沙丘搜查了一番，這才迎著微風著陸。它停在離他有十公尺遠的地方，激起一陣飛揚的沙塵。靠他這側的艙門被打開，一個穿著厚厚的弗瑞曼長袍的人從裡面走了出來，長袍右胸處有一個長矛標記。

那個弗瑞曼人緩緩地向他走來，給雙方都留下充分的時間來研究對方。那個人個子挺高，長著一雙靛青色的香料眼。蒸餾服面罩隱藏了他下半部分臉龐，他還用兜帽蓋住了額頭。長袍飄動的樣子顯示那底下藏著一隻拿著彈射槍的手。

那個人在離萊托兩步遠的地方停了下來，低頭看著他，帶著疑惑的眼神。

「祝我們好運。」萊托說道。

那個人向四處看了看，檢查著空曠的大地，隨後將注意力重新放回到萊托身上。「你在這兒幹什麼，孩子？」他問道，蒸餾服面罩使他的聲音聽起來悶悶的，「你想成爲沙蟲洞的軟木塞嗎？」

萊托再次用了傳統的弗瑞曼表達方式：「沙漠是我家。」

「你走的是哪條路？」那個人問道。

「我從迦科魯圖向南而來。」

那個人爆發出一陣狂笑。「好吧，巴泰！你是我在坦則奧福特見到的最奇怪的人。」

「我並不是你的小甜瓜。」萊托針對他說的「巴泰」回應道。這個詞有一種可怕的含意，沙漠邊緣的小甜瓜能爲任何發現它的人提供水分。

「我們不會喝了你，巴泰，」那個人說道，「我叫穆里茨。我是這裡台夫們的哈里發。」他用手指了指遠處的香料機車。

萊托注意到這一個人稱自己爲他們這夥人的法官，並把其他人稱爲台夫，意思是一個幫派或是一個公司。他們不是「依池萬」——不是有血緣關係的一個部落。肯定是接受贊助的反叛者。這裡有他想要選擇的線頭。

萊托保持著沉默，穆里茨開口問道：「你叫什麼？」

「就叫我巴泰吧。」

穆里茨又發出一陣笑聲。「你還沒告訴我，你來這兒幹嗎？」

「我在尋找沙蟲的足跡。」萊托說道，用這個宗教式的回答表明自己正在進行頓悟之旅。

「一個這麼年輕的人？」穆里茨問道。他搖了搖頭，「我不知道該拿你怎麼辦，你看到我們了。」

「我看到什麼了？」萊托問道，「我提到了迦科魯圖，而你什麼也沒回答。」

「想玩文字遊戲？」穆里茨說道，「好吧，那邊是什麼？」他朝著遙遠的沙丘揚了揚頭。

憑藉他在幻象中的所見，萊托回答道：「只是蘇魯齊。」穆里茨挺直了身子，萊托感覺自己的脈搏正在加速。

接下來是一陣久久的沉默。萊托看出那個人在揣測著他的回答。蘇魯齊！在穴地晚餐之後的故事時間內，蘇魯齊商隊的故事總是被反覆傳誦。聽故事的人總是認定蘇魯齊是個神話、一個能發生有趣事情的地方、一個只是爲了神話而存在的地方。

萊托記起了眾多故事中的一個：人們在沙漠邊緣發現了一個流浪兒，把他帶回穴地。一開始，流浪兒拒絕回答他的救命恩人提出的任何問題。但慢慢地，他開始以一種誰也不懂的語言說話。時間流逝，他仍然不對任何問題做出回應，同時拒絕穿衣，拒絕任何形式的合作。每當他獨自一人的時候，他會用手做出各種奇怪的動作。穴地內的所有專家都被叫來研究這個流浪兒，但是都沒有結果。

這之後，一個很老的女人經過他門口，看到了他的手勢，笑道：「他在模仿他父親將香料纖維搓成繩子的動作，」她解釋道，「這是仍然存在於蘇魯齊的手法。他只是想以此來減輕自己的寂寞。」

該故事的寓意是：蘇魯齊的古老處世行爲具有一種來自金色生命通道的歸屬感，這種感覺能給人帶來安寧。

穆里茨保持著沉默，萊托接著說道：「我是來自蘇魯齊的流浪兒，我只知道用手比劃一些動作。」

那個人很快點點頭，萊托於是知道他聽過這個故事。以低沉、充滿威脅的聲音，穆里茨緩緩地回應道：「你是人嗎？」

「和你一樣的人。」萊托說道。

「你說的話對於一個孩子來說太奇怪了。我提醒你，我是這裡的法官，我有權對塔克瓦做出裁決。」

是啊，萊托想。從一位法官的嘴裡說出塔克瓦這個詞，意味著隨時可能變爲現實的威脅。塔克瓦指得是魔鬼引發的恐懼，老一代弗瑞曼人依然對此深信不疑。哈里發知道殺死魔鬼的方法，人們於是總是選擇他們來對付魔鬼，因爲他們「具有偉大的智慧，無情卻又不殘暴，知道對敵人仁慈是對自己人最大的威脅」。

但是萊托必須堅持抓住這個線頭。他說道：「我可以接受瑪斯海德測試。」

「我是任何精神測試的法官，」穆里茨說道，「你接受嗎？」

「畢—拉爾．凱法。」萊托說道，意思是欣然接受。

穆里茨的臉上現出一絲狡黠。他說道：「我不知道我爲什麼要同意這麼做。最好是現在就殺了你，但你是個小孩子，而我有個兒子剛死了。來吧，我們去蘇魯齊，我會召集一個裁決會，決定你的命運。」

萊托發現這個人的一些小動作暴露了他想置他於死地的想法。他說道：「我知道蘇魯齊不只是神話，它正存在於現實世界中。」

「一個孩子懂什麼叫現實世界？」穆里茨反問道，示意萊托走在他前面，向撲翼機走去。

萊托服從他的命令，但他仔細傾聽著跟在他後面的弗瑞曼人的腳步聲。「最有效的保密方法是讓人們以爲自己已經知道了答案，」萊托說道，「那以後，人們便不會追問下去了。你這個被迦科魯圖驅逐的人很聰明。誰會相信神話中的蘇魯齊存在於現實世界？對於走私販或任何想偷渡進沙丘的人來說，這地方是一個絕佳的藏身之所。」

穆里茨的腳步停了下來。萊托轉過身，背靠著撲翼機，機翼在他的左手邊。

穆里茨站在半步遠的地方，拔出彈射槍，指著萊托。「你不是個孩子。」穆里茨說道，「你是個受詛咒的侏儒，被派來監視我們！你的話對於一個孩子來說未免聰明過頭了，而且你說得太多，說得太快。」

「還不夠多，」萊托說道，「我是萊托，保羅．穆哈迪的兒子。如果你殺了我，你和你的人會陷入地獄。如果你放過我，我會指引你們走向偉大。」

「別和我玩遊戲，侏儒，」穆里茨冷笑道，「就你說話這當兒，真正的萊托還待在迦科魯圖呢……」但他沒有把話說完，而是若有所思地瞇起了眼睛，槍口也稍稍垂下了一點。

萊托預料到了他的遲疑。他讓全身所有肌肉都給出要往左躲避的跡象，然而他的身體只往左移動了不到一毫米，引得那個弗瑞曼人的槍口迅速向左擺動了一大段距離，狠狠地碰在機翼邊緣。彈射槍從他手中飛了出去，不等他做出反應，萊托已經搶到他身旁，拔出自己的嘯刃刀，頂在他的後背。

「刀尖蘸了毒。」萊托說道，「告訴你在撲翼機裡的朋友待在裡面別動，不要有任何動作。否則我會被迫殺了你。」

穆里茨朝受傷的手上哈著氣，衝撲翼機裡的人搖了搖頭，說道：「我的同伴貝哈萊斯已經聽到你說的話了，他會像石頭那樣一動不動。」

萊托知道，在他們兩人找到應對措施或是他們的朋友前來營救之前，自己只有非常有限的時間。他飛快地說道：「你需要我，穆里茨。沒有我，沙蟲和香料將從沙丘上消失。」他能感覺到這個弗瑞曼人的身子在聽到這番話後僵直了身子。

「你是怎麼知道蘇魯齊的？」穆里茨說道，「我知道他們在迦科魯圖什麼都沒告訴你。」

「那麼你承認我是萊托．亞崔迪了？」

「還能是別的什麼人？但你是怎麼知道……」

「因爲你們在這兒，」萊托說道，「所以蘇魯齊就存在於此地。剩下的就非常簡單了。你們是迦科魯圖被摧毀後的流亡者。我看到你用機翼發信號，說明你們不想用那些會被監聽到的電子通訊裝置。你們採集香料，說明你們在進行貿易。你們只能與走私販做交易。你們既是走私販，同時也是弗瑞曼人。那麼，你們必定是蘇魯齊的人。」

「爲什麼你要誘惑我當場殺了你？」

「因爲我們回到蘇魯齊之後，你一定會殺了我。」

穆里茨的身子不禁又變得僵硬起來。

「小心，穆里茨，」萊托警告道，「我知道你們的底細。你們過去常常掠奪那些沒有防備的旅行者的水。這類事你們幹得不少。你還能找到別的讓那些不經意闖入這裡的人保持沉默的方法嗎？還有其他能保守你的祕密的方法嗎？你用溫和的語言來引誘我。但我憑什麼要把水浪費在這沙地中？如果我和其他人一樣被你迷惑了——那麼，坦則奧福特會幹掉我。」

穆里茨用右手做了個「沙蟲之角」的手勢，以遮擋萊托的話所帶來的魔鬼。萊托知道，老派的弗瑞曼人不相信門塔特或其他任何形式的邏輯推理，他笑了笑。「如果納穆瑞在迦科魯圖跟你提起過我們，」穆里茨說道，「我會取了他的水……」

「如果你再這麼愚蠢下去，你除了沙子之外什麼也得不到。」萊托說道，「當沙丘的一切都覆蓋上了綠色的草原和開闊的水面，你會怎麼辦？」

「這不可能發生！」

「它就在你的眼下發生。」

萊托聽到了穆里茨的牙齒在憤怒和絕望中咬得咯吱響。他終於問道：「你怎麼能阻止它發生呢？」

「我知道生態轉型的整個計畫，」萊托說道，「我知道其中的每個強項和每個漏洞。沒有我，夏胡露將永遠消失。」

狡猾的語氣又回到了穆里茨的話中，他問道：「好吧，我們爲什麼要在這兒爭論呢？我們在對峙。你手裡拿著刀，你可以殺了我，但是貝哈萊斯會開槍打死你。」

「在他射殺我之前，我有足夠的時間撿回你的彈射槍。」萊托說道，「那以後，你們的撲翼機就歸我了。是的，我會飛這玩意兒。」

怒容顯現在穆里茨兜帽下方的額頭上。「如果你不是你自稱的那個人，該怎麼辦？」

「難道我的父親還認不出我嗎？」

「啊哈，」穆里茨說道，「原來你是通過他知道這裡的一切的？但是……」他收回了後半句話，搖著頭，「我自己的兒子在當他的嚮導。他說你們兩個從未……怎麼可能……」

「看來你不相信穆哈迪能預見未來。」萊托說道。

「我們當然相信！但他自己說過……」穆里茨再次收回了後半句話。

「你以爲他不知道你們的懷疑嗎？」萊托說道，「爲了和你見面，我選擇了這個確定的時間、確定的地點，穆里茨。我知道你的一切，因爲我……曾經見過你……還有你的兒子。我知道你認爲自己藏得很隱蔽，知道你如何嘲笑穆哈迪，也知道你用來拯救你這片小小的沙漠的小小的陰謀。但是沒有我，你這片小小沙漠也注定將走向死亡，穆里茨。你會永遠失去它。沙丘上的生態轉型已經過頭，我的父親也已經快要喪失他的幻象，現在你只能依靠我。」

「那個瞎子……」穆里茨止住話，嚥了口口水。

「他很快就會從阿拉肯回來。」萊托說，「到那時，我們再來瞧瞧他究竟瞎到什麼程度。你背離弗瑞曼傳統多遠了，穆里茨？」

「什麼？」

「他是個瞎子，但卻生活在這裡。你的人發現他獨自一人漫遊在沙漠中，於是把他帶回了蘇魯齊。他是你最可貴的發現！比香料礦脈還要珍貴。他和你生活在一起。他是你的『瓦德昆亞斯』。他的水與你部落的水混合在一起。他是你們精神河流的一部分。」萊托將刀緊緊地頂著穆里茨的長袍，「小心，穆里茨。」他舉起左手，解下了穆里茨的面罩，並丟下了它。穆里茨知道萊托在想什麼，他說道：「如果你殺了我們兩個之後，你會去哪裡？」

「回迦科魯圖。」

萊托將自己的大拇指伸進穆里茨的嘴裡。「咬一下，喝我的血。否則就選擇死亡！」

穆里茨猶豫了一下，隨後惡狠狠地咬破萊托的皮肉。

萊托看著那個人的喉嚨，看到了他的吞咽動作，然後撤回了刀，並把刀還給了他。

「瓦德昆亞斯。」萊托說道，「除非我背叛了部落，否則你不能拿走我的水。」

穆里茨點了點頭。

「你的彈射槍在那兒。」萊托用下巴示意著。

「你現在信任我了？」穆里茨問道。

「還有其他和被驅逐的人生活在一起的方法嗎？」

萊托再次在穆里茨的眼睛裡看到了一絲狡黠，但看得出來，這一次他是在衡量，算計著自己的利益。那個人突然一轉身，說明他內心已經下定決心。他撿回自己的彈射槍，回到了機翼邊的舷梯旁。

「來吧，」他說道，「我們在沙蟲的窩裡逗留得太久了。」

※ ※ ※

預知幻象中的未來不可能總是被過去的法則所羈絆。伸向未來的各條線索以很多目前未知的法則交織而成的。幻象中的未來自有其法則，它不會遵從真遜尼的秩序、也不會符合科學的規律。它需要的是此時此刻的努力。

——《卡利馬：穆哈迪語錄》哈克·艾爾—艾達

穆里茨熟練地將撲翼機飛到蘇魯齊上空。萊托坐在他身旁，身後是荷槍實彈的貝哈萊斯。從現在起，他只能相信這兩個人，還有他緊緊抓住不放的那條出現在他幻象中的線索。如果這些都失敗了——只有憑夏胡露保佑了。有時候，人們不得不屈從於某些更爲強大的力量。

蘇魯齊的山丘在沙漠中顯得相當刺眼。它的存在——不是在地圖上，而是在現實生活中——述說著無數賄賂和死亡，涉及許多身居高位的「朋友」。萊托能看到在蘇魯齊心臟部位有一處被峭壁包圍的窪地，峭壁之間有深不可測的峽谷，一直通向窪地中心。

峽谷的底部兩邊排列著鬱鬱蔥蔥的草叢和灌木，中心地帶還生長著一圈棕櫚樹，顯示出這地方富含水分。建築物看起來像散落在沙地上的綠色按鈕。那裡生活著從被驅逐的人中再次被驅逐出來的人，除了死亡之外，這些人再也沒有別的地方可去。

穆里茨在窪地上降落，降落地離其中一條峽谷的入口不遠。撲翼機正前方是一座孤零零的建築，是由沙藤和貝伽陀葉子編成的棚屋，隔熱的香料纖維將沙藤和貝伽陀葉子綁在一起。萊托知道這種建築會洩漏水汽，而且會飽受來自旁邊植被的蚊蟲們的攻擊。這就是他父親的生活條件。還有可憐的薩巴赫，她將在這裡接受懲罰。

在穆里茨的命令下，萊托離開撲翼機，跳到沙地上，大步向棚屋走去。他能看到很多人在峽谷深處的棕櫚林中工作。他們那衣衫襤褸的窮苦模樣告訴了他這個地方所存在的壓迫，這些人甚至沒有向他或是撲翼機看上一眼。萊托看到工人們身後蜿蜒著一條露天水渠的石頭堤岸，感到了空氣中毋庸置疑的潮濕：這兒有露天的水面。

經過棚屋時，萊托往裡瞧了一眼，不出所料，裡頭的陳設相當粗糙。他走到露天水渠邊，低頭看了看，只見暗色的水流中有食肉魚游動時產生的旋渦。工人們避免和他的目光接觸，繼續埋首工作，清掃著石頭堤岸上的沙塵。

跟在萊托身後的穆里茨說道：「你站的地方是食肉魚和沙蟲的分界地帶。每個峽谷中都有沙蟲。我們剛剛挖開這條水渠，打算除去食肉魚，好把沙鮭吸引過來。」

萊托說道：「你們把沙鮭和沙蟲賣到外星球。」

「這是穆哈迪的建議！」

「我知道。但是你的沙鮭和沙蟲中，沒有哪條離開沙丘之後還能存活很長時間。」

「是的，」穆里茨說道，「但總有一天……」

「一千年之後也不行。」萊托說道。他轉身看著穆里茨臉上的怒容。各種問題流過穆里茨的內心，就像露天水渠中的水流。這個穆哈迪的兒子真的能預見未來嗎？但是……這類事情究竟應該怎麼判斷呢？

穆里茨轉了個身，帶著萊托回到棚屋前。他掀開簡陋的密封罩，示意萊托進去。屋內遠端的那堵牆跟前點著一盞香料燈，燈光下蹲著個小小的身影。油燈散發出一股濃郁的肉桂香味。

「他們送來一個新俘虜，讓她照料穆哈迪的穴地。」穆里茨譏諷地說，「如果她幹得好，或許能保住她的水。」他的眼睛盯著萊托，「有人認爲這是一種邪惡的取水方式。那些穿花邊襯衣的弗瑞曼人在他們的新城鎮裡堆滿了垃圾！堆滿了垃圾！以前的沙丘什麼時候見過堆滿的垃圾！當我們抓到他們中某個人時，就像這一位——」他指了指燈光下的身影，「——他們常因恐懼而變得近乎瘋狂。他們墮落了，墮落在他們自身的邪惡中，真正的弗瑞曼人瞧不起這些人。你聽懂了嗎，萊托—巴泰？」

「我聽懂了。」

蹲在那地方的身影沒有移動。

「你說要指引我們，」穆里茨說道，「弗瑞曼人只能由流過血的人來帶領。你能帶領我們去什麼地方？」

「克拉里茲克。」萊托說道。他的注意力一直在那個蹲著的身影上。

穆里茨緊緊地盯著他，靛青色眼睛上的眉毛皺得緊緊的。克拉里茲克？這不僅僅是戰爭或是革命；那是終極的鬥爭。這是一個最古老的弗瑞曼傳說中的辭彙：宇宙終結時的戰爭。克拉里茲克？高個子弗瑞曼人艱難地吞了口口水。這小子就像城裡那些花花公子一樣讓人怎麼都猜不透！穆里茨轉身看著蹲在燈光下的身影。「女人！」他命令道。「給我們上香料優格！」

她遲疑了一下。「照他說的做，薩巴赫。」萊托說道。

她一下子站了起來，猛地轉過身來。她緊盯著他，無法將目光從他臉上挪走。

「你認識這個人？」穆里茨問道。

「她是納穆瑞的侄女。她冒犯了迦科魯圖，所以他們把她交給了你。」

「納穆瑞？但是……」

她飛快地從他們身邊跑開。穿過了密封罩，門外響起她飛奔的腳步聲。

「她跑不遠的，」穆里茨說道，用手摸了摸鼻子，「納穆瑞的親戚？嗯，有趣。她做了什麼錯事？」

「她讓我逃走了。」說完，萊托轉過身去追薩巴赫。他看到她站在水渠邊。萊托走到她身旁，低頭看著渠水。旁邊的棕櫚林中有鳥，萊托聽到了牠們的叫聲和撲打翅膀的聲音，還聽到了工人們掃走沙子時發出的唰唰聲。但他仍然像薩巴赫那樣，低頭看著渠水。

他眼角的餘光看到了棕櫚林中藍色的長尾小鸚鵡，其中一隻飛過水渠，他看到水面銀色旋渦上映著牠的倒影，彷彿鳥和食肉魚在同一個世界中嬉戲。

薩巴赫清了清嗓子。

「妳恨我。」萊托說道。

「你讓我蒙羞。你讓我在我的族人面前蒙羞。他們召集了一次裁決會，然後就把我送到這兒來，讓我在這裡失去自己的水。這一切都是因爲你！」

在他們身後不遠處，穆里茨笑出了聲。「看到了嗎，萊托—巴泰，我們有許多供水者呢。」

「但我的水流淌在你的血管中。」萊托轉身說道，「她不是你的供水者。薩巴赫決定了我的幻象，我跟隨她。我穿過了沙漠來到蘇魯齊，找尋我的未來。」

「你和……」他指了指薩巴赫，隨後仰頭大笑起來。

「你們兩個都不會相信，但未來必將如此。」萊托說道，「記住這句話，穆里茨，我找到了我的沙蟲的足跡。」他感到淚水盈滿眼眶。

「他把水給了我這個已經死去的人。」薩巴赫輕聲道。

甚至連穆里茨都吃驚地瞪著他。弗瑞曼人幾乎從不哭泣，眼淚代表著來自靈魂深處最寶貴的禮物。穆里茨窘迫地拉起口罩，又把兜帽往下拉了拉，蓋住了他的眉毛。萊托的目光望著穆里茨身後，說道：「在蘇魯齊，他們仍然在沙漠邊祈求露水。走吧，穆里茨，為克拉里茲克祈禱吧。我向你保證，它必將到來。」

※　※　※

弗瑞曼的語言非常簡練，意思表達得非常準確。弗瑞曼人熱中於說教，他們以諺語來應對所有令人恐懼的不確定。他們說：「我們知道世上沒有知識大全，那是上帝的寶藏。但只要人們學到了什麼，他們總可以保有學到的知識。」他們對待這個宇宙的態度就是如此直截了當。以同樣的方式，他們形成了一套奇異符號，代表信仰與預兆，以及他們自己的命運。這就是他們的克拉里茲克傳說的起源：宇宙終結時的戰爭。

——《比吉斯特機密報告》第八〇〇八八一頁

「他們把他抓在手掌心裡了，在一個絕對安全的地方。」納穆瑞說道。他朝正方形石室內另一端的葛尼·哈萊克笑了笑，「你可以把這個消息報告給你的朋友。」

「這個安全的地方在哪兒？」哈萊克問道。他不喜歡納穆瑞的語氣，也不喜歡潔西嘉強加在他身上的命令。那個該死的女巫！她警告過他，一旦萊托無法掌控體內可怕的記憶，會產生什麼樣的後果。除此之外，她別的話聽起來毫無道理。

「那是個絕對安全的地方，」納穆瑞說道，「我只能告訴你這麼多。」

「你怎麼知道？」

「我收到了密波傳信器。薩巴赫和他在一起。」

「薩巴赫！她剛剛讓他——」

「這次不會了。」

「你會殺了他嗎？」

「這已經不再由我決定了。」哈萊克苦笑了一下。密波傳信器。那些該死的蝙蝠能飛多長距離？他經常能看到牠們掠過沙漠表面，叫聲中隱藏著牠們傳遞的資訊。但是，牠們在這個地獄般的行星上究竟能飛多遠？

「我必須親自見到他。」哈萊克說道。

「不行。」

哈萊克深吸了一口氣，讓自己平靜下來。為了等待搜尋結果，他已經熬了兩天兩夜。現在是第三個早晨了，他覺得自己扮演的角色正在崩潰，暴露出了真實的自我。他從來就不喜歡下命令。下命令的人總是在等待結果，與此同時，其他人正進行著有趣的冒險。

「為什麼不行？」他問道。那些安排了那個安全穴地的走私販們就是這麼神神祕祕的，納穆瑞竟然也這樣對付他。

「有人認為，讓你看到我們這個穴地時，你就知道得已經太多了。」納穆瑞說道。

哈萊克聽出了他話中的威脅，於是身體更加放鬆，只有受過最嚴格訓練的鬥士才會如此從容。他的手放在刀旁，但沒有握住刀把。他很希望能再有一面遮罩場，但遮罩場會引來沙蟲，再說在沙暴的靜電場面前，遮罩場的力場撐不了多久，所以他早就棄之不用。

「保密並不是我們協議中的一部分。」哈萊克說道。

「如果我殺了他，這算不算我們協議中的一部分？」

哈萊克再次感到自己正受到某種未知力量的愚弄，潔西嘉事先沒有警告過他這種力量的存在。她那個該死的計畫！或許眞不應該相信比吉斯特。他馬上覺得自己實在太不忠。她對他解釋過其中的困難，而他也欣然許諾，加入了她的計畫。

他早就知道，和其他任何計畫一樣，這個計畫同樣需要時時調整。她並不是隨意一名比吉斯特。她是亞崔迪家族的潔西嘉，長久以來一直是支持著他的朋友。沒有她，他知道自己注定漂泊在比現在這個行星危險百倍的地方。

「你還沒有回答我的問題。」納穆瑞說道。

「只有當他顯示自己……入了魔道以後，變成畸變惡靈以後，」哈萊克說道，「你才能殺了他。」

納穆瑞鄭重地抬起手。「你的夫人知道我們能夠測出他是不是惡靈。她很明智，知道應該讓我來做出裁決。」

哈萊克無奈地咬緊了嘴唇。

「你也聽到聖母是怎麼對我說的。」納穆瑞說道，「我們弗瑞曼人知道怎麼領會這些女人的意思，你們這些外來者不懂。弗瑞曼女人經常送她們的兒子去死。」

哈萊克咬牙道：「你是說你已經殺了他嗎？」

「他還活著。他在一個安全的地方。他會繼續服用香料。」

「如果他活下來，我要送他回到他祖母那兒去。」哈萊克說道。

納穆瑞只是聳聳肩。

哈萊克知道，這就是他能得到的全部回答。該死的！他不能帶著這些沒有答案的問題回到潔西嘉那兒！他搖搖頭。

「那些事是你無法改變的，你爲什麼要咬著不放呢？」納穆瑞問道，「你已經得到了足夠的報酬。」

哈萊克忿忿地盯著那個人。弗瑞曼人！他們相信所有的外邦人都能被錢收買。但是，納穆瑞表現出的還不僅僅是弗瑞曼人的偏見。在這裡發揮作用的還有其他力量，這一點對於受過比吉斯特訓練的眼睛來說眞是再明顯不過。整個事件散發出騙局中套著騙局的氣味。

哈萊克換了一副腔調，用傲慢的口吻道：「潔西嘉夫人會很生氣。她會派軍隊……」

「你只不過是個跟班，是別人手下的信使而已！」納穆瑞罵道，「我會很樂意替那些比你高貴的人沒收你的水！」

哈萊克將一隻手放在刀上，同時準備好用左衣袖給對方來個小小的突然襲擊。「我沒有看到誰的水被潑灑在這裡，」他說道，「或許你的驕傲讓你瞎了眼睛。」

「你能活著，是因爲我想讓你在死之前看明白一點：你的潔西嘉夫人手下沒有任何軍隊。你不該這麼快送命，外星來的渣滓。我是一個高貴的民族的一員，而你——」

「而我只是亞崔迪家族的僕人。」哈萊克溫和地說道，「我們是一群把你們骯髒的脖子從哈肯尼的絞索中解放出來的渣滓。」

納穆瑞不屑地一笑，露出潔白的牙齒。「你的夫人早已成了薩魯撒·塞康達斯上的囚徒。你自認爲來自她的命令實際上來自她女兒！」

哈萊克竭力保持著平穩的語氣，說道：「沒關係。阿麗亞會……」

納穆瑞拔出他的嘯刃刀。「你瞭解天堂之母？我是她的僕人，你這個雜種。奉她的命令，我來取走你的水！」說完，他笨拙地衝過屋子，向他一刀砍來。

哈萊克沒有被對手看似笨拙的動作所欺騙。他抬手一揮長袍的左袖，特意加長加厚的一截假袍袖激射而出，纏住納穆瑞的刀。衣袖展開，更蒙住了納穆瑞的頭，與此同時，哈萊克右手持刀，穿過左衣袖的下方，朝納穆瑞的臉直刺過去。

他感到刀尖刺到了肉體，隨後，納穆瑞的身體撞到他身上。隔著納穆瑞的長袍，他感覺到了那個人衣服裡面穿著的盔甲。弗瑞曼人發出一聲慘叫，往後退了幾步，倒在地上。他躺在那兒，血從嘴裡湧出，眼睛死死地盯著哈萊克，漸漸地失去了光澤。

哈萊克噓了一口氣。愚蠢的納穆瑞，怎麼會認爲別人看不出他長袍底下穿著盔甲？他撿回了那截假袍袖，擦乾淨刀，收刀入鞘。「你不知道我們這些亞崔迪僕人是怎麼訓練的嗎，傻瓜？」

他深深地吸了口氣，開始思索起來：現在，我又是誰的棋子呢？納穆瑞的話透露了某些眞相。潔西嘉成了柯瑞諾家族的俘虜，阿麗亞正在進行其邪惡的計畫。潔西嘉已將阿麗亞視爲亞崔迪的敵人，並準備了很多應急方案，但她從來沒料到自己會成爲俘虜。眼下，他仍然有命令要執行，但首先他必須離開這個地方。

幸運的是，穿上長袍的弗瑞曼人看起來個個差不多。他把納穆瑞的屍體滾進牆角，在上頭蓋了幾個座墊，拖過一張地墊蓋住血跡。做好這些之後，和所有準備進入沙漠的人一樣，哈萊克調節了一下蒸餾服的鼻管和嘴管，戴上面罩，扣上兜帽，開始了漫長的旅途。

心無罣礙，步伐愉快，他想。他覺得自己產生了一種奇怪的解脫感，彷彿他正在遠離危險，而不是步步逼近它。

我從來就不喜歡對付那個男孩的計畫，他想。如果我能再一次見到夫人，我一定要把這個想法告訴她。只是如果。因爲萬一納穆瑞的話是眞的，他就只能選擇實施那個最危險的計畫了。而一旦阿麗亞抓到他，她肯定不會讓他活得太久。好在他還有史帝加——一個迷信、但善良的弗瑞曼人。

潔西嘉曾經對他解釋過，「史帝加的本性上面只蒙著薄薄一層文明規範，除去這層東西的方法是……」

※　※　※

穆哈迪的精神無法用語言表達，也無法用以其名義所成立的宗教教義來表達。穆哈迪的內心一定對傲慢自大的權力、謊言和狂熱的教條主義者充滿了憤怒。我們必須予這內心的憤怒以發言權，因為穆哈迪的教導中最重要的一條就是：只有在公正、互助的社會結構中，人類才能長久地生存下去。

——弗瑞曼敢死隊契約

萊托背靠小棚屋的一堵牆坐了下來，注視著薩巴赫——出現在預知幻象中的線頭正在慢慢鋪開。她已經準備好了咖啡，放到了他身旁。現在她正蹲在他面前，為他準備晚飯。晚飯是噴香的加了香料粹的稀粥。

她用勺子快速攪拌著稀粥，在碗口留下靛青色的痕跡。她攪拌得十分認眞，那張瘦臉幾乎垂到了粥面。她身後是一張粗糙的薄膜，有了它，小棚屋就能充當蒸餾帳篷用。灶火和燈光將她的影子映在薄膜上，像在她的頭上加了一圈光環。

那盞燈引起了萊托的興趣。那是盞油燈，而不是懸浮球燈。蘇魯齊的人眞是肆意揮霍香料油啊。他們保持著最古老的弗瑞曼傳統，同時卻又使用撲翼機和最先進的香料機車，粗魯地將傳統與現代攪拌在一起。

薩巴赫熄滅了灶火，把那碗粥遞給他。

萊托沒碰那個碗。

「如果你不吃，我會被懲罰。」她說道。

他盯著她，想：如果我殺了她，就會粉碎一個幻象、如果我告訴她穆里茨的計畫，就會粉碎另一個幻象、如果我在這兒等父親，這一根幻象線頭將變成一條粗壯的繩索。

他的思維整理著各種幻象的線頭。其中一個很甜蜜，久久縈繞在他心頭。在他的幻象中，有一個未來講述了他和薩巴赫的結合，這個未來誘惑著他，威脅著要將其他未來排擠出去，讓他沿著這條路一直走向苦難的終點。

「你爲什麼要那麼看著我？」她問道。

他沒有回答。

她把碗朝他推了推。

萊托吞了口口水，潤了潤乾渴的嗓子。他全身上下充滿了想殺死薩巴赫的衝動。他發現自己的身體由於衝動顫抖不已。要粉碎一個幻象是多麼容易啊！讓自己的野性發作吧。

「這是穆里茨的命令。」她指著碗說。

是的，穆里茨的命令。迷信征服了一切。穆里茨想要他去解讀幻象中的場景。他像個古代的野蠻人，命令巫醫丟下一把牛骨頭，讓他根據骨頭散落的位置占卜未來。穆里茨已經取走了他的蒸餾服，作爲一種「簡單的防範措施」。穆里茨嘲笑了納穆瑞和薩巴赫：只有傻瓜才會讓囚犯逃走。

虎父無犬子。

此外，穆里茨還有個大問題：精神河流。俘虜的水在他的血管中流淌。穆里茨正在尋找某個跡象，讓他有藉口殺死萊托。

「香料能給你帶來幻象。」薩巴赫說道。萊托長久的沉默讓她很不自在。「我在部落狂歡中也有過許多幻象，可惜它們全都沒什麼意義。」

有了！他想。他讓身體進入封閉的靜止狀態，皮膚於是很快變得又冷又潮。比吉斯特的訓練主宰了他的意識，他的意識化爲一道光，詳盡無遺地照亮薩巴赫和這些被驅逐者的命運。古老的比吉斯特教義中說得很清楚：

「語言反映著生活方式。某種生活方式的與眾不同之處大都能通過其所用的語言、語氣及句法結構而被識別。尤其要注意斷句的方式，這些地方代表生命的斷續之處。生命的運動在這些地方暫時阻滯、凍結。」

和每個服用香料的人一樣，薩巴赫也可以產生某些幻象。可她卻輕視自己那些被香料激發的幻象，它們讓她不安，因此必須被拋在一邊、被有意忘卻。她的族人崇拜夏胡露，因爲沙蟲出現在他們的大部分幻象中；他們祈禱沙漠邊緣的露水，因爲水主宰著他們的生命。但儘管如此，他們卻貪婪地追求著香料帶來的財富，還把沙鮭誘進開放的露天水渠。

薩巴赫在用香料激發他的預知幻象，但對這些幻象卻似乎並不十分在意。然而他意識的光束照亮了她話中那些細微的跡象——她依賴絕對、有限，不願深入變化無窮的未來，因爲變化意味著決定，而且是嚴酷的決定，她無法做出這些決定，尤其是當它們涉及她自身的利益的時候。

她執著於自己偏頗的宇宙觀，儘管它可能蒙蔽了她，讓她感覺不到時間的流逝，但是其他可能的道路卻令她無比恐懼。

她是固定的，而萊托卻在自由運動。他像個口袋，容納了無數個時空。他能洞見這些時空，因此能夠做出薩巴赫無法做出的可怕的決定。

就像我的父親。

「你必須吃！」薩巴赫不耐煩地說。

萊托看到了全部幻象的發展規律，知道自己必須跟隨哪根線頭。我的皮膚不將再屬於我！他站起來，用長袍把自己裹緊。沒有蒸餾服的保護，長袍直接接觸他的皮膚，帶給他一種奇怪的感覺。他光著腳站在地板上的香料織物上，感覺著嵌在織物中的沙粒。

「你在做什麼？」她問道。

「這裡頭的空氣太差，我要到外頭去。」

「你逃不走的，」她說，「每條峽谷裡都有沙蟲。如果你走到露天水渠對岸，牠們能根據你散發出的水汽感覺到你。這些被圈禁起來的沙蟲十分警覺，一點也不像牠們在沙漠中的同伴。而且——」她得意地說，「你沒有蒸餾服。」

「那妳還擔心什麼呢？」他問，有意激起她發自內心的反應。

「因爲你還沒有吃飯。」

「妳會因此而受罰。」

「是的！」

「但我渾身上下已經浸滿了香料，」他說道，「每時每刻都有幻象。」他用赤腳指了指碗，「倒在沙地裡吧。誰會知道？」

「他們在看著呢。」她輕聲說道。

他搖了搖頭，把她從自己的幻象中除去了，立即感到了一種全新的自由。沒必要殺掉這個可憐的小卒子。她在跟隨著別人的音樂跳舞，連自己所跳的舞步都不知道，卻相信自己正分享著那些吸引著蘇魯齊和迦科魯圖的強盜們的權力。萊托走到門邊，撕開密封罩。

「要是穆里茨來了，」她說道，「他會非常生氣——」

「穆里茨是個商人，除此之外，他只是一個空殼。」萊托說道，「我的姑姑已經把他榨乾了。」

她站了起來，「我和你一起出去。」

他想：她還記得我是如何從她身邊逃走的。現在她擔心自己對我的看管太不嚴密。她有自己的幻象。但她不會聽從那些幻象的引導。其實她要做的只是看看她自己那些幻象，就會知道他的打算：在狹窄的峽谷裡，他要怎麼才能騙過被困在裡面的沙蟲？沒有蒸餾服和沙漠救生包，他要怎麼才能在坦則奧福特生存下來？

「我必須一個人待著，向我的幻象請教。」他說道，「妳得留在這兒。」

「你要去哪兒？」

「去露天水渠。」

「晚上那裡有成群的沙鮭。」

「牠們不會吃了我。」

「有時沙蟲就在對岸待著，」她說道，「如果你越過露天水渠……」她沒有說完，想突出她話中的威脅。

「沒有矛鉤，我怎麼能駕馭沙蟲呢？」他問道，不知她能否稍微看看那一丁點來自她本身的幻象。

「你回來之後會吃嗎？」她問道，再次走到碗邊，拿起勺子攪拌著稀粥。

「做任何事情都得看時候。」他說道。他知道她不可能覺察出他巧妙地使用了魔音大法，由此將自己的意願偷偷加進了她的決策思維。

「穆里茨會過來看你是否產生了幻象。」她警告道。

「我會以自己的方式來對付穆里茨。」他說道，注意到她的動作變得十分緩慢。他剛才對她使用的魔音大法巧妙地與弗瑞曼人的生活模式融為一體。弗瑞曼人在太陽升起時朝氣蓬勃，而當夜晚來臨時，一種深深的憂鬱通常會令他們昏昏欲睡。她已經想倒下進入夢鄉了。

萊托獨自一人走進夜色。

天空中群星閃耀，他能依稀分辨出四周山丘的形狀。他徑直向水渠邊的棕櫚林走去。

萊托在水渠岸邊久久徘徊，聽著對岸沙地中發出的永無止息的嘶嘶聲。聽聲音應該是條小沙蟲，這無疑是牠被圈養在這兒的原因。運輸小沙蟲較為容易。他想像著抓住牠時的情景：獵人們用水霧讓牠變得遲鈍，然後就像準備部落狂歡時那樣，用傳統的弗瑞曼方法抓住牠。

但牠不會被淹死。牠會被送上宇航公會的巨型運輸艦，運到那些充滿希望的買家手中。然而外星的沙漠可能過於潮濕。很少有外星世界的人能意識到，是沙鮭在阿拉吉斯上維持著必要的乾燥。從一開始便是如此！因為即使是在坦則奧福特這兒，空氣中的水分也比任何以往沙蟲所經歷的都要多上好幾倍——除了那些在穴地蓄水池中淹死的沙蟲以外。

他聽到薩巴赫在他身後的棚屋內輾轉反側，遭到壓制的幻象刺激著她，讓她不得安寧。他不知道拋開預知幻象和她共同生活會是什麼樣子。兩個人共同迎接並分享著每一時刻的到來。這個想法比任何香料所引發的幻象更吸引他。無知的未來帶著獨一無二的清新氣息。

「穴地的一個吻相當於城市中的兩個。」

古老的弗瑞曼格言已經說得很清楚。傳統的穴地是野性與羞澀的混合體。迦科魯圖／蘇魯齊的人至今仍然保留著一絲羞澀的痕跡，但僅僅是痕跡而已。傳統已經一去不復返，一念及此，萊托不禁悲從中來。

來得很慢。當萊托真正意識到行動已經開始時，他已經被身邊許多小生物發出的沙沙聲包圍。沙鮭。

很快他就要從一個幻象轉入另一個。他感受著沙鮭的運動，彷彿感受自己體內發生的運動。弗瑞曼人和這些奇怪的生物已經共同生活了無數世代。他們知道，如果你願意用一滴水來作誘餌，你就能引誘牠們進入你觸手可及的範圍。很多快要渴死的弗瑞曼人常常會冒險用他們所剩的最後幾滴水來進行這場賭博，結果可能是贏得從沙鮭身上擠出的綠色糖漿，進而維持自己的生命。

沙鮭也是小孩子的遊戲。他們抓牠們既是爲了取水，也爲純粹的玩樂。

但此刻的「玩樂」對他實在太重要。萊托不禁打了個哆嗦！

萊托感到一條沙鮭碰到了他的赤腳。牠遲疑了一下，隨後繼續前行。水渠中大量的水在吸引著牠。沙鮭手套。這是小孩子的遊戲。如果有人把沙鮭抓在手裡，將牠沿著自己的皮膚抹開，牠就變成了一隻活手套。沙鮭能察覺到皮膚下毛細血管中的血液，但血液的水中混有的其他物質卻令牠感到不舒服。或早或晚，手套會跌落到沙地上。隨後牠會被撿起並放入香料纖維籃子中。

香料撫慰牠，直到牠被倒入穴地的亡者蒸餾器中。

他能聽到沙鮭掉入水渠的聲音，還有食肉魚在捕食牠們時激起的水花。水軟化了沙鮭，讓牠們變得柔韌。孩子們很早就知道了這一點——一口口水就能騙來糖漿。萊托傾聽水聲，水聲代表著沙鮭正向開放的水面遷徙，但牠們無法占據一條由食肉魚把守的水渠。

牠們仍然在前進、牠們仍然在發出濺水聲。萊托用右手在沙地裡摸索著，直到手指碰到一條沙鮭堅韌的皮膚。正如他期望的，這是條大傢伙。這傢伙並不打算逃走，而是急切地爬進他的手中。他用另一隻手感覺著牠的外形——大致呈菱形。牠沒有頭，也沒有突出的肢體、沒有眼睛，可牠卻能敏銳地發現水源。牠和其他夥伴能身體挨身體，用突起的纖毛將大家交織著連在一起，變成一大塊能鎖住水分的生物體，把水這種「毒物」和由沙鮭最終演變而成的巨人——夏胡露——隔絕開來。

沙鮭在他手中蠕動、延展身子。當牠移動時，他感到他所選擇的幻象也在隨之延展。他感到沙鮭變得愈來愈薄，他的手愈來愈多地方被牠覆蓋。沒有哪隻沙鮭曾接觸過這樣的手，每個細胞中都含有過度飽和的香料，也沒有哪個人曾在香料如此飽和的狀態下存活下來——而且還保持著自己的思考能力。萊托精心調節著體內的酶平衡，吸取他通過香料迷藥得到的確切的啓示。來自他體內無數的已與他融爲一體的生命所提供的知識爲他明確了前進道路，他只需再做些精細的微調，避免一次性釋放劑量過大的酶，因刹那間的疏忽而遭滅頂之災。與此同時，他將自己與沙鮭融合在一起，沙鮭的活力成了他的活力。他在迷藥狀態下形成的幻象爲他提供了嚮導，他只需跟隨牠就行。

萊托感覺到沙鮭變得更薄，覆蓋了他手上更多的部位，並向他的手臂進發。他找到另一條沙鮭，把牠放在第一條上面。這種接觸使兩隻沙鮭狂亂地蠕動了一陣子。牠們的纖毛相互交織，形成一整張膜，覆蓋到他的肘部。沙鮭曾經是兒童遊戲中的活手套，但這一次，牠們扮演著萊托皮膚共生物的角色，變得更薄、更敏感。

他戴著活手套，彎腰撫摸著沙子。在他的感覺中，每顆沙粒都有自己獨特的個性。覆蓋在皮膚上的沙鮭不再只是沙鮭，牠們變得堅韌而強壯。而且隨著時間流逝，牠們會愈來愈強壯，同時使他強壯起來……他那隻摸索的手又碰到一條沙鮭，牠迅速攀上他的手，與剛才那兩條混爲一體，融入了牠的新角色。堅韌卻又柔軟的皮膚一直覆蓋到了他的肩膀。

他將意識集中起來，發揮到極致，成功地把新皮膚融入了他的肉體，杜絕了排異反應。他的意識絲毫不予理會這麼做的後果，重要的是他在迷藥狀態下獲得的幻象、重要的是歷經苦難之後能踏上的金色通道。

萊托脫下他的長袍，赤裸著身體躺在沙地上，他戴著手套的膀臂橫在沙鮭行進的路線上。他記得加尼馬曾經和他抓住過一條沙鮭，把牠在地上反復摩擦，直到牠收縮成了一條「嬰兒沙蟲」——變成了一個僵直的管狀物，一個盛著牠體內綠色糖漿的器官。在管子的一頭輕咬一口，趁傷口癒合之前啜飲幾口，就能吃到幾滴糖漿。

沙鮭爬滿他的全身。他能感到自己的脈搏在這張有生命的膜下跳動。一條沙鮭想覆蓋他的臉，他粗暴地搓著牠，直到牠蜷縮成了一個薄薄的滾筒。滾筒比「嬰兒沙蟲」長得多，而且保持著彈性。萊托咬住滾筒末端，嚐到一股甜甜的細流，細流維持的時間比任何弗瑞曼人所碰到過的久得多。

他感到了糖漿帶給自己的力量，一陣奇怪的興奮充斥了他的身體。膜再次想覆蓋他的臉，他迅速地反復搓著，直到膜在臉上形成了一圈僵硬的隆起，隆起連接著他的下巴和額頭，露出耳朵。

現在，那個幻象必須要接受檢驗。

他站起來，轉身向棚屋跑去。當他移動時，他發現自己的腳動得太快，讓他失去了平衡。他一頭栽倒在沙地上，隨後翻了個身又跳了起來。這一跳使他的身體離地足有兩公尺。當他落到地上、想重新開始奔跑時，他的腳開始移動得過於迅速。

停下！他命令自己。他強迫自己進入放鬆的氣神合一狀態，在體內融合了眾多意識的池子中凝聚自己的感覺。他內斂注意力，注視著現在的延伸，由此再一次感覺到了時間。

現在，那張膜正如預知幻象中那樣，完美地工作。

我的皮膚不再是我自己的了。

但是他的肌肉還得接受訓練，才能配合加快的動作。他不斷開步走，不斷倒在地上，然後又不斷翻身躍起。幾個回合之後，他坐在地上。平靜下來以後，他下巴上的隆起想變成一張膜，蓋住他的嘴巴。他用手壓住牠，同時咬住牠啜飲了幾口糖漿。在手掌的壓力下，牠退了回去。

那張膜與他的身體融合的時間已經夠長。萊托平趴在地上，開始向前爬行，在沙地上摩擦著那張膜。他能敏銳地感覺到每顆沙粒，但沒有任何東西在摩擦著他自己的皮膚。過不多久，他已經在沙地上前進了五十公尺。他感覺到了摩擦產生的熱量。

那張膜不再嘗試蓋住他的鼻子和嘴巴，但是現在他面臨著進入金色通道之前第二個重要的步驟。他剛才的行動已帶著他越過了水渠，進入被困的沙蟲所在的峽谷。他聽到了牠發出斷斷聲，看得出來牠被他的行動吸引，而且正逐漸向他靠近。

萊托一下子躍起身來，想站在那兒等著牠，但結果仍和剛才一樣——加大加快了的動作讓他的身體向下栽倒，往前躥出了二十多公尺。他竭力控制住自己的反應，屁股著地坐在地上，挺直上身。沙子直接在他面前凸起、蠕動，在星光下留下一條魔鬼般的軌跡。接著在離他只有兩個身長的地方，沙地爆裂開來，微弱的光線下，水晶般的牙齒一閃而過。他看到了沙洞內張開的大嘴，洞內深處還有昏暗的火光在移動。濃郁的香料氣味瀰漫在四周。

但是，沙蟲沒有向他衝過來，牠停在他眼前。此時，一號月亮正爬上山丘，沙蟲牙齒上的反光映襯著牠體內深處閃耀的化學反應之火。

深埋於體內的弗瑞曼人對於沙蟲的恐懼要萊托逃走。但他的幻象卻讓他保持不動，讓他沉迷於眼前這一似乎無限延長的時刻。還沒有人在離沙蟲牙齒這麼近的距離下成功逃生。萊托輕輕移動自己的右腳，卻絆在一道隆起的沙脊上，放大了的動作使他衝向沙蟲的大嘴。他連忙膝蓋著地，停住身體。

沙蟲仍然沒有移動。

牠只感覺到了沙鮭。牠不會攻擊自己在沙漠深處的異變體。在自己的領地內或在露天的香料礦上，一條沙蟲可能會攻擊另一條。只有水能阻擋牠們——還有沙鮭。沙鮭是盛滿水的膠囊，也是水的另一種形式。

萊托試著將手伸向那張可怕的大嘴。沙蟲往後退了幾公尺。

消除恐懼之後，萊托轉身背對著沙蟲，開始訓練他的肌肉，以適應剛剛獲得的新能力。他小心地向露天水渠走去。沙蟲在他身後仍然保持著靜止。當萊托越過水渠後，他興奮地在沙地上跳了起來，一下子在沙地上方飛行了十幾公尺。落地後，他在地上爬著、翻滾著，大聲地笑著。

小棚屋門的密封罩被打開了，亮光灑在沙地上。薩巴赫站在油燈黃紫色的燈光下，愣愣地盯著他。

笑聲中，萊托又回頭越過露天水渠，在沙蟲面前停了下來，然後轉過身，伸開雙臂看著她。

「看啊！」他呼喊道，「沙蟲服從我的命令！」

她看呆了。他轉身圍繞著沙蟲轉了一圈，然後跑向峽谷深處。隨著他對新皮膚的逐漸適應，他發現自己只需稍微動一下肌肉就能快速奔跑，幾乎完全不耗費他自己的力氣。之後他開始使勁在沙地上向前飛奔，感到風摩擦著臉上裸露的皮膚，讓他覺得一陣陣發燙。到了峽谷盡頭，他沒有停下來，而是縱身一躍，跳起足有十五公尺。他攀住懸崖，四肢亂蹬，如同一隻昆蟲般，爬上俯視坦則奧福特的山頂。

沙漠在他眼前延展開來，在月光下如同一片巨大的銀色波濤。

萊托的狂喜之情漸漸平靜下來。

他踱著步，感覺變得異常輕盈的身體。剛才的運動使他的身體表面產生了一層光滑的汗水膜。通常情況下，蒸餾服會吸收這層膜並把它送往處理裝置，在那兒過濾出鹽分。而此刻，等到他放鬆下來，這層汗水已經消失，被覆蓋在他身體表面的膜吸收，而且吸收的速度遠比蒸餾服快得多。

萊托若有所思地拉開他嘴唇下的那個隆起，把它放進自己的嘴裡，啜飲著甜蜜的液體。

他的嘴巴並沒有被覆蓋。憑著弗瑞曼人的本能，他感到自己體內的水分隨著每次呼吸流失進了空氣。這是浪費。萊托拉出一段膜，用它蓋住自己的嘴巴。當那段膜想鑽入他鼻孔時，他又把它扯了下來。他不斷重複著這個過程，直到那段膜封住他的嘴、而又不再往上想封住他的鼻孔。隨後他立即採用沙漠中的呼吸方式：鼻孔吸氣，嘴巴呼氣。他嘴上的那段膜鼓成了一個小球，但嘴上不再有水汽流失，他的鼻孔同時卻保持著暢通。

一架撲翼機飛行在他和月亮之間，傾斜著機翼轉了個彎，隨後降落在離他大約一百公尺左右的山丘上。萊托朝它瞥了一眼，然後轉身看著他來時的峽谷。下面露天水渠的對岸，許多燈光正晃來晃去，亂成一團。他聽到了微弱的呼喊聲，聽出了聲音中的歇斯底里。從撲翼機裡下來了兩個人，向他逼近。他們手中的武器在月光下閃閃發光。

穆哈迪，萊托想，這是個很糟的想法。現在是通向金色通道最關鍵的一步。他已經穿上了有生命的由沙鮭膜形成的蒸餾服，這是在阿拉吉斯上的無價之寶……

我不再是人。今晚的事將被廣爲傳播，它將被放大、被神話，直到親身參與其中的人都無法從中看出眞實事件的原貌。但總有一天，那個傳奇會成爲事實。

他朝山崖下望去，估計自己離下方的沙地大約有二百公尺距離。月光照亮了山崖上的凸起和裂縫，但找不到可以下去的路。萊托站在那兒，深吸一口氣，回頭看看朝他跑來的人，隨後走到懸崖邊，縱身躍入空中。下落約三十公尺後，他彎曲的雙腿碰到了一個凸出物。增強了的肌肉吸收了衝擊力，並把他彈向旁邊的一個凸起。

他雙手一抓，扳住一塊岩石，穩住身形，接著又讓自己下墜了二十公尺左右，然後抓住另一塊岩石，又再次下降一段距離。

他不斷跳躍，不斷抓住凸出的岩石。他用縱身一躍完成了最後四十公尺，雙膝彎曲著地，然後側身一滾，一頭栽進沙丘光滑的表面，沙子和塵土揚了他一身。他站了起來，接著一舉躍上沙丘頂部。嘶啞的叫喊聲從他身後山丘的頂上傳來，他不打算理睬對方，而是集中注意力，從一座沙丘頂部跳到另一座沙丘頂部。

愈來愈適應增強的肌肉以後，他覺得在沙漠上的長途跋涉簡直是一種享受。這是沙漠上的芭蕾，是對坦則奧福特的蔑視，是任何人都未曾享受過的旅途。他計算著那兩個撲翼機乘員從震驚中清醒過來到重新開始追蹤需要多長時間。覺得差不多了時，他一頭栽向某座沙丘背光的一面，鑽了進去。獲得新力量以後，沙子給他的感覺就像是比重稍大的液體，但當他鑽得太快時，體溫卻升高到了危險的程度。他從沙丘的另一頭探出頭來，發現膜已經封住了自己的鼻孔。

他拉下鼻孔中的膜，感到他的新皮膚正忙著吸收他的排泄物。

萊托把一段膜塞進嘴裡，啜飲著甘露的同時抬頭觀察天空。他估計自己離蘇魯齊有十五公里遠。一架撲翼機的軌跡劃過天空，彷彿一隻大鳥。天空中出現了一隻又一隻大鳥。他聽到了它們拍打機翼的聲音，還有消音引擎發出的輕微聲響。

啜飲有生命的管子，他在等待。一號月亮落下了，接著是二號月亮。

黎明前一小時，萊托爬了出來，來到沙丘頂部，觀察著天空。沒有獵人。他知道自己已經踏上了一條不歸路。他前方的時空中是重重陷阱，一步踏錯，他和人類就會受到永世難忘的教訓。

萊托向東北方向前進了五十公里，隨後鑽入沙地以躲避白天，只在沙地表面用沙鮭管子開了個小孔。那張膜在他學習如何與之相處的同時也在學習著如何與他相處。他控制著自己，不去想那張膜會對他的身子帶來其他什麼後果。

明天我要襲擊嘎拉·魯仁，他想。我要摧毀他們的露天水渠，把水放到沙漠中。然後我要去聞達克、老裂縫和哈克。一個月內，生態轉型計畫會被迫推遲整整一代人。這會給我留出足夠的時間，發展出新的時間表。

自然，沙漠中的反叛部落會成爲替罪羊。有的人還可能想起迦科魯圖盜水者的往事。阿麗亞會被這些事纏住。至於加尼馬……萊托默念著那個能喚醒她記憶的詞語。以後再來處理這件事吧……如果他們能在這紛亂的線頭中活下來。

金色通道在沙漠中引誘他，它彷彿是一個現實存在的實體，他睜開雙眼就能看到它。他想像著金色通道中的情景：動物遊蕩在大地上，牠們的存在取決於人類。無數個世代以來，牠們的發展被阻斷了，現在需要使牠們重新走上進化的正軌。

他想起了自己的父親，隨後告訴自己說：「用不了多久，我們就要像男人般面對面，幻象中的未來只有一個能化爲現實。」

※　※　※

氣候設定了生存的極限。緩慢的氣候變遷可能經過了一代人都無法察覺。極端的天氣變化設定了四季的模式。孤獨的、生命有限的人類能觀察到四季，感受到一年中天氣的變化，有時還可能會注意到其他一些情況，例如「這是我知道的最冷的一年」。這些變化是能被感知的。但人類對跨越多年的緩慢的氣候變遷卻感覺遲鈍。而這種感覺卻是生存於任何行星上所需的，他們必須學習觀察氣候。

——《阿拉吉斯的變遷》哈克·艾爾—艾達

阿麗亞盤腿坐在床上，想通過背誦抗拒恐懼的禱詞使自己平靜下來，但她頭顱中迴響的嘲笑聲阻撓了她的每一次嘗試。她能聽到他的聲音，這個聲音控制了她的耳朵和她的意識。

「簡直是一派胡言。妳在害怕什麼？」

她想逃走，但是小腿上的肌肉抽搐著。她逃不掉。

黎明即將到來。她穿著一件純天然的絲綢睡衣，睡衣下的身軀已開始發胖。過去三個月的報告躺在她眼前的紅色床單上。她能聽到空調發出的嗡嗡聲，還有微風吹起釋迦藤卷軸上標籤的聲音。

兩個小時以前，她的助手慌慌張張地叫醒了她，給她帶來了最新的破壞消息。阿麗亞要來了報告卷軸，想從中找出破壞的規律。

她不再背誦禱詞。

這些破壞肯定是反叛者們幹的好事，愈來愈多的人開始反對穆哈迪的宗教。

「那又有什麼關係呢？」體內嘲諷的聲音說道。

阿麗亞用力甩甩頭。納穆瑞讓她失望。相信這麼一個人，她是個傻瓜。她的助手不斷提醒她史帝加也該受到懲罰，他在祕密造反。還有，哈萊克怎麼樣了？和他的走私販朋友待在一起？可能吧。

她拿起一個報告卷軸。還有穆里茨！這人瘋了！這是唯一可能的解釋，否則她只能相信世上眞有神話。沒有人，更別說是個小孩子（即使是像萊托那樣特別的孩子），能從蘇魯齊的山崖上跳下，還能活著橫穿沙漠，能夠一步從這個沙丘的頂部跳到另一個上。

阿麗亞手中的釋迦藤冷冰冰的。

那麼，萊托去哪兒了？加尼馬堅信他已經死了。眞言師已經證實了她的說法：萊托被拉茲虎咬死了。那麼，納穆瑞和穆里茨報告的那個孩子又是誰呢？

她渾身顫抖。

四十條露天水渠被摧毀，它們的水流入沙漠。四十條水渠，分別屬於忠誠的弗瑞曼人、反叛者，還有那些愚昧的迷信者。屬於各種各樣的人！她的報告中充滿了各種神奇的故事。沙鮭跳入露天水渠，把自己弄得粉碎，然後每個碎片又長成了新的沙鮭——沙蟲故意在水中把自己淹死。

二號月亮上滴下鮮血，掉落在阿拉吉斯上，在落地處引發了巨大的沙暴。沙暴爆發的頻率正急劇上升！

她想起被發配到泰布的艾德荷，史帝加遵從她的命令，將他置於嚴密的看管之下。史帝加和伊如蘭整天都在談論種種破壞跡象背後隱藏著什麼樣的眞相。這些傻瓜！但就連她的間諜都暴露出受到反叛者影響的跡象。

爲什麼加尼馬要堅持拉茲虎的故事呢？

阿麗亞嘆口氣。這麼多報告中，只有一個讓她安心。法拉肯派出了一隊家族衛兵，來「幫助妳處理麻煩，並爲正式訂婚儀式做好準備」。阿麗亞和頭顱裡的聲音一起笑出聲。至少這個計畫仍然完好無損。至於其他報告，她一定會找到符合邏輯的解釋，打發那些迷信的胡言。

她將利用法拉肯的人去關閉蘇魯齊，逮捕那些已知的反叛者，尤其是耐布中的反叛者。她衡量著該對史帝加採取什麼措施，但體內的聲音提醒她應該愼重。

「還沒到時候。」

「我母親和姐妹會仍然有她們自己的計畫，」阿麗亞輕聲道，「她爲什麼要訓練法拉肯？」

「或許他激發了她的興趣。」男爵說道。

「他那麼個冷冰冰的人？不會。」

「妳不想叫法拉肯把她送回來嗎？」

「我知道這麼做的危險！」

「好。與此同時，茲亞仁卡最近帶來的那個年輕助手，我想他的名字可能叫作阿加瓦斯——是的，布林・阿加瓦斯。如果妳今晚能邀請他來這裡……」

「不！」

「阿麗亞……」

「天就要亮了，你這個貪得無厭的老蠢貨！今早有個軍事委員會的會議，教士們將——」

「不要相信他們，親愛的阿麗亞。」

「當然不會！」

「很好。現在，這位布林．阿加瓦斯……」

「我說了，不！」

老男爵在她體內保持著沉默，但她開始感到頭疼。疼痛從她的左臉頰開始，一直爬進她的大腦內部。他以前也對她用過這個把戲，現在她已經下定決心要拒絕他。

「如果你再玩下去，我會服用鎮靜劑。」她說道。

他聽出她是認眞的。頭疼開始減弱。

「很好，」他說道，「改天吧。」

「改天。」她同意道。

※　※　※

你用力量分開沙子，你長著來自沙漠中龍的頭顱。是的，我把你看成來自沙丘的野獸。你雖然長著羊羔般的角，但是你的叫聲卻像一條龍。

——《新編奧蘭治天主教聖經》第二章，第四節

未來已經決定，不會再有變化。線頭已經變成了繩索，萊托彷彿從一出生就熟悉它。他眺望著遠方落日餘暉下的坦則奧福特。從此往北一百七十公里是老裂縫，那是一條穿過遮罩牆山的裂縫，蜿蜒

曲折，首批弗瑞曼人就是由此開始了向沙漠的遷徙。

萊托內心不再有任何疑惑。他知道自己爲何獨自一人站在沙漠中，感覺自己就像大地的主人，大地必須服從他的命令。他看到那條連接著自己和整個人類的琴弦；感知到宇宙中最深遠的需求。

這是一個符合客觀邏輯的宇宙，是個在紛亂變化中有規律可循的宇宙。

我瞭解這個宇宙。

昨晚，那條載著他前來的沙蟲衝到他的腳邊，然後衝出沙地停在他眼前，就像一頭恭順的駝獸。他跳到牠身上，用被膜增強的手拉開牠第一節身子的表皮，迫使牠停留在沙地表面。整晚向北奔馳之後，沙蟲已經筋疲力盡。牠體內的化學「工廠」已經達到了極限，牠大口呼出氧氣，風吹著牠的氣息，形成一個渦流，包圍著萊托。

沙蟲的氣息不時讓他覺得頭暈，讓他腦海中充滿各種稀奇古怪的念頭。他將心靈之眼轉向體內的祖先，重新體驗了他在地球上的一部分過去，用歷史對照現在的變化。

他意識到，自己現在已經離通常意義上的人類相差甚遠。他吃下了他所能找到的所有香料，在它們的刺激下，覆蓋在他身體表面的膜不再是沙鮭，就像他不再屬於人類一樣。沙鮭的纖毛刺進了他的肉體，從而創造出了一個全新的生物，牠將在未來的無數世代中進行著自身的演變。

你看到了這些，父親，但是你拒絕了！他想。這是你無法面對的恐懼。

萊托知道應該怎麼去看待父親，而且知道爲什麼要這麼看待。

穆哈迪死於預知幻象。

保羅．亞崔迪在活著時就已超越現實宇宙，進入了預知幻象所顯示的未來，但他逃離了這個未來，而他的兒子卻敢於嘗試這種未來。

於是保羅．亞崔迪死了，現在只剩下傳教士。

萊托大步行走在沙漠上，目光注視著北方。沙蟲將從那個方向來，在牠的背上載著兩個人：一個弗瑞曼少年和一名瞎子。

一群灰白色蝙蝠從萊托頭頂經過，向東南方向飛去。在逐漸暗下來的天空中，牠們看起來就像隨意灑在空中的斑點。一雙有經驗的弗瑞曼眼睛能根據牠們的飛行軌跡判斷出前方庇護所的位置。傳教士應該會避開那個庇護所。他的目的地是蘇魯齊，那兒沒有野生的蝙蝠，以防牠們引來不受歡迎的陌生人。

沙蟲出現了。一開始，牠看起來像北方天空和沙漠之間一條黑色的運動軌跡。Matar，垂死的沙暴將沙雨從高空灑下，將他的視線遮擋數分鐘，隨後沙蟲變得更爲清晰，離他也更近。

萊托所在的那座沙丘底部的陰面開始產生夜晚的水汽。他品味著鼻孔處細微的潮氣，調整蒙在嘴上的沙鮭膜。他再也不用四處尋找水源，遺傳自母親的基因讓他擁有強有力的弗瑞曼人腸胃，能幾乎吸收經由牠全部途經的水分。他身披的那件有生命的蒸餾服也能捕獲牠所接觸到的任何潮氣。

即使當他坐在這裡，接觸到沙地的那部分膜也在伸出僞足，採集著任何能被存儲的點滴能量。

萊托研究著不斷向他靠近的沙蟲。他知道，那個年輕的嚮導此刻應該已經發現了自己——注意到了沙丘頂部的黑點。距離這麼遠，沙蟲騎士無法辨別出黑點是什麼，但弗瑞曼人早已懂得如何應付這個問題。任何未知的物體都是危險的。即便沒有預知幻象，他也能判斷出那個年輕嚮導的反應。

不出所料，沙蟲前進的路線偏轉了些許，直接朝萊托衝來。弗瑞曼人時常將巨大的沙蟲當成武器。在阿拉肯，沙蟲使亞崔迪人擊敗了沙德姆四世。然而，這條沙蟲卻無法執行駕馭者的命令。牠停在萊托面前十公尺遠的地方，不管嚮導如何驅使，牠就是不肯繼續前進，哪怕只是挪動一粒沙子的距離。

萊托站起來，感到纖毛立刻縮回他後背的膜中。他吐出嘴裡的膜，大聲喊道：「阿池蘭，瓦斯阿池蘭！」歡迎，雙倍的歡迎！

瞎子站在嚮導身後，一隻手搭在年輕人肩上。他高高地仰起頭，鼻子對準萊托腦袋方向，彷彿要嗅出這次攔路的氣味。落日在他的額頭染上了一層金黃。「是誰？」瞎子晃著嚮導的肩膀問道，「我們為什麼停下來？」他的聲音從蒸餾服面罩中傳出，顯得有些悶。

年輕人害怕地低頭看著萊托，說道：「只是個沙漠中孤獨的旅行者。看起來還是個孩子。我想叫沙蟲把他撞倒，但沙蟲不肯往前走。」

「你為什麼不早說呢？」瞎子問道。

「我以為他只是個普通的沙漠旅行者！」年輕人抗議道，「可他實際上是個魔鬼。」

「真像迦科魯圖的兒子說的話。」萊托說道，「還有你，閣下，你是傳教士？」

「是的，我是。」傳教士的聲音中夾帶著恐懼，因為他終於和他的過去碰面了。

「這兒沒有花園，」萊托說道，「但我仍然歡迎你與我在此共度這個夜晚。」

「你是誰？」傳教士問道，「你怎麼能讓我們的沙蟲停下？」從傳教士的聲音聽出，他已經預料到此次會面的意思。現在，他回憶起了另一個幻象……知道自己的生命可能終結於此。

「他是個魔鬼！」年輕的嚮導不情願地說，「我們必須逃離這個地方，否則我們的靈魂……」

「安靜！」傳教士喝道。

「我是萊托·亞崔迪。」萊托說道，「你們的沙蟲停了下來，因為我命令牠這麼做。」

傳教士靜靜地站在那裡。

「來吧，父親，」萊托說道，「下來和我共度這個夜晚吧。我有糖漿給你啜飲。我看到你帶來了沙漠救生包和水罐。我們將在沙地上分享我們的所有。」

「萊托還是個孩子，」傳教士反駁道，「他們說他已經死於柯瑞諾的陰謀。你的聲音中沒有兒童的氣息。」

「你瞭解我，閣下，」萊托說道，「我的年齡雖小，但我擁有古老的經驗，我的聲音也來自這些經驗。」

「你在沙漠深處做什麼？」傳教士問道。

「什麼也不做。」萊托道。這是眞遜尼流浪者的回答，他們能做到隨遇而安，不與自然抗衡，而是尋求與環境和諧相處。

傳教士晃了晃嚮導的肩膀。「他是個孩子嗎？眞的是個孩子？」

「是的。」年輕人說道。他一直害怕地盯著萊托。

傳教士的身體顫抖著，終於發出一聲長嘆。「不！」他說道。

「那是個化身爲兒童的魔鬼。」嚮導說道。

「你們將在這裡過夜。」萊托說道。

「按他說的做吧。」傳教士道。他放開嚮導的肩膀，走到沙蟲身體的邊緣，沿著其中一節滑了下來，到地面後他向外跳了一步，在他和沙蟲之間空出足夠的距離。隨後，他轉身說道：「放了沙蟲，讓牠回到沙地底下。牠累了，不會來打攪我們的。」

「沙蟲不肯動！」年輕人不滿地回應道。

「牠會走的。」萊托說道，「但如果你想騎在牠身上逃走，我會讓牠吃了你。」他向旁邊走了幾步，離開沙蟲的感應範圍，指著他們來時的方向說，「朝那個方向。」

年輕人用刺棒敲打著他身後的一節沙蟲的身體，晃動著掀開沙蟲表皮的矛鉤。沙蟲開始緩慢地在沙地上移動，跟隨矛鉤的指揮轉了半個圈。

傳教士追隨著萊托的聲音，爬上沙丘的斜坡，站在離萊托兩步遠的地方。整個過程中，他的神態充滿自信。萊托明白，這將是一場艱難的比賽。

幻象在此分道揚鑣。

萊托說道：「取下你的面罩，父親。」

傳教士服從他，把兜帽甩在腦後，取下口罩。

萊托腦子裡想像著自己的面容，同時研究著眼前這張臉。他看到了兩者之間的相似之處，這些相似之處彷彿被落日照亮。面龐輪廓大致融合，表明基因在延續過程中沒有發生錯誤。這些輪廓從那些低聲吟唱的日子、從下雨的日子、從卡拉丹上的奇蹟之海遺傳到了萊托臉上。但是現在他們站在阿拉吉斯的分水嶺，等待著夜幕的降臨。

「父親。」萊托說道，眼睛向左面瞟去，看著年輕的嚮導從沙蟲被拋棄之處走來。

「木・眞恩！」傳教士說道。他揮舞著右手做了個下劈的手勢。這不好！

「庫里什・眞恩。」萊托輕聲道。這是我們能達到的最好狀態。他又用契科布薩語補充了一句：「我來到這裡，我將留在這裡！我們不能忘記這句話，父親。」

傳教士的肩膀垂了下來，他用雙手捂住塌陷的眼窩。

「我曾經分享了你的視力，還有你的記憶。」萊托說道，「我知道你的決定，我去過你的藏身之所。」

「我知道，」傳教士放下了雙手，「你會留下嗎？」

「你以那個人名字給我命名。」萊托說道，「我來到這裡，我將留在這裡——這是他說過的話！」

傳教士深深嘆了口氣。「你的行動進展到什麼程度了？」

「我的皮膚不再屬於我，父親。」

傳教士顫抖了一下。「我總算明白你是怎麼在這兒找到我的了。」

「是的，」萊托說道，「我需要和我的父親待一個晚上。」

「我不是你的父親。我只是一個可憐的複製品，一件遺物。」他轉身傾聽著嚮導向這邊走來發出的聲音，「我不再進入那些有關我未來的幻象。」

在他說話時，夜幕完全降臨到了沙漠。星星在他們頭頂閃爍。萊托也回頭看著向這邊走來的嚮導。「烏巴克—烏—庫哈！」萊托衝著年輕人喊道，「向你問好！」

年輕人回答道：「薩布庫—安—納！」

傳教士用沙啞的嗓音低聲說道：「那個年輕的哈桑．特里格是個危險人物。」

「所有被驅逐者都是危險的，」萊托低聲道，「但他不會威脅到我。」

「那是你的幻象，我沒有看到。」傳教士說道。

「或許你根本沒有選擇，」萊托說道，「你是菲爾—哈奇卡。現實。你是阿布．達，無限時間之路的父親。」

「我不過是陷阱中的誘餌罷了。」傳教士說道。語氣中帶著一絲苦澀。

「阿麗亞吞下了那個誘餌，」萊托說道，「但我沒有，我不喜歡它的味道。」

「你不能這麼做！」傳教士嘶啞地說道。

「我已經這麼做了。我的皮膚不屬於我。」

「或許你還來得及……」

「已經太晚了。」萊托將腦袋偏向一側。他能聽到哈桑．特里格沿著沙丘斜坡向他們爬來的聲音，和他們的交談聲混在一起。「向你問好，蘇魯齊的哈桑．特里格。」萊托說道。

年輕人在緊挨著萊托下方的斜坡上停住腳步，身影在星光下隱約可見。他縮著脖子，低下頭，顯出猶豫不決的模樣。

「是的，」萊托說道，「我就是那個從蘇魯齊逃出來的人。」

「當我聽說時……」傳教士欲言又止，「你不能這麼做。」

「我正在這麼做。即使你的眼睛再瞎上一次也於事無補。」

「你以爲我怕死嗎？」傳教士問道，「難道你沒看到他們給我配備了一位什麼樣的嚮導嗎？」

「我看到了，」萊托再次看著特里格，「你沒有聽見我的話嗎，哈桑？我就是那個從蘇魯齊逃出來的人。」

「你是魔鬼。」年輕人用顫抖的聲音說。

「是你的魔鬼，」萊托說道，「但你也是我的魔鬼。」萊托感到自己和父親之間的衝突正在逐漸加溫。這種衝突彷彿是在他們周圍上演的一場皮影戲，展示著他們潛意識中的想法。此外萊托還感到了體內父親的記憶，發生在過去的記憶記錄了對於未來的預知，它記錄了此刻這個兩人都十分熟悉的場景。

特里格察覺到了他們之間的幻象之爭。他沿著斜坡向下滑了幾步。

「你無法控制未來。」傳教士低語道。他說話時顯得非常費勁，彷彿在舉起一個千斤重物。

萊托感到他們之間的距離。他或他的父親將被迫儘快行動，並藉由行動做出決定，選擇要跟隨誰的幻象。他父親是對的——如果你想控制宇宙，你的所作所爲只是爲宇宙提供一件能打敗你的武器。

選擇並操縱某個幻象，要求你使一根脆弱的線頭保持平衡——在一根高高懸掛的鋼絲上扮演上帝，兩邊是相互隔絕的不同宇宙。踏上鋼絲繩的挑戰者們無法從兩難選擇中退卻。鋼絲兩邊各有自己的幻象和規律，而挑戰者們身後所有過去的幻象正在死去。當某個挑戰者移動時，另一個也會做出與之相抗的動作，否則平衡便會打破。

對於他們而言，眞正重要的行動是讓自身與背景中的那些幻象區分開來，使自己不被幻象呑沒。沒有安全的地方，只有持續變化的關係，關係本身又使邊界和規律隨時發生著變化。他們能依靠的只有孤注一擲的勇氣，但相較之下，萊托比他的父親多了兩個優勢：他已置身於死地，而他的父親仍希望有回頭的餘地，至今還沒有下定決心。

「你絕不能這麼做！你絕不能這麼做！」傳教士以刺耳的聲音高呼道。

他看到了我的優勢，萊托想。

萊托將自己的焦慮隱藏起來，保持著高手對決時所需要的鎭定，以平靜的語氣說道：「我並不執迷於眞相，除了我自己的造物，我別無信仰。」隨後，他感覺到了父親和他之間的互動，雙方心理深處細微的變化使萊托更加堅定了自己的信仰。

帶著這種信仰，他知道自己已經在金色通道前立下了路標。總有一天，這個路標將指引後人如何成爲一個眞正的人，而送出這份厚禮的那個個體卻在送出禮物的當天脫離了人類的範疇。帶著這種感覺，萊托泰然地做出了這個終極豪賭。

他輕輕嗅了嗅空氣，搜尋著他和父親都知道必將到來的信號。還有一個問題沒有解決：他父親會警告那個等在他們下面、內心充滿恐懼的年輕嚮導嗎？

萊托的鼻孔中聞到了臭氧的氣味，表明附近存在遮罩場。爲了遵從被驅逐者給自己下的命令，年輕的特里格正準備殺了這兩個危險的亞崔迪人，但他並不知道此舉會令人類陷入怎樣的恐怖深淵。

「不要。」傳教士低聲說道。

萊托聞到了臭氧，但周圍的空氣中並沒有叮噹聲。特里格使用的是沙漠遮罩場，一件特別爲阿拉吉斯設計的武器。霍茲曼效應會召喚沙蟲前來，並使牠陷入癲狂。沒有任何東西能阻擋這樣的沙蟲——無論是水還是沙鮭……任何東西都不行。是的，年輕人剛才在沙丘的斜坡上埋下了這個裝置，現在他正想偷偷逃離這個極度危險的地方。

萊托從沙丘頂部跳了起來，耳邊傳來父親勸阻的聲音。增強的肌肉釋放出可怕的力量，推動著萊托的身體如火箭般向前射去。他的一隻手抓住特里格蒸餾服的領子，另一隻手環抱在那可憐傢伙的腰間。一聲輕微的喀嚓聲，他擰斷了他的脖子。隨後他再一次縱身一躍，撲向埋藏沙漠盾的地方。他的手指摸到了那東西，把它從沙地裡拎了出來，奮力朝南一擲。遮罩場發生器劃了個漂亮的弧線，落在離他們很遠的地方。

沙漠盾原來的埋藏地點之下響起一陣巨大的嘶嘶聲。聲音逐漸變小，最後完全消失。沙漠又恢復了寧靜。

萊托看著站在沙丘頂部的父親，他仍然是一副挑戰的姿態，但神情中流露出一種挫敗感。那上面站著的是保羅．穆哈迪，瞎了眼睛，憤怒，知道自己正在遠離萊托的幻象，因此處於崩潰的邊緣。

萊托一步躍回沙丘頂部，說道：「從現在起，我是你的嚮導。」

「絕不！」

「你想回蘇魯齊嗎？看到你獨自一人回去，沒有特里格的陪伴，他們會依然歡迎你嗎？再說，你知道蘇魯齊搬到哪裡去了嗎？你的眼睛能看到它嗎？」

保羅與兒子對峙著，沒有眼珠的眼窩盯著萊托。「你眞的瞭解你在這裡所創造的宇宙嗎？」

萊托聽出了他話中特別強調的重音。兩個人都知道，從此刻起，這個幻象踏上了可怕的征程，未來必須能夠控制它，而且是創造性的控制。在這之前，整個宇宙都抱著線性發展的時間觀，人類認爲事物的發展都是有序的。但是在這個幻象被啓動之後，人類登上了一輛瘋狂運動的列車，只能沿著它的運動軌跡一路狂奔。

唯一能與之對抗的是萊托，多個線頭所組成的韁繩控制在他手中。他是盲人宇宙中的明眼人。他的父親已不再握有韁繩，只有他才能分辨出秩序。久遠未來的夢想被現在所控制，控制在他的掌中。

僅僅控制在他的掌中。

保羅知道這一點，然而他再也無法看清萊托是如何操縱韁繩的，只能看到萊托爲此付出的代價——他不再是人類。他想：這就是我一直祈禱的變化。爲什麼我要害怕它？它是金色通道！

「在此，我賦予進化一個目標，因此，也賦予我們的生命意義。」萊托說道。

「你冀望能活上數千年，並且不斷變化自己嗎？」

萊托知道父親並不是在說他體形上的變化。他們兩人都知道他的外形將發生什麼變化：萊托將不斷適應，不屬於他的皮膚也將不斷適應。兩個部分的進化力量將相互融合，最終出現的將是一個單一的變異體。當質變來到時——如果它能來到的話——一個思想寬廣深邃的生物體將出現在宇宙中，而宇宙也將崇拜它。

不……保羅所指的是內心的變化，是他的想法和決定，這些想法和決定將深刻地影響他的崇拜者。

「那些認爲你已死的人，」萊托說道，「你知道，他們在傳揚所謂的你的臨終之言。」

「當然。」

「『現在我做的是一切生命都必須做的事，其目的就是生命本身的延續。』」萊托道，「你從來沒有說過這句話，但是某個認爲你再也不會回來的騙子教士把這句話安在了你頭上。」

「我不會叫他騙子，」保羅深吸一口氣，「這是句很好的臨終之言。」

「你是留在這裡，還是回到蘇魯齊盆地中的棚屋？」萊托問道。

「現在是你的宇宙了。」保羅說道。

他話中的失落感刺痛了萊托。萊托的內心悲痛異常，好幾分鐘都無法開口。當他最終能控制住自己的情緒後，他開口道：「這麼說，你誘騙了阿麗亞，迷惑了她，讓她不做出行動，做出錯誤的決定。現在她知道你是誰了。」

「她知道……是的，她知道。」

保羅的聲音顯得很蒼老，其中潛藏著不滿。他的神態中仍然保留著一絲倨傲。他說道：「如果我能辦到，我將把幻象從你這奪走。」

「數千年的和平，」萊托說道，「這就是我能給予他們的。」

「冬眠！停滯！」

「當然。另外，我還會允許一些暴力。它將成爲人類無法忘卻的教訓。」

「我唾棄你的教訓！」保羅說道，「你做的這種選擇，你以爲我以前沒有看到過嗎？」

「你看到過。」萊托承認道。

「你預見的未來比我的更好嗎？」

「不，反而可能更糟。」萊托說道。

「那麼，除了拒絕之外，我還能有什麼選擇呢？」保羅問道。

「或許該殺了我。」

「我沒有那麼天真。我知道你的行動。我知道被摧毀的露天水渠和社會上的騷亂。」

「既然哈桑·特里格再也回不了蘇魯齊，你必須和我一起回去。」

「我選擇不回去。」

他的聲音聽起來多麼蒼老啊！萊托想，這想法令他內心隱隱作痛。他說道：「我把亞崔迪家族的璽戒藏在我的長袍中。你想讓我把它還給你嗎？」

「如果我死了該有多好啊。」保羅輕聲道，「那天晚上，我走入沙漠時眞的是想去死，但我知道我無法離開這個世界。我必須回來──」

「重塑傳奇。」萊托說道，「我知道。迦科魯圖的走狗在那個晚上等著你，就在你預見的地方。他們需要你的幻象！這你是知道的。」

「我拒絕了。我從未給過他們任何幻象。」

「但是他們污染了你。他們餵你吃香料精，而你的確產生過幻象。」

「有時。」他的聲音聽起來是多麼虛弱啊。

「你要拿走你的璽戒嗎？」萊托問道。

保羅突然一下子坐到沙地上，看起來就像星光下的一塊石頭。「不！」

幻象之爭已經從精細的抉擇升級到了粗暴地切斷其他所有通路，萊托想。保羅知道自己不可能獲勝，但他仍然希望萊托選擇的道路無法成功。

保羅開口說道：「是的，我被迦科魯圖污染了。但是你污染了你自己。」

「說得對。」萊托承認道。

「你是個優秀的弗瑞曼人嗎？」

「是的。」

「你能允許一個瞎子最終走入沙漠嗎？你能讓我以自己的方式尋找安寧嗎？」他用腳跺著身邊的沙地。

「不，我不允許。」萊托說道，「但如果你堅持，你有自殺的權利。」

「然後你將擁有我的身體！」

「是的。」

「不！」

他什麼都明白，萊托想。由穆哈迪的兒子來祀奉穆哈迪本人的屍體，這樣可以使萊托的幻象更加牢不可破。

「你從未告訴過他們，是嗎，父親？」萊托問道。

「我從未告訴過他們。」

「但是我告訴了他們，」萊托說道，「我告訴了穆里茨。克拉里茲克，終極鬥爭。」

保羅垮下肩膀。「你不能這麼做，」他低聲道，「你不能。」

「你能對季風沙暴說不嗎？」萊托說道。

「你認爲我是個懦夫，不敢接受那個未來。」保羅以沙啞的聲音顫抖地說，「哦，我太瞭解你了，兒子。占卜或算命是件折磨人的差事。但我從來沒有迷失在可能的未來中，因爲那個未來實在是太可怕了！」

「與那個未來相比，你的聖戰簡直就是卡拉丹上的一次野餐。」萊托同意道，「我現在帶你去見葛尼·哈萊克。」

「葛尼！他通過我的母親間接爲姐妹會服務。」

萊托立即明白了父親預知幻象的極限。「不，父親。葛尼不再爲任何人服務。我知道在哪兒能找到他，我這就帶你去。該是創造新傳奇的時候了。」

「我知道無法說服你。但我想摸摸你，因爲你是我的兒子。」

萊托伸出右手，迎接那幾根四處摸索的手指。他感到了父親手指上的力量，於是開始加力，抗拒著保羅手臂上傳來的陣陣暗流。「即使是蘸了毒的刀也無法傷害我，」萊托說道，「我體內的化學結構已經全然不同。」

眼淚從一對瞎眼中湧出，保羅放棄了，無力地將手垂在大腿處。「如果我選擇了你的未來，我會變成魔鬼，而你，你會變成什麼呢？」

「開始的一段時間，他們也會稱我爲魔鬼的使者。」萊托說，「然後他們會開始思索，最終他們將理解。你沒有將你的幻象延伸到夠遠的地方，父親。你的手既積下了許多德，也埋下了許多惡。」

「惡通常只有在事後才會暴露出來！」

「很多罪大惡極之事正是如此。」萊托說道，「你僅僅看到了我幻象中的一部分，是因爲你的力量不夠強人嗎？」

「你也知道，我不能在那個幻象中久留。如果我事先就知道某件事是邪惡的，我絕對不會去做這件事。我不是迦科魯圖。」

「有人說你從來不是個眞正的弗瑞曼人。」萊托說道，「我們弗瑞曼人知道該如何任命一位哈里發。我們的法官能在惡之間做出抉擇。我們一直都是這麼做的。」

「弗瑞曼人，是嗎？成爲你一手創造的未來的奴隸？」保羅向萊托邁了一步，朝萊托伸出了手，撫摸著他長著外殼的手臂，沿著手臂一直往上，摸了摸他暴露在外的耳朵和臉頰，最後還摸了他的嘴，「啊哈，它還沒有成爲你的肌膚。」他說道，「這層肌膚會把你帶去哪兒？」他垂下了他的手。

「去一個人類無時無刻不在創造自己未來的地方。」

「你是這麼說的。但一個畸變惡靈也可能說出同樣的話。」

「我不是惡靈，儘管我曾經可能是。」萊托說道，「我看到了阿麗亞身上發生的事。一個魔鬼生活在她體內，父親。加尼和我認識那個魔鬼：他就是男爵，你的外公。」

保羅將臉深深地埋在雙手之間。他的肩膀顫抖了一會，隨後他放下雙手，露出繃得緊緊的嘴唇。

「這是壓在我們家族頭上的詛咒。我曾不斷祈禱，但願你能把那只戒指扔進沙漠，我祈禱你能拒絕承認我的存在，回過頭去……開始你自己的生活。你能辦到的。」

「以什麼代價？」

一陣長長的沉默之後，保羅開口說道：「未來的結果會不斷調整它身後的發展軌跡。只有那麼一次，我放棄了自己的原則。只有一次。我接受了救世主降臨的說法。我這麼做是爲了加妮，但這卻讓我成了一位不合格的領袖。」

萊托發覺自己無法回答這個問題。有關那次決定的記憶就保留在他體內。

「我再也不能像欺騙自己那樣欺騙你了，」保羅說道，「我清楚這一點。我只問你一件事：眞的有必要進行那場終極鬥爭嗎？」

「如果不這麼做，滅亡的將會是人類。」

保羅聽出了萊托話中的眞誠。他意識到了兒子幻象的寬廣和深度，小聲說道：「我沒有看到過這種選擇。」

「我相信姐妹會對此已經有所警覺。」萊托說道，「否則就無法解釋祖母的行爲了。」

寒冷的夜風颳過他們身旁。風掀起保羅的長袍，拍打著他的腿。他在發抖。萊托看在眼裡，說道：「你有個救生包，父親。我架好帳篷，讓我們能舒服地度過今晚。」

然而保羅卻只能暗自搖頭，他知道，從今晚開始，自己再也不會有舒服的感覺。英雄穆哈迪必須被摧毀。他自己這麼說過。只有傳教士才能繼續活下去。

※　※　※

弗瑞曼人最早開發出了可以貫穿意識／潛意識的符號體系，通過這套符號體系，他們可以深入體會這個行星系統中各事物的運動和相互關係。他們最早以準數學的語言來表達氣候，語言本身就是其描述對象的一部分。以這種語言為工具，他們能夠真正體察這個支援著他們生命的系統。弗瑞曼人認為自己是一群逐水草而居的動物，單憑這一事實，人們便可以充分衡量語言與星球自然系統之間的相互影響力。

——《列特—凱恩斯的故事》哈克・艾爾—艾達

「把咖啡送來。」史帝加說道。他舉起一隻手，朝著站在這間簡樸石室門邊的僕人示意。他剛剛在這裡度過了一個不眠之夜。這兒是他通常享用斯巴達式早餐的地方。現在已經到了早餐時間，但是經歷了如此一個夜晚之後，他並不覺得餓。他站起身，伸了個懶腰。

鄧肯・艾德荷坐在門邊的矮沙發上，克制著自己不要打哈欠。直到這時，他才意識到他和史帝加已經交談了整整一個晚上。

「原諒我，史帝，」他說道，「我讓你整晚都沒睡。」

「熬個通宵，意味著你的生命又延長了一天。」史帝加接過從門外遞進來的咖啡托盤，一邊說道。他推了推艾德荷面前的矮茶几，把托盤放在上面，隨後面對客人坐下。

兩個人都穿著黃色的悼服。艾德荷這一身是借來的，泰布穴地的人恨他身上穿著的綠色亞崔迪家族制服。史帝加從圓滾滾的銅瓶中倒出深色的咖啡，先啜了幾口，然後舉杯向艾德荷示意。這是古老的弗瑞曼傳統：咖啡裡沒毒，我已經喝了幾口。

咖啡是薩薩的手藝，按史帝加喜歡的口味煮成：先把咖啡豆烘焙成玫瑰色，不等冷卻便在石臼中研磨成細細的粉末，然後馬上煮開，最後再加一小撮香料粹。

艾德荷吸了一口富含香料的氣息，小心地抿上一口。他仍然不知道自己是否已經說服了史帝加。

他用門塔特的能力計算著。

阿麗亞知道了萊托的動向！她已經知道了一切。

賈維德就是她知道內情之後做出的安排。

「你必須放我自由。」艾德荷開口說道，再次挑起這個話題。

史帝加站了起來。「我要保持中立，所以只好做出艱難的決定。加尼在這兒很安全。你和伊如蘭也是。但你不能向外發送消息。是的，你可以從外界接收消息，但不能發送。我已經做出了保證。」

「這不是通常的待客之道，更不能這樣對待一個曾與你出生入死的朋友。」艾德荷說道。他知道自己已經用過了這個理由。

史帝加手端杯子，小心翼翼地把它放在托盤上。開口說話時，他的目光一直注視著它。「其他人會覺得內疚的事，我們弗瑞曼人不會。」說完後，他抬起頭，看著艾德荷。

必須說服他讓我帶著加尼離開這地方，艾德荷想。他開口說道：「我並沒有想引起你的負疚感。」

「我知道，」史帝加說道，「是我自己提起了這個問題。我想讓你瞭解弗瑞曼人的態度，因爲這才是我們所面臨的問題——弗瑞曼人。就連阿麗亞都以弗瑞曼人式的方式思考。」

「教士們呢？」

「他們是另一個問題，」史帝加說道，「他們想把原罪塞給人民，讓他們愧疚終生。他們想用這種手段使人民虔誠。」他的語氣很平靜，但艾德荷從中聽出了苦澀。不知道爲什麼，這種苦澀不能使史帝加動搖。

「這是個非常古老的獨裁把戲，」艾德荷說道，「阿麗亞對此很清楚。溫順的國民必須感覺自己有罪。罪惡感始於失敗感，精明的獨裁者爲大眾提供大量走向失敗的機會。」

「我注意到了，」史帝加淡淡地說，「但是請原諒，我得再次提醒你，你口中的獨裁者是你的妻子。她也是穆哈迪的妹妹。」

「她入了魔道，我跟你說過了！」

「很多人都這麼說。總有一天她會接受測試。但同時，我們必須考慮其他更爲重要的事。」艾德荷悲傷地搖了搖頭。「我告訴你的一切都可以被證實。與迦科魯圖之間的通信需要經過阿麗亞的神廟，針對雙胞胎的陰謀也是在那兒誕生的。向外行星兜售沙蟲的所得同樣流向那裡。所有線頭都指向阿麗亞的辦公室，指向教會。」

史帝加搖了搖頭，深深地吸了口氣。「這裡是中立區。我發過誓。」

「再也不能這樣下去了！」艾德荷抗議道。

「我同意。」史帝加點了點頭，「有許多方法可以判斷阿麗亞的所作所爲，每時每刻，對她的懷疑都在增大。這就像是我們那個允許有三妻四妾的老傳統，它一下子就能發現誰是不育的男性。」他詢問地注視著艾德荷，「你說她給你戴了綠帽子——『把她的性器官當成了武器』，如果我沒記錯的話，你是這麼說的。如此說來，你就有了一個最好不過的手段，可以通過法律途徑解決此事。賈維德來了泰布營地，他帶來了阿麗亞的口諭。你只需——」

「在你這個中立區？」

「不，在穴地外的沙漠中……」

「如果我趁機逃走呢？」

「你不會有這樣的機會。」

「史帝，我向你發誓，阿麗亞入了魔道。我要怎麼做你才會相信？」

「這是難以證實的事。」史帝加說道。昨晚他已經用這個理由搪塞很多次了。

艾德荷想起了潔西嘉的話，他說：「但是你有辦法，完全可以證實這一點。」

「辦法，是的，」史帝加說道，然而他再次搖了搖頭，「但卻是個痛苦到極點的辦法。所以我才會提醒你，我們的罪惡感。我們弗瑞曼人幾乎能讓自己從任何毀滅性的罪惡中解放出來，然而我們卻無法擺脫魔道審判帶來的罪惡感。爲此，審判員，也就是全體人民，必須承擔所有的責任。」

「你以前做過，不是嗎？」

「我相信聖母已經全部告訴你了。」史帝加說道，「你知道得很清楚，我們以前確實做過。」

艾德荷感覺到了史帝加語氣中的不快。「我不是想抓住你話中的把柄。我只是——」

「這是個漫長的夜晚，還有那麼多沒有答案的問題，」史帝加說道，「現在已經是早晨了。」

「我必須發個消息給潔西嘉夫人。」艾德荷說道。

「也就是說你要往薩魯撒發消息。」史帝加說道，「我不會輕易許諾，可一旦承諾，我就要遵守自己的承諾。泰布是中立區。我要讓你保持沉默。我已以全家人的生命起誓。」

「阿麗亞必須接受你的審判！」

「或許吧。但我們首先得尋找是否有情有可原的地方。也許只是政策失當？甚至可能是運氣不好造成的。完全可能是某種任何人都擁有的向惡表現，而不是入了魔道。」

「你想證實我不是個精神失常的丈夫，妄想假借別人之手進行報復。」艾德荷說道。

「這是別人的想法，我沒這麼想過。」史帝加說道。他笑了笑，以緩和這句話的分量，「我們弗瑞曼人有沉默的傳統。我們的宗教典籍說，唯一無法打消的恐懼是對自己的錯誤所產生的恐懼。」

「必須通知潔西嘉夫人，」艾德荷說道，「葛尼說——」

「那條消息可能並非來自葛尼．哈萊克。」

「還能是誰？我們亞崔迪人有驗證消息的方法。史帝，你難道就不能……」

「迦科魯圖已經滅亡了，」史帝加說道，「它在好幾代人以前就被摧毀了。」他輕碰艾德荷的衣袖，「無論如何，我不能動用戰鬥人員。現在是動盪的時刻，露天水渠面臨著威脅……你理解嗎？」

他坐了下來，「現在，什麼時候阿麗亞——」

「阿麗亞已經不存在了。」艾德荷說道。

「你是這麼說沒錯。」史帝加又啜了口咖啡，然後把杯子放回原處，「到此爲止吧，艾德荷，我的朋友。爲了拔掉手上的刺，用不著扯斷整條手臂。」

「那我們談談加尼馬吧。」

「沒有必要。她有我的支持，我的忠誠。沒人能在這裡傷害她。」

他不會這麼天真吧，艾德荷想。

史帝加站起身來，示意談話已經結束。

艾德荷也站了起來。他發覺自己的膝蓋已經變得僵硬，小腿也開始麻木。就在艾德荷起身時，一位助手走進屋子，站在一旁。賈維德跟在他身後進了屋。艾德荷轉過身。史帝加站在四步開外的地方。沒有絲毫猶豫，艾德荷拔出刀，飛快地刺入賈維德的胸口。那個可憐人直著身子後退了幾步，讓刀尖從他的身體上退了出來。接著，他轉了個身，臉朝下摔倒在地，蹬了幾下腿之後氣絕身亡。

「姦夫的下場。」艾德荷說道。

站在那兒的助手拔出了刀，但不知道下一步該如何反應。艾德荷已經收起自己的刀，黃色長袍一角留下了斑斑血跡。

「你玷污了我的諾言！」史帝加叫道，「這是中立……」

「閉嘴！」艾德荷盯著震驚中的耐布，「你戴著項圈，史帝加！」

這是最能刺激弗瑞曼人的三句污辱話之一。史帝加的臉色變得蒼白。

「你是個奴僕，」艾德荷說道，「爲了獲取弗瑞曼人的水，你出賣了他們。」

這是第二句最能刺激弗瑞曼人的污辱話，正是這個原因毀滅了過去的迦科魯圖。

史帝加咬著牙，手搭在刀把上。助手離開走廊上的屍體，退在一旁。

艾德荷轉身背對著耐布，繞過賈維德的屍體，走出門口。他沒有轉身，而是直接送出了第三句污辱話：「你的生命不會延續，史帝加。你的後代中不會流有你的鮮血！」

「你去哪兒，門塔特？」史帝加衝著離去的艾德荷的背影問道。聲音如同極地的寒風一般。

「去尋找迦科魯圖。」艾德荷仍然頭也不回地說道。

史帝加拔出了刀。「或許我能幫你。」

艾德荷已經走到通道的出口處。他沒有停下腳步，直接說道：「如果你要用你的刀幫我，水賊，請刺向我的後背。對於戴著魔鬼項圈的人來說，這麼做是最自然的。」

史帝加跑了兩步，奔過屋子，踩在賈維德的屍體上，趕上通道出口處的艾德荷。一隻骨節粗大的手拽住艾德荷。史帝加齜牙咧嘴，手拿著刀面對艾德荷。他憤怒欲狂，甚至沒有察覺到艾德荷臉上奇怪的笑容。

「拔出你的刀，門塔特人渣！」史帝加咆哮道。

艾德荷笑了。他狠狠搧了史帝加兩巴掌——左手一下，接著是右手，火辣辣地搧在史帝加臉上。一聲大吼，史帝加將刀刺入艾德荷的腹部，刀鋒一路向上，挑破橫隔膜，刺中了心臟。

艾德荷軟綿綿地垂在刀鋒上，勉強抬起頭，衝史帝加笑了笑。史帝加的狂怒刹那間化爲震驚。

「兩個人爲亞崔迪家族倒下了，」艾德荷喘息著說道，「第二個人倒下的理由並不比第一個人好多少。」他蹣跚幾步，隨後臉面朝地，倒在岩石地面上，鮮血不斷從他的傷口湧出。

史帝加低頭看去，目光越過仍在滴血的尖刀，定格在艾德荷的屍體上。他顫抖著，深深地吸了一口氣。賈維德死在他身後，而這位阿麗亞——天堂之母——的配偶，死在自己的手上。他可以爭辯說一個耐布必須捍衛自己的尊嚴，以此化解對他所承諾的中立立場的威脅。但死去的是鄧肯·艾德荷。無論他能找到什麼藉口，無論現場的情況是多麼「情有可原」，都無法抵消他的行爲帶來的後果。即使阿麗亞私下裡可能巴不得艾德荷死，但在公開場合中，她仍不得不做出復仇的姿態。畢竟她也是個弗瑞曼人。要統治弗瑞曼人，她必須這麼做，容不得半點軟弱。

直到這時，史帝加才意識到，目前這種情況正是艾德荷想以「第二個死亡」換回的結局。

史帝加抬起頭，看到一臉驚嚇的薩薩——他的第二個妻子。她躲在漸漸聚集起的人群中，偷偷地打量著他。無論朝哪個方向看，史帝加看到的都是相同的表情：震驚，還有對未來的憂慮。

史帝加慢慢挺直了身體，在衣袖上擦了擦他的刀，然後收起。他面對眼前的一張張臉，以輕鬆的語氣說道．「想跟我走的人請立刻收拾行囊。派幾個人先去召喚沙蟲。」

「你要去哪兒，史帝加？」薩薩問道。

「去沙漠。」

「我和你一起去。」她說道。

「妳當然要跟我一起去。我所有的妻子都得跟著我。還有加尼馬。去叫她，薩薩，馬上。」

「好的，史帝加……馬上，」她猶豫了一下，「伊如蘭呢？」

「如果她願意。」

「好的，老爺。」她仍然在猶豫，「你要把加尼當作人質嗎？」

「人質？」他真的被這個想法嚇了一跳，「妳這個女人……」他用大腳趾輕柔地觸了觸艾德荷的屍體，「如果這個門塔特是對的，我是加尼唯一的希望了。」他記起了萊托的警告：「要小心阿麗亞。你必須帶著加尼逃走。」

弗瑞曼人之後的所有行星生態學家都將生命視為能量的表現，並開始尋找這兩者之間的關係。一點一點地，弗瑞曼人的智慧終於成為公認的公理。其他所有民族也能像弗瑞曼人一樣，觀察這種能量，研究其中的規律。

——《阿拉肯的悲劇》哈克·艾爾—艾達

※　※　※

這裡是福斯牆山內的泰克穴地。哈萊克站在穴地前面岩壁的影子中，影子遮擋了穴地高處的入口。他在等待，等著裡面的人決定是否收留他。他向外注視著北方的沙漠，然後又抬頭看了看早晨灰藍色的天空。當這兒的走私販們得知，身爲一個來自外星球的人，他竟然俘獲了一條沙蟲，並騎著牠來到此地時，都感到異常驚訝。

對他們的反應，哈萊克也感到同樣驚訝。畢竟，對於一個身手敏捷的人來說，觀察數次之後，騎沙蟲這門技術還是比較容易學會的。

哈萊克再次將注意力轉回沙漠。閃光的沙漠上點綴著閃閃發亮的岩石，還有一片片灰綠色的瘢痕，顯示這裡過去曾存在著水體。眼前這一切讓他意識到能量的平衡是多麼脆弱，一旦發生重大變化，世間一切都將受到威脅。

他知道自己爲什麼會產生這種想法——來自前面沙漠中鬧嚷嚷的活動。裝著死沙鮭的容器被拖進穴地，牠們將被分解，體內的水分也將被回收。那兒有成千上萬條沙鮭，牠們變成了潺潺的流水。正是這流水讓哈萊克的思緒奔騰起來。

哈萊克低下頭，目光越過穴地的種植園，看著環繞穴地的露天水渠。渠裡已經不再有珍貴的流水。他看到了露天水渠石頭堤岸上的破洞，水就是沿著這道殘破的堤岸流入沙漠。是什麼造成了這些破洞？沿著露天水渠最脆弱的部位，有些洞的直徑達到了二十多公尺，洞口的細沙吸飽了水，形成一個個凹坑。這些凹坑中擠滿沙鮭，而穴地的孩子們正在獵殺牠們。

修補小組正在搶修露天水渠垮塌的堤岸。其他人拿著小壺給急需灌溉的植物澆水。連接捕風器下那巨大蓄水池的水路已被切斷，使貯水不再流入已遭破壞的水渠。太陽能泵也被關掉了。灌溉用的水來自露天水渠底殘留的積水，還有一部分用水則艱難地取自穴地的蓄水池。

天氣變得漸漸暖和起來。哈萊克身後水汽密封罩上的金屬片響了一聲。他的目光彷彿被這個聲音嚇了一跳，他發現自己正盯著露天水渠最遠處的彎道，那是漏水最嚴重的地方。穴地種植園的設計者在那兒種了一棵柳樹，現在那棵樹已注定死去，除非露天水渠內的流水能很快恢復。

哈萊克看著那棵柳樹：愚蠢地垂著枝條，風沙正侵蝕著它的身體。對他來說，那棵樹最恰當不過地象徵著他和阿拉吉斯的最新處境。

我和它都是舶來品。

他們在穴地耽擱的時間太長，遲遲無法做出決定。他們極其需要優秀的戰士，走私販們總是需要優秀的鬥士，但哈萊克本人卻對他們不抱任何幻想。如今的走私販早已不是多年前他從公爵被人占領的領地上逃出時收留他的那夥人了。他們是一群新品種，對於他們來說，利益高於一切。

他又一次注視這些無趣的柳木製品。這製品來到哈萊克眼前，此外他所面臨的沙暴可能摧毀這些走私者和他的朋友、毀掉史帝加及其脆弱的地位，掃除忠於他且跟隨他到阿麗亞的族人。他們將變成殖民者。

他已預見此一結果，知道一切在他所處世界的苦難。他很清楚，想起那些固執成性的城市弗瑞曼人、郊區的景象，以及鮮明的農村地穴，除去走私者的隱匿處。明顯的行政區曾是殖民都市中心，他們知道如何消耗厚底靴形物，藉著貪婪而非迷信。即令人們抱著受約制人民的心態，而非自由心態。他們是有戒心的、隱瞞的、逃避的。任何統治形式只是加深怨恨——任何統治：女攝政王、史帝加，就連他們自己的議會……。

哈萊克再次將注意力放回那棵愚蠢的柳樹。他突然意識到，突變的局勢也許能狠狠打擊這些走私販和他們的朋友。它還可能摧毀史帝加脆弱的中立立場，隨著他改變立場的還有一大批仍然效忠阿麗亞的部落。

我無法信任他們，哈萊克想。他只能利用他們並且深化他們不信任他人的態度。這很糟。離去是舊時人與人之間的遷就方式。過時的方法退化成典籍中的文詞，其起源已消逝在記憶中。

阿麗亞一直做得不錯：對反對者進行殘酷的懲罰，對支持者予以褒獎，靈活運用帝國的力量，讓她的對手難以捉摸。還有那些間諜！她手下不知道有多少間諜！

哈萊克可以了解動亂與反動的節奏，阿麗亞希望保持她反對勢力的平衡。

如果弗瑞曼人一直沉睡，不起來反抗，她就將取得勝利，他想。

他身後的密封罩又響了一聲。接著，密封罩被打開。一個名叫麥利迪斯的僕人走了出來。他是個矮個子男人，長著葫蘆般的身體，葫蘆的下端收縮成了兩條紡錘形的腿。他身穿的蒸餾服使他的體形變得更加醜陋。

「你已經被接受了。」麥利迪斯說道。

哈萊克從他的語氣中聽出了對方的如意算盤。哈萊克明白，這裡只能成爲他暫時的避難所。

只要能偷到他們的一架撲翼機就行，他想。

「請向長老會表達我的謝意。」他說道。他想到了依斯瑪·泰克，這個穴地就是以他的名字命名的。由於某人的出賣，依斯瑪在很早以前就已死去。但如果他還活著，他會在看到這位麥利迪斯的第一眼時就毫不留情地殺死他。

※　※　※

任何一條前進道路，只要限制了未來發展的可能性，都可能變成陷阱。人類的發展並不是在穿越迷宮，他們一直在注視著那條充滿了獨特機會的寬廣的地平線。迷宮中局限的視角只適用於那些將頭埋在沙漠裡的生物。有性繁殖產生的獨特性和差異性是物種的生存保障。

——《宇航公會守則》

「爲什麼我感覺不到悲痛？」阿麗亞朝著小接見室的天花板問。只需十步，她就能從屋子的這一面走到另一面，換個方向的長度也不過只有十五步。牆上安了一面又窄又長的窗戶，透過它能看到阿拉肯市內各種建築的屋頂，還有遠處的遮罩牆山。

快到正午，太陽照耀在整個城市上空。

阿麗亞垂下目光，看著布林·阿加瓦斯，神廟衛隊指揮官茲亞仁卡的助手。阿加瓦斯帶來了賈維德和艾德荷已死的消息。一群讒臣、助手和衛兵跟著他一塊兒擁了進來，更多的人擠在外面的走廊裡。這一切都顯示他們都已知曉了阿加瓦斯帶來的消息。

在阿拉吉斯，壞消息總是傳播得很快。

這位阿加瓦斯是個小個子男人，長著一張在弗瑞曼人中不多見，看起來像嬰兒的圓臉。他是新生代中的一員，水分充足。在阿麗亞的眼中，他彷彿分裂成了兩個形象：其中一個擁有嚴肅的面部表情，深沉的靛青色眼睛，還有憂鬱的嘴形；另一個則既性感又敏感，令人心醉的敏感。她尤其喜歡他那雙豐厚的嘴唇。

儘管還沒到正午，阿麗亞仍然感到她四周的寂靜在述說落日時的淒涼。

艾德荷本應在日落時死去，她告訴自己。

「布林，作為帶來壞消息的人，你感覺怎麼樣？」她問道。她注意到他的表情立刻警覺起來。阿加瓦斯艱難地吞了口口水，啞著嗓子，以比耳語響不了多少的聲音說道：「我和賈維德一起去的，您還記得嗎？當……史帝加派我到您這兒來時，他讓我轉告您說，這是他最後的服從。」

「最後的服從，」她重複道，「他是什麼意思？」

「我不知道，阿麗亞夫人。」他說道。

「跟我說說你都看到了什麼。」她命令道。她很奇怪自己的皮膚怎麼會變得這麼冷。

「我看到……」他緊張地搖搖頭，看著阿麗亞面前的地板，「我看到老爺死在中央通道的地面上，賈維德死在附近的一條支路。女人們已經在準備他倆的後事。」

「史帝加把你叫到了現場？」

「是的，夫人。史帝加叫我了。他派來了姆迪波，他的信使。姆迪波只是告訴我史帝加要見我。」

「然後你就在那兒看到了我丈夫的屍體？」

他飛快地與她對視了一下，點了點頭，隨後又將目光轉回她面前的地板上。「是的，夫人。賈維德死在那附近。史帝加告訴我……告訴我是老爺殺了賈維德。」

「那我的丈夫，你說是史帝加——」

「他親口跟我說的，夫人。史帝加說是他幹的。他說老爺激怒了他。」

「激怒，」阿麗亞重複道，「他是怎麼動手的？」

「他沒有說，也沒人說。我問了，但沒人說。」

「他當場命令你回來向我報告？」

「是的，夫人。」

「你就不能做些別的什麼嗎？」

阿加瓦斯用舌頭舔了舔嘴唇，這才說道：「史帝加下了命令，夫人。那是他的穴地。」

「我明白了。你總是服從史帝加。」

「是的，夫人，直到他解除我的誓言之前。」

「你是說在他派你來爲我服務之前？」

「我現在只服從您，夫人。」

「是嗎？告訴我，布林，如果我命令你去殺了史帝加，你的老耐布，你會服從嗎？」

他堅定地迎接著她的目光。「只要您下命令，夫人。」

「我就是要下這個命令。你知道他去了哪兒嗎？」

「去了沙漠。我知道的就這麼多，夫人。」

「他帶走了多少人？」

「大概有穴地戰鬥力的一半。」

「他帶走了加尼馬和伊如蘭！」

「是的，夫人。那些留下的人是因爲有女人、孩子和財物的拖累。史帝加給每個人一個選擇——和他一起走，或者解除他們的誓言。很多人都選擇了解除誓言。他們將選出一位新耐布。」

「我來選擇他們的新耐布！那就是你，布林．阿加瓦斯，在你把史帝加的頭顱交給我的那一天。」

阿加瓦斯也可以通過決鬥來取得繼承權。這是弗瑞曼人的傳統。他說：「我服從您的命令，夫人。關於軍隊，我能帶多少——」

「去和茲亞仁卡商量。我不能給你很多撲翼機，它們有其他用場。但你會擁有足夠的戰士。史帝加已經失去了榮譽。多數人將樂於爲你服務。」

「我這就去辦，夫人。」

「等等！」她觀察著他，思考著她能派誰去監視這位敏感的人。必須先將他置於嚴密的監視之下，直到他證明自己。茲亞仁卡知道該派誰去。

「還有事嗎，夫人？」

「是的。我必須私下裡和你談談對付史帝加的計畫。」她用一隻手捂住臉，「在你實施我的報復之前，我不會表現出悲痛。給我幾分鐘，讓我先安排一下。」她放下那隻手，「我的僕人會帶你去。」她向一個僕人做了個手勢，並向她的新女官薩盧斯耳語道：「給他洗個澡，噴上香水。他聞上去有股沙蟲的味道。」

「是的，夫人。」

阿麗亞轉過身，裝出一副悲痛的樣子，前往她的私人寓所。在她的臥室內，她狠狠摔上房門，跺著腳，使勁地咒罵。

該死的鄧肯！爲什麼？爲什麼？爲什麼？

她明白艾德荷是有意挑釁。他殺了賈維德，還激怒了史帝加。據說他知道賈維德的事。這一切都表明了鄧肯．艾德荷最後的口信，這是他最後的姿態。她再次跺腳，在臥室內瘋狂地來回踱步。

他該死！他該死！他該死！

史帝加投奔了叛亂者，加尼馬跟隨著他。還有伊如蘭。

他們都該死！

她的腳踢到了一個障礙物，是一塊金屬。疼痛令她叫出了聲。她低頭看去，發現自己的腳在一個金屬帶扣前擦傷。她一把抓起那個帶扣。它已經有些年頭了，銀和白金的合金質地，產自卡拉丹，是萊托．亞崔迪一世獎給他的劍客鄧肯．艾德荷的。她以前經常看到艾德荷佩帶著它，但現在，他把它丟棄在了這裡。

阿麗亞的手指痙攣似的緊緊握住帶扣。艾德荷是什麼時候把它丟在這裡的，是什麼時候……淚水積聚在她的雙眼裡，隨後，它們克服了強大的弗瑞曼心理阻力，湧出了眼眶。她的嘴角癟了下來，凝固成扭曲的形狀。她感到頭腦中又開始了那場古老的戰鬥，戰鬥一直延伸到她的手指頭和腳趾尖。她感到自己又分裂成了兩個人。其中一個震驚地看著她扭曲的臉孔，另一個則屈從於從她胸腔內擴散開來的巨大的疼痛。眼淚現在自由地從她的眼中滑落。她體內那個震驚的自我焦躁地問道：「誰在哭？是誰在哭？到底是誰在哭？」

但是什麼也無法阻止她的眼淚。來自胸腔的疼痛使她倒在床上。

仍然有個聲音以異常震驚的語氣問道：「誰在哭？是誰……」

※　※　※

通過這些行為，萊托二世將自己從進化的過程中解脫出來。他以絕對的姿態完成了這一行為。他說：「想要獨立，首先必須解脫。」兩個雙胞胎都意識到了這一點，但最終做出這一大膽舉動的人是萊托。他知道，真正的創造獨立於其創造者。

——《神聖的變形》哈克·艾爾—艾達

被破壞的露天水渠邊的潮濕沙地吸引了昆蟲，昆蟲上方聚集了一大群鳥：有鷓鴣、鵲、松鴉等。這裡曾經是建築於玄武岩地基上的最後一個新城鎮。現在它已被遺棄。加尼馬利用早晨的空閒時光觀察著這個被遺棄的穴地，仔細研究原先的植被區以外的那片區域。她注意到那地方有動靜，定睛細看，發現了一隻長著斑紋的壁虎。

更早些時候，她還看到了一隻啄木鳥，牠把巢建在新城鎮的泥牆上。

她把這地方想像成一個穴地，其實它只不過是一堵磚頭砌成的矮牆，植被包圍著它的四周，阻擋沙丘的進攻。它位於坦則奧福特內，塞哈亞山脊以南約六百公里。缺少了人類的維護，穴地已經開始慢慢退化成沙漠。沙暴侵蝕著它的牆壁，植被正在死去，種植園內的土地在太陽曝曬下出現了龜裂。然而露天水渠外的沙地仍然保持著潮濕，表明那個大型捕風器仍然在起作用。

逃離泰布穴地後的幾個月內，這批逃亡者們已經見到了好些類似的被沙漠魔鬼破壞後無法居住的穴地。加尼馬不相信有什麼沙漠魔鬼，儘管露天水渠遭到破壞的證據是如此確鑿。

偶爾他們能碰到反叛者的香料獵手，他們帶來了北方定居地的消息。有幾架——有人說是六架——撲翼機正在執行搜尋史帝加的任務，但阿拉吉斯很大，而沙漠對於逃亡者又相對友好，因此他們的搜尋任務尚未成功。據說另有一支部隊也在執行搜尋史帝加一行的任務，但那支由阿加瓦斯領導的部隊似乎還有其他任務，不時會返回阿拉肯。

反叛者說，他們的人和阿麗亞的軍隊之間已很少發生戰鬥。沙漠魔鬼隨機性的破壞使保衛家園成為阿麗亞和耐布們的首要任務。甚至連走私販們都遭到了攻擊，但據說他們也在梳理沙漠，妄想以史帝加的人頭換取賞金。

在那對潮氣異常敏銳的弗瑞曼鼻子指引下，史帝加帶著他的隊伍在昨天天黑之前進入新城鎮。他向他們保證說自己將很快帶領大家繼續南行至帕姆萊絲，但他拒絕透露出發的具體日期。現在史帝加人頭的懸紅能買下一顆行星，他卻顯得異常高興和輕鬆。

「對我們來說，這是個好地方。」他指著仍在發揮作用的捕風器說道，「我們的朋友給我們留下了一些水。」

他們現在是一支小隊伍，總共才六十個人。老人、病人和孩子已經被值得信賴的弗瑞曼家庭接收了。最強悍的人留了下來，他們在南方和北方都有很多朋友。

加尼馬不知史帝加為什麼不願意談論這顆行星上正在發生的事。難道他看不到嗎？隨著露天水渠被摧毀，弗瑞曼人退回到了南方和北方的沙漠邊緣地帶，那裡曾經是他們定居的極限。

加尼馬伸出一隻手，抓住蒸餾服的領子，將它重新密封好。儘管憂心忡忡，她還是覺得異常地自由。體內的生命不再折磨她，她只是偶爾才能感到他們的記憶侵入她的意識。

從這些記憶中，她瞭解到沙漠從前的樣子，也就是生態轉型之前的樣子。舉個例子來說，那時候的它更為乾燥。那個無人維護的捕風器之所以還能起作用，因為它所處理的空氣濕度比較大。要在以前，這是不可能的。

許多從前逃離這片沙漠的生物現在都冒險來到了這裡。隊伍中的很多人都注意到了貓頭鷹數量的激增。加尼馬還看到了食蟻鳥。牠們聚集於已毀壞的露天水渠末端，在潮濕沙地上的昆蟲上空翻飛。很少能看到獾，有袋類老鼠倒是聚集不少。

迷信的恐懼統治弗瑞曼人，在這方面，史帝加表現得並不比別人更出色。在露天水渠於十一個月內連遭五次浩劫之後，這個新城鎮終於被歸還給了沙漠。他們維修了四次沙漠魔鬼所造成的破壞，但到了第五次，他們已經沒有多餘的水來再冒一次險。

很多古老的穴地和新城鎮都經歷了類似的浩劫。絕大多數新定居點被遺棄，很多老穴地內從來沒有像現在這樣擁擠。沙漠進入了新紀元，弗瑞曼人卻在回歸古老的生活方式。

他們在所有事物中都看到了預兆。除了在坦則奧福特，沙蟲不正變得日益稀少嗎？這是來自夏胡露的審判！到處都能看到死去的沙蟲，卻怎麼也看不出死因。沙蟲死後很快就會化作沙漠中的塵土，少數有幸看到它們殘軀的弗瑞曼人總是被嚇得心驚膽戰。史帝加的隊伍在上個月就看到過這麼一具殘軀。他們整整用了四天時間才消化了心中的罪惡感。那東西散發出酸臭的有毒氣體，它的屍體躺在一大堆香料上方，那堆香料中的大部分都已經腐敗了。

加尼馬將目光從露天水渠邊收回，轉身看著新城鎮。她的正前方是一堵殘牆，它曾經保護著一個庭中庭。她曾經好奇地搜索這個地方，在一個石頭盒子裡發現了一塊香料麵包。

史帝加毀了那塊麵包。他說：「弗瑞曼人絕不會留下還能食用的食物。」

加尼馬懷疑他錯了，但不願跟他爭論。弗瑞曼人在改變。過去，他們能自由地穿越沙海，推動他們的是自然需求：水、香料和貿易。動物的行爲就是他們的鬧鐘。但是現在，動物的行爲規律已變得古怪，而大多數弗瑞曼人都蜷縮在北方遮罩牆山下擁擠的穴地內。坦則奧福特之內已經很少能見到香料獵人，而且只有史帝加的隊伍仍以古老的方式行進。

她信任史帝加，也理解他對阿麗亞的恐懼。伊如蘭則沉浸於古怪的比吉斯特冥想中。在遙遠的薩魯撒，法拉肯仍然活著。這筆賬總有一天要算。

加尼馬抬頭看了看銀灰色的晨空，腦海中思緒萬千。哪兒才能找到幫助？當她想把發生在她身邊的事告訴誰時，應該向誰訴說？潔西嘉夫人仍然待在薩魯撒——如果報告是眞實的話；而阿麗亞高高在上，日益自大，離現實愈來愈遠、葛尼．哈萊克也不知身處何方，儘管有報告說他出現在各個地方，還有傳教士，他躲了起來，他那異端的演講已經成了遙遠的回憶。

還有史帝加。

她的目光越過殘牆，看著正在幫著修復蓄水池的史帝加。史帝加對自己現在的角色很滿意，他又成了過去那個史帝加，代表著沙漠的意志。他頭顱的價格每個月都在上揚。

一切都毫無條理可言。所有的一切。

沙漠魔鬼到底是誰？這個傢伙摧毀了露天水渠，彷彿它們是應該被推倒在沙漠裡的異教神像。他會是一條兇猛的沙蟲嗎？抑或是第三種反叛力量，一個由很多人組成的集體？沒人相信他是條沙蟲。水能殺死任何一條冒險接近露天水渠的沙蟲。很多弗瑞曼人相信沙漠魔鬼其實是一群革命者，決心推翻阿麗亞的統治，讓古老的生活方式回歸阿拉吉斯。

相信這種說法的人認為這是件好事。打倒那個貪婪的教會，他除了展現自己的平庸之外，其他什麼也沒做。應該回歸穆哈迪所贊成的真正的宗教。

加尼馬發出一聲長嘆。哦，萊托，她想。我幾乎要為你高興，因為你沒有活著看到現在這一切。我要追隨你，但我的刀還沒有染上鮮血。阿麗亞和法拉肯。法拉肯和阿麗亞。老男爵是她體內的魔鬼——這是絕對不能容忍。

薩薩踏著穩重的步伐向她走來，在加尼馬身前停住腳步，問道：「妳一個人在這兒幹嗎？」

「這是個奇怪的地方，薩薩，我們應該離開這兒。」

「史帝加在等著和一個人會面。」

「哦？他沒和我說過。」

「他為什麼把所有事情都告訴你呢？maku？」薩薩拍了拍在加尼馬長袍底突起的水袋，「你是個可以受孕的成熟女人嗎？」

「我已經懷過無數次孕了，數都數不清。」加尼馬說道，「別把我當成個孩子逗著玩！」

薩薩被加尼馬惡狠狠的語氣嚇得退了一步。

「你們是一群傻瓜，」加尼馬說道，用手劃了個圈，將新城鎮，還有史帝加和他的手下統統圈在裡頭，「我眞不應該跟著你們。」

「如果妳不跟著，妳早就死了。」

「也許。但你們看不清眼下的局勢！史帝加到底在等什麼人？」

「布林·阿加瓦斯。」

加尼馬盯著她。

「利德·柴斯姆穴地的朋友會把他祕密地帶到這兒來。」薩薩解釋道。

「阿麗亞的小玩具？」

「他將被蒙著面帶來。」

「史帝加相信他嗎？」

「要求會面的是布林。他答應了我們所有的條件。」

「爲什麼不告訴我？」

「史帝加知道妳會反對的。」

「反對……這簡直就是發瘋。」

薩薩昂起頭。「不要忘了布林曾經是……」

「他是家族的一員！」加尼馬打斷道，「他是史帝加表兄的孫子。我知道。我要殺死的法拉肯也是我的一個近親。妳認爲這就足以阻止我拔刀嗎？」

「我們收到了密波傳信器帶來的資訊。沒人跟著他。」

加尼馬低聲道：「不會有什麼好結果，薩薩。我們必須馬上離開。」

「妳看到什麼預兆了？」薩薩問道，「我們看到的那條死沙蟲！會不會……」

「把這些話塞進妳的子宮，去別的地方把它生出來吧！」加尼馬罵道，「我不喜歡這次會面，也討厭這個地方。這難道還不夠嗎？」

「我會告訴史帝加妳的……」

「我會親自告訴他！」加尼馬大步越過薩薩。薩薩在她身後比了個沙蟲角的手勢，以示遮擋魔鬼。

但史帝加只對加尼馬的擔憂爆發出一陣大笑，並命令她去尋找沙鮭，把她僅僅當成了個孩子。她跑進新城鎮某間被遺棄的屋子，在牆角一蹲，努力平息自己的怒火。憤怒很快就過去。她感到了體內生命的煩躁。她想了起來，某個人曾經說過：「如果我們能讓他們停滯不動，事情就會按照我們的計畫發展下去。」

多麼奇怪的想法啊。

但她想不起來這是誰說的了。

※ ※ ※

穆哈迪曾經被人剝奪了繼承權，他始終站在被剝奪繼承權的人們的立場上。他公開宣稱，讓人們背離自己的信仰和與生俱來的權利——這是極度的不公正。

葛尼·哈萊克坐在蘇魯齊的一座小山丘上，身邊的香料墊子上放著巴利斯九弦琴。他下方的盆地中到處是正在栽種植物的工人。那條被驅逐者用以引誘沙蟲的、表面鋪著香料的斜坡通道已經被一條新的露天水渠阻斷。植被沿著斜坡向下蔓延，以保護那條露天水渠。

快到午飯時間，哈萊克已在小山丘上坐了將近一個小時。他需要獨自待一會兒，好好思考。下面的眾人正在辛勤勞作，這裡的一切勞動都與香料粹有關。據萊托估計，香料的產量很快就會下滑，然後穩定在哈肯尼時期高峰產量的十分之一左右。帝國內各地庫存香料的價值每次盤點都會翻一番。據說有人以三百二十一升香料從梅圖利家族手中換得了諾文本斯行星一半的權益。

被驅逐者工作起來狂熱到極點，像有魔鬼在驅使他們。或許實際情況也正是如此。在每次進餐前，他們都要面對坦則奧福特，向夏胡露祈禱。在他們眼中，這個夏胡露已經有了一個擬人化的代表，那就是萊托。透過他們的眼睛，哈萊克看到了一個未來，幾乎所有的人都相信這個未來必將成眞。

但哈萊克不知道自己是否會喜歡這樣一個未來。

當萊托駕駛著哈萊克偷來的撲翼機，載著哈萊克和傳教士來到此處時，他立即成了這裡的主宰。單憑兩隻手，萊托就摧毀了蘇魯齊的露天水渠，五十公尺長的石壩像個玩具似的在他的手裡拋來拋去。被驅逐者想阻止他，而他只不過揮了揮手臂，就斬下了第一個跑到他身邊的那個人的頭顱。他把那人的軀體扔回他的同伴中間，衝著他們的武器放聲大笑。以魔鬼般的聲音，他向他們咆哮道：「你們的射擊碰不到我！你們的刀無法傷害我！我披著夏胡露的皮膚。」

被驅逐者認出他，想起他逃跑時如何「直接從山崖跳到沙漠上」。他們在他面前屈服了。隨後他發布了他的命令。「我給你們帶來了兩位客人。你們要保護他們、尊敬他們。你們要重新修築露天水渠，並開始培植一個綠洲花園。某一天，我將把我的家安置在這裡。你們要準備好我的家。你們不得再出售香料，採集得來的任何一小撮香料都必須貯存起來。」

他繼續發布他的命令。被驅逐者聽到了每個詞語，他們以驚恐的目光看著他，內心充滿了敬畏。

夏胡露終於從沙子底下鑽出來了！

當萊托在一個小型反叛穴地革爾．魯登找到和甘地．艾爾－法利待在一起的哈萊克時，他並沒有意識到萊托發生的變異。和他的盲人同伴一起，萊托沿著古老的香料之路從沙漠深處而來。他倆搭乘了一條沙蟲，穿過如今已很少能見到沙蟲的區域。他說他們不得不數次改變路線，因爲沙子中的水分已多得足以殺死沙蟲。他們是在午後不久到達的，隨即被衛兵帶進了一間石頭搭建的公共休息室。

當時的場景仍然縈繞在哈萊克心頭。

「這位就是傳教士啊。」他說道。

哈萊克圍著盲人轉了幾圈，仔細地打量著。他想起了有關這位傳教士的故事。由於身處穴地內部，他的臉沒有被蒸餾服面罩遮掩，哈萊克能直接看著他的臉部特徵，與記憶中的形象進行對比。這個人很像萊托得名的那位老公爵。這是出於巧合嗎？

「你知道那個故事嗎？」哈萊克扭頭問身旁的萊托，「傳說他是你的父親，從沙漠深處回來了。」

「我聽說過。」

哈萊克轉身端詳著萊托。萊托穿著一件舊蒸餾服，他的臉龐和耳朵上有蜷曲的突起。黑色長袍掩蓋了他的身體，沙地靴藏起了他的腳。哈萊克不知道的事情有很多——他爲什麼會出現在這兒？他是怎麼再次逃脫的？

「你為什麼把傳教士帶到這裡來？」哈萊克問道，「在迦科魯圖，他們說他為他們工作。」

「不再是了。我帶他來是因為阿麗亞想要他死。」

「那麼，你認為這裡是他的避難所嗎？」

「你是他的避難所。」

談話過程中，傳教士一直站在他們身旁，傾聽著他們的交談，但是沒有表現出他到底對哪個話題更感興趣。

「他為我服務得很好，葛尼。」萊托說道，「亞崔迪家族不會放棄對效忠於我們的人所應承擔的責任。」

「亞崔迪家族？」

「我代表亞崔迪家族。」

「在我完成你祖母交代的測試任務之前，你就逃離了迦科魯圖。」哈萊克冷冰冰地說道，「你怎麼能代表——」

「你應當像保護自己的生命一樣來保護這個人。」萊托以毋庸置疑的語氣說道。他大無畏地迎著哈萊克的目光。

潔西嘉教了哈萊克很多精巧的比吉斯特觀察手段。在萊托的表情中，除了平和的自信外，他沒有發現其他任何東西。然而潔西嘉的命令仍然有效。「你的祖母命令我完成對你的教育，並讓我明確你是否入了魔道。」

「我沒有入魔道。」一句直白的陳述。

「那你為什麼要逃走？」

「納穆瑞接到了指示，無論如何都要殺死我。是阿麗亞給他下的命令。」

「怎麼，你是眞言師嗎？」

「是的。」另一句平和自信的陳述。

「加尼馬也是嗎？」

「不是。」

傳教士打破了沉默，將他空洞的眼眶對準哈萊克，但手指著萊托。「你認爲你能測試他嗎？」

「你對問題及其後果一無所知，請不要干涉。」哈萊克頭也不回地喝道。

「哦，我對後果知道得很清楚。」傳教士說道，「我曾經被一個老太婆測試過一次，她以爲自己知道在幹什麼。然而結果證明，她並不知道。」

哈萊克轉過頭來看著他。「你是又一個眞言師嗎？」

「任何人都能成爲眞言師，連你都有可能。」傳教士說道，「你只需誠實地面對你自己的感覺。你的內心必須承認顯而易見的事實。」

「你爲什麼要干涉？」哈萊克問道。他把手伸向嘯刃刀。這個傳教士到底是什麼人？

「這些事與我有關。」傳教士說道，「我的母親可以將自己的血脈放上祭壇，但我不一樣，我有不同的動機。而且，我還看出了你的問題。」

「哦？」哈萊克竟然表現出了好奇。

「潔西嘉夫人命令你去分辨狗和狼，分辨茲布和卡利布。根據她的定義，狼是那種擁有力量也會濫用力量的人。不過，狼和狗之間存在著重疊期，你無法在重疊期內分辨牠們。」

「說得還算在理。」哈萊克說道。他注意到愈來愈多的生活在這個穴地的人擁進了公共休息室，傾聽他們的談話，「你是怎麼知道的？」

「因爲我瞭解這顆行星。你不明白嗎？好好想想。地表的下面是岩石、泥土、沉積和沙子。這就是行星的記憶，是它的歷史。人類也一樣。狗擁有狼的回憶，每個行星都有一個核心，圍繞著這個核心運轉。從這個核心向外，才是一層層岩石、泥土等等記憶，直到地表。」

「很有趣，」哈萊克說道，「這對我執行命令又有何幫助呢？」

「回顧你自己的一層層歷史吧。」

哈萊克搖搖頭。傳教士有一種咄咄逼人的坦率。他在亞崔迪家族的成員中常常能發現類似的品質，而且他還隱約察覺到這個人正在使用魔音大法。哈萊克感到自己的心臟開始狂跳起來。有可能是他嗎？

「潔西嘉需要一個最終測試，通過它來完全展現她孫子的內心。」傳教士說道，「但他的內心就在那兒，你只需睜大眼睛去看。」

哈萊克轉眼盯著萊托。他是下意識間完成這個動作的，彷彿有某種無法抗拒的力量在驅使他。

傳教士繼續說著，好像在教導不聽話的小學生。「這個年輕人讓你捉摸不透，因爲他不是個單一的個體。他是個集體。就像任何受壓迫的集體一樣，其中的任何成員都可能跳出來，掌握領導權。這種領導權並不總是良性的，因此我們才有了畸變惡靈的故事。你以前傷害過這個集體，但是葛尼·哈萊克，你沒有看到這個集體正在發生的轉變嗎？

「這個年輕人已經爭取到了內部的合作，這種合作具有無窮的威力，它是無法被破壞的。即使沒有眼睛，我也看到了它。我曾經反對過他，但現在我追隨他。他是社會的醫治者。」

「你究竟是誰？」哈萊克問道。

「我就是你所看到的這個人。不要看著我，看著這個你受命要教育和測試的人。他經歷了重重危機。他在致命的環境中活了下來。他就在這兒。」

「你是誰？」哈萊克堅持問道。

「我告訴你，只需看著這個亞崔迪年輕人！他是我們這個物種生存所需的終極反饋迴路。他將過去的結果重新注入到整個系統之中。其他任何人都無法像他一樣瞭解過去。這樣一個人，而你卻想毀掉他！」

「我受命去測試他，並沒有……」

「但你實際是這麼做了！」

「他是畸變惡靈嗎？」

傳教士的臉上浮現出了古怪的笑容。「你還在死守著比吉斯特的破理論。她們妄想通過選擇和什麼樣的男人睡覺來製造神話！」

「你是保羅．亞崔迪嗎？」哈萊克問道。

「保羅．亞崔迪已經死了。他試圖成爲一個至高無上的道德象徵，拒絕一切凡俗。他成了一個聖人，卻沒有他所膜拜的上帝。他的每句話都是對上帝的褻瀆。你怎麼能以爲……」

「你說話的聲音和他的很像。」

「你現在在測試我嗎？葛尼？哈萊克？小心呀，葛尼．哈萊克。」

哈萊克吞了口口水，強迫自己重新將注意力集中到待在一邊一言不發、只一味觀察的萊托。「誰要接受測試呢？」傳教士問道，「有沒有可能潔西嘉夫人是在對你進行測試，葛尼．哈萊克？」

這個想法讓哈萊克極其不安，他不明白自己爲什麼會對傳教士的話產生這麼強的反應。據說亞崔迪家族的追隨者們的內心深處都對獨裁統治有天然的服從性。潔西嘉曾解釋過其中的緣故，但結果卻讓他更糊塗了。哈萊克感到自己的內心正在發生某種變化，這種變化只能由潔西嘉傳授給他的比吉斯特方法察覺到。他不想改變！

「你們中間，誰在扮演這個做出最終裁決的上帝？目的又是什麼？」傳教士問道，「回答這個問題，但不要單純依靠邏輯來回答這個問題。」

慢慢地，哈萊克有意將注意力從萊托轉移到了盲人身上。潔西嘉一直教誨他要學會卡迪斯平衡——掌握好「應該－不應該」的分寸。她說，這是一種自我控制，但卻是一種「沒有語言、沒有表達、沒有規矩、沒有觀點」的自我控制。它是他赤裸裸的眞實內心，抱元守一，卻又涵蓋一切。這個盲人的聲音、語氣和態度激發了他，使他進入了這種徹底平靜的狀態。

「回答我的問題。」傳教士說道。

在他的話音中，哈萊克感到自己的注意力更加凝聚，集中在這個地方、這個時刻。他在宇宙中的位置已經完全由他的注意力所決定。他不再有疑慮。這就是保羅．亞崔迪，他沒有死，而是又回來了。還有這個不是孩子的孩子，萊托。哈萊克再次看了萊托一眼，眞正地看見了他。他看到了他眼中的壓力，他姿態中的平衡，還有那張時不時會冒出離奇的雙關語、但此刻卻不發一言的嘴。

萊托從他身後的背景中凸顯出來，彷彿有聚光燈打在他的身上。他接受了眼前場景，達到了內心和諧。

「告訴我，保羅，」哈萊克說道，「你母親知道嗎？」

傳教士發出一聲嘆息。「對姐妹會來說，只要接受現實，就能達到和諧。」

「告訴我，保羅，」哈萊克說道，「你母親知道嗎？」

傳教士再次發出一聲嘆息。「對姐妹會來說，我已經死了。不要嘗試讓我復活。」

哈萊克追問道：「但爲什麼她……」

「她做了她必須做的事。她有自己的生活，她認爲自己庇護著許多人的生命。我們都是這樣做的，扮演上帝。」

「但是你還活著。」哈萊克輕聲說道。他終於相信了自己的發現，他看著眼前這個人。保羅應該比自己年輕，但無情的風沙使這個人看起來比自己的年齡要大上一倍。

「什麼意思？」保羅問道，「活著？」

哈萊克環顧四周，看了看圍在周圍的弗瑞曼人。他們臉上夾雜著懷疑和敬畏的表情。

「我的母親沒有必要知道我的故事。」這是保羅的聲音！「成為上帝意味著終極的無聊和墮落。我呼籲自由意志的產生！即使是上帝，可能也會希望逃入夢鄉，倚枕長眠。」

「但你的確還活著！」哈萊克的聲音稍稍大了些。

保羅沒有理會老朋友話中的激動。他問道：「你真的要讓這個年輕人在你的測試中和他的妹妹決鬥？多麼可怕啊！他們每個人都會說：『不！殺了我！讓對方活下去！』這樣一個測試能有什麼結果？活著又有什麼意義，葛尼？」

「測試不是這樣的。」哈萊克抗議道。他不喜歡周圍的弗瑞曼人漸漸向他們靠近。他們只顧注視著保羅，完全忽視了萊托。

但是萊托突然間插話了。「看看前因後果，父親。」

「是的……是的……」保羅抬起頭，彷彿在嗅著空氣，「這麼說，是法拉肯了！」

「我們太容易跟隨我們的思考做出行動，而不是追隨我們的感覺。」萊托說道。

哈萊克不能理解萊托的想法。他剛想開口提問，萊托伸手抓住他的手臂，打斷了他。「不要問，葛尼。你可能會因此再次懷疑我入了魔道。不！讓該發生的都發生吧，葛尼。如果硬要強求，你可能會毀了你自己。」

但哈萊克覺得自己被包圍在重重迷霧之中。潔西嘉曾經警告過他，「這些出生前就有記憶的人，他們非常具有欺騙性。他們的把戲你永遠想像不到。」哈萊克緩緩地搖搖頭。還有保羅！保羅還活著，還和自己的問題兒子結成了同盟！

圍著他們的弗瑞曼人再也克制不住。他們插進哈萊克和保羅、還有萊托和保羅之間，把那兩個人擠在後面。空氣中充滿嘶啞的嗓音。「你是保羅．穆哈迪嗎？你眞的是保羅．穆哈迪？這是眞的嗎？告訴我們！」

「你們必須把我看成傳教士。」保羅推開他們說道，「我不可能是保羅．亞崔迪或是保羅．穆哈迪。再也不會了。我也不是加妮的配偶或是皇帝。」哈萊克擔心到了極點。一旦這些絕望的提問得不到滿意的回答，局面可能會當場失控。他正想開始行動，萊托已經搶在了他的前頭。也正是在這時，哈萊克才第一次看到了發生在萊托身上的可怕變化。一陣公牛似的怒吼聲響了起來：「靠邊站！」──隨後萊托向前擠去，把成年弗瑞曼人從兩邊分開，有的人被推倒在地。他用手臂驅趕他們，用手直接抓住他們拔出的刀，把刀扭成一堆廢物。

一分鐘之內，剩下那些還站著的弗瑞曼人驚恐地緊貼著牆壁。萊托站在父親身旁。「夏胡露說話時，你們只需服從。」萊托說道。

有幾個弗瑞曼人表示了懷疑。萊托從通道的岩壁上掰下一塊石頭，把石頭在手裡碾成粉末，這個過程中始終面帶微笑。

「我能在你們眼前拆了這個穴地。」他說道。

「沙漠魔鬼。」有人低聲說道。

「還有你們的露天水渠，」萊托點點頭，「我會把它扯開。我們沒有來過這兒，你們聽明白了嗎？」

所有的腦袋都在搖來搖去，以示屈服。

「你們中沒有人見過我們。」萊托說道，「要是走漏任何消息，我會立刻回來把你們趕入沙漠，一滴水也不准帶。」

哈萊克看到很多雙手舉了起來，做出守護的手勢，那是代表沙蟲的標誌。

「我們現在就離開，我的父親和我，我們的老朋友陪著我們。」萊托說道，「給我們準備好撲翼機。」

隨後，萊托帶著他們來到蘇魯齊。在路途中，他向他們解釋說必須儘快行動，因爲「法拉肯很快就要來阿拉吉斯。就像我父親說的，屆時你就能看到眞正的測試了，葛尼。」

坐在蘇魯齊山丘上，眺望著山下的景象，哈萊克又一次自問。他每天都會問自己這個問題：「什麼測試？他是什麼意思？」

但是萊托已經離開了蘇魯齊，而且保羅也拒絕回答這個問題。

※ ※ ※

教會和國家、科學和信仰、個體和集體、發展和傳統——所有這些，都能在穆哈迪的教義中達到統一。他教導我們，除了人類的信仰，不存在無法妥協的對立。任何人都可以掀開時間的面紗。你可以在過去或是你的想像之中發現未來。屆時，你就能明白宇宙是一個連續的整體，而你是其中密不可分的一分子。

——《阿拉肯的傳教士》哈克．艾爾—艾達

加尼馬遠遠地坐在香料燈的光圈之外，看著布林．阿加瓦斯。她不喜歡他的圓臉和過於靈活的眉毛，還有他說話時來回走動的樣子，彷彿他的話語中暗藏著旋律，而他的腳在跟著旋律舞動。

他來這兒不是爲了和史帝加會談，加尼馬告訴自己。從那個人的一舉一動中，她十分清楚地看到了這一點。她又往後挪了一段距離，離會議的圈子更遠了。

每個穴地都有這樣的一間屋子，但是這個已遭遺棄的新城鎭內的會議廳卻令加尼馬感覺狹促，因爲它實在太矮。房間面積倒是很大，史帝加這邊的六十個人，加上阿加瓦斯的九個人，只占據了會議廳的一側。香料燈光照在支撐屋頂的那幾根低矮的柱子上。辛辣的油煙使空氣中充滿了肉桂的氣味。會議是從祈禱和晚餐結束後的黃昏時分開始，到現在已經進行了一個多小時，但加尼馬仍然沒法看穿阿加瓦斯背後隱藏的行動。他的聲音似乎很眞誠，但是他的動作和眼神卻不然。

阿加瓦斯正在說話，回答史帝加手下一位助手的問題。那個助手是薩薩的侄女，名叫拉佳。她是個皮膚黝黑、表情嚴厲的年輕女人，嘴角緊繃，臉上永遠帶著懷疑的表情。加尼馬覺得她的表情與四周的環境倒是挺相配。

「我完全相信阿麗亞會徹底寬恕你們，」阿加瓦斯說道，「否則的話，我就不會到這裡來。」拉佳還想再次開口，史帝加打斷了她。「我們倒並不在意她是否値得信任，我反而有點擔心她是否信任你。」史帝加的話中隱藏著暗流。阿加瓦斯讓他恢復過去地位的提議讓他很不放心。

「她信不信任我並不重要。」阿加瓦斯說道，「坦率地說，我不認爲她信任我。爲了找你們，我花了太長的時間。但我總覺得她並不眞的想抓到你。她是……」

「她是我殺掉的那個人的妻子，」史帝加說道，「我承認那是他自找的。即使我不殺了他，他也很有可能會去自殺。但是阿麗亞的態度看起來——」

阿加瓦斯跳了起來，臉上帶著明顯的怒氣。「她原諒你了！我還得說多少遍啊！她讓教士們演了一場戲，請到了神諭——」

「你在迴避，扯出了一個新問題。」是伊如蘭，她身體前傾，遮住了拉佳，金色的頭髮取代了拉佳的黑髮，「她讓你信服於她。但事實上，她可能另有計畫。」

「教士已經……」

「到處都有流言，」伊如蘭道，「說你不止是個軍事顧問，你還是她的……」

「夠了！」阿加瓦斯憤怒欲狂。他的手在嘯刃刀附近晃動著，幾乎控制不住抽刀殺人的衝動。連他的面孔都開始扭曲了，「你們自己做出判斷吧，我無法再和這個女人繼續談下去！她污辱了我！她玷污了她觸摸到的每樣東西！我被利用。我被污染了——好吧，就算這樣，但我不會對我的族人舉刀相向。就這樣！」

看到這一幕之後，加尼馬想：至少這些話是他內心的眞實反應。

史帝加出乎意料地大笑起來。「啊哈，我的表親，」他說道，「原諒我，但只有憤怒才能顯出眞情。」

「你同意了？」

「還沒有，」他舉起一隻手，阻止了阿加瓦斯的又一次爆發，「這不是爲了我，布林，是爲了大家。」他示意著身邊的人，「他們是我的責任。我們需要時間考慮一下阿麗亞提出的和解。」

「和解？她並沒有說過這個詞。請原諒，但是……」

「那麼她保證了什麼？」

「泰布穴地，你還是耐布，保持完全的自治和中立。她現在理解……」

「我不會加入她的勢力，也不會向她提供戰士。」史帝加警告地說，「你聽明白了嗎？」

加尼馬聽出史帝加開始動搖了。她想：不，史帝！不！

「明白，」阿加瓦斯說道，「阿麗亞只希望你把加尼馬還給她，讓她履行婚約……」

「她的企圖終於暴露出來了！」史帝加道，他皺起眉頭，「加尼馬是換取寬恕的代價，對嗎？她以為我……」

「她認為你是個理智的人。」阿加瓦斯道。

加尼馬高興地想：他不會答應的。別浪費力氣了。他不會答應的。

就在這時，她聽到左後方傳來一陣沙沙聲。她想躲閃，但一雙有力的手抓住了她。在她能叫出聲之前，一塊浸過麻藥的粗布蒙住了她的臉。在意識消失之前，她感到自己被扛著向會議廳內最暗的那扇門前進。她想：我應該能猜到的！我本該有所防備！抓住她的那雙手是一雙強壯有力，成年人的手，令她無法掙脫。

加尼馬最後感到的是寒冷的空氣，閃爍的星空和一張蒙住的臉。這張臉望著她。接著響起一個聲音：「她沒有受傷吧？」

她沒法聽見回答。星空在她的視野中飛速旋轉，最後，隨著一道閃光，星空消失無蹤。

※　※　※

穆哈迪使我們懂得了一種特殊的知識，這就是洞見未來。他讓我們知道伴隨這種洞察力而來的是什麼，以及預知未來的能力將如何影響那些已經「安排就序」的事件（即被預見到的、在相關系統中注定要發生的事件）。如前所述，對預言者本身而言，這種洞察力成了一個怪圈。他很可能成為自己這種能力的受害者，被自己的天才所葬送，人類常常會遭遇這類失敗。預言的危險在於，預知者很可能會沉溺於自己的預見，由此忽視了一點：他們的幻象會對未來產生兩極分化作用。他們很容易忘記，在一個兩極分化的宇宙中，沒有什麼東西能在其對立面缺失的情形下獨立存在。

被風颳起的沙塵如同大霧般懸在地平線上，遮擋了正在升起的太陽。沙丘陰影處的沙子仍然很涼。萊扦站在帕姆萊絲的環形山上，眺望遠處沙漠。他聞到了塵土的味道，還有荊棘散發的芳香，聽到了人和動物在清晨活動的聲音。這裡的弗瑞曼人沒有修建露天水渠。他們只有可憐的一點點手栽的植被，幾個女人在給它們澆水，水來自她們隨身攜帶的皮袋子中。他們的捕風器不怎麼結實，輕易就能被沙暴毀壞，但又很容易修復。

苦難、香料貿易中的殘酷，再加上冒險，共同形成了這裡的生活方式。這些弗瑞曼人仍然堅信天堂就是能聽到流水聲的地方。但正是這些人仍然珍視著萊托也認同的古老的自由理念。

自由就是孤獨，他想。

萊托調整著白色長袍的繫帶，長袍覆蓋了他那件有生命的蒸餾服。他能感覺到沙鮭的膜是如何改變自己。與這種感覺相伴隨的是，他不得不強迫自己克服深深的失落感。他已經不再是個純粹的人類。他的血液中流著奇怪的東西。沙鮭的纖毛已經刺入所有器官，他的器官在不斷調整變化。沙鮭本身也在調整、適應。

萊托體會到這些，但他仍然感到殘留的人類感情撕扯著他的心，感到他的生命處於極度的苦悶之中，只因爲悠久的延續性被他生生割裂。但是他知道放縱這種感覺的後果。他知道得很清楚。

讓未來自然地發生吧，他想。唯一能指導創造行爲的規則就是創造本身。

他的目光不願離開沙漠、離開沙丘，離開那種巨大的空虛感。沙漠邊緣躺著岩石，看到它們便能觸發人們的聯想，讓人想起風、沙塵、稀有而孤獨的植被和動物，想起沙丘如何融合沙丘，沙漠如何融入沙漠。

身後傳來了爲早禱配樂的笛聲。在這位新生的夏胡露聽來，祈禱水分的禱告彷彿是一首小夜曲。有了這種感覺以後，音樂中似乎附上了永恆的孤寂。

我可以就這麼走入沙漠，他想。

如果這樣做，一切都將改變。他可以任選一個方向走下去，無論哪個方向都一樣。他已經學會了毫無累贅的生活，將弗瑞曼人神祕的生活方式提高到了可怕的高度：他攜帶的任何東西都是必需的，除此之外，他一無所求。身上的長袍、藏在腰帶上的亞崔迪家族鷹形戒指，還有不屬於他的皮膚。

從這裡走入沙漠，太容易了。

空中的動靜引起了他的注意：翅膀的形狀表明了那是一隻禿鷹。這景象令他的心頭一痛。像野外的弗瑞曼人一樣，禿鷹選擇在此生活是因爲這裡是牠們的出生地。牠們不知道還有什麼更好的地方。沙漠造就了牠們。

然而隨著穆哈迪和阿麗亞的統治，誕生了一個新的弗瑞曼種類。正是因爲他們，他才不能像他父親那樣就此走入沙漠。萊托想起了艾德荷很早以前說過的一句話：「這些弗瑞曼人，他們的生活無比光榮。我從來沒有碰到過一個貪婪的弗瑞曼人。」

現在卻出現了很多貪婪的弗瑞曼人。

悲傷流遍萊托全身。他決心要踏上那條道路，去改變這一切，但是爲此要付出的代價實在是太高昂。而且隨著他逐漸接近終點，那條道路也愈來愈難以掌控。克拉里茲克，終極鬥爭，就在眼前……但迷失之後必須付出這樣的代價：克拉里茲克或更糟的結局。萊托身後傳來說話聲，一個清脆的童音傳進他的耳朵。「他在這兒。」

萊托轉過身去。

傳教士從帕姆萊絲走了出來。一個孩子在前頭領著他。

爲什麼我仍然把他當成傳教士？萊托問自己。

答案清晰地印在萊托的腦子裡：因爲他不再是穆哈迪，也不再是保羅．亞崔迪。沙漠造就了他現在這個樣子——沙漠，還有迦科魯圖的走狗們餵給他的大劑量香料粹，再加上他們時常性背叛。傳教士比他的年齡要老得多，香料並沒有延緩他的衰老，反而加劇他的衰老過程。

「他們說你想見我。」那個小孩子嚮導停下之後，傳教士開口說道。

萊托看著帕姆萊絲的孩子，他幾乎和自己一樣高，臉上夾雜著既畏懼又好奇的表情。小號蒸餾服面罩上露出一對年輕的眼睛。

萊托揮了揮手。「走開。」

有那麼一陣子，那個孩子的肩膀顯露出不樂意的跡象，但很快弗瑞曼人尊重隱私的本能占據了上風。他離開了他們。

「你知道法拉肯已經到了阿拉吉斯嗎？」萊托問道。

「昨晚載著我飛到這兒時，葛尼已經告訴我了。」

傳教士想：他的語氣多麼冰冷，就像過去的我。

「我面對著一個困難的抉擇。」萊托說道。

「我以爲你早就做出了選擇。」

「我們都知道那個陷阱，父親。」

傳教士清了清嗓子。現場的緊張氣氛告訴他現在他們離危機是多麼近。萊托不再僅僅依靠預知幻象了，更重要的是，他必須掌握幻象，管理幻象。

「你需要我的幫助？」傳教士問道。

「是的，我要回到阿拉肯，我希望以你嚮導的身分回去。」

「爲什麼？」

「你能在阿拉肯再傳一次教嗎？」

「也許吧。我還有些話沒和他們說完。」

「你無法再回沙漠了，父親。」

「如果我答應和你回去的話？」

「是的。」

「我會遵從你的任何決定。」

「你考慮過嗎？法拉肯來了，你母親肯定和他在一起。」

「毫無疑問。」

傳教士再次清了清嗓子。這暴露出他內心的緊張，穆哈迪絕不會允許有這種表現。這個軀體離自我約束的時期已經太遙遠，他的意識中常常會暴露出迦科魯圖的瘋狂。或許傳教士認爲回到阿拉肯是個不太明智的選擇？

「你無需和我一起回去，」萊托說道，「但我的妹妹在那兒，我必須回去。你可以和葛尼一起走。」

「你一個人也會去阿拉肯嗎？」

「是的，我必須去見法拉肯。」

「我和你一起去。」傳教士嘆了一口氣。

從傳教士的舉止中，萊托感到對方還殘留著過去留下的一絲幻象。他想：他還在玩弄那套幻象的把戲嗎？不！他不會再走那條路，他知道與過去藕斷絲連會有什麼後果。傳教士的每句話都說明他已經將幻象完全交托給了自己的兒子，因爲他知道，兒子已經預知宇宙中的一切發展。

「我們幾分鐘之後離開，」萊托說道，「你想告訴葛尼嗎？」

「葛尼不和我們一起去？」

「我想讓葛尼活下來。」

傳教士不再抗拒自己心中的緊張。緊張隱藏在周圍的空氣中、在他腳下的地底裡，它無處不在，集中在那個不是孩子的孩子身上。過去的幻象哽在他喉嚨裡，隨時可能發出吶喊。

他無法抗拒體內產生的恐懼。他知道他們在阿拉肯將面對什麼。他們將再次玩弄那種可怕而又致命的力量，他們將永遠得不到安寧。

※　※　※

孩子拒絕戴上父親過去的枷鎖，重走父親的老路。「我無需成為我父親那樣的人、我無需遵從父親的命令，甚至無需相信他所相信的東西！作為一個人，我有力量選擇什麼可以相信，什麼不能相信，選擇我可以成為什麼，不可以成為什麼。」

——《萊托・亞崔迪二世》哈克・艾爾—艾達

朝聖的女人們在神廟廣場上隨著鼓聲笛聲翩翩起舞。她們的頭上沒有頭巾，脖子上也沒有項圈，她們的衣服輕薄透明。當她們轉圈時，黑色的長髮時而筆直地甩出去，時而散落在臉龐上。

阿麗亞在神廟高處看著底下的場景，覺得它既吸引人，同時又令人厭惡。早晨已經過去了一半，過不了多久，香料咖啡的香氣就將從遮陽棚下的商鋪中散發出來，瀰漫於整個廣場。很快她將出去迎接法拉肯，把正式的禮物交給他，並監視他第一次和加尼馬的會面。

一切都按照計畫順利進行。加尼將殺了他，然後在接下來的亂世中，只有一個人準備好收拾殘局。木偶在線繩操縱下舞動。如她所希望的那樣，史帝加殺死阿加瓦斯，而阿加瓦斯在他本人不知情下將這些反叛者交到了她的手裡，因為她送給他的新靴子中，隱藏著一個祕密的信號發射器。

現在史帝加和伊如蘭被關押在神廟的地牢裡。或許應該馬上處死他們，但他們可能還有其他利用價值。讓他們等著吧，反正他們已經不再構成威脅了。她注意到下方的城市弗瑞曼人正目不轉睛地欣賞朝聖的舞者，眼光中充滿了渴望。離開沙漠之後，平等的兩性觀仍然頑強地存在於城鎮弗瑞曼人中間，但男性和女性在社會地位上的不同已經有所顯現。這一點也在按照計畫發展。分裂並加以弱化。從這些欣賞來自外星豔舞的弗瑞曼人身上，阿麗亞能感到這種細微的變化。

讓他們看吧！讓他們的腦子中塞滿加弗拉。

阿麗亞的上半截窗戶開著，她能感到外面溫度在急劇上升。在這個季節，溫度將隨著太陽的升起而升高，並在午後達到最高點。廣場石頭地面上的溫度要比這兒高出許多，會令舞者感到很不舒服。但她們仍舊在旋轉、下腰、甩開雙臂，她們的頭髮仍舊在隨著她們的運動而飄動。

她們將舞蹈獻給阿麗亞，天堂之母。一個助手和她說起過這件事，而且明顯對這些外邦人的奇特行為表示出了不屑。助手解釋說那些女人來自伊克斯，被禁止的科學和技術仍然在那裡得以保留。

阿麗亞也輕蔑地哼了一聲。這些女人和沙漠中的弗瑞曼人一樣無知、迷信而且落後……那個不屑的助手說得不錯。但是那個助手和這些伊克斯人都不知道，在某種已經消亡的語言中，伊克斯這個詞只是一個數字。

阿麗亞暗笑了一下，想：讓她們跳吧。舞蹈能浪費能量，而這些能量原本可能被用於破壞性行為。再說音樂也很動聽，葫蘆鼓和拍手聲之間，一陣陣若有若無的樂聲不斷飄蕩。

突然間，音樂被廣場遠端傳來的嘈雜聲淹沒了。舞者踏錯了舞步，短暫的遲疑之後又恢復了常態，但她們已經無法做到整齊劃一，連注意力都游離到了廣場遠端的出口處。那兒有一群人衝上石頭地面，像流水通過開放的露天水渠。

阿麗亞盯著那股襲來的水流。

她聽到了喊叫聲，有一個詞蓋過了其他聲音：「傳教士！傳教士！」

隨後，她看到了他，隨著第一個波浪大步而來，他的一隻手搭在年輕嚮導的肩上。

朝聖的舞者不再轉圈，退回到了阿麗亞下方的台階附近。她們的觀眾和她們擠在一起。阿麗亞感覺到了人們的敬畏。她自己也感到了恐懼。

他怎敢如此！

她半轉過身，想召喚衛兵，但轉念一想又放棄了這個決定。人群擠滿了廣場。如果阻礙他們傾聽瞎子的預言，他們可能就此變得狂性大發。

阿麗亞握緊了她的拳頭。

傳教士！爲什麼保羅要這麼做？半數人認爲他是個「來自沙漠的瘋子」，因此他們害怕他、另一半人則在市場上或是小店中偷偷談論，說他就是穆哈迪，要不然教會怎麼能允許他傳播如此惡毒的異端言論？

阿爾亞在人群中看到了難民，那些被遺棄穴地的殘餘人員，他們的長袍爛成了碎片。那底下是個危險的地方，一個容易犯錯誤的地方。

「夫人？」

聲音從阿麗亞身後傳來。她轉過身，看到茲亞仁卡站在通向外室的門口。攜帶武器的皇室衛兵緊跟在她身後。

「什麼事，茲亞仁卡？」

「夫人，法拉肯在外面請求會面。」

「在這兒？在我的寓所內？」

「是的，夫人。」

「他一個人嗎？」

「還有兩個保鏢和潔西嘉夫人。」

阿麗亞把一隻手放在喉嚨上，想起了上次與母親的對峙。時候不同了。新的環境決定了她倆之間的關係。

「他太急躁了，」阿麗亞說道，「他有什麼理由嗎？」

「他聽說了那個……」茲亞仁卡指了指窗戶下的廣場。

阿麗亞皺起眉頭。「你相信他的話嗎，茲亞仁卡？」

「不，夫人。我認爲他聽說了一些流言。他想看看您的反應。」

「是我的母親教唆他這麼做的！」

「顯然是，夫人。」

「茲亞仁卡，我親愛的，我要求妳執行一系列非常重要的命令。過來。」

茲亞仁卡走到離她只有一步遠的地方。「夫人？」

「讓法拉肯，他的保鏢，還有我的母親進來。然後準備把加尼馬帶到這兒來。她要像弗瑞曼新娘那樣打扮起來——完完全全像個新娘。」

「帶著刀，夫人？」

「帶著刀。」

「夫人，那——」
「加尼馬不會對我構成威脅。」
「夫人，但她曾和史帝加一起逃走。」
「茲亞仁卡！」
「夫人？」
「儘管執行我的命令。讓加尼馬準備好。在辦這件事的同時，妳從教會中派五個人到廣場上去。讓他們將傳教士請到我這兒來。讓他們等待說話的機會，除此之外什麼也別做。他們不能用武力。我要求他們傳達一個禮貌的邀請。絕對不能使用武力。還有，茲亞仁卡……」
「夫人？」她聽起來是如此不快。
「必須將傳教士和加尼馬同時帶到我這兒來。他們應當在我做出手勢時一起進來。妳聽明白了嗎？」
「我知道這個計畫，夫人，但是——」
「執行命令！一起帶進來。」隨後阿麗亞一揚頭，示意這位女侍衛離去。茲亞仁卡轉身走了。阿麗亞說道，「妳順路讓法拉肯一行進來，但是妳必須讓妳最信任的十個人帶著他們進來。」
茲亞仁卡向身後瞥了一眼，繼續前行離開了屋子。「遵照您的吩咐，夫人。」
阿麗亞轉身朝窗戶外看去。再過幾分鐘，整個計畫將結出血淋淋的果實。保羅將當場看著他的女兒發出致命的一擊。阿麗亞聽到茲亞仁卡的衛兵隊伍走了進來。
很快就要結束了，一切都將結束！帶著無比滿足的勝利感，她向下看著傳教士站在第一階台階上，年輕的嚮導跟隨在他身旁。阿麗亞看到身穿黃色長袍的神廟教士等在左邊，在人群的擠壓下慢慢後退。然而他們在對付人群方面很有經驗，仍然能找到接近目標的道路。傳教士的聲音在廣場上空回蕩，人群在全神貫注地等待著他的布道。讓他們聽吧！很快地，他的話將被解釋成與他本意不同的東西。而且不會再有傳教士在一旁糾正。

她聽到法拉肯一行走了進來。潔西嘉的聲音傳了過來。「阿麗亞？」

阿麗亞沒有轉身，直接說道：「歡迎，法拉肯王子，還有妳，母親。過來欣賞一場好戲。」她向身後瞥了一眼，見身材魁梧的薩督卡泰卡尼克正怒視著擋住他們去路的衛兵。「太不禮貌了，」阿麗亞說道，「讓他們過來。」兩個衛兵顯然接到了茲亞仁卡的事先指令，走上前來站在她和其他人的中間。其他衛兵退到一旁。阿麗亞退到窗戶的右面，示意道：「這是最好的位置。」

潔西嘉穿著弗瑞曼女式黑色長袍，雙眼緊盯阿麗亞，守護著法拉肯走到窗前，站在他和阿麗亞的衛兵之間。

「妳眞是太客氣了，阿麗亞夫人，」法拉肯說道，「我聽說了太多的有關這位傳教士的傳言。」

「那底下就是他本人。」阿麗亞說道。法拉肯穿著灰色的薩督卡軍服，制服上沒有任何修飾。他移動時典雅的姿態引起了阿麗亞的注意。或許這位柯瑞諾王子不僅僅是個遊手好閒的花花公子。

傳教士的聲音被窗戶下的監聽器放大之後，充斥了整個屋子。阿麗亞感到自己的骨頭都被震得發抖，她開始入迷地傾聽起他的話來。

「我發現自己來到了贊沙漠，」傳教士叫喊道，「身處哀嚎不止的曠野廢墟。上帝命令我清理那地，因爲我們激怒了沙漠，讓沙漠傷心。我們在曠野中受到了誘惑，放棄了我們的道路。」

贊沙漠，阿麗亞想。第一批眞遜尼流浪者接受審判的地方，而弗瑞曼人正是源自這些流浪者。他在說什麼！他難道是在暗示，在摧毀那些效忠於皇室的穴地的行動中，有他的一部分功勞？

「野獸躺在你們的土地上，」傳教士說道，他的聲音在廣場上回蕩，「陰險的生物占據你們的房屋。你們這些逃離家園的人無法再在沙漠上度日。是的，你們這些放棄傳統道路的人，如果再執迷不悔，你們終將死於污穢的巢中。但如果你留意我的警告，上帝將指引你們穿越深淵，進入上帝的山嶺。是的，夏胡露會指引你們。」

人群發出一陣低吟。傳教士停了下來，空洞的眼窩跟隨著聲音，從這頭掃到那頭。接著他舉起雙手，張得很開，叫喊道：「哦，上帝，我的身軀渴望回到乾涸的土地！」

一個老女人站在傳教士面前，從她破爛的長袍就能分辨出她是一個難民。她朝著他舉起雙手，祈求道：「幫幫我們，穆哈迪，幫幫我們！」

由於恐懼，阿麗亞的胸腔緊縮了一下。她問自己那個老女人是否知道事情的眞相。她瞥了她母親一眼，但是潔西嘉夫人並沒有移動，而是將注意力分散在法拉肯、阿麗亞的衛兵和窗戶外的景象之間。法拉肯則在那兒生了根，被牢牢地吸引住了。

阿麗亞又朝窗外看去，想尋找那幾個神廟教士。他們沒有出現在她的視野中，她懷疑他們繞到了神廟大門的底下，想從那兒找一條路直接走下台階。

傳教士用右手指著老女人的頭叫道：「你們自己就是唯一的幫助！你們具有反叛精神，你們帶來了乾燥的風，風裡夾雜著沙塵，熱浪滾滾。

「你們肩負我們的沙漠，承受來自沙漠、來自那可怕地方的旋風。我從荒野中走來、水從倒塌的露天水渠中灑落到沙漠上。河流縱橫在大地上。沙丘的赤道地帶竟然還有水從天空落下！哦，我的朋友，上帝對我下了道命令，要在沙漠中爲我們的主建造一條筆直的大道！」

他伸出一根僵硬的手指，顫抖著指了指腳下的台階。「新城鎭變得無法居住並不是我們的損失！我們曾吃著來自天堂的麵包，然而陌生人的喧囂將我們趕離家園！他們爲我們帶來荒蕪，讓我們的土地不再適合居住、讓我們的土地上不再有生機。」

人群中發出一陣騷動，難民和城市弗瑞曼人怒視著身邊的外星朝聖者。

他能誘發一次血腥的騷亂！阿麗亞想。好吧，隨他去。我的教士可以趁亂接近他。

她看到了那五個教士，身穿黃色長袍的他們緊緊簇擁在一起，沿著傳教士身後的台階慢慢地往下走著。

「我們灑在沙漠上的水變成了鮮血，」傳教士揮舞著手臂說道，「淌在我們土地上的鮮血！看哪，我們的沙漠能帶來欣喜和繁榮，它引來了陌生人，藏在我們中間。他們帶來暴力！他們的部隊在集結，最後的克拉里茲克就要來臨！他們採集著沙漠的所屬、他們擄走藏在沙漠深處的財富。

「看哪，他們仍然在繼續邪惡的工作。教義是這麼說的：『我站在沙漠上，看到沙地中躍起了一隻野獸，在那隻野獸的頭上鐫刻著上帝的名字！』」

人群爆發出一陣憤怒的低語。人們舉起拳頭揮舞。

「他在幹什麼？」法拉肯小聲問道。

「我也想知道。」阿麗亞說道。她一隻手撫住胸口，感受著此刻的緊張和刺激。如果他再繼續說下去，人群就要對朝聖者動手了！

然而傳教士卻半轉了個身，空洞的眼窩對準神廟，伸出手，指著高處阿麗亞寓所的窗戶。「還有一個對上帝的褻瀆，」他叫喊道，「褻瀆！褻瀆者就是阿麗亞！」

整個廣場陷入震驚後的寂靜。

阿麗亞整個身體都僵住了。她知道人群看不到她，但仍然感覺自己暴露在大庭廣眾之下，顯得那麼無助。她腦子裡那個想安慰她的回音與她的心跳聲在相互較量。她只能定定地看著底下那場精彩的演出。傳教士仍然維持著他的手勢。

然而，他所說的話已經讓教士們再也無法忍受。他們打破了沉默，發出憤怒的呼喝，向台階下衝去，把沿途的人撞得直往兩邊倒。他們開始行動，人群也做出了反應，如同波浪般向台階上衝去，將站在前頭的幾個旁觀者撞得七倒八歪。

波浪掀起傳教士，把他和年輕的嚮導衝散。隨後人群中伸出一隻套著黃色衣袖的手臂，與那隻手臂相連的手上揮舞著一把嘯刃刀。

她看到那把刀刺了下去，刺進傳教士的胸膛。

神廟大門關閉時發出的巨響把阿麗亞從震驚中拉了回來。衛兵這麼做顯然是為了防止人群衝擊神廟。但人們已經後退，在台階上圍著一個蜷縮的物體站成一個圈。可怕的寧靜籠罩著廣場。阿麗亞看到了很多屍體，但只有那一具單獨躺在那兒。

人群發出痛苦的叫喊聲：「穆哈迪！他們殺了穆哈迪！」

「上帝啊，」阿麗亞顫抖著，「上帝啊。」

「已經晚了，不是嗎？」潔西嘉說道。

阿麗亞轉了個身，注意到法拉肯被嚇了一跳——他看到了她臉上狂怒的表情。「他們殺死了保羅！」阿麗亞尖叫道，「那是妳的兒子！當那些人證實了這一點之後，妳知道會發生什麼？」

潔西嘉靜靜地站在那兒，一動不動，維持了很長時間。阿麗亞告訴她的是她早已知道的事情。法拉肯伸出手拍了拍她，打破她的安靜。「夫人。」他說。他的聲音中充滿了同情，潔西嘉眞想在這個聲音的簇擁下死去。

她看看阿麗亞臉上陰沉的怒容，再看看法拉肯表現出的同情，不禁想道：或許我教得太出色了。阿麗亞的話沒什麼可疑處。潔西嘉記得傳教士聲音中的每個語調，從中聽到了自己的技巧。她花了多年時間來培養那個人。他注定要成為皇帝，現在卻躺在神廟台階前那張血淋淋的墊子上。

加弗拉讓我變得盲目，潔西嘉想。

阿麗亞向一個助手示意道：「把加尼馬帶來。」

潔西嘉強迫自己理解那幾個詞的意思。加尼馬？為什麼現在帶加尼馬？

助手轉身向外屋的大門走去。她想下令將門閂打開，但話還沒有出口，整扇門鼓了起來。鉸鏈崩裂了，門閂也彈在一邊。由厚鋼板製成、能抵擋可怕能量的大門，砰的一聲倒在屋內。衛兵們手忙腳亂地躲避著倒下的大門，紛紛拔出了武器。

潔西嘉和法拉肯的保鏢緊緊圍住這位柯瑞諾王子。

然而門框下只是站著兩個小孩：加尼馬站在左邊，身穿著黑色的婚禮長袍；萊托站在右邊，沾滿沙漠污漬的白色長袍覆蓋著一件灰色的緊身蒸餾服。

阿麗亞站在倒下的門旁，看著這兩個孩子，不由自主地開始發抖。

「家族成員都在這兒歡迎我們。」萊托說道，「祖母。」她朝潔西嘉點了點頭，然後又將注意力轉到柯瑞諾王子身上，「這位一定是法拉肯王子。歡迎來到阿拉吉斯，王子。」

加尼馬雙眼無神，右手抓住掛在腰間的儀式用嘯刃刀，顯出一副想從萊托手中掙脫的意思。萊托晃了晃她的膀臂，她的整個身體隨之晃動起來。

「看著我，家人們，」萊托說道，「我是阿瑞，亞崔迪家族的雄獅。還有這位——」他又晃了晃他的手臂，她的身體再次晃了幾下，「這位是阿頁，亞崔迪家族的母獅。我們來引導你們走上Secher Nbiw，金色通道。」

加尼馬聽到了那個暗語，Secher Nbiw。剎那間，被封存的記憶重新流回她的意識。記憶整齊地排列流竄，體內母親的意識在記憶流周圍梭巡，她是記憶大門的守衛。

此刻加尼馬知道自己已經征服了體內喧囂的過去，她擁有了一扇大門，在她需要時，她可以透過它觀察過去。幾個月的自我冬眠為她打造了一個安全的堡壘，她可以在堡壘裡管理自己的肉身。當她意識到自己站在何處以及和誰站在一起之後，她立即轉向萊托，想向他說明發生在自己身上的變化。

萊托放開了她的手臂。

「你的計畫成功了嗎?」加尼馬小聲問道。

「一切順利。」萊托說道。

阿麗亞從震驚中清醒過來,衝著站在她左邊的一隊衛兵喊道:「抓住他們!」

萊托彎下腰,一隻手抓起倒在地上的門,把它扔向衛兵。兩個衛兵被釘在牆上,剩下的都驚恐地向後退去。這扇門有半噸重,而這孩子卻能把它拋來拋去。

阿麗亞這才意識到門外的走廊裡肯定還倒下了更多的衛兵,萊托在進來時已經消滅了他們,而且這個孩子還毀了她那扇牢不可破的門。

看到那兩具被釘在牆上的屍體、看到萊托所擁有的力量之後,潔西嘉也做出了相同的假設。但是加尼馬剛才的話觸發了她的比吉斯特內心,迫使她集中注意力。

「什麼計畫?」潔西嘉問道。

「金色通道,爲了帝國所作的計畫,我們的帝國。」萊托說道,朝法拉肯點了點頭,「別把我想得太壞,表哥。我也在爲你服務。阿麗亞想讓加尼馬殺了你,我則情願讓你還算快樂地生活下去。」

阿麗亞朝畏縮在走廊裡的衛兵尖叫著:「我命令你們,抓住他們。」

但衛兵們拒絕進入屋子。

「在這兒等著我,妹妹,」萊托說道,「我還有一個討厭的任務要完成。」他穿過屋子,朝阿麗亞走去。

她在他面前往後退去,縮到一個角落裡,蹲下身體,拔出了刀。刀把上綠色的珠寶反射著從窗戶照射進來的陽光。

萊托繼續前進。他空著兩隻手,但手已經張開,做好了準備。

阿麗亞的刀猛地刺了過來。萊托跳了起來，幾乎碰到了天花板。他踢出左腿，踢在她的頭上。她四腳朝天跌倒在地，額頭上留下了一個血痕。嘯刃刀從她的手中飛落，順著地板滑到屋子另一頭。阿麗亞慌忙朝那把刀爬去，卻發現萊托站在她眼前。

阿麗亞猶豫了一下，聚起她所知的一切比吉斯特技能。她從地板上爬了起來，保持著放鬆的平衡姿態。

萊托繼續向她走去。

阿麗亞向左虛晃一招，右肩一旋，踢出右腿，腳尖直戳過去。如果攻擊到位，這樣一腳可以把人的內臟都踢出來。

萊托用右臂承受了這一踢，然後一把抓住她的腳，把她整個人拎了起來，並在他頭部的高度甩開了圈子。轉動的速度愈來愈快，她的長袍不斷地抽打她的身體，屋子裡充滿衣襟破風的聲音。

其他人都低下頭，躲到一邊。

阿麗亞不斷發出尖叫，但萊托繼續揮動著她。漸漸地，她不再發出叫聲。

萊托慢慢地把轉速降了下來，輕柔地把她放在地板上。她躺在那不斷喘氣。

萊托朝她彎下腰。「我本來可以把妳甩到牆上，」他說道，「或許這是最好的解決辦法。但是，妳應該自己做出選擇。」

阿麗亞的眼睛左右飄移不定。

「我已經征服了體內的生命，」萊托說道，「看看加尼，她也……」

加尼馬打斷道：「阿麗亞，我可以教妳——」

「不！」痛苦的聲音來自阿麗亞。她的胸膛起伏不寧，聲音從她的嘴裡噴湧而出。聲音是一個又一個片段，有的在咒罵，有的在祈求。「看到了嗎！你為什麼不聽我的！」還有：「你為什麼這麼做！發生了什麼？」接著是：「讓他們住嘴！」

潔西嘉蒙住眼睛。她感到法拉肯把一隻手安慰地放在她肩上。

阿麗亞仍然在咆哮：「我要殺了你！」她體內衝出了歇斯底里的咒罵，「我要喝你的血！」各種語言的聲音開始從她的嘴裡冒出，亂七八糟，令人費解。

在走廊裡擠成一團的衛兵做出沙蟲手勢，然後用拳頭堵住耳朵。她被惡魔附體了！

萊托搖搖頭。他走到窗戶旁，飛快地捶了三下，將牢不可破的水晶強化玻璃搗了個稀巴爛。

阿麗亞的臉上現出一絲狡猾的神色。從那張扭曲的嘴中，潔西嘉聽到了自己的聲音，拙劣地模仿比吉斯特的魔音大法。「你們所有人！站在那兒別動！」

潔西嘉放下雙手，發現上面沾滿淚水。

阿麗亞翻了個身，吃力地站了起來。

「你們不知道我是誰嗎？」她問道。這是她以前的聲音，是小阿麗亞那甜美輕快的聲音，「爲什麼你們都那樣看著我？」她把祈求的目光對準潔西嘉，「母親，讓他們停下。」

潔西嘉能做的只是搖了搖頭，她被極端的恐懼所擄獲，比吉斯特所有古老警告都變成了現實。她看著並肩站在阿麗亞身旁的萊托和加尼馬。對這對可憐的雙胞胎來說，這些警告又意味著什麼？

「祖母，」萊托帶著祈求的語氣說道，「我們非得進行魔道審判嗎？」

「你有什麼權力談審判？」阿麗亞問道。她的聲音變成一個男子的聲音，那是名暴躁、專制的男子，好色放縱的男子。

萊托和加尼馬都聽出了這個聲音。老哈肯尼男爵。同樣的聲音也在加尼馬的腦海中響起，但她體內的大門關閉，她能感到母親守衛在門口。

潔西嘉仍然保持沉默。

「那麼由我來做出決定吧。」萊托說道，「選擇權是妳的，阿麗亞。魔道審判，或者……」他朝破碎的窗戶揚了揚頭。

「你有什麼權力給我選擇？」阿麗亞問道。仍然是老男爵的聲音。

「魔鬼！」加尼馬尖叫道，「讓她自己做出選擇！」

「母親，」阿麗亞用小女孩的聲音懇求道，「母親，他們在幹什麼？妳想讓我怎麼辦？幫幫我。」

「妳自己幫助自己吧。」萊托命令道。隨即，在一剎那間，他在她的眼睛中看到了他姑姑破碎的影像，她無助地透過那雙眼睛看著自己。

影像很快消失，她的身體動了起來，像根棍子一樣，僵直著身體，艱難地走著。她不斷猶豫、不斷摔倒、不斷轉身回來，而後又不斷地轉身繼續前進，離窗戶愈來愈近。

老男爵的聲音從她的嘴唇中發瘋般湧出。「停下！停下，我說！我命令你！停下！感覺一下這個！」阿麗亞伸手抱住頭，跌跌撞撞地來到窗戶跟前。她把腿靠在窗台上，那個聲音仍然在咆哮。「別這麼做！停下，我能幫你！我有個計畫。聽我說。停下，我說。等等！」阿麗亞把手從頭上拿開，抓住破損的窗扉。她猛地一用力，把自己拉離窗台，消失在窗外。

她摔下去的過程中竟然沒有發出尖叫。

他們在屋子裡聽到了外面的人群發出一聲驚叫，隨後傳來一聲沉悶的撞擊聲。

萊托看著潔西嘉。「我們告訴過妳，要憐憫她。」

潔西嘉轉身將臉埋在法拉肯的上衣上。

有這麼一個假設，它說通過改造某個系統中具有自我意識的組成部分，便可以讓系統更好地發揮功能。這種假設既無知又危險。那些自稱科學家或技術專家的人常常會做出這種無知的舉動。

——《巴特蘭聖戰》哈克・艾爾—艾達

※　※　※

「你見過他奔跑嗎？」加尼馬說道，「他在晚上奔跑，表哥，」

「沒有。」法拉肯說道。

他和加尼馬等在皇宮裡的小會客廳前，是萊托命人叫他們來的。泰卡尼克站在他們身旁，因為身邊的潔西嘉夫人而感到渾身不自在。潔西嘉現在變得非常孤僻，彷彿活在另一個世界裡。現在離早餐結束過後還不到一個小時，但是很多事情都已經動了起來——對宇航公會的傳召，還有發給宇聯公司和大家族聯合會的信件。

法拉肯發現自己很難能理解這些亞崔迪人。關於這一點，潔西嘉夫人已經警告過他，但他還是對他們的行為困惑不解。他們仍在談論婚禮，儘管附加在婚禮上的政治因素大多已經不復存在。萊托將登上皇位，這一點沒什麼疑問。當然，他那身奇怪的活皮膚需要蛻掉……但那可以等到以後再說……

「他奔跑是為了讓自己疲憊，」加尼馬說道，「他是克拉里茲克的化身。從來沒有風能像他一樣奔跑。當他最終用盡了力氣，他會回來，枕著我的腿休息。『讓我們體內的母親尋找一個能讓我死去的方法，』他這樣祈求道。」

法拉肯盯著她。廣場騷亂過後的一個星期內，皇宮裡節奏大亂，日子過得匆忙，不斷能聽到各種神祕的消息和故事。從泰卡尼克（目前正爲亞崔迪家族提供軍事方面的建議）那兒，他還得知遮罩牆山之外爆發了殘酷的戰鬥。

「我聽不懂。」法拉肯說道，「找到讓他死去的方法？」

「他叫我把你準備好。」加尼馬說道。她不止一次被這位柯瑞諾王子奇特的純潔所折服。這是潔西嘉的功勞嗎？抑或是他天生的？

「爲什麼？」

「他不再是人類。」加尼馬說道，「昨天你問我，他什麼時候才會除去那身活皮膚。不會的。它是他身體的一部分，他也是它的一部分。萊托估計他能在那張膜毀掉他之前活上四千年。」

法拉肯試圖咽口水潤潤嗓子。

「你明白他爲什麼要奔跑了？」加尼馬問道。

「但如果他能活這麼長時間，又是那麼——」

「因爲他體內蘊藏著極度豐富的人類的記憶。想想那些個生命吧，表哥。不，你無法想像，因爲你沒有這方面的經驗。但是我知道。我能想像他的痛苦。他比任何人的奉獻都多得多。我們的父親走入沙漠，想逃避它、阿麗亞因爲害怕它而成了畸變惡靈。在這種感覺方面，我們的祖母只是個迷糊的嬰兒，然而她卻必須用盡比吉斯特技巧來對付它。但是萊托！他就是他自己，他是獨一無二的。」

法拉肯震驚於她的內容。統治四千年的皇帝？

「潔西嘉知道，」加尼馬看著她的祖母說道，「他在昨晚告訴了她。他把自己稱作人類歷史上第一個大跨度的計畫者。」

「那個計畫……是什麼？」

「金色通道。他今後會跟你解釋的。」

「他在這個計畫裡給我也指派了一個角色？」

「作爲我的配偶。」加尼馬說道，「他接管了姐妹會的精選程式。我相信我的祖母已經跟你說過，比吉斯特一直夢想培育出一位具有無窮力量的男性聖母……」

「妳是說我們只是——」

「不能說只是，」她抓住他的手臂，親密地捏了捏，「他將指派很多重要任務給我們兩個。但是不會在我們需要照顧孩子的時候。」

「妳的年齡還太小。」法拉肯說道，掙脫了他的手臂。

「不要再犯這種錯誤了。」她以冰冷的語氣說道。

潔西嘉和泰卡尼克一起走上前來。

「泰卡告訴我戰爭已經擴展到了外星球，」潔西嘉說道，「巴力剋星的中央寺廟已經被包圍了。」

法拉肯體會著她那種平靜的語氣。他昨晚已經與泰卡尼克一起分析了那份戰報。帝國內部正燃燒著叛亂的野火。

當然它能夠被撲滅，但是等待著萊托的可能是個破爛的帝國。

「史帝加來了，」加尼馬說道，「他們一直在等他。」她再次抓住法拉肯的手臂。弗瑞曼老耐布從遠處那扇門外走了進來，身邊陪伴著兩個過去時代的敢死隊隊員。他們都穿著正式的喪服：黑色長袍，長袍鑲著白色的滾邊，頭上紮著黃色的束髮帶。他們沉穩地向這邊走來，史帝加的注意力集中在潔西嘉身上。他停在她面前，鄭重地點了點頭。

「你仍然在爲鄧肯·艾德荷之死擔心。」潔西嘉說道。她不喜歡她的老朋友表現出的謹慎。

「聖母。」他說道。

這就是他的意圖！潔西嘉想。如此正式，一切都遵照弗瑞曼禮儀。難道血跡就這麼難以拭去嗎？

她說道：「按照我們的觀點，你只是做了鄧肯指派給你的任務。有人將生命獻給亞崔迪家族，這已經不止一次。他們為什麼要這麼做，史帝？你也曾不止一次準備獻出你的生命。為什麼？是因為你知道亞崔迪家族將給你什麼樣的回報嗎？」

「我很高興妳沒有尋找藉口報復我，」他說道，「但是我有些事必須和妳的孫子談一談。這些事可能會永遠地把我們和你們分開。」

「你是說泰布不會效忠於他？」加尼馬問道。

「我的意思是我現在還不想下判斷，」他冷冷地盯著加尼馬，「我不喜歡我的弗瑞曼人現在的這個樣子。」他咆哮道，「我們要回歸古老的方式，如果有必要的話，和你們分開。」

「只能是暫時的。」加尼馬說道，「沙漠正在死去，史帝。沒有了沙蟲，沒有了沙漠，你能怎麼辦？」

「我不相信！」

「一百年之內，」加尼馬說道，「世上只會剩下不到五十條沙蟲，而且還是生活在精心維護的保護地內的病蟲。牠們產生的香料只供應給宇航公會，至於價格嗎……」她搖了搖頭，「我看到了萊托定下的數字。他走遍了這顆行星。他知道情況。」

「這又是讓弗瑞曼人成為奴隸的新把戲嗎？」

「你當過我的奴隸嗎？」加尼馬問道。

史帝加咆哮了一聲。不管他說什麼或做什麼，這對雙胞胎總有辦法讓人覺得是他的錯。

「昨晚他和我說了金色通道，」史帝加脫口而出，「我不喜歡！」

「這就奇怪了，」加尼馬瞥了祖母一眼說道，「帝國內大多數人都對那個前景表示歡迎。」

「它會毀了我們所有人。」史帝加嘟囔道。

「但是所有人都盼望著金色年代，」加尼馬說道，「難道不是嗎，祖母？」

「所有人。」潔西嘉贊同地說。

「他們盼望強大的帝國，萊托能滿足他們的願望。」加尼馬說道，「他們盼望和平，豐厚的收成，繁榮的貿易，平等的地位——除了和金色君主相比之外。」

「對於弗瑞曼人來說，這一切意味著滅亡！」史帝加抗議道。

「你怎麼能這麼說呢？難道我們不再需要士兵和勇敢的鬥士來撫平偶爾的小麻煩嗎？史帝，你和泰卡的那些勇敢的人將受命去完成這些使命。」史帝加看著薩督卡指揮官，兩人之間碰撞出了一陣奇特的理解的火花。

「還有，萊托將控制香料。」潔西嘉提醒他們道。

「他將完全控制它。」加尼馬說道。

憑藉潔西嘉教給他的理解力，法拉肯聽出加尼馬和她的祖母在演著一場事先排練好的戲。

「和平將持續下去，」加尼馬說道，「關於戰爭的記憶將消失。萊托將率領人類在美好花園中至少前進四千年。」

泰卡尼克困惑地看著法拉肯，清了清嗓子。

「什麼事，泰卡？」法拉肯問道。

「我想私下跟你談談，王子。」

法拉肯笑了，他知道泰卡尼克那個軍事腦袋中會有什麼樣的問題，他也知道現場至少還有兩個人也猜出了他的問題。「我不會出售薩督卡。」法拉肯說道。

「沒有必要。」加尼馬說道。

「你聽從這個孩子的話？」泰卡尼克問道。他憤怒不已。那個老耐布清楚這個陰謀將引發什麼樣的問題，但是其他人卻對此一無所知。

加尼馬冷笑一聲。「告訴他，法拉肯。」

法拉肯嘆口氣。他很容易在不經意間忘記這個不是孩子的孩子的奇特性。他能想像得到，如果要和她生活一輩子，他的每次親昵舉動的背後都會暗藏著一絲不情願。這不是個令人愉快的前景，但是他已經意識到它是無法避免的。為了完全控制日益減少的香料供應！

沒有香料，任何東西都無法在宇宙中移動。

「以後吧，泰卡。」法拉肯說道。

「但是——」

「我說了，以後再說！」他第一次對泰卡尼克使用了魔音大法，看到那個人奇怪地眨了眨眼睛，然後陷入了沉默。

潔西嘉的嘴角浮現出一絲不易覺察的微笑。

「他在同一句話中既提到了和平，也提到了死亡。」史帝加嘟囔道，「金色時代！」

加尼馬說道：「他將率領人們經過死亡的洗禮，來到生命茂盛的自由之中！他談到死亡，因為那是必須的，史帝。它能製造一種緊張，讓活著的人意識到自己還活著。當他的帝國倒塌……是的，它會倒塌的。你以為現在就是克拉里茲克，但是克拉里茲克尚未到來。當它到來時，人類將重新刷新他們的記憶，記住活著究竟意味著什麼。只要有人還活著，這個記憶就不會消失。我們將再次經歷嚴酷的考驗，史帝。我們將通過這次考驗。我們總是能在廢墟中站立起來，總是如此！」

聽到她的話後，法拉肯終於理解了剛才她所說的萊托在奔跑是什麼意思。他不再是人類。

史帝加還是沒有被說服。「沒有沙蟲了。」他咆哮道。

「哦，沙蟲們會回來的。」加尼馬向他保證道，「所有沙蟲將在兩百年內滅絕。但在這之後，牠們還會回來的。」

「怎麼會……」史帝加咽下了後半句話。

法拉肯感到自己的意識正在覺醒。他在加尼馬開口之前就知道了她要說什麼。

「宇航公會能勉強撐過那些供應稀少的年份，靠他們和我們的庫存。」加尼馬說道，「但在克拉里茲克之後，將會有大量的香料。在我的哥哥走入沙漠之後，沙蟲將回歸阿拉吉斯。」

※　※　※

和許多其他宗教一樣，穆哈迪的宗教也蛻化成了巫術。他們需要的是一位活著的上帝，然而他們卻沒能擁有，直到穆哈迪的兒子成為上帝。

——《穴地的客人》陸同平

萊托坐在獅子皇座上，接受來自各部落的效忠。加尼馬站在他身旁低一個台階的地方。大廳裡的儀式已經進行了好幾個小時。一個接一個的弗瑞曼部落派出的代表團和耐布在他眼前經過。每個代表團都帶來了禮物，適合獻給萬能上帝的禮物。這位擁有可怕力量的上帝答應賜予他們和平。

上個星期裡，他懾服了所有部落。他集中起所有部落的哈里發，並在他們面前做了一番表演。這些具有法官資格的人看著他走入火塘，又毫髮未損地走出來。

他們在近處仔細觀察，萊托的皮膚上沒有留下任何疤痕。他命令他們拔刀向他進攻，牢不可破的皮膚蓋住他的臉，他們的進攻全部以失敗告終。向他身上潑濃酸也只是讓他的皮膚上騰起一陣薄霧。他還當著他們的面吃下毒藥，同時對他們放聲大笑。

最後他召喚來一條沙蟲，當著他們的面站在牠的嘴裡。然後他離開了那兒，來到阿拉肯的著陸場。在那裡，他拎著起落架，將宇航公會的一艘護衛艦翻了個圈。

滿懷敬畏的哈里發向各自的部落報告了這一切。現在，部落們派出代表團，向他許諾他們的服從。

大廳的拱頂上安裝著吸聲系統，能夠吸收各種突兀的響聲。但持續的腳步聲卻逃過了吸聲裝置，混合著塵土和門外傳來的氣味，構成一番熱鬧的場面。

潔西嘉拒絕參加儀式，她通過皇座後方高處的一個監視孔觀察著大廳。她望著法拉肯，意識到她本人和法拉肯在這場對抗中落了下風。萊托和加尼馬早就料到了姐妹會的舉動！這對雙胞胎能和體內的無數比吉斯特礎商，而且，他們體內的比吉斯特比世上活著的任何其他姐妹會成員更加強大。

她尤其感到傷心的是，正是因爲姐妹會一手製造的神話，阿麗亞才會落入恐懼的陷阱。恐懼製造了恐懼！無數世代所形成對畸變惡靈的恐懼深深影響她，阿麗亞看不到希望。

她最終還是屈服。她的命運使潔西嘉更加無法面對萊托和加尼馬的成功。跳出陷阱的不僅僅是一個人，而是兩個。加尼馬對於體內生命取得的勝利，以及她堅持說阿麗亞值得同情，這兩樣東西是她最無法面對的。

強制遺忘並和一個良性祖先保持聯繫，這二者拯救了加尼馬，同樣的辦法也許能夠拯救阿麗亞。但絕望的她沒有做出任何嘗試，然而一切都太晚了。阿麗亞的水被傾倒在沙漠中了。

潔西嘉嘆口氣，把她的注意力放到高居皇座的萊托身上。一個巨大的骨灰瓶中盛著穆哈迪的水，瓶子被榮耀地放在他的右手邊。他曾告訴潔西嘉，他體內的父親嘲笑這種安排，但同時卻又十分佩服他的這種做法。

那個瓶子和萊托的話更加堅定了她拒絕參加儀式的決心。她知道只要自己還活著，她就無法接受從萊托的嘴裡冒出保羅的聲音。她爲亞崔迪家族能夠倖存下去感到高興，但只要一想到事情本來會更加圓滿，她便覺得心如刀割。

法拉肯盤腿坐在穆哈迪水瓶旁邊。那是皇家書記官的位置，一個剛剛被授予、被接受的位置。法拉肯感到自己愉快地接收且適應了這些新的現實，但泰卡尼克依然很不滿意，時不時說今後會發生一系列可怕的後果。泰卡尼克和史帝加組成了一個互不信任的聯盟，萊托似乎對此感到很好笑。

隨著效忠儀式的進行，法拉肯的心理從敬畏變成厭倦，又從厭倦再次變成敬畏。人流看不到盡頭。這些無敵的戰士，他們對亞崔迪家族重申的忠誠是毋庸置疑。他們在他面前表現出完全服從的敬畏之態，哈里發們的報告已讓這些人完全折服。

儀式終於接近尾聲。最後一個耐布站在萊托面前——史帝加，被賜予了充當「壓軸戲」的榮譽。其他耐布帶來的是最名貴的禮物，堆放在皇座前。史帝加則不同，他只帶來一條香料纖維織就的穗狀束髮帶。帶子上用金色和綠色繡出亞崔迪之鷹的輪廓。

加尼馬認出了它，轉頭看了萊托一眼。

史帝加把帶子放在王座下的第二級台階上，深深地彎下腰。「我獻給您一條束髮帶，在我帶著您的妹妹走進沙漠並給予她保護時，她就是束著這條帶子。」他說道。

萊托擠出一個微笑。

「我知道你現在的境遇不佳，史帝加，」萊托說道，「你想要什麼東西作爲回禮嗎？」他伸手指了指那堆名貴的禮物。

「不用，主人。」

「我接受你的禮物。」萊托說道。他朝前探過身子，抓住加尼馬長袍的衣襟，從上頭撕下一條布，「作爲回禮，我送給你加尼馬長袍的一部分，她在沙漠中當著你的面被人綁架，迫使我不得不出手相救，當時的她就是穿著這件長袍。」

史帝加用顫抖的雙手接過這份禮物。「您在嘲弄我嗎，主人？」

「嘲弄你？以我的名義，史帝加，我絕不會嘲弄你。我賜給你的是一份無價之寶。我命令你好好收藏它，讓它時刻提醒你：所有人都會犯錯誤，而所有領導者都是人。」

史帝加露出了一絲笑容。「您可以成爲一個優秀的耐布。」

「我是耐布們的耐布！絕不要忘了這一點！」

「如您所說，主人。」史帝加嚥了一口口水，想起哈里發給他的報告。他想：我曾經想過要殺他，現在太晚了。他的目光落到瓶子上，典雅的黃金瓶身，綠色的瓶蓋，「這是我們部落的水。」

「也是我的，」萊托說道，「我命令你朗讀刻在瓶身上的文字。大聲讀，讓每個人都能聽到。」

史帝加疑惑地朝加尼馬看了一眼，但她的回應只是抬起下巴。這個冷冰冰的姿勢使他體內生出一股寒意。這對亞崔迪小鬼是想讓他爲自己的衝動和錯誤付出代價嗎？

「讀吧。」萊托指著瓶子說道。

史帝加緩緩走上台階，在瓶子前彎下腰，大聲朗讀起來：「這裡的水是最根本的精華，是創造力的源泉。它是靜止不動，但它卻包含著一切運動。」

「這是什麼意思，主人？」史帝加低聲問道。他敬畏這些詞語，它們深深觸動了他。

「穆哈迪的身體是個乾枯的貝殼，就像被昆蟲遺棄的外殼一樣。」萊托說道，「當他掌控他的內心世界時，他蔑視外部的世界，這就注定了他的悲慘結局。當他掌控外部世界時，他極力排斥他的內心世界，這就把他的後代交給了魔鬼。他的宗教將從沙丘上消失，然而穆哈迪的種子將繼續下去，他的水仍將推動宇宙。」

史帝加低下了頭。神祕的事物總是讓他覺得混亂。

「開始和結束是同一個事物。」萊托說道，「你生活在空氣中，但你看不到它。一個階段已經結束了。在結束的過程中，這個階段的對立面開始生成。由此，我們將經歷克拉里茲克。所有的東西都將回歸，只是換了不同的面目。你思考時，你的頭腦感應到你的思考，而你的後代將用腹部感應到他們的思考。回泰布穴地去，史帝加。葛尼．哈萊克將在那兒和你會合，他將作為我的顧問參與你們的長老會。」

「你不信任我嗎，主人？」史帝加的聲音十分低沉。

「我完全信任你，否則我不會派葛尼到你那兒去。他將負責招募新兵，我們很快就會用上他們。我接受你的效忠。下去吧，史帝加。」

史帝加深深地一鞠躬，退下台階，轉身離開了大廳。根據弗瑞曼習俗，「最後進來，最先出去」，其他耐布跟在他身後。皇座附近仍能聽到他們離開時對史帝加提出的問題。

「你在上面說什麼，史帝？那些刻在穆哈迪水瓶上的文字是什麼意思？」

萊托對法拉肯說道：「你都記下了嗎，書記官？」

「是的，主人。」

「我的祖母告訴我，你精通比吉斯特的記憶術。這很好。我不想看到你在我身邊總是忙於往紙上寫東西。」

「聽候你的吩咐，主人。」

「過來站在我跟前。」萊托說道。

法拉肯服從了命令，他從心底由衷感謝潔西嘉給他的訓練。當你意識到萊托不再是人類、無法像人類一樣思考這個事實之後，你會更加恐懼他的那條金色通道。

萊托抬頭看著法拉肯。衛兵們都站在耳力能及的範圍之外，只有儀式主持人還留在大廳裡，而他們都謙卑地站在遠離第一級台階的地方。加尼馬湊了過來，一隻手搭在皇座的靠背上。

「你還沒有同意交出你的薩督卡，」萊托說道，「但遲早你會答應的。」

「我欠你很多，但這個不算。」法拉肯說道。

「你認爲他們無法很好地融入我的弗瑞曼人？」

「就像那對新朋友——史帝加和泰卡尼克——一樣。」

「你這是在拒絕嗎？」

「我在等你的出價。」

「那麼我現在就出價，我知道你不會給我第二次機會。但願我祖母出色地完成了她那部分工作，讓你做好了足以理解我的準備。」

「你要我理解什麼？」

「每個文明都有其主導性的、不爲人知的法則。」萊托說道，「它拒絕改變，抗拒變化。於是當宇宙發生大變化時，人們總是手足無措，無法應對。在充當妨礙變化的障礙物方面，所有法則的表現都是類似的——無論是宗教法則、英雄領袖的法則、先知彌賽亞的法則、科學技術的法則、自然本身的法則——統統如此，概莫能外。我們生活在一個由類似法則定型的帝國之中，現在這個帝國正在崩潰，因爲大多數的人無法分辨法則和他們所生活的宇宙本身之間的區別。你明白了嗎，法則就像魔道，它總想控制你的意識，讓它自己出現在你的一切視野之中。」

「我在你的話中聽到了你祖母的智慧。」法拉肯說道。

「很好，表兄。她問我到底是不是異形，我給了她否定的回答。這是我的第一個無奈。你明白嗎，加尼馬逃過了這個劫難，而我並沒有。我被迫通過大量香料粹來平衡體內的生命。我不得不尋求體內那些被喚醒的生命與我積極合作。這麼做，我避免了那些最邪惡的生命，並選擇了一位最主要的幫助者，通過我的意識，賦予我力量，而這位最主要的幫助者就是我的父親。但事實上，我不是我的父親，但我也不是萊托二世。」

「說清楚。」

「你的直率令人激賞。」萊托說。「我和一個古老而非常強大的存在是生命共同體，以我們的曆法來算，他創立了長達三千年的王朝。他名叫哈侖，麾下所屬的臣民一直生活在一種規律的崇高氣氛中，直到先天的缺陷及某位子孫的迷信，才使他的家族逐漸沒落。他們下意識地隨著季節變換而遷徙，培育出的下一代壽命很短而又迷信，很容易服膺於神皇的領導。整體看來，他們曾是強大的民族，那種『我為人人』的生存之道成了一種習性。」

「聽來眞討厭。」法拉肯說。

「我也不喜歡，眞的，」萊托說。「但我要創造的就是這種宇宙。」

「為什麼？」

「這是我在沙丘上學來的教訓。我們讓死亡成為此地活人的最主要威脅，由於死亡的存在，死人反倒改變了活人。這種社會下的人民將陷入萬劫不復的境地，然而一旦絕地大反攻的時刻到來，人民個個奮發圖強，他們便會成為偉大而美麗的人。」

「你沒有回答我的問題。」法拉肯抗議。

「你不信任我，表兄。」

「你的祖母和我一樣。」

「而且有充足的理由，」萊托說道，「但她被迫同意我的做法。比吉斯特終究是實用主義者。你知道，我同意她們的宇宙觀。你身上烙有那個宇宙的標記。你保留著統治者的習慣，將周圍的一切分門別類，看誰有價值、誰是潛在的威脅。」

「這項任命讓你暗中竊笑，不過，它和你的天分很相配。你具有一個優秀的歷史學家的天分。你能以過去審視現在，你已經有好幾次預料到我的意圖。」

「我同意成爲你的書記官。」

「你的話裡總是暗藏玄機，我不喜歡這樣。」法拉肯說道。

「好。你從原來的萬丈雄心屈居到了現在這個低層次的位置。我的祖母沒有警告你要小心那無限的雄心嗎？它就像夜晚的照明燈一樣吸引我們，使我們盲目，讓它可以拋棄有限度的目標。」

「比吉斯特的格言。」法拉肯道。

「但表達得十分精確。」萊托說道，「比吉斯特認爲她們可以預測進化的過程。但是在此過程中，她們忽視了自身的變化。她們假設在她們的精選計畫不斷進化的同時，自己卻能保持停頓。我不像她們那麼盲目。好好看著我，法拉肯，我已經不是人類。」

「你的妹妹告訴我了。」法拉肯猶豫了一下，「異形？」

「根據姐妹會的定義，也許是吧。好好記住我的話：我具有農夫的冷酷，這個人類的宇宙是我的農田。弗瑞曼人曾把馴化的鷹當作寵物，但我要把馴化的法拉肯留在身邊。」

法拉肯的臉色沉了下來。「小心我的爪子，表弟。我知道我的薩督卡不是你弗瑞曼人的對手。但是我們能沉重打擊你，別忘了旁邊還有坐收漁翁之利的豺狼。」

「我會好好地利用你，我向你保證，」萊托說道。他往前探過身子，「我沒說過我已經不是人類了嗎？相信我，表兄。我不會有孩子，因爲我沒有生殖能力。這是我的第二個無奈。」

法拉肯靜靜地等待，他終於看到了萊托談話的方向。

「我將反對所有的弗瑞曼規矩，」萊托說道，「他們會接受的，因爲他們別無選擇。我用婚姻的藉口把你留在這兒，但這並不是你和加尼馬之間的婚姻。我的妹妹將要嫁給我！」

「但是你——」

「我說的只是婚姻。加尼馬留在亞崔迪家族。還有比吉斯特的精選程式需要考慮。現在，它已經是我的精選程式了。」

「我拒絕。」法拉肯說道。

「你拒絕成爲亞崔迪皇朝之父？」

「什麼皇朝？你將占據皇位好幾千年的時間。」

「而且會把你的後代塑造成我的樣子。這將是歷史上最徹底、最完整的訓練課程。我們可以構成一個微形生態系統。你明白嗎？無論動物選擇在哪個系統中生存，那個系統必須以互相依靠的、形式相同的集體爲基礎。這樣一個系統將產生最智慧的統治者。」

「你用華麗的辭藻描繪出一件最無恥的——」

「誰將從克拉里茲克中倖存？」萊托問道，「我向你保證，克拉里茲克肯定會到來。」

「你是個狂人！你將摧毀這個帝國。」

「我當然要這麼做……再說，我也不是人。但我會爲全人類創造一種新的意識。我告訴你，沙丘的沙漠下面有一個祕密之處，埋藏著有史以來最大的寶藏。我沒有撒謊，當最後一條沙蟲死去、最後一缽香料粹被採集之後，深埋的寶藏將爆發出來，財富將遍及整個宇宙。隨著香料壟斷權的消失、埋藏寶藏的顯現，我們的領域內將產生新的力量。屆時人類將再次學會依靠自己的本能生活。」

加尼馬從皇座靠背上抬起膀臂，伸向法拉肯，抓住他的手。

「就像我的母親不是合法的妻子一樣，你也不會是法律上的丈夫。」萊托說道，「但是你們之間或許會有愛。這就足夠了。」

法拉肯感覺著加尼馬的小手上傳來的溫度。他聽出了萊托言論中的思路。整個過程中他沒有使用過魔音大法。萊托的話訴諸他的直覺，而不是他的大腦。

「這就是你給我的薩督卡出的價錢？」他問道。

「比這多得多，表兄。我把整個帝國傳給你的後代。我給你和平。」

「你的和平最終會有什麼樣的結局？」

「和平的對立面。」萊托略帶嘲諷地說道。

法拉肯搖了搖頭。「你給的價太高了。我是不是必須留下當你的書記官，並成爲皇家血脈的祕密父親？」

「你必須。」

「你會強迫我接受你所謂的和平？」

「我會的。」

「我將在有生之年的每一天反對你。」

「這就是我期望你能起到的作用，表兄。這就是我選擇你的原因。我要讓我的決定官方化。我將賜予你一個新名字。從此刻起，你將被稱作打破習慣的人，以我們的語言來說就是哈克·艾爾－艾達。來吧，表兄，別再猶豫了。我的母親把你訓練得不錯。把薩督卡給我。」

「給他吧，」加尼馬回應道，「無論如何，他終將得到它。」

法拉肯聽出了她的聲音中隱藏著替他的擔憂。是愛嗎？萊托要求的不是出於理智、而是出於直覺的行動。「拿去吧。」法拉肯說道。

「很好。」萊托說道。他從皇座上站了起來，動作顯得很奇怪，彷彿在小心地控制著自己那可怕的力量。萊托向下走到加尼馬所在的那級台階，輕柔地轉動她，讓她的臉背對著他，隨後他自己也轉了個身，將自己的後背貼住加尼馬的後背。「記下這段話，哈克·艾爾—艾達表兄。這就是我們之間永久的方式。我們在結婚時也將如此站立。背對背，每個人都看著對方的背後，互相依靠，以這種方式保護自己。我們一直以來就是這樣做的。」他轉過身，略帶譏諷地看著法拉肯低聲說道，「記住，表兄，當你和加尼馬面對面，當你輕聲訴說著愛情，當你受到和平的誘惑時，你的後背是暴露的。」

他轉身走下台階，與那些司儀會合。他們如同眾星拱月般簇擁著他離開了大廳。

加尼馬又一次抓住法拉肯的手。萊托已經離開，但她的目光仍舊停留在大廳的遠端。「我們中的一個必須去承受苦難，」她說道，「而他一直比我更爲堅強。」

你喜歡貓頭鷹出版的書嗎？

請填好下邊的讀者服務卡寄回，

你就可以成為我們的貴賓讀者，

優先享受各種優惠禮遇。

貓頭鷹讀者服務卡

謝謝您購買：＿＿＿＿＿＿＿＿＿＿＿＿＿＿＿＿＿＿＿＿＿＿＿＿＿＿＿＿(請填書名)

為提供更多資訊與服務，請您詳填本卡、直接投郵（免貼郵票），我們將不定期傳達最新訊息給您，並將您的建議做為修正與進步的動力！

姓名：＿＿＿＿＿＿＿＿＿＿＿＿＿＿ □先生 □小姐　民國＿＿＿＿年生　□單身　□已婚

郵件地址：□□□ ＿＿＿＿＿＿縣市＿＿＿＿＿＿鄉鎮市區＿＿＿＿＿＿＿＿＿＿＿＿

聯絡電話：公(0　)＿＿＿＿＿＿＿＿　宅(0　)＿＿＿＿＿＿＿＿　手機＿＿＿＿＿＿＿＿

■您的E-mail address：＿＿＿＿＿＿＿＿＿＿＿＿＿＿＿＿＿＿＿＿＿＿＿＿

■您對本書或本社的意見：

您可以直接上貓頭鷹知識網（http://www.owls.tw）瀏覽貓頭鷹全書目，加入成為讀者並可查詢豐富的補充資料。
歡迎訂閱電子報，可以收到最新書訊與有趣實用的內容。大量團購請洽專線 (02) 2356-0933轉282。
歡迎投稿！請註明貓頭鷹編輯部收。

廣 告 回 信
台灣北區郵政管理局登記證
台北廣字第000791號
免 貼 郵 票

04 台北市民生東路二段141號2樓

英屬蓋曼群島商家庭傳媒（股）城邦分公司

貓頭鷹出版社　　收